최후의 분대장

김학철 문학 전집 제3권

최후의 분대장

김학철 자서전

보리

일러두기

1. '김학철 문학 전집'은 김학철이 남과 북, 그리고 중국에서 쓴 글을 모두 모아 보리출판사에서 전집으로 다시 펴내는 것입니다.

2. 작가가 살았던 광복 초기 서울, 북녘과 중국에서 쓰이던 말, 비표준어들을 원전에 따라 그대로 표기했습니다. 현행 한글 맞춤법과 다른 부분이 있지만 우리말이 지역과 시대에 따라 다양하게 쓰이는 모습을 볼 수 있도록 했습니다. 단, 한글 맞춤법에 따라 편집되어 남녘에서 출간된 책은 남녘 초판본을 따라 표기했습니다.

3. 독자들이 읽기 쉽도록 한글 맞춤법에 따라 고친 것도 있습니다.

　　㉠ 한자말은 두음법칙을 적용했습니다.

　　　　예) 란리→난리, 래일→내일, 력사→역사

　　　　단, 인명 표기와 고유명사는 두음법칙을 적용하지 않았습니다.

　　　　예) 이→리, 유→류, 임→림, 인→린

　　㉡ 사이시옷, 된소리 따위도 적용했습니다.

　　　　예) 바줄→밧줄, 혼자말→혼잣말, 배군→배꾼, 잠간→잠깐, 되였다→되었다

　　㉢ 외국에서 들어온 말은 외래어 표기법을 따랐습니다.

　　　　예) 그로뿌뜨낀→크로폿킨, 뽀트→보트, 라지오→라디오, 뻐스→버스, 샴팡→샴페인, 씨비리→시베리아,

　　　　단, 중국 고유 인명과 지명은 외래어 표기법을 따르지 않고 원전에 나오는 대로 표기했습니다.

　　　　예) 모택동(마오쩌둥), 장개석(장제스), 북경(베이징), 연안(옌안), 태항산(타이항산)

1945년 일본투항으로 나가사키 감옥에서
석방된 김학철.

일본 나가사키형무소. 김학철은 바로 이곳 감방에서 1942년부터 1945년 해방까지 3년 6개월 수감, 다리 하나
를 절단했다.

1946년 서울 명동에서 열린 (조선)문학가동맹 합평회. 김학철 소설 〈균열〉로 합평을 했고, 당시 허준을 비롯한 한국 대표작가들 가운데 찬란한 웃음을 짓는 김학철이 있다.

1951년 중국 북경 이화원 자택에서 부인 김혜원 여사와 아들 김해양과 함께. 김학철에게 짧지만 가장 행복한 나날이었다.

1994년 KBS해외동포상 수상식에서 김학철과 부인 김혜원 여사.

1989년 소설가 조정래와 부인인 시인 김초혜와 함께.

1981년 김학철을 찾아 연길에 온 정령 부부와 루팔이 부부. 그들은 로신의 전우였다.

일본 와세다대학에서 김학철 부부가 강연을 마친 뒤 오무라 교수 가족과 함께.

추천사

혁명적 낙관주의자 김학철

신경림 시인

김학철 선생은 정통 사회주의자이고 인류가 가야 할 길은 사회주의라는 생각을 한 번도 버린 적 없다. 끝내 권력과 타협하지 않고 자신의 길을 꿋꿋이 걸어간 사람이다.

내가 이런 김학철 선생의 작품을 처음 읽은 것은 1948년 〈담뱃국〉이라는 소설이었다. 김학철 선생은 사회주의자이지만 그가 쓴 소설에서는 인간의 여러 가지 모습, 사람 사는 기쁨이 고스란히 담겨 있었다. 그 뒤 그 작품에 대해 서평을 쓴 인연으로 연변에서 김학철 선생을 여러 차례 만나게 되었다. 내가 본 김학철은 정직하고 겸손한 사람이었다. 또 소설 쓰는 것을 매우 즐겨했다.

김학철 선생의 글은 한국 문학을 매우 풍부하게 만드는 중요한 한국 문학의 한 갈래라고 본다. 그가 쓴 글들이 〈김학철 문학 전집〉으로 나온다니 참으로 기쁘다. 혁명적 낙관주의자 김학철 선생을 다시 만나게 되었다.

〈김학철 문학 전집〉 발간을 축하하며

오무라 마스오 와세다 대학 명예교수

한국의 보리출판사에서 〈김학철 문학 전집〉 전 12권이 출판된다고 합니다. 정말 반갑습니다.

김학철은 불요불굴의 사회주의자였습니다. 그가 평생 지향한 것은, 그의 말을 빌리면 '인간의 얼굴을 한 사회주의'였습니다. 그것은 어려움 속에서도 마음은 넉넉했던 팔로군 생활에서 나온 것입니다. 그에게는 인간의 얼굴을 하지 않은 사회주의는 있을 수 없고, 사회주의가 되려면 인간적이어야만 하는 것이었지요.

2001년, 김학철의 유해는 태어난 고향인 원산에 닿도록 두만강에 띄워 보내졌습니다. 원산에 닿은 유해는 한국에 와서 〈김학철 문학 전집〉으로 태어났고, 동해를 건너 일본으로 가서 〈김학철 선집〉이 되었습니다. 이제 더 나아가 태평양, 대서양, 인도양을 건너 전 세계로 퍼져 나갈 것입니다.

김학철 선생을 기리며

이종찬 우당교육문화재단 이사장

김학철 선생이란 어른의 성함을 처음 들은 것은 1980년대이다. 내가 국회에서 선배로 모신 송지영 선생이 "김학철이란 분이 계시는데 그분이야말로 진정한 휴머니스트이고 오염되지 않은 순수한 공산주의자이시지. 그분은 한 번도 지조를 꺾지 않으셨고 올곧은 그대로 삶을 사셨다."고 소개했다.

최후의 독립군 분대장 김학철 선생은 일찍부터 독립운동에 가담해 태항산에서 일본군과 전투 중 총격을 당해 다리를 다치고 일본군에 붙잡혔다. 일본에 협조했다면 치료라도 제대로 받았을 테지만, 그것도 거부하여 평생 다리 하나가 없는 불구가 된 채 일본 감옥에서 해방을 맞이했다.

김학철 선생은 전 생애를 레지스탕스로 일관하셨다. 그분이 누리고 바라는 삶은 간단하다. 필수품으로 원고지와 펜, 그리고 간단한 옷가지, 누울 자리만 있으면 그것으로 족했을 것이다. 왜 우리는 마하트마 간디를 찾아야 하나? 우리의 스승은 바로 김학철 선생인데!

이제라도 김학철 선생의 작품을 모아 전집을 낸다고 하니 매우 반갑다. 김학철 선생의 해학과 유머가 있는 여유로운 필체를 독자들도 함께 느끼길 바란다.

혁혁한 투사, 진솔한 문인 김학철

조정래 소설가

김학철이 없었다면 우리의 굴욕적인 식민지사의 한 부분은 어찌 되었을까. 그 굴욕이 한결 비참하고 수치스럽지 않았을까. 우리의 독립투쟁사 말기에 '조선의용대(군)'라는 다섯 글자가 박혀 있다. 그런데 그 독립군이 어떻게 결성되고, 어디서, 어떻게 싸웠는지 실체적인 명확한 기록이 없었다. 그 역사 망실의 위기를 막아낸 사람이 바로 김학철이다.

김학철은 바로 조선의용군의 《최후의 분대장》으로 싸우다가 왼쪽 다리에 총상을 입었고, 치료를 받지 못해 상처가 썩어 들어가다가, 일본의 나가사키형무소까지 끌려가 결국 절단당하고 말았다.

그 후 그는 불편하기 짝이 없는 '외다리 인생'을 살아 내면서 총 대신 펜을 들고 문인의 삶을 개척했다. 그리고 소설을 창작하기 시작했다. 그의 고결한 영혼 속에서 탄생한 진솔한 작품이 바로 《격정시대》이다. 그는 그 소설을 통해 작가의 진정한 소임이 무엇인지를 보여 주었다. 작가는 민족사에 기여하고, 인류사를 보존해 가는 존재다.

이제 그분의 모든 작품들이 전집으로 묶여 우리 문학사에 크게 자리 잡으며 많은 독자들을 만나게 되었다. 기쁘고 보람스러운 일이다. 선생께서도 특유의 잔잔한 미소를 지으실 것이다.

한국판에 부쳐

〈김학철 문학 전집〉이 드디어 고국에서 출판된다. 김학철은 이 땅의 자유와 독립을 위하여 피 흘리며 싸웠고 다리 한쪽을 이국땅인 일본의 나가사키형무소 무연고 묘지에 파묻었다. 그리고 평생을 쌍지팡이(목발)에 의지해 살아야 했다. 그러나 그는 행복했다. 그의 피 흘림이 고국의 독립과 자유를, 동아시아의 평화를 가져왔고 고국의 번영과 민주주의 실현을 보았다. 그러나 아픔도 안고 갔다. 고국의 분단이, 고향 동포의 배고픔과 신음 소리가 그를 평생 괴롭혔다. 그 땅에도 자유와 민주를 실현하기 위하여, 권력에 아부하는 타락한 좌익 위선자들과는 달리 일생을 몸과 붓으로 독재 권력과 싸우며 고군분투했다. 그의 호소와 날카로운 비판이 이 〈김학철 문학 전집〉에 고스란히 스며 있다.

김학철은 《격정시대》에서 어린 시절 본 충격적인 사건을 신나게 서술하였다. 20세기 초 고향 원산대파업이다. 그 당시 어린 김학철이 이해할 수 없는 것은 조선 부두 노동자들의 대파업에, 원산항에 정박한 일본 선박들이 일제히 고동을 울리며 성원을 하는 것이다. 이것이 인류의 공동체 의식이, 세계 각국의 노동자들이 같은 정의의 가치를 공유함을 어린 김학철은 알 리가 없었다.

그러나 훗날 김학철은 평생을 이 공통된 정의의 가치관을 위하여 피흘려 싸웠다. 그 흔적은 중국 대륙의 치열한 항일 전장에, 일본 감옥에, 조선 반도 남과 북에 어려 있다. 그것은 조선 민족의, 일본 민족의, 중국 민족의, 동아시아 모든 민족의 자유와 독립과 민주주의 권리를 위하여, 모든 피압박 민중과 약자의 권리를 위하여, 정의와 자유를 갈망하는 투사들과 함께 파쇼와 전제주의를 향해 싸우고 피 흘리며 돌진하였다. 그의 사상과 작품은 그 어느 한 민족의 것이 아니고 자유와 정의를 위한 모든 분들께 속한다. 이것이 한국에서 〈김학철 문학 전집〉 출판이 가지는 의미라고 본다.

이번 출판을 위하여 여러 한국 학자, 지성인들이 심혈을 경주하였다. 보리출판사와 유문숙 대표님, 윤구병, 신경림, 김경택, 김영현 등 선생님들과 편집인 여러분께, 또한 수년간 지원을 아끼지 않은 한국문화예술위원회에 감사드린다. 그리고 그동안 김학철 작품을 한국에서 출판한 창작과비평사, 실천문학사, 문학과지성사, 풀빛출판사 등 출판 부문 여러 선생님들께 다시 한번 충심으로 감사드린다.

우리 세대가 만든 분열과 아픔의 벽을 넘어 동아시아 여러 민족의 정상적인 교류와 공동 번영을 위하여 〈김학철 문학 전집〉 한국판 출판이 기여하기 바란다.

마지막으로 이 〈김학철 문학 전집〉 한국판을 치열한 항일 전장에서 희생된 김학철의 친근한 전우들인 석정, 김학무, 마덕산 등 수십 명 전사자들께 삼가 드린다.

김해양

2022년 8월 중국 연길에서

차례

해발 0미터

1

거센 파도가 안벽을 들이덮칠 때마다 방바닥이 움씰움씰 들노는, 게 딱지 같은 삼간 초가집에서 나는 태어났다. 호적상으로는 차남이었으나 형이 젖먹이 때 죽고 없었으므로 실은 장남인 셈이었다.

우리 집에서 바다까지는 불과 몇 발자국, 갈바람(서풍)이 부는 날 방문을 열고 침을 퉤이 뱉으면 침이 가 떨어질 만한 거리였다. 그러니까 우리는 말하자면 해발 0미터 지대의 주민이었다.

그렇긴 하지만 우리 아버지는 동네 아저씨들처럼 그렇게 노상 바다에 나가야 하는 뱃사람이 아니었다. 그보다는 한결 안전하고 또 편안한 누룩 제조업자였다.

이 누룩 제조업자가 늘상 벼르기를 "돈을 벌면 사진을 한번 찍어야지." 하지만 서른네 살 젊은 나이에 폐병으로 덜컥 죽는 바람에 그 소원은 끝내 이루어 보지 못하고 말았다. 내 나이 일곱 살 때였다.

당시 사진관에 가 사진 한 장을 찍자면 60전 ― 쌀 한 말 값이 더 들었으니까 무리도 아니었다.

스물아홉 살에 과부가 된 어머니가 우리 삼 남매를 기르느라고 갖은 고생을 다하시는데 변변찮으나마 가독을 상속해야 할 이 외아들이 공부를 잘하지 못해 그 속을 무척 썩여 드렸다.

"또 오리투성이구나. 넉가래는 하나도 없구."

내 통신부를 들여다보며 푸념을 하실 적마다 나는 열없이 뒤통수만 긁적거렸다. 하지만 언제나 그 식이 장식으로 아무 개진이 없이 나는 아예 새 을(乙) 자 전문가가 돼 버리다시피 했다.

그런데 어찌 알았으리, 이 넉가래 갑(甲)의 아쉬운 꿈을 제대로 이루어 보지도 못한 어머니가 훗날, 그러니까 환진갑이 다 지나 가지고 그 어느 독재 정권의 '149호 대상 지역'에서 그 한 많은 생애를 끝마칠 줄을.

'149호 대상 지역'이란 내각 결정 149호에 따라 불순분자라는 것들을 격리 수용하는 산간 오지의 유배지이다. 그들은 거개가 이른바 반동분자의 가족이다. 본인은 지은 죄가 없이 언걸을 입어 '연좌제'에 걸린 남녀노소들이다.

공부는 못하는 주제에 타고난 성질 때문인지 엉뚱한 짓은 또 곧잘 하는 게 나였다.

열두 살 때다. 이웃에 사는 같은 또래의 일본 계집아이하고 좀 사귀어 볼 마음이 긴해서, "친구가 되자."고 쓴 쪽지를 건넸다가 이튿날 "엄마가 그러면 못쓴대." 하는 바람에 머쓱해서 뒤통수를 치고 돌아선 것도 그 한 예일 것이다.

한약국에 가 첩약 한 제를 지어 오라고 외할아버지가 심부름을 시키면서 "아마 한 4원 각수 될 게다." 하고 약방문과 돈 5원을 건네주시는데, 시키는 대로 가 약을 짓고 보니 놀랍게도 약값이 엄청나게 틀려 단돈 20몇 전밖에 안 되는지라, '이런 통에 한 5전쯤 떼먹어선 아무 뒤탈도 없을 거라'고 판단, 호떡 5전어치를 우선 사 먹고 기분이 극히 양호한 상태로 돌아온즉 "야, 이 녀석아. 누가 한 첩 지어 오랬냐, 한 제를 지어 오랬지! 한 제는 스무 첩이야 스무 첩!" 하고 외할아버지가 개탄을 하시는 것이었다.

등기우편으로 부치라면 13전짜리 우표를 아예 붙여서 건네주는 편지를 그대로 들고 가 우체통에다 집어넣고 어깻바람 나게 돌아왔더니 "영수증은?" 하고 손을 내미는지라 "영수증요? 무슨 영수증?" 하고 멍청한 소리를 해, 외할아버지의 애를 말려 드리기도 했다.

내가 이 세상에 태어난 것은 1916년. 나라가 망하고도 여섯 해가 더 지난 시점이었다. 그러므로 태어나면서부터 망국노의 멍에를 메고 살아야 할 운명이었다. 하지만 나는 아무런 부자유도 느끼지를 못하며 열 살까지 태평으로 자랐다.

우리 고향 원산은 당시 영흥만 요새 사령부의 관할구역이었으므로 옥외에서의 촬영이나 사생 따위는 포고령으로 금지가 돼 있었다. 하지만 소학교 5학년이 되면 요새 사령부의 관인이 찍힌 사생 허가증을 발급받는다. 사생증을 받아 쥔 내 마음은 마치 무슨 대단한 면허장이라도 받은 것마냥 대견하기만 했다.

5학년부터는 국사라는 것을 배우는데 천조대신이니 신무천황이니 하는 따위를 내리먹였으나 별 거부감 없이 그대로 배웠다. 오히려 재미가 있을 지경이었다.

그러나 한편, 동급생들이 국사 교과서 표지의 '국(國)' 자와 국어 교과서의 '국' 자를 모두 '일(日)' 자로 고쳐 놓는 데는 나도 동조를 했다. 그리고 지리부도에서 조선과 일본이 똑같은 빨강으로 나와 있는 것을 다른 빛깔로 고쳐 칠하는 데도 역시 빠지지 않았다.

"교장(일본인)한테 들키면 경친다. 조심들 해."

담임선생님이 넌지시 주의를 주시는 바람에 우리는 도리어 고무가 돼 한술을 더 떴다. 더욱 기탄들이 없어졌다.

일본 해군의 연합함대가 원산항에 기항했을 때의 장관은 지금도 잊히지 않는다.

떠다니는 강철의 요새들이 항내를 꽉 메운 것 같은 데다가 천신의 장검인 양 밤하늘을 가로세로 가르는 탐조등의 눈부신 광망들은 더없는 구경거리였다.

기함 '무츠'의 자매함인 '나가도'를 견학한 것은 더구나 인상적이었다. 두 함이 다 배수량 3만 6천 톤으로 16인치 포 8문씩을 갖춘 초노급함이었다.

선생님 인솔하에 등함한 우리를 깨끗한 수병복을 입은 젊은 수병이 데리고 다니며 일일이 설명을 해 주는데 그 설명을 듣고 나니 우리는 절로들 어깨가 으쓱거려졌다.

"우리 해군이 세계 제일이다!"

"우리 무적함대 앞에 어느 놈이 감히!"

우리는 긍지감에 가슴들이 부풀 지경이었다.

반일 감정과 친일 감정이 밀물과 썰물처럼 아침저녁으로 갈마들고 섞바뀌는 기이한 시절이었다.

우리를 그토록 경도시켰던 이 초노급함 나가도는 그때로부터 16년 뒤인 태평양전쟁 말기에, 그러니까 내가 일본 나가사키형무소에서 정치범으로 복역을 하고 있을 무렵에, 세토나이카이에서 미군 항공대에 의해 격침이 됐다.

나가도가 지구 표면에서 사라지고 또 만 50년이 지난 1994년 5월

현재, 나는 중국 땅에서 이 글을 쓰고 있으니 전지전능하신 하느님의 안배가 아니런들 누가 감히 이렇게 될 것을 예측이나 했으랴.

2

원산 시내에 처음에는 활동사진관(영화관)이 둘밖에 없었는데 그 하나는 관(즉 왜관)에 세워진 유락관이고 또 하나는 우리네 거주 지역에 세워진 동락좌였다.

유락관은 푹신푹신한 '다다미'를 깔고 신발 맡아보는 고원을 따로 두었지만 동락좌는 딱딱한 삿자리를 깔고 벗은 신발은 각자가 관리를 하게 만든 까닭에 관람객들은 입장권을 사기 전에 먼저 헌 신문지부터 한 장씩 준비를 해야 했다. 벗은 신발을 제각기 싸 들고 들어가야 했기 때문이다. 변소에 들어가기 전에 위생지부터 마련을 하는 것과 비슷했다.

영사기는 한 대씩밖에 없었으니까 수동으로 한 권을 다 돌리면 호각을 불고 불을 켰다. 필름을 갈아 끼우면 다시 불을 끄고 다음 권을 돌리는데 갈아 끼우는 동안이 어지간히 길어서(다 돌린 필름은 거꾸로 감아 놓아야 하므로) 장내에는 으레 주전부리 판이 벌어지게 마련이다. 매상을 올리려고 매점하고 기수(技手)가 짜고 일부러 능장을 부리는지도 모를 일이었다.

무성영화였으므로 변사 양반이 멋지게 또 구성지게 설명을 해야 하는데 그 변사 양반이 기생방에 곯아떨어지거나 하는 날에는 야단이었다. 관객 중에서 어뜩비뜩한 자원봉사자들이 올라가 대신하다가는

"저 자식 저게 뭐냐!", "고양이 목 조르는 소리냐?", "당장 부젓가락으로 집어내라!" 뭇사람의 야유와 소란한 휘파람 소리 속에 벼락 변사들이 머리를 싸쥐고 쫓겨 내려오곤 했기 때문이다.

통상 자정쯤에야 겨우 파하는데 입장료 10전을 낸 게 아까우니까 검질긴 관객들은 아무리 지루해도 끝까지 참아서 제값을 빼고야 말았다. 10전이면 쌀이 되가웃이었으니 무리도 아니었다.

표를 사지 못하는 아이들은 변소 퍼내는 구멍으로 기어들어 가기도 했다. 그러다가 들키면 경을 치고 혼쭐이 나곤 했다. 나는 자존심 때문에 그런 구차한 짓은 한 번도 안 했다. 하긴 경을 칠까 봐 겁이 나는 것도 없지는 않았다.

교모를 찢어 쓰는 바람이 불어 다들 조금씩 찢어서 쓰는데 멋을 부릴 줄 아는 녀석들은 찢은 데를 빨간 색실로 살짝 찍어매서 쓰기도 했다. 나는 언제나 '과불급'인지라 멀쩡한 모자를 극좌적으로 찢고 찢고 하다가 나중에는 아예 너덜너덜한 넝마가 돼 버렸다.

어느 날 무슨 일로 동급생 하나를 그 집으로 찾아갔더니 녀석은 마침 어디 나가고 없고 그 어머니가 혼자서 절구질을 하고 있었다. 이튿날 학교에서 만나자마자 그 녀석이 물어보는 것이었다.

"너 어제 우리 집에 왔댔지?"

"그걸 너 어떻게 아니?"

"울 엄마가 그러더라. 넝마 같은 모자를 쓴 개망나니가 찾아왔더라구. 너밖에 더 있니."

그 덜돼먹은 '울 엄마'는 내 얼굴은 좀 알아도 이름까지는 모르는 터였다.

한번은 이런 일이 있었다. 학교의 긴 복도 끝에서 이쪽을 향하고 걸어오는 동급생 한 녀석을 먼저 보고 '깜짝이야'를 시켜 주려고 얼른 중앙 현관 모퉁이에 숨어 섰다가 닥쳐왔을 때 "어흥!" 하고 들이덮쳤다. 한데 '치고 보니 외삼촌'이라고 '깜짝이야'를 당한 것은 그 녀석이 아니고 전연 엉뚱한 사람이었다. 신주 모시듯 모셔야 할 미나미 교장—일본인 교장이었다.

동급생 녀석이 오다가 교무실로 들어가는 것과 거의 동시에 교장이 외출을 하려고 교장실에서 나와 '릴레이' 즉 '이어달리기'가 돼 버린 것을 까맣게 모르고 있었으니 어찌 사달이 아니 날 것인가.

미나미 교장은 평소에 모범을 보이기 위해 복도를 다닐 때 모자는 꼭 손에 들고 그리고 발끝으로만 사뿐사뿐 걸었다. 이것을 우악스런 손으로 "어흥." 하고 덮치는 통에 미나미 교장이 손에 든 둥글납작한 맥고모자에 구멍이 빠끔 뚫렸다. 나는 지진으로 발밑의 땅이 푹 둘러 빠진 것만큼이나 놀랐다.

화가 난 교장은 당장 나를 현행범 취급을 했다. 교장실로 끌고 들어가 눈이 빠지게 야단을 치고서도 부족해 "내일 학부형을 출두시키라." 는 것이었다.

이튿날 어머니 대신 외삼촌이 출두를 해 정식으로 소인을 개올리고 그리고 모잣값 60전을 변상을 하고서야 일은 겨우 마무리가 됐다.

당시 월사금이 60전이었으니까 말하자면 월사금 한 달치를 더 낸 셈인데 아무튼 그놈의 '깜짝이야' 한 번에 거금 60전이 날아갈 줄이야!

3

　남산동에 새로 난 신작로가 티(T)형을 이룬 동남쪽 모퉁이에 '원산 청년회관'이라는 간판을 건 2층짜리 목조건물 한 동이 서 있었다. 이 것이 말하자면 원산 바닥에 시글버글하는 무정부주의자들의 도회청 인 셈이었으나 나는 무정부주의가 뭔지조차 몰랐으므로 그 회관을 그 저 괜찮은 놀이 공간쯤으로 여겼다. 무단출입을 해도 말리는 사람이 없을 뿐더러 넓은 다다미방에서 이리 뒹굴고 저리 뒹굴고 재주를 넘 고 또 물구나무를 서고…… 별의별 짓을 다 해도 아무도 '떼끼 놈!' 하 지를 않았기 때문이다. 그 회관에 드나드는 멤버들 중에 얼굴 아는 아 저씨들이 많았던 까닭에 '개구쟁이 녀석 내버려 둬라'쯤 돼 있었던 모 양이다.

　청년회의 리더격인 조시원은 조선일보의 지국장으로서 우리 바로 이웃에 살았다.

　그리고 버금가는 활동가 김정희는 내 동급생 은희의 형으로서 별순 사(순사 부장)의 맏아들이었다. 그는 해사한 얼굴에 머리를 길게 기르고 호리호리한 몸매에 언제나 허름한 옷을 아무렇게나 걸치고 다녔다. 그 게 왜 그리도 보기가 좋았던지 김정희는 언제나 내 숭배의 대상이었 다. 그는 아무 때고 나를 보기만 하면 아무 말 없이 그저 머리만 한번 쓱 쓰다듬어 주고 가 버리는 것이었다. 내 이 밤송이 같고 고슴도치 같 은 머리를.

　신작로 비슥이 맞은편에는 주재소가 자리 잡고 있는데 칼 찬 순사들 이 들락날락하는 데라서 나는 '경귀신이원지(敬鬼神而遠之)'를 해 그 근 처에도 얼씬을 안 했다.

어느 날 청년회관 앞 테니스 코트에서 너덧이 고무공을 가지고 찜뿌를 놀고 있는데 별안간 한 사오십 명은 돼 보이는 장정 떼거리가 풍우같이 몰려왔다. 뒤에는 한 채의 구루마(손수레)가 딸렸는데 주먹다시만 한 돌멩이들이 그들먹하게 실렸다. 머리들을 질끈질끈 동인 품이 마치 패싸움이라도 붙으러 오는 것 같았다.

아니나 다를까 우리가 눈들이 똥그래져 가지고 바라보는 가운데 금세 벼락 같은 '공성전'이 벌어졌다. 구루마에 싣고 온 돌멩이들이 우박 치듯 날아가 청년회관의 아래위층 유리창들을 여지없이 깡그리 박살을 내는 것이었다.

불의의 습격을 받은 회관 측은 유리창을 부수지르며 날아든 돌멩이들을 집어 가지고 반격을 했다.

투석전이 잠시 뜨음해졌을 때 공격자들이 서로 외치는 소리를 들으니, 회관 측이 배트(야구방망이)와 면도칼, 자전거 사슬 따위로 무장을 하고 현관을 사수하는 까닭에 옥내로 돌입을 하기는 어렵다는 것이다.

한편 회관 측은 일제히 마룻장을 굴려 대며 무슨 노래인지 아무튼 용장한 노래를 시위적으로 불러서 한동안 기세를 올리더니 갑자기 우르르 건물 밖으로 쏟아져 나왔다. 쏟아져 나와서는 손에 손에 쟁기들을 내두르며 포위진으로 돌진을 하는데 그 기세가 어찌나 매서운지 감히 막아 낼 엄두들을 못 냈다. 돌격대는 마치 무인지경을 가기라도 하듯이 당차고 또 방자스러웠다.

이와 같은 돌격이 두 번 거듭됐으나 워낙 중과부적이라 아무래도 안 되겠던지 세 번째 돌격을 해서는 다시 거쳐 들어가지를 않고 그길로 혈로를 뚫고 삼십육계를 놓았다. 그러니까 전원 줄행랑들을 쳐 버린 것이다.

공격자들은 개가를 올리며 회관 앞뒷문에다 널빤지들을 엑스(X)자형으로 엇대고 꽝꽝 못질을 해서 아예 봉쇄를 해 버린 뒤 의기양양해 회정들 하는데 끌고 가는 구루마에는 쓰다 남은 돌멩이와 고춧가루 자루가 그대로 실려 있었다. 말썽거리 무정부주의자들의 눈을 민간 최루탄—고춧가루로 깡그리 멀게 해 놓고 사다듬이질을 해 그 못된 버릇을 철저히 떼어 줄 심산이었던 모양이다.

이 싸움이 벌어지는 동안 우리 조무래기들은 모두 청년회관 편이었다. 청년회관 패는 개개 다 영웅들로 보이는 반면에 습격을 온 놈들은 깡그리 불한당으로만 보였다.

나중에 알게 된 일이지만 습격을 온 것은 명석동에 본거를 둔 적색 노조의 조합원들인데 무정부주의자들이 자기네 조합에다 프락치를 박아 가지고 파괴 활동을 일삼는 데 분격한 나머지 이를 응징하려 왔다는 것이다.

그런데 나를 놀라게 한 것은 바로 길 건너에 있는 주재소의 동향이었다.

대규모의 난투극이 벌어지는 동안 주재소의 순사들은 한 놈도 밖으로 나와 볼 생각을 아니 하고 모두 유리창에다 코를 납작 붙이고 구경들만 하고 있었다. 길거리에서 두세 놈이 쌈판만 좀 벌여도 다 붙잡아다 야단을 치고 벌을 세우고 하던 놈들이 백주대낮에 무법천지로 난리판을 벌이는데도 잡아가기는커녕 강 건너 불 보듯 하며 서로 돌아보고 낄낄거리기만 하니 이게 대체 어찌된 셈판인가!

몇 해 후 나는 뜻하지 않게 서울에서 또 한 번 이와 비슷한 괴현상에 부닥치게 된다. 만보산 사건 때였다. 자세한 설명은 이다음으로 미룬다.

나의 소년 시절의 우상이었던 김정희가 그 후 옥살이를 하고 나와

20대 젊은 나이에 요절했다는 사실을 내가 알게 된 것은 그때로부터 60여 년이 지난 뒤의 일이다. 일본 고베에서 발간되는 잡지 〈무쿠게(무궁화)〉에 실린 한 편의 글을 읽어 보고서였다.

그 글에서 청년회관의 리더였던 조시원을 동아일보의 지국장이라고 했는데 그것은 잘못이다. '조선일보 원산지국'이라는 간판 밑을 나는 하루에도 몇 번씩 지나다녀 보았기에 기억이 분명하다. 그 간판은 우리가 드나드는 바로 길목에 걸려 있었으니까.

4

나는 가만히 있으면 몸살이 나는 성질이라 활을 만들어 가지고 이웃집 갈바자(갈대로 결은 바자)에 탐스럽게 열려서 매달린 호박을 과녁으로 사술을 익혔다.

"아주머니네 아들 양반이 고맙게도 우리 호박을 벌집을 만들어 놨
  으니 어디 한번 와 구경이나 좀 하슈."

그 집 주인에게 이와 같은 비아냥을 듣고 어머니가 막 야단을 치는 바람에 궁술은 포기를 하고 검술로 전환을 했다. 목검을 만들어 가지고 구장(동장)네 과수원 가시나무 울타리를 상대로 검술을 익히다가 "너 그 가시나무하고 무슨 원수졌니? 먹은 밥알이 곤두서는 모양이구나!" 하고 구장 마누라에게 핀둥이를 쏘이는 바람에 검술마저 포기를 하니 앞길이 막막했다.

'넨장, 임자가 없는 거면 말썽이 없을 테지.'

이러한 착상하에 땅벌의 어린벌레를 잡아먹고 역발산기개세의 장

먹고…… 주전부리를 마음껏 하는 게 흐뭇하고 흡족하고 즐거우면서
도 또 신명이 났다.

이날 우리 일행은 서른을 갓 넘은 어머니와 묘령의 두 이모, 그리고
우리 삼 남매 이렇게 모두 여섯이었다. 일행이 자동차부 앞을 지나게
됐을 때, 나는 갑자기 '자동차도 한번 못 타 보고 이 세상에 살아선 뭘
하느냐'는 생각이 들었던 모양이다.

"엄마, 우리 자동차 타고 가."

자동차를 한 번 타자면 쌀 한 말 여덟 되 값―1원이 달아나는 판이
라 어머니는 매우 난처해하는 눈치였다.

"이따 올 때 타자꾸나."

"올 때? 꼭이지?"

"꼭이잖구."

어머니는 내가 까마귀알을 까먹어서 돌아올 때쯤이면 이 '꼭'을 까
맣게 잊어버릴 줄 알았던 모양이나, 천만의 말씀이었다. 씨름판이 벌
어진 놀이터에서 쉴 새 없이 주전부리를 하면서도 나는 그놈의 '꼭'만
은 일편단심 오로지 염념불망을 했으니까 말이다.

이때 원산 시내에는 많아야 대여섯 대의 자동차가 있었을 뿐인데 그
나마 우리네 거주 지역에는 단 두 대밖에 없었다. 모두 다 검정빛 8인
승 포드 오픈카로써 1원 균일제의 요금으로 영업들을 하고 있었다.

트럭은 물론이고 불자동차도 없어서 불이 나면 소방대원들이 네 바
퀴 달린 무자위를 끌거니 밀거니 하면서 진동한동 현장으로 달려가야
하는 세월이었다.

기왕 자동차 이야기가 났으니 말이지만, 몇 해 후 서울에 올라가 학
교를 다니다가 여름방학에 내려왔을 때의 일이다. 서울 구경을 못 한

던 점원 하나가 적이 놀란 듯이 소리를 지르는 것이었다.

"아니, 저거…… 행악쟁이가 아니야?"

마치 무슨 꼬리별이라도 하나 새로 발견을 한 것 같았다.

"어디?"

"오, 참!"

점원들이 모두 내다보는 바람에 나는 얼굴이 홍당무가 돼 가지고 얼른 도망질을 쳐 버렸다.

초나라 왕 진승이 빈천할 때에 사귄 벗들을 싹 다 죽여 버린 것도 아마 이래서였을 것이다. 자신의 창피스러운 행적을 주책머리 없이 자꾸 들춰드는 게 견디기 어렵잖고 어땠을 것인가.

원산 제네스트

1

원산항은 지리적으로 보아 천연의 양항일 뿐 아니라 하느님께서 보호해 주시는 덕분에 그 못된 태풍들도 거의 다 외면을 해 줘서 풍랑으로 말미암은 해난 사고란 극히 드문, 말하자면 지덕이 매우 좋은 복지였다. 하지만 그 하느님도 때로는 변덕을 부리시는 모양으로 태풍이란 놈이 제멋대로 도량을 하게 내버려 둬 바닷가 녘이 온통 울음바다가 돼 버리는 일도 없지는 않았다.

태풍 일과에 천기는 청랑해졌으나 아직도 산더미 같은 멀기가 끈덕지게 들이닥치고 들이닥치고 하는 바닷가 녘에는 여기저기서 곡성이 진동을 했다.

고기잡이 나간 배들이 돌아오지를 않는 것이다. 일가의 대들보들이 물 위에 떴는지 물 밑에 가라앉았는지 알 길이 없는 것이다. 그 생사를 확인할 수가 없는 것이다. 부자가 다 소식이 없는가 하면 형제가 다 소식이 끊기기도 한 것이다. 거센 풍랑에 박살이 난 배의 크고 작은 조각들만 어지러이 멀기를 타고 떴다 가라앉았다 할 뿐인 것이다.

'멀기'란 바람에 의해 일어났다가 바람이 멎은 뒤에도 그냥 남아 있거나 또는 다른 곳에서 일어난 것이 밀려오는, 마루가 미끈하고 파장이 비교적 길며 물매가 느린 바다의 큰 물결을 일컬음이다. '멀기'를 '파도'의 방언이라고 하는 것은 잘못이다.

텔레비전이나 라디오는 물론이고 지방신문이라는 것조차 없던 세월이라 오로지 고기잡이에 목숨을 걸고 사는 외길 인생의 어민들은 일기예보라는 말도 생전 들어 보질 못했다. 풍상 겪은 노인들의 '저녁 노을은 갤 징조'라느니 '달무리가 지면 비 올 조짐'이라느니 하는 따위의 관천망기만으로는 필경 변덕쟁이 하느님의 야릇한 심기를 다 헤아리기는 어려웠다.

바닷물에 잔뜩 불어 터진 시체가 떠오른 것을 모여들어 건지는데 가자미들이 무더기로 달라붙어 살을 파먹고 있는 것을 본 뒤로는 가자미국, 가자미구이라면 아예 도리머리를 흔들어 헛구역질을 하는 아이가 우리 이웃에도 한둘이 아니었다.

우리 아버지는 배꾼(뱃사람)이 아니라서 다행히도 그런 참혹한 비명횡사는 하지 않았다. 하지만 그런 재해로 말미암아 나는 마음에 없는 거짓말을 해야 하는 궁지에 몰렸다. 주범이 아니고 종범으로.

근처에 사는 엿장수 할아버지가 길손이 많은 길목에다 엿목판을 사과 상자로 괴어 놓고 장사를 하는데 먼뎃손 하나가 쭈그리고 앉아 엿을 사 먹으며 엿장수 할아버지와 한담을 하고 있었다. 나는 엿은 먹고 싶어도 돈은 없는지라 그저 옆에 서서 꼴깍꼴깍 침을 삼키며 그 감칠맛 나게 먹는 구경만을 하고 있었다.

"그럼요. 우리 동네서도 숱하게 죽었지요. 아, 글쎄 가자미의 배를 따니까 그 속에서 사람의 손가락이 다 나왔잖고 뭡니까."

먼뎃손이 일변 놀라며 일변 고개를 비틀었다. 잘 믿어지지가 않는 눈치였다.

들통이 나게 된 엿장수 할아버지는 자신의 허풍을 굳히기 위해서는 확실한 증언자 하나를 찍어댈 필요가 있음을 깨달았던 모양이다.

"아, 바로 얘네 집에서 있었던 일인데…… 무슨 소리!"

먼뎃손이 놀라서 나를 쳐다보며 "정말 그랬느냐."고 묻는데 나는 체면에 몰려 '아니오' 소리는 죽어도 할 수가 없게 됐다.

"맞아요."

나는 수치스러운 위증자로 전락을 하고 말았다.

능청스런 엿장수 할아버지와 속아 넘어간 먼뎃손이 다 같이 만족한 얼굴을 하는 가운데 나는 죄지은 놈처럼 슬그머니 그 자리를 떠야 했다.

2

우리 어머니의 이름은 '쌍년'이다. 맏며느리가 첫아들 낳아 줄 것을 잔뜩 바라다가 첫딸을 낳으니까 비위가 뒤틀린 할아버지가 그렇게 지으라고 해서 우리 어머니는 일생 동안을 그런 아름답지 못한 이름으로 살아야 했다.

아들(아범)이 조심조심 들어와서 "갓난애 이름을 어떻게 지으랍니까?" 여쭈어 보니까 뿔다귀가 난 영감이 역정풀이라도 하듯이 내뱉더라는 것이다.

"뭐, 이름? 까짓것 쌍년이라고나 해 둬라!"

이렇듯 부당한 대우를 받았건만 우리 어머니는 남존여비 사상이 여간만 농후하지가 않았다. 그 구체적 예를 하나 들면 이러하다.

어떡하다 쇠고기라도 좀 생길라치면 누이동생 둘을 다 쫓아내고 나만을 먹이는데 숯불에 올려놓은 석쇠에 조선종이를 깔고 굽는 불고기 냄새가 집 안팎에 풍기지 않을 리가 없다. 이 냄새를 맡으면 더 먹고 싶어 한다고 어머니는 두 누이동생을 아예 집 근처에도 못 있게 원거리 추방을 하곤 했다. 그러니까 쇠고기가 생기는 날이 곧 두 누이동생이 관례에 따라 '원악지정배'를 가는 날이었다. 나는 이것을 당연한 처사로 여기고 언제나 태연히 독식을 하는 데 아주 습관이 돼 버렸다.

이때는 영화관에도 부인석이라는 게 따로 있어서 남녀가 동석을 못하게 했을 뿐만 아니라 그 따로 마련한 부인석이나마 들어와 앉는 것은 거개가 화류계 여자들, 여염집 여자란 애당초에 그림자도 보이지를 않았다.

이러한 사회 환경 속에서 자라는 나를 어머니는 집안에서 한술을 더뜸으로써 나의 무지각한 남성 우월감을 더 한층 부추겨 주었던 것이다. 내가 어머니의 이러한 양육 방법이 그릇된 것임을 깨닫고 또 두 누이동생에게 여간만 미안하지 않았다고 뉘우친 것은 썩 뒤의 일이다.

3

원산 시가지는 그 생김생김이 활등처럼 휘우듬하고 또 오이처럼 꼬부장하다. 두 팔을 벌려서 막 바다를 그러안으려는 듯한 형국이다. 그 왼팔이 송도원이 되고 그 오른팔은 명사십리가 됐다. 노송들이 빽빽이 들어선 송도원은 일본 사람들의 해수욕장이고 또 잔솔밭에 해당화가 흐드러지게 피는 명사십리는 서양 사람들의 별장으로 이국정서가 무르녹는다.

우리는 분명 이 땅에서 대대로 살아 내려온 주인이건만 송도원엘 가도 곁방살이 신세요 명사십리엘 가도 역시 곁방살이 신세였다. 그러니까 세상이 뒤집혀서 정작 곁방살이를 해야 할 놈들이 되려 코를 고는 셈이었다. 우리는 감히 코도 한번 못 골아 보는 셈이었다.

우리 동네의 어민들은 고기가 안 잡혀도 양식이 달리고 또 고기가 너무 많이 잡혀도 역시 양식이 달리는 까닭에 거개가 평일에는 만주산 노란 좁쌀로 지은 깔깔하고 푸슬푸슬한 밥들을 먹고 살았다. 하숙집도 거개가 조밥 하숙이고 쌀밥 하숙은 극히 드물었다.

이웃집 배꾼 아저씨가 고주망태가 돼 가지고 목로술집 툇마루에 퍼져 앉아 통곡을 하다가 마룻장을 치면서 넋두리하는 것을 나는 본 적이 있다.

"고기가 안 잡히면 안 잡혀서 못살아 너무 잡히면 또 너무 잡혀서 못살아. 이놈의 고깃값이 똥값이 돼 버렸으니 나더러 어쩌란 말이이이……."

냉동 설비가 있나 가공 시설이 있나 찌는 듯한 여름 날씨에 선창에서 넘쳐나는 고기들은 단 하룻밤도 그냥 묵힐 수는 없는 노릇이었다.

우리 집도 어머니가 홀로 된 뒤로는 가세가 점점 더 기울어 조밥으로 끼니를 잇는 날이 자꾸만 늘어났다. 나는 특히 강조밥이라면 아예 질색이었다.

어느 날 어머니더러 "내일 아침엔 꼭 쌀밥을 해 달라."고 신신부탁을 했건만 막상 주발 뚜껑을 열어 보니 역시 강조밥이었다. 나는 두말 않고 실력행사로 들어갔다. 얼른 주발을 집어 들고 골목거리로 뛰어나가 부채(파초선) 자루로 온 사방에 조밥 '고수레'를 해 동네 닭과 개들이 살 판 만난 줄 알고 우 몰려들어 한바탕 야단법석을 벌이게 한 것이다.

훗날 팔로군 부대에서 일 년 열두 달 삼백예순날 강조밥만 먹고 산 것도 이 조밥 '고수레'를 한 죄를 받아서가 아닌지 모르겠다. 하느님께 괘씸죄를 지은 대갚음이 아닌지 모르겠다.

조석거리가 없는데도 이웃의 이목을 의식해 눈가림으로 아궁이에 군불을 지피며(굴뚝에서 연기가 나라고) 일부러 소댕(솥뚜껑)을 열었다 덮 었다 해 소리를 내는 집들도 있었는데 거기 비하면 우리는 그래도 괜 찮게 사는 축이었다.

우리 집에서는 본래 꽹과리중이 동냥을 오면 예수를 믿는다고 해 쫓 아 버리고 또 전도부인이 전도를 하러 오면 불교를 믿는다는 걸로 방 패막이를 했는데 어머니가 나중에 차차 포교당 출입을 시작하더니만 이내 불교에 빠져 버려 밤낮 염주를 들고 다니며 '나무아미타불', '관세 음보살'을 외우게 됐다.

어머니는 외아들인 내가 "단명할 거라."는 어느 협잡꾼 중놈의 거짓 말을 곧이듣고 그 꾐에 빠져 나를 수명장수시키려고 허무하게 속은 일이 한두 번이 아니었다.

나는 공부는 잘 못해도 몸만은 튼튼해 한 아흔 살쯤은 너끈히 살 조 짐이 뚜렷한데도 어머니는 내가 곧 비명횡사를 할 것만 같아 주야로 노심초사를 하는 것이었다. 걱정도 팔자인 모양이다. 그렇잖으면 아들 사랑에 아예 눈이 어두웠는지도 모를 일이다.

하긴 내게도 잘못이 없진 않았다. 대가리가 커다래진 뒤에도 어머니 가 시킨다고 우스꽝스러운 짓을 남우세스러운 줄도 모르고 굽실굽실 시행을 했으니까 말이다.

까맣게 높은 산꼭대기에 있는 무슨 상운암이라나 하는 암자에다 시주를 하는데 수명장수를 할 당자가 정성으로 정백미 서 말과 참기름 한 되(열 홉)를 져다가 바쳐야 한단다.

쌀 서 말은 무거운 대로 멜빵을 해 짊어진다지만서도 한 되들이 참기름병은 드다루기가 폐로워 어떻게 할 도리가 없는지라 노끈으로 동여매 가지고 목에다 걸기로 했다. 그 모양이 흡사 개목걸이를 건 것 같아 보기가 좋지 않았으나 그래도 가장 좋은 방법임에는 틀림이 없었다.

"가다가 무겁다고 내려놓거나 땅에 앉아 쉬거나 해선 안 돼, 부정을 타니까. 힘이 들더라도 곧장 지고 가야 해. 알았지?"

그러니까 '무착륙'으로 꼿꼿이 강행군을 해야 한다는 얘기인 것이다. 한데 그놈의 비탈길이 가파르긴 또 왜 그리도 가파른지. 칡덩굴, 머루덩굴 따위를 휘어잡고 거머잡고 하지 않고서는 도저히 기어오를 재간이 없을 지경이잖은가. 수명장수 할 욕심에 눈이 어둡지 않고서는 도저히 해내지 못할 노릇이었다.

종교란 압박받는 피조물의 탄식이며 심장 없는 세계의 영이며 생기 없는 침체의 시대의 혼이다. 그것은 인민의 아편이다.

이런 정의가 이미 내려져 있다는 사실을 그때는 아직 몰랐을 뿐더러 그와 같은 정의를 내린 사람의 이름조차 들어 본 적이 없었으므로 내가 종교에 대해 아무런 회의심도 의구심도 품지를 않은 것은 오히려 당연한 일이었을지도 모른다. 그렇게 정의를 내린 사람의 이름을, 그러니까 카를 마르크스라는 이름을 내가 알게 된 것은 그 썩 뒤의 일이었다.

1941년 12월, 중국 태항산에서 일본군과 교전 중 관통 총상을 입고

(38식 6.8밀리미터 총탄에 왼쪽 대퇴골이 3분의 1쯤 깎여 나갔음) 일본으로 끌려가 나가사키형무소에서 징역을 살고 있을 때의 일이다.

'비국민' 즉 '매국적'이라고 잔뜩 미움을 산 까닭에 다리의 상처를 치료받지 못해 나는 옹근 3년 2개월 동안을 줄곧 고름을 흘리며 견뎌야 했다. 한데 단 하나밖에 없는 아들의 이러한 비참하고 위급한 처지에 밤낮으로 속을 끓이던 어머니가 그 아들을 위해 다한 최선이란,

수리수리 마하수리……
옴 도로도로 지미사바하…….

이젠 하도 오래된 일이라서 그대로 외울 수도 없지만 아무튼 이런 무슨 경문인지 주문인지 하는 것을 적어 보내면서 단단히 타이르셨다.

"이것을 날마다 정성껏 외면 네 다리의 상처가 씻은 듯 부신 듯 아물 것인즉 부디부디 명심하거라."

이때는 이미 '종교는 민중의 아편'이라는 정의의 뜻을 터득한 뒤였으므로 나는 하도 어이가 없어서 곡소부득(哭笑不得) ― 울어야 할지 웃어야 할지 갈피를 잡을 수가 없을 지경이었다.

4

나는 집안에 학습을 지도해 줄 사람이 없었으므로 아무 책이나 닥치는 대로 읽은 까닭에 얻은 지식이라는 게 아무 체계도 없이 그저 엉성궂기만 했다. 되는 대로 가려 놓은 섶단 무지 같았다.

방정환이 주간하는 월간 잡지 〈어린이〉를 애독하는 것으로부터 독서에 눈을 뜨기 시작해 아귀처럼 탐식을 하다가 우리글로 된 책을 더는 얻어 볼 수가 없게 되자 이내 일본말 책으로 옮아 붙어 가지고 훨씬 더 넓어진 세계에서 글자 그대로의 섭렵을 해 댔다.

일본 시인 사이조 야소, 기타하라 하쿠슈, 노구치 우조 들의 동시는 내 마음을 완전히 사로잡았다.

한번은 일어 시간에 선생님이 흑판에다 '곡자(曲者)'라고 써 놓고 "이걸 읽을 줄 아는 사람 손 들라."고 하는데 서너 아이가 앞을 다투다시피 손을 들고 일어나서는 다들 틀리게 읽는 바람에 선생님이 눈살을 찌푸리실 때 천천히 손을 들고 일어선 내가 "구세모노."라고 바로 읽자 선생님은 손뼉을 딱 치면서 "맞았다!"하고 좋아하시는 것이었다. 그 바람에 나는 속으로 코가 좀 우뚝해질라 했다.

4학년 2학기부터는 오리 을투성이던 내 통신부에 어렵사리 넉가래갑 명색이 두어 개씩 나타나기 시작했는데 그 하나는 '국어' 즉 '일어'고 또 하나는 '철방(綴方)'이라 일컫는 '작문'이었다.

어젯밤에 그러니까 1994년 5월 26일 밤에 나는 느닷없이 국제전화 한 통을 받았다. 한국 부산에서 정태진이라는 내 소학교 동기 동창이 무려 65년 만에 걸어온 것이었다. 열세 살 소년 시절에 갈라져 가지고 일흔여덟 살 석양 녘에 꿈밖에 그 목소리를 들으니 감구지회가 이루 형언하기 어려울 지경이었다.

그는 서울의 원산시민회를 통해 내 소식을 뒤늦게 알고 부랴부랴 전화를 한 것인데 그 뜻인즉 정말 긴가 아닌가 신원을 확인해 보자는 것이었다. 동명이인일지도 모르니까.

"자네가 4학년 때였던가 '어머니가 탄 배는 사라지고 뒤에 연기만 남았다'는 동시를 썼었지. 그걸 교지에 발표하고 선생님한테 크게 칭찬을 받았었지. 자네가 틀림없이 바로 그 아무갠가?"

나는 정태진의 그 비상한 기억력이 적이 놀라웠다. 기이할 정도로 놀라웠다. 하긴 그는 소년 시절에 나와는 달리 언제나 우등생이긴 했다. 정태진은 분명 내가 면구스러워할까 봐 더 중요한 '신원 확인 자료'는 들추지를 않은 것 같았다.

'다 늙은 터수에 구태여 그런 것까지.'

이렇게 생각하고 의도적으로 기피를 하는 것 같았다.

"자네가 바로 그 유명짜하던 겁쟁이 아무개가 틀림이 없나?"

나는 밖이 어둡기만 하면 공연히 무섭고 겁이 나서 꼼짝을 못 해 밤눈 못 보는 닭이나 진배가 없었다. 눈에는 아무 이상이 없었지만 '담보'에 이상이 있었던 모양이다. 친구들이 밤저녁에 어디를 놀러 가자고 끌면 "나중에 집까지 바래다준다."는 언약을 꼭 받고서야 따라나설 지경이었으니까 겁쟁이 소리는 아니 들을래야 아니 들을 수가 없었다.

하긴 당시 우리가 살고 있던 구역에는 가로등이니 외등이니 하는 따위가 거의 없었으므로 굴뚝귀신을 봤다는 허풍선이나 도깨비불을 봤다는 어수룩한 백성이 좀처럼 씨가 지지를 않았다. 그러나 아무튼 내 이 특이한 천성은 오늘날까지도 큰 변화가 없다. '세 살 적 버릇이 여든까지 간다'는 속담 바로 그대로가 아닌지 모르겠다.

몸이 비둔했던 탓으로 체육 시간에 철봉대에 매달리면 쿨렁쿨렁한 쌀자루처럼 늘어지기만 해 늘상 웃음가마리가 되는 반면에 바닷가 녘에서 자랐다고 헤엄은 또 제법 잘 쳤다. 헤엄만은 개헤엄, 개구리헤엄 그리고 뺄헤엄, 송장헤엄에다 자맥질까지 대체로 막히는 게 없었다.

하지만 그것도 한계가 있어서 시종 천해족으로 만족했지 심해족은 엄두도 못 냈다. 다른 녀석들(주로 집에 배가 있는 녀석들)은 오리가 환생을 했는지 깊은 바다까지 식은 죽 먹기로 헤어 나가고 헤어 들어오고 하는데 나만은 부득이 가자미족 모양 얕은 바다에서만 매암을 돌아야 했다.

한번은 동급생 왕눈깔 박룡성이와 고수머리 전창희가 짜고 저희네 거룻배에다 나를 태워 가지고 깊은 바다로 나가서는 나를 혼내 주느라고 두 녀석이 양옆에 갈라 앉아 배를 이리 뒤뚱 저리 뒤뚱을 시키는데 배가 금세 뒤집힐 것만 같았다. 내가 겁에 질려 뱃전을 붙잡고 비명을 올리니까 두 녀석은 그게 재미가 있다고 더욱더 짓궂이 이리 뒤뚱 저리 뒤뚱을 시키는 것이었다.

이튿날 두 녀석이 학교에 와 이 소문을 저희들의 무용담 맞잡이로 덧보태서 퍼뜨리는 바람에 나는 꼼짝없이 겁쟁이 위에 덧겁쟁이로 돼 버렸다.

그로부터 한 십 년 지난 1939년에 나는 중앙군(국민당 군대) 82사단 488연대 2대대에 한때 배속이 됐다. 그때 함께 배속이 됐던 마덕산은 나의 중앙육군군관학교(황포군관학교) 동기생으로서 그로부터 3년 뒤인 1942년에 그는 석가장에 비밀 사명을 띠고 잠복해 있던 중 불행하게도 체포가 돼 북경 일본 헌병대에서 군사탐정이라는 죄명으로 총살을 당했다.

한데 우리가 배속이 된 지 두어 주일도 채 못 돼 가지고 대대에 불상사가 하나 생겼다. 탈주병 한 녀석을 붙잡아다 처형을 하게 된 것이다.

당시 우리 대대는 적의 보급선을 교란할 임무를 띠고 적군의 후방인 호북성 남단의 양방림 일대에서 출몰을 하는 독립 대대였다. 그러므로 대대장은 긴급한 상황하에서는 '선참후계'를 할 권한을 지니고 있었다.

어쨌든 고단한 형세에 탈주라는 최악의 사태가 연쇄반응이라도 일으키는 날이면(도미노 현상이 일어난다면) 야단이므로 단호한 조처로 징일경백(懲一警百)을 해야 했다. 그러자면 형의 집행을 그저 간단한 총살로 할 게 아니라 총검(날창)으로 찔러 죽인다는 끔찍한 방법을 쓰는 게 더 효과적일 거라는 판단이 내려졌다.

난생처음 그런 소름 끼치는 장면을 목격하고 충격을 받아 나는 그날 저녁밥을 못 먹었다. 속이 메스꺼워 자꾸 게울 것만 같아서였다.

밤에 자다가 방광이 곧 터질 것 같았으나 낮에 벌어졌던 그 끔찍한 광경이 눈에 밟혀 혼자서 밖에 나갈 용기는 죽어도 없었다. 참다 참다 파열 직전에 이르렀을 때 막부득이 옆자리에서 자고 있는 마덕산을 흔들어 깨우며 "좀 같이 나가자." 하고 다리아랫소리를 했더니 그 소 멱미레 같은 친구가 의외롭게도 군소리 한마디 없이 데걱 일어나 주는 게 아닌가.

알고 보니 그치의 방광은 나보다 더 위급한 상태였다. 벌써부터 참느라고 안간힘을 써 가며 내가 먼저 고패를 빼 주기만 기다리고 있던 참이었다.

5

우리 3, 4학년 때의 담임이던 김영하 선생님은 그 후 나의 소년 시절의 우상이던 무정부주의자 김정희의 누이동생(소문난 연애 박사) 부희와 결혼을 해 가지고 영흥인가 어디 무슨 학교의 교무주임으로 전출을 했다(영전일 수도 있고 또 좌천일 수도 있다). 그리고 그 뒤를 이어 5, 6학년을 담임한 이가 바로 앞서 말한 리영희 선생님이었다.

한데 이 리영희 선생님이 우리가 6학년이 되자 '국사(일본사)' 시간에 교과서에는 있을 수 없는, 엉뚱한 것을 우리에게 가르쳤다.

"너희들도 이젠 다 컸으니까 우리나라의 임금님이 어떤 분들이었는지는 알아야 할 것 아니냐."

이렇게 허두를 떼어 놓고 가르친 것이 다름아닌 '태정태세문단세, 예성연중인명선, 광인효현숙경영, 정순헌철고순' 조선조 27대 임금의 다년호였다.

우리의 민족적 긍지와 자부심을 북돋우어 주는 데 이보다 더 훌륭한 교육 방법이 어디 또 있을 것인가. 우리는 이 세상에 태어날 때부터 망국노가 아니었던가.

그로부터 65년이란 세월이 흐른 지금도 나는 그 '태정태세문단세……'를 줄줄 내리 외울 수가 있을 정도다.

그놈의 국사인지 뭔지를 배우면서 우리가 제일 분통을 터뜨린 것은 '국사 부도'에 실린 한 폭의 그림이었다.

하얼빈 역두에서 안중근이 이토 히로부미를 저격하는 장면을 그린 것인데 총을 맞는 이토는 절세의 위인처럼 그려진 반면에 총을 쏘는 안중근은 형편없는 악당으로 그려졌던 것이다.

'왜놈들이란 다 흉악한 불한당이자 천하의 거짓말쟁이구나!'

"선생님, 일본 천황은 뭘 먹고 삽니까?"

이러한 호기심 어린 물음에 리영희 선생님은 서슴없이 대답하셨다.

"일 년 열두 달 된장국에다 대구 대가리만 먹고 산단다."

폭소가 터져 짜그르르하는 가운데 선생님은 다시 한마디를 덧붙이는 것이었다.

"그렇지만 우리나라 임금님은 날마다 진수성찬으로 잘 차린 수라상을 받으신다."

이번에는 박수갈채가 터졌다.

이러고도 리영희 선생님이 감옥에를 가지 않고 천수를 누렸다는 것은 아마도 아첨과 고자질을 업으로 삼는 소인배가 그때는 아직 동면 (겨울잠)에서 깨어나지를 않았던 모양이다.

한데 이로부터 불과 몇 달 후, 나는 열세 살 먹은 소학생으로서는 도저히 풀 재간이 없는 난문제에 부닥치게 된다. 그 난문제의 연유를 설명하기 위해 졸저 《격정시대》에서 원산 제네스트에 관한 단락 하나를 우선 옮겨 보기로 한다.

이해 음력설밑에 원산항은 유사 이래의 대동란 속에서 온 시내가 풍랑 만난 배처럼 뒤흔들렸다.

그것은 경찰들이 제모의 에나멜가죽끈을 내려서 턱 밑에 걸고 나번득이는 것으로 특징지어졌다. 그리고 또 각성한 노동자들이 대중적 단결력과 전투적 기세를 과시하는 것으로 특징지어졌다.

문평 라이징썬 석유회사 노동자들이 다시 시작한 파업을 신호로 오래전부터 파업할 태세를 갖추고 있던 원산 부두 노동자들이 일대 폭발을 일으킨 것이다.

원산서 기차를 타고 한 십 분 달리면 덕원정거장이요, 덕원서 한 십 분 더 달리면 문평정거장이다. 문평과 원산은 상거가 불과 20리…….
불똥은 당일로 튀어 오고 또 당일로 튀어 갈 만한 거리였다.

부두 노동자들이 일으킨 파업은 연쇄반응을 일으켜 삽시간에 원산 일대의 공장, 제조소와 모든 작업장들이 완전히 마비가 돼 버렸다. 명석동에 본거를 둔 적색노조 즉 '원산노동연합회'가 총파업의 지령을 내린 것이다(이 적색노조가 이태 전에 무정부주의자들의 본거였던 청년회관을 습격했을 때 나는 단호히 청년회관 측을 동정했다).

저네들의 아버지가 또는 형님이 부두에서 스토라이키(스트라이크)를 한다고 동네 아이들이 우 몰려가는데 무사분주한 천성 때문에 나도 덩달아서 두 주먹 불끈 쥐고 쫓아가 보니 그건 그냥 무슨 보통 스토라이키인 게 아니라 아예 치고 차고 받아넘기고 하는 죽일 내기 난장판이었다.

처음에는 그저 밀고 닥치고 하는 몸싸움이었는데 난데없는 파업깨기꾼들이 와 들이닥치는 바람에 사태가 급전을 했다는 것이다.

이 깨기꾼들이 어용 단체인 함남노동회에 매수된 깡패들이라는 걸 내가 알게 된 것은 뒷날의 일이다. 하지만 그자들이 물 본 미친개처럼 미쳐 날뛰며 미친개몽둥이를 마구 휘둘러 대는 것을 지켜볼 때 내 몸속에서는 콜타르같이 시꺼먼 증오의 피가 끓어번지는 것 같았다.

경찰대가 담벼락처럼 둘러서서 뒷받침해 주는 데 기운을 얻은 깨기꾼들이 사기가 와짝 올라 최후의 일격을 가해 왔을 때였다.

안벽에 선복을 붙이고 정박해 있던(파업 때문에 여러 날째 화물을 부리지도 싣지도 못하고 발이 묶여 있던) '츠루가마루'라는 화물선의 갑판 위에서 관전을 하고 있던 일본 선원들이 별안간 고함을 지르며 발들을 굴러 댔다.

"파업 만세!"

"형제들 버텨라!"

이것을 신호로나 한 듯이 안벽에 정박해 있던 다른 일본 기선의 선원들도 모두 다 응원 시위를 벌였다. 그리고 일제히 우렁차게 기적(뱃

고동)들을 울려 줌으로써 파업자들의 기세를 와짝 올려 주었다.

나는 금세 우쭐우쭐 어깻바람이 났다.

'잘한다. 우리 편이 이긴다!'

그러나 다음 순간 '하지만 일본 사람들이 어떻게 우리 편을?' 하나의
충격이 아닐 수 없었다. 왜, 놈들은 다 악당이어야 하잖는가…….

서울

1

나의 진학 문제로 담임선생님과 어머니가 두고두고 골머리를 앓은 끝에 궁여지책으로 서울 유학이라는 말계가 채택이 됐다.

당시 원산에는 남자 중학교라는 게 도시 하나밖에 없었다. 그나마 일본 아이들을 위한 학교였으므로 조선 학생은 체면치레로 한 학급에 두셋씩을 겨우 받아 주었다. 그러니 우등생, 최우등생이 아니면 '오르지 못할 나무'였으므로 애시당초 쳐다보지도 말아야 했다. 바지랑대로 하늘을 재겠는가, 별을 따겠는가!

이때 우리 이모, 외삼촌들이 네댓이나 서울에 올라가 공부를 했던 까닭에 외가에서는 그 뒷바라지를 하기 편하라고 숫제 서울로 이사를 했다. 게다가 서울에는 점수가 모자라도 뒷문치기로 어물쩍할 만한 계제도 있었다.

이런저런 유리한 조건들이 감안된 결과 어머니는 마침내 나 이 천둥벌거숭이를 놓아기르기로 마음을 굳혔다. '사람의 새끼는 서울로 보내고 마소의 새끼는 제주로 보내라'잖는가.

우리 학급 근 50명 졸업생 가운데 상급 학교에 진학을 한 것은 나까지 해 모두 넷뿐이고 그 나머지는 다 제 밥벌이를 해야 했다.

　인쇄소에 견습공으로 들어간 아이도 있고 또 왜관 일본인 상점에 사환으로 들어간 아이도 있었는데, 이런 사환인 경우 붙박이로 자고 먹고 한 달에 3원이었다.

　여름방학에 내려와 가지고 진정 동정하는 마음으로 "그래, 지내기가 어떠냐."고 물어보았더니 그 사환 노릇하는 녀석이 상글거리며 털어놓기를 "일 년 열두 달 공일 날이라는 게 없으니까 사람이 고단해 딱 죽을 지경이다. 하지만 하루 세 끼 이팝(쌀밥)을 얻어먹으니까 그래도 괜찮은 셈이다. 우리 집에선 지금도 끼니마다 강조밥이거든. 그러고 3원씩 받는 건 2원 50전만 엄마 갖다주고 나머지 50전은 내가 쓴다. 한 달에 한 번씩 활동사진 구경하는 재미로나 살지 어떡하니. 히히……. 넌 좋겠다. 영어도 배우지? 영어로 우리 같은 걸 뭐라고 하니. 뽀이(보이)? 주인이 날 부를 땐 꼭 '고조(꼬마)'란다. 이놈의 고조는 규지(급사)만도 못한 게 아니고 뭐냐. 규지는 그래도 공일 날에 놀기나 하지. 넨장할!"

　우리는 오랜만에 함께 가 싸구려 우동을 먹었다. 서로 우동값을 제가 내겠다고 다투다가 결국 우기고 내가 냈다.

　'50전으로 한 달을 사는 놈의 우동을 얻어먹느니 차라리 가시를 먹지!'

　여기서 나의 불쌍한 친구 정칠성에 대한 이야기를 좀 해야겠다.

　정칠성이는 나하고 6년 동안 한 학급에서 공부를 했는데 가정 형편이 어려워 졸업을 하자마자 제 밥벌이를 해야 했다.

　그는 이른바 '고조'보다 낫다는 '규지'가 됐는데 숙식을 제공받지 않는 까닭에 급여금이 비교적 많아서 한 달에 6원이었다. 아침저녁은 집에서 식구들하고 같이 조팝(조밥)을 먹지만 벤또(도시락)만은 하얀 쌀밥을 싸 갖고 다녔다.

밥 얘기가 난 김에 몇 마디 끼워 넣는다.

조밥을 먹으면서도 같잖은 오기 때문에 짐짓 턱을 쳐들고, 쌀밥 먹는 아이를 쏠까스르는 녀석도 우리 학급에는 없지 않았다.

"임마, 넌 은밥을 먹지만 난 금밥을 먹는다. 냠냠 죽겠지."

다시 정칠성의 이야기다.

기괴한 인연이랄지 정칠성이 취직을 한 직장이란 게 하필이면 원산중학교(원중)이었던 까닭에 그는 아침 출근길에 늘 교복 차림으로 등교하는 옛 친구들 즉 소학교 동창들과 한길에 들어서게 됐다. 그래도 성정이 워낙 착한 그였으므로 언제나 구김살 없이 웃는 얼굴로 그들을 대했다.

원래 우리 학급에서 원중을 지망한 아이가 모두 셋이었는데 그중 둘은 무난히 한 번에 합격을 했고 나머지 한 아이는 가탈이 많아 두 번 낙방하고 3년 만에 겨우 붙었다. 한데 이 '겨우 붙었다'에 안쓰러운 속내평이 있는 것이다.

그 이태째 재수를 하는 친구가 정칠성을 찾아와 자신의 비장한 결심을 피력하기를 "이번에 또 못 붙으면 난 바다에 뛰드는 수밖에 없다." 그 절망적인 한마디에 정칠성의 선량한 마음은 크게 뒤흔들렸다.

"그게 무슨 소리여. 어떡해서든 붙어야지."

"내 실력 너 모르니?"

재수생이 하소연하듯 두 손을 벌려 보이며 윈고개를 젓는 바람에 정칠성은 더욱더 속이 달았다. 그러자 그의 가슴속에서는 불현듯이 우정이 부풀어 오르고 또 의협심이 용솟음을 쳤다.

"염려 마. 내 어떡해서든 도와줄 테니."

정칠성은 학교에서 시험지를 맡아서 등사를 하다가 쥐도 새도 모르게 한 장씩을 후무려다가 단짝패 재수생에게 패스를 했다. 그 결과 경사스럽게도 그 녀석은 거연히 합격을 했다. 그도 상당히 높은 점수로.

한데 어느 구멍으로 바람이 새었는지 아무튼 한 달이 채 못 돼서 이 일이 탄로가 나 정칠성은 당연스레 해고를 당했다. 비루먹은 개 쫓겨나듯 쫓겨난 것이다. 밥줄이 끊어져 달마다 꼭꼭 받던 6원을 못 받게 되니 그의 유일한 낙이던 쌀밥 도시락도 자연 끝장이 나 버렸다.

그런데 기이한 것은 부정 입학을 한 장본인은 아무 탈 없이 버젓이 학교를 다니는 것이었다. 그 아버지가 뒷구멍으로 상당한 액수의 돈을 디밀었을 거라는 추측만 무성할 뿐 정확한 것은 아무도 몰랐다.

정칠성이 아직도 살아 있다면 나보다 두 살이 맏이였으니까 올해 꼭 팔십일 것이다.

2

원산 제2공립보통학교 5학년 때 겨울방학을 서울 외갓집에 와 보냈고 또 이듬해 수학여행차 서울, 인천, 개성 일대를 다 돌아보았으므로 내게 있어서 서울(경성)은 그리 생소한 고장이지는 않았다.

내가 혜화동 막바지에 있는 보성고등보통학교를 지망한 것은 순전히 타의에 따른 것이었다. 이화여학교에 다니는 작은이모(다섯 살 맏이)가 제 남자 친구를 통해 다리를 놓아 시험 성적에 관계없이 부정 입학을 하게끔 해 놓았기 때문이다. 그러니까 나는 땅 짚고 헤엄치기를 하는 판이었다. 경쟁률이 5대 1인지 6대 1인지 됐기에 정당한 방법으로 한다면 우리 같은 것은 애당초에 어림도 없었다.

흰 줄 두른 새 교모에 금빛의 금장을 단 새 교복을 입은 것까지는 좋았으나 구두가 문제였다. 교모와 교복은 엄격하게 지정 모자점, 양복점이 있었지만 구두만은 지정 양화점이라는 게 없었다. 요것만이 유일한 '자유형'이었다.

구두를 맞추는 데 들어서 나는 신중을 기해 나의 고문 격인 둘째 외삼촌(세 살 맏이)에게 '자문'을 하기로 했다.

"1학년생이 단화를 신으면 주제넘단 소릴 듣는다. 그리고 편상화는 보기에 유치하기도 하려니와 신기도 거북살스럽다. 그러니 차라리 축구화를 맞추는 게 좋을 것 같다. 신고 다니는 구두도 척 한번 대장부다워야 할 것 아니냐."

이 불후의 명언에 크게 공감을 한 나머지 나는 즉시 행동으로 넘어갔다. 반 시간 후에는 벌써 계약금 2원을 치르고 영수증을 받아 쥐었다. 우리가 선정한 것은 종로의 화신백화점과 와이엠시에이(YMCA) 사이에 있는 대창양화점이었다.

한데 막상 개학을 하고 보니 전교 700여 명 학생 중에 척 한번 대장부답게 축구화를 신고 뚜걱뚜걱 등교를 한 놈은 나 하나밖에 없었다. 글자 그대로 유일무이요, 유아독존이었다.

나는 딩딩하던 대장부의 기개가 금세 쭈그러들어 바람이 새는 고무풍선 꼴이 돼 버렸다. 시르죽은 이가 돼 가지고 제정신 없이 실내화로 갈아 신었다.

이 불후의 명언으로 축구화를 맞추게 했던 둘째 외삼촌은 6·25전쟁 때 서울에서 의용군에 입대를 했다가 쌈도 별로 못 해 보고 국방군에 포로가 돼 거제도 포로수용소에 갇혀 있었는데 포로 교환 때 머리가 돌았던지 처자식이 서울에 살고 있는데도 북송을 자원했다. 그는 이북에 와 개돼지나 별반 다를 바 없는 취급을 받다가 1990년에 사리원에서 일흔일곱 살로 한 많은 세상을 떠났다.

이날부터 근 이태 동안을 나는 그 원수의 축구화 때문에 늘상 주눅이 들어서 살아야 했다. 세상에도 목숨이 질긴 그놈의 축구화가 투박하긴 또 왜 그리도 투박한지 아무리 학대를 해도 생전 어디 해져 줘야 말이지. 코뿔소 가죽보다 더 질기고 코끼리 가죽보다도 더 질겼다.

돌절구도 밑 빠질 날이 있다고 드디어 어느 날 그놈의 축구화가 악어 아가리 같은 아가리를 쩍 벌려 주었을 때, 나는 땅방울에서 풀려난 죄수마냥 훨훨 하늘을 나는 기분이었다.

제2대 구두를 맞출 때는 둘째 외삼촌의 그 불후의 명언을 단호히 위배하고 불퇴전적인 기백으로 그 유치하고 거북살스럽다는 편상화를 맞춰 버렸다. 독단전행을 한 것이다.

이때까지는 아직 총독부의 식민지 통치가 빈틈없이 짜이지는 못했던 까닭에 우리는 난생처음으로 《조선사》라는 것을 배웠다. 공립학교가 아니고 사립이었던 덕을 본 셈이다. 1, 2학년 이태 동안을 배웠는데 가르친 이는 학생들 사이에서 '영심환'이라는 별명으로 불리는 황의돈 선생님이었다. 속이 좋지 않아 늘 영심환을 가지고 다니며 복용을 하는 까닭에 이런 별명이 붙었는데 아닌 게 아니라 이따금 당나귀 울음소리 비슷한 트림을 하곤 했다.

이 이태 동안의 조선 역사 공부는 나로 하여금 새삼스레 민족의식에 눈을 뜨게 해 주었다. 어슴푸레하던 것이 뚜렷해진 것이다.

그리고 그 이태 동안에 못다 배운 것들은 (3학년부터는 동양사, 서양사를 배워야 했으므로) 운명의 신의 야릇한 뜻에 따라 오륙 년 뒤에—중국에 건너와 가지고 마저 배워야 했다. 중앙육군군관학교의 교관이었던 김두봉 선생님과 윤세주 선생님에게 배운 것이다.

김두봉 선생님이 하도 외곬으로 민족의 긍지를 고취하고 또 말끝마다 '우리나라 것은 뭐나 다 세계 제일'이라는 투로 교육을 하시는지라 내가 옆자리의 류신을 돌아보고 "쓰레기도 아마 우리 게 세계 제일인 모양이지?" 하고 엇조로 소곤거렸더니 류신은 "어째 민족 반역자 소릴 듣고 싶어 몸살이 나냐?" 하고 빙글거리며 되받는 것이었다.

이 류신은 6·25전쟁 때 조선 인민군의 사단 참모장으로 출전했다가 전사를 했는데 일점 혈육으로 세 살짜리 딸 하나를 남겼다.

한데 나중에 지각이 든 뒤에 다시 생각해 보니 김두봉 선생님의 당시의 그 교육 방법은 쩍말없을 정도로 옳은 것이었다. 민족 간의 모순이 극한에 달했던 시기에 독립군의 골간이 될 젊은이들에게 그 밖에 또 무엇을 가르쳐야 했을 것인가.

이야기가 다시 황의돈 선생님의 역사 시간으로 되돌아온다.

"쓰시마 해협에서 러시아의 발틱 함대를 무찔러 대공을 세운 일본 제독 도고 헤이하치로도 우리의 리순신 장군을 어찌나 존경했던지 어떤 사람이 '각하는 동양의 넬슨 제독이십니다' 하고 칭찬을 하니까 들은 척도 안 하던 그가 '각하는 조선의 리순신 장군 같으신 분입니다' 하고 치살리니까 좋아서 입이 쩍 벌어지더라는 것이다."

황의돈 선생님의 리순신 장군에 대한 격찬은 나도 전적으로 동감이었다. 하지만 '대승전을 한 왜놈의 제독이 정말 그렇게까지 존경을 했을까' 하는 의문은 끈히 꼬리를 끌었다.

'넬슨보다 더 높이 평가를 한다?'

'넬슨은 트라팔가르 해전에서 프랑스, 스페인 연합함대를 격멸하고

영국의 해상 패권을 확립한 세계적인 명장이 아니었던가.'

'고 가증스런 왜놈들이 저네들의 수군을 박살 내 준 우리 장군을 그렇게 고분고분히 존경을 할까?'

장장 반세기도 더 지나서야 이 의문은 비로소 풀렸다. 봄눈 슬듯 스러져 버렸다.

1986년 11월에 일본 작가 시바 료타로 씨가 보내온 그의 저서《언덕 위의 구름》에 대략 다음과 같은 내용을 기술한 단락이 있었다.

발틱 함대를 영격하려고 진해만에서 출항을 하던 일본 해군의 한 정장이 '리순신 제독의 영에 기원'을 했는데 그 까닭인즉 리순신이 '세계 제일의 해장'이었기 때문이다.

우연하게도 일본 해군이 정박하고 있던 이 진해만은 300여 년 전에 리순신의 수군이 일본 수군을 통격했던 옛 싸움터였다.

그러기에 일찍이 아시아가 낳은 유일한 바다의 명장의 영에 그가 기원을 한 것은 당연한 감정이었을지도 모른다.

즉사하게 두들겨 맞은 적군의 후손들에게까지 존경을 받는 인물에 대해 무슨 말을 더 할 필요가 있을 것인가.

3

서울 외갓집이 원래는 수송동에 있었는데 아름답지 못한 사건 하나가 생기는 바람에 남우세스럽다고 부랴부랴 이사를 해, 내가 여러 해 동안 살았던 집은 관훈동 69번지였다.

놀랍게도 이 집(조선 기와집)은 60여 년이 지난 지금도 거의 본디의 모습 그대로 말짱하니 남아 있다.

내 외오촌 이모 하나가 큰아버지네 집(즉 우리 외가)에 와 있으면서 여학교를 다녔는데 이 조신치 못한 아가씨가 얼굴값을 하느라고 연애인지 뭔지를 한다고 남자 친구하고 아베크로 삼청동 뒷산에를 들어갔다가 뒤밟아 온 삼인조 불량배에게 윤간을 당했는데 "이 새끼, 넌 꺼져!", "냉큼 꺼지지 못할까!" 삼인조의 우두머리가 눈방울을 굴리는 바람에 의당 기사도를 발휘했어야 할 놈팽이는 꿀꺽 소리도 못 하고 저 혼자 쥐 쫓겨 내려왔다. 쥐 쫓겨는 내려왔어도 이 못난이가 경찰에 신고할 것만은 그래도 잊지를 않아 불과 한 시간여 만에 삼인조 깡패는 몽땅 쇠고랑들을 차게 됐다.

신문들이 이 사건을 3면 기사로 다루는데 피해자의 집 주소를 밝혀 적은 까닭에 수송동 집은 윤간 당한 집으로 소문이 나 사건과 무관한 우리 이모들까지 얼굴을 들고 드나들 수가 없게 됐다.

이상이 관훈동으로 급거 이사를 한 연유.

그리고 그 '풍류 운사'로 소문을 놓았던 '헌 각시'는 그 후 한 바람둥이 변호사와 결혼을 했는데 이 바람둥이 법률가는 반세기 가량 지나서 졸작《격정시대》에 연갑수 변호사로 둔갑을 했는지 환생을 했는지 아무튼 다시 등장을 하게 된다.

나는 세는 나이로 열네 살에 입학을 했다. 한데 막상 들어가 보니 스물한 살 먹은 아이 아범이 다 '1'자 금장을 달고 맨 뒷자리에 척 앉아 있는 게 아닌가. 나중에 알고 보니 그치는 전라도 뭐라나 하는 천석꾼의 아들로서 조혼을 한 까닭에(색시가 두 살 맏이) 벌써 아들을 둘씩이나 두었다는 것이다. 그의 이름은 오월봉.

1989년 40여 년 만에 서울 나들이를 했을 때 모교를 통해 수소문해 보니 그는 이미 죽은 지가 3년이나 됐단다. 그러니까 일흔일곱 살을 살았다는 계산이 되는 것이다.

이 오월봉이 떡국을 제일 많이 먹은 덕에 급장이 됐는데 의당 솔선수범을 해야 할 이 급장 양반이 교칙을 깔아뭉개고 휴식시간에 몰래 숨어 담배를 피우기가 일쑤였으니 그놈의 급장 노릇은 어떻게 해 먹었는지 참 알고도 모를 노릇이다.

오월봉은 워낙 넉살이 좋아서 누가 무어라고 놀려도 생전 골을 내는 법이 없었다. 그래서 우리 조무래기 '잔고기'들은 그를 놀려 먹는 것을 인생의 낙으로 삼았다.

한번은 으늑한 구석쟁이에서 감칠맛 나게 담배를 빨고 있는 그를 일부러 찾아가서 "오월봉, 느 색시 얼굴이 곱니?" 하고 놀려 주었더니 그는 싱글싱글 웃으면서 담배 연기를 내 얼굴에다 훅 뿜어 주고 "느그 엄마 말이냐?" 하고 이죽거리는 것이었다.

"아들이 몇 살이라고?"

"느그 형님 말이지. 니보다 두어 살씩 더 먹었다. 이담에 만나거든 '형님, 나 사탕 좀 사 주' 그래라."

"너 술도 먹지?"

"약주 받아 갖고 와서 무릎 꿇고 한번 따라 올려 봐라, 잡숫나 안 잡숫나."

"너 없는 동안에 느 색시 바람피우면 어떡하니?"

"요놈의 새깽아, 아직 꼭대기 피도 안 마른 것이 벌써 고 따위 주둥아릴 놀려? 니도 불알이 여물라거든 어서 와 내 담배 연기나 더 맡아라."

세상에 이렇게도 욕을 타지 않는 놈을 나는 처음 봤다.

오리나 거위의 털에는 기름기가 있어서 물이 와 닿으면 묻지 않고 대굴대굴 방울져 굴러 내린단다. 그와 마찬가지로 오월봉이도 살가죽에 욕을 타지 않는 무슨 기름기 같은 게 있어서 욕이 달라붙지를 못하고 대굴대굴 굴러떨어지는 모양이었다.

교내에 '이습회'라는 학생 자치회가 있었다. 거기서는 김봉구라는 4학년생이 리더 노릇을 했다. 웅변가인 이 리더 김봉구를 나는 어찌나 숭배를 했던지 지난날의 우상— 원산의 무정부주의자 김정희를 잊어먹을 지경이었다.

'설마하니 희신염구(喜新厭舊)까지야 아닐 테지.'

전에는 길거리나 공공장소 같은 데서 마주쳤을 경우 하급생이 먼저 거수경례를 해야 했는데 김봉구의 주장으로 이 관례를 깨고 '누구든 먼저 본 사람이 먼저 하기'로 돼 버렸다. 민주주의의 청신한 바람이 교내로 불어 들어온 것이다.

이 안을 거수로 가결을 하는데 맨 밑바닥인 1학년생은 전폭적으로 무조건적으로 찬성 100퍼센트였으나 위로 올라갈수록 찬성하는 퍼센티지가 줄어들어 아예 피라미드형이 돼 버렸다. 무릇 개혁이라는 것에는 다 기득권층이라는 걸림돌이 거치적거리게 마련이잖은가.

한데 그나마 막상 시행을 해 보니 상급생 놈들이 거의 다 먼저 보고도 못 본 체하는지라 결국은 약세인 하급생이 먼저 하지 않을 수가 없게 돼 그따위 새 법은 있으나 마나였다. 하지만 그 제안자인 김봉구를 우리 하급생들은 키케로(로마의 웅변가) 맞잡이로 존경하고 숭배하고 또 따랐다. 이를 일컬어 인기라고 하는지.

한번은 재경 원산학생친목회에서 얼굴을 익힌 5학년생(부잣집 아들로

서 관훈동에 하숙을 정하고 전차 통학을 했다)이 하굣길에 싱글거리며 내게다
넌지시 귀띔을 하기를 "너 오늘 저녁 희한한 구경 한번 시켜 주랴?" 나
야 물론 들었다 봤다로 서두를 판인데 마다할 리가 없었다.

'당나귀가 콩을 마다하랴, 고양이가 고기를 마다하랴.'

석후에 이 동향인 선배 씨가 나를 데리고 간 곳이 어딘고 하니 서울
제1의 번화가 — 진고개(혼마치)였다.

이 진고개를 1정목에서 4정목까지 사람(대부분이 소풍객)의 흐름을 헤
어 가르다시피 하며 걸어간즉 갑자기 색다른 거리 하나가 나타났다.

좁은 거리 양편에 아담한 조선식 가옥들이 즐비한데 문등은 모두 홍
등, 기름대우를 내서 윤기가 흐르는 대문짝들은 모두 활짝활짝 열렸는
데 정갈한 마당과 마루와 방들이 환히 들여다보였다. 그리고 매 집 문
등 밑에는 화려하면서도 야해 보이는 몸치장을 한 젊은 여자들이 죽
나서서, 좁은 길을 누비는 어뜩비뜩한 행인들을 끌어들이느라고 왁자
그르르했다.

나는 난생처음 보는 희한한 광경에 넋 없이 걸음을 멈췄다.

"입을 헤 벌리고 뭘 해, 바짝 따라서지 못하고!"

선배 씨에게 핀둥이를 쏘이고 얼른 그 뒤를 따라서는데 불시에 짙은
화장을 한 여자 하나가 홍등 밑에서 내달아 오더니 내 선배 씨의 팔죽
지를 꼭 붙잡는 것이었다.

"아니, 과문불입을 하실 작정이세요?"

"이거 놔라."

"이 양반이……. 한번 붙잡으면 고만이지 놓는 건 다 뭐야, 그렇게
문문히?"

"글쎄 오늘은 안 돼."

여자는 눈 깜박할 사이에 선배 씨의 교모를 툭 벗기더니 등 뒤에 감춰 들고 상글거리면서 '이젠 내가 이겼다'는 투로 "앙탈 말고 냉큼 들어와요." 하고 말하였다.

"얘, 제발 오늘만은 용서해라…… 동행이 있어서 그런다. 봐라, 이런 점잖은 동행이 있는데 어떻게 들어가니. 어서 모자 이리 다우."

골이 난 여자가 업신여기는 눈초리로 나를 한번 훑어보더니 야멸차게 뇌까리는 것이었다.

"저 따위 호박덩인 뭘 하러 끌고 다닌담!"

이 고상한 찬사를 귓결에 듣고 지나가던 오입쟁이 한 분이 웃으면서 탄하기를 "조무래기 오입쟁인 오입쟁이가 아니냐? 그년 참!"

내가 얼굴이 화끈 달아올라 몸 둘 바를 몰라 할 즈음에 갈보 손에서 모자를 도로 빼앗은 선배 씨가 얼른 "가자." 하고 내 팔죽지를 잡아끌었다. 나중에 알고 보니 거기가 바로 소문난 서울의 화류가, 즉 유곽 거리 ─ 신마치였다.

4

아침저녁으로 날씨가 제법 쌀쌀해진 늦가을의 어느 날. 평상시와 마찬가지로 등교를 한즉 복도 여기저기에 눈에 선 벽보 즉 격문들이 나붙었다.

반절한 백로지에 힘 있는 붓글씨로 내리쓰고 군데군데 주필을 가한 그 격문들은 어찌나 풀칠을 단단히 했던지 사환(잡역부)이 물 바께쓰와 밀걸레를 들고 다니며 닦어 버리려고 애를 쓰는 모양이나 좀처럼 잘

닦어지지를 않았다. 하긴 건성으로 하는 까닭에 일이 더 더딘지도 모를 일이었다.

광주 학생들의 투쟁을 지지, 성원하자.
일제의 식민 통치와 노예 교육을 반대하자.
첫 상학종이 울리는 것을 신호로 동맹휴학을 단행하자.

격문은 대개 이런 내용들로 돼 있는데 교실로 들어와 보니 매 개인의 책상 속에도 역시 비슷한 내용의 전단(삐라) 한 장씩이 들어 있었다.

모두들 긴장해 책가방은 열 생각도 않고 그냥 앉아 대기를 하는 중에 이윽고 상학종이 청승궂게 울렸다.

온 교사가 불시에 비상경보가 난 병영처럼 분주스러워지고 또 소란스러워졌다. 물꼬를 튼 것마냥 동서 두 현관으로 쏟아져 나온 학생들로 여태껏 개미 새끼 하나도 얼씬 안 하던 운동장이 갑자기 떠들썩 끓어버렸다.

와글와글들 하는 중에 몇몇 사람의 목소리가 크게 외치기를,

"5학년 5학년, 뭣들 하는가?"

"5학년 어서 나와라!"

그 소리에 깨도가 돼 2층 한가운데를 쳐다보니 아니나 다르랴 두 교실이 다 잠잠했다(5학년은 두 개 학급뿐). 상학종이 울리자 그 두 교실에서는 정상적으로 수업들이 시작된 것이었다.

운동장에서 떠들어 대는 소리가 수업에 방해가 된다고 그러는지 한 학생이 일어나오더니 열려 있던 내리닫이창문 하나를 드르륵 내려서 꼭 닫았다. 이제 서너 달만 더 참으면 졸업장을 타게 될 5학년생들이

홍수의 재화를 면하려고 노아의 방주를 탄 것이었다.

전교 학생들의 영위 격인 김봉구가 축대 끝에 나서서 두 팔을 벌려 가라앉히는 형용을 하자 웅성거리던 운동장이 금세 물을 친 듯이 조용해졌다.

"제군, 광주에선 지금 경찰들이 무슨 짓을 하고 있는지 압니까. 경찰은 우리 조선 여학생을 까닭 없이 모욕한 일본 학생을 단속하는 게 아니라 그 부당한 모욕에 항의하는 우리 조선 학생들을 체포, 구금하고 있습니다!"

김봉구의 사자후는 당장에 맹렬한 반향을 불러일으켰다.

"경찰을 족쳐라!"

"경찰서를 박살 내자!"

분노의 외침이 터져 나왔다.

이때다. 교정의 변두리를 둘러친 가시 철조망 밖에 기마한 일본 헌병 둘이 나타났다. 어깨에 권총끈을 엇메고 허리에 군도를 차고 또 누런색 가죽 장화를 신고 그리고 군모의 에나멜가죽끈을 내려서 턱 밑에 건 품이 임전 태세 바로 그것이었다.

뒤이어 패검을 한 경관 둘이 헐레벌떡 교문께로 들이닥쳤다. 정강말을 타고 숨이 턱에 닿아 기마병의 꽁무니를 따라온 보졸의 가련한 꼬락서니였다.

김봉구의 선창으로 일제히 구호들을 외치는데 나도 뒤질세라 목청껏 따라 외치긴 했지만 한 가지 잘 모를 게 있었다.

'노예 교육 절대 반대'와 '식민 통치 결사 반대'는 그 뜻이 명백했지만 '일본제국주의를 타도하자'의 '주의'가 문제였다.

'대일본제국'에서 '대' 자를 떼 버린 건 충분히 이해가 갔다. 나라도 그렇게 했을 거니까. 하지만 '일본제국' 밑에 중뿔나게 '주의'는 왜 붙을까.

'옳지, 접미사로 주의 두 글자를 덧붙여서 강조를 하는구나.'

제 나름으로 이쯤 해석을 하고 나는 석연히 또 흔연히 모든 행동에 동참을 했다.

이 '주의' 두 글자는 오륙 년 후에 상해 프랑스 조계에서 다시 한번 거론이 된다.

5

김봉구가 이습회 지도부의 명의로 동맹휴학을 선언하자 와 하는 함성과 함께 근 600명의 학생이 산사태처럼 교문께로 쇄도를 하는데 이때는 벌써 경관들에 의해서 철격자문이 밖으로 잠겨진 상태여서 밀고 나갈 재간이 없었다.

철격자문을 사이 두고 한동안 대치를 하다가 마침내 결심을 내린 듯 4학년의 유도 선수(전교 최강)들인 '곰보'와 '백발귀'가 날쌘 동작으로 어지간히 높은 철문짝을 거의 동시에 타고 넘었다(이들의 별명만 기억이 나고 본명은 떠올라 주지를 않는다. 곰보는 얼굴이 약간 얽었고 또 백발귀는 새치가 꽤 눈에 띄었다).

우리들의 폭풍 같은 성원 속에 사기가 부쩍 오른 곰보와 백발귀가 덤벼드는 두 경관을 하나씩 맡아 가지고 잠시 어우르다가 곧 태질들을 쳐서 보기 좋게 둘 다 고랑창에 처박았다. 수백 명 학생이 아우성을 치는 바람에 경관들이 기가 죽어 경찰학교에서 익힌 기량을 제대로 발휘할 수가 없었던 것이다.

이 거짓말 같은 한바탕의 활극을 눈앞에 보고 나는 너무도 흥분해 그 바쁜 통에도 결심을 하기를 '나도 유도 선수가 되자!' 하지만 이 결심은 끝내 실현이 되지를 못하고 말았다. 몇 해 동안 애는 써 봤지만 그 식이 장식으로 하등의 장진이 없이 시종 무단 무급의 흰 띠로 일관을 한 나머지 맥이 풀려서 아예 유도하고는 인연을 끊고 말았으니까 말이다.

두 용사가 밖에서 굳게 잠겼던 철문을 여덟팔 자로 활짝 열어제치니 갇혀 있던 학생들이 거세찬 분류가 돼 쏟아져 나왔다.

두 기마 헌병이 재빨리 이 분류 속으로 말을 들이몰았다. 그러고는 연신 말을 뒷발로 일으켜 세우면서 채찍을 휘둘러 대면서 호통들을 질러 댔다.

"도마레(섰거라), 도마레!"

"모도레(되돌아서라), 모도레!"

이런 통에 앞길에 한 떼의 사람이 홀지에 나타나더니 손을 흔들어 대며 소리를 질러 대며 풍우같이 몰려오는 것이었다. 우리를 성원할 목적으로 경신학교에서 달려온 응원대였다. 당시의 경신학교는 대학병원과 배오개(종로 4가) 중간쯤에 있었다.

응원대와 합세해 동소문 안 버스 종점까지 짓쳐 나오니 경찰이 벌써 길을 가로막고 대기를 하고 있는데 호송차(닭장차)가 모자라니까 빈 버스를 여러 대 잡아 두고 있었다.

왜놈들도 아주 이면불한당은 아니었던지 우리 모두가 적수공권인 것을 알았던 까닭에 전차, 장갑차까지 출동을 하지는 않았다. 따라서 우리를 깔아뭉개지도 않았다.

이내 육탄적 돌진이 시작됐다. 나도 상급생들 틈에 끼여 죽을 둥 살 둥 내달았다. 칼을 찬 경찰과 사복을 한 형사들이 두 팔을 쩍 벌리고 앞길을 막아섰다. 뚫고 나가려는 청소년들과 이를 저지하려는 장정들 사이에 난투가 벌어졌다.

두 팔을 벌리고 막아서는 형사 나리의 겨드랑이 밑을 나는 몸을 움츠러뜨리고 쏙 빠져나갔다. 그물코로 빠져나가는 잔고기처럼. 대가리 큰 녀석들을 잡느라고 우리 따위 조무래기들은 돌볼 겨를이 없었던 모양이다.

붙잡힌 상급생들은 정원을 까맣게 초과해서 아예 콩나물시루가 돼 버리고 정어리 통조림이 돼 버린 버스와 닭장차에 구겨 박혀 동대문 경찰서 또는 종로경찰서로 압송이 됐다.

나는 겁에 질려 큰길을 버리고 종묘 담 밑 길을 엎드러지며 곱드러지며 제정신이 아닌 상태로 관훈동까지 줄달음질을 쳤다. 온 시내의 경찰력이 다 나 하나만을 뒤쫓아오는 것 같아서였다.

하건만 막상 집으로 살아 돌아와 보니 전연 딴판이잖은가. 제 딴에는 구사일생으로 목숨을 건진 것 같았으나 갈수록 수미산으로 나를 기다리고 있는 것은 안팎곱사등이 노릇을 해야 할 기막힌 운명이잖은가.

"야, 이 녀석아. 월사금까지 다 바쳐 놓고 공부를 안 하면 저나 밑졌지, 일본 사람들이 속 달아 할 게 뭐냐."

외할아버지의 사설을 듣고 보니 딴은 그럴 법도 했다. 하지만 이내 또 하나의 의문이 고개를 들었다.

'그래도 무슨 상관이 있길래 그자들이 그렇게 기를 써 가며 밀막았겠지.'

이튿날, '무단결석을 하면 안 되니까 학교엔 꼭 나가야 한다'는 어른들의 준절한 훈계와 함께 건네주는 따끈따끈한 도시락을 책가방에 챙겨 가지고 나는 내키지 않는 걸음으로 등교를 했다. 정말 울며 겨자 먹기였다.

창경원 전차 종점에서 내리니 여느 때 같으면 북적북적할 등교생들이 하나도 눈에 띄지 않아 나는 점점 더 뜨악해 발걸음이 납덩이처럼 무거워졌다.

여드레 팔십 리로 고등상업학교 정문께까지 오니까 담 모퉁이에 숨어 섰던 우리 학교 상급생 서넛이 '가까이 오라'고 손짓을 했다. 얼뜨게 피켓라인에 걸려든 것이었다.

"돌아가, 돌아가. 지금이 어느 때라고 못난이처럼……. 책가방을 들고 어슬렁어슬렁…… 체!"

피켓을 선 상급생 하나가 눈을 곱게 뜨지 않고 볼먹은 소리를 했다.

"나도 오고 싶어 오는 게 아니오."

"그럼 왜 왔어?"

"집에서 사람을 못살게 구니까 어떡하우."

나도 자연 볼멘소리가 나왔다.

"집에서 못살게 굴어, 누가?"

"누군 누구겠소. 어른들이지."

세 상급생이 서로 돌아보고 한바탕 껄껄 웃더니 얼굴이 해사한 4학년생 하나가 웃음이 채 가시지 않은 얼굴로 형님답게 선도를 해 주는 것이었다.

"야 임마, 변통성이 그렇게도 없냐? 중도에서 가로새지도 못해? 정 갈 데가 없으면, 도서관에도 못 가? 고지식하긴 빌어다가 죽 쑤어 먹겠다."

나는 이 천혜적인 계시를 받고 크게 깨달은 바 있어 이날부터 동맹 휴교가 끝나는 날까지 날마다 탑골공원 옆 부립도서관 분관에 가 들어박혀 일본 소설을 한 십여 권 잘 독파를 했다. 집에서는 다들 내가 꼬박꼬박 등교를 하는 줄 알고 있었다. 어리석지!

학교에 갖고 가 먹어야 할 도시락은 찻물을 무료로 공급하는 도서관 휴게실에서 기분 좋게 먹었다.

도서관의 입장권이 낱장으로는 2전, 열 장 잇달린 것을 사면 할인을 해 15전이었다.

지금은 남의 땅

1

교복 깃에 달린 금장이 '1'에서 '2'로 바뀌고 또 '2'에서 다시 '3'으로 바뀌는 동안 나도 차차 철이 들기 시작해 황당한 짓을 전보다는 좀 덜하게 됐다. 그렇다고 워낙 타고난 개꼬리가 그렇게 쉽사리 함함한 족제비 꼬리로 될 수는 없는 노릇이었다.

한번은 학교가 딱 가기 싫어 막내 외삼촌하고 둘이서 도시락까지 든 가방을 안국동 식산은행 사택 뒤 블록(속이 빈 벽돌)으로 둘러막은 공터에 감춰 놓고 명동 중앙관에 가 시대극인 '사무라이 영화'를 보고 극히 만족한 기분으로 돌아와 보니 아 글쎄, 어느 급살을 맞을 놈이 그 목숨이나 다를 바 없는 책가방을 둘 다 감쪽같이 도둑질해 갔잖은가.

점심을 굶게 된 것쯤은 물론 차치하더라도 우선 하교를 하면 으레 꺼내 놓게 마련인 빈 도시락을 꺼내 놓는단 재간이 있어야 말이지. 그리고 더 골치가 아픈 것은 하루 치(여섯 과목) 교과서가 몽땅 다 날아가 버렸으니 이 뒷갈망은 또 어떻게 해야 한단 말이. 어디 그뿐인가. 책가방도 노트도 필갑도 다 동시에 사라져 버렸으니 불시에 빈손 털고 나

앉은 우리의 운명은 장차 어찌될 것인가.

우리 이 막내 외삼촌은 나보다 한 살이 아래인데 그를 가졌을 때 외할머니가 남우세스럽다고 몹시 부끄러워했단다. 딸이 그 나이 외손자를 낳은 뒤였으므로.

이 막내 외삼촌하고는 1946년에 내가 월북을 한 뒤부터 소식이 끊겨 40여 년간 피차에 생사도 모르고 지냈는데 1989년에 조선일보에 내 글 한 편이 실리는 통에 연락이 닿았다.

지난봄(1994년)에 케이비에스(KBS) 해외동포상 수상차 서울 나들이를 했을 때도 우리는 이 책가방 분실(도난) 사건을 떠올리고 그때 혼난 이야기를 하며 한바탕 웃었다. 그는 아직도 아들네 회사에 한나절씩 출근을 하고 있다.

당시는 정월 열나흗날이 되면 으레 아이들이 골목골목을 누비며 또 집집이 돌아다니며 열심히 외쳐 댔다.

"제웅이나 조롱 줍쇼!"

"제웅이나 조롱 줍쇼!"

'제웅'은 짚으로 만든 인형. '조롱'은 어린애들이 액막이로 차고 다니는, 나무로 만든 노리개. 그 세월에는 일반적으로 이것들을(제웅과 조롱) 내주면 액땜이 되는 것으로 믿었다.

막내 외삼촌하고 나도 이 '제웅이나 조롱 줍쇼!'를 한번 해 보기로 의논이 맞았으나 백주대낮에는 좀 창피하니까 땅거미가 지거든 하자고 했는데 막상 해 보니 생각 밖에 그리 여의치가 못했다. 자유경쟁의 법칙을 무시한 후과가 뚜렷이 드러났던 것이다. 약빠른 녀석들이 극성스레 벌써 다 걷어 간 뒤였으므로 아무리 외쳐도 문을 열고 내다봐 주는 집 하나도 없었다.

나중에 가까스로 한 집 얻어걸리긴 했으나 제웅의 배를 헤집어 보니 다랍게시리 1전짜리 동전 두 개가 딱 들어 있잖은가. 떡심이 풀릴 노릇이었다. 내가 홧김에 그놈의 동전을 "에이, 빌어먹을!" 하고 내동댕이쳤더니 막내 외삼촌이 "그건 왜 그래." 하고 얼른 가, 땅거미가 져서 어스레한 땅바닥을 한참 더듬더듬하더니 끝내 동전 두 개를 다 찾아 냈다.

나중에 막내 외삼촌이 구멍가게에 들러 그 돈 2전으로 꽈배기 두 개를 사서 하나를 건네주는 것을 나는 싫다 않고 그대로 받아먹었다. 아마 인격이라는 것도 경우에 따라서는 좀 들락날락해도 괜찮은 모양이었다.

2

1학년 때 축구화를 맞추라고 엉뚱한 훈수를 해 두고두고 애를 먹였던 둘째 외삼촌하고도 손이 맞아 별의별 짓을 다 했다.

한번은 둘이 함께 연지동으로 큰이모를 보러 갔다. 큰이모는 자신이 근무하고 있는 회사의 일본인 상사가 가족 동반으로 귀성을 하는 동안 그 집을 봐주고 있었다. 일본을 다녀와야 하므로 한 달포 걸린다는 것이었다.

내가 아직 젖먹이였을 때, 이 큰이모(당시 여덟 살)가 나를 업어 주는데 고마운 줄도 모르고 내가 어찌나 몹시 울고 보채는지 너무 애모빠서 엉덩이를 자꾸 꼬집어 주었더니 버쩍 더 울고 보채다가 나중에는 아예 희뜩 나가 뒤집어지더라는 것이다.

엉덩이 꼬집는 이야기가 또 하나 있다.

내가 열한 살 되던 해 여름방학 기간의 일이다. 서울여자상업학교에
재학 중이던 이 큰이모가 나를 데리고 한 달 동안 삼방약수터에 가 자
취를 하며 약물을 먹었다.

주인집이 촌가치고는 어지간히 넓어서 건넌방에는 우리 둘이 들고
뜰아래채에는 서울 손님 일가 네댓이 들었다. 집주인은 단 두 식구 젊
은 부부였는데 아이 하나도 아직 없는 상태. 민며느리로 들어와 여러
해를 살다가 성례를 한 지는 얼마 안 된다는 새색시의 나이는 열아홉
살가량.

밤저녁에 서울 손님 일가와 우리가 어울려 서늘맞이 납량을 하면서
이야기장을 벌이고 있는데 옆에 와 앉아 듣고 있던 주인집 새색시가
느닷없이 내 엉덩이를 꼭 꼬집는 것이었다. 나는 빨끈한 김에 '대장부
의 존귀한 엉덩이를 촌색시 따위가 감히 꼬집다니!' 앞뒤의 분별없이
새색시의 뺨을 한 대 찰싹 후려 주었다.

내 이 당돌한 거동에 일좌가 경악을 했음은 물론이다. 입장이 크게
난처해진 큰이모가 불문곡직하고 나를 야단을 치는데 나는 볼 부은
소리로 뻣뻣이 항변을 하기를 "날 꼬집는데 그럼 가만있어?" 부끄러워
서 몸 둘 바를 모르는 새색시가 목 안으로 끌어당기는 소리로 "난 귀엽
다고 그랬는데……." 하고 발명을 하니 형세 일전. 나는 입이 열이라도
제가 악당이 아님을 증명할 도리가 없게 됐다. 만좌의 여론이 싹 다 새
색시 편에 서 버린 것이다.

개학 날이 가까워져 행장을 수습해 가지고 그 집을 떠날 때, 나는 큰
이모가 시킨 대로 새색시 앞에 가 꾸벅 절 한번 하고 "아줌마, 다신 안
그럴 테니 용서해 주우." 새삼스레 빌었더니 새색시가 만면에 웃음을

지으며 아주 다정스레 "별소릴 다 하네. 내년에 또 와요." 하고 용서를
해 주는 것이었다.

이야기가 가로새었다.

연지동에서 돌아올 때는 밤저녁이라 길거리에 사람의 그림자가 거
의 보이지를 않았다. 그 길인즉 현재의 대학로였으나 그때는 가로등이
란 것도 뜨문뜨문 가뭄에 콩 나듯 해 도깨비가 나돌아 다니기에 딱 알
맞을 만큼 어두컴컴했다.

오다가 도로 공사에 쓰는 롤러 한 대가 길가에 아무렇게나 뒹굴려
져 있는 것을 보고 즉흥적으로 장난기가 발동을 해 우리는 낑낑거리
며 그놈의 롤러를 길 한복판에다 도로 끌어다 놓았다. 그리고 멀찌감
치 숨어서 그 물리학적 실험의 전 과정을 기대에 찬 눈으로 한번 지켜
보았다.

이윽고 동소문 방향에서 버스 한 대가 부지런히 달려오다가 헤드라
이트의 광망으로 이 반갑잖은 실험물을 포착한 모양이었다. 가까이 와
삐이걱 멎어서더니 이내 운전사 아저씨와 버스걸(여차장) 양이 버스에
서 뛰어내렸다.

화가 잔뜩 난 운전사 아저씨가 어두운 사방을 잡아먹을 듯이 둘러보
았으나 허사였다. 꽁꽁 숨어 있는 범인들이 머리카락 하나라도 보일
리가 없었으니까.

부아통이 터진 운전사 아저씨가 하릴없이 들떼놓고 욕사발을 퍼붓
는데 그 어휘의 풍부함이 비길 데 없어 가히 기네스북에 수록이 되고
도 남을 만했다.

그 걸쭉한 욕을 처음부터 끝까지 한 글자도 빠뜨리지 않고 고스란히
다 들으면서 나는 일변 재미스럽기도 하고 일변 부끄럽기도 했다.

'몰래 남을 골탕 먹이는 행위가 비루하잖고 뭔가.'

그 끔찍살스런 욕을 간접적으로나마 푸짐하게 얻어먹고 그리 거뜬하지 못한 기분으로 돌아오다가 탑골공원 옆 뭐라나 하는 다방엘 들러서 큰이모가 준 용돈으로 난생처음 커피라는 걸 한 잔씩 사 마셔 봤다. 뜨겁고 시꺼멓고 쓰거우면서도 또 달디단 그놈의 물이 한 잔에 10전이라니 참으로 놀라 자빠질 노릇이었다.

각사탕은 마음대로 넣는 거라기에 욕심 사납게 하나하나 세 가며 일곱 개를 집어넣었더니 커피가 버섯갓 균산 모양으로 불룩해지면서 금세 넘쳐흐를 것 같았다. 들어오는 손님이 다 우리 같다면 다방이 얼마 안 가 문을 닫게 될지도 모를 일이었다.

3

나는 과외 독서광이 되다시피 했는데 읽는 것은 거의 다 일어로 된 책들로서 일본 문학은 물론이요, 구미 각국의 문학들도 다 이 경로를 통해 접촉을 했다.

관훈동은 서울의 이름난 고서점가(헌책방 거리)였으므로 나는 도랑에 든 소나 마찬가지였다. 예컨대 20전 주고 책 한 권을 사다가 다 읽고 도로 가져가면 서점에서는 그 책을 15전에 수매를 했다. 그 책에다 5전을 더 얹으면 20전 값어치의 다른 책 한 권을 또 살 수가 있었다. 그러니까 5전에 책 한 권을 세내는 거나 마찬가지였다.

안국동 네거리에 이문당이라는 상당한 규모의 서점 겸 문방구점이 있었다. 새로 나온 잡지 따위는 거기 가 '서서 읽기'를 하면 아예 무료—1전도 안 들었다. '서서 읽기'를 하는 학생들이 점내를 콩나물시루처럼 가득 메워도 싫은 내색을 아니 하는 게 당시의 인심이었다.

인사동 남쪽 끝 탑골공원 옆으로 가면 부립도서관 분관이 있어서 1전 5리 내지 2전만 내면 하루 종일(여덟 시간) 들어박혀 아무 책이나 일곱 권까지 빌려 볼 수가 있었다. 안국동 네거리도 탑골공원도 다 관훈동에서는 엎어지면 코가 닿을 거리였다.

이러한 여건 아래에서 나의 독서력은 마술사의 완두 덩굴처럼 활력적으로 자라고 또 거침새 없이 뻗어 올랐다.

진고개에 유명한 일본 서점 일한서방과 오사카야 서점이 있었고 또 명동에도 일본 고서점이 있었는데 이들도 다 나에게 '서서 읽기'의 편의를 봐준 고마운 서점들이다.

어느 날, 이문당에서 '서서 읽기'를 하고 돌아오는데 중화요리점 중화원 앞에 길이 막히도록 사람들이 모여 서서 왁자지껄하는 것이었다.

여담이 되지만 이 중화원 옆으로 난 골목은 우리 집의 뒷골목이 되는데 지난해 한국의 저널리스트 박권상 씨와 만나 이야기를 나누던 중 그가 "바로 그 골목 안 막다른 집이 우리 집이었지요." 하는 바람에 우리는 앞골목과 뒷골목에 나뉘어 살던 '동향 친구'가 돼 버렸다.

각설하고, 중화원께를 가까이 가 보니 갈가마귀 떼처럼, 와글거리는 사람들이 하는 짓이란 고작 널빈지를 굳게 들인 중화원에다 돌멩이질을 하는 것이었다. 하긴 앞장서서 기광을 부리는 것은 예닐곱뿐이고 나머지는 고함을 질러 성원을 하잖으면 그저 덤덤히 또는 걱정스레 구경들만 하고 있었다.

나는 이미 만주 땅 만보산이란 데서 관개수로 때문에 조선 이민과 중국 농민 사이에 충돌이 생겼다는 보도기사를 읽고 있었던 터라 대번에 벌어진 사태의 연유를 짐작했다.

'옳구나, 그 보복이구나.'

한데 여기서 나는 또 한 번 경찰의 해괴한 거동을 보게 됐다. 중화원 비슷맞은편에 있는 헌책방 지신당 안에서 패검을 한 순사 둘이 강 건너 불이라도 구경을 하듯이 그저 덤덤히 내다보고만 있잖은가. 굉장한 소동이 벌어졌는데도 말이다.

나는 불현듯이 어느 해 연분인가 적색노조의 조합원들이 원산청년회관을 들이치던 그 광경을 떠올렸다. 그때도 주재소의 순사들은 유리창 너머로 재미스레 구경들만 하고 있잖았나.

나는 타고난 정의감 때문인지 아니면 주제넘은 객기 때문인지 왕왕 시비곡직을 가리지 않고(계급적 각성이 부족한 탓으로) 덮어놓고 약자를 동정하고 강자를 미워하는 버릇이 있었다. 그러니까 이 마당에서는 자연 제 겨레의 편에 서는 게 아니라 엉뚱한 이방인의 편에 서게 됐다는 이야기가 되는 것이다.

경찰이 묵인 또는 중립을 하는 방법으로 부추겨 주는 데 기운을 얻은 왈패꾼들이 상투가 국수버섯 솟듯 해 가지고 굳게 닫힌 빈지짝에다 몽둥이찜질을 으스러지라고 해댈 즈음이었다. 굳게 닫혔던 출입문이 불시에 펄떡 열리며 대여섯 명의 농성꾼(화교들)이 맵짠 기세로 쏟아져 나오는데 그 손에는 모두 부집게, 밀대, 도낏자루 따위 연장들이 들려 있었다.

이때까지 상대편을 얕잡아 보고 우쭐렁대던 왈패꾼들이 질겁을 해 '와' 물러나는 통에 길이 트이니 결사적 각오라도 한 듯싶은 중국 사람들은 연장을 내두르며 무인지경이라도 가듯이 씩씩하고 당차게 행동을 했다. 그렇게 한바탕 좌충우돌을 해서 본때를 보인 뒤에 그들은 곧 다시 걷히어 들어갔다.

그 앞장을 서서 부집게를 내두르던 젊은 사람을 나는 선뜻 알아봤다. 언젠가 종로 2가 '구스노키 만년필점' 앞에서 그림 그리는 거지 아이에게 10전짜리 백통전을 던져 주던 청인 바로 그 사람이었다.

우리는 습관상 화교를 '청인' 또는 '대국 사람'이라고 불렀는데 일본 사람들은 꼭 '시나징(지나인)'이라고 얕잡아 불렀다.

호랑이 담배 먹을 적 이야기가 되긴 하지만 당시는 서울 시내에서도 대부분의 가정이 연탄을 땠으므로 탑골공원 정문 앞과 인사동 길 어귀에는 언제나 풋나무를 실은 소바리들이 웅긋쭝긋 서서 살 사람을 기다리고 있었다. 팔리지 않은 채 날이 어두워 밤이 되면 경찰의 단속이 무서워서 다들 양초 한 가락씩을 사다가 불을 켜 가지고 종잇조각에 말아 쥐고 섰는 모습이 여간만 안쓰럽지가 않았다.

언젠가 나는, 하얀 앞치마를 두른 중화원의 이 젊은 청인이 밤저녁에 나와서 '60전을 달라'고 나무장수가 애걸하듯이 사정사정하는 나뭇바리를 서투른 우리말로 "60전이 비싸. 50전이 해. 50전이 해." 하고 야박스레 값을 깎아서 사는 것을 본 적이 있었다.

밤은 들지 집은 멀지 게다가 소와 사람이 다 배는 곯았지 하니까 늙은 나뭇바리 임자가 땅이 꺼지게 한숨을 쉬고 풀이 죽어서 따라가는 것을 보고 나는 온몸의 피가 끓어올랐다. 불쌍한 나무장수 늙은이를 외통목에 몰아넣고 달구치듯이 하는 그 젊은 청인 녀석이 밉기가 짝이 없었다.

나뭇바리를 흥정하는 곳에서 조금 떨어진 구스노키 만년필점 앞 불 밝은 포도 위에 여남은 살 먹은 거지 아이 하나가 쪼그리고 앉아 석필로 포도 바닥에다 그림을 그리는데 앞에 놓인 깡통에는 1전짜리 동전

몇 닢이 들어 있었다. 길 가던 사람들이 그 뛰어난 그림 솜씨에 감탄해 던져 주고 간 것이었다.

이때 전혀 뜻밖의 일이 내 눈앞에서 벌어졌다. 그 청인 녀석이 몇 발자국 성큼성큼 걸어오더니 잠자코 10전짜리 백통전 한 닢을 그 깡통 속에 딸랑 떨어뜨려 주는 게 아닌가.

흥정한 소바리를 데리고 가는 그 청인의 뒷모습을 우두커니 바라보는 내 머릿속에서는 이름하기 어려운 그 무엇이 해일처럼 뒤설렜다.

그날 부집게를 내두르며 앞장을 섰던 중화원의 젊은 청인, 씩씩하게 멋지게 정당방위를 하던 젊은 용사, 그림 그리는 거지 아이에게 백통전을 던져 주던 젊은 화교. 60여 년이 지난 지금도 그는 내 마음눈에 헤라클레스(희랍신화에 나오는 영웅) 같은 형상으로 뚜렷이 비쳐져 있다.

그리고 그날 경찰의 부추김을 받고 기광을 부리던 가소로운 꼭두각시 ― 왈패꾼들. 그들에 대해서는 하나의 연상이 떠오른다.

'문화대혁명' 전에 우리 집에서는 검둥이 한 마리를 길렀다. 보통 똥개였지만 이름만은 그럴듯한 것을 하나 지어 줘 '미르(러시아어로 평화)'였다. 토끼도 한 마리 기르는 재미로 길렀는데 고놈에게도 '피스(영어로 평화)'라는 이름을 지어 줬다.

한데 이놈의 미르 녀석이 졸보였던지 이웃집 누렁이에게 눌리어 기를 못 펴고 살았다. 하지만 안주인 즉 집사람이 마당으로 한번 내려서기만 하면 이놈이 갑자기 용기백배, 안주인을 흘금흘금 뒤돌아보며 쏜살로 내달아가 이웃집 ― 전인영 씨네 ― 누렁이를 마구 물어제끼는 것이었다(우리 토끼 피스는 그놈의 누렁이가 물어 죽였다). 아무튼 근성치고는 녀절한 근성이었다. 아무리 미물의 짐승일망정.

우리 이 미르 녀석처럼 권세를 등에 업고 행패를 일삼는 녀절한 무리를 나는 그 후에도 수태 겪어 봤다. 만보산 사건 때의 왈패들보다 더 한심하고 더 저열한 무리들을.

4

과외 독서에 거의 광적으로 빠져들다 보니 본디도 시원찮던 학교 성적은 더 큰 구멍이 나지 않을 수가 없었다.

당시 학기 말이나 학년 말에는 시험이 끝나는 대로 방학을 하고, 그리고 성적표는 며칠 뒤에 우편으로 부쳐 주게 마련이었다. 한데 나는 제 시험 성적이 대개 어느 정도일 것은 짐작을 하는 까닭에 그 비정의 성적표가 배달이 될 무렵에는 안전부절못하고 대문 밖에 나와 서성거리며 배달부(집배원)가 오는 것을 지켜야 했다. 그런 휘황찬란한 성적표는 죽어도 어른들에게 보여 드릴 수가 없었던 것이다.

나는 다분히 환상적인 성격의 소유자였으므로 아무 턱도 없이 무어나 바라기를 잘했다. 오뉴월 소불알 떨어지면 구워 먹을 궁리를 곧잘 했던 것이다. 하지만 자신의 학업성적에 대해서만은 냉철한 이지적 판단을 할 만한 자지지명(自知之明)을 갖고 있었다.

매양 대문간에서 배달부를 요격해 성적표를 손에 넣으면 그것은 그 즉시 행방불명 — 영원한 비밀에 부쳐지곤 했다.

연전에 서울 나들이를 했을 때, 일본 와세다대학의 오무라 교수 부부와 함께 아직도 옛모습이 거의 그대로 남아 있는 그 옛집 — 관훈동 69번지를 한번 찾아본 일이 있었다.

"여기가 바로 거기지요. 방학 때마다 내가 눈에다 화등잔을 켜고 보초를 서던 데. 배달부를 놓칠까 봐서."

나의 설명을 듣고 오무라 부부는 그 유적에 서서 한바탕 허리를 잡았다.

한번은 일한서방에서 갓 산 시마자키 도손의 《파계》를 겨드랑이에 끼고 어디를 가는데 갑자기 빗방울이 듣기 시작했다. 나는 책이 젖을까 봐 상의 자락 밑에다 얼른 비갈망을 했다.

황금정 네거리 파출소 앞을 지나가는데 열어 놓은 출입문 안에서 밖을 내다보고 있던 일본인 순사가 불쑥 "어이." 하고 나를 불러 세웠다. 그러고는 "그 책 어디 좀 보자."더니 댓바람에 검문 조로 말을 묻는 것이었다.

"이 책 어디서 났나?"

"산 겁니다."

"거짓말 말아. 다 알고 있다. 훔친 거지?"

대뜸 넘겨짚는데 나는 열탕을 뒤쓴 것 같은 모욕을 느꼈다. 얼굴이 화끈 달아올랐다.

"아닙니다! 일한서방에서 산 겁니다!"

내가 하도 단호하게 부인을 하니까 순사 녀석은 나를 세워 두고 가 전화를 걸었다. 이윽고 일한서방의 점원 하나가 오토바이를 몰고 달려왔다.

문제의 책을 건네받아서 판권장을 한번 뒤져 보더니 그 점원은 곧 고개를 가로저었다.

"하자 없습니다. 저희 서점에서 사신 게 틀림없습니다."

혐의가 풀리는 바람에 허탕을 친 순사 녀석은 하릴없이 그 책을 내게다 돌려주었다. 하지만 그 얼굴에서는 겸연스런 빛이란 고물만큼도 찾아볼 수가 없었다. 뿐만 아니라 되려 분부 조로 한마디를 내게다 홀뿌리는 것이었다.

"이제 가도 좋아."

나는 곧 치가 떨렸다. 복장이 갈라져 터질 것만 같았다.

'이 앙갚음을 어떻게 해야 이 속이 풀릴 건가!'

이 치밀어 오른 불덩이가 사그라지기도 전에 나는 이상화라는 ― 그 이름을 처음 들어보는 ― 한 시인의 서릿발이 번득이는 듯한 시에 접하게 됐다.

　　지금은 남의 땅
　　빼앗긴 들에도 봄은 오는가.

이 부르짖음에 피가 끓어오른 나머지 나는 그 빼앗긴 땅에서 살아야 하는 게 새삼스레 원통하고 또 절통했다.

'망국노, 망국노! 언제까지 이렇게 살아야 할 건가.'

이 하찮아 보이는 사건은 나의 인생 항로를 근본적으로 바꿔 놓는 전환점으로 됐다.

페스탈로치와 같은 세계적인 교육가가 한번 돼 봤으면 하던 은근한 꿈이 취약한 플라스크 모양 와삭 깨져 버리고 전연 생소한 길이 ― 직업 혁명가의 험난한 길이 ― 내 눈앞에 끝 간 데 없이 뻗어 나갔던 것이다.

5

상해에서 밀파돼 잠입을 한 독립군이 장호원에서 서울로 올라오는 승합자동차(이때는 아직 시외 노선을 달리는 버스라는 게 없었다)를 중도에서 습격해 거액의 현금이 들어 있는 우편낭을 탈취해 가지고 도주했다는 보도기사가 연일 각 신문에 떠들썩하게 실리는 가운데 실제 장총으로 무장을 한 경찰기동대가 우리 학교 바로 옆의 언덕길을 성북동 쪽으로 급행하는 것을 목격하고 우리는 모두 마음이 들떠났다.

"임시정부가 파견한 사람이라더라. 군자금을 모으러."

"아니다, 의열단에서 밀파한 사람이다. 군자금을 거두기 위해."

다들 떠도는 소문을 한 가닥씩 거머쥐고 서로 제가 옳다며 언쟁을 벌이기는 했으나 아무튼 한결같이 가슴들이 뿌듯했던 것만은 사실이다.

'독립운동은 끊임없이 계속되고 있다……'

'독립군'이란 모든 독립운동가를 통틀어 일컬음이고 또 '군자금'이란 공작금, 정치자금이라는 뜻으로 쓰였다.

한때 우리를 크게 흥분시켰던 이 독립군 서원준은 결국 체포가 돼 공판을 거쳐 징역을 살게 됐지만 내가 받은 충격은 여간만 강렬하지가 않았다. 이야기로만 들어 왔던 독립군의 활동이 피부로 느낄 수 있는 시공간에서 실제로 벌어졌으므로.

역시 이 무렵의 일이다.

우리 큰외삼촌의 처남 안몽룡은 공산주의자로서 엠엘(ML)파에 속했는데 그도 몇 해 동안 서대문형무소에서 징역을 살았다.

해방 후 그는 고향인 원산의 초대 시장이 됐다. 그가 시장 재임 시 나도 몇 번이나 만나 선후배 사이로 또 과갈지의로 꽤 두텁게 사귀기까지 했다.

이 안몽룡이 아직 미결로 있을 때, 의복가지를 차입하는 데 심부름을 할 소임이 내게 차례졌다. 내 일생 동안에 그렇게도 관계가 밀접해질 줄은 꿈에도 모르는 상태에서 나는 그 무시무시한 감옥이란 데를 난생 처음으로 찾아가 봤다. 그 악명 높은 서대문형무소를 찾아간 것이다.

만리장성만큼이나 높아 보이고 또 투박해 보이는 벽돌담과 시꺼먼 철문이 바라보기만 해도 몸이 오싹해지고 또 으스스해지는데 더욱 겁을 주는 것은 담장 밖 한데 밭에서 일을 하고 있는 죄수들의 모습이었다. 모두 붉은 벽돌빛의 수의들을 입었는데 하얀 포승줄로 둘씩 둘씩 느슨하게 묶여져 있어서 밭일을 하는 데는 크게 지장이 없어도 도망을 치자면 한 놈을 꼭 끌고야 뛰게끔 돼 있는 것이었다.

검정빛 제복에다 검정빛 제모를 쓴 간수가 맞갖잖은 눈으로 아래위를 훑어보는데 나는 더욱 주눅이 들어 옷 보따리를 내미는 손이 절로 떨렸다. 지은 죄도 없으면서 괜히 자꾸 겁이 나는데야 어쩌랴. 소문난 겁쟁이가 다르긴 달랐다.

이제 와 생각하면 이 모든 것은 다 전지전능하신 하느님의 과정표대로 저의 있게 치러진 예행연습이었는지도 모르겠다. 서원준들, 안몽룡들이 간 길을 불과 몇 해 후에 나도 똑같이 갔으니까 말이다.

리재유 탈옥 사건

1

우리 외할아버지와 외할머니는 동갑내기였으나 소실의 나이는 30년 이상이나 어려서 셋째 딸 즉 우리 작은이모와 동갑이었다.

짝이 기울어도 이렇게 엄청나게 기우는 삼 내외가— 불합리해도 이만저만 불합리하지 않은 삼 내외가— 한집안에서 20여 년 동안을 불협화음 하나 없이 화목하게 지냈으니 참으로 기적적이랄밖에 없다. 그러니까 결국은 소실이 희생양이 됐을 거라는 이야기인 것이다.

작은이모와 나는 다섯 살 차이지만 어려서는 웬일인지 맞닥뜨리기만 하면 쌈질을 했다. 나는 작은이모를 '굴장수'라고 놀려 먹고 또 작은이모는 나를 '도끼 대가리, 소도둑놈 눈깔'이라고 놀려 주면서 개와 고양이 모양 앙숙이 돼 가지고 밤낮으로 아웅다웅했으니 아마도 무슨 살이 끼었나 보다.

작은이모는 열너덧 살까지도 코를 질질 흘렸고 또 나는 나대로 빡빡 깎은 머리가 별나게 뾰죽해 영락없는 도끼였다. 그리고 심술궂게 노려볼 때의 눈딱지는 갈 데 없는 소도둑놈 눈깔 바로 그것이었다.

그러던 것이 자란 뒤에는 의기상투한 단짝으로 됐으니 음지가 양지
로 변했는지 아니면 양지가 음지로 변했는지……. 아무튼 전연 딴판이
돼 버린 것만은 사실이었다.

　작은이모와 내가 어깨를 나란히 하고 길거리를 걸을라치면 덜 깬
'남녀칠세부동석주의자'들이 마치 무슨 천변지이라도 일어난 것마냥
휘파람을 획획 불어 대며 또 입짓 콧짓을 해 가며 뭐 야단들이었다. 내
가 부룩송아지마냥 키만 엄범부렁했던 까닭에 우리를 한 쌍의 연인으
로 지레짐작들 한 것이었다. 그럴 때면 작은이모는 입가에 웃음을 머
금고 짐짓 한술을 더 뜨는 것이었다.

　"더 바짝 와 달라붙어, 더 바짝 와 달라붙어."

　"더 가까이 와 달라붙으라니까……. 어떡하나 꼴들 좀 보자."

　이처럼 반항적이던 작은이모가 결혼을 한 뒤에는 사람이 변해 전혀
다른 양상을 보였단다. 그녀가 결혼을 할 무렵에는 나는 벌써 항일 전
쟁의 최전선에서 한창 일본군의 총탄 세례를 받고 있었으므로 다음에
적는 것은 일본이 항복을 한 뒤에 귀국을 해 가지고 가족들에게서 들
은 이야기다.

　작은이모가 결혼을 한 뒤 "이것도 사 달라, 저것도 사 달라." 남편을
대고 조르니까 그 남편이 견디다 못해 하루는 쾌락을 하기를 "오, 그래
그래. 내 혼마칠 사 줄게." 하더라는 것이다. 혼마치 즉 진고개는 당시
서울 제1의 번화가였다.

　이 작은이모의 원산 루씨여학교 때부터의 가까운 친구 하나가 한 이
태 동안 관훈동 집 뜰아랫방에 와 있으면서 이화여전 음악과를 다녔
는데 그 이름은 리선희.

　이 리선희가 후에 '개벽사'에 입사를 해 어엿한 여기자가 됐다. 당시

개벽사의 주간은 청오 차상찬. 한데 무슨 사정으로였는지 그 개벽사를 그만둔 뒤에는 이 아가씨가 놀랍게도 탑골공원 옆 뭐라나 하는 카바레에 나가는 여급으로 전락을 했다. 이 놀라운 아가씨 리선희가 소설을 발표하기 시작한 것이 개벽사에 입사를 하기 전이었던지 후였던지는 좀 아리송하나 아무튼 그 무렵이었다.

나는 걸핏하면 뭐나 숭배를 잘하는 성질인지라(성년이 된 뒤에도 스탈린, 모택동 등을 그렇게까지 몹시 숭배했던 사실만을 봐도 알 노릇이다) 이 리선희도 한때 굉장히 숭배를 했다. 하긴 같은 숭배라도 무정부주의자 김정희나 이습회의 리더 김봉구를 숭배했던 것과는 좀 다른 성질의 숭배였다. 내 마음속의 여신은 내가 그 심부름을 좀 잘해 줄라치면 꼭꼭 "옛다 이거, 호떡 사 먹어." 하고 5전짜리 백통전 한 닢을 내 손에 쥐어 주는 것이었다. 그 살아 있는 성모마리아와도 같은 극히 고상한 품성에 감복을 한 나머지 나는 아무 때고 그녀를 위해서라면 칼산지옥행도 마다하지 않을 각오가 돼 있었다.

한번은 이 여신이 괴테의 《젊은 베르테르의 슬픔》을 건네주며 한번 꼭 읽어 보라기에 여공불급하게 받들어 읽었더니 이튿날 나를 뜰아랫방으로 불러들여다 앉혀 놓고 강이라도 받듯이 독후감을 물어보는 것이었다.

"어때?"

"글쎄요." 하고 내가 고개를 갸우듬하니까 그녀는 더 말이 없이 내 얼굴만 말끄러미 쳐다보았다.

"그 사람 싱겁게 자살은 왜 하죠? 다른 여자하고 결혼하면 될 걸 가지구."

리선희는 나의 이 천하 명답에 하도 기가 막혀 어이없는 웃음을 웃었다. 그러고는 "이런 멍청이." 하고 손가락으로 내 이마를 한번 콕 찔러 주는 것이었다.

이 리선희가 한번은 일본 어느 대학에 아직 재학 중인 남자하고 맞선을 보는데, 일대일로 단둘이 만나기로 한 원래의 약정을 어기고 엉뚱스레 나를 데리고 갔다. 입회인 겸 경호원 겸 데리고 간 것이다. 젊은 여자의 몸으로 막상 약정대로 시행을 하려니까 주니가 났던 모양이다(리선희는 나를 조카라고 그 남자에게 소개했다).

리선희의 뒤를 따라 무슨 별채라는 델 들어갔더니 그 작자(부잣집 막내아들)가 나를 한눈 보자 대번에 눈살을 찌푸렸다. 불쾌해하는 기색이 양미간에 현연했다. 나를 눈엣가시로 여기는 게 환히 알려졌다.

그제야 나는 개밥에 도토리가 된 것을 깨닫고 크게 후회를 했다.

'대가리가 커다래 가지고 눈치코치 없이 이런 델 따라오다니!'

'아이고, 내 이 철딱서니야!'

가관의 맞선 의식을 소 닭 보듯이 겨우 마치고 돌아오는 길에 리선희가 물었다.

"이제 그 사람 너 어떻게 생각하니?"

"어떻게 생각하다뇨?"

"인상이 어떻더냔 말야."

"쥐코조리, 좁쌀여우."

리선희는 허리를 잡고 키득키득하다가 나중에는 뱃살이 켕기는지 엉거주춤하니 허리를 굽히고 키득거렸다.

둘이 다시 희미한 가로등 밑을 걸을 때, 리선희가 표백 비슷이 한마디를 내게다 해 들리는 것이었다.

"난 아무 때고 너 같은 남자라야 시집갈 거야."

숭배해 마지않는 여신의 이 한마디 옥음은 나의 대장부로서의 긍지심을 우쩍 북돋우어 주고 또 남자로서의 허영심을 흐뭇하도록 만족시켜 주었다.

해방 후 평양에서 김사량(본명 김시창)에게 들으니, 리선희는 그 후 극작가 박영호(전처 자식 둘)와 결혼을 해 가지고 원산에 내려가 몹시 어려운 살림을 하다가 30대 젊은 나이에 조서를 했단다.

2

보다 점잖은 동네에 가 살고 싶어서 그랬는지 어쨌는지는 잘 모르겠으나 아무튼 외가는 가회동 117번지로 이사를 했고 또 내 두 누이동생도 다 서울에 올라와 학교를 다니게 됐다.

가회동에서 나는 몇몇 유명지인의 출퇴근하는 모습을 거의 날마다 보고 싶지 않아도 보게 됐다.

화신백화점의 오너 박흥식은 검은빛 승용차를 타고 다니고 또 동양생명보험회사 사장 한상룡은 회백색 승용차를 타고 다녔다. 그러나 조선중앙일보사 사장 려운형 선생은 골프 바지에 캡을 쓰고 그리고 단장을 짚고 청년처럼 힘 있게 걸어 다녔다.

박 씨와 한 씨는 다 소문난 친일파. 그 저택들도 규모가 굉장했으나 려운형 선생이 살고 있는 집은 자그마한 목조 2층 건물이었다. 그리고 개벽사의 주간 차상찬 선생은 가장 못살아 게딱지 같은 초가집에 살고 있었다.

려운형 선생의 장녀 란구는 우리 작은누이동생 성자의 친구가 됐는데 그 여자를 내가 마지막 본 것은 1948년 9월 평양에서였다. 그리고 려운형 선생을 마지막 본 것은 1946년 6월 조선독립동맹서울위원회 회의실에서였다. 당시 그분은 인민당의 당수, 나는 독립동맹 서울시위원이었다.

박흥식의 현대풍으로 지어진 양옥은 계동으로 넘어가는 언덕빼기에 있었는데 그 장모 환갑 때 옥상에다 확성기를 걸어 놓고 내리 사흘동안 떠들썩하게 하객들을 치르는 바람에 우리 외할아버지가 몹시 부러워했다.

"장안 갑부가 다르긴 다르다. 거참."

하지만 뱁새가 무슨 수로 황새를 따라갈쏘냐.

남북 전쟁(6 · 25전쟁) 때 박흥식의 이 현대풍 양옥은 인민군 제4군단의 사령부로 됐다. 그리고 불과 몇 해 후, 4군단장 장평산은 군사 정변을 획책했다는 죄명을 들쓰고 총살을 당했다. 그 부인 홍선부와 아이들도 다 증발이 됐다.

장평산은 나의 중앙군교 동창 중의 교초였다.

1989년 가을, 가회동 옛집을 찾은 걸음에 장평산의 자취를 더듬는 심정으로 박흥식의 주택도 한번 찾아봤더니 그 대문 앞에서 만난 한 중년 부인이 담담하게 알려 주기를 "바로 지난봄에 집 임자가 바뀐걸요." 그러니까 그 친일파 제1호는 반세기 이상을 그 호화 주택에서 살았다는 얘기가 되는 것이다.

우리 큰누이동생은 얼굴이 반반한 대신에 공부를 잘 못하고 또 작은누이동생은 예쁘지 못한 대신에 공부는 언제나 우등이었다.

큰누이동생은 조선 전쟁 기간에 지병인 간질병으로 인해 죽었고 또 작은누이동생은 전쟁이 끝난 뒤에 그 남편 ― 공군 사령관 왕련이 군사 정변을 획책했다는 죄명으로 총살을 당하는 것과 동시에 행방불명이 돼 버렸다.

우리 아버지가 세상을 뜨기 전에 환심장을 했던지 외아들인 나(일곱 살)를 아예 가까이 오지도 못하게 하고 큰누이동생(다섯 살)만 "우리 평양 기생, 우리 평양 기생." 하고 귀여워했단다.

그 큰누이동생이 여학교를 다니는데 한번은 얌통머리 없이 나를 보고 푸념을 하기를 "다른 애들은 다 오빠 자랑을 하는데 나만 못 하지 뭐야. 저렇게 호떡같이 생겼으니 창피해서 누구보고 오빠라고 해. 정말이지 난 오빠가 있단 말도 못 하겠다니까. 에이 미워."

자가사리가 용을 건드려도 유분수지!

"함부로 그따위 주둥아릴 놀려? 그래도 요 전날 비를 만나서 책가방을 적실까 봐 막 달려오는데 웬 여학생이 보고 얼른 우산을 내밀어 주더라. 같이 쓰고 가자구."

"그건 엉겁결에 얼굴을 미처 확인을 못 해 그런 거야."

사실 말이지 나는 그날 여학생하고 우산을 같이 쓸 용기가 없어서 "아니 괜찮아요, 아니 괜찮아요." 하고 그냥 빗속을 경정경정 달려왔다.

나중에 생각하니 후회막급 ― 죽은 자식 나이 세기였다.

그 자주색 치마(이화여학교의 교복) 입은 여학생의 상냥한 모습은 내 머릿속에 아예 인화가 돼 버려 두고두고 사라지지를 않았다.

이 큰누이동생에게 가끔 ― 토요일 날 밤저녁 같은 때 ― 놀러 오는 동급생 하나가 있었다. 단짝이었기에 어지간히 먼 서대문께서 일부러 전차를 타고 왔다.

나는 그녀하고 한번 사귀어 볼 마음이 긴했으나 뜻대로 잘돼 주지를 않아서 고민을 하던 끝에 마침내 하나의 결심을 채택하기에 이르렀다.

'되든 안 되든 한번 부딪쳐 보는 거다.'

'진인사대천명이라잖는가.'

오래지 않아 그 기회가 드디어 왔다.

가회동으로 놀러 왔던 그 여자가 돌아갈 때쯤 미리 밖에 나와 숨어서 조바심을 하며 기다리다가 가까이 왔을 때 불쑥 가로등 밑에 나타났더니 그 여자는 적이 놀라는 눈치였다.

"아니, 웬일이세요?"

"정류소까지 바래다 드릴려구요, 밤이라서……."

"아니, 그러실 것 없어요."

"그래도 이렇게 어두운데……."

거듭거듭 방색하는 것을 비위를 쓰고 안국동 네거리 정류소까지 억지로 바래다주었더니 그녀는 전차에 올라서 차창으로 내다보며 다소곳이 눈인사를 하는 것이었다.

나는 돌아오는 길에 너무도 흥분해서 미친놈처럼 혼자 껑충껑충 뛰었다. 그녀의 눈인사 속에 은연히 깃들어 있는 '예스'를 나의 천재적인 인스피레이션으로 적확히 포착을 했던 것이다.

이날 밤 나는 극히 흡족한 심정으로 환상의 날개를 타고 꿈나라를 날아다니며 마음껏 오유를 했다.

이튿날 방과 후 동대문 공설 운동장에 가 축구 시합에 출전한 우리 학교 팀을 한바탕 응원하고 해 질 녘에 집으로 돌아오니 건넌방에서 큰누이동생이 쪼르르 마주 나왔다. 요것이 쪼르르 마주 나와 가지고는 댓바람에 한다는 수작이 "오빠, 어젯밤 어딜 갔던 거지?" 누가 들을까 봐 소곤소곤하는 말이긴 했지만 내 귀에는 곧 우렛소리같이 울리는 말이었다.

"되지 못한 게 누구더러⋯⋯."

나는 짐짓 거센 체 허세를 부렸다. 속은 엔간히 켕겼지만.

"되지 못하긴 누가 되지 못해. 걔가 제 궁둥일 따라다닌다고 당장 엄마한테 와 이르겠다는 거야⋯⋯. 오빠 미치잖았어?"

미치지 않은 증거로 나는 가슴이 덜컹 내려앉았다.

"내가 손이 발이 되도록 빌어서 겨우 주저앉혔어. 고마운 줄도 모르구⋯⋯."

내 첫사랑에는 왜 이리도 가탈이 많을까. 하느님도 야속하시지.

'노'를 '예스'로 빗보는 걸 내버려 두시다니. 아이구.

3

문학지 〈조선문단〉(월간)이 속간이 됐을 때의 편집장은 리학인 씨였다. 그전에는 리광수.

리학인 씨는 나의 보성고 6, 7년 선배였는데 일본 대학 재학 중에 홍씨 부인과 결혼을 했다.

내가 이 리 씨를 알게 된 것은 열한 살 때 삼방약수터에서였다. 리씨(보성고 재학 중)도 여름방학을 서늘한 삼방에 내려와 보내는데 아마우리 큰이모에게 접근을 하기 위해 나를 매개물로 삼았던 것 같다.

리 씨가 내게다 ― 대개 우리 큰이모를 겨냥하고 ― 얄팍한 책(자신의저서) 한 권을 '증정'했는데 그 내용은 이미 기억에 남아 있지를 않으나그 기발한 표지만은 아직도 뇌리에 뚜렷이 남아 있다. 화려한 한복을차려입은 여자가 춤을 추고 있는 그림이 찍혀 있는데 그 춤을 추는 자태가 곧 조선 반도의 형상이었다. 그리고 발에서 벗겨져 떨어진 신발 한 짝이 마침맞게 제주도로 됐다.

서울대학교 권영민 교수에 따르면 그가 편찬한 《한국현대문인대사전》에도 이 리학인이 수록돼 있단다.

리 씨가 일본 대학 재학 중에 소학생인 나에게 편지를 했기에 나는 곧 답장을 썼다(그 편지에는 리 씨의 사각모 쓴 사진도 들어 있었다). 한데 어찌 된 노릇인지 이 편지가 이튿날 아무 설명도 없이 떡 되돌아왔잖은가. 영문을 몰라 되돌아온 편지를 앞뒤로 번드쳐 보며 고개를 갸우뚱거리다가 마침내 나는 황연대각을 했다. 얄량하게도 발신인과 수신인을 반대로 적어 놨잖은가! 이 리 씨가 내 어디를 보고 그랬는지는 몰라도 아무튼 나를 여간만 귀여워하지 않아 홍씨 부인과 결혼을 한 뒤에도 나를 친동생처럼 사랑해 주었다.

윤봉길 의사의 상해 홍구공원 사건을 보도한 일본 신문을 소중스레 간수했다가 나에게 보여 준 이가 바로 이 리 씨였다. 그리고 또 중국 황포군관학교에 재학 중인 조선 학생들의 근황을 사진까지 곁들여서 보도한 한글 잡지를 나에게 보여 준 이도 다름 아닌 이 리 씨였다. 그 일본 신문이 〈아사히〉였던지 〈마이니치〉였던지는 기억이 삭막해 분명치가 않다. 그리고 한글 잡지도 그게 〈삼천리〉였던지 〈별건곤〉이었던지 아니면 〈조광〉이었던지……. 이 역시 분명치가 않다.

추측하건대 그때까지는 아마 총독부의 언론 통제가 훗날처럼 그렇게 심악스럽지는 않았던 모양이다. 손기정 선수의 일장기 말살 사건이 터졌을 때, 나는 이미 상해에 건너와 김원봉의 부하가 돼 가지고 반일 테러 활동에 종사를 하고 있었다. 그러니까 그 가증하고 뇌꼴스러운 언론 통제에서 멀리 벗어나 '일본 강도' 네 글자를 노상 입에 달고 있어도 괜찮았다는 이야기가 되는 것이다.

윤봉길 폭탄 투척 사건과 황포군관학교에 조선 학생들이 있다는 소식은 말하자면 나의 식견상의 일장 혁명이었다.

'나라가 망했는데 나만 편안히 이러고 있어도 되는 건가?'

나는 자기 자신에게 스스로 물어보지 않을 수 없었다. 그리고 양심에 걸려 스스로를 책망하지 않을 수 없었다.

"상해에는 우리 임시정부가 있는데 그 청사 앞에다는 버젓이 태극기를 휘날리고 있다는 거거든."

리학인 씨의 이 한마디 말이 내게 준 충격은 마치 캠퍼 주사(강심제) 열 대를 한꺼번에 맞은 것만큼이나 강렬했다.

임시정부 이야기를 내게다 해 들린 리 씨 자신도 내가 우둔스레 정말로 그 임시정부를 불원천리 찾아갈 줄은 꿈에도 몰랐을 것이다.

'들으면 병이요 안 들으면 약'이라고 나는 이날부터 괜한 '임시정부병'에 걸려 가지고 오매불망 임시정부 생각뿐. 일편단심 오로지 임시정부 생각뿐. 이런 일종의 편집광 비슷한 인간이 돼 버렸다.

〈조선문단〉이 속간이 됐을 때, 나는 볼런티어(자원봉사자)로 뛰어들어 열심히 심부름을 해 줬다. 봄방학을 몽땅 바치고도 또 모자라서 개학을 한 뒤에도 방과 후와 일요일을 고스란히 바쳤다.

특히 청량리 솔밭 속 별장풍 양옥에 살고 있는 소설가 방인근 씨에게 심부름 다니는 것을 나는 더없는 영광으로 알았다. 방 씨가 신문소설 《마도의 향불》의 작가로 한창 인기가 있었기 때문이다.

당시 나는 아마 소설 쓰는 재주도 홍역, 폐결핵 따위와 마찬가지로 공기전염을 하는 걸로 알았던 모양이다. 그렇게 방인근 씨와 몇 번 접촉을 하자 곧 시금치 먹은 뽀빠이처럼 기운이 마구 솟구쳐서 '나도 한번

'써 보자' 소설을 쓸 엄두가 났겠지. 참으로 기상천외적인 발상이었다.

'뽀빠이'는 미국 만화영화의 주인공으로서 시금치즙을 마시기만 하면 대번에 천하장사가 돼 가지고 손오공 맞잡이로 맹활약을 하는 게 특징이다.

나는 곧 머리를 동이고 죽을 둥 살 둥 소설 한 편을 써 가지고 애써 냉정히 마음을 가라앉힌 다음 한번 다시 읽어 보았다. 다시 읽어 보니 제삼자의 냉철한 안광으로 보더라도 뛰어난 걸작임에는 틀림이 없었다. 400자 원고지로 25매가량 되는 단편인데 그 줄거리인즉 한 지식인이 가까운 친구에게 배신을 당하는 이야기였다. 제목은 잊었다. '아는 도끼에 발등 찍힌다' 따위 무슨 그런 것이었는데 딱히는 모르겠다.

'이 소설이 〈조선문단〉에 일단 발표가 되는 날이면 서울의 종잇값이 오를지도 모르겠는걸.'

'그렇게 되면 각 신문사에서 연재소설을 써 달라는 청탁이 빗발치듯 하렷다. 제2의 방인근이 되기도 쉽겠는걸.'

나는 이 세상에 태어난 보람을 느꼈다. 인간세상이 환하게 밝아지고 또 무한히 사랑스러워졌다.

자신은 있으면서도 웬일인지 다리가 자꾸 후들거리는 가운데 나는 눈 꾹 감고 그 소설 원고를 편집부에다 한번 디밀어 봤다. 그러고는 이 편집장이 시키는 대로 각 서점을 돌아다니며 판매량을 점검해서는 일일이 메모를 했다.

"안녕하세요. 〈조선문단〉 오늘 몇 책이나 나갔죠?"

"한 책 겨우 팔았소."

"안녕하세요. 오늘은 몇 책이나?"

이 책방의 주인 녀석은 패씸스럽게도 시큰둥한 상통을 하고 고개만 한번 저었다.

'망할 자식, 갑자기 벙어리가 됐나? 매독이나 꽉 걸려라, 그 개혓바닥이 썩어 문드러지게!'

"안녕하십니까. 오늘?"

"한 책도 못 팔았네. 거들떠보지들도 않는 걸 가지구."

친애하는 〈조선문단〉이 또다시 기식엄엄하다는 건 눈을 감고 진맥을 한대도 너끈히 알 만했다. '기식엄엄'이란 '금방 목숨이 끊어질 듯이 호흡의 힘이 약하고 위태하다'는 뜻이다.

나의 사기 저상하는, 그러나 극히 현실주의적인 메모지를 받아서 한번 죽 훑어보더니 경애하는 이 편집장의 눈이 대번에 곤좌간향이 돼버렸다.

이럴 때 기후 봐 가며 슬그머니 물러나면 아무 일도 없을 것인데 눈치가 워낙 안는 암탉 잡아먹을 위인인지라 자발없이 나는 그만 타는 불에 기름 끼얹기를 하고 말았다.

"제 그 원고 한번 읽어 보셨습니까?"

어리석게도 나는 그 입에서 적어도 "음, 쓸 만해. 생각 밖이야." 하는 소리쯤은 나오리라고 기대를 했다.

"이봐, 이도 안 나서 뼈다귀 추렴부터 하겠나?"

그러잖아도 화가 잔뜩 치밀었던 편집장에게 핀둥이를 쏘이고 나는 도리어 웃음이 나왔다. 등 뒤에서 몰래 어른의 흉내를 내다가 들킨 아이 모양 쑥스러웠다. 워낙 그를 존경했던 까닭에 조금도 고까운 생각이 들지를 않았다. 그는 나의 친형님이나 마찬가지였으니까.

하지만 제2 방인근의 부푼 꿈이 여지없이 깨져 버린 것만은 못내 서운했다. 뒷맛이 씁쓰레했다. 나중에 반발을 하는 것으로 스스로를 위로했다.

"내가 이제 또 소설을 쓴다면 사람이 아니다. 그 잘난 거!"

완전히 아큐식 '정신 승리법'이다. 하지만 나는 당시 이 세상에 《아큐정전》이란 게 존재한다는 사실조차도 모르고 있는 터였다.

4

창덕궁의 정문인 돈화문을 지키던, 카키색 군복에 집총을 한 조선 군인들이 어느 날 갑자기 사라지고, 검정색 제복에 패검을 한 순사가 대신 궁문을 지키게 됐을 때 나의 서운한 마음은 이를 데가 없었다. 더구나 못마땅한 것은 조선 군인 때는 그래도 버젓한 쌍보초였던 것이 순사로 바뀐 뒤부터는 초라하게 혼자 달랑 서 있는 것이었다.

'나라는 이제 아주 망했다.'

나는 망국을 피부로 느꼈다. 그로 인해 온몸의 기운이 꼬리뼈 끝으로 싹 빠져나가는 것 같은 허탈감에 한동안 사로잡혔다.

이야기의 선후차가 좀 바뀐다.

우리 군대가 대궐문을 지키고 있던 시절의 일이다. 한번은 좀 가까이 가 자세히 보려고 대궐문 앞 텅 빈(지금은 아침부터 밤까지 자동차의 홍수로 몸살을 앓지만) 광장을 자전거를 타고 '비잉비잉' 돌았더니 우리 군인들은 아무 반응이 없이 그저 나를 바라보기만 하는데 중뿔나게 맞은편 파출소에서 순사 하나가 나오더니 나더러 오라고 손짓을 하는 것이었다. 가까이 가니까 그놈의 순사가 대뜸 눈방울을 굴리잖는가.

"누가 너더러 이런 데 와 자전거를 타랬어? 응, 여기가 어딘 줄 알아?"

그 망할 자식은 나를 야단만 치지 않고 덤으로 벌까지 세웠다.

자전거방에서 세를 낸 자전거는 한 시간에 10전씩인데 죄 없는 자전거까지 나를 따라 벌을 섰으니 '이 자식이 잘한달까 봐 날 벌을 세우는 모양인데 양통머리 없이 한 30전어치 내리 세우기나 하면 어떡하지, 돈이 20전밖에 없는데……' 나는 슬그머니 조바심이 나서 속으로 왼새끼를 꼬았다.

무고한 자전거와 더불어 그놈의 벌을 한 7전어치쯤 섰을 즈음에 그 돼먹잖은 자식이 다시 나오더니 제 딴에는 뒤를 좀 풀어 주는 말투로 한다는 수작이 고작,

"너하고 늘 같이 다니는 그 여자…… 거 누구냐?"

"저희 작은이모입니다."

"이름이 뭐지?"

"김보경."

싱거운 자식이 우리 작은이모의 순결한 이름을 제 그 더러운 입 속으로 한번 뇌어 보더니 기껏 한다는 수작이 "야 임마, 누가 대궐 앞에 와 자전거를 탄다던? 앞으론 조심해……. 됐다, 인젠 가 봐." 작은이모 덕에 피해액이 7전에 그친 것은 그나마 불행 중 다행이었다.

집에 돌아와서 '재수 없게 벌을 섰다'고 투덜거리며 사본사 이만저만하다는 이야기를 했더니 작은이모는 듣고 깔깔거리느라고 볼일을 못 봤다. 여자란 대개 다 밑구멍으로 호박씨를 까게 마련이니까 작은이모도 아마 젊은 남자가 저에게 관심 갖는 걸 은근히 좋아하는 모양이었다. 비록 하찮은 순사 나부랭일망정.

그나저나 이젠 벌을 서면서라도 가까이 가 보고 싶은 우리 군대가 아예 씨가 져 버렸으니 이 허전함을 어이 달래랴!

내가 또 한 번 충격을 받은 것은 리재유의 탈옥 사건이었다.

검거 선풍으로 파괴된 공산당 조직의 재건을 꾀하다가 검거 투옥된 거물급 활동가 리재유가 감옥에서 감쪽같이 탈옥을 해 종적을 아주 감춰 버렸으니 난리가 어찌 아니 뒤집어질 것인가. 서울 시내 곳곳에서 행인들을 검문을 하는데 무릇 서른 전후의 남자란 남자는 다 그냥 지나다니지를 못했단다.

이렇게 삼엄하게 늘린 검거망을 내가 서울에서 다시 한번 경험한 것은 그로부터 12년 뒤인 1946년, 해방이 된 이듬해였다. 공산당의 저명한 지도자 박헌영을 검거하기 위해 온 시내에 대대적으로 늘렸던 검거망이 곧 그것이다.

그때 애매한 두꺼비 떡돌에 치인다고 우리 작은이모의 남편 최 씨가 얼굴 모습이 박헌영을 너무 닮았다는 이유로 졸경을 치를 뻔했다는 해프닝도 벌어졌다. 이 최 씨가 바로 '진고개를 사 주겠다'고 쾌락을 했다는 그 인물인데 워낙 철저한 반공주의자였으므로 나하고는 한 번도 상면을 한 적이 없다. 저쪽에서 나를 "꼴도 보기 싫다."고 기피를 했기 때문이다.

리재유가 과연 '잡힐 거냐', '안 잡힐 거냐'를 놓고 내기를 하는 녀석들까지 생길 정도로 당시 시민들의 신경은 곤두섰다.

'서울을 벗어나 고비원주를 했을까? 아니면 사대문 안에 그저 숨어 있을까?'

나는 공산당에 대해서는 이해가 전무했으므로 다만 그가 일본 경찰에 쫓기는 정치범이라는 데서 그를 동정하고 또 그가 무사히 탈출을 해 주기를 바랐다.

그런데 어찌 알았으리, 이 리재유가 놀랍게도 온 장안의 예상을 뒤엎고 경성제국대학교의 한 일본인 교수 댁에 가 숨어 있었을 줄을. 미야케 시카노스케라는 그 교수의 이름이 신문에 선명하게 찍혀 나왔을 때 '제국대학의 한다하는 일본 교수가 우리 탈옥수를 숨겨 주다니!' 나는 정말이지 제 눈을 의심할 지경이었다.

"그 미야케라는 일본 교수도 공산당원이란 소리가 있더라."

"정말?"

"모스코(모스크바)에도 일본공산당의 거물급이 가 있다는 거야."

"그런 소린 나도 들은 적 있다. 이름까지 알았는데, 뭐라더라……."

"가타야마 센 아냐?"

"맞아. 가타야마 센. 이제 나도 생각난다."

"가타야마 센. 어떻게 쓰니?"

"조각 편, 뫼 산, 그리고 잠수함이라는 잠."

"잠길 잠."

"똑똑하다."

"이 자식아……."

동급생들이 한데 모여 중구난방으로 지껄여 대는 것을 듣고 나는 머릿속에다 서양 낫 같은 커다란 물음표 하나를 걸었다.

'도대체 공산당이란 게 뭐 하는 거길래 이렇게 복잡하지?'

원산 제네스트 때 우리 파업 노동자들을 성원해 주던 일본 선원들의 모습과 리재유를 숨겨 준 미야케 교수의 모습이 칡덩굴, 머루덩굴마냥 내 머릿속에서 얼기설기 뒤얽혀 도무지 풀어지지를 않았다.

5

윤봉길, 서원준, 안몽룡 등의 사건으로 그러잖아도 들떴던 마음이 리재유 사건까지 겪고 나니 나는 의마심원이랄까 '생각은 말처럼 달리고 마음은 원숭이처럼 설레어' 도저히 다잡을 수가 없게 됐다.

이 무렵부터 '태극기 휘날리는 상해의 임시정부'는 아예 내 마음의 메카로 돼 버렸다. 그리고 조선 학생들도 당당히 군사교육을 받을 수 있다는 황포군관학교는 내 마음속에서 아예 오매불망하는 예루살렘으로 돼 버렸다. 그러나 문제는 어머니와 두 누이동생이었다.

'집안에 사내라고는 나 하나뿐인데……'

눈에 보이지 않는 쇠사슬에 얽매여 있음을 의식하지 않을 수가 없었다.

이러한 모대김 속에서 나는 우연히 헨리크 입센의《민중의 적》을 읽게 됐다. 그 피날레에서 주인공 슈토크만이 갈파하기를 "이 세상에서 가장 강한 것은 혼자 따로 서는 사람이다!" 이 한마디가 불러일으킨 충격파가 나를 강타했다.

순간, 마치도 의사봉 일하에 모든 의사일정이 종결이 나듯이 내 머릿속에 오랫동안 걸려 있던 현안이 단방에 결판이 나 버렸다.

'떠나는 거다!'

이때부터 나는 탐험 여행을 준비하는 탐험가마냥 지도첩에 매달렸다.

'배로 갈 건가, 차로 갈 건가.'

'중국말을 한마디도 모르는데 벙어리 여행이 가능할 건가.'

몇 해 후에 그러니까 항일 전쟁 기간에, 이때의 나마냥 도망질칠 궁리에 몰두하는 녀석 하나를 나는 보게 됐다. 황기봉이란 녀석이 바로 그 녀석이었는데 나하고는 군관학교의 동기생이자 또 조선의용대의 동료였다.

우리가 호남성의 막부산 전선에서 일본군에 쫓기어 형산까지 퇴각을 했다가 겨우 숨들을 돌려 가지고 다시 불바다 속에 폐허가 돼 버린 장사로 내려올 때의 일이다.

우리 제1지대 전원 70여 명이 탄 범선(돛배)이 느릿느릿 여러 날 걸려 소상강을 '순류이하(順流而下)'를 하는데 건(件)의 황기봉이가 밤낮으로 군용지도와 씨름을 하고 있는지라 우리는 "왜, 갑자기 손자(즉 손무)가 되고 싶은가?", "괜히 건드리지 마, 참모총장으로 내신이 돼 있는 분이시다." 이와 같은 쓸까스르기만 했지 그놈이 배반도주할 궁리를 하고 있는 줄은 꿈에도 몰랐다. 더구나 어이없는 것은 그 녀석이 으레 겉에다 차게 마련인 모젤권총을 웬일인지 군복 자락 밑에다 차고는 "속에다 찬 게 알리니? 안 알리지?" 삶의 웃음을 웃으며 물어보는데도 추호의 의심을 하지 않은 것이다. 그저 한마디 "왜, 정보원 노릇이 하고 싶냐(정보원은 권총을 속에다 찼으므로)?" 하는 어조로 대꾸하는 것으로 만사태평이었던 우리의 무신경!

그 녀석이 식전에 강둑을 따라 제가끔 달리기를 하다가 어느 틈에 없어졌는지 없어진 뒤 영영 다시 귀대를 하지 않았을 때에야 비로소 우리는 깨도가 돼 "그런 꿍꿍이속이었구나, 내꽤!" 하고 뒤늦은 탄성들을 연발했다.

군인이 단독으로 여행을 할 때에는 휴대한 무기의 종류와 수량을 명시한 여행증명이 없으면 무기를 휴대하지 못하는 게 당시 전시하의 법이었다.

여담은 그만하고 본 줄거리로 돌아가자.

시골집 판 돈에서 250원을 따로 떼 내어 우편저금을 해 놓고 우리

삼 남매의 학비로 쓰는데 그 통장을 내가 맡아 가지고 있었으므로 여비 마련은 어려울 게 없었으나 동생들을 생각해 저 혼자 다 찾아 가지고 뜰 수는 없는 노릇이었다.

'한 100원 가지면 상해까진 갈 수 있겠지.'

주먹구구식으로 어림을 잡고 100원만 찾은 뒤 통장과 도장은 책상 서랍에 도로 다 넣어 놨다(나중에 동생들이 찾아내기 쉽게시리).

십 년 후 해방된 서울에서 다시 만났을 때, 어머니는 새삼스레 탄식을 하시는 것이었다.

"그때 왜 돈을 다 갖고 가잖았었냐, 천리만리 먼 길을 떠나면서. 난 그게 두고두고 마음에 걸리더라."

'인간도처유청산(人間到處有靑山)'이란 구절을 무슨 주문처럼 외는 것으로써 무너져 앉기만 하려는 담력을 스스로 버텨 주며 나는 떠날 차비를 했다.

가출을 결행하는 날 집에다는 "학교 유도부에서 합숙 훈련을 한다." 고 거짓말을 하고 트렁크에다 유도복과 다른 옷가지 따위를 버젓이 챙긴 뒤에 짐짓 예사롭게 휘파람을 불며 집을 나서는데 머리가 착잡해서 '내가 이거 미친 짓을 하잖나' 하는 생각을 떨쳐 버리기가 어려웠다.

서울역(남대문정거장)에 나오는 길로 봉천(심양)행 차표를 끊은 다음 비교적 조용한 2등 대합실에 들어가 한쪽 구석에 자리를 잡고 미리 준비해 온 봉함엽서에다 '어머님 전상서'를 썼다.

"어머님께서 이 편지를 받으셨을 때 이 불효자는 이미 조선 땅에 없을 것이오니 찾을 염을 말아 주시옵소서."

대개 이와 같은 내용으로 간단히 적은 다음에 봉을 해 가지고 구내 우체통에다 투함을 하고 나니 조선 땅에서 당분간 내가 할 일은 없는 것 같았다.

북행열차는 밤도 이슥한 10시 40분에 서서히 서울역을 떠났다.

임시정부 없는 상해

1

밤새도록 줄기차게 달린 열차가 정주역에 도착을 하니 겉보기에 벌써 그 섬뜩한 본색이 풍기는 사복형사 대여섯이 각기 다른 승강구로 승차를 했다.

그자들은 열차가 다시 움직이기를 기다려 가지고 일제히 행동을 개시했다. 각 차칸의 통로를 거슬러 올라오며 그 살무사같이 노랗게 기름진 눈으로 승객들을 하나하나 훑어보는 것이다.

그런데 왜 하필이면 내가 걸릴까!

일본 형사 한 녀석이 — 마치 실농군이 논을 돌아보다가 벼 포기에서 돌피 한 대를 쏙 골라 뽑듯이 — 나를 뽑아냈던 것이다. 교복과 교모만으로는 오히려 부족해서 상의 깃에다 금장까지 버젓이 달고 있으니 어느 눈깔 먼 형사 녀석이 주목을 아니 했을 것인가.

"어딜 가는 거지?"

"봉천 갑니다."

"어디 차표 좀 볼까."

형사는 차표를 한번 번드쳐 보더니 그냥 되돌려주고 나서 "휴대품은?" 나는 머리 위의 선반을 가리켜 보였다.

"저 트렁크 하나뿐입니다."

"그럼 내려 가지고…… 날 따라와."

나는 가슴이 덜컹 내려앉았으나 하릴없이 머리를 수굿이 하고 녀석의 뒤를 따라갔다. 들고 가는 트렁크가 장물이기라도 한 것마냥 거북살스러워졌다.

외딴 칸에서 형사 한 녀석이 더 가세를 해 2대 1로 신문을 받는데 나는 이상하게도 처음에는 몹시 두근거리던 심장이 차차 가라앉는 추세를 보이는 게 아닌가. 저로서도 놀랄 만큼 거짓말이 술술 잘 나와 주는 바람에 나는 그자들의 신문 공세를 큰 힘 들이지 않고도 요리조리 다 얼러맞추는 데 성공을 했다.

쥐새끼 한 마리를 때려잡겠다고 범강과 장달이 팔을 걷어붙이고 달려들었던 꼴이 차차 돼 갔다. '범강'과 '장달'은 《삼국지》에 나오는 인물로서 그 대장 장비를 죽인 장수들이다.

"트렁크 열어 봐."

시키는 대로 트렁크를 여니 첫눈에 드러나는 게 엉뚱스런 유도복인지라 순간 두 녀석의 얼굴에 웃음이 스쳐 지나갔다.

유도는 일본의 국기에 준하는 무술이 아닌가.

갈아입을 옷 대신에 유도복을 가지고 외국여행에 나선 놈을 그들은 처음 보았을지도 모를 일이다.

"무자수행이냐."

형사 하나가 입속말로 빈정거렸다. 옛날 일본의 사무라이들이 전국을 돌아다니며 무예를 닦는 것을 '무자수행'이라고 했다.

"소지품은?"

다 꺼내 놓았자 회중시계 하나와 만년필 하나. 그리고 100원에서 부리가 헐린 조선은행권. 폭탄이니 권총이니 기밀문서니 하는 따위는 지녔을 리가 만무하잖은가.

보기 좋게 헛다리를 짚은 두 녀석이 한번 서로 마주보더니 '무자수행이냐'고 빈정거리던 녀석이 선심을 베풀었다.

"이제 됐으니 돌아가 봐."

트렁크를 챙겨 들고 제자리엘 돌아오니 맞은 좌석의 중년 신사가 반색을 했다.

"무사해서 다행이오. 난 조만조만히 근심을 했소."

"고맙습니다."

"만주국은 초행인가 본데…… 국경지대라서 이 근방은 언제나 이렇게 까다롭지요."

압록강 철교를 육중한 열차로 꽹꽹하게 건너니 안동이다.

홈에 걸려 있는 전기시계를 차창으로 내다보며 남들이 하는 대로 회중시계의 바늘을 한 시간 늦추는데 전기시계의 숫자가 1에서 12까지만이 아니고 13에서 24까지 한 벌이 더 있는 게 일변 신기롭기도 하고 일변 우습기도 했다.

전에 우리 이웃에 사는 무식한 늙은이 하나가 술에 취해 가지고 한다는 소리가 "이젠 열세 시쯤 되잖았을까." 그 말이 우습다고 다들 한바탕 웃은 뒤부터 '열세 시'가 그 늙은이의 별명이 돼 버렸다.

'무식하니 할 수 없지.'

나는 낯선 땅의 첫 정거장에서 그 일을 떠올리고 혼자 빙그레했다.

'그러고 보니 정작 우물 안 개구리는 우리였구나.'

서울서 봉천까지 내내 마주 앉아 온 중년 신사가 이국 땅에서 첫 구인이 돼 주었다. 서탑까지 데리고 와 주고 또 여관까지 함께 투숙을 해 주니 지리에 어두운 내게는 여간만 도움이 되지를 않았다.

봉천역에서 인력거 한 채씩을 잡아타고 서탑으로 올 때 나는 난생처음 인력거라는 것을 타 보는지라 마음이 송구스러웠다.

'사람이 끄는 수레가 아닌가.'

거만스레 등받이에 번듯이 나가 누워 가는 것은 끄는 사람을 더욱 모멸하는 것 같아서 윗몸을 꼿꼿이 세우고 죄송스레 앉아 갔더니 인력거꾼이 홀지에 발을 멈추고 뒤를 돌아보며 무어라고 알아듣지 못할 소리를 지르는 것이었다. 나는 눈치로 알아차리고 얼른 등받이에 나가 누웠다. 탄 사람이 등을 기대 줘야 채가 거든히 들려서 끌기가 헐하다는 이치를 순간적으로 터득을 했던 것이다. 거만스러운 게 되려 죄송스러운 것보다 더 도움이 되는 수도 있다는 게 인간세상의 오묘함인 모양이었다.

2

상해로 간다고 하면 누구나 대번에 임시정부를 떠올릴 것 같아서(기실 이것은 쓸데없는 군걱정이었다) 나는 동숙한 중년 신사에게도 천진까지 간다고 거짓말을 했다. 제 발이 저렸던 것이다.

이튿날 봉천을 떠나는데 중년 신사가 기어이 정거장까지 배웅을 한다기에 뿌리칠 묘리가 없어서 함께 역으로 나왔던 까닭에 차표는 자연 거짓말한 뒷갈망으로 천진까지 끊지 않을 수 없게 됐다.

구내 매점에서 《여행 안내》를 사다가 응대를 일본말로 하는 여점원의 빼어난 미모에 나는 숨을 들이그었다. 백계노인(백계 러시아인)과 일본인 사이에서 태어난 혼혈아로 짐작이 되는 그녀의 아름다움은 한마디로 20세기의 클레오파트라 바로 그것이었다.

'이렇게 이쁜 여자를 놔두고 상해로 가다니…… 내가 미치잖았나?'

'이렇게 아리따운 여자가 살고 있는 봉천을 떠나다니…… 내가 정신이 온전한가?'

춘향을 떼어 놓고 서울길을 떠나는 이도령의 심정이 이렇게 애틋했을까.

홈에 서서 들어오는 기차를 바라보니 기관차 위에 달려 있는 종이 뎅그렁뎅그렁하는 게 흡사 교회당의 종이 울리는 것 같았다. 내가 신기해하니까 중년 신사가 설명을 해 주었다.

"철길에 들어선 양떼를 몰아내기 위한 거지요. 무연한 평원이니까."

나는 어마어마하게 넓은 대륙의 나라에 와 있음을 새삼스레 실감했다.

기차가 떠나니 차창 밖에서 중년 신사가 격려하듯이 손을 흔들어 주었다. 갈라져서는 아니 될 사람과 갈라지는 것 같아서 나는 갑자기 마음이 호젓해졌다. 나는 끝내 그 다정한 신사분의 성명도 모르고 말았다. 그분에게 성함을 물어볼 숫기가 없었던 것이다.

당시 산해관은 만주국과 중화민국의 국경인 셈이었으므로 이를 통과하는 데는 나름대로의 절차가 없을 수 없었다. 한데 그 이른바 절차를 톡톡히 밟아야 할 사나운 운수가 나를 기다리고 있을 줄이야.

열차가 멎어서자 평복 차림의 30대 남자 하나가 차칸으로 들어오더니 곧 승객들에게 눈독을 쏘며 찬찬히 훑어 내려오는 것이었다.

"어딜 가는 거지? 조사할 일이 있으니 날 따라와. 휴대품은?"

그 자식이 족집게 집어내듯이 집어낸 것이 누군가 하면 — 다른 누구도 아니고 — 바로 나였다. 눈에 띄는 교복, 교모가 '날 빼놓고 또 누굴 잡아가겠냐'고 자천을 하는 거나 마찬가지였다.

정주서처럼 또 외딴 칸으로 끌려가는가 했더니 그런 게 아니었다. 이번에는 아예 차에서 내리는 것이었다. 그자를 따라 한참 가니까 역구내에 따로 설치된 일본 헌병 분견소가 나타나는데 이때 내가 타고 온 기차는 무정스레도 기적을 울리며 발차를 하는 게 아닌가. 멀어져 가는 열차를 바라보는 내 마음은 허전하고 또 착잡했다.

곱살하게 생긴 젊은 헌병이 재주껏 나를 신문해 보았으나 별 소득이 없자 맥살이 나는 모양으로 등받이에 번듯이 나가 눕더니 이내 궐련갑을 꺼내면서 지나가는 말처럼 한마디를 묻는 것이었다.

"너 담배 피우니?"

나는 고개를 가로흔들었다.

"얌전하구나."

비웃듯이 말하고 헌병은 담배를 피워 물고 나서 제법 부드럽게 "하루쯤 늦어도 뭐 크게 낭패될 건 없을 테니 내일 낮차로 떠나지. 그러고 이왕 내린 김에 산해관 구경을 한번 하는 것도 해롭진 않을걸." 하고 위로조로 말하고 다시 "내 너 잘 데를 지시해 주라고 이르마." 말하고 곧 사람을 불렀다.

아까 나를 족집게로 집어낸 녀석이 들어와 굽실거리며 지시를 받는데 꼴이 헌병 보조원쯤 되는 모양이었다.

인력거 두 채를 불러다가 갈아타고 어두운 밤거리를 여관으로 향하는데 보조원 녀석이 그제야 비로소 모국어 — 조선말로 사과 쳇것을 하는 것이었다.

"이보 학생, 어찌 알지 마오. 낸들 이런 노릇을 하고 싶어 하오. 직업이 그러니 할 수 없이 하는 거지. 나도 집에 학생 또래의 동생이 있소."

창귀 놈의 입에서 이런 회심의 소리가 흘러나올 줄은 전혀 예상을 못 했던 터라 나는 크게 감동이 돼서 속으로 그자의 죄를 선선히 다 용서해 주었다.

'창귀'란 범의 앞장을 서서 먹을 것을 찾아 준다고 하는 못된 귀신. 지난날 '계급투쟁' 때, 우리 주변에도 이런 창귀들이 심심찮을 정도로 나타났던 것을 우리는 기억하고 있는 터이다.

이튿날 다시 역에 나와 기차를 타려는데 어제 그 젊은 헌병이 나를 보자 알은체를 하는 것이었다.

"초행길인데 조심해 가라구."

요만한 인정미나마 풍기는 인간을 나는 '반우파투쟁' 기간과 '문화대혁명' 기간(도합 24년 동안)에 하나도 보지를 못했으니 그놈의 왜곡된 계급투쟁 바람에 우리 모두가 얼마나 삭막한 정신의 황무지에서 살았는지를 가히 짐작할 수가 있을 것 같다.

열차가 산해관을 떠나자(국경을 넘었으므로) 곧 검표가 시작되는데 왜 하필이면 내 차표가 또 문제가 되는지. 아무튼 갈수록 산이 아닌가 싶었다.

"본 열차는 남만 철도 소속인데 손님의 승차권은 중국 철도가 발행한 거거든요. 그러니 다음 역에서 일단 내리셨다가 다음번 열차를 타시면 좋을 것 같습니다."

펀치를 든 일본인 차장(여객전무)이 깍듯한 존댓말로 설명을 하는데 나는 꼼짝없이 다음 정거장 ─ 진황도역에서 또 한 번 하차를 아니 할 수가 없게 됐다.

7년 뒤에 내가 석가장 일본 총영사관 경찰서에서 일본 나가사키형무소로 압송이 될 때, 이 열차를 다시 이용하게 되는데 그때는 벌써 북경에서 부산 간이 직통이 돼 있어서 중도에 차를 갈아타는 번거로움이 하나도 없었다.

3

팔자에 없는 진황도역에를 내려 가지고 어름적어름적하는데 다른 차칸에서 내린 듯싶은 손님 하나가 등 뒤에 다가와 내 어깨를 툭툭 치는 것이었다.

"이봐요 학생, 천진을 간다더니 웬일이지…… 여기서 내리게."

지난밤 산해관에서, 어느 교포가 경영하는 뭐라나 하는 허술한 여관 봉놋방에 함께 투숙을 했던 중년 남자였다. 물을 갈아먹은 탓인지 배가 몹시 아파 내가 봉놋방에서 배를 부둥켜안고 쩔쩔매는 것을 보고 '약담배를 피우면 직방'이라고 가르쳐 주던 사나이였다. "약담배라는 게 어떻게 생긴 담배냐."니까 "약담배도 몰라? 아, 약담배가 아편이지 뭐야." 하는 바람에 내가 기절초풍하듯 놀라는 것을 보고 재미스레 너털웃음을 웃던 바로 그 사나이였다.

"그럼 잘됐어. 밤 10시까지 우두커니 역에서 기다리겠나. 나하고 여관에 가 푹 쉴 판이지."

나의 설명을 듣자 그는 차 치고 포 치고 멋대로 결정을 해 버렸다.

그가 단골로 다닌다는, 역시 교포가 경영한다는 그 여관은 규모가 상당히 크고 또 버젓했다. 하지만 무슨 까닭인지 객실들은 모두 비둘

기장같이 칸살이 작았다.

　함께 투숙한 그 어뜩비뜩한 사나이가 볼일을 보러 나간 뒤에 나는 지난밤 설친 잠의 욿을 내리려고 혼자 편안히 드러누워 낮잠을 잤다. 비몽사몽간에 방문이 바스스 열리더니 무색옷을 매무시 곱게 입은 젊은 여자 하나가 기척 없이 들어와 나의 자는 모습을 살펴보는 것이었다.

　나는 눈을 한번 떠 보고 속으로 적잖이 놀라며 곧 벽 쪽으로 돌아누웠다. 여자는 한동안 그대로 서 있다가 한번 킥 웃더니 살그머니 도로 나가 버렸다.

　'이거 내가 여우한테 홀린 거나 아닌가?'

　나는 슬그머니 무섬증이 났다.

　해 질 녘에 어뜩비뜩한 동행이 돌아와서 겸상으로 저녁이 나오는데 굉장히 큰 상을 맞들고 들어오는 두 젊은 여자 가운데의 하나를 나는 대번에 알아봤다. 낮에 누워 잘 때 몰래 들어왔던 그 여자였다.

　두 여자가 나가지 않고 그대로 상머리에 붙어 앉아 시중을 드는데 왈짜인 듯싶은 동행과 무람없이 갖은 잡소리를 다 해 가며 시시덕거렸다. 남자 측의 만수받이하는 품도 더할 나위 없이 능란해 마치 물을 만난 고기와도 같이 자유롭고 또 자재로웠다.

　나는 웃을 수도 없고 안 웃을 수도 없고……. 괜히 열없고 계면쩍어서 몸가짐이 몹시 어쭙었다.

　상이 거의 나게 됐을 즈음, 낮에 몰래 들어왔던 여자가 나를 쳐다보며 "어째 저 학생은 말 한마디가 없으셔? 오늘 밤 묵어서 낼 떠나셔도 되는 거죠?" 하고 상글상글 웃어서 나는 대번에 얼굴이 붉어지며 고개가 숙었다. 마주 앉은 동행이 얼른 그 말을 가로채 가지고 "옳지, 네가 맘이 있어서 그러는가 보다만 썩 틀렸다. 이 총각은 소문난 도학군자야. 네 따위는 백이 와도 소용이 없다. 일찌감치 맘 놓고 쳐다보지도 말아라.” 하고 익살을 부렸다.

나중에 조용히 “이제 그 여자들은 다 무엇하는 여자들이냐.”고 물어 보았더니 나의 친애하는 동행이 예사롭게 “뭘 뭐야, 다 갈보들이지. 이 집이 여관 겸 갈보집이야. 이제 그런 것들이 우글우글해. 이 방이 다 그런 데 쓰는 방이야.” 하는 바람에 나는 벌린 입을 다물지 못할 지경이었다.

4

천진에서 상해까지 가는 길은 생각 밖에 순리로웠다. 압록강을 건너고 산해관을 넘을 때는 그렇게도 말썽을 일으켰던 교복, 교모가 도리어 훌륭한 경계색이 돼 줬던 모양이다.

그 먼 길을 가는 동안 아무도 나를 건드리지 않았을 뿐만 아니라 아예 거들떠보지들도 않는 것이었다. 차원이나 차장은 물론이요, 열차 안을 빈번히 순찰하는 철도경찰들도 나 하나만은 곱게 빼놓고 지나다니는 것이었다. 처음에는 그 원인을 몰라서 속으로 매우 괴이쩍게 여겼다.

‘이게 대체 무슨 놈의 감투끈이야?’

그러나 시간이 흘러감에 따라 차차 깨도가 갔다. 내 복색만을 보고 일본 학생으로 지레짐작들 했던 것이다. 무릇 일본 놈은 건드리지 않고 내버려 두는 게 안전하다는 기괴한 인생철학이 작용을 했던 것이다. 반식민지 특유의 처세관, 처세술이 작용을 했던 것이다.

나는 속으로 쓴웃음을 웃으면서도 '아무튼 해롭진 않다' 생각하고 그런 얼토당토아니한 대우를 그대로 받아들였다. 아니 받아들이면 또 어찌하랴, 입이 있어도 말을 못 하는 벙어리인 주제에.

　이 동안에 내 호주머니 속에서도 생각잖은 변화가 일어났다. 종이돈이 차차 줄어드는 것과 반비례해 동전, 은전 들이 계속 불어나서 몸을 조금만 움직거려도 잘랑잘랑 소리를 내기 시작한 것이다.

　말을 모르는 까닭에 '이게 얼마냐'고 값을 물어볼 재간이 없어서 무엇을 사거나 무엇을 먹거나 셈을 할 때는 잠자코 큰돈(지폐)을 꺼내 주고 거스름돈을 주는 대로 받아 넣었기 때문이다. 그 에누리 심한 장사치들에게 좋은 일을 얼마나 많이 했으랴, 어수룩해 가지고.

　내 머릿속에 혼란이 일어났다. 방향감각이 전도가 된 것이다. 남행 열차의 오른쪽 즉 서쪽에 엉뚱스럽게도 바다가 나타났기 때문이다. 바다는 의당 왼쪽 즉 동쪽에 나타나야 할 것이었다.

　'이거 기차가 되돌아서 북상을 하는 건가?'

　실은 견문이 좁은 탓으로 호수를 바다로 잘못 봤던 것이다. 미산호를 황해로 오인을 했던 것이다. 대안이 바라보이지 않고 아득한 수평선만 바라보이는 매머드(맘모스) 호수를 처음 보았기 때문이다.

　갖가지 조명등이 휘황한 불빛으로 불야성을 이루어 놓은 포구 나루터에서 초대형 연락선이 14량 편성의 열차를 서너 동강을 내어 싣고 기적을 울리며 어두운 양자강을 서서히 건너는 광경을 나는 열차 안에 그대로 앉아서 경이의 눈으로 지켜보았다.

　수면이 어두워서 물이 맑은지 흐린지를 헤아릴 수가 없었다. 그저 우리 한강물처럼 맑으려니만 여겼다. 밝은 낮에 봤더라면 오죽이나 실망을 했으랴. 세상에 그 이름 높이 난 양자강의 치런치런한 강물은 투명도가 거의 영에 가까운 탁류였다.

급기야 대망의 상해역에를 당도하고 보니 이게 또 웬일이냐. 단층 건물의 역사가 초라한 품이 원산역의 자매 역이라면 꼭 알맞을 것 같았다. 세계적인 매머드 도시 대상해에 전혀 걸맞지 않은 현관 — 철도역이었다.

여객들 틈에 끼여서 밖으로 나오니 '학익진'을 치고 대기하고 있던 인력거꾼들이 '와' 몰려들며 입입이 외치는 소리가 와글와글……. 귀가 따갑고 또 귀에 설어서 머리가 띵할 지경이었다. 그중의 약삭빠른 하나가 어리둥절해 서 있는 나를 대번에 외국 놈으로 짐작을 한 모양으로 재빨리 앞질러 나오더니 "호텔? 고 호텔?" 영어로 외치는지라 나는 두말 않고 선뜻 그 인력거에 올라탔다.

눈이 팽글팽글 돌 지경으로 사람과 차량들이 붐비는 거리를 요리조리 누비며 한동안 잘 달리던 인력거가 갑자기 멎어서기에 눈을 들어 보니 '동양관'이란 간판이 눈 속으로 뛰어들었다('동양'이란 게 중국말로는 '일본'이란 걸 이때는 몰랐다). 다음 순간 현관문이 드르륵 열리면서 화복(일본 옷) 입은 젊은 여자 하나가 진동한동 맞아 나오더니 "어서 오십시오." 하고 인사하며 얼른 트렁크를 받아 들여갔다. 하녀인 듯싶었다.

'이런 제기!'

나는 기가 막혔다.

인력거꾼이 나를 일본 학생으로 지레짐작하고 제 딴에는 잘한답시고 홍구 일본 여관으로 끌고 온 것이었다. '홍구'는 일본 조계나 다를 바 없는 구역 — 일본 총영사관의 등잔 밑이었다. 물론 이것도 나중에 알게 된 일이다.

'없어 비단옷'으로 나는 그 비싼 고급 여관 신세를 하룻밤 지지 않을 수가 없게 됐다. 그러니까 인력거꾼 덕에 난생처음 호사를 한번 해 보는 셈이다. 일박에 6원 — 쌀 반 가마 값이 더 됐다.

독립운동가이자 무정부주의자인 라월한이 남경에서 헌병 대위로 봉직을 하는데 본국에서 그 형이 찾아와 바로 이 동양관에 묵으면서 "한번 만나자."고 동생에게 기별을 하니까 라월한이 '설마하니'쯤 여기고 사복 차림으로 변장을 하고 몰래 형을 보러 왔다가 일경이 미리 쳐 놓은 거미줄에 걸려서 꼼짝없이 조선으로 압송이 되던 중, 그 일행이 탄 평안환 — 상해, 청도, 인천을 왕복 운항하는 연락선 — 이 청도에 기항을 했을 때 라 씨가 막 떠나는 기선에서 결사적으로 부두에 뛰어내려 호구여생으로 목숨을 건졌다는 이야기를 나중에 듣고 나는 어이가 없었다.

서안에서 나에게 이 이야기를 해 들릴 때 라 씨는 한국광복군 제2지대의 지대장이었다.

그 후 이태가 채 못 되어 그는 내홍으로 영내에서 부하에게 모살을 당했다. 30대 창창한 나이였다. 흉수도 나중에 법에 의해 총살형에 처해졌다.

동양관 이야기의 군가락이 너무 좀 길어졌다.

5

이튿날 나는 멀지 않은 곳에 있는 허술한 중국 여관으로 숙소를 옮겼는데 이 여관이라는 게 또 걸작이었다. 객실이라는 게 모두 토끼장 같이 협착한 데다가 사환 녀석까지 달달 닳아빠져서 마치 한 50년 내리 유통을 한 동전마냥 반들반들 매끄러웠다.

　내가 생리적인 필요로 "더블유시(WC)?" 하고 물어보았더니 "나(저것),
나." 하고 침대 밑을 가리켜 보이는 그 녀석의 상통에는 '촌놈, 그것도
여태 모르고 살았냐'는 빛이 환했다.

　침대 밑에 놓여 있는 뻘건 칠을 한 항아리 모양의 나무통이 곧 그
'더블유시'인 모양이라 나는 놀라움이 도를 넘어 기가 찼다.

　'이런 데서 사람이 어떻게 산담?'

　그런데 또 알고 보니 이런 토끼장식 여관에서는 잘 숙(宿) 자 '숙'만
제공하고 밥 식(食) 자 '식'은 제공을 하지 않았다.

　하릴없이 거리로 나왔으나 어디를 둘러보아도 다 낯이 설어 향방부
지인지라 운명을 하늘에 맡기고 점을 한번 쳐 봤다. 동전 한 닢을 포
도 바닥에 던져 봤더니 뒷면이 나오는지라 나는 신의 계시로 알고 무
작정 왼쪽으로 방향을 잡았다. 아 그런데…… 이렇게도 영검할 데라구
야! 한 십 분 걸었을 즈음 지옥에서 만난 부처인 양 반가운 간판 하나
가 눈앞에 나타나 주는 게 아닌가.

　조선요리―경성식당

　나는 마치 단골집이기라도 한 것 같은 친숙감을 느끼며 발걸음도 가
벼이 출입문 안으로 들어섰다.

　식당 내부의 구조와 차림새는 서양식이었으나 사람들은 주인이고
손님이고 다 조선 사람인 데다가 벽에 붙인 메뉴의 글자들도 다 우리
글 ― 한글이었다.

　내가 정식을 주문해서 먹고 있을 때 출입문이 열리며 중년의 여인

하나가 들어왔다. 주인하고 친숙한 듯 몇 마디 인사말을 주고받더니 이내 그 여인은 내게다 눈길을 보내는 것이었다. 나의 학생복 차림이 눈에 띄었던 모양이다.

그 여인은 치파오 위에다 진회색의 스프링코트를 덧입고 커다란 핸드백을 들었는데 화장은 거의 안 하고 귀걸이, 목걸이 따위도 다 걸지 않은 맨얼굴로서 연령은 30대 후반쯤 됐을까. 이런 여인이 빈 테이블들을 다 놔두고 구태여 내 앞에 와 마주 앉는 바람에 나는 은근히 겁이 났다.

"학생, 조선서 오셨죠?"

"네, 그렇습니다."

"혼자서요?"

"네."

"실례지만 무슨 일로 오셨나요?"

"저, 학교를 좀 다녀 볼까 해서요."

거짓말인 게 알리는지 나를 한번 훑어보고 나서 여인이 다시 물었다.

"지금 어느 여관에 드셨죠?"

"중국 여관인데…… 예서 멀잖습니다."

"불편하시겠군요……. 우리 집에 마침 방이 한 칸 비어 있는데……. 그리 가시잖겠어요."

이야말로 천래의 복음이 아닐 수 없었다.

이리하여 나는 상해에 도착한 지 스물네 시간이 채 못 돼 가지고 실로 거짓말같이 수월하게 한 독립운동 단체와의 접선이 이루어졌던 것이다. 하긴 나는 당시 그 여인의 정체를 알 턱이 없었으므로 그저 친절한 동포 여성쯤으로 여기고 고맙게 생각을 했을 뿐이었다.

프랑스 조계 포슈 거리 애인리 42호.

이 거리 이름은 프랑스의 육군 원수 페르디낭 포슈의 이름을 딴 것이고 또 애인리는 주택단지의 이름이었는데 그 42호에 김혜숙 — 나를 데리고 온 여인이 살고 있었다.

단지의 규모는 그리 크지 않아 모두 해서 60가호. 똑같은 규격의 2층 구조로써 각각 방 다섯에 주방 하나씩이 딸려 있었다.

42호의 아래층 방 둘은 젖먹이 하나를 데린 중국인 부부에게 세를 주었고 그 나머지는 다 여주인이 썼다. 위층에 방이 셋, 아래층에 객실을 겸한 주방이 하나. 그중에서 나에게 차례진 것은 위층의 중간 방이었다. 침대 하나 책상 하나 걸상 둘……. 극히 간소한 방이었지만 내게는 — 생장이 생장인 만큼 — 좀 과람한 감도 없지 않았다.

내 오른쪽은 여주인의 거실이고 또 왼쪽은 송일엽이라는 젊은 여자의 거처방이어서 나는 흡사 샌드위치 사이에 끼워 넣은 햄과도 같았다.

사람들은 김혜숙 여인을 '미세스 정'이라고 불렀다. 그 남편의 성이 정씨였기 때문이다. 민족주의자에서 공산주의자로 전향을 했다는 그 남편 정태희 씨는 이때 서울 서대문형무소에서 '치안유지법 위반'으로 6년 징역의 3년째를 살고 있었다.

한편 송일엽은 여주인의 이종매로서 아직 미혼, 공공 조계에 있는 댄스홀 메트로폴리스에 나가는 택시 댄서였다. '택시 댄서'란 손님을 상대로 사교춤 추는 것을 직업으로 삼는 여자. 사람들은 당연하게 그 여자를 '미스 송'이라고 불렀다.

미스 송은 나이가 나보다 세 살인가 많이였으므로 한 지붕 밑에서 살자면 좀 뻑뻑한 대로 누나 대접을 아니 할 수가 없게 됐다. 그러나 여주인은 나이가 숙모뻘이 넉넉했으므로 내게는 오히려 대접을 하기가 헐거운 편이었다.

송일엽은 언제나 자정이 퍽 지나서야 귀가를 하는 까닭에 10시 전에 일어나는 일이 거의 없었으므로 아침식사는 매양 여주인과 나와 단둘이서 하게 마련이었다.

지난봄 서울 나들이를 갔다가 돌아오는 길에 마음먹고 상해에 들러서 56년인가 57년 만에 이 애인리 42호를 한번 찾아봤더니 건물들이 반세기 이상의 풍상을 겪어서 몹시 헐기는 했어도 옛 모습을 거의 그대로 간직하고 있는지라 나는 한동안 고즈넉이 감구지회에 잠겼다.

애인리 42호에 일단 안돈은 했으나 당장 급한 게 임시정부를 찾아가는 일인데 어디 가 물어볼 데가 있어야 말이지. 혼자 속을 지글지글 끓이는 중에 닷새째 되던 날 여주인이 느닷없이 한마디를 꺼내는 것이었다.

"오늘은 날씨도 좋고 한데 공원 구경이나 한번 시켜 드릴까요."

나는 들었다 보았다로 대찬성.

"홍구공원이…… 어디 멉니까?"

"홍구공원은 어떻게 아세요?"

"아, 윤봉길 폭탄 사건이 났던 데 아닙니까. 왜 몰라요."

나는 제물에 속마음을 다 털어놓고 있었다.

나중에 송일엽과 허물없이 사귀게 된 뒤에 들으니까 "언니가 웃더라구요. 햇병아리라서 제물에 속을 싹 털어놓더라구. 오호호!" 아무튼 이 일을 계기로 김혜숙과 나 사이의 관계는 급전을 했다.

이튿날 우리는 다시 한번 진지하게 이야기를 나누었다.

"실은 우리 임시정부를 찾아온 겁니다."

"임시정불요? 그건 찾아 뭘 하시게?"

"제2, 제3의 윤봉길이 나와야잖습니까."

김혜숙은 억장이 막히는 모양이었다. 이윽고 위로조로 달래듯이 "내 얘길 듣고 낙담일랑 마세요. 그 하늘같이 바라고 온 임시정부가 지금 상해에 없다구요. 지난번 그 폭탄 사건으로 이 조계에서 배겨 내질 못하고 풍비박산했거든요. 기실 임시정부란 상징적인 존재에 불과했었죠."

나는 대실망의 구렁텅이에 빠져서 세상이 다 귀찮았다.

조선민족혁명당

1

"상해에서 활동을 하려면 우선 중국어와 영어부터 배워야잖겠냐."
는 김혜숙 여사의 의견에 좇아 나는 바라고 온 권총도 폭탄도 다 아닌
'말공부'에 달라붙게 됐다.

중국어는 김 여사의 소개로 알게 된 심성운(본명 심상휘)이라는 이에
게 배우고 또 영어회화는 직접 김 여사에게 배우는데 송일엽도 영어
에 능통했으므로 곧잘 기꺼이 자원봉사를 해 주었다.

나는 물론 심 씨의 정체를 알 턱이 없었으므로 그저 친절한 동포분
쯤으로 여기고 날마다 열심히 그에게 중국어를 배우러 다녔다. 그는
프랑스 조계 여반 거리에서 독신 생활을 하고 있었는데 때로는 나를
데리고 프랑스공원(현재의 푸싱공원)에 가 벤치에 걸터앉아 가르치기도
했다.

나중에 알게 된 일이지만 심 씨는 당시 조선민족혁명당(약칭 민족혁명
당, 민혁당) 상해특구의 선전부장이었다. 그리고 그때는 바로 의열단이
발전적인 해소를 하고 조선민족혁명당이 막 결성된 시점이었다.

이 심 씨가 후일 나의 중앙군교 동문이 되고 또 조선의용대의 동료로 되는데 이제 와서 돌이켜보면 그의 인생행로도 나만 못지않게 기구망측했다.

항일 전쟁 시기 그는 태항산 항일 근거지에서 조직의 결정에 따라 군복을 평복으로 갈아입고 일본군 점령하의 천진 시내에 잠입을 했다가 변절자 윤해섭의 밀고로 일본 경찰에 붙잡혀 조선으로 압송이 돼 서대문형무소에서 징역을 살았다. 그러다가 8 · 15 때 박달, 박금철 들과 함께 해방을 받아 가지고 그는 조선독립동맹 서울위원회에서 조직부장으로 활약을 했다.

미군정하에서 좌익에 대한 탄압이 시작되자 조직의 결정에 따라 그는 지하로 들어갔고 나는 또 나대로 숨어 살 묘리가 없었으므로 월북을 하게 됐다.

심 씨는 지하에서 계속 활동을 하다가 이태 후 경찰에 체포가 돼 또다시 서대문형무소(교도소)에 수감이 됐다. 복역을 하는 중에 남북 전쟁이 터지면서 인민군의 전차 부대가 들이닥치는 바람에 그는 또 한번 해방을 맞았다.

하지만 그의 부인(역시 지하공작원)은 대전 감옥에 갇혀 있었던 까닭에 퇴각하는 국방군이 집단 처형을 할 때 그녀도 다른 정치범들과 함께 사살을 당했다.

심 씨는 자유를 회복하는 즉시 감옥에서 풀려난 조카사위 조규홍까지 데리고 입북을 해 북경과 평양 사이를 오가며 활동을 했으나 이른바 연안파 숙청 때 숙청을 당해 그 조카사위 암질러 행방불명이 돼 버렸다.

심 씨, 조 씨 다 고향이 서울이었으므로 그 육친들이 현재 서울에 살고 있다. 지난번 서울 나들이 때 그들을 만나 보고 나는 할 말이 없었다. 나 혼자만 꾀바르게 살아온 것 같아서.

이왕 장황스레 늘어놓은 김에 김혜숙 여사에 대해서도 좀 언급을 해보자.

본국에서 상해로 흘러나오는 청년들은 거의 한 번씩은 홍구 경성식당에 들르게 된다는 기이한 현상에 착안을 했던 까닭에 김 여사는 언제나 돌아 살피기의 중점을 경성식당에다 두었다.

그리하여 걸려든 청년들은 거개가 조선민족혁명당 상해특구를 통해 남경 명양 거리 호가화원 초대소로 보내졌다. 호가화원에서 몇 달동안의 감별을 거친 끝에 패스가 된 사람은 화로강으로 보내졌다. 그리고 패스를 못 한 사람은 노자를 주어서 돌려보내는 게 상례였다.

'화로강'은 중화문 안에 있는 언덕빼기의 지명이다. 여기에 '묘오률원'이라는 큰 사찰이 있는데 그 후원에 누관 한 동이 서 있다. 이 누관아래위층에 득실득실하는 젊은이들이 곧 열혈적인 조선민족혁명당의청년 당원들인 것이다.

나는 무슨 까닭인지 호가화원을 거치지 않고 계속 상해특구에 소속돼 있다가 일 년 뒤에 남경에 가 정식으로 민족혁명당에 입당을 했는데 입당을 하고서도 왠지 곧 다시 상해특구로 되돌려 보내졌다.

당시 상해특구의 조직부장은 개업의 류일평 씨이고 특구 총책은 최우강(본명 최석순) 씨였다.

남경 본부에서 이따금 현지 지도를 내려오는 석정(본명 윤세주) 선생님을 내가 처음 뵌 것은 프랑스 조계 마당 거리 아지트에서였다. 이분에 대해서는 앞에서 이미 간략하게나마 서술을 한 바 있다.

1919년에 우리 임시정부가 처음 수립된 곳도 바로 이 마당 거리였는데 놀라운 것은 그로부터 3년 뒤인 1921년에 중국공산당이 창립된 곳도 역시 이 마당 거리였다는 사실이다.

지난봄 50여 년 만에 이 마당 거리 옛 아지트를 한번 찾아봤는데 그제야 중국공산당의 탄생지가 우리 아지트에서 지척이라는 것을 알고 그 우연함에 새삼스레 놀랐다. 아마 그 부근의 지형지물이 경찰에 포위가 되더라도 피신을 하기가 쉽게 돼 있었는지도 모를 일이다.

석정 선생님은 당시 30대 후반의 장년으로서 홀쭉한 얼굴, 호리호리한 몸집에 목소리까지 잔잔해 도무지 용사 같아 보이지를 않았다. 사이토 마코토 총독을 살해하려고 폭탄을 가지고 국내에 잠입했다가 발각돼 7년 동안 징역을 살고 나온 열혈한으로는 도저히 보이지를 않았다. 하건만 그분은 우리 당의 손꼽히는 이론가였고 또 그 물이 흐르듯이 거침이 없는 현하지변에는 어떠한 적수도 맞서지를 못했다.

나는 석정 선생님의 가르침을 받고 또 지도를 받는 몇 해 동안에 그분이 역정 내는 걸 한 번도 못 봤다. 그분은 언제나 순순히 타이르는 식으로 우리를 설복하셨다.

그분은 또 우리 당의 기관지 〈앞길〉의 주간이기도 했다.

그러니 나 이 독립운동의 초년병이 그분을 숭배하게 된 것은 당연한 일이 아니겠는가.

2

리경산(일명 리소민)은 본래 평북 강계군청의 서기였는데 밤에 숙직을 서다가 자신이 맡아보는 금고에서 공금을 몽땅 털어 가지고 밤도와 압록강을 건너 상해로 임시정부를 찾아왔다가 의열단에 포섭이 돼 뜨르르한 테러리스트로 성장을 한 사람이다.

마당 거리 아지트에서 내가 또다시 석정 선생님을 뵈올 때 이 리경산과 심성운이 자리를 같이했는데 석정 선생님이 웃으면서 나를 보고 "앞으로 우리나라가 독립을 하게 되면 그때 영친왕 리은은 어떻게 처리하겠느냐."고 물으시기에 언하에 나는 서슴없이 소신을 밝혔다.

"그야 물론 우리나라 임금님인데 모셔다 섬겨얍지요."

나는 1933년 여름방학에 금강산 탐승을 갔다가 우연하게 영친왕과 그 일본 부인 마사코 여사를 아주 가까이서 볼 기회를 가졌다(영친왕의 얼굴은 귤껍질마냥 잔구멍이 송송했다). 그 인상이 속 깊이 남아 있었던 까닭에 솔구이발로 이런 대답이 튀어나왔는지도 모를 일이다.

내가 정색으로 리씨 왕조를 복벽하겠다는 바람에 좌중이 다 실소를 금치 못했다. 아무튼 그 테스트에서 나는 정치적으로 완전히 백지임을 드러낸 셈이었다. 그 까닭인지 얼마 오래지 않아 나는 무조건적으로 행동대에 편입이 됐다.

민족혁명당은 사실상 의열단의 변신이나 다름이 없었으므로 공산주의 사상이 대량으로 침투해 들어오기는 했어도 그 테러리즘의 전통은 거의 그대로 이어졌다. 왕정복고주의자로 지목이 되는 나를 테러리스트들의 집단인 행동대에 편입을 한 것도 그 전통을 지키기 위한 하나의 조처가 아니었는지 모르겠다.

당시 우리 행동대의 대장은 테러왕 리경산의 의발을 물려받은 로철룡(일명 최성장)이었다.

이 로철룡도 후에 중앙군교에서는 나와 동기였는데 그로부터 십여 년 후에 터진 남북 전쟁 때 그는 북군의 정예부대 방호산 군단의 참모장으로 맹활약을 했다. 하지만 전쟁이 끝난 뒤에 그는 군사 정변을 획책했다는 죄명을 들쓰고 총살을 당했다. 동시에 그의 가족들도 다 증발이 돼 버렸다.

리경산 밑에서 테러 활동을 하다가 실격이 되자 화불단행으로 폐인까지 돼 버린 사람 하나가 화로강에 있는데 그 이름을 리강이라 했다.

의열단에서는 신참을 훈련할 때 흔히 이런 방법을 썼다. 즉 현장에 데리고 가서 고참이 지켜보는 가운데 하수를 하게 하는 것이다. 그렇게 하면 '임상 경험'도 쌓으려니와 영원히 배심을 먹지 못하게 된다는 것이다. 살인자사라 적측으로 돌아누워 봤자 기다리고 있는 것은 사형밖에 없을 테니까.

리강도 이런 '임상'에서 선배들이 지켜보는 가운데 첩자의 이마에다 권총을 바싹 들이대기는 했으나 속이 떨리고 손이 떨려서 차마 하수를 못 하고 있는데 "아, 뭘 하고 있는 거야!" 선배가 호령을 하는 바람에 엉겁결에 방아쇠를 당겼더니 순간 뿜어 나오는 선지피가 그의 면상에 탁 튀었다.

그 충격으로 리강은 정신이상에 걸려 마침내는 폐인이 되다시피 했다. 사람이 워낙 다부지지를 못했던 모양이다.

화로강에서 리강은 급료를 타면 곧 빨간 물감을 사다가 내복가지, 침대보 따위에 물을 들여 가지고는 짜지 않고 그대로 내다 널어놓고 그 빨래에서 핏물 같은 빨간 물이 줄줄 흘러내리는 것을 유심히 바라보며 회심의 미소를 띠곤 하는 것이었다. 그는 허구한 날 이런 비정상적인 괴이한 짓을 되풀이하는 것으로 세월을 보냈다.

그러나 나의 첫 '임상 경험'은 완전히 달랐다. 리강은 비극으로 끝났지만 나는 정반대였다. 희극으로 끝이 난 것이다.

선종 거리에 숨어 사는 렴 모라는 일본 경찰의 첩자를 처단하는 행동이었는데 신참 '햇병아리'라고 권총을 주지 않아 나는 '비무장'으로 참여를 해야 했다.

밤에는 조용해서 총소리가 요란히 울린다고 시끌벅적하는 백주대낮에 일을 벌이는데 내 소임이란 고작 나팔을 부는 것이었다. 총소리를 카무플라주하기 위해 크게 소리만 내면 되는 것이었으니까 아무리 불 줄 모르는 손방이라도 해낼 수 있는 일이었다.

로철룡이 대원 서각을 데리고 그자가 거처하는 2층으로 올라가고 또 한 대원 안창손이 뒷문을 지키는데 나는 현관문을 등지고 서서 죽어라 하고 나팔을 불어 댔다.

나팔 소리를 듣자 골목 어귀에서 딱지치기를 하고 있던 조무래기 서넛이 무슨 구경거리가 난 줄 알고 부지런히 쫓아와 눈들이 동그래져 가지고 쳐다보는 것이었다. 그 쳐다보는 게 못마땅해서 나는 "저리들 가라."고 소리를 지르고 싶었으나 나팔 소리를 잠시도 멈춰서는 아니 되므로 입을 비울 재간이 없어서 소리도 못 질렀다.

내가 목에 핏대를 세우고 나팔을 불어 대고 있을 즈음 현관문 위의 콘크리트 차양에서 별안간 사람 하나가 쿵 뛰어내리더니 곧 불 채인 중놈 달아나듯 하는 것이었다. 나는 무슨 영문인지를 모르는 까닭에 그놈이 뺑소니치는 것을 곁눈질로 바라보면서 계속 열심히 나팔만 불어 댔다.

불시에 우악스러운 주먹 하나가 내 잔등판을 한번 꽉 쥐어박더니 "듣기 싫다. 고만 불어라. 멍청이!" 하기에 놀라서 돌아보니 로철룡이었다. 화가 잔뜩 난 그의 얼굴은 군데군데 불긋불긋하고 또 후줄근한 양복 앞자락에서는 김이 무럭무럭 오르고 있었다. 그의 등 뒤에는 시

무룩한 얼굴을 한 서각이 따라 섰는데 이 역시 풍년거지 쪽박 깨뜨린 형상이었다.

나중에 알게 된 일이지만 로철룡과 서각이 들이닥치는 것을 보자 그자는 잼싸게 손을 썼다. 상 위에 놓여 있던 보온병을 집어 들어 앞장선 로철룡을 겨누고 냅다 던져서 뜨거운 물벼락을 콱 안겨 준 것이다. 그 바람에 로철룡이 주춤하자 그자는 열려 있는 창문으로 날쌔게 몸을 빼쳐 차양 위에 일단 뛰어내렸다가 다시 땅바닥에 뛰어내려 삼십육계를 부른 것이었다.

그날 덴둥이가 됐던 이 로철룡이 훗날 어떻게 허무하게 죽었는지는 이미 다들 알고 있는 터이다.

그때 뒷문을 지키고 있다가 헛물을 켠 안창손은 해방 후 포병 사단의 참모장이 됐다가 남북 전쟁 때 전사를 했는데 직격탄(포탄)을 맞았던 까닭에 시신도 수습을 못 했다. 글자 그대로 박산가루가 나 버렸던 것이다.

서각은 그 후 한 번 놓쳤던 렴 모 첩자를 끝내 찾아내 아령으로 까 죽임으로써 임무를 완수는 했으나 그 자신도 그리 오래 살지는 못했다.

서각은 항일 전쟁 시기(1940년), 연안에서 태항산으로 나오는 강행군 도중에 급병이 나서 할 수 없이 점아평 부근의 한 촌락에다 맡겼는데 후에 찾으러 가니까 촌장이 새 무덤 하나를 가리켜 보이면서 '병사를 했다'는 것이다.

정말 병사를 했는지, 아니면 일본군이 들락날락하는 곳이라서 항일 군인을 보호했다가 들키는 날이면 온 마을이 도륙이 날 테니까 미리 손을 썼는지. 아무튼 영원히 풀지 못할 수수께끼로 남았다.

이 안창손과 서각도 다 나의 중앙군교 동기생이다.

그리고 서각(별명 메기입)이 하수하는 데 야만스레 아령을 사용한 것은 그럴 만한 연유가 있어서였다. 밖에서 터뜨리기로 한 줄폭죽(총소리 카무플라주용)에 누기가 쳐서 터지지를 않으니까 황망 중 창턱에 놓여 있던 그자의 아령을 집어 들었던 것이다.

3

장진광은 이민(移民)의 둘째 아들로서 미국 하와이 태생인데 여남은 살 때 홀로 된 그 어머니를 따라 상해로 건너와 독립운동에 몸을 잠갔다. 그의 형은 미국 해군에서 복무하는데 잠수함의 승조원이었다.

이 장진광이 군자금을 마련하기 위해 열일곱 살에 단독으로 권총 강도질을 했는데 우습게도 성공과 실패가 엇갈렸다.

'중국인과 프랑스인은 절대로 건드리지 못한다'는 내부의 규정이 있었으므로(조선의 망명 단체들이 중국 당국의 원조와 프랑스 조계 당국의 묵인을 받고 있었으므로) 그는 밤늦게 인력거를 타고 귀가하는 미국 여자 하나를 범행의 대상으로 선정했다.

인적이 그친 뒷거리에서 갑자기 내달아 권총을 들이대니 인력거꾼은 기절초풍해 인력거째를 드던지듯이 내려놓고 천방지축 도망질을 쳤다. 이와는 대조적으로 인력거 위의 미국 여자는 놀랄 만큼 침착한 태도로 반지, 목걸이 따위를 제 손으로 다 빼고 벗어서 핸드백에 넣더니 잘각 닫아 가지고 "플리즈." 하고 핸드백째로 건네주는 것이었다.

"그 핸드백을 건네받는 내가 도리어 부끄럽더라니까."

이것은 장진광이 나중에 동료들을 보고 한 술회다.

장진광은 며칠 지나 바람이 좀 잔 뒤에 공공 조계 어느 구석진 전당포에 들어가 강탈한 보석 반지를 전당 잡히려다가 붙잡혀 일본 총영사관 경찰서에 넘겨지고 다시 일본으로 압송이 돼 '강도죄'로 7년 동안 나가사키형무소에서 징역을 살았다.

이 장진광도 나의 중앙군교 동기생이자 조선의용군의 동료였는데 훗날, 그가 징역을 살고 나온 바로 그 감옥으로 나도 징역을 살러 가게 될 줄은 정말 몰랐다.

해방 후 평양에서 여러 해 만에 다시 만나 가지고 우리는 나가사키 감옥 이야기로 꽃을 피웠다.

"네가 혹시 낙서라도 한 게 있나 해서 눈여겨 살폈지만 하나도 없더라니까."

"몇 사에 있었길래?"

"5사."

"그러니까 없지. 난 1사였거든."

장진광과 이름이 비슷한 장중광이라는 친구가 있었는데 그의 본명은 강병학. 조선 전쟁 때 그는 북군의 사단장으로 출전을 했으나 전쟁이 끝난 뒤에는 숙청을 당해 그 생사조차 알 길이 없는 상태다.

장중광은 '천주학쟁이'였으므로 식사 전에는 반드시 앞가슴에 십자를 긋고 "성부 성자 성신…… 아멘."을 외웠다. 후에 사관학교에 입교를 한 뒤에도 이 주문인지 기도문인지를 계속 외웠으나 정 먹고 살 수가 없게 되자 그만 집어치워 버렸다(신앙도 함께). 그가 경건스레 '성부, 성자'를 외우고 있는 동안에 한 상에 둘러앉은 친구들이 게 눈 감추듯 반찬을 싹쓸이 해치우는 바람에 그는 하루 세 때 끼니마다 맨밥, 싱거운 밥을 먹어야 했기 때문이다. 순교자라면 영양실조쯤은 고사하고 굶

어 죽는 것도 헤아리지 않았을 테지만 그의 믿음은 그 정도에까지는
미치지를 못했던 모양이다.

이 장중광이 북사천 거리에 자리 잡고 있는 일본 신사에 폭탄을 투
척했던 사건은 두고두고 이야깃거리가 됐다.

무슨 제인지 제를 지내느라고 갖가지 등불을 달아 놓고 일본 사람들
이 북적거리는 데다가 폭탄을 후려 던지는데 황급한 통에 깜박 잊고
안전핀을 뽑지 않았던 까닭에 포물선을 그리며 날아간 폭탄이 터지지
않은 채로 어느 녀석의 대갈통을 들이맞힌 모양이었다.

생벼락을 맞은 피해자가 새된 비명을 질러 대는 바람에 무슨 의식을
올리고 있던 신사 안팎은 삽시간에 난장판이 돼 버렸다.

"폭탄이다아아아!"

"빨리들 피해라아아아!"

"저 피, 저 피!"

"구급차, 구급차!"

'아뿔싸!'

일이 글러진 것을 깨달은 장중광은 날쌔게 전찻길을 가로질러 일본
육전 대청사 뒤로 내뺐다. 한데 뒷문을 지키던 위병 녀석이 같잖게 "다
레카(누구냐)!" 수하를 하는지라 그는 데꺽 권총을 들이대고 "사와구나
(시끄러워)!" 호통을 치며 그 녀석의 장총을 홱 잡아챘다. 빼앗은 장총을
들고 갑북 방향으로 줄달음을 치는데 이때 뒤에서는 육전대의 사이드
카들이 엔진 소리를 울리며 뒤쫓아 오기 시작했다.

장중광이 짐스러워진 장총을 길가 논판에다 내던지고 장달음을 놓
는데 코앞에 건널목이 닥뜨렸다.

때마침 강만에서 북정거장으로 향하는 화물열차 한 편이 칙칙폭

폭 칙칙폭폭 그 건널목을 막 통과하려는 참이라 절체절명의 장중광은 '얍!' 칼 박고 삼간 뛰기를 했다. 기관차 앞머리에 발뒤축이 스치듯이 건너뛰니 그 긴 열차가 느릿느릿 등 뒤를 지나가며 고맙기 짝이 없는 바리케이드로 돼 주었다. 그 통에 바싹 뒤따라온 육전대의 사이드카들은 다 닭 쫓던 개 꼴이 돼 버렸다.

열차가 다 지나간 뒤에 사이드카들이 또다시 뒤를 쫓았으나 그동안에 범인이 어디 가 숨어 버렸는지 암만 찾아도 보이지를 않아서 결국은 헛다리들만 짚고 말았다.

아슬아슬하게 목숨을 건진 장중광은 새삼스레 겁이 나(육전대 사이드카들이 자꾸 뒤쫓아 오는 것만 같아서) 몸에 지녔던 권총까지 논판에 집어 처넣었다. 그러고는 샐녘까지 무작정 걷고 걷고 또 걸었다.

4

'하이알라이'란 라켓으로 공을 대리석 벽에다 튕겨서 승부를 겨루는 스페인식 구기인데 이것에 돈을 걸고 한탕하려는 사람들이 들이밀려서 조프르 거리의 하이알라이는 날로 달로 번성을 했다. 특히 밤이면 황·백인종 들이 악머구리 끓듯 들끓어서 언제나 성황을 이루었다.

우리의 세 모험가가 어벌이 크게 이 도박장을 털어서 군자금을 마련하기로 작정을 하고 훔친 승용차 한 대를 몰고 와서는 주차장에다 버젓이 들이세웠다. 핸들을 잡은 모험가는 발동을 끄지 않은 차에 그대로 남아 있고 두 모험가만 회전문을 통해 장내에 들어갔다.

문 안에는 카키색 터번을 머리에 감은 사천왕 같은 인도 수위 하나가 불룩한 앞배에 특대호 리볼버(회전식 연발 권총)를 차고 서서 큰 눈을 두리번거리고 있었다.

한 모험가는 들어서는 길로 곧장 출납 창구들이 있는 쪽으로 걸어갔다. 거기에는 숱한 손이 분주스레 주고받는 지전(종이돈)들이 흔하기가 곧 늦가을의 낙엽이었다.

또 한 모험가는 인도 수위의 코앞을 슬쩍 한번 지나쳐 보았다.

출납 창구에 다가선 모험가가 돌연 허리에 둘러 띠고 온 즈크 자루를 풀어서 왼손으로 창구에 들이미는 것과 동시에 오른손의 권총을 바싹 들이대고 매섭게 명령을 했다.

"꼼짝 말고 그 돈 다 이 자루에 그러담아라!"

이와 동시에 또 한 모험가는 잽싸게 빼 든 권총으로 인도 수위의 가슴패기를 겨누었다.

"홀드 업!"

그러고는 소리개가 병아리를 채듯이 그자의 리볼버를 탁 잡아챘다.

한편 생벼락을 맞은 출납원이 기겁을 해 떨리는 손으로 지전들을 마구 움켜서 즈크 자루에 쓸어 넣고 있을 즈음에 별안간 요란스레 사이렌이 울리면서 모든 출입문과 창문들에 드르륵드르륵 셔터들이 내려와 닫혔다.

총부리와 '홀드 업' 바람에 꼼짝없이 두 손을 번쩍 들기는 들었으나 워낙 맡은 바 직무에는 개같이 충실한 인도 수위가 조심스레 우물우물 뒷걸음질을 쳐서 벽에 달린 비상경보기의 버튼을 등판으로 누르는 데 성공을 했던 것이다.

두 모험가는 옴치고 뛸 데가 없어졌다. 독 안에 든 쥐 꼴이 돼 버렸다.

주차장에서 대기를 하고 있던 모험가는 짝 잃은 외기러기 신세가 됐다. 하릴없이 혼자서 차를 몰고 달아나다가 어느 뒷거리 으슥한 곳에다 차를 버리고 터덜터덜 걸어서 아지트로 돌아왔다.

나는 이 세 모험가를 다 만나 보지는 못했다. 두 모험가는 일본 감옥에 끌려가 '강도죄'로 징역들을 살고 있었고 또 한 모험가도 역시 징역을 살고 있었기 때문이다. 차를 몰고 혼자 도망을 쳤던 그 모험가도 그후 다른 사건으로 체포가 돼 '다리 부러진 노루 한곳에 모인다'가 돼버렸던 것이다.

하지만 그 불운한 모험가들도 다 나의 어엿한 선배들임에는 틀림이 없었다.

또 다른 선배들의 이야기를 좀 해 보자.

영국이 조차한 상해 해관에 영어를 썩 잘하는 조선인 관리 하나가 있었는데 이자가 대량의 마약이 밀반입되는 것을 슬쩍 눈감아 준 대가로 거액의 뇌물(10만 달러라고들 하는데 정확한 액수는 본인만이 알고 있을 것임)을 챙긴 뒤 서둘러 사표를 내고는 깨끗이 발을 씻었다는 것이다. 당시의 1달러는 지금의 10달러 맞잡이였다.

아편전쟁까지 치른 나라에다 마약을 또 들여오는데 이를 저지할 입장에 있는 자가 도리어 짝짜꿍이 수작을 놀다니. 어, 괘씸한지고.

대개 이런 괘씸죄로 그 수뢰자를 한번 단단히 혼뜨검 내 주기로 작정을 했는데 이번 행동에는 또 다른 모험가 삼총사가 등장을 하게 됐다.

나는 유감스럽게도 그 삼총사분들과 대면을 할 영광을 갖지 못했다. 왜냐하면 내가 상해에 도착했을 때 그분들은 이미 상해에 없었기 때문에. 하나는 사후 얼마 오래지 않아 무슨 병인가로 요절을 했고 또 하나는 다른 사건으로 경찰과 총격전을 벌이다가 당장에서 사살을 당했다. 그리고 마지막 하나는 국내로 밀파가 됐는데 어찌 된 까닭인지 소식이 끊겼다는 것이다.

나는 그 혼쌀을 먹었다는 수뢰자도 만나 보지를 못했다. 하지만 그 자가 살고 있는 집만은 먼발치에서 한번 본 적이 있다. 송일엽이 "바로 저 집이에요." 하고 가리켜 보이지 않았더라면 나는 모르고 그냥 지나 쳤기가 쉽다.

송일엽은 그 사건의 자초지종을 너무나 잘 알고 있었다. 왜냐하면 나중에 경찰과 총격전을 벌이다가 사살당한 사람이 바로 그녀의 오빠 였으니까.

수뢰자를 응징할 임무를 맡은 삼총사 중의 둘은 생명보험회사에서 왔다고 속이고 집 안에 들어갔고 나머지 하나는 밖에서 망을 보았는 데 이 망을 보던 사람이 나중에 은행에 가 돈 찾는 역을 맡게 됐다.

객실에 들어와 주객이 마주 앉기가 바쁘게 서류 가방에서 권총을 꺼 내 들고 톡톡히 토죄를 한 다음 "민족의 이름으로 처단한다."고 엄포 를 놓으며 권총을 이마빼기에 들이대니 그자는 사시나무 떨듯 하며 제발 살려 달라고 애걸복걸을 하는 것이었다.

나중에 "인생이 불쌍해서 용서를 해 줄 테니 군자금으로 5만 원만 내라."고 을러멨더니 그자는 금세 울상을 하고 죽는소리를 하며 수표 장을 꺼내다가 떨리는 손으로 '5천 원'을 겨우 적어 넣었다.

에누리가 심하다 못해 아예 '십일조' 꼴이 돼 버렸다. 1만 5천 원이 란 설도 있기는 있으나 딱히는 모르겠다.

그러나 시간을 천추하면 불리하므로 그대로 받아서 망보는 총사에 게 내다 주며 "은행으로 달려가 돈을 찾으면 즉시 전화로 알리라."고 일렀더니 반 시간쯤 지나서 기다리는 전화가 왔다.

두 총사는 가족들이 눈치채지 못하게 천연덕스레 담소하며 주인과 함께 밖에 나와서 그자의 승용차에 올라탄 뒤 그자더러 차를 몰라고 했다.

서가회를 지나 한 십 분 달린 뒤 큰길에서 벗어나 들길로 접어들었다. 들길을 한 5분 더 달린 뒤에 차를 세우게 하고 둘이 달려들어 그자에게 아갈잡이를 하고 또 뒷결박까지 지었다. 그런 다음에 부드러운 말로 안심을 시켰다.

"우리가 이제 나가는 길로 곧 집에다 전화로 알릴 테니까 거북하더라도 좀 참고 기다리시오."

그자는 이른 저녁때가 채 못 돼서 가족과 경찰의 구원을 받아 자유로운 몸으로 될 수가 있었다.

지난번에 최채와 만났을 때 어떡하다 이 이야기가 나오니까 최채가 웃으면서 하는 말이 "그 자식 그때 아마 혼이 단단히 났던 모양이야. 그 일이 있은 뒤로는 절대로 문을 열어 주잖더라니까. 나 그때 상해에서 동아일보를 배달하고 있었는데 신문도 그때부턴 새로 낸 뙤창문으로 받아 들여가잖고 뭐야."

최채는 나의 조선의용군 시절의 동료로서 지금도 연길시에 건재하다.[1]

5

리하유가 애인리 42호로 나를 찾아온 것은 내가 상해에 도착한 지 불과 십여 일 후의 일이었다.

리하유는 무정부주의자들의 간행물 〈남화통신〉의 편집인으로서 항일 전쟁 시기에는 광복군 제2지대 정치지도원으로 있으면서 지대장

라월한과 다 같은 무정부주의자들이면서도 알력이 생겨 결국은 살인극을 벌이기에까지 이르렀다.

리하유는 라월한을 모살한 죄 또는 사촉한 죄로 오랫동안 영어의 몸이 됐다가 나중에 철기 리범석의 도움으로 풀려났으나 그 후의 소식은 묘연하다.

1985년에 그의 대선배인 류자명 씨가 장사에서 내게 보내온 편지에도 '리하유의 그 후 소식을 몰라 매우 궁금하다'는 사연이 적혀 있었다.

리범석은 해방 후 한국의 국무총리, 국방장관 등을 역임했고 또 류자명은 호남농학원의 교수로 재직 중 병몰했다.

리하유가 애인리로 나를 찾아온 것은 웬만하면 포섭을 해서 부하 또는 조수쯤으로 삼아 볼 요량이었던 모양이다. 그러나 막상 와 접촉을 해 보니 형편없는 '왕정복고파'인지라 정이 떨어져서 속으로 욀새끼 내던졌기가 쉽다.

'할 일이 태산 같은데 다리품 팔고 이따위를 다 찾아다니다니!'

〈남화통신〉은 전적으로 리하유들이 권총 놀음으로 부유한 일본인들에게서 우려낸 돈으로 꾸려 나갔다. 한데 그들은 우리 의열단계 민혁파와는 달리 일을 저지르면 으레 고비원주 — 홍콩으로 튀었다가 바람이 잔 뒤에 다시 돌아오곤 했다. 그런 경우 우리는 언제나 남경, 화로강으로 일단 피신을 하게 마련이었다.

리하유들의 그러한 행태에 대해 송일엽의 시각은 그리 곱지가 않았다.

"홍콩으로 튀면 으레 먹자 마시자로 한바탕 놀아들 나거든요. 태반을 유흥비로 그렇게 흥청망청 써 버리고 그 나머지로 〈남화통신〉을 꾸려 나가고 있지 뭐예요. 집도 절도 없는 뜬귀신들이라니까요."

송일엽은 잇달아서 리하유들에 대한 불만도 서슴없이 토로를 하는 것이었다.

"내가 메트로폴리스에서 일본 상인들을 많이 접촉한다는 걸 그들도 알고 있거든요. 그러니까 날 부려 먹지 못해 안달들이지 뭐예요. 하지만 난 입수한 정보는 다 미스터 류(류일평)에게다만 제공을 하거든요. 죽은 오빠 생각을 해서라두. 오빠가 생전에 미스터 류하곤 절친한 사이였거든요."

내가 느낀 바에는 당시 민족혁명당 지도부는 천방백계로 일본에 관한 정보들을 수집하고 있는 것 같았다.

다시 리하유.

비록 송일엽이 못마땅해하기는 했지만 내가 보기엔 무정부주의자 리하유는 난사람이었다. 계속 부쳐 오는 〈남화통신〉에 실린 그의 글들은 읽는 사람의 피를 끓어오르지 않을 수 없게 만드는 마력을 갖고 있었다. 그것은 곧 문자화한 열변이고 또 사자후였다.

리하유는 잔잔한 겉모습과 몸속의 불덩이가 잠정적으로 조화를 이룬 대립물의 통일체였다. 리하유는 표범의 넋을 지닌 사슴이었다. 그런 사나이였다.

말머리가 다른 궤도로 들어선다.

지하공작자의 필수 조건이라는 명목하에 나는 사교춤을 송일엽에게서 배웠다. 나도 남처럼 쪽 빼고 메트로폴리스 같은 데를 척척 드나들어야 한다는 것이었다. 하지만 춤을 추는데 파트너의 발등을 밟지 않으면 직성이 풀리지 않는 괴벽 때문에 나는 매번 다,

"아야, 또!"

"아, 보기엔 안 그런데 왜 그렇게 둔하죠?"

"컨트리 제이크(시골뜨기)!"

"내 발등하고 무슨 원수졌어요?"

핀둥이만 쏘이다가 나중에는 맥살이 빠져서 흐지부지 끝내 버리고 말았다.

총적으로 말해 우리들의 모험주의적 행동은 성공보다 실패가 훨씬 더 많았다. 거의 도박에 가까웠다고 해도 지나치지는 않을 정도였다. '성공 3 빠듯 대 실패 7 넉넉'쯤 된다면 비슷하잖을까. 이 비율은 훗날 벌이는 유격 전쟁(빨치산 투쟁)에도 마찬가지로 적용이 된다.

더구나 나 자신은 천성적으로 그런 활동에는 부적합한 것 같았다. 그러게 처음부터 끝까지 내게 맡겨진 임무란 다 들러리 역뿐이었지. 그러니까 나는 유감스럽게도 시종 곁다리 노릇만을 했다는 얘기가 되는 것이다.

그나저나 불시에 전쟁이 터지는 바람에 상해에서의 테러 활동은 저절로 — 원튼 원찮든 — 종말을 고하게 됐다.

이야기의 선후차가 좀 뒤바뀐다.

내가 애인리 식구가 되고 두어 달쯤 지났을 때의 일이다. 어느 날 밤 곤히 자다가 어쩐지 가슴이 답답한 느낌이 있어서 돌아누우려고 했더니 침대가 별나게 비좁은 것 같았다. 영문을 몰라서 잠이 가득 실린 눈을 떠 보니 '아, 이게 웬일이냐!' 술내, 분내, 향수내 따위를 뒤섞어 풍기는 여자 하나가 내 싱글베드의 거의 절반을 떡 차지하고 있잖은가.

내가 깜짝 놀라 일어나려니까 그 여자는 한번 킥 웃고 "푸울(바보)." 하고 내 목에다 팔을 감는 것이었다. 메트로폴리스에서 자정이 퍽 지나서야 돌아온 송일엽이었다.

전쟁

1

8월 13일, 전함 '이즈모'를 선두로 한 일본 함대가 황포강을 거슬러 올라와 양수포 강상에 정박을 해 가지고 포동에 주둔하고 있는 장발 규 부대와 맹렬한 포격전을 벌이는 것으로 남경 공략전의 서막이 열렸다.

베란다에 나서서 뇌성벽력 같은 포성을 들으며 화광이 충천하는 포동의 밤하늘을 바라보는 우리들의 가슴은 돌격 나팔 소리를 들은 군마처럼 설레고 또 고동쳤다.

야습을 감행하는 중국 공군의 경폭격기들이 과감한 근접을 시도할 적마다 적함들은 고사포군으로 빈틈없는 탄막을 펼치는데 실로 불꽃놀이치고는 장관의 불꽃놀이였다.

"저 가운덴 우리 사람도 있을 게다."

로철룡이 흥분된 어조로 자랑스레 말했다.

당시 중국 공군에는 안창남의 후배들이 상당수 있었다. 안창남은 일본 비행학교를 졸업한 조선 최초의 비행사로서 중국 공군에서 복무하다가 1930년에 항공 사고로 순직을 했다.

노구교 사변이 터지고 한 사나흘 후에 나는 갑자기 행동대에서 선전부로 전보가 됐다. 행동대에 둬 봤자 별로 쓸모가 없었던 모양이다. 겁이 많고 눈치가 무딘 구성원은 도리어 마이너스가 되게 마련이잖은가.

선전부에서 나는 '동포들에게 고함'이라는 글을 선전부장 심성운의 지도하에 한 십여 편 잘 되게 썼다. 각기 다른 내용을 십 분 동안 낭독할 분량으로 쓰는 것이었다.

글들이 다 작성되자 나는 꿈에도 생각잖은 벼락 방송원이 돼야 했다.

밤 8시 반에 방송국에서 보내온 차를 타고 갈라치면 곧 2층으로 안내가 되는데 바닥에 두꺼운 융단을 빈틈없이 깐 스튜디오에서는 치파오 차림의 여자 아나운서가 눈인사만 하고 말없이 손짓으로 마이크를 가리키는 것이었다. 그러면 십 분 동안 '동포들에게 고함'을 연설조로 낭독해야 하는데 나는 머리가 뜨거워져서 한참 읽고 나면 거의 제정신이 아닌 상태가 되곤 했다.

장관의 방송을 끝내고 돌아오면 심성운이 웃으면서 잘했다고 격려를 하는 한편 부족점도 자상히 지적을 해 주었다.

"끄트머릴 너무 좀 몰아치는 것 같아. 다음번엔 좀 천천히 해 봐요. 맘을 느긋하게 먹구. 십 분이거든…… 시간은 넉넉하단 말야."

8·13(상해사변)이 터질 때까지 이 방송 활동은 계속됐다. 재중 동포들과 국내 동포들을 아울러 겨냥한 선동 선전 공작이었다.

민혁당(조선민족혁명당) 지도부가 국민당 정부와 교섭을 해 상해 방송국에서 밤마다 십 분씩을 우리에게 할당해 주었던 것으로 나는 알고 있다. 그리고 이 공작에는 송일엽도 몇 차례 동원이 됐다.

남경 화로강의 민혁당 본부에서 소집령이 떨어졌을 때, 상해는 이미 밀물처럼 밀려드는 수천수만의 전재민들로 포화 상태를 이루었다.

북정거장(북참)은 벌써 화선이 돼 버린 까닭에 우리는 심성운의 인솔하에 서정거장(서참)에서 기차에 올라 절강성의 가흥으로 에돌아 소주를 경유해서 어렵사리 남경에를 득달했는데 득달을 하고 보니 공습하에 놓인 남경성 역시 불성모양이었다.

공산군을 토멸하겠다고 몇 해 동안 내전에다 총력을 기울였던 까닭에 수도의 방공망이란 것도 허술하기가 짝이 없어 침략군의 정찰기, 전투기, 폭격기 들이 기탄없이 머리 위를 가로지르고 세로지르고 하고 있었다. 사람이 분통이 터질 노릇이었다.

철수를 하느라고 경황들이 없는 중에도 우스우면서도 웃지 못할 일 하나가 차중에서 있었다.

서각의 맞은 좌석에 앉았던 상인풍의 중국 사람 하나가 가흥역에서 차창을 열고 행판을 손짓해 부르더니 송화단 한 알을 샀다. 이 양반이 껍데기를 다 벗긴 다음 예의를 차리느라고 앞에 앉아 있는 서각에게 그 홀랑 벗은 송화단을 내밀면서 인사치레로 한마디를 했다.

"칭."

이 '칭'은 영어의 '플리즈'에 해당하는 말로서 굳이 우리말로 옮긴다면 '어서 드세요'쯤 될 것이다.

서각은 천성이 허례허식이라면 질색을 하는 사람인데 그치의 다랍게 노는 꼴이 마치 아이들이 손에 든 과자를 자랑하며 "냠냠 죽겠지." 하고 약을 올려 주는 것과도 같았다.

슬그머니 괘씸한 생각이 든 서각은 속으로 '이 자식, 너 골탕 한번 좀 먹어 봐라'며 "셰셰(고맙습니다)." 하고 그 송화단을 얼른 받아서 특대호 메기입으로 눈 깜짝할 사이에 후딱 해치웠다. 그러고는 쓸쓸하니 차창

밖에 펼쳐지는 강남의 풍경만 내다보았다.

우리는 웃음을 참느라고 다들 곡경을 치렀다. 손에 든 과줄을 못된 까마귀에게 톡 채인 아이마냥 허탈한 얼굴을 한 송화단 임자를 보기가 여간만 민망스럽지가 않아서였다.

'송화단'이란 오리알 또는 달걀을 특수 가공한 전통 식품.

우리 일행은 모두 15명으로서 그중 몇 사람의 소경력을 간략히 소개한다면 — 동제대학의 리유민(일명 최형래)은 해방 후 함경남도 인민위원장을 지내다가 반당 종파라는 죄명으로 숙청을 당했다.

대하대학의 장의(본명 권태휴)는 1990년 서울에서 숙환으로 별세를 했는데 그의 부친은 항일 전쟁 당시 중국군 공군 대좌(대령)였다.

중법학당(프랑스 학교)의 주연(본명 배준일)은 정전 담판 때 인민군 대좌의 신분으로 판문점에 나와 활동하다가 소식이 끊겼다.

역시 중법학당의 장문해(본명 리효상)는 상해에 돌아와 지하공작을 하다가 일경에게 체포돼 옥사를 했다.

그리고 라중민(일명 리명)은 조선 전쟁 때 사단장으로 출전을 했는데 휴대한 권총의 오발로 직업총동맹위원장(당중앙위원) 최경덕을 즉사시킨 죄로 군복을 벗기고 자강도의 어느 임산사업소로 쫓겨 내려간 뒤 소식이 끊겼다.

류일평 씨는 무슨 사명을 띠었는지 아무튼 상해에 그대로 머무르고 또 김혜숙, 송일엽 두 여인도 역시 상해에 그대로 남았다.

2

화로강을 한번 안내할 필요가 있을 것 같다.

묘오률원이라는 큰 사찰 경내에 있는 누관. 그 누관 아래위층에 버걱버걱하도록 많은 젊은이들. 이들이 다 민혁당의 청년 당원들이라는 것은 앞에서 이미 소개를 한 바 있다.

민혁당의 지도층은 이 사찰 주변에 제각기 집을 잡고 따로따로 사는데 무슨 행사가 있을 때는 다 '도회소'인 묘오률원으로 모였다.

김두봉, 한빈 두 분은 당시 독신이었으므로 윤세주 선생 댁에 얹혀 사셨다.

지도층에 대한 호칭은 김두봉을 백연 선생, 신익희를 왕해공 선생이라고 부르는 외에는 다 '동무'였다.

김원봉은 약산 동무, 윤세주는 석정 동무, 최창익은 리건우 동무, 한빈(러시아 이름 한미하일)은 왕지연 동무, 허정숙은 정은주 동무, 그리고 김원봉의 부인 박차정은 그저 차정 동무.

성주식, 신악 같은 이들도 다 '동무'였다. 김홍일은 왕웅 동무, 박효삼은 성을 빼 버리고 그저 효삼 동무, 리춘암(일명 반해량)도 성을 빼고 맨 춘암 동무.

때로는 정중히 '동지'를 쓰기도 했으나 극히 드문 일이었다.

김구 선생은 액내가 아니었으나 이따금 뵙게 되는데 대면해서는 다들 '선생님', '선생님' 하고 소인을 개올리지만 뒤에서는 '노(老)완고'라는 별명으로 불렀다. 그리고 김규식 선생은 '미주 아저씨'라고들 불렀다. 내 짐작으로는 '엉클 샘'에서 따다가 친근스레 우리말로 옮긴 게 아닌가 싶었다.

김두봉 선생은 순 학자 기질의 근엄한 분인데 해방 후 최고인민회의 상임위원장 등 직을 역임하다가 반당 종파라는 죄명으로 숙청을 당해 오리 목장으로 유배돼서 비참한 최후를 마쳤다.

김원봉 선생은 의열단의 의백(즉 단장)을 지낸 분이라서 굉장히 무섭게 생긴 줄 알았는데 막상 대해 보니 시골 중학교의 교장 선생님같이 부드러운지라 나는 속으로 적잖이 놀랐다.

'혹시 이거 가짜 아냐?'

이 가짜 아닌 진짜 김원봉 선생도 해방 후 국가검열상 등 직을 역임하다가 반혁명 간첩 등으로 몰려 옥중에서 비참한 최후를 마쳤다.

신익희 선생은 대학 총장 같은 관록을 지닌 분인데 해방 후 한국의 국회의장 등 직을 역임하다가 대통령 후보로 선거 유세 중 심장마비로 급서했다.

최창익 선생은 영수답고 이론가다운 분이었으나 해방 후 부수상 등 직을 역임하다가 반당 종파라는 죄명으로 숙청을 당한 뒤로는 그 생사 여부도 알 길이 없다.

허정숙은 해방 후 문화선전상, 당중앙비서 등의 요직을 역임하며 80여 세의 천수를 고이 누렸다.

일신의 영달을 위해 옛 동지들을 깡그리 물어먹은 공로에다 그 부친 허헌의 덕택까지 겹쳐 입어서 죽을 때까지 관운이 형통했던 유일한 케이스.

3

우리가 남경에 도착했을 때 화로강은 거의 비어 있다시피 했다. 원래 있던 '화로강패(중앙대학패 등 포함)'들 제1진이 이미 강서성 여산록 파양호반에 자리 잡고 있는 중앙육군군관학교 특별훈련반으로 떠나간 뒤였기 때문이다.

우리들 '상해패'는 '광동패(중산대학패 등 포함)'들이 도착하기를 기다려 가지고 제2진으로 함께 출발을 해야 했다.

민혁당 수뇌부는 전쟁이 터지자 전국 각지에 흩어져 있는 청년 당원들을 전부 집중해 가지고 군사훈련을 시킨 뒤에 조선의용대를 창건할 계획이었던 것이다.

화로강에서 십여 일을 대기하는 동안에 나는 웽그리아(헝가리)의 애국 시인 페퇴피의 시와 처음으로 대면을 했다.

사랑이여
그대를 위해서라면
내 목숨마저 바치리
하지만 사랑이여
자유를 위해서라면
내 그대마저 바치리.

나는 곧 미쳐날 지경으로 격동해 이 시를 읊조리고 읊조리고, 또 읊조렸다. 어머니와 두 누이동생을 고국에 남겨 두고 결연히 떠나온 제 처지가 떠올려져서였다. 그리고 상해를 떠나기 전날 밤 "못 가요, 못

가요. 못 간다니까!" 소매를 붙잡고 눈물을 뿌리며 몸부림치던 송일엽의 모습이 떠올려져서였다.

나는 또 한 권의 충격적인 책을 읽었다.

《가난 이야기》. 일본의 마르크스주의 경제학자 가와카미 하지메의 저서였다. 나는 이 책을 읽기 전까지는 인류 사회라는 것을 국가, 민족, 인종 따위로 나눠진 '종(세로)'의 세계로만 인식을 하고 있었다(그도 어슴푸레하게). 한데 이 책을 읽고 나니 인류 사회는 '종'으로만 나뉜 게 아니라 '횡(가로)'으로도 나눠져 있다는 것을 깨닫게 됐다. 그러니까 전에는 흐리멍텅하던 계급사회라는 개념이 차차 뚜렷해지기 시작했다는 얘기가 되는 것이다.

나는 그로부터 3년 뒤인 1940년 8월 29일 — 망국 30돌 — 에 중국 공산당에 입당을 했다.

독립운동에 투신을 한 내가 적국의 학자가 쓴 책을 읽고 계급의식에 눈을 떴다는 것은 참으로 기괴한 인연이 아닐 수 없었다.

4

광동패가 들이닥치는 것을 보니 우리 상해패보다 인수가 월등 많아 한 40명쯤 되는 것 같았다. 중산대학과 중앙군교 광동분교에서 온 군들이 주류를 이루었는데 그중에서도 이색적인 것은 김창만, 리상조 등 몇몇 신참이었다.

김창만, 리상조 들은 원래 김구 선생을 '최고'로 모시는 한국국민당 소속이었는데 '노완고'분께서 좌파들을 용납하지 않는 데 분개해 결연히 탈퇴를 선언하고 민족혁명당으로 넘어와서 우리와 합류를 하는 군들이었다.

김창만(별명 축구쟁이)은 해방 후 당중앙 선전부장, 부위원장, 부수상 등의 요직을 역임하면서 옛 동지들을 잡아 주는 사냥개 노릇을 이악스레 잘 했으나 다 잡은 뒤에는 '토끼를 다 잡으면 사냥개를 삶는다'는 격언대로 그 자신도 숙청을 당해 양강도 어느 임산사업소에 쫓겨 내려가 생전 해 보지 못한 소달구지꾼이 됐는데 이자는 서투른 솜씨로 통나무 실은 소달구지를 몰다가 비탈진 굽잇길에서 달구지가 걷잡을 새 없이 뒤집히는 바람에 그만 깔려 죽고 말았다.

리상조(일명 호일화)는 해방 후 당중앙 간부부장, 정전 담판 수석대표, 주소 대사 등 직을 역임하다가 숙청당할 기미가 보이자 재빨리 소련 당국에 정치 망명을 신청해 목숨을 건지기는 했으나 팔순의 고갯마루에 올라선 지금도 구소련 땅에서 망명생활을 하고 있는 형편이다.[2]

박무(별명 도장쟁이)는 해방 후 중앙통신사 사장이 됐으나 숙청을 당한 뒤에는 그 생사조차 알 길이 없다.

류문화(본명 정원형, 별명 당나귀)는 해방 후 〈민주조선〉(정부 기관지)의 주필이 됐으나 이 역시 숙청을 당한 뒤에는 소식이 묘연한 상태다.

김철원(본명 김두성)은 기갑부대의 참모장으로 남북 전쟁에 참전, 선두로 서울에 입성을 한 뒤 봉래동 고향집을 찾아가 십여 년 만에 양친을 뵈었던 까닭에 북군이 일단 후퇴를 하자 그 가족은 빨갱이 집안이라고 깡그리 생존권을 말살당했단다. 그리고 전쟁이 끝난 뒤에 김철원 본인은 또 본인대로 반당 종파로 숙청을 당해 행방불명이 돼 버렸다.

해방 후(1946년) 내가 서울에 있을 때 김철원의 맏형이 그 동생의 소식을 알려고 나를 찾아왔는데 그는 당시 의전 병원의 의사였다. 그 부친, 동생도 다 의사였다.

김정희는 1940년에 낙양에서 폐결핵으로 병사를 했다.

해방 후(1947년) 내가 평양에서 〈로동신문〉 기자로 일할 때였는데 하루는 웬 풍신 좋은 초로의 부인이 나의 사무실로 찾아왔다.

"당신이 김학철이오?"

"네, 그렇습니다."

그 부인이 대뜸 내 손을 꼭 잡더니 "내가 김정희 에미요." 하는 바람에 나는 놀라서 새삼스레 인사를 드렸다. 그 부인이 꼭 잡은 손을 놓지 않고 내 얼굴을 이윽히 뜯어보더니 "내 자식이 당신처럼 이렇게 돼서라도 살아서 돌아와 줬더라면 내가 얼마나 영광스러웠겠소." 하고 탄식을 하는데 나는 김정희가 나 때문에 죽기라도 한 것 같아서 죄스럽고 송구스러워 몸 둘 바를 몰랐다.

그러니까 김정희 어머니에 비하면 우리 어머니는 그래도 괜찮은 셈이었다. 병신이 돼서라도 죽지 않고 살아서 돌아와 줬으니까 말이다.

광동패들의 이야기는 이로써 일단락을 짓고 화로강에 대해 좀 더 이야기해 보자.

화로강에서는 무슨 행사가 있을 때면 꼭 당가를 불렀는데 그 가사는,

　　일심 일의 굳은 단결 민족혁명당······.

이렇게 시작이 되고 또 추도가는,

　　산에 나는 까마귀야
　　시체 보고 울지 말아······.

이렇게 시작이 됐다.

그리고 8월 29일 국치일에는 꼭꼭 점심들을 굶어서 망국의 한을 주린 창자에 아로새기곤 했다.

역시 우리의 선배였던 장건상 씨의 아들이 화로강에서 식당 관리원을 맡아 했는데 이자는 장사치들에게 저울눈을 속지 않겠다고 손저울 하나를 꼭 갖고 다니며 장을 보아 왔기에 그 별명이 '저울쟁이'였다.

한데 이 정신 빠진 녀석이 무슨 귀신이 씌었던지 어느 날 갑자기 배심을 먹고 제 발로 걸어서 남경 일본 총영사관을 찾아들어가 자수를 해 버렸다. 왜놈들이 얼마나 좋아했으랴.

그때부터 우리의 화로강은 일본 경찰에 노출이 돼 사복형사들이 예불을 빙자하고 몰래 우리들의 인상착의 사진을 찍으러 오지 않나, 야간에 차를 몰고 와서 골목에 숨어 있다가 납치를 시도하지 않나, 별의별 괴변이 다 생겼다.

일련의 괴변들 중에서도 제일 희한한 괴변은 그 녀석이 제 친아버지 장건상 씨를 일본 경찰에 찔러서 여러 해 동안 징역을 살게 한 것이었다.

하지만 그 녀석의 누이동생 장수연은 훗날 우리와 함께 태항산 항일 근거지로 들어왔으니 그 집안은 참으로 엇갈려도 별나게 엇갈린 집안이랄밖에 없다.

화로강 젊은이들은 교대로 하관역(즉 남경참)에 나가서 승하차하는 밀정, 암해분자 따위의 동정을 감시하기도 했는데 호유백(훗날 태항산에서 전사)이가 어마지두에 우스운 실수를 저질러서 한바탕 웃음거리가 되기도 했다.

남경에 본거를 둔 우리 망명 단체들의 암약에 대처하기 위해 조선총독부에서 특파해 온, 우리말을 썩 잘하는 일본인 형사 하나가 하관역

홈에서 상글거리며 호유백에게 다가오더니 빈틈없는 조선말로 묻더라는 것이다.

"노형 조선분이시죠?"

호유백은 졸지에 어찌할 바를 몰라 고개를 흔들며 "부스 부스(아니오)." 하고 부인을 했더니 그자가 삶의 웃음을 웃으며(자백을 받은 거나 마찬가지였으므로) 더욱 찬찬히 쳐다보더라는 것이다.

호유백은 응당 "선머(뭐라시는지요)?" 하고 되물었어야 할 것이었다. 하지만 뒤늦게 깨달았을 때는 이미 엎지른 물이었다.

나는 20여 년 동안 강제노동에다 징역살이에다 희한한 경사가 하도 많이 겹쳐서 화로강을 한번도 찾아보질 못했다. 그러다가 연전에 아들이 남경으로 출장을 간다기에 약도를 그려 주며 화로강에 꼭 들러 사진을 찍어 오랬더니 이 녀석이 충실하게 한 30장 잘 찍어 왔는데 보니 '묘오률원'은 뭐라나 하는 무슨 공장이 되고 또 우리가 들어 있던 '누관'은 그 공장의 창고로 돼 버렸다.

다시 토박이들의 말에 따르면 화로강 일대가 도시개발로 '명년 봄에는 건물들이 싹 헐리게 된다'는 것이었다. 그리고 연로한 토박이들은 눈앞의 공지(빈터)를 가리켜 보이면서 감구지회가 어린 듯한 어투로 "이 빈터가 바로 그전 세월에 한궈렌(한국인)들이 교련을 하던 곳이라우." 하고 안내를 해 주더라는 것이다.

그 옛 자취가 담긴 사진들을 나는 지금 무슨 보물인 것처럼 소중히 간수를 하고 있다.

5

상해, 광주 등지에서 집결을 한 오륙십 명의 사람이 남경에서 기선을 타고 양자강을 거슬러 올라가는데 나는 이 뱃길에서 처음으로 외차선이라는 걸 보았다. '외차선'이란 스크루가 없는 기선으로서 양 뱃전에 달린 특대형의 물레바퀴로 추진을 하는 기선이다. 전세기(19세기)의 유물이 아닌가 싶었다.

유니언잭(영국 국기)을 나부끼는 영국 군함과 삼색기를 휘날리는 프랑스 군함들이 유유히 오르내리는 것도 중국의 처량한 국세를 단적으로 설명해 주고 있었다. 양자강은 중국의 엄연한 내하였다. 템스강도 센강도 다 아니었다.

구강에서 배를 내리니 여기도 얼마 전까지는 외국의 조계지였단다. 그리고 구강은 또 당나라 시인 백낙천이 억울하게 사마로 좌천이 된 한을 칠언고시 〈비파행〉으로 풀어 내린 바로 그 '심양강두'이기도 했다. 당나라 때의 '사마'란 지금의 부현장에 해당하는 미관말직이었으므로 중앙정부에서 높은 벼슬을 살던 백낙천으로서는 난감하지 않을 수가 없었을 것이다.

이 평화롭고 안온한 하항이 불과 여섯 달 뒤에 무한을 공략하는 전진기지로 변해서 일본군의 함정들이 복대기를 칠 줄을 누가 예상이나 했으랴. 더구나 소련 정부가 파견한 공군 의용대 ─ '정의의 검' ─ 의 전폭기들이 벌 떼처럼 날아와 기관총탄과 폭탄의 우박을 가차 없이 퍼부어 대는 '혈육횡비(血肉橫飛)'의 수라장으로 변할 줄을 누가 꿈엔들 생각을 했으랴.

50여 명의 말쑥한 또는 협수룩한 젊은 양복쟁이들이 교문 앞에 들어서니 손에 손에 바리캉을 꼬나든 이발병들이 학익진을 치고 대기하고 있다가 제잡담하고 달려들어서 양털 깎기 경쟁이라도 하듯이 또는 처삼촌 무덤에 벌초라도 하듯이 실로 눈 깜짝할 사이에 각기 다른 헤어스타일의 하이칼라 머리들을 깡그리 중머리를 만들어 내뜨리는데 그 기량이 가히 '달인전'에 이름이 오를 만들 했다.

그 많은 사람이 갑자기 모두 까까중이 돼 버리니 서로들 알아볼 수가 없어서 "노형은 누구시오?", "어디서 보던 양반 같은데……." 새판으로 통성명을 해야 할 지경이었다.

먼저 온 화로강패들은 벌써 각 중대에 나뉘어 편입이 돼 한창 훈련들을 받고 있는 중이었으므로 후래자인 우리는 시각을 천추할 수가 없어서 당일로 서둘러 군복, 군모, 군화를 착용해야 했다.

몸에 잘 맞지 않는 군복과 치수가 왕창 틀리는 군화를 서로들 바꿈질하느라고 한바탕 북새판을 벌인 끝에 군인 모양으로 탈바꿈들 하기는 했는데 군복의 깃과 가슴에 각각 다는 금장과 휘장이 어지간히 이색적이었다.

전에 졸업장을 한번 탄 적 있는 군들 그러니까 재입교하는 군들의 금장은 '학원'이고 또 나같이 초입교하는 치들은 그저 '학생'이었다. 중국 사관학교에서는 사관생도라는 명칭을 쓰지 않았다.

'학생'의 한 달 급여가 12원인 데 비해 '학원'은 8원이 더 많은 20원이란다.

그리고 '영수상'이라 일컫는 초상 휘장을 군복 가슴에 반드시 달고 다녀야 하는데 이는 물론 교장 장개석에 대한 절대적 충성의 표식이었다.

일찍이 이런 심상찮은 경험을 쌓았기에 훗날 중국 대륙을 들끓게 했던 문화대혁명의 그 무서운 소용돌이 속에서도 나는 대수롭잖게 여기며 코웃음을 칠 수가 있었다. 초상 휘장을 철칙적으로 꼭꼭 달고 다니거나 더덕더덕 달고 다니는 바람이 휘몰아쳐서 모두들 제정신이 아닌 상태로 충성 경쟁을 벌이며 떠들어치고 미쳐 날뛰고 할 때 나는 냉정히 이에 대처를 할 수가 있었던 것이다.

'또 미쳐들 났군!'

'장개석 독재정치의 재판밖에 더 될 게 뭐 있어!'

그러게 나는 어떠한 종류의 초상 휘장이든 이를 버젓이 옷가슴에 달고 다니는 사람을 보기만 하면 '저 가련한 인생!' 하고 동정과 연민이, 그리고 비웃음과 욕지기가 동시에 나곤 하는 것이다.

독립 중대

1

나는 제1대대 제2중대에 편입이 돼 난생처음으로 장총이라는 걸 가져 봤다. 원산에서, 일본 군대가 야외연습을 하다가 식사를 할 때 총들을 군데군데 걸어 세운 것을 호기심에 사로잡힌 눈으로 뚫어지게 바라보던 일이 생각났다.

'이젠 내게도 총이 있다, 총이!'

그게 왜 그리도 대견하던지. 나중에는 주체궂기만 하던 그놈의 총이 그때는 왜 그리도 대견하던지.

상해에서 처음 브라우닝권총(7연발) 한 자루를 얻어 차게 됐을 때, 나는 나라의 독립이 금세 이루어질 것 같은 흥분에 휘감겨 하늘이 곧 돈짝만 해 보일 지경이었다.

하지만 이때는 이미 그러한 테러 활동에 한계를 느끼고 '이 길로는 더 갈 수 없다' 깨달은 뒤였으므로 우리는 대중적인 무장투쟁에다 새로운 의욕을 불태우고 있었다.

그러니까 '대중의 힘을 조직하지 않고 몇몇 용사들의 결사적인 행동만으로 능히 정권을 넘어뜨릴 수 있다'고 확신하는 주의 — 블랑키주의에서 바야흐로 탈피를 하고 있었다.

오전 네 시간은 강당에서 수업을 받고 또 오후 네 시간은 조련장에서 교련을 받는 게 일과였는데 이런 일과가 꽉 짜인 나날을 바삐 보내던 중에 한번은 소장 계급장을 단 교관이 "제군이 지금 배우고 있는 것은 살인의 과학이다." 이와 같이 정의를 하는 바람에 나는 섬뜩한 느낌이 없지 않았다.

"그러니까 적을 소멸하고 자신을 보전하는 방법을 배우고 익힌다는 얘기가 되는 것이다."

딴은 옳은 말씀이었다. 옳은 말씀이긴 하지만 나는 명심을 하지 않았던 탓으로 훗날 크게 해를 보았다. 적을 소멸할 대신에 제가 도리어 소멸을 당할 뻔했으니까 말이다.

'축성' 시간에 교관이 영구 축성이 어떻고 야전 축성이 어떻고 장황히 늘어놓는 바람에 흥미를 잃고 꼬박꼬박 졸고 있는데 별안간 와르르 소리가 나서 깜짝 놀라 눈을 떠 보니 전후좌우의 급우들이 모두 일어섰잖은가.

'지진?'

'폭격?'

미처 판단을 못 한 채 나는 스프링처럼 튕겨져 일어났다.

'얼뜨게 나 혼자만 깔려 죽을 순 없잖은가.'

한데 이게 웬일이냐. 차려 자세를 한 교관이 교단에서 한마디 "착석." 하자 전후좌우의 급우들이 일사불란하게 도로 착석을 하는 게 아닌가.

나는 무슨 영문인지를 몰라서 옆에 앉은 류신(본명 김용섭, 별명 깽깽이)에게 소곤소곤 물어봤다.

"어떻게 된 거지?"

"누구 입에서든 '교장' 두 글자만 나오면 다들 차려를 해야 한다구. 그게 교칙이야."

나는 그 유명한 황포학교에 이런 희한한 교칙이 있을 줄은 미처 몰랐다. 그리고 또 짓궂은 학생들이 마음에 안 드는 교관을 골탕 먹이는 데 이 '교장'을 곧잘 써먹는다는 것도 전에는 알 턱이 없었다.

수업시간에 질의응답을 하는데 한 녀석이 일부러 "교장께서 일찍이 교시하신 바." 따위를 두 번 세 번 거듭하면 번번이 차려들을 해야 하는 까닭에 교단 위의 교관이 마치 학생의 구령에 따라 차려 동작을 반복하는 꼭두각시 같아서 볼썽이 여간만 사납지가 않은 것이다.

'교장' 두 글자 외에도 '장 위원장', '장 총재', '영명한 영수' 등등 무릇 장개석의 직함, 관함 따위를 초들기만 하면 다들 이 꼭두각시 놀음을 해야 했다. 이 점만은 이등병이건 상등병이건 또는 사단장이건 군단장이건 다 일률적으로 평등했다. 말하자면 중국식 '하일 히틀러'쯤 되는 셈이다.

남경이 실함되고 2주일이 채 못 돼서 장개석 교장이 비행정(수상비행기)을 타고 파양호에 와 내렸다.

3천 명을 너끈히 수용하는 대강당에 군관학교와 정치학교 도합 3천여 명의 학생이 질서 정연하게 들어차 대기를 하고 있는데 이윽고 군악대(50인조)의 환영곡이 울려 퍼졌다. 다들 긴장은 하면서도 호기심을 감추지 못하는 눈으로 바라보는 가운데 특급 상장의 황금색 계급장을 단 장 교장이 평보(보통으로 걷는 걸음)로 걸어 들어왔다. 주악이 없었다면 무성영화를 보는 것 같아서 재미가 덜했을 터이나 신나는 군악 소리가 곁들여지는 바람에 정말 멋거리져서 우리의 장 교장이 세기의 위인인 양 더할 나위 없이 돋보이는 것이었다.

무릇 살아 있는 신이란 다 이런 식으로 꾸며지고 만들어지고 하는 게 아닌지 모르겠다.

검정색 중산복 차림에다 보온병을 엇멘 시종관 하나를 딸리고 연단에 올라선, 깡마른 체구의(이때는 아직 살이 찌지 않았다) 장 교장이 군모를 벗으니 공산명월이 드러났다.

연탁에는 시종관이 따라 놓는 백비탕(끓인 물) 한 컵뿐. 장 교장은 술, 담배만 안 하는게 아니라 찻물도 안 마셨으므로.

장 교장이 짙은 절동(절강성 동부 지방) 사투리로 "빼앗긴 국도(수도)를 되찾는 중임은 제군의 두 어깨에 지워져 있다." 이와 같이 호소를 할 때, 여기저기서 비분강개하는 흐느낌 소리가 터졌다. 나도 덩달아 비창해지면서 눈시울이 절로 뜨거워졌다.

장 교장의 마라톤식 훈화가 두 시간 좋이 계속되는 동안에 우리 중대의 여해암(훗날 신사군 부대에서 전사)이 절박한 생리적 문제로 곡경을 치르게 됐다. "교장이 퇴장을 하기 전에는 아무도 먼저 자리를 떠서는 안 된다."는 게 '주의 사항' 제1조였으므로 방광(오줌통) 한둘 파열하는 것쯤은 대사가 아니었던 까닭에 이 군이 죽을 지경이 돼 버렸던 것이다.

'궁하면 통한다'는 속담이 과연 만고불후의 진리였다. 아랫배를 그러안고 쩔쩔매던 여해암의 머릿속에 피뜩 아이디어 하나가 떠오른 것이다.

'옳지, 그렇지!'

그는 곧 허리에 찬 빨병을 앞으로 끌어당겨 코르크 마개를 뽑고 제 그 중난한 물건을 들이민 다음, 위에서는 숙연히 교장의 훈화를 삼가 들으며 아래서는 거침없이 시원스레 일사천리적으로 폐수를 배설했다. 이것이 여해암에게 '오줌대장'이란 별명이 생기게 된 유래다.

2

학교에서 지급하는 급여는 식비 6원, 세탁대 50전, 이발료 20전을 원천 공제하는데 달걀 한 알에 1전 2리 하던 세월이라 먹기는 상당히 잘 먹었으며 세탁은 무제한─무어나 벗어 놓는 족족 빨아다 바쳤다. 그리고 이발은 한 달에 스물다섯 번이라도 머리를 들이대기만 하면 깎아 주었다.

그러나 외출 시간이 너무너무 한정이 돼 있었으므로 나머지 돈을 시내에 들어가 다 써먹기는 좀 어려웠다.

황포학교는 장개석 정권의 지주, 바로 그것이었으므로 대우도 특별히 우후했다. 아, 왜 로마제국의 독재자 세베루스도 자식들에게 유언을 했다잖은가.

"딴 놈들은 다 내버려 두고 군대만 몽땅 돈방석에 올려 앉혀라."

황포학교에는 초창기부터 조선 학생들이 많이 있었던 까닭에 이를 골치 아프게 여기는 일본 정부가 중국 정부에 항의를 한 적이 있었다.

"불령선인들을 대대적으로 수용하는 것은 무슨 뜻인가?"

압력에 굴한 장개석이 조선 학생들을 하루아침에 전부 제적 처분했다. 일본 정부가 좋아했을 것은 더 말할 것도 없는 일이다.

하지만 그것은 장 교장의 제스처였다. 눈 가리고 아웅 하는 수작이었다. 이튿날 장 교장은 제적 처분한 학생 전원을 뒷문으로 불러들여 다시 등록을 시켰다.

첫째, 이름을 전부 중국식으로 갈 것.

둘째, 본적지는 일률적으로 동북 3성(만주)으로 바꿀 것.

이래서 우리 조선 학생들 사이에 호철명이니 여성삼이니 하는 따위의 중국식 이름들이 생겨난 것이다.

한데 우스운 것은 이 관례가 아예 고정화돼 버려 중일 간에 전쟁이 발발한 뒤에도 조선 학생들은 성명과 본적지를 다 갈고 바꿔야 하는 것이었다.

나로 말하면 처음 임시정부를 찾아갈 때 서울에서 상해로 직행을 했던 까닭에 만주 지방 지리에는 아주 캄캄했다. 그래서 등록을 할 때 지명을 익히 아는 어느 녀석이 대신 적어 넣어 준 모양인데 연전에 황포동학회에서 보내온 졸업생 명단을 보니 내 본적은 길림성 화룡으로 돼 있었다. 당시 나는 '화룡'이라는 게 어디에 붙어 있는지도 몰랐다. 그러니까 50여 년 동안을 나는 제 '본적'이 어딘지도 모르고 산 셈이다.

2중대 시절에 나는 '속국'과 '망국노'에 대해 다시 한번 사고해 볼 기회를 가졌다.

한 중국인 교관이 수업시간에 교편으로 괘도를 가리켜 보이며(흡사 중국 대륙의 곁가닥 같은 조선 반도를 가리켜 보이며) 설명을 하기를 "이 조선은 역대로 우리의 속국이었는데 유감스럽게도 지금은 일본에게 병탄을 당했다."

'속국?'

이 모멸적인 설명에 우리 조선 학생들이 분기등등해 막 폭발을 하려 할 즈음 홀지에 광동 학생 하나가 몸을 일으켜 교단으로 다가가더니 교관에게 무어라고 귓속말로 소곤거렸다. 한즉 교관이 수긍하는 뜻으로 고개를 끄덕이고는 곧 학생들을 향해 정중히 시정을 하는 것이었다.

"이제 한 말은 잘못된 것이니 정식으로 취소한다."

그 교관은 우리 중대에 조선 학생들이 있다는 것을 몰랐던 것이다.

이날 교관에게 귀띔하던 그 영리한 광동 학생 진충발은 그 후 나와 사귀어 둘이 함께 사진관에 가 '국제 우인'이란 제자를 넣고 사진까지 찍었다.

한데 그렇게 똑똑한 놈도 역시 빈구석은 있어서 나이 스무 살이 다 되도록 '눈'이란 걸 못 봤단다. 첫눈이 내린 날 아침 중대장이 점호(점명) 끝에 광동, 광서 학생들만 따로 불러내 가지고 "다들 봐라, 이게 눈이라는 거다. 앞으로 눈 속에서 전투를 하게 될지도 모르니까 미리들 좀 잘 익혀 둬라." 하는데 진충발이도 다른 녀석들과 함께 신기한 듯이 그 눈이란 걸 손으로 만져 보기까지 하는 것이었다.

한번은 방공호를 파다가 학생들이 일을 건둥반둥 날림으로 하니까 화가 난 2소대장이 짙은 광동 사투리로 야단을 쳤다.

"일을 이따위로 하면 망국노밖에 더 될 게 없어!"

우리는 망국노란 소리만 들으면 대번에 눈에서 불이 나는 사람들이었으므로 당장 일대 폭발을 했다. 광동 사투리를 빗듣고 우리더러 망국노라고 욕을 한 줄 알았던 것이다.

사태는 금세 극한으로 치달아 마침내 전교 백여 명의 조선 학생이 일제히 분기해 총에다 장탄, 착검까지 해 가지고 교무처를 포위하기에까지 이르렀다.

한때 사태가 극히 긴박했으나(교무처를 지키는 위병들과 대치해 총부리를 마주 겨누기까지 했으므로) 결국은 사대위(2소대장)가 교무처 현관 앞에 나서서 정중히 해명을 하고 또 "이런 사태를 빚어낸 것은 본인이 부덕한 소치."라고 사과를 하는 것으로 일장풍파는 우과천청으로 가라앉았다.

거의 반란에 가까운 엄청난 행위였으나 군대에서는 작은 일일수록 버르집고 큰 일일수록 쉬쉬하는 게 불문율이었으므로 우리는 아무 후탈 없이 그냥 무사히 고비를 넘겼다.

나 개인적으로는 상해에서 이미 이 '망국노 콤플렉스'를 한번 경험한 바 있다.

식품점(남화점)의 꼴같지도 않은 사환 녀석이 같잖게 망국노라고 놀려 먹는 바람에 나는 열기가 나 대뜸 그자의 상판을 무쇠 주먹으로 후려갈기고 또 메어꽂아서 구둣발로 마구 짓밟아 주는데 가게 주인이 달려와 뜯어말리며 그 녀석을 야단치기에 나는 일단 용서를 하고 그 녀석을 놓아주었다.

내가 결김에 마구 난동을 부리면 가게 안의 간장독, 술두루미, 초항아리 따위가 다 성치 못할 것을 가게 주인은 크게 우려했던 것이다.

3

각 중대에 학생 자치회를 결성하는데 다 같은 중국 사람이면서도 광동 학생과 하북 학생 사이에는 말이 통하지 않아 곤란을 겪게 됐다.

성경인가 어딘가에 이런 대목이 있었던 것 같다.

하느님이 괘씸히 여기는 자들에게 벌을 내린다. 벌로 그자들 서로 사이에 말이 통하지 않게 만들어 놓는다. 그자들은 말이 제각각이 돼 버린 까닭에 합의를 할 수가 없어서 아무 일도 성사를 못 한다.

이와 비슷한 '언어불통' 현상이 20세기 중엽의 중국 사관학교에서도 나타난 것이다.

이때 한 용사가 선뜻 자담해 나섰다.

"내가 통역을 맡지."

광동 학생과 하북 학생은 이 말의 다리 덕에 어렵잖게 원만한 타결을 보게 됐다.

나는 경이의 눈으로 그 통역하는 친구의 얼굴을 새삼스레 뜯어봤다.

해사한 얼굴에 처진 눈초리. 그리고 입가에 머금은 웃음기. 광동 중산대학에서 온 로민(본명 장해운, 별명 왕선생) ― 우리 사람이었다.

중국 사람끼리의 대화에 조선 사람이 통역을 담당하다니!

이 재간 있는 친구 로민은 조선 전쟁, 정전 담판 때 판문점에 나가 일하다가 중국 외교부 부부장 이극농에게 스카우트돼 북경에 들어와 중앙군사위원회에서 일본처 처장으로 일하다가 정년퇴직을 했는데 지금도 북경에 건재하다.[3] 지난해 여름에는 동부인으로 연변을 다녀 가기도 했다.

우리 학교는 교육기관이었으므로 남경이 이미 함락이 된 마당에 보다 안전한 후방으로 옮겨가지 않을 수가 없게 됐다. 이전할 곳은 호북성의 강릉 ― 옛이름 형주. 삼국 시대에 촉장 관우가 웅거했던 거성이다.

길 떠날 준비로 매 개인에게 실탄(7.9밀리미터) 120발, 수류탄 2개, 백미(길양식) 1전대씩이 분급이 되는데 탄약은 할 수 없지만 4킬로그램이 착실히 되는 쌀이 골칫거리였다. 그러잖아도 총에 칼에 배낭에 멜가방에……. 짐들이 무거워 죽을 지경인 것이다.

나는 체념적으로 한숨을 짓고 그 무거운 행장을 하나하나 챙기고 있는데 다른 녀석들이 갑자기 삭뇨증에 걸렸는지 조련장 끝에 있는 변소를 풀방구리에 쥐 나들듯 하고 있잖은가.

미심쩍이 여기고 어슬렁어슬렁 한번 가 봤더니 '어 이런!' 변소 뒤 맨땅에 하얀 쌀의 피라미드 하나가 생겨났잖은가. 녀석들이 제각기 와 서는 주체궂은 쌀을 한 3분의 1쯤씩 덜어서 경량화를 하고 있는 것이 었다.

나는 쌀을 목숨처럼 소중히 여기는 집안에서 태어나고 또 자랐던 까 닭에 그 광경을 목도하니 하늘 무서운 생각이 들었다. 그러자 당시 한 수가 절로 떠올랐다.

수지반중찬(誰知盤中餐)
입립개신고(粒粒皆辛苦).

나는 깔축없는 쌀 전대를 배낭에 얹어서 짊어지고 수걱수걱 행군길 에 올랐다.

우리 조선 학생들은 쌀을 덜어 버린 게 하나도 없었다. 우리는 다 의 식적인 혁명가들이었다.

약 여덟 시간을 행군해 구강에서 하룻밤 숙영한 뒤 기선에 탑승해 강을 거슬러 올라가는데 기선 한 척에 한 개 대대씩 ― 모두 네댓 척의 기선이 띄엄띄엄 떠났다. 적기의 공습에 대비해 대형을 밀집하지 않고 소개를 한 것이다.

한낮 때가 거의 됐을 무렵 불시에 공습경보가 울렸다. 처절한 부르 짖음같이 섬뜩한 소리였다.

비상이 걸렸다. 우리는 재빨리 장탄들을 해 가지고 선실 밖으로 뛰 어나왔다. 삽시간에 놀라운 광경이 이루어졌다. 갑판, 상갑판, 중갑판…… 무릇 사람이 발을 붙일 수 있는 곳에는 다 총을 든 학생들이 쫙 깔리고 뒤덮여서 500여 정의 총구가 일제히 하늘을 노리고 있는 것이다(4정의 고사기관총까지). 기선이 금세 바늘 가시를 곤두세운 거대한 고슴도치로 변한 것 같았다.

그 무수한 강철의 바늘 가시들이 일시에 총탄을 내뿜을 텐데 어느 놈이 감히 우리의 하늘을 침범할 것인가.

이윽고 적군의 정찰기 한 대가 날아오더니 고공을 두어 바퀴 선회하다가 싱거운 듯 그냥 기수를 돌려 버렸다. 바늘 가시로 뒤덮인 기선을 내려다보고 하도 희한스러워서 어이없는 웃음을 그 항공병 녀석들은 웃었을지도 모를 일이다.

여러 날 걸려 무한을 거치고 또 악양을 지나서 어렵사리 사시에를 득달하고 보니 때는 바야흐로 밤중 열한 시에 접어들고 있었다. 소대한 지경이라 밤바람과 강바람과 하늬바람이 극성스레 트리오(3중주)를 연주해 대는 가운데 우리는 부두 콘크리트 바닥에서 외투 하나 담요 하나로 노숙(한둔)을 해야 했다.

누군가가 한마디 우스갯소리를 해서 다들 킥킥 웃다가 잠이 들었다.

"울 엄마가 이런 걸 알았으면 기가 찰걸."

이제 생각난다. 이 우스개는 장중진(별명 낙타발)이 했다.

장중진은 1955년에 항공학교 부교장으로 있다가 국외로 탈출하는 데 실패해 숙청을 당한 뒤 그 가족 암질러 증발을 해 버렸다.

4

조선 학생만으로 편성된 독립 중대가 건립이 되니 우리는 아무 쓸모도 없는 삼민주의(손문주의) 따위를 더는 배우지 않아도 됐다.

그 대신에 우리의 교관들이 교단에 서게 됐다. 김두봉, 석정, 왕지연(본명 한빈), 왕웅(본명 김홍일) 이 네 분이다.

김두봉 선생님은 '한글'과 '조선 역사'를 석정 선생님은 '조선 독립운동사'를 왕지연 선생님은 '마르크스주의 경제학'을 그리고 왕웅 선생님은 '중국 혁명사'를 각각 가르치셨다.

중대 지도원에는 주세민, 소대장들에는 포병 대위 최경수와 보병 대위 리익성(일명 리의홍)이 각각 취임했다.

이 밖에 약간 명의 견습관이 있었는데 그 성명을 적으면 기병 소위 리철중, 포병 소위 조렬광, 보병 중위 엽홍덕, 기병 소위 리지강, 보병 소위 한경 들이다.

주세민은 해방 후 외무성 '미해방구 부장' 재임 중에 숙청을 당했고, 또 최경수는 항일 전쟁 기간 상해에서 일본 총영사관을 제 발로 찾아들어가 자수했다.

리익성은 해방 후 보안 부대 사령관 재임 중에 군사 정변을 획책했다는 죄명으로 사형을 당했는데 총살이 아니라 총검으로 척살을 당했다.

엽홍덕은 전쟁 중 중경에서 병사하고 또 리철중은 해방 후 서해 수상 보안대장 재임 중에 해난 사고로 익사를 했다. 그리고 조렬광, 리지강, 한경 등은 다 고급장교로 복무하다가 어느 귀신이 씌었는지도 모르게 숙청들을 당했다.

'싸우지 않고 이기는 게 가장 좋은 수' 따위 《손자병법》과 클라우제비츠의 《전쟁론》 같은 것은 다 여느 중대와 마찬가지로 중국인 교관들이 가르쳤다. 클라우제비츠는 독일의 탁월한 군사 이론가.

왕지연 선생님은 코민테른(국제공산당, 제3인터내셔널)의 파견으로 조선 국내에 잠입해 지하활동을 벌이다가 일경에 검거돼 7년 동안 징역살이를 했는데 출옥 후에도 계속 감시가 따라서 할 수 없이 중국으로 망명을 한 분. 독립 중대에서는 조선민족혁명당의 지부 서기로서 우리들 백여 명의 청년 당원들을 통솔하였다.

장개석 교장의 절대적인 통제하에서도 상대적인 자유를 누릴 수 있었던 우리 독립 중대는 조선 혁명의 굳건한 골간을 제련해 내는 일종의 용광로 같은 구실을 했다.

이 골간들로 이루어진 조선의용군이 1941년 이강에는 중국 대륙에서 계속 태극기를 휘날리며 무장투쟁을 견지한 유일한 조선 군대로 돼 버렸다.

하건만 이 조선의용군 출신들의 말년은 비참하기가 짝이 없었다. 총살이 아니면 강제노동. 그 가족들까지 산간벽지의 특별구역에서 학대와 굶주림 속에 짐승, 벌레처럼 하나하나 죽어 가야 했다.

5

학생들이 제일 부담스러워하는 게 뭔가 하면 야간에 순번이 돌아오는 위병근무였다. 이와 반대로 제일 좋아하는 것은 주간에 차례지는 위병근무였다.

서술의 선후차가 좀 바뀌긴 하지만 졸업을 두어 주일쯤 앞두고 있었던 일이다. 졸업한 학생들을 대상으로 설문 조사를 하는데 "졸업을 하면 제일 먼저 하고 싶은 일이 무언가?" 하는 물음에 응답자의 백 퍼센트가 단연히 "실컷 자는 겁니다!" 하는 외마디 대답을 해 설문자를 아연케 했다. 그만큼 절대적으로 또 만성적으로 잠들이 부족했던 것이다. 학교 당국이 모범 군인을 만들어 낸다고 아침부터 밤까지 달달 볶아 주었기 때문이다.

이런 배경이 깔려 있었던 까닭에 각 중대의 자명종들은 밤중만 되면 예외 없이 다들 도보경주를 하게 마련이었다. 하룻밤 사이에 한 시간이나 시간 반쯤 빨리 가는 것은 예상사로서 조금도 신기할 게 없는 일이었다.

자다가 밤중에 자리에서 일어나 군복을 주워 입고 두 시간 동안 위병근무를 한다는 것은 그러잖아도 잠이 턱없이 부족한 장래 골간들에게는 고역이나 진배없었다. 그래서 그들은 지구의 자전 법칙을 무시하고 시곗바늘을 마구 앞당겨 돌려 놓고는 부랴부랴 달려가 교대해 줄 잠충이를 두드려 깨우는 것이었다.

그러나 낮에 위병근무를 하는 것은 이와 사정이 전연 달랐다. 특히 사람의 출입이 잦지 않은 뒷문을 혼자 지키는 것은 누구나 바라 마지 않는 말하자면 '노른자위'였다.

낮에 그 자리에 서 있으면 딱 하기 싫은 수업, 교련을 합법적으로 면할 뿐 아니라 가외로 생기는 덤이 있었기 때문이다.

교칙을 위반하고 수업시간에 몰래 학교를 빠져나갔던 녀석들이 돌아올 때는 다들 자진해서 '통행세'를 바치는 것이다. 그러니까 담배 한 갑 또는 땅콩사탕 한 봉지를 코아래 진상한다는 얘기인 것이다.

우리 중대에 화로강에서 온 윤치평(본명 윤서동)이라는 괴짜 하나가 있었다. 이 친구의 아내 김영숙(일명 김란영)은 훗날 태항산에서 조선의 용군 사령원 무정과 재혼을 해 한때 물의를 빚어내기도 했다.

이 고집불통의 윤치평에게 지병 하나가 있었다. 달리거나 오래 걷거나 하면 발목이 부어오르는 것이다(그런 발목을 해 가지고도 8년 동안 항일 무장투쟁을 견지했으니 용키는 용했다). 그러므로 완전무장을 하고 장시간 달리는 교련은 그에게 있어서는 곧 지옥행 — 귀관이었다.

견디다 못한 윤치평이 주번관에게 장시간 달리기를 면제해 달라고 사정을 했더니 성정이 엄한 주번관은 대번에 "부싱(안 돼)." 하고 퇴짜를 놓았다. 꾀병이라는 것이다.

마지못해 끝까지 달린 윤치평의 발목이 통통 부어오를 즈음 기침에 재채기로 위병근무 순번이 또 그에게 돌아왔다. 할 수 없이 절뚝거리며 나가 위병을 서는데 꿈자리가 사납던지 마수걸이에 외상으로 꼴도 딱 보기 싫은 주번관이 나오는 게 아닌가.

밸이 잔뜩 꼬인 윤치평은 위병으로서의 직무를 짐짓 태만히 했다. 집총경례를 할 대신에 먼산바라기를 한 것이다.

화가 치민 주번관이 "왜 경례를 안 하느냐."고 따지니까 윤치평은 유들유들하게 대꾸질하기를 "난 하고 싶은 사람에게만 한다구." 이 불공설화에 발연대로한 주번관이 전후불계하고 꼭뒤잡이를 하러 대드니 윤치평은 얼른 한 발자국 뒤로 물러서서 착검한 총을 똑바로 겨누며 경고를 했다.

"한 발자국만 더 들어서 봐라. 아예 육산적을 만들어 줄 테니."

이 일로 윤치평은 당연하게 영창에 갇혔다. 가는 방망이 오는 홍두깨인 것이다.

일주일 후 그는 영창 안에서 중대장에게 청원서를 올렸다.

'오, 이 녀석이 이젠 잘못을 톡톡히 뉘우쳤나 보다.'

이쯤 생각하고 중대장이 그 청원서 명색을 펼쳐 보니 삐뚤삐뚤한 글씨로 서너 줄 아무렇게나 끄적거려 놓았는데 그 사연 또한 망유기극이었다.

…… 덕분에 한 주일 동안 안정을 했더니 발목의 부기가 한결 내렸소이다. 그러하오나 근치를 하자면 지속적인 안정이 필요하므로 죄송하오나 영창 처분을 2주일만 더 연장해 주시기를 바라나이다.

중대장이 부아통을 터뜨리며 펄펄 뛴 것은 더 말할 것도 없는 일이다. 이 윤치평이 해방 후, 해난 사고로 순직한 리철중의 후임으로 서해 수상보안대장이 됐다. 그리고 숙청을 당한 뒤에는 용케 국외 탈출에 성공해 목숨만은 겨우 부지했다. 하지만 그 가족은 불구덩이 속에 그대로 남아야 했다.

김구 피격 사건

1

시가전 연습을 하는데 비록 공포일지라도 나무 탄두를 사용하는 까닭에 10미터 이내에서 맞으면 사람이 상했다. 길거리 한복판에다 경기관총을 걸어 놓고 연발 사격을 할라치면 실전 못지않은 긴박한 분위기가 곧잘 조성되곤 했다.

청백 양군으로 갈라져 공방전을 벌이는데 나는 백군에 속했다. 하지만 기관총수가 못 됐으므로 나는 그저 소총(보총)에다 착검을 해 들고 포복전진을 했다, 꿇어사격을 했다, 했을 뿐이다.

정신없이 공격과 후퇴를 엇갈다 보니 어느 사이에 우리는 뭐라나 하는 여자고등학교 교문께까지 밀려왔다.

교문을 지키고 있는 세 여학생은 걸스카우트(소녀단, 동자군)들로서 단복을 착용했는데 목봉 짚고 로프 차고 아주 제격이었다. 이것을 보자 여태까지 전심전력해 오던 시가전에 즉흥적인 장난기가 가미되면서 진지해야 할 시가전이 한바탕의 놀음놀이로 변해 갔다.

우리는 짐짓 청군에게 밀리는 체하며 수문하는 여학생들을 무시하고 교정으로 쏟아져 들어가 축대 위에다 기관총을 걸어 놓고 십여 정의 소총과 함께 적군이 쳐들어온다고 상정한 교문을 향해 일제사격을 신바람나게 퍼부어 댔다.

총성이 대작하니 교사가 콩을 볶듯이 메아리를 치고 또 창문들이 찌르릉찌르릉 울림을 했다.

마침 수업시간이라 운동장에는 개미 새끼 한 마리 얼씬거리지 않는데 아래위층 교실의 줄느런한 창문들에도 역시 사람의 그림자는 얼씬나타나 주지를 않았다.

여학생들은 내다보고 싶어서 좀이 쑤셨을 테지만 꼴이 아마 교사들이 엄하게 단속을 하는 바람에 꼼짝들 못하고 있는 모양이었다.

관객 없는 연극이 어찌 맥살이 빠지지 않을쏘냐. 우리는 크게 실망해 사격이고 나발이고 다 걷어치워 버렸다.

이 지구상에 여자라는 게 없다면 남자들은 아마 전쟁이라는 걸 안할지도 모른다. 암만 용감성을 발휘해 봤자 찬탄하고 숭배해 줄 여자가 하나도 없는데 무슨 재미로 싱겁잖을 건가.

정치학교는 비무장 교육기관이라고 우리보다 먼저 이전을 해 왔는데 이 학교 학생들은 몽땅 다 일본에 유학했다가 중일 간에 전쟁이 터지는 바람에 귀국을 한 대학생들이었다. 그러니까 그 대부분이 부잣집 자식이 아니면 고관대작의 아들딸들인 것이다.

우리는 그치들을 부모 덕에 행세하는 기생동물로 보고 또 그치들은 우리를 하찮은 병정 나부랭이로 보는 까닭에 언제나 사이가 버름해 피차간에 소 닭 보듯 닭 소 보듯 하며 지냈다.

한데 이 정치학교에 여학생만으로 편성한 여생 중대라는 게 있었다. 일 년 열두 달 내내 월요일 날 오전마다 거행하는 '기념주' 행사에는 두 학교가 함께 참가를 해야 하는 까닭에 우리들에게는 그 여생 중대가 더없이 좋은 눈요깃거리로 됐다.

다들 똑같은 군복을 입었으니까 다양하고 화려한 옷맵시는 감상을 할 수가 없어도 몸매가 제각각인 데다가 가장 요긴한 부분인 얼굴이 완전히 노출이 돼 있는 상태라 그 미추(아름다움과 추함)를 변별하는 데는 아무런 문제도 없었다.

대오의 선두에 선 키가 늘씬한 여학생이 빼어나게 예쁜데 그 천연스러운 아름다움이 어찌나 매력적인지 여성에 허기가 진 젊은 녀석들의 뭇시선이 매양 그리로 총집중을 하는 까닭에 정작 '기념주'는 번번이 뒷전이 돼 버리곤 했다. 아마 우주의 블랙홀 같은 무서운 흡인력을 그녀는 갖고 있었던 모양이다.

그녀를 경국지색이라기는 좀 어려울 것 같다. 한번 혹하면 나라가 뒤집혀도 모를 만큼 그렇게 예쁘다기는 좀 어려울 것 같다. 하지만 그녀가 만약시 기선을 탄다면 선객들이 모두 그리로 몰려서 배가 뒤집힐 위험은 바이없지가 않을 것 같다. 그러니까 경선(船)지색쯤은 된다는 얘기인 것이다.

'기념주'란 손중산의 위업을 기리는 행사로써 국민당 정부 산하의 모든 부문에서 매 월요일 오전에 이를 거행하게 돼 있었다.

우리가 그 멋대가리 없는 기념주에 모두 열심인 것은 오로지 그녀의 ─ 날째로 꼴깍 삼켜도 비린내 하나 아니 날 ─ 자태를 한번 보기 위해서인데 어느 불행한 월요일 오전에 갑자기 그녀가 보이지를 않게 돼 우리 모두는 일대 충격을 받았다.

갖가지 추측이 무성했다. 기상천외적 억측이 난무를 했다. 부언낭설이 교내 교외에 짜했다.

하지만 정말로 그녀가 어찌해 사라졌는지를 아는 녀석은 하나도 없었다.

일요일 날 어렵사리 외출을 하게 돼 우리 몇몇은 왕웅 교관을 한번 찾아뵙기로 했다. 과자 대접을 받는 재미로.

왕 교관은 일찍이 조병창의 처장으로 봉직 중 김구 선생의 부탁을 받고 보온병형 폭탄을 감제해 윤봉길에게 제공, 홍구공원에서 그가 폭탄 사건을 일으키는 데 쓰게끔 했던 분이다.

권속이 그저 상해 프랑스 조계에 남아 있었으므로 왕 교관은 근무병(사역병) 하나를 데리고 간소한 독신 생활을 하고 있었다. 그분의 계급은 당시 대좌였다.

우리가 들어가 자리 잡고 앉자 이내 차가 나오는데 전에 보던 근무병은 어디 가고 웬 여자가 차반을 들고나오는 것이었다. 의아스레 다시 쳐다보고 놀라서 나는 숨을 들이그었다. 늘씬한 몸에 산뜻한 치파오를 입고 하이힐을 착 신은 그 젊은 여자는 다른 누구가 아니고 바로 우리 모두가 경도해 정신을 못 차리던 그 '경선지색'이 아닌가!

왕 교관이 좀 쑥스러이 인사를 시켜서 우리는 비로소 새 사모님 한 분이 생긴 것을 알고 속으로 어이가 없었다.

당시 군벌이나 고관대작들은 첩을 한 반 다스씩은 예사로 거느리고 살았다. 그러니 왕 교관의 '하나'쯤이야 신분에 상응하는 당연지사로 긍정을 하는 게 옳잖았을까.

2

독립 중대에 정창파라는 친구가 있었는데 그는 훗날 한국의 국회의 장을 지낸 바 있는 신익희(일명 왕해공) 선생의 친조카로서 그림 솜씨가 뛰어난 미술가였다(얼굴은 밉게 생겼다).

해방 후 북한의 국기를 창제하는 데 참여한 것도 바로 이 정창파인 데 그는 그때 윤필료로 5천 원을 받았다. 쌀 한 가마니에 3천 원 하던 세월이었으니까 쌀 열예닐곱 말쯤을 받은 셈이다.

이 친구가 한번은 장난기가 발동을 해 다른 친구의 군모에다 만년필로 '자라(왕팔)' 한 마리를 살짝 그려 놓았다.

'자라'는 '오쟁이를 졌다'는 뜻으로 중국에서는 풀이된다. 그러니까 그의 아내가 다른 사내와 간통을 한다는 뜻으로서 아무튼 욕이다.

화가 난 피해자(총각)가 대갚음으로 가해자(역시 총각)의 군모에다도 자라를 그려 주는데 이자까지 붙여서 둘을 그려 놓았다.

이것이 중대 안에서 갑자기 '자라 붐'이 일게 된 발단이었다.

이 서로 자라를 그려 주는 바람이 어찌나 성풍을 했던지 급속히 에스 컬레이션을 해 급기야 자라의 소대장이 한 개 소대의 자라 병사를 지휘 하고 있는 모습을 담은 걸작품까지 나타나기에 이르렀다.

일요일 날 외출을 하기 전에는 으레 수염, 손톱 제대로 깎았나 호크, 단추 제대로 채웠나 등등……. 한차례 검사를 받게 마련인데 그 검사 에서 일수 사납게 이 자라 사건이 불거졌다.

부아가 난 중대장이 전 중대 성원 앞에서 노발대발을 했다.

"군인의 인격을 모욕해도 유분수지. 이건 본교의 면면한 혁명 전통 을 모독하는 행위다."

이렇게 허두를 떼고 한바탕 내리엮은 다음 중대장은 면도칼처럼 날카로운 눈초리로 3개 소대를 차례로 한번 훑어보았다. 그런 연후에 어떠한 항변도 불허하는 어조로 명령했다.

"선코를 뗀 게 누구야? 썩 앞으로 나서!"

그러나 전 중대 백여 명 죄인들 중에서 감히 앞으로 한 발자국 나서는 녀석은 하나도 없었다. 아무리 기다려도 없었다.

"없는가? 없다면 좋아, 금후 본 중대는 외출을 금지한다. 이 일이 낙착이 될 때까지 금지한다."

우리는 모두 속으로 왼새끼를 꼬았다. 따분한 병영생활에서 유일한 낙이 바로 그 외출이었기 때문이다.

이때 한 용사가 앞으로 나서서 씩씩하게 자담을 했다. 스스로 십자가를 짊어진 것이다.

"제가 선코를 뗐습니다."

놀라서 다시 보니 축구쟁이 김창만이 아닌가. 김창만은 수십 명 '종범' 중의 하나일 뿐 '주범'은 아니었다.

"일후에 다시 이런 못된 장난을 하면 그때는 가차없어. 알았지? 좋아, 그럼 물러가."

속이 좀 풀린 중대장이 관대한 처분을 내렸다.

우리는 주번관의 명령으로 교가 한 번을 불러서 '본교의 면면한 혁명 전통'을 가슴속에 아로새긴 다음에야 비로소 즐거운 마음으로 외출을 하게 됐다.

노한 물결 팽배한데
당의 깃발 휘날린다

이는 혁명의 황포.

　외출을 하더라도 오후 5시 국기를 내리기 전에는 다들 귀교(귀영)를 해야 하는 게 규칙이었다. 그리고 5시 반에 점호(점명)하고 6시에는 저녁식사를 하게 돼 있었다.

　한데 점호 시간에 아무리 불러도 대답을 않는 이름 하나가 있었다.

　광동 중산대학에서 온 박무였다. 이 장래의 통신사 사장에게 하찮은 흠 하나가 있었으니 그것은 술을 너무 좋아하는 것이었다.

　'또 어디 가 곯아떨어진 게지.'

　이쯤 짐작하고 우리는 속으로 웃었지만 그런 속내평을 모르는 주번관은 대번에 식혜 먹은 고양이 상이 됐다. 나중에 중대장에게 '행방불명 1명'이라고 보고를 하기가 난감했던 것이다. 그렇다고 또 어물쩍해버리기도 어려운 노릇이었다.

　시계가 쉼 없이 째깍거려 마침내 식사 시간이 됐다. 하건만 박무는 여전히 감감무소식.

　우리가 한창 밥들을 먹고 있을 즈음에 식당문 어귀에 인물 하나가 나타났다. 박무였다. 군모를 삐딱하게 쓰고 갈지자 걸음을 하는 그 꼴을 보자 주번관이 얼른 젓가락을 놓고 마주 나가 도적놈 개 꾸짖듯(중대장을 의식해) "섯." 멈춰 설 것을 명했다. 섰다. 그러나 차려 자세를 취하기는 고사하고 쉬어 자세도 제대로 돼 있지를 않았다. 화가 난 주번관이 재차 명령했다.

　"차려."

　그러나 이 멀쩡한 녀석 좀 보아라. 능글능글 웃으며 주번관의 발을 가리키며 되잡아 홍으로 대꾸질하기를,

"당신은 왜 차려 안 해? 당신 먼저 차려."

"뭐가 어째? 차렷!"

"당신 먼저 차려어엇!"

부아통을 터뜨린 주번관이 대뜸 주정뱅이의 덜미를 잡아끌고 나가더니 문밖에 세워 놓고 벌치고는 기발한 벌을 주었다.

"여기 서서 계속 '차려'를 불러. 한 시간 동안. 지금이 6시 15분이니까 7시 15분까지 계속 불러. 잠시라도 그치면 영창이야."

이리하여 우리는 박무의 연속부절한 차려 소리를 들으며 우스워서 킥킥거리며 그 한 끼의 밥을 먹어야 했다. '권주가' 아닌 '권식가'를 들으며 먹은 셈이다.

3

당년 80세의 문정일(본명 리운룡)은 국가민족사무위원회(민족성)의 차관을 지내다가 퇴직을 한 뒤 지금 북경에서 제 나름으로의 분주한 나날을 보내고 있다.[4]

이 문정일이 독립 중대 시절에 얻은 별명이 '전쟁할 때'였다.

연전에 서울 나들이를 갔다가 소련(붕괴 전)에서 일시 귀국했던 망명객 리상조를 만나니 그는 만나는 첫밭에 수십 년 동안 격조히 지낸 옛 친구들의 소식부터 물어보는 것이었다.

"문정일이 잘 있어?"

"잘 있지. 강태공이 다 됐다구."

"'전쟁할 때' 생각나? 그 친구 군관학교 때 별명."

"나다뿐이야."

우리는 오래간만에 한바탕 파안대소를 했다.

독립 중대 때 하루는 야외연습에서 '산병반군'을 여러 차례 반복해 익히는데 그 내용인즉 적전 200미터 선에서 공격하는 단위가 소총조와 기관총조로 갈려 엇갈아 엄호사격을 하며 전진하다가 적정 거리에서 수류탄을 투척한 뒤 즉시 백인전으로 돌입한다는 것이었다.

연습이 다 끝난 뒤에 중대장이 강평을 하는데 유독 한 사람 문정일만이 듣지 않고 한눈을 파는지라 이를 괘씸히 여긴 중대장이 문정일을 불러내다 앞에 세워 놓고 한번 물어보았다.

"산병반군은 어떤 때 쓰는 거지?"

정답은 아주 간단해 '적전 200미터 선에서 쓴다'면 다였다.

하건만 요 간단한 응답이 문정일 씨의 입에서는 죽어도 나와 주지를 않는 것이었다. 하루 종일 연습을 하면서도 염불에는 맘이 없고 잿밥에만 맘이 있었던 것이다.

백여 쌍의 눈이 흥미롭게 지켜보는 가운데 궁경에 몰린 문정일이 어벌쩡하기로 결심을 내렸다.

"전쟁할 때 쓰는 겁니다."

"어디 사느냐."고 묻는데 "지구에서 산다."는 거나 마찬가지다.

하도 어이가 없어서 중대장은 한마디 "밥 먹을 때 쓰는 건 아니구?" 비꼬아 주고는 고개를 저으며 쓴입을 다셨다.

이것이 그 유명짜한 별명의 유래다.

이 문정일이 한번은 내게다 아주 훌륭한 비방 하나를 가르쳐 준 적이 있었다.

완전무장을 하고 장시간을 달리는데 내가 땀을 뻘뻘 흘리며 허덕허

덕하는 것을 보고 그는 크게 동정을 해 살뜰한 우정으로 나를 일깨워 주는 것이었다.

"이 멍청아, 나처럼 이렇게 좀 못 해?"

그가 시범적으로 돌려대 보이는 허리를 눈여겨보니 아, 이런! 그가 허리에 찬 것은 빈 칼집이잖은가.

내가 놀라서 "칼은?" 하니까 그는 대수롭잖게 "침대 밑에." 하고 외마디 대답을 던져 주는 것이었다.

칼 하나 무게가 송두리째 덜렸으니 달리기가 얼마나 수월하고 또 거뜬할 것인가. 하지만 나는 끝내 그 비방 즉 '침대 밑에'를 한 번도 시행해 보지 못하고 말았다. 들킬까 봐 겁이 나서였다.

이러한 문정일에게 남이 없는 포재 하나가 있었으니 그것은 근엄하기로 소문이 난 김두봉 선생님께 감히 농담을 건네는 것이었다. 한데 더욱 놀라운 것은 그 농담을 스스럼없이 받아 주는 선생님의 즐거워하시는 모습이었다.

이 점에서 문정일은 단연 독보—타의 추수를 허하지 않는 존재였으므로 코가 좀 우뚝할 만도 했다.

1950년 10월 하순, 수도가 함락을 당하게 되자 국가의 수뇌부가 철새처럼 분분히 비교적 안전한 압록강변으로 옮겨 앉았을 때의 일이다.

나도 목숨을 살겠다고 죽어라 하고 도망을 쳐서 만포까지 왔다가 마침 중국 인민지원군의 후방부 대표로 압록강을 건너온 문정일과 뜻밖에 해후상봉을 하게 됐다.

"여기서 얼마 안 떨어진 뭐라나 하는 부락에 김두봉 선생이 피란을 오셨단다. 우리 한번 가 문안이나 드리자."

문정일이 끄는 대로 나는 따라가는데 그가 지프차에다 밀가루 두 포대와 쇠고기통조림 한 상자를 손수 들어 올려 싣는지라 나는 "이런 건 해 뭘 해?" 하고 괜한 일이라는 의사를 비쳤다. '적어도 한 나라의 수뇌 부인데 이까짓 밀가루 따위를 거들떠보기나 하겠냐'는 뜻이었다. 그러나 문정일은 "무슨 소릴 하는 거여. 피란살이에 이게 첫째라구. 알기나 해? 멍청이!" 하고 여지없이 나를 타박하는 것이었다.

그의 이 '멍청이'는 '노형' 또는 '친애하는' 따위의 뜻이었으므로 나는 종래로 개의치를 않았다.

한 시간이 채 못 돼서 문정일의 주장이 과연 옳았다는 게 실증이 됐다. 김두봉 선생님을 비롯한 몇몇 높은 분들이 그 하찮은 밀가루, 통조림을 그렇게도 대견해하실 줄이야!

전쟁 통에는 사람들의 가치관도 상궤를 벗어나지 않을 수 없다는 사실을 나는 뒤늦게나마 깨달은 셈이었다.

그 자리에서도 문정일은 그 특유의 익살로 김두봉 선생님을 비롯한 여러 높은 분들을 한바탕 잘 웃겨서 패전으로 저상해졌던 분위기를 활짝 밝게 만들어 놓았다.

4

수업시간에 허리를 꼿꼿이 펴고 앉아 따분한 강의를 듣는 데 싫증이 난 학생들이 주번생에게 "출석을 보고할 때 적당히 좀 꾸며 대 줘." 부탁을 해 놓고 뒷문으로 빠져나와 거리 구경을 다니는 것쯤은 보통이었다. '혁명적 황포'라고 해서 일 년 열두 달 삼백예순날 일편단심 오로지 혁명만을 염념불망하는 것은 아니었다.

그따위 조작된 신화들 ─ 20세기의 신화들 ─ 을 나는 이 자서전에서 사정없이 깡그리 까발겨 놓을 작정이다.

나도 남나중 한번 그랬다가 첫 마수걸이에 외상으로 하마터면 영창 신세를 질 뻔했다. '똥 먹은 강아지는 안 들키고 재 먹은 강아지가 들킨다'더니 하필이면 초범인 내가 일수 사납게 그 무서운 대대장과 길거리에서 딱 맞닥뜨릴 건 뭐람.

학생이 공용으로 외출을 할 때는 반드시 소정의 빨간 완장을 둘러야 하는데 우리 같은 범칙생들에게는 그게 없으므로 한눈 보면 대번에 탄로가 나게 마련이었다.

우리 대대장은 왼쪽 뺨에 무지스러운 칼자국이 비낀 야전 부대의 연대장 출신으로서 왕방울 같은 눈을 희번덕거릴 때는 지은 죄가 없는 사람도 괜히 속이 떨리곤 했다. 이런 괴물과 내가 일대일로 딱 맞닥뜨린 것이다.

절체절명의 낭떠러지 끝에 선 나는 칼 물고 뜀뛰기를 할 수밖에 없었다. 군화 뒤축을 딱 부딪치며 제격 차려를 하고 나는 본때 있게 척 거수경례를 붙였다. 완벽한 시범 동작이었다. 제 생각에도 더없이 멋진 모범 군인의 자세였다.

거수경례를 하도 당당하게 멋지게 잘하니까 미처 완장까진 살필 겨를이 없던지 대대장은 군말썽 없이 경례를 받고 그냥 지나가는데 그게 너무도 고마워서 나는 부동자세로 그 등 뒤에다 대고 접도록 목송을 했다. 엉겁결에 편 능동 작전이 주효를 해 나는 일장의 위기를 요행히 모면할 수가 있었던 것이다.

2중대 때 광동 학생과 하북 학생 사이에 말의 다리를 놓아 주는 것으로 나를 경탄케 했던 친구 로민이 기관지염인가 무언가로 학교 병원에 입원을 했기에 일요일 외출 시간에 한번 문병을 갔더니 아, 이 친구 좀 보아라. 깨끗한 환자복을 입고 스프링 침대에서 뒹굴뒹굴 신선놀음을 하고 있잖은가.

"여기선 하루 종일 이렇게 빈둥거리는 게 업인가?"

"그럼 앓는 놈이 뭘 하겠어?"

"야, 팔자 좋다."

"어째 부러우냐?"

나는 같은 교내에 이런 별천지도 병존을 하는 줄은 일찍이 몰랐다.

'그동안 내가 얼마나 어리석었는가.'

자성을 하자 나는 곧 행동으로 넘어갔다.

이튿날 낮 휴식시간에 당번생이 "병 보일 사람?" 하고 불러 모을 때 나도 선뜻 나섰던 것이다.

"내 이름도 적어."

당번생 하진동이 나를 한번 쳐다보더니 대번에 타박을 했다.

"차붓소 같은 게 병은 다 뭐야?"

"잔말 말고 적으라면 적어! 네가 의사야?"

이 하진동이 해방 후 포병학교 교장이 됐는데 관후하고 공평하신 운명의 신은 그의 이름도 피숙청자 명단에서 빼놔 주지는 않으셨다.

예닐곱이 줄을 지어 하진동 인솔하에 병원으로 갔더니 나를 진찰해 주는 군의는 소좌(소령)로서 상당히 능글맞게 생긴 작자였다.

"어디가 어떻게 아픈가." 하고 묻는 데 대해 나는 천하없어도 입원은 꼭 하고야 말 결심이었으므로 어디가 아프고 또 어떻게 아프고……. 네댓 가지 증세를 닥치는 대로 주워섬겼다. 그중에서 어느 게 걸려도 하나쯤은 걸려 줄 테니까 가짓수가 많을수록 확률이 높고 또 안전도도 그만큼 높을 게 아닌가.

진찰을 마치자 그 작자는 능글능글 웃으면서 나더러 복도에 나가 기다리라는 것이었다.

"입원은 안 합니까?"

"글쎄 나가 기다리라니까. 샤이거(다음 환자)."

일이 어쩐지 틀어지는 것 같은 조짐이라 나는 여간만 떨떠름하지가 않았다. 할 수 없이 장의자에 앉아 우거지상을 하고 기다리는데 이윽고 투약구에서 환자의 이름을 부르는 소리가 났다.

"진쉐톄(김학철). 널 부르잖아. 귀때기까지 먹었냐?"

하진동이 친동기보다 더 정답게 더 친절하게 일깨워 주는 바람에 다시 귀여겨들으니 아닌 게 아니라 계속 불러 대는 건 틀림없는 '진쉐톄'였다. 한데 투약구에서 내민 손에 들려 있는 것은 분명 한 컵의 피마자기름이잖은가.

그러니까 투약구 앞에 서서 약제사가 지켜보는 가운데 피마자기름 한 컵을 단숨에 들이켜라는 뜻이었다.

'급살을 맞을 놈의 군의 같으니라구. 어디 두고 보자!'

나는 그놈의 피마자기름을 피해 살 맞은 뱀같이 병원을 빠져나왔다.

이리하여 입원의 아름다운 꿈이 깨진 것은 차치물론하고 그 꼴도 보기 싫은 병원마저 나는 아예 발길을 끊어 버렸다. 졸업을 할 때까지 다시는 안 갔던 것이다.

친애하는 하진동이 소문을 퍼뜨려서 나는 한때 웃음가마리가 되기도 했다. 나를 '차붓소 환자'라고 놀려 먹는 맹꽁이까지 있었다.

우리 학교는 북위 30도선쯤에 위치했던 까닭에 겨울에 눈이 오기는 와도 이내 녹아 버려 적설이라는 게 거의 없었다. 따라서 당지의 주민들도 난방시설에다는 별로 신경들을 쓰지 않고 사는 모양이었다.

이런 상황인지라 눈길을 행군하는 훈련 같은 것도 기회를 잘 포착해서 다잡아 실시를 하지 않으면 구멍이 나기가 쉬웠다.

어느 날 마침맞게 눈이 와 줘서 별러 오던 눈길 행군 훈련을 실시하게 됐는데 우리가 아침에 먹은 것은 평일이나 다름없는 죽에다 '유툐'. 유툐는 중국의 전통적 식품으로서 밀가루 반죽을 기름에 튀긴 일종의 덴푸라.

완전무장을 한 대오가 출발을 하는데 목적지는 5킬로미터 떨어진 주막거리. 이 주막거리를 오전 중에 도다녀와야 하는 것이다.

반 시간쯤 행군을 했을 때 구름이 걷히고 해가 났다. 다시 반 시간쯤 지나니 눈이 슬슬 녹기 시작해 얼마 안 가서 길은 완전히 곤죽이 돼 버렸다.

찍찍 미끄러지며 걷다 보니 정제하던 대오가 차차 들쭉날쭉해지다가 나중에는 아예 토막토막 끊어져 모스크바에서 패주하는 나폴레옹의 패잔병 꼴이 돼 버렸다.

재앙은 홀으로 오지 않는다.

엎친 데 덮친다고 아침에 먹은 죽과 유툐가 어느새 다 꺼져 우리들의 배 속에서는 귀뚜라미 우는 소리들이 나기 시작했다.

나는 허기가 져서 걸음을 걸을 수가 없을 지경이 돼 버렸다. 짊어진 배낭과 멘 총이, 그리고 둘러 띤 탄띠와 찬 칼이 점점 무거워져서 흡사 낙타 한 마리가 내 등에 떡 업힌 것만 같았다.

그 통에도 나는 '군량이 떨어지면 군대가 흩어진다'는 말을 떠올리고 '과시 옳은 말이다' 고개를 끄덕이며 수긍을 했다.

가까스로 주막거리에 득달을 했다가 되짚어 회정을 할 때는 대오가

궤산(무너져서 흩어짐)을 해 중대장 이하 각 소대장들이 모두 등이 달았다. 올리뛰고 내리뛰고 하며 아무리 독려를 해 봐도 하등의 효과가 나타나 주지를 않는 것이다.

'이 기아의 행진은 아침에 죽을 먹인 탓이다.'

이것이 전 중대의 지배적인 인식 — 공통된 인식이었다.

나는 너무 맥이 없어 길섶에 박힌 돌덩어리에 걸터앉아 쉬면서 예견성 없는 중대장과 주번관을 새삼스레 못마땅하게 여겼다.

'그따위들이 다 부대를 거느리겠다니……. 일찌감치 가 땅들이나 파먹고 살 게지.'

이때다. 올리닫고 내리닫고 하면서 독책질을 하던 주번관 상관 대위가 찍찍 미끄러지며 바삐 오다가 나를 보자 먼발치에서 꾸짖듯이 내 이름을 부르는 것이었다.

"진쉐테!"

그러잖아도 '가서 땅이나 파먹어라'고 욕을 하던 차라 나는 업화가 폭발을 했다.

왈칵하는 성미에 뒷생각 없이 데걱 총에다 실탄을 장전해 가지고 주번관을 똑바로 겨누며 매몰차게 질타했다.

"한 발자국만 더 나서 봐라, 아예 죽여 버리겠다!"

주번관은 대번에 얼굴빛이 해쓱해지며 박은 듯이 그 자리에 서 버렸다. 아마도 나는 그 순간 허기증이 승화를 해 미친증으로 됐던 모양이다. 아무튼 제정신이 아니었다.

"학철이, 이게 무슨 짓이야."

소리를 앞세우고 등 뒤에서 다가와 내 손에서 총을 툭 빼앗은 사람이 있었다. 뒤돌아보니 1소대장 최경수(포병 대위)였다. 그는 싱글싱글 웃으면서 "자, 총은 내가 메고 갈 테니…… 이젠 그만 일어나." 하고 부축해 일으켜 세우는 것이었다.

일을 저지른 뒤 나는 꼭 영창 구경을 하는 줄 알고 손톱여물을 썰었다. 그러나 뒤끝이 의외로 무사했다. 일을 버르집으면 대오가 행군 도중에 궤산한 문제로 중대장이 먼저 문책을 당할 게 뻔하므로 아예 쉬쉬해 덮어 버린 것이었다.

그날 내 손에서 총을 빼앗은 최경수가 훗날 상해 일본 총영사관을 찾아들어가 자수한 것은 앞에서 이미 언급한 바 있다.

해방 후 평양에서의 일이다. 어느 날 통신사 사장 박무('당신 먼저 차렷')가 출근을 하다가 길거리에서 우연히 이 최경수를 발견했다. 그는 급히 차를 세우고 뛰어내려 권총을 빼 들고 쫓아갔으나 그자가 죽어라 하고 들고빼는 바람에 그만 놓쳐 버리고 말았다.

"어느 권세깨나 쓰는 놈의 비호를 받고 있는 게 틀림없다."는 게 박무의 풀이였으나 아무튼 최경수는 그 후 두 번 다시 모습을 드러내지 않고 말았다. 혼이 나서 서둘러 월남을 했기가 쉽다.

5

우리 학교 근처에 천주당 둘이 있었는데 그 하나는 성조기를 내걸고 또 하나는 푸른 바탕에 노란 크로스(십자)가 그려진 스웨덴의 국기를 내걸었다. 그리고 지붕에다는 각각 흰 페인트로 '미국 자산', '스웨덴 자산'이라고 꽹장히 큰 표식들을 해 놓았다.

'괜히 함부로 건드릴 생각 마. 우린 비교전국이야.'

일본 공군기들에게 이와 같이 경고를 하는, 말하자면 방공용 '경계색'인 셈이었다.

이 두 천주당 중에서 건물의 규모가 더 크고 더 멋이 있는 미국 천주당을 회장으로 빌려서 조선민족혁명당의 당대회가 열린 것은 호남 장사에서 남목청 총격 사건이 터진 직후였다. 그러니까 당의 주력군이 집결해 있는 지점에서 당대회를 연 것이었다.

김원봉 이하 여러 지도 성원이 무한에서 내려와(또는 올라와) 당대회는 공전의 성황을 이루었으나 나는 무명소졸이었으므로 발언 한 번을 해 보기는 고사하고 그 뜻조차 이해를 못 했다.

'도대체 무얼 가지고 저렇게들 열띤 변론을 벌이는 거지?'

이제 와 돌이켜 보면 훗날 무창에서 일어났던 대분열의 씨앗이 그런 변론의 형식으로 뿌려졌던 게 아닌가 싶다.

김원봉 선생은 변재(말재주)가 없는 분이라 말끝마다 '말이야' 하나씩이 붙는 까닭에 우리는 그 수를 세어 두었다가 나중에 "오늘 '말이야'는 모두 서른세 번.", "틀렸어. 모두 서른네 번." 서로 제가 맞다고 말다툼을 하기도 했다.

하지만 그분은 타고난 카리스마로 해 우리들의 마음을 끌고 또 자연스레 복종을 하게끔 만들었다.

대회 석상에서 당통식의 웅변으로 한바탕 호기를 뽐낸 것은 1소대의 김인철(본명 구재수, 별명 대구)이었다.

훗날 우리가 태항산에 들어가 팔로군과 합류를 할 때 김인철은 혼자 중경에 떨어져 있다가 동기생 장지복의 누이동생과 결혼을 했다. 하지만 호사다마로 그 결혼 때문에 그는 해방 후 애를 먹었다. 귀국을 하고 보니 조강지처가 시부모를 모시고 또 아들 형제를 데리고 새까매져 가지고 농사를 지으며 그저 기다리고 있었던 것이다.

'당통'은 프랑스대혁명 때 뜨르르했던 정치가, 그리고 장지복은 해방 후 동해수상보안대장이 됐으나 숙청을 당한 뒤에는 종무소식이다.

김창만(축구쟁이)도 아주 선동적인 연설을 하긴 잘했으나 타고난 망나니 기질이 가끔가끔 노정이 되는 까닭에 빈축을 사기가 일쑤였다.

김학무는 우리 청년 당원들 중의 교초(뭇사람 가운데에서 뛰어남)였다. 그의 연설은 언제나 듣는 사람의 양심에 호소를 하는 것 같아서 진한 감동을 주곤 했다.

2소대의 진일평도 역시 김학무와 같이 남경 중앙대학에서 왔다. 그도 연설이 장기였으나 애석하게도 그는 훗날 출장을 가다가 차가 낙석을 맞는 바람에 스물여섯 살 젊은 나이에 그 뛰어난 재능을 펴 보지도 못하고 죽었다.

이런 굵직굵직한 친구들이 판을 치는 대회장에서 나는 마치 공짜로 권투 시합을 구경하는 것 같은 기분으로 그들의 하는 양을 구경스레 바라만 보았다.

끝으로 장사 병원에 입원 중인 김구, 리청천 선생님들을 위문하러 갈 위문단을 조직하는데 이 역시 우리 따위 무명소졸들과는 무연한 일이었다. 그런 것도 다 굵직굵직한 치들의 몫이었다.

김구 선생들은 내홍(내부 분쟁)으로 리운환이라는 광한에게 저격을 당했는데 김구 선생의 몸에는 여러 발의 총탄이 들어박혔고 또 희생된 이도 있다는 것이었다.

김구 선생을 비록 '노완고'라고 부르긴 했지만 그래도 우리는 그분을 여간만 존경하지 않았다. 그분이 미국 대통령 루스벨트를 초들 때마다 중국어를 그대로 옮겨서 '라사복(羅斯福)'이라고 하는 따위도 우리는 다 애교로 받아들였다. 서로 옆구리를 쿡쿡 찌르며 킥킥거리긴 했지만.

우리는 리청천 선생도 역시 대선배로 존경을 했다. 그분이 비록 총 한 방으로 왜병 일곱 놈을 쏴 눕혔다는 따위의 허풍을 치기는 했지만 서도. 일곱 놈이 북어쾌처럼 가지런히 너부러지더라는 것이다.

조선의용대

1

졸업식을 거행한 이튿날 우리는 사시에서 전원 기선에 탑승, 악양을 거쳐 무창에 득달, 장지동 거리 대공중학교에 여장들을 풀었다.

학교는 잦은 공습 때문에 소개를 했던 까닭에 텅 비어 있어서 우리가 들기에는 안성맞춤이었으나 기숙사 침대에서 오랫동안 굶으며 대기를 하고 있던 기아의 빈대군이 일제히 유격전을 들이대는 바람에 우리는 하룻밤 사이에 모두 만신창이가 돼 버려 문둥이 모양 온몸을 긁느라고 볼일들을 못 볼 지경이었다.

이 대공중학교 강당에서 불과 며칠 후에 가슴 아픈 대분열이 일어났다. 일본군의 전진기지가 돼 버린 구강으로 출격하는 소련 공군 의용대 — '정의의 검'의 전폭기들이 폭음을 울리며 머리 위를 날아 지나고 있는 때에 우리는 수치스러운 대분열을 한 것이다. 일치단결을 해야 할 항일 세력이 둘로 쩍 갈라진 것이다.

최창익 선생이 주창한, 실현성이 극히 희박한, 허울 좋은 하눌타리 같은 구호 — '동북(만주)으로 진출하자'가 그 화근이었다.

압록강을 건너서 본국으로 쳐들어가야 한다는 것을 모르는 사람은 우리들 가운데 하나도 없었다. 하지만 그러자면 거쳐야 할 단계라는 게 있잖은가. 아무 여건도 갖추어지지 않은 상황하에 무작정 만주로 진출을 해 가지고는 어쩌자는 건가. 만주 땅에 어느 정도 뿌리를 내렸던 항일 연군도 견뎌 배기지 못해 시베리아로 탈출을 준비하고 있는 마당에.

김원봉, 김두봉, 윤세주, 한빈, 이 네 분의 지도자를 나는 절대로 신뢰하고 또 존경했으므로 그런 분열 행동에는 동조를 할 리가 없었다.

분열해 나간 50여 명은 곧 한구로 건너가 새 단체를 만들고 또 우리는 무한대학 맞은편 동호반의 고사포 진지 근처로 숙영지를 옮겼다. 당시 무한대학은 장개석의 통수부 ― '대본영'이 됐으므로 고사포군이 이를 에워싸고 있었다. 이 무한대학은 불과 여섯 달 후에 일본군의 사령부로 돼 버린다.

무한대학 구역 내의 교수 사택들에는 장개석 부부를 위시한 국민당 정부 요인들이 나누어 들었는데 중공 대표 주은래와 무당파 인사 곽말약도 들어 있었다.

우리는 잘 꾸며진 무한대학 수영장(동호 수영장)에 건너가 수영을 하다가 참모총장 하응흠, 사천성 주석 장군 등을 만났는데, 겉보기에는 아주 그럴듯하던 ― 군관학교에 와 훈화를 할 때는 그렇게도 위엄스러워 보이던 ― 하응흠 각하가 일단 물에만 들어오면 망치처럼, 대가리처럼 가라앉는 '침몰족'임을 알고 우리는 의외로웠다. 그러나 한편 재미스럽기도 했다.

하 총장 각하가 물 위에 엎드리면 곧 건장한 부관 둘이 그 가슴과 허벅다리를 떠받들어 주는데 그런 상태로 하 총장 각하는 팔다리를 허우적거려 수영 경기의 스릴을 만끽하는 것이었다.

이 무렵 우리들 사이에는 마르크스레닌주의를 탐구하는 학습열이 대단히 높았으므로 나도 '왕정복고' 따위를 다시는 꿈꾸지 않게 됐다. 정반대로 나는 변증법적유물론 속으로 자꾸 파고들어 참신한 세계관을 형성해 나가고 있었다.

당시 무한과 중경 사이를 하루 한 번 왕복하는 항공편이 있었는데 쓰이는 항공기는 비행정(수상비행기)이었다. 무한대학 바로 옆에 있는 동호계류장에서 떠서 무창 쪽 강가에 착수해 가지고 탑승객들을 태운 다음에 다시 뜨는데 돌아올 때도 역시 마찬가지로 그 자리에다 승객들을 내려놓고 동호계류장에 돌아와 밤을 자곤 했다.

이 비행정의 조종사 하나가 마침 우리 사람이었던 까닭에 우리는 양자강 기슭에서 동호계류장까지 한 십 분씩, 이착수 활주까지 모두 합해 비행정을 공짜로 얻어 타 보고 크게 만족해 콧노래를 부르며 설날 기분이 되기도 했다.

9월 초에 동호반의 숙영지를 철거하고 전원 한구로 건너와 구름다리 밖 구일본인 거류지에 집들을 잡고 들었는데 우리 몇몇에게 차례진 집이 어찌나 아담한지 분수에 넘칠 지경이어서 우리는 죄송스러운 느낌마저 없지 않았다.

일찍이 중국 정부가 양자강 하류의 잘록한 병목 — 강음을 기뢰(부설수뢰)로 봉쇄해 독 안에 든 쥐가 돼 버린 일본 군함과 상선들을 모짝 다 나포할 계획을 세웠을 때, 이를 낌새챈 일본 정부는 한구 일본 조계의 자국 거류민들을 화급히 철거하는 데 마침가락으로 당지에 정박 중이던 자국 함선들을 이용했다.

벼락같이 철거를 하는 바람에 모두들 가재기물을 고스란히 놔두고 떠났던 까닭에 심지어 피아노에 악보가 펼쳐진 대로 있기까지 했다.

그동안 군대가 지키며 보관을 했다는데 아무튼 바늘 한 개도 건드리지 않았을 정도로 완벽한 상태였다.

집주인은 어느 회사의 사장쯤 됐던 듯싶었다. 뒤져낸 앨범 속에 특히 우리의 눈을 끄는, 예쁘게 생긴 아가씨의 사진이 여러 장 들어 있었는데 '아마 집주인의 딸일 거라'고 우리는 추측을 했다느니보다는 단정을 했다.

그 딸 사나에 양이 두고 간 일기장이 우리 총각들의 넋을 대번에 사로잡는 애독서, 필독서로 돼 버릴 줄을 그녀가 꿈엔들 어찌 알았으랴. 특히 우리가 입입이 애송한 구절 하나가 있었으니 그것은 "아이 귀찮아, 또 월경이 왔네."

세계 반파쇼 진영이 '동방의 마드리드'라고 부르던 무한은 이때 온 인류의 주목의 초점으로 됐다.

국민당 정부도 '대무한을 보위하자'는 구호를 내걸고 적극적인 방어 태세를 갖추었다. 그리하여 양자강 양안은 온통 토치카(영구 화점)의 사슬로 변해 버렸다.

전투기의 호위를 받으며 안하무인격으로 대거 내습했던 일본 공군의 중폭격기 편대들이 예상 못 한 소련 공군기군의 날벼락 같은 요격에 부닥뜨려 조수불급, 철저히 두들겨 맞고 추풍낙엽이 돼 패퇴를 한 뒤부터는 전술을 바꾸어 야습에다 주력을 기울이기 시작했다.

대낮에 일본군 경폭격기들이 내습을 하면 프랑스 조계 안벽에 정박하고 있는 프랑스 군함들도 공역을 침범당했다고 일제히 고사포의 포문을 열었다. 경고와 자위를 겸한 사격이었다.

무한에서는 양자강과 한수가 합류를 하여 강줄기가 와이(Y) 자형이 되는 까닭에 야간에도 목표가 뚜렷해 적기들이 야습을 감행하기에는 상당히 편리했다.

원뢰와도 같은 위압적인 폭음을 울리며 어두운 밤하늘에 적의 폭격기군이 나타나기만 하면 한구는 금세 기이한 불꽃놀이 판이 돼 버리곤 했다. 형형색색의 신호탄들이 사면팔방으로 어지러이 쏴 올려져 밤하늘을 찬란하게 장식을 하는 것이다.

이것은 프랑스 조계에 숨어 있는 고용간첩 — 한간들의 유도 활동을 결딴내기 위해 남의사(국민당 정보부)가 고육지책으로 이독공독을 한 결과였다. 그러니까 남의사의 요원들을 프랑스 조계에 들여보내 가지고 엉뚱한 방향에다 마구 신호탄을 발사함으로써 진위를 식별할 수 없게 시리 뒤죽박죽을 만들어 놓은 것이다. 그러면 지시하는 목표가 하도 많아서 폭격기의 투탄수들이 갈피를 못 잡을 게 아닌가.

이러한 판국에 중국 정부가 일본군의 포로병들을 마치 손님처럼 지나치게 인도적으로 대접을 하는 게 나는 우습기도 하고 또 맞갖잖기도 했다. 수족이 성한 편편한 녀석들을 인력거에다 태워 가지고 다니는 게 아무리 보아도 꼴불견이었다. 외국인 관광객인가 뭔가!

'자네들이 산 채로 잡혀 줘서 정말 고맙네.'

'백성들에게 자랑할 거리를 장만하게 해 줘서 참으로 감사하네.'

이런 냄새가 풍기는 '일종의 퍼레이드'라는 인상을 지울 수가 없는 것이다. '패전 장군들이 후퇴밖에 할 줄 모른다'고 욕하는 입들을 좀 틀어막아 보자는 속셈이 환히 드러나 보이는 것이다.

팔로군 부대에서도 일본군 포로들을 인격적으로 대해 주고 또 후한 대우를 해 주긴 했지만 이렇게 인력거로 모시는 식으로는 하지 않았다. 부상병도 아닌데 그렇게까지 할 필요가 무언가.

팔로군 부대에서 나는 중대장급이었으므로 월 3원 50전의 급여를 받았다. 그러나 일본군 포로들에게는 장교와 병사를 가리지 않고 일률적으로 5원씩을 지급했다.

1950년 8월의 일이다. 평양의 스탈린 거리를 한 60명 가량의 미군 포로병들이 줄지어 지나가는데 구경 나온 시민들은 모두 신기한 듯이 그저 지켜보기만 할 뿐 아무 말도 하지를 않았다. 그런데 유독 한 사람 ― 창동교회의 집사라는 사람만이 영어로 욕을 하는 게 아닌가.

"갓댐, 선 오브 어 비치(저런 망할 개새끼들 같으니라구)!"

중인소시에 한 교인으로서 그렇게라도 안 하면 '미국 놈을 동정한다'는 혐의를 받을까 봐 미리 예방선을 치는 게 아닌가 싶었다.

나도 포로가 돼 보긴 했지만 내가 받은 대우는 이런 것과는 전연 다른 것이었다.

어떡하다가 전탕 포로 이야기가 돼 버렸다. 내 그 전연 다르다는 포로 체험담은 아무래도 다음다음 장쯤으로 미루어야 할 것 같다.

2

조선민족혁명당이 중심이 돼 가지고 조선청년전위동맹, 조선혁명자연맹, 조선해방동맹 등 반일 단체들과 제휴해 조선의용대(조선의용군의 전신)를 건립한 것은 1938년 10월 ― 물정이 소연한 한구에서였다.

물정이 소연한 까닭인즉 '대무한을 보위하자'는 외침은 드높아도 그 '보위'가 정말로 성공을 하리라고 믿는 사람은 거의 없는 실정이었으므로 고성낙일의 어두운 그림자를 떨쳐 버릴 수가 없었기 때문이다.

당시 호북성의 성장(주석)에다 제9전구 사령장관에다 중앙군사위원회의 정치부장까지를 겸했던 진성 따위가 허장성세를 하느라고 노획품 일본 군도를 짚고 다니며 뽐내 보이기도 했지만 국세는 걷잡을 수 없이 기울어지고만 있었다.

조선의용대가 발족을 하기 전에 중공 대표 주은래와 무당파 인사 곽말약이 선후해 와 강연을 했는데 주은래는 갓 터진 장국도의 반당 사건에 대해 많이 이야기했고 또 곽말약은 자신이 처음 일본으로 건너갈 때 기차로 조선 반도를 종단했다는 따위의 이야기를 했다.

주은래와는 뉴스영화도 함께 찍었는데 이 영화는 며칠 후에 상영이 됐고 또 곽말약은 다음번에 만났을 때 중장(왕별 둘)의 계급장을 단 군복을 입고 있었기에 인상이 별로 좋지 않았다.

프랑스의 진보적 신문 위마니테(인도주의 신문)의 기자들이 취재를 오기도 했는데 이때 김원봉 선생의 지시로 접대 역을 맡은 게 누군가 하면 조소경(본명 리성근)과 나였다. '세련된 미남자'라는 게 그 선정의 이유였으니 참으로 소가 웃다가 꾸레미를 터칠 노릇이었다.

그때로부터 51년하고 또 넉 달이 지나서의 일이다.

케이비에스(KBS)의 1티브이(TV)가 '역사 탐험' 시리즈로 〈연변 동포 작가 김학철〉(50분)을 녹화하는데 프로듀서 최훈근 씨가 자꾸 캐묻기에 옛말 삼아 이 이야기를 했더니 놀랍게도 최 씨는 반세기도 더 지난 그 케케묵은 위마니테를 끝내 뒤져내다가 화면에 담고야 말았다.

한구로 건너오기 전에 그러니까 무창에 있을 때 벌써 우리는 일본의 진보적 작가 가지 와타루 씨 부부와 알게 됐다. '알게 됐다'는 건 좀 어폐가 있다. 왜냐하면 그들 부부가 다 '건설위원'이란 명목으로 국민당 정부에서 매달 200원씩을 받고 있는 데 비해 우리는 고작 그 십 분의

1인 20원씩을 받고 있었기 때문이다. 대우가 다른 만큼 사회적 지위도 높낮았을밖에. 하지만 다 같은 망명자의 신세인 데다가 말(일본말)이 잘 통했으므로 일종의 망년지교쯤 됐을지도 모른다.

아무튼 우리와의 모꼬지에서 사치코 부인이 '황성의 달'을 불렀는가 하면 또 가지 씨 자신은 '상만군영추기청(霜滿軍營秋氣淸)'을 읊으며 칼춤을 추기도 했으니까.

이때 나는 이미 프롤레타리아국제주의의 뜻을 이해하고 있었으므로 원산 제네스트 때 일본 선원들이 보인 반응이나 리재유 탈옥 사건 때 미야케 교수와 그 부인이 취한 행동에 대해서는 아무러한 의문도 남아 있지를 않았다.

그러하기에 본국 정부의 박해를 피해 망명을 한 가지 씨 부부에 대해서는 명확하게 동지적인 연대감을 느꼈다. 더구나 무창 시내 어느 정원의 등나무덕(등가) 밑에서 일본 폭격기의 맹폭을 함께 겪은 뒤로는 더욱 그러했다. 그때 땅바닥에 납작 엎드린 사치코 부인의 얼굴빛은 해쓱하기가 곧 백납 인형이었다.

3

조선의용대 발대식에 참가한 사람의 수가 모두 합하면 한 200명 가량 됐으나 실제로 군복을 입고 대기 밑에 정렬을 한 사람은 150명밖에 안 됐다. 이 150명이 또 2개 지대로 나뉘는데 제3지대는 멀리 중경에서 따로 발족을 했으므로 여기에는 참가를 하지 않았다.

이 발대식에 참가한 유일한 여성 — 만록총중홍일점은 당년 23세의 김위(본명 김유홍)로서 '영화 황제'라고 불리던 스타 김염의 큰누이동생이었다.

조선의용대의 총대장은 김원봉, 제1지대장은 박효삼, 제2지대장은 리익성. 그리고 왕통과 김학무가 각각 1, 2지대의 정치위원으로 임명됐다.

식순의 하나로 전체 대원들의 가슴에 배지(휘장) 하나씩을 달아 주는데 거기에는 '조선의용대(朝鮮義勇隊)'라는 한문 글자 다섯 자와 '코리안 볼런티어(Korean Volunteers)'라는 영문자 한 줄이 새겨져 있었다.

나는 제1지대에 소속돼 제9전구(호남성)로 떠나게 됐다. 제2지대는 제5전구(호북성)로 떠나는데 그중 일부는 제1전구(하남성)까지 진출을 했다.

당시 제9전구에 사령관은 진성, 나중에는 설악, 제5전구의 사령장관은 리종인. 그리고 제1전구는 위립황이 사령장관이었다.

대무한을 보위하는 시민들의 사기를 진작하기 위해 각 사회단체들이 한구청년회관에서 연극 공연들을 하는데 우리도 축에 빠질 수 없어서 부랴사랴 연극 하나를 준비하게 됐다. 벼락장 담그듯이 해낼 작정인 것이다.

한데 총칼밖에 모르는 집단인지라 문화 예술 인재가 얼마나 결핍했던지 그 각본을 쓰라는 명령이 떨어지기를 늦게 떨어졌는가 하면 바로 나, 이 김학철에게 떨어졌다.

거지가 갑자기 말을 얻은 것 같아서 처치하기가 여간만 곤란하지 않았으나 군인의 천직은 명령에 복종하는 것이었으므로 나는 군말 없이 벼락 극작가, 벼락 연출가로 변신을 해야 했다. "꿇어사격!" 하면 꿇어사격을 하고 또 "엎드려사격!" 하면 엎드려사격을 하는 거나 마찬가지였다.

이와 같이 첫 시작부터가 벌써 엉터리였으나 그래도 타이틀만은 아주 그럴듯하게 '서광'이라고 달았다.

여배웃감이 하나도 없었으므로(영화배우 출신의 김위 씨는 제2지대에 빼앗겼으므로) 숫제 '청 일색'의 '남성극'을 만들었는데 무대에 올린 결과는 애쓴 보람이 하나도 없이 거의 '완벽'한 실패였다.

중앙군교 광동분교를 나온 진경성(본명 신송식)이란 친구가 있었는데 이 친구에게 그놈의 연극 때문에 애먹은 일을 생각하면 지금도 어이없는 웃음이 나오곤 한다.

나는 각본만 쓰는 게 아니라 연출도 맡아야 했으므로(거의 도거리나 마찬가지였으므로) 배우를 선정하고 배역을 나눠 맡기는 일까지도 다 챙겨야 했다. 한데 무대 위에서 혁명군에게 사살을 당할 특무(첩자) 역에 안성맞춤한 인물 하나가 있었으니 그게 다른 누구가 아니고 바로 이 진경성이었다.

"못 해, 못 해. 특무 역은 못 해. 죽어도 못 해."

"난 용사 역밖에 못 해. 특무 역은 못 해. 못 한다면 못 하는 줄 알아!"

머리를 송충이 대가리 내두르듯 하는 진경성이를 설복하느라고 숱한 사람이 입을 닳렸으나 막무가내였다. 그놈의 고집을 녹이기란 이만저만한 일이 아니었다. 정 할 수 없어 나중에는 '조직의 결정'까지 들먹이며 거의 강제적으로 내리먹이긴 내리먹였다.

한데 풍자적인 것은 극이 상연되는 동안 관중석에서 딱 한 번 박수가 터졌는데 그게 바로 이 '죽어도 하기 싫다'던 진경성이 총을 맞고 멋지게 죽어 넘어지는 장면에서 터진 것이었다.

4

　대세가 기울어져 무한에서 철수를 하지 않을 수가 없게 됐을 때 우리는 물색없이 그냥 물러나지 않고 적군에게 탁탁한 선물을 남겨 주기로 했다.

　'병사들은 전선에서 피를 흘리고 재벌들은 후방에서 호사를 한다.'

　'병사들의 피와 목숨 ― 장군들의 금소리개(무공) 훈장.'

　'일본 형제들이여, 무도한 상관에게 총부리를 돌려대라!'

　이와 같은 내용의 일본글 표어들을 페인트와 콜타르로 한구 시내 이르는 곳마다에다 굵게 크게 진하게 뚜렷하게 써 놓은 것이다. 담벼락에다도 써 놓고 급수탑에다도 써 놓고 또 아스팔트를 포장한 길바닥에까지 더덕더덕 써 놓은 것이다.

　곽말약의 《홍파곡》에 이런 단락이 있다.

　　이는 마땅히 조선의용대 벗들에게 치사를 해야 할 일이다. 그들은 철수를 불과 며칠 앞둔 시각에 동원돼 이 일을 도맡았다. 그들이 발 벗고 나서 주었기에 한구 시내는 글자 그대로 '정신의 보루'로 변해 버렸던 것이다.

　　내 이 말은 결코 허풍을 떠는 게 아니고 사실에 근거한 것이다.

　　후에 우리는 일본군 포로들의 공술에서 알게 됐는 바 적들은 무한을 점령한 뒤 그 표어들 때문에 여간만 골치를 앓지 않았다는 것이다. 그들은 옹근 사흘 동안 야단법석을 해서야 겨우 그 표어들을 다 지워 버렸다는 것이다. 하지만 거리에 써 놓은 것을 말끔히 지워 버렸다고 해서 머릿속에 들어박힌 것도 말끔히 가셨다고는 말할 수 없을 것이다.

내가 자동차로 거리거리를 돌아볼 때 그들은 표어를 쓰는 데 열중해 여념들이 없었다. 그들은 삼삼오오 조를 무어 페인트 통, 콜타르 통들을 들고 또 사다리들을 메고 촌분을 다투며 일에 몰두하고 있었다.

그것은 나를 가장 감동시킨 일막이었다. 그러나 동시에 또 나를 가장 참괴하게 만들어 준 일막이기도 했다. 그들은 모두 조선의용대의 벗들이었다. 그 가운데는 단 한 명의 중국 사람도 끼여 있지 않다는 것을 난 잘 알고 있었다.

우리 중국에도 일본말을 아는 인재는 적지 않을 것이다. 일본 유학을 한 학생이 줄잡아도 몇십만 명은 될 테지? 그런데도 무한이 함락의 운명에 직면한 이 위급한 시각에 우리를 대신해 대적군 표어를 쓰고 있는 것은 오직 이 조선의 벗들뿐이라니!

나는 원청강 엉뚱한 환상을 잘하는 게 천성이었으므로 무한을 떠날 때 배낭 속에다 일기장 한 책을 간수해 가지고 떠났다. 사나에 양의 명구 — '아이 귀찮아, 또 월경이 왔네'가 들어 있는 그 일기장이었다. 전쟁이 끝나면 전승국의 삽상한 청년 장교의 자태로 패전국의 국민인 사나에 양을 수소문해 찾아내서 극적으로 이 일기장을 돌려준다는 로맨틱한 장면을 머릿속에다 미리 그리며 한 노릇이었다.

도망질을 치려고 단봇짐을 싸는 주제에 속은 살아서 닭알가리는 잘도 가렸다. 하지만 그 멋진 꿈은 훗날 일본군의 몰풍정한 포탄이 내 배낭을 박살을 내 주는 통에 무참히도 산산조각이 나고 말았다. 아쉬운지고!

내가 맨 나중에 기선에 오르려고 트랩에 한 발을 올려 디뎠을 때다. 아까부터 지팡막대를 짚고 멍하니 바라보고 섰던 백발이 성성한 노인

한 분이 몇 걸음 지척지척 앞으로 나오더니 나를 쳐다보고 갈린 목소리로 묻는 것이었다.

"당신네가 떠나면…… 우린 어떡하라는 거요?"

원망하는 것 같기도 하고 또 나무라는 것 같기도 한 그 물음에 나는 부끄럽게 한스러워서 어찌할 바를 몰랐다. 자신이 도탄에 빠진 백성들을 돌보지 않고 제 한목숨만 살겠다고 도망질을 치는 비겁쟁이로 생각이 돼서였다. 혼자 뒤에 떨어져서 밀려드는 적군과 한바탕 시가전을 벌이다가 죽어 버렸으면 차라리 통쾌할 것만 같았다.

"노인님, 우린 곧 다시 돌아올 겁니다."

이런 말로 노인을 위안하는밖에 다른 도리가 내게는 없었다.

노인은 강바람에 허연 수염을 불리며 말없이 고개만 절레절레 흔들었다.

5

악양에서 제1지대 전원 70여 명이 배를 내리니 우리를 기다리고 있는 것은 '광주 함락'이라는 충격적인 소식이었다. 일본군이 광주를 점령하는 데 단 하루밖에 안 걸렸다는 것이다.

악양 시내는 폭격 때문에 모두 강제 소개를 했던 까닭에 괴괴하기가 마치 묘지와도 같은 죽음의 거리였다.

악양 교외의 한 장거리에서 우리는 도회지 사람들로는 좀체 보기 어려운 행사를 지켜볼 기회를 가졌다. 징병관 입회하에 제비를 뽑아서 징병하는 광경을 목격하게 된 것이다. 적령자가 너무 많아 주체를 못

할 지경인 중국에서나 볼 수 있는 희한한 현상이었다.

자식을 군대에 보내고 싶지 않은 사람(천량 있는 사람)은 즉석에서 미리 마련해 온 몇백 원 돈으로 대신 갈 적령자(가난한 집 자식)를 사서 보낼 수도 있다는 게 국민당 정부의 처사다웠다.

당첨한 적령자들은 그 자리에서 죄수들처럼 포승으로 줄줄이 묶어서 데리고 가는데 그 까닭인즉 자꾸 도망들을 치기 때문이란다. 두보의 시 한 구가 떠올려지는 장면이었다.

신혼을 못 잊어 말고
군복무를 잘해 주소서.

우리가 목적하는 곳은 막부산 전선 — 호남성과 호북성의 성계였다. 그런데 행군 도중에 미남자 조소경이 급병이 난 까닭에 나하고 리만영은 뒤에 떨어져서 호송을 해야 했다.

촌공소(리사무소)에서 들것 한 채와 민부(民夫) 셋을 징발해 가지고 환자를 옮겨 뉘우는 수선을 하는 중에 민부 한 녀석이 뒷문으로 살짝 빠져나갔다. 눈결에 피뜩 보고 재빨리 뒤쫓아 나갔더니 그 녀석은 한번 흘끗 뒤돌아보고는 곧 오금아 날 살려라 하고 줄행랑을 치는 것이었다.

나는 결기가 나 잽싸게 권총(모젤 10연발)을 빼 들며 고성대질을 했다.

"서라아앗, 쏜다!"

그 녀석은 질겁해 평지(유채)밭으로 뛰어들더니 엎드러지며 곱드러지며 계속 들고뺐다. 나는 순간 눈이 뒤집혀서 아예 쏴 죽일 작정을 했다. 가차 없이 그 녀석의 등판을 겨누고 연거푸 네 발을 갈겼다. 나의 서투른 사격 솜씨가 그 녀석(20대 후반)을 살리고 또 나(22세)도 살렸다.

'하마터면 양심의 가책을 받으며 한평생을 살 뻔하잖았나.'

놓친 녀석은 놓쳤지만서도 남아 있는 녀석들이 더 요긴하므로(연쇄반응을 일으키면 큰일이므로) 나는 짐짓 살기등등한 상호를 하고 돌아들어와서는 보란 듯이 권총을 내번득이며 "감히 도망을 쳐? 어림도 없이! 절대로 가차가 없다!" 마치 금방 한 놈 쏴 눕히고 들어온 것 같은 사나운 기세로 으름장을 탕 놓았다.

그러잖아도 연거푸 나는 총소리에 기가 질렸던 두 녀석은 더 말할 것 없고 리만영이까지도 나중에 "난 정말 쏴 죽이고 들어온 줄 알았다."며 어이없어했을 정도로 내 연기가 핍진했으니 그나마 다행한 일이었다. 염려했던 도미노 현상은 일어나지를 않고 말았으니까 말이다. 그 덕에 호송하는 임무를 우리는 어렵사리나마 완수할 수가 있었다.

남강교에 다다르고 보니 무창에서 장사로 통하는 국도는 대혼잡을 이루고 있었다.

밝은 낮에는 저공비행하는 적기들이 주행하는 차량들을 하나하나 이 죽이듯 하기 때문에 다들 위장망을 덮어쓰고 숨어 있다가 밤만 되면 일제히 출동을 하는 까닭에 수백 리 길이 군용차량들의 헤드라이트로 온통 불야성을 이루었다. 그런 가운데 떼를 지은 부상병들이 탄약을 부리고 회정하는 군용트럭들을 가로막고 태우라거니 못 태운다거니 실랑이들을 벌였다.

한데 놀라운 것은 그 엄청난 수량의 탄약 상자들을 어느 일정한 장소에 부리는 게 아니라 전선인 막부산 방향에서 후방인 평강 방향으로 국도 양옆 길섶에다 줄을 대다시피 부리는 것이었다.

"뒷걸음질을 치면서 쓰자는 거지. 그나마 다 쓰고 퇴각을 했으면 좋으련만."

박효삼 지대장의 설명을 듣고 우리는 어안이 벙벙하다 못해 서글프기까지 했다. 병력(군력)의 현수함이 극명하게 드러나는 대목이었다.

우리가 숙영하는 마을의 담벼락들에는 빨간 물감 또는 하얀 석회로 굉장히 크게 쓴, 해묵은 표어들이 그대로 남아 있었다.

"장개석을 사로잡아라!"

"백색 비적을 소탕하자!"

"주덕, 모택동을 사로잡자!"

"적색 비적을 토멸하자!"

내전 시기에 쌍방이 쳐들어왔다 밀려났다 하며 써 놓은 것들을 지우지 않고 그냥 내버려 둔 것이었다.

박효삼 지대장이 이웃 부락에 설영한 군사령부로 가는 데 수행할 부관으로 나를, 그리고 경호원으로 주혁을 각각 지명했다.

이날 임시로 경호원 역을 맡았던 주혁은 12년 후 6·25전쟁 때 사단 참모장으로 출전을 했다가 격전 중에 전선에서, 거동이 수상한 중국 농민을 적의 밀정으로 오인하고(서라는데 서지 않고 도망을 쳤으므로) 사살을 해 놓고 몹시 고민을 했던 것도 이 주혁이었다.

'사격 솜씨가 김학철 같았더면 아무 일도 없었을걸!'

나는 '부관'이었으므로 군사령부의 부관, 참모들과 스스럼없이 차도 마시고 한담도 하고 했지만 주혁은 '경호원'이었으므로 앉지를 못하고 내내 문가에 서 있어서 대단히 밑지는 장사를 했다.

군단장과 한 식경이나 밀담을 하고 나오는 박 지대장의 안색이 그리 밝지 못한 것을 보고 나는 전황이 점점 더 오그라들고 있다는 것을 직감했다.

"그럼 이 군을 두고 가겠습니다."

박 지대장이 일변 군단장을 돌아보며 일변 나를 가리켰다.

군단장은 손님(박효삼)을 바래느라고 부관실까지 따라 나왔는데 나를 한번 가늠을 보더니 곧 좋다고 고개를 끄덕였다. 그리고 한마디 웃음의 소리를 했다.

"그럴 게 아니라 아예 우리에게 넘겨주시지."

그리고 다시 나를 보고 웃으면서 "그럭하지?" 나는 당분간 군사령부에 혼자 떨어져서 포로들을 신문하는 일을 하게 됐다.

포로라야 모두 해서 일등병 두 명뿐인데 그나마 시골내기들이라서 몹시 순박해 다루기가 안쓰러울 지경이었다. 내가 일본말로 부드럽게 말을 건네자 그 반가워하는 모습들이라니. 마치 지옥에서 부처라도 만난 것 같았다.

곽말약이 《홍파곡》에서 탄식한 것처럼 군사령부 같은 중요한 단위에도 일본 유학생 출신이 하나도 없었던 것이다(전방은 위험하므로).

군사령부에 머무는 동안(포로가 더 생겨 줄까 헛바라면서) 나는 강한 인상을 받은 게 두 가지가 있었다.

그 하나는 장교들의 식생활이 전선이면서도 끔쩍 놀랄 만큼 풍족하다는 것이고 또 하나는 사령부의 참모, 부관 녀석들이 개개 다 콘돔(사크)을 두세 다스씩은 꼭꼭 준비해 가지고 다닌다는 것이었다.

"이봐요 김 형, 아 그렇게 꼬장꼬장하게 살 것 뭐 있소? 청교도도 아니구. 내 하나 소개해 줄 테니, 오늘밤 나하고 같이 가요. 응?"

살뜰한 우정의 표시로 이렇게 간곡히 권유를 하는 녀석까지 있었다. 이에 비하면 우리 조선의용대는 성스러울 정도로 고결했다.

화선

1

우리가 막부산 전선에서 퇴각을 해 황화시라는 장거리까지 왔을 즈음 멀리 바라보이는 장사의 하늘은 온통 뭉게뭉게 피어오르는 연기들로 뒤덮였다. 그 놀라운 광경은 폭군 네로가 불을 질러서 모조리 태워 버렸다는 그 옛날의 로마시를 방불케 했다. 남부여대로 떼를 지어 몰려오는 피란민들더러 "도대체 웬일들이오?" 물어보았더니 입입이 외치기를 "장사에 일본군이 쳐들어왔어요."

'악양이 함락된 게 바로 엊그저껜데 일본군이 날개가 돋치지 않은 바에야 무슨 수로 벌써 장사까지 쳐들어온담.'

'혹시 강을 거슬러 올라왔는지도 모르지, 함정들로.'

'그 숱한 기뢰원을 어떻게 그렇게 쉽게 제거를 했을 거라구.'

뭇 공론을 누르고 박 지대장이 결정을 지었다.

"뜬소문에 흔들리지 말고, 예정대로 장사까지 가 봅시다."

하늘에 가득하도록 불티가 날려서 눈들을 뜰 수 없는 상황이라 우리는 장사시를 빙 에돌아서 칠리포라는 주막거리에 와 숙영을 했다.

2천만 이상의 인구를 가진 부요한 성 — 호남성의 성도가 화마들이 맹위를 떨치는 불바다로 화한 광경은 오직 경심동백 네 글자로 형용할 수밖에 없었다.

나중에 그 연유를 알고 우리는 모두 경악을 금치 못했다.

나폴레옹의 침략군을 기한의 지옥에 몰아넣으려고 러시아군의 통수 쿠투조프가 모스크바를 불바다로 만들었던 초토화작전. 그 초토화작전을 장사에다 재현함으로써 군사전략가로서의 명성을 전세계에 한번 떨쳐 보려고 한 장개석 씨의 야심적인 계획. 그 계획대로 상대방인 일본군이 발을 맞춰 주지 않은 탓으로 크게 낭패를 본 결과가 곧 이 장사의 대화였던 것이다. 승승장구하던 일본군이 무슨 귀신이 씌었던지 갑자기 진격을 멈추고 200여 리 밖에다 공고하게 진지를 구축한 뒤 안병부동(按兵不動), 정찰기를 띄워서 장사 상공을 유유히 선회하며 재미스레 불구경만 한 것이다.

이래저래 죽어나는 건 백성들뿐이었다. 장사 시민들은 글자 그대로 도탄에 빠진 생령들이었다.

우리는 일단 형산까지 후퇴를 했다가 다시 돌아와 완전히 잿더미가 돼 버린 장사의 복구 사업을 한동안 도왔다.

우리가 장사에서 한창 얼굴에다 검댕칠을 해 가며 궂은일을 하고 있을 즈음에 국민당의 부총재 왕정위가 중경에서 월남의 하노이로 탈출을 해 가지고 일본 고노에 정부에 메시지를 보냈다. 공개적으로 투항을 한 것이다. 그러고는 남경에다 무슨 정부라는 것을 세운다고 벅적고아댔다.

폐허가 돼 버린 장사에는 폭격을 할 대상물이 없었으므로 일본 비행기들은 날마다 날아와 폭탄 대신에 전단(삐라)을 뿌렸다. 항복을 권유하는 내용의 글들이었다. 왕정위를 따라 배우라는 것이었다. 하긴 항복을 안 하면 그 결과가 어떨 거라는 으름장을 놓을 것도 그들은 잊지 않았다.

중앙군의 한 집단군 사령부(부대 번호는 기억나지 않는다) 소재지인 평강에서 우리는 대오를 고쳐 편성하는데 나는 처음으로 분대의 정치지도원이 됐다(제1분대). 분대장은 엽홍덕(중위)이었다.

대원들로는 마덕산, 왕현순, 김홍 등이 있었는데 마덕산은 훗날 군사 정탐이라는 죄명으로 북경 일본 헌병대에서 총살을 당했다. 그리고 왕현순은 태항산에서 전사를 해 중국 땅에 묻히고 또 김홍은 6·25전쟁 때 북군의 사단장으로 출전을 했다가 종전(정전) 후에 숙청을 당했다.

엽홍덕은 3년 후에, 김두봉 선생의 비서로 있다가 중경에서 병사를 하고 다른 대원들은 다 남북 전쟁 후에 아무 까닭 없이 숙청을 당해 처풍고우 속에 일생을 마쳐야 했다.

나까지 전사를 하거나 옥사를 했더라면 누가 이런 글을 남겨서 민족의 양심에 호소를 했을 것인가.

우리가 머물러 있는 평강은 일찍이 '평·류(평강·류양) 소비에트'가 세워졌던 고장이라 여성들이 모두 개방적이었다. 여성 압박의 상징인 전족을 모두 풀어서 '해방족'을 만들고 또 긴 머리는 다 짧게 잘라서 단발을 하고, 그리고 다들 이를 닦아서 명모호치를 기본상 실현했다(다른 지방의 농촌 여성들은 이를 닦는 습관이 거의 없었다).

그런데 한 가지 폐단이라면 허리 아래까지 다 개방을 한 까닭에 풍기가 여간만 문란하지가 않은 것이었다. 소비에트 정권이 해방만 해놓고 미처 사회교육을 실시할(그러니까 뒷수쇄를 할) 겨를이 없이 밀려났기 때문이었다.

유부녀들의 거지반이 정조 관념이 희박할 뿐 아니라 그 배우자들의 용인하는 태도 또한 놀라웠다. 심지어 조장하는 경향까지 있었다.

'한 푼이라도 더 벌어들여 살림에 보태는 게 뭐가 나쁘지?'

궁극의 문제는 살림들이 구차하다는 데에 있는 것 같았다.

우리 조선의용대(나중에는 조선의용군)는 혁명적 낙관주의로 충만된 애국자들의 집단이었다고 해도 과언은 아닐 것 같다.

'우리는 민족의 독립을 위해 청춘을 고스란히 바치고 있다.'

이런 긍지심 때문이었을 것이다.

일반적으로 '독립운동' 하면 곧 '비장함'과 '처절함'에다 연결시키는 경향들이 있는데 그것은 일면만을 너무 강조하거나 부각한 결과가 아닌가 싶다.

우리들의 경우만 보더라도 그렇지 혈육과 친지들을 다 고국에 남겨두고 단신 외국으로 뛰쳐나와 이역만리 낯선 땅에서 5년씩 십 년씩 또는 15년, 20년씩 풍찬노숙의 간고한 생활을 하고 있는데 일 년 열두 달 삼백예순날을 밤낮없이 우국지심에 잠겨만 있다면 사람이 과연 어떻게 견뎌 낼 것인가, 지레 말라죽어 버리지.

그러므로 장난기와 농담은 언제나 우리와 더불어 있었다. 아무리 어려운 경우에도 장난기는 우리를 떠나지 않았고 또 아무리 위급한 고비판에도 재치 있는 농담은 역시 오갔다.

1946년, 해방된 서울에서 나는 〈어간유정〉이라는 소설 한 편을 발표했는데 기실 그것은 소설이 아니고 실화문학이었다. 그러니까 논픽션이란 얘기가 되는 것이다.

그 주인공 리대성은 실재 인물로서 조선의용군 성원이었는데 해방 후 그는 남포시의 시당위원장으로 됐다. 하지만 그는 훗날 '반소죄'로

옥고를 겪는다는 불운한 사나이이기도 했다. '소련에서 우리 소들을 비행기로 마구 실어 간다'고 실정을 토로한 게 화근으로 됐던 것이다.

다시 항일 전쟁 시기의 이야기가 되겠는데 이 친애하는 친구 리대성에게 포재 하나가 있었다. 낮에 눈을 가리거나 또는 밤에 불을 켜지 않고 기관총을 완전히 분해했다가 도로 들이맞추는 것이다(나는 원체 둔한 편이라 여러 해 걸려서도 종시 그 재주를 배우지 못하고 말았으니 죽더라도 두 손만은 관 밖에 내놓아야 할까 보다).

이 리대성에게 골칫덩이 하나가 만성적으로 따라다녔다. 밤눈이 어두운 것이다. 즉 야맹증인 것이다.

이런 골칫덩이가 있는 까닭에 그는 밤에 행군을 하게 되면(전선에서의 행군은 거개가 야간 행군이었다) 청맹과니처럼 앞사람이 하는 대로 그저 따라 하는 수밖에 없었다. 앞의 사람이 실개천이나 물도랑 같은 것을 훌쩍 뛰어넘으면 저도 똑같이 훌쩍 뛰어넘어야 했다.

몹쓸 장난은 여기서 시작이 됐다.

몇몇 장난꾼이 짜고 대거리로 리대성의 앞에 서 가지고는 펀펀한 길에서도 심심하면 한번씩 뛰어넘는 바람에 고지식한 리대성이는 하룻밤 사이에 수십 번을 덩달아 뛰어넘어야 했다.

날이 밝은 뒤에 숙영지에서 잘 차비를 하면서 리대성이 맞갖잖이 푸념을 했다.

"별 망할 놈의 고장 다 봤지. 웬 놈의 개울이 그리도 많담!"

나중에 짬짜미한 게 들통이 나는 바람에 리대성이는 한바탕 노발대발을 한 끝에 천지신명 앞에 맹세하기를 "네놈들하곤 이젠 영원히 남남끼리다!" 홧김에 자행자지하기를 결심한 리대성이 앞의 녀석이야 뛰어넘거나 말거나 절대로 따르지 않다가 진짜로(필연적인 귀결로) 철버

덕 도랑에 빠지는 바람에 우리는 박 지대장에게 조만히 꾸중을 듣고 뒤통수들을 긁었다.

며칠 뒤 우리 측 총탄에 맞아 죽은 일본 병정의 배낭 속에서 정제 어간유(하리바표) 한 병을 뒤져냈기에 리대성이를 갖다줬더니 "이거 특효약 아냐? 하리바." 하고 그는 입이 쩍 벌어지는 것이었다.

2

호북성의 최남단인 통성을 점령한 적군은 현성을 지키기 위해 그 외곽의 구릉지대에다 포루들을 축조해서 의각지세를 이루어 놓았다.

중앙군 82사단의 2개 연대가 현성을 탈환하기 위해 공격전을 벌이는 데 우리도 용감히 뛰어들어 한바탕 조선 남아의 의기를 떨쳤다. 하지만 적군의 화력이 어찌나 맹렬한지 공격군은 숱한 사상자를 내고 결국은 물러나지 않을 수가 없게 됐다.

전투가 한창이던 무렵 적군의 십자포화를 무릅쓰고 돌격을 감행했던 488연대의 한 중대장이 복부에 관통 총상을 입고 쓰러졌다. 함께 돌진하던 우리 대원 진한중, 관건, 김홍이 이 피투성이 된, 엄장 큰 중대장을 번갈아 업고 빗발치는 적탄 속을 뚫고 내려와 그는 마침내 목숨을 건지게 됐다.

이 일로 진, 관, 김은 사령장관 설악의 감사장과 국민당 정부의 훈장을 받았다.

그로부터 11년 뒤인 6·25전쟁 때 진한중(일명 김한중)은 군단의 군사위원으로, 그리고 관건(본명 황재연)과 김홍은 각각 사단장으로 출전을 했다. 그러나 진한중은 전쟁 중에 숙청을 당하고 또 김흥은 전쟁 후에 숙청을 당했다. 그리고 관건은 유서도 남기지 않고 자살을 했다.

통성을 탈환하는 데 실패한 뒤 — 일승일패는 병가의 상사가 아닌가. 우리 분대는 다시 정신을 수습해 가지고 적후 교란작전에 투입되는 한 독립 여단에 합류해 적 후방 깊이 들어갔다.

적군이 점령을 했다는 것은 기껏해야 '점'과 '선'일 뿐. 그러니까 '현성(읍내)'과 '국도(나랏길)'일 뿐. 그 나머지 넓디넓은 농촌 지역은 여전히 고스란히 다 우리의 세상이었다.

여단 사령부가 설치된 곳은 통성 후방 50킬로미터 지점인 양방림. 양방림에서는 교통 요충인 남림교가 북북서로 8킬로미터밖에 안 됐다.

여단장이 "적후라서 신변 보호가 어려우니 사령부에 눌러 있어 주기 바란다."고 만류하는 것을 뿌리치고 우리는 대대부로 내려와 일선에서 그들과 행동을 같이했다.

여단장이 우리를 굳이 만류한 까닭인즉 출발 전에 사단장이 "국제 우인들이니 각별히 보호하라."고 당부를 했기 때문이다.

독립 여단의 주요한 임무는 적군의 보급선을 차단하는 것이었으므로 교량의 폭파는 말하자면 그 제1과업이었다.

하지만 밝은 낮에는 적의 군용차량들이 뻔질나게 오가므로 접근을 할 수가 없어서 주로 야간에 행동을 하는데 주요한 교량은 보초들이 지키고 있는 까닭에 이 역시 접근이 어려워 부득이한 방책으로 지키는 놈 없는 졸때기 다리들만 골라 다니며 폭파를 했다.

졸때기 다리나마 폭파를 했으니까 일정한 전과를 거둔 셈이긴 했으나 그 부작용이 너무 심해 계속 그대로 밀고 나가자면 문제가 없지 않았다.

동메달 한번 못 타 본 넓이뛰기 선수라도 식은 죽 먹기로 뛰어넘을 만한 졸때기 다리쯤 폭파를 해 봤자 이튿날 오전이면 후닥닥 복구가 될 뿐 아니라 그 복구 작업에 강제 동원이 되는 것은 다 인근 동의 중국 백성들이었으므로 우리 군대가 도리어 민원의 대상이 돼 버리는 것이었다.

'괜한 짓을 해 가지고 우리만 골탕을 먹이잖나.'

접근하기 어려운 중요한 교량을 야간에 박격포로 먼장질을 해 보기도 했으나 야속스러울 정도로 명중이 돼 주지를 않아 아까운 포탄들만 귀양을 보내고 말았다. 하긴 포탄들이 터지는 바람에 때아닌 불꽃놀이 구경은 적아 쌍방이 다 잘들 했다.

비록 전과가 이처럼 미미하긴 했지만서도 점령 구역 안에서 수천 명의 병력이 무시로 출몰을 하니 일본군으로서는 골칫덩이가 아닐 수 없었을 것이다.

이러한 정황하에서도 우리의 삐라 공작만은 상당히 잘돼 나가 적잖은 고무를 받았다.

'일본군 병사들에게 고함' 따위 갖가지 삐라들을 이정표, 다리 난간, 가로수 또는 굽인돌이의 암벽 같은 데다 더덕더덕 부착을 해 지나다니는 일본군이 청맹과니만 아니면 다들 보기 싫어도 보이게 만들어 놓았던 것이다.

한편 일어나지 말아야 할 불행한 사건들도 역시 일어났다.

적군의 후방에 따로 떨어져 있는 고단한 형세인지라(사단 사령부와의 루트는 오직 무전 하나뿐) 독립 여단의 장은 군법회의를 거치지 않고 탈주병을 처형할 권한을 갖고 있었다. 말하자면 선참후계인 셈이다.

이렇듯 준엄한 정황하에 농촌 생장의 애송이 병사 하나가 집 생각이 하도 간절하니까 철딱서니 없게도 한밤중에 보초를 서다가 말고 도망질을 쳤다(총도 탄약도 다 내버리고). 하지만 새날의 햇살이 채 퍼지기도 전에 그는 도로 붙들려 왔다.

'섣부른 짓이지, 어떻게 벗어날 거라구.'

군법이 추상같아(연쇄반응을 일으키면 큰일이므로) 이 얼뜬 녀석을 처형을 하는데 징일경백(懲一警百)의 효과를 노려 그냥 총살을 하지 않고 총검으로 척살을 하게 됐다.

등 뒤에서 힘껏 내지르는 총검의 끝이 앞가슴까지 꿰뚫고 나오는 순간에 터지는 그 처절한, 비인간적인 비명. 갑자기 수축되는 근육에 물려 빠지지 않는 총검을, 발길로 등판을 냅다 지르며 쑥 잡아 뽑는 숙련된 동작. 재차 총검이 꿰뚫는 순간에 터지는, 목구멍으로 피가 끓어올라 꾸르륵 소리가 뒤섞인 비명. 그리고 세 번째 꿰뚫을 때의 무반응 — 이미 절명을 한 상태.

소름이 끼치는 광경을 난생처음으로 목격하고 마덕산이와 나는 속이 자꾸 메스꺼워서 저녁만 굶은 게 아니라 밤에 소변을 보러 나오는 것도 무서워서 서로 흔들어 깨워 가지고 둘이 함께 나와야 했다.

이런 끔찍한 장면을 지켜보고서도 교훈으로 삼을 줄 모르는 멍청이가 또 있을 줄이야. 설마하니 백주대낮에 행군을 하다가 갑자기 들고 뛰는 정신빠진 녀석까지 나타날 줄이야.

우리는 놀라움을 금할 수가 없었다.

그 녀석이 산으로 올리뛰는 것을 붙잡으려는 병사, 하사관 들이 뒤에서 쫓고 앞에서 가로막고 하니까 옴치고 뛸 수가 없게 된 그 녀석은 갈팡질팡하다가 다급한 김에 산허리에 걸린 폭포에서 서너 길 아래의 못으로 뛰어내렸다.

우리는 행군을 하다 말고 활극 영화라도 구경하듯 이 놀라운 광경을
지켜보았다.

물속에서 건져 낸, 비 맞은 수탉 꼴이 돼 버린 그 녀석을 끌고 오던
동료 병사 하나가 총검을 그 운수불길한 녀석의 뺨에다 대 주면서 야
살스레 하는 소리가 "내 이따 이 칼로 죽여줄게. 응?" 나는 그 악마의
속삭임 같은 소리를 듣고 이 세상에 살고 싶은 마음이 싹 없어졌다.

서너 시간 뒤 숙영지에서 그 탈주병은 바로 그 총검으로 척살이 됐
다. 여단장의 명령으로. 짐작하건대 여단장으로서도 부득이한 선택이
고 또 난감한 결정이었으리라.

이러한 비극들은 다 일본군이 쳐들어옴으로써 빚어진 것이었다.

3

전적이 계속 부진한 데 조바심들이 나기 시작할 무렵 군심을 무마하
기 위해서라도 여단 사령부는 '풍공'이라고 할 만한 걸 뭐 하나 세워야
했다.

그 결과로 주간에 적의 군용차량을 요격한다는 상당히 모험적인 작
전행동이 실시돼 우리도 한바탕 신떨음할 기회를 갖게 됐다.

1개 중대의 병력으로(백주에 대부대의 이동은 목표가 커서 위험하므로) 남림
교와 백예교 사이의 적당한 둔덕 하나를 골라 매복을 하고 있다가 불
질을 한 뒤에 정황이 위급하면 바로 등 뒤의 숲속으로 철수를 함으로
써 설령 적기가 나타나 저공비행을 한다더라도 발견을 못 하게시리
하자는 게 우리의 배포 좋은 작전계획이었다.

'제발 덕분에 독장수 궁리가 아니기를!'

이 작전을 수행할 1중대의 중대장 왕세영 대위는 호남 상덕 사람으로서 중앙군교 졸업생이었던 까닭에 우리와는 다 같은 황포 동학이었으므로 무슨 일을 하나 손발들이 척척 맞아서 피차에 감정이 여간만 융합하지가 않았다.

출격을 할 안날 밤에 분대장 엽홍덕이 하느님께 기도드리는 시늉을 했다.

"거룩하신 하느님께서 이 불쌍한 자식들을 굽어살피시와 적군의 치중차 한 대만 딱 점찍어 주소서. 아멘."

그리고 다시 주를 달기를,

"될수록 마사무네(일본 청주)가 많이 실린 걸로 부탁드리옵니다. 아멘."

"쇠고기통조림도 부탁을 해야지. 안주 없이 맨술 먹을라나?"

마덕산이 옆에서 까박을 붙이니 엽홍덕은 얼른 다시 합장을 하고,

"우리 마덕산 동지의 고명하신 지적도 부디 참작해 주시기를 엎드려 비나이다. 아멘."

그들은 다 술꾼이었으므로 눈앞에 한 되들이 마사무네병이 아른아른하는 모양이었다.

"나마가시(생과자)는? 우리도 먹을 게 있어야잖아."

이렇게 타박하는 왕현순도 나와 마찬가지로 술은 접구도 못 하고 사탕, 과자 나부랭이만 좋아하는 '개미족'이었다.

아닌 게 아니라 나도 일본 '요우칸(단팥묵)' 생각이 간절했다. 어찌나 오매사복을 했던지 꿈에 전탕 요우칸, 나마가시 먹는 꿈만 꾸었을 정도였다. 그러나 현실은 어땠는가 하면 그야말로 '레미제라블(아, 무정)'이었다.

그나저나 이때 엽, 마, 왕 같은 호남아들 — 우리 민족의 정화들 — 이 아무리 해도 3년 안에는 다 이 세상을 떠나야 한다는 '시한부 인생'들이었음을 어느 누가 알았으랴.

야속하신 운명의 신은 미리 다 알고 계셨을 테지!

한 개 중대가 미리 보아 두었던 명당자리에 감쪽같이 매복을 하고 요제나 나타나 줄까 조제나 나타나 줄까 가슴들을 죄며 기다리는 중에 이윽고 멀리서 엔진 소리가 들려오는지라 반갑기도 하고 또 무섭기도 해 다들 바짝 긴장해졌다.

그런데 첫 마수걸이에 외상으로, 남림교 방향에서 달려오는 것은 군용트럭(불도그처럼 앞대가리가 뭉툭한 구식 토요타) 다섯 대로 편성된 치중대인데, 이런 젠장할. 중뿔나게 경전차 한 대가 앞장서서 호송을 하고 있잖은가!

'여각이 망하려면 나귀만 든다더니 하필이면 이따위가 걸려드는 거지?'

전에는 이런 식의 호송을 하지 않았는데 근자에 와 우리 부대가 자꾸 설치니까 적들도 경각성을 높여 만일의 경우에 대비를 한 모양이었다. 경전차는 무게 10톤 이하의 비교적 가벼운 전차로써 주로 정찰에 쓰인다.

반전차포 한 문도 준비 안 한 상황하에 화력 교전을 한다는 것은 무리였으나 이미 화살은 시위에 먹혀든 형국이었으니 아니 쏠래야 아니 쏠 수는 없는 노릇이었다.

돌연히 5, 6정의 경기와 수십 정의 소총이 일제사격을 가해 댄즉 적들은 급브레이크를 걸며 재빨리 응사를 했다.

정신력이 아무리 강하고 또 사기가 아무리 드높대도 무기의 장벽은

넘기가 어려웠다.

우리의 탄환들이 경전차의 강철판에 맞아서 튕겨 나는 소리가 어찌나 콩 튀듯 야단스럽던지 내 옆에 머리를 틀어박고 엎드려 있던 주동욱이 그 다급한 통에도 탄성을 연발하는 것이었다.

"저저저 저 소리, 저 소리 좀 들어 봐. 실로폰을 마구 두드려대는 것 같지. 그치?"

이 주동욱이 해방 후, 38선을 지키는 부대의 연대장이 됐는데 한번은 수상이 시찰을 내려와 가지고 부대장(사단장)의 안내를 받으며 두루 돌아보다가 이 주동욱 연대장의 집무실에도 들렀다.

들러 보니 연대장의 책상에 놓여 있는 전화기가 모두 몇 대나 되느냐 하면 자그마치 네 대나 되는지라 수상이 적이 의아해하는 눈치로 "이 전화들은 다 뭐하는 거냐."고 물어본즉 우리 주동욱 연대장의 차려 자세로 올리는 대답 좀 보아라.

"수상 동지께선 잘 모르실 겝니다만, 여기선 이게 다 필요한 겁니다."

수상은 아량 있게(속으론 어이없었을 테지만) 더 말이 없이 잠자코 그냥 나와 버리는데 배행을 하는 부대장은 등이 땀으로 젖었다는 것이다.

우리의 주동욱 씨는 아마 자신의 연대장직을 적어도 군단장이나 방면군 사령관쯤으로 여겼던 모양이다.

이야기는 다시 원줄기로 돌아오는데 한마디로 말해 그날의 매복전은 기본상 전과 없이 끝이 난 셈이었다. 한바탕 본때를 보여 줬다는 것 외에는.

따라서 우리는 마사무네니 나마가시니 하는 따위는 그림자도 구경을 못 하고 말았다. 하지만 수백 장의 삐라를 적들이 내왕하는 길에다 뿌려 놓았으니 아주 흉작은 아닌 셈이었다.

4

7월 초에 지대부는, 넓은 전선에서 각 부대에 협세해 제각기 활동하고 있는 여러 분대들을 모두 소환해 가지고 류양으로 이동해 휴식, 정돈을 했다.

조선 인민이 우리를 대표로 뽑아 준 것은 아니지만 전선에서 중국 전우들과 행동을 함께하게 되면 자연 조선 민족을 대표하는 걸로 돼 버리는 까닭에 우리는 여간만 조심들 하지 않았다.

'저 조선 놈들 꼴 좀 봐라.'

이런 비웃음을 사지 않기 위해서였다.

전투마당에서 총탄이 우박 칠 때 겁이 난다고 사막의 타조처럼 모래 속에다 머리를 틀어박을 수는 없는 형편이었으므로 우리는 속은 떨려도 겉으로는 태연한 체 또는 거센 체 꾸미지 않을 수가 없었다.

이런 속내를 알 턱이 없는 중국 전우들은 우리를 개개 다 용사인 줄 알고 전투가 끝나면 일부러 찾아와서는 자랑스레 "잉슝(영웅)!" 하고 엄지손가락을 뻗쳐 보이는 것이었다. 우리가 쑥스러워하는 것도 모르고.

"난 다급해서 바지에다 오줌까지 쌌는데……. 그래도 잉슝이란다."

"오줌싸개 잉슝이라도 잉슝이야 잉슝이지."

그럴 때마다 우리는 이런 농담을 주고받는 것으로 쑥스러움을 달랬다.

여러 해포 가열한 전쟁을 치르면서도 우리는 백전백승을 한다는 그 무슨 강철의 영장 따위는 하나도 보지를 못했다. 아마 운이 나빴던 모양이다.

류양도 '평·류 소비에트'가 세워졌다가 단명으로 끝난 고장이었으므로 평강과 마찬가지로 여성들의 정조 관념이 마치 2만 5천 미터 고

공의 공기와도 같이 희박해 풍기가 어지간히 문란했다. 그저 무방비 상태인 게 아니라 아예 함정이었다.

한편 류양은 또 폭죽의 고장인 만큼 가내공업으로 폭죽을 만들지 않는 집이 거의 없을 정도로 보편화돼 있었다. 그리고 강서에서 나는 모시는 반드시 류양하(강) 맑은 물에 한번 헹궈 내서 강변 모래톱에 널어 말려야 희게 되므로 강변에는 언제나 하얀 모시들이 줄줄이 널어놓여 있었다.

경관이 빼어난 강가에 자리 잡은 절 하나를 차지하고 우리가 주인 행세를 하니까 부처에게 치성을 드리러 오는 선남선녀(어리석은 백성)들은 아무래도 우리의 눈치를 흘금흘금 보게 마련이었다.

이때 우리들의 마르크스주의 이론 학습은 상당히 심도 있게 진행이 돼 우리 같은 신참들까지도 만만찮은 수준에 달해 있었다.

비록 국공합작 시기(제2차)라고는 하지만서도 국민당의 통치 구역에서는 좌익 서적이 다 금서 목록에 올라 있었으므로 당시의 진보적 출판사들인 생활서점, 신지서점 같은 데서는 다 마르크스를 카를로, 엥겔스를 프리드리히로, 레닌을 일리치로, 그리고 스탈린은 이오시프로 각각 고쳐 가지고 책을 찍어 냈다.

눈 가리고 아웅 하는 수작이긴 했으나 그래도 상당한 효과를 본 것 또한 사실이었다.

한데 성전처럼 존숭하며 그토록 열심히 읽고 또 참답게 배운《소련 공산당사》가 수십 년이 지나 가지고 마치 날조의 표본과도 같은 헛문서였음이 드러나게 되니 나는 당혹감과 동시에 허망하기가 이를 데 없다.

'수십 년 동안을 성스러운 믿음 속에 내처 속으며 살아오다니!'

하지만 마르크스주의에 대한 나의 신앙은 조금도 변함이 없으니 이 또한 기괴한 인연이 아니겠는가.

"베토벤의 작품이 후대의 서투른 지휘나 연주자의 잘못으로 불협화음이 빚어졌다고 해 그 작품을 만든 베토벤의 위대함이 의심받아서는 안 된다."

이러한 견해에 나는 전적으로 동감을 표시한다.

모든 실패는 다 위대한 당을 1인 독재의 도구로 전락시킨 데서 빚어진 것이다.

항일 전쟁 당시 나는 비분의 눈물을 뿌리며 마르크스의 《프랑스 내전》을 읽었다. 그리고 레닌의 《국가와 혁명》을 읽고서는 '국가'에 대한 묵은 관념이 와르르 무너지며 앞이 탁 트이는 것 같은 충격을 받았다. 이러한 청년 시절의 격정을 나는 지금도 고스란히 간직하고 있다.

역시 류양에서의 일이다.

한구에서 연극 〈서광〉을 준비할 때 '죽어도 간첩 역은 못 맡는다'고 도리머리를 흔들어서 애를 먹이던 괴짜 사나이 진경성이 유물변증법을 토론하는 시간에 엉뚱한 견해를 발표해 만좌를 아연케 하고 또 허리들이 끊어지게 했다.

"유물변증법에는 어떠한 사물이나 다 나선형으로 발전을 한다고 했습니다. 그렇다면 한 가지 좀 물어보겠습니다. 여기 청개구리 한 마리가 있다고 가정을 합시다. 그 청개구리를 이 진경성이 구둣발로 꽉 밟았다고(꽉 밟는 동작을 곁들이며) 합시다. 물론 청개구리는 찌그러져 배창자가 터졌습니다. 그렇다면 이 청개구리가 장차 어떻게 나선형으로 발전을 할 것인지……. 납득이 가게끔 어느 분이 설명을 좀 해 주시기 바랍니다. 이상!"

이 괴짜 사나이 진경성에게 놀라운 포재 하나가 있었다. '배뱅이굿'을 평안도 사투리로 기가 딱 막히게 잘하는 것이다. 그 천재적인 연기는 보는 사람들의 마음을 꼼짝 못하게 사로잡았다. 사람들은 그 향토예술의 강렬한 숨결에 도취돼 황홀한 경지에서 이슥하도록 깨어나지를 못하는 것이다.

5

이른 봄 2월, 우리가 막부산 전선으로 떠나기 전에 진성의 후임으로 제9전구 사령장관에 취임한 설악 장군이 우리를 따로 만나 소신을 피력하고 또 면려를 해 주었다.

"장사의 비극(큰불)은 절대로 두 번 다시 되풀이되지 않을 것입니다."

"여러분의 활동을 우리 부대들은 최대한으로 지원할 것입니다."

설악은 이 두 가지 낙언을 다 충실히 지켰다. 우리가 전선에서 활동하는 동안 설악 휘하의 각 부대들은 우리를 극진히 도와주고 또 보호해 주었다. "귀국이 독립을 하면 여러분은 다 개국공신이 아니겠느냐." 며 미리 축배를 들어 주는 사단장까지 있을 정도였다.

이보다 더 중요한 것은 여덟 달 후에 일본군이 대병력을 투입해 장사 공략전을 재개했을 때, "형세가 불리하니 일단 철퇴하라."는 최고 통수 장개석의 명령에 감히 항거해 설악 장군이 일전을 결심한 것이다.

'20여 만의 대군을 거느리고 그냥 물러설 수는 없다.'

그는 전시하의 항명이 사형과 직결돼 있다는 것을 너무나 잘 알고 있었다. 하지만 민족의 자존심과 애국의 충정이 그로 하여금 목숨을 내걸게 한 것이었다.

그 결과 일본군은 참패를 당하고 숱한 시체를 유기한 채 창황히 패주를 해야 했다.

이와는 대조적으로 승전 장군 설악은 장사 시내에 국내외 기자들을 청해다 놓고 기염을 토했다.

"일본군은 마땅히 금번의 좌절에서 교훈을 찾아야 할 것입니다."

우리가 류양에 머무르고 있을 즈음에 대본부에서 제1지대를 강화할 목적으로 부지대장 둘을 파견해 왔는데 그 하나는 김세광(일명 김세일)이고 또 하나는 리춘암이었다.

김세광은 2년 후에 태항산 전투에서 부상해 팔 한 짝을 잃었고 또 해방 후에는 내무성 부상(차관)을 지내다가 결국은 숙청을 당했다. 그리고 리춘암은 원래 국민당 정부의 헌병 대위로 있으면서 조선민족혁명당의 일을 했는데 해방 후에는 내무성의 후방국장 등을 지내다가 이 역시 피숙청의 액운을 면치 못했다.

김세광, 리춘암은 왔어도 제1지대는 더 강화될 조짐을 보이지 않는다. 그 까닭인즉─우리는 그 가열한 전쟁판에도 멜가방 속에다는 언제나 두세 권의 책과 두세 자루의 양초를 꼭꼭 넣어 가지고 다녔다. 틈틈이 공부를 하기 위해서였다.

그런데 얄궂은 것은 마르크스레닌주의가 머리에 배면 밸수록─붉어지면 붉어질수록─그와 정비례해 공산군에 대한 동경과 흠모의 정도 점점 더 가증이 되는 것이었다. 게다가 우리가 활동하고 있는 강남 지역에는 우리 동포 거류민이 거의 없었다. 그러니까 '조선 동포들에게 고함'을 써먹을 대상이 없는 것이다. 따라서 쟁취해야 할 대상도 없는 것이다.

한데 이와는 달리 팔로군이 활동하고 있는 지역 — 황하 이북에는 우리 동포들이 도처에 산재해 있어서 보다 보람찬 활동을 펼칠 전망이 밝았다.

이러한 여건들이 뒤엉켜 우리는 '북상병'을 앓기 시작했다. 해방 후 남반부의 진보적 인사들이 한때 앓았던 '월북병'과 비슷한 증세였다.

장사 전역이 승리로 끝난 뒤에 우리는 형양 장목시에 와 사천, 기강 포로수용소에서 인수한 조선인 포로들을 훈련하는 일에 전념했다. 대오를 늘려야 했으므로.

그러는 동안에도 북상열은 계속 달아올라 마침내는 일장의 충동을 일으키게 됐다.

북상을 주장하는 파의 급선봉은 다름 아닌 나 이 김학철. 그리고 강남 전선을 계속 지켜야 한다는 파의 주장은 로철룡.

여러 차례 의논을 했으나 끝내 합의를 보지 못하자 우리들 약 1개 분대의 인원은 분연히 계림으로 직행, 대본부의 인가를 얻어 내 가지고 그예 북상의 목적을 이루고야 말았다.

일 년 후에 나머지 인원들도 거의 다 북상을 해 낙양에서 다시 합쳐 가지고 결국은 다 함께 태항산 항일 근거지로 들어가게 됐으나 유독 반대파의 주장이던 로철룡 한 사람만은 축에 빠졌다.

로철룡은 나중에 단독으로 신사군(역시 공산군)에 입대를 해 북상을 해 가지고는 다시 조선의용군에 합친다는 굉장히 먼 두름길을 걸었다.

일본이 무조건 항복을 한 뒤에 그는 리홍광 지대 즉 방호산 부대의 참모장으로 됐다. 그리고 중국 내전(해방 전쟁)에 참전했다가 중화인민 공화국이 수립된 뒤에 다시 압록강을 남도해 인민군에 편입이 됐으나 그의 직위는 시종 변동이 없었다.

로철룡은 평양에 도착하자 맨 처음으로 나를 찾아왔다. 찾아와서는 구두 뒤축을 딱 부딪뜨리며 거수경례를 척 붙이고 너덜거리기를 "학철 각하, 각하의 주장이 완전히 옳았습니다!" 그러고는 군모를 훌쩍 벗어 팽개치고 소파에 털썩 주저앉더니 한다는 소리가 "너 아직도 술 안 먹니? 너 줄라고 내 통화 포도주 한 상자 싣고 왔다. 머루술이야, 약술. 밖에 있다. 고마운 줄이나 알아."

압록강을 건너기 전에 그들의 부대는 길림, 통화에 주류하고 있었다.

남북 전쟁이 끝난 뒤에 2중 영웅의 칭호까지 받았던 군단장 방호산도 숙청을 당해 그 가족과 함께 비참한 운명의 가시밭길을 걸어야 했다. 그라고 예외로 될 수는 없었던 것이다.

한수 유역

1

한수 중류에 노하구라는 하항이 있다. 여기는 당시 제5전구 사령부 소재지로써 광서 군벌 리종인이 왕 노릇을 하고 있는 곳이었다.

우리 조선의용대의 제2지대부도 여기에 머무르면서 분대들을 전선에 내보내 활동을 계속하는데 우리 일행도 도착하자마자 각 분대에 편입이 돼 전선으로 출발을 했다.

나는 처음으로 분대장에 임명이 돼 가지고 수현 전선으로 떠나는데 우리 분대의 정치지도원은 홍순관(일명 강진세)이었다.

이 홍순관은 해방 후 중앙당 기요과장(비서실장)으로 5년 동안 일하면서 김일성의 수족 노릇을 충실히 했는데 나중에 평양시당 부위원장으로 밀려났다가 김일성의 치부를 속속들이 꿰들고 있다는 죄로 숙청당할 기미가 보이자 재빨리 중국으로 망명해 목숨은 건졌으나 처자식의 생사도 모르는 상태로 30여 년을 혼자 살다가 현재는 서안에서 식물인간이 돼 오늘내일 하며 비참한 최후를 맞이하고 있는 형편이다.[5]

우리 분대는 광서군의 사단 사령부 연대 본부를 차례로 거쳐 최전방에 위치한 한 대대부에 머무르면서 활동을 전개했는데 적군과의 상거가 불과 8백여 미터밖에 안 되는 화선이었지만 우리가 저지른 또는 체험한 우스운 일은 한두 가지가 아니었다.

일본군과 벌써 3년째 싸우고 있는 광서 부대에 일본말을 아는 사람이 거의 없는지라 우리는 우선 한 개 중대씩 갈라 맡아 가지고 일본말을 가르치기로 했다.

'상대방의 말도 모르고 벙어리 싸움을 하자니 오죽이나들 답답했으랴!'

개강 첫밤에 한 하사관이 오랫동안 참아왔던 듯싶은 질문부터 던져왔다.

"교관님, '고로세' 이게 무슨 뜻입니까?"

"그런 말 뉘게서 들었지?"

"적군이 돌격해 들어올 때 입입이 외치는 게 이 소리 아닙니까?"

나는 한번 씩 웃고 적절한 해답을 주었다.

"우리가 돌격을 할 땐 뭐라고 외치는가?"

"그야 물론 '싸(죽여라)'라고 외칩지요."

"고로세도 바로 그거야."

"네에? 고로세가 바로 싸란 말씀입니까?!"

온 중대가 모두 웃음보를 터뜨렸다.

여태껏 저를 죽이겠다는 소리도 못 알아듣고 전쟁들을 했던 것이다.

해방 후 인민군이 창건되기 전에 우리 몇몇 동료들도 당연하게 그 준비 사업에 참여를 했는데 그때도 우스운 이야깃거리들이 있었다.

인민군이 돌격할 때 외치는 소리를 '죽여라'로 하느냐 마느냐를 놓고 한바탕 입씨름들을 벌이다가 나중에 '죽여라'는 너무 좀 비문명적이고 또 비인도적이라고 소련식을 채택하기로 했는데 '우라'를 우리말로 옮기면 '만세'가 되는지라 "적을 죽이러 나가며 '만세'를 외친다는 건 좀 우습잖으냐."고 또 한바탕 입씨름들을 벌였으나 결국 적당한 대안이 나와 주지를 않아서 부득이한 선택으로 '우라' 즉 '만세'로 결정을 하는데 다들 돌격하는 동작을 하면서 '만세'를 외쳐 보고는 "아무래도 좀 우습다."고 서로 돌아보며 킬킬거렸다는 것이다.

이 '만세'가 맨 먼저 동족상잔의 전쟁에 쓰여지리라고 그 당시 어느 누가 예측을 했으랴.

다시 수현 전선.

중국 군인들은 일반적으로 '제기랄'을 '타마디'라고 하는데 공동, 광서 사람들은 사투리를 쓰므로 '뚜나마'라고 했다. 그 '뚜나마'가 대단히 마음에 드는 모양으로 그들은 노상 그 극히 고상한 감탄사를 입에 달고 있었다. 바로 이 월남말 비슷한 사투리 때문에 일본말 발음이 도무지 제대로 돼 주지를 않아서 우리는 무진히 애를 먹었다.

우리가 가르친 것은 '총을 내려놓으면 해치지 않는다', '우리는 포로를 우대한다' 이러루한 것들인데, 전선에서 왜 이런 말들이 필요한가 하면, 일본군 병사들이 "붙잡히면 중국군이 코를 베고 눈을 도려낸다."고 하는 군부의 속임수를 곧이곧대로 믿고 사로잡히지 않으려고 끝까지 저항을 하는 까닭에 할 수 없이 사살을 하는 경우가 적잖았기 때문이다.

그러니까 필요 없는 인명 살상을 최소한도로 줄여 보자는 인도주의적 배려였던 것이다.

한데 어이가 없는 것은 애써 가르쳐 준 말은 제대로 번지지를 못하는 주제에 생전 가르친 적 없는 욕설은 무사자통으로 잘들 터득해 발음도 정확하게 극히 실용적으로 금세 써먹는 것이었다.

그들이 참호에서 고개를 내밀고 적진을 향해 일제히 외쳐 대는 일본 말은 ─ "바가야로오오(멍청이)!" 그러면 적진에서 메아리치듯 되울려 오는 소리는 ─ "왕바다아안(개자식)!" 기승스러운 일본병들의 중국말 욕설이었다.

적아 참호의 상거가 불과 5백 미터쯤밖에 안 됐으므로 메가폰 따위가 없어도 너무나 똑똑히 잘 들렸다. 그러니까 화력 교전이 아니라, 욕설 교전인 것이다. 대치하고 있는 쌍방의 젊은 병사들이 다 심심 답답해 죽을 지경인 것이다.

2

밝은 낮에는 참호에서 고개만 좀 내밀어도 맞은편 진지에서 호시탐탐 노리고 있는 저격수들의 좋은 목표가 되는 까닭에 우리는 야간에 적진의 턱밑까지 접근해 가지고 플래카드들을 세워 놓았다. 총검으로 땅을 뚜지고 플래카드의 자루(대막대기)들을 하나하나 박아 세웠던 것이다.

날이 밝자 적진에서 불시에 총성이 대작하는지라,

'출격?'

놀라서 뛰어나와 보니 적군은, 밤사이에 마법사의 버섯인 양 코앞에 솟아난, 방자스러운 플래카드들을 총탄의 우박으로 응징을 하고 있는 것이었다.

그 플래카드들에는 패씸하기 짝이 없는 반전 표어들이 빈틈없는 일본글로 선명하게 적혀 있었던 것이다. 심지어 "횡포한 상관에게 총부리를 돌려대라."는 따위 대역무도한 내용까지 들어 있었던 것이다.

이 벌집처럼 쑤셔진 플래카드들은 이튿날 밤중에 회수를 해다가 광서군 장병들에게 구경을 시킨 뒤에 보고서와 함께 노하구 지대부로 올려 보냈다.

이 밖에 우리는 또 거의 밤마다 '야간 대화'라는 것을 하는데 실은 '대화'인 게 아니라 일방적으로 하는 '강화'였다. 왜냐하면 적군은 이 '대화'에 한 번도 응해 준 적이 없었으니까. 하긴 더러 못마땅스레 소래기를 꽥 지르기는 했다.

야밤을 타서 적전 150미터쯤까지 접근을 하면 우선 '징 소리' 대신에 수류탄 한 발을 터뜨려서 '개막'을 알린다. 이 느닷없는 폭발음에 놀라 깨지 않는 놈은 하나도 있을 수 없다. 그런 다음에 '프롤로그'로 일본 여자 이무라 요시코(스물한 살, 포로)가 고운 목소리로 '황성의 달' 따위 일본 노래를 부른다. 적군의 살벌한 마음을 녹이기 위한 수단이다. 연후에 반전을 종용하는 강화 즉 정치 선동. 이것을 '함화 공작'이라고도 한다. 물론 이것이 주목적이다. 다 끝나면 '에필로그'로 밤하늘에다 대고 총 몇 방을 쏜다. '안녕히 주무세요'인 셈이다.

궁금하지들 않게 이 여자 포로를 포함한 몇몇 일본 포로들에 대해 설명을 좀 하자.

리종인 사령부에서 몇 안 되는 일본군 포로들을 따로 관리하기가 주체스러우니까 "당신네가 말도 잘 통하고 하니 좀 맡아 달라."고 그 포로들을 우리 제2지대에 떠맡겨 버린 까닭에 우리는 그 포로들과 한 지붕 밑에서 기거를 하고 또 한 식탁에서 식사를 하게 됐는데 인격을 존중한다는 의미에서 우리는 그들을 꼭 '동지'라고 불렀다.

그중의 하나가 곧 이무라 요시코로서 그녀가 무얼 하다 어떻게 잡혀 왔는지는 잘 모르겠으나 아무튼 상당히 쾌활한 성격의 소유자였다.

이토 스스무는 지원병 출신으로서 일등병인데 나이는 스물네댓가 량. 이무라 요시코를 짝사랑하고 있었다.

오오다케 요시오는 보충병 출신으로서 역시 일등병인데 나이가 서른두서넛가량이나 된 노병이었다. 본업은 재단가란다.

이 밖의 사람들은 잘 떠올라 주지 않아서 생략한다(노구치라는 기병 출신도 있었다).

이들 일본군 포로들은 하루에 한 시간씩 교양을 받는 외에는 식사 시간과 취침 시간만 준수하면 그만이다. 거리에 나가 마음대로(야간도 포함) 돌아다녀도 좋으나 시외에 나가려면 따로 허가를 받아야 한다.

우리는 그들에게 아무것도 강요하지 못한다. 단 그들이 자원적으로 우리가 하는 일에 동참을 하겠다면 이를 굳이 거절하지는 않는다.

그러므로 이무라 요시코 양이 우리를 따라 전선에 나와 일본군의 참 호에다 대고 노래를 부른 것은 어디까지나 그녀의 자유의지였다.

이토 스스무도 몇 번 따라 나와 우리 일에 동참을 했다. 우리의 '함화 공작'을 거든 것이다.

그가 맨 처음 일본군 병사들에게 반전을 촉구하던 광경은 참으로 인상적이었다.

그가 자신의 성명과 소속했던 부대 번호(사단, 연대, 대대, 중대)를 밝히고 "중국군은 포로를 극진히 대해 주니 더는 상관들의 허위 선전에 속지 말라."고 일깨워 주고, 그리고 "무의미한 전쟁에 괜히 아까운 목숨을 바칠 것 없다."며 반전을 촉구하자 별안간 캄캄한 적의 참호에서 웬 녀석이 분노에 찬 목소리로 고함을 냅다 지르는 것이었다.

"우라기리모노, 하지오시레(이 반역자야, 수치를 알아라)!"

그 돌연적인 '고함탄'에 면바로 얻어맞은 이토 씨는 말문이 탁 막혀 보기 좋게 패퇴를 하고 말았다.

한편 오오다케 요시오는 재미있는 인간이었다. 흠이라면 술을 너무 좋아하는 것이었다. 그는 사로잡히는 과정부터가 벌써 코믹해 상당히 재미가 있었다.

일본군의 한 부대가 행군 도중에 어느 촌락에 들러 총총히 중화참을 하고 떠난 뒤에 줄곧 뒤밟아 온 우리 부대가 들어가 보니 먹고 버린 깡통 따위가 어지러이 흩어져 있는 가운데 어디서 코 고는 소리가 나는지라 괴이히 여겨 두루 살펴봤더니 야, 이것 봐라. 일본 병정 한 녀석이 짚 낟가리 속에서 총을 안고 앉은잠을 자고 있는 게 아닌가. 한데 술내를 풍기는 그 녀석은 흔들어 깨우는 우리 군인(그러니까 적군)을 게슴츠레한 눈으로 쳐다보면서도 놀라기는커녕 전혀 아무런 반응도 보이지를 않는 것이었다. 아마 동료 병사쯤으로 여겼던 모양이다.

이 얼뜬 코골이 주인공이 곧 우리의 오오다케 씨인 것이다.

노하구시에서 열리는 어떠한 성질의 군중대회에도 최연장자인 오오다케 씨는 일본군 병사들의 대표 자격으로 꼭 초대가 돼서 주석단에 올라 사령부의 고급장교들과 한자리에 앉게 마련이었으므로 노하구 시민치고 이 '따주'를 모르는 사람은 거의 없을 정도였다.

'따주' 즉 오오다케 씨는 제 앞에 놓인 내빈용 고급 담배(수입품)를 한두 대만 피우고 나머지는 고스란히 갖고 와 동료들에게 나눠 주는 미덕도 지니고 있었다. 때로는 옆 좌석에 앉은 고급장교들의 담배를 한두 갑씩 후무려 오기도 했다.

이 따주 즉 오오다케 씨가 혼자서 길거리를 돌아다닐라치면 길가의 가겟방 주인이나 사환들이 재미로 "따주, 따주.", "랠랠래(來來來)." 불러들여서는 술을 먹이는데 그 술은 물론 60도짜리 배갈이다.

이렇게 서너 군데 연거푸 술대접을 받고 나면 우리의 오오다케 씨는 곤드레만드레하다가 마침내 아무 길바닥에나 픽 쓰러져 코를 골며 자버리기가 일쑤였다. 이튿날 공안국(경찰서)에서 통지가 와 찾으러 가 보면 유치장에서 하룻밤을 자고 술이 깬 오오다케 씨는 머리가 부스스해 가지고 걸상 끝에 죄송스레 앉아 있게 마련이다.

인수증을 써 주고 데리고 돌아오면 오오다케 씨는 머리를 백 번도 더 조아리며 천지신명 앞에 맹세를 하는 것이었다.

"앞으로 다시는 이런 일이 없겠습니다. 절대로 없을 겝니다. 이번 한 번만 두고 봐주십시오."

그의 이 굳은 맹세는 유효기간이 한 주일을 넘겨 본 적이 종래로 없었다.

그 식이 장식으로 그는 허구한 날 유치장을 외갓집 드나들듯 하면서 나름대로 심심찮게 소일을 했다.

그가 아직 살아 있다면 이젠 여든댓쯤 됐을 것이다.

다시 전선의 '야간 대화' 즉 '함화 공작'.

우리가 밤마다 극성스레 이 정치 선동을 들이대니까 연일 안면 방해를 받아 노이로제가 됐던 모양으로 어느 날 밤 적군의 참호에서 어떤 놈이 짜증스레 소래기를 꽥 지르는 것이었다.

"야, 이 빈대 새끼들아. 낮에 좀 나와라!"

3

우리 분대의 지도원 홍순관이 기마로, 좌익을 담당하고 있는 중대에 배치한 우리 대원들을 독려하러 가다가 우스운 사고를 저질렀다.

구불구불 길게 뻗쳐 있는 참호 바로 밑이 무연하게 펼쳐진 배밭이고 그 배밭 사이에 소로길이 나 있는데 이 길을 가다가 홍순관의 군모가 배나무 가지에 걸려서 땅바닥에 떨어졌다.

"쯧."

혀를 차고 홍순관이 말에서 뛰어내려 군모를 집으러 가는데 소홀하게도 고삐를 그냥 안장에 걸쳐 두고 갔다. 군모를 집어 쓰고 다시 말을 타려 한즉 이놈의 밤빛 말이 괘씸하게도 기승을 거부, 곁눈질을 해 가며 슬금슬금 조깅을 시작했다. 화가 난 홍순관이 급히 쫓아가 고삐를 잡으려니까 이번에는 아예 모두뜀을 뛰는 게 아닌가.

그놈의 밤빛 말은 장애물경주라도 하듯이 눈 깜박할 사이에 참호를 뛰어넘더니 적진을 향해 광적으로 질주를 해 대는 것이었다.

아군의 저격수들은 창졸간에 이를 사살할 엄두가 나지 않았다.

그놈의 말은 갈기를 날리며 꼿꼿이 달아빼다가 마치 골인이라도 하듯이 적진에 뛰어들어 '굴러온 호박'이 돼 주었다. 왜놈들이 얼마나 좋아했으랴. 그들네 속담대로 '선반에서 떨어진 팥떡'이었다.

허무하게 군마 한 필을 날려 보내고 파김치가 돼 돌아온 홍순관을 보고 나는 어이가 없었다.

"그만해도 다행이야. 사람까지 태우고 갔더라면 어떡할 뻔했나."

나의 이 우정 어린 위로 말에 홍순관은 웃어야 할지 울어야 할지 모르는 얼굴을 했다.

3년 전에 그러니까 홍순관이 식물인간이 되기 전에, 내가 서안으로 그를 보러 갔을 때 우리는 반세기 전에 있었던 이 일을 떠올리고 새삼스레 우스워서 허리를 잡았다.

멀쩡한 말 한 필을 산 채로 바쳤건만 뭐가 또 부족한지 이면 없는 일본군은 며칠 뒤 불시에 진공을 개시해 우리는 또 한바탕 난리판을 겪어야 했다.

이 한판 싸움을 일컬어 '양(양양)번(번성) 전역'이라고 하는데 집단군 총사령 장자충 장군이 전사를 할 정도의 격전으로서 우리도 어지간히 혼쭐이 났다.

서술의 차례를 좇기 위해 제5전구 사령장관 리종인 장군에 대해 먼저 좀 적어야겠다.

리 장군은 일찍이 저 유명한 태아장 회전에서 적의 정예부대인 이다가키, 이소야 두 사단을 무찌름으로써(근 열 배의 대병력을 휘동해) 명성을 떨친 바 있었으나 이번 전역에서는 그 지휘가 도무지 신통치를 못해 망신스러운 패전을 하고 말았다.

소련 군사고문들이 작성한 가장 합리적인 작전계획을 뒤엎고, 제 배짱대로 부대를 이동키면서 리 장군이 뇌까린 말이 밖으로 새어 나와 한때 유행어가 되다시피 했는데 그 말인즉 ― "너희들은 군사나 알았지 정치는 몰라."

리 장군은 적의 주공 지점에 위치한 자신의 직계 부대들을 빼돌리고, 엉뚱스레 방계 부대들을 끌어다가 그 자리를 메웠는데 이것이 양번 전역의 주요한 패인이라고 식자들은 입을 모았다.

민족혁명당 상해특구의 선전부장이었던 심성운은 제9전구에서도 그랬고 또 제5전구에 와서도 그렇고 그는 언제나 장관 사령부에 머무르면서 '참고소식'을 편집했는데 그 정보원은 주로 미, 일 등 나라의 국제방송이었다. 이 심성운을 통해 우리는 장관 사령부의 내부 사정을 어지간히 알고들 지냈다.

우리가 노하구에 머무는 동안은 매주 꼭꼭 '기념주'에서 사령부 직속 장교들과 함께 리종인 장관의 훈화를 들어야 했는데 이 촌훈장같이 생긴 어른이 한번은 맞갖잖이 뇌까리기를 "이놈의 고장은 순 불깍쟁이들만 사는 유태 구역이라니까." 짐작하건대 굵직굵직한 장사꾼들이 상납을 좀 잘 안 했던 모양이다.

이 '유태 구역'이란 말도 곧 유행어가 되어 '유태민국'이라는 파생어까지 생겨났다.

이때 장관 사령부에서는 〈진중일보〉가 발간됐고 또 우리 제2지대에서는 〈조선의용대통신 한수판〉이 발간됐는데 물론 이것은 부정기간이었다. 나도 한때 이 '한수판'을 맡아서 편집한 적이 있다.

양번 전역에서 오래간만에 한번 신떨음을 한 적은 그들의 말을 빌려 '방자한 지나군을 응징할 목적은 이루었으므로' 일단 풀었던 군대를 도로 걷어들였던 까닭에 수현 전선은 또다시 그전의 대치 상태로 되돌아갔다.

앞을 다투다시피 한수를 건너서 허둥지둥 피란을 갔던 사령부 직속 기관들이 한숨을 돌리고 다시 건너와 원상회복을 하니 노하구 시내에는 곳곳에 전첩을 경축한다는 아치들이 세워졌다. 그리고 잇달아서 설놀이처럼 희희낙락한 등불 행렬이 성대하게 거행이 됐다. 가증스러운 일본군의 준동을 철저히 분쇄했다는 것이다.

이 경사스러운 등불 행렬을 지켜보며 우리는 어이가 없다 못해 웃음이 나왔다. 목숨을 살겠다고 꽁지가 빳빳해 도망쳐 오던 광경이 떠올라서였다.

더구나 걸작인 것은 광장에 죽 세워진 특대형 게시판들이었다. 지난 3년 동안의 전과를 알기 쉽게 그래프로 표시한 것들인데 그중 놀라운 것은 아군이 격침한 일본 해군 함정의 톤수가 일본 해군이 보유한 총 톤수를 증가해 버린 것이었다. 그러니까 일본 해군은 아예 씨알머리가 졌을 뿐만 아니라 몇십만 톤의 '빚'까지 지고 있다는 얘기가 되는 것이다.

6·25전쟁 때 평양에서 나는 또 한 번 이런 기적적 전과와 대면을 해야 했다. 아마도 지는 놈일수록 불어 대는 게 인간의 천성인 모양이다.

4

조선의용대 제2지대에 중공 지하조직이 생긴 것은 1939년 늦가을. 당지부 서기는 호철명. 역시 나의 중앙군교 동기생이었다.

호철명은 일찍이 신사군 리선념 부대에 입대해 중대장으로 복무하며 여러 차례 전투에서 무비의 용감성을 발휘해 부대장의 표창을 받았던 까닭에 그는 당연지사로 공산당에 흡수돼 우리 또래 최초의 중공 당원으로 됐다.

비록 당시가 국공합작(제2차) 시기라고는 하지만 합작은 상부에서만 이루어지고 하부에서는 잘 이루어지지가 않았던 까닭에 국민당 통치 구역에서는 공산당원이라는 신분이 일단 드러나기만 하면 으레 재판을 거치지 않고 소리 소문 없이 육체적으로 소멸을 해치우게 마련이었다. 그러므로 공산당의 활동은 항시 극비리에 진행이 될 수밖에 없었다.

나는 망국 30돌 — 1940년 8월 29일에 입당을 하고 다음 달 초에 당 지부 서기 호철명을 따라 신사군으로 떠났다.

대홍산 항일 근거지에 리선념 부대의 한 종대가 주둔하고 있었는데 그 규모는 3개 연대 약 4천 명가량. 이 사령부 당위원회에 우리 지부는 직속이 돼 있었다. 그러므로 호철명은 경상적으로 이 종대 사령부와 연락을 지어야 했다.

그가 이번에 나를 데리고 가는 목적은 앞으로 나를 연락원으로 써먹기 위해 미리 길을 익히고 또 낯을 익혀 두자는 데 있었다.

가는 데 닷새 오는 데 닷새의 노정이었으므로 아무리 서둘러도 반달가량은 착실히 걸리는 이 먼 나들이가 내게는 시야를 넓히는 데 더없이 좋은 기회로 됐다. 아군의 최전선까지는 군복 차림에 통행증을 갖춘 데다가 앞가슴에 중앙군교 졸업 휘장까지 버젓이 달고 있기에 '창행무조(暢行無阻)' — '긴 파람 큰 한 소리에 거칠 것이 없어라'였다. 하지만 일단 방어선을 넘어서기만 하면 금시로 혈혈무의한 처지가 돼 버리는 까닭에 초행인 나는 내처 가슴을 조여야 했다.

장관 사령부의 공백 통행증을 소지하고 있으므로 적당히 기입만 하면 되는 게 편리한 데다가 중앙군교 졸업 휘장이 예상 밖의 은을 냈다 (보람 있는 값을 나타냈다).

장개석 직계 부대에서는 우리를 '황포 동학'이라고 '제 사람' 취급을 해 극진한 대접을 해 주었고 또 방계 부대는 방계 부대대로 우리를 '황포계' 취급을 해 '미운 놈 떡 하나 더 준다'로 대접을 썩 잘해 주었다. 우리는 이러나저러나 좋은 대접을 받게 마련이었다.

하지만 일단 아군의 진지를 벗어나면 동서남북 전후좌우가 다 살얼음판이었다. 천지간에 믿을 거라곤 허리춤에 찬 권총 한 자루뿐이었다.

우리는 옹근 하루 동안을 정권의 공백 지대를 가야 했다. 중국 정부도 일본군도 그리고 공산군(신사군)도 다 그 세력을 미치지 못하는 무정부 상태의 지역을 가는 것이다. 그리고 또 하루는 내처 일본군의 점령 구역을 가야 했다. 목적하는 신사군의 세력권에 들어서는 것은 또 그다음 날이었다.

우리는 군복을 미리 준비해 온 평복(중국옷)으로 갈아입고 군복, 군모는 보자기에 잘 싸서 짊어져야 했다. 돌아올 때는 다시 군복으로 갈아입어야 아군의 방어선을 통과할 수가 있기 때문이다.

장가집이라는 장거리에서 점심참에 한 바퀴 돌아보니 놀랍게도 어느 저자에나 넘쳐나는 건 다 일본 상품들이었다. 무력 침공이란 결국 이런 상품들이 나갈 길을 개척하는 행위가 아닌가 싶었다.

한데 이 정권 기관이 없는 지역에서 쓰이는 돈들이 다 법폐 — 중국 정부가 발행한 화폐인 것도 얄궂다면 얄궂은 일이었다.

일본군 점령 구역에서 우리는 괜히 한번 혼이 났다. 봄 꿩이 제바람에 놀란 것이다.

다리가 없는 냇물을 건너려는데 하류 불과 100미터 지점에서 십여 명의 일본군이 미역을 감고 있었던 것이다. 둑 위에 서 있는 보초가 우리를 유심히 바라보는 모양이라 우리는 겁이 아니 날래야 아니 날 수가 없었다. 보따리 속에 들어 있는 군복과 허리춤에 찬 권총, 그리고 몸에 지닌 기밀문서. 우리가 일반인(민간인)이 아님을 분명히 입증해 줄 증거물투성이였기 때문이다.

우리는 다급해서 바지를 벗을 염도 못 하고 입은 채로 그냥 물에 들어섰다. 보초병 녀석은 우리를 근방에 사는 농민쯤으로 여겼던지 꾀까다롭게 불러 세우거나 하지는 않았다.

우리가 그물을 벗어난 새 같은 심정으로 급급히 걸음을 죄어 걷는데, 비단 바지에서만 물이 흐르는 게 아니라 신발 속에서 물이 질컥거렸다.

두렁길에서 오면가면 만나는 농민들이 우리를 어떻게 생각할지가 궁금했다. 두 젊은 녀석이 길을 가는데 두 놈 다 입은 홑바지가 넓적다리에 착 달라붙어 우글쭈글 거북등 같은 데다가 신은 신발 속에서는 질컥질컥 소리가 났으니까 말이다.

이윽고 우리는 적의 군용도로에 다다랐다. 서남~동북 방향으로 뻗은 그 길섶을 따라 군용전화선이 늘어졌는데 전주 명색은 전부가 대나무 장대. 그나마 높이가 고작 2미터쯤밖에 안 되는지라 팔을 뻗으면 손이 너끈히 닿을 만했다. 도로는 무인지경처럼 잠잠해 행인의 그림자도 차량의 그림자도 다 눈에 뜨이지를 않았다.

도로를 급급히 가로질러 건너면서 창황 중에도 나는 의아스러웠다.

'우리 부대들은 뭘 하기에 이 전선들도 걷어 가지를 않을까?'

'걷어 가면 일석이조가 아닐 건가. 꿩 먹고 알 먹고가 아닐 건가.'

이 궁금증은 나중에 풀렸다.

적군은 전화선을 가설하는 것과 동시에 이를 보호할 책임을 인근동 주민들에게 분담시켜 놨다. 그러니까 일단 사고가 나면 그 구간을 담당한 주민들이 추궁을 당하게 되는 것이다.

그래서 신사군은 그 전화선을 절단하기는 고사하고 도리어 보호를 해 주어야 했다. 까딱하면 주민들이 무리죽음을 당하게 될 테니까.

아닌 게 아니라 후에 나는 부대가 야간에 이동할 때 한 중대 지도원이 축 늘어진 적의 전화선을 한 손으로 떠받치고 서서 그 밑을 통과하는 전사들에게 "닿지 않게 조심들 하라."고 신칙하는 것을 보았다.

전쟁이란 무작정 적을 무찌르기만 하면 되는 게 아님을 나는 심절히 깨달았다.

어렵사리 종대 사령부에 득달을 하니 대적공작과 과장 여해암 꺽다리가 만면희색으로 맞아 주었다.

"여, 오줌대장. 잘 있었나."

"버릇없이 형님더러 그게 무슨 인사야."

이 친구가 바로 장개석 교장의 훈화를 숙연히 근청하며 빨병에다 배설을 한 그 장본인 '오줌대장'이다.

이듬해 우리가 모두 태항산 항일 근거지로 들어갈 때 여해암도 같이 가기를 원했으나 종대 사령부에서 "대적공작과를 이어받을 인재(일본말을 아는)가 없다."는 이유로 놓아주지를 않아 여해암은 외톨이로 대홍산 근거지에 남아 있다가 전사를 했다. 조선 동지가 하나도 없는 환경에서 얼마나 외로웠으랴. 나의 친구 여해암 꺽다리는 그야말로 처량한 전장 고혼이 돼 버렸다.

나는 당위원회 지도 일꾼들과 인사를 해 낯을 익히고 또 마을 앞 잔산 밑 잔디밭에서 열린 무슨 대회에도 참가를 했다.

개회 벽두에 전체가 기립해 '인터내셔널(국제가)'을 부르는데 나로서는 난생처음 공개적으로 불러 보는 '인터내셔널'이었다. 그리고 또 나는 바로 그 대회장에서 역시 난생처음으로 우리 당의 깃발―망치와 낫이 수놓인 붉은 기를 우러러보았다.

격동이 돼 글썽한 눈물을 머금으며 나는 한동안 흥분에 사로잡혔다.

'나는 공산당원이다!'

긍지감으로 가슴이 마냥 부풀었다.

사령부에 머무는 동안 여해암 과장의 요청으로 네댓 명의 일본군 포로들과 저녁식사도 한번 같이했다. 그 자리에서 내가 노하구의 오오다케 요시오 일등병의 술버릇 이야기를 했더니 그들은 모두 기분이 거뜬한 듯 허리를 잡고 킬킬거리는 것이었다.

물론 일본이 반드시 지고 우리가 꼭 이길 거라는 전망도 이야기할 것을 나는 잊지 않았다. 이것은 여해암 과장의 요청에 따른 것이었으나 역시 나 자신의 견해이기도 했다. 그저 견해인 게 아니라 아예 소신이었다.

포로들과 저녁식사를 같이했다니까, 무슨 음식을 푸짐히 차려 놓고 둘러앉아 먹은 줄 알아서는 곤란하다. 밥은 쌀밥이지만 반찬은 숙주나물 한 가지뿐. 술은 더 말할 것 없고 무슨 조미료 따위 하나도 없는 민숭민숭한 공산군식 만찬을 우리는 죽 둘러앉아 같이 먹었던 것이다.

우리는 종대 사령부에 머무는 십여 일 동안 줄곧 이 숙주나물만 먹었다. 하루 세때 다. 다른 반찬은 무짠지 한 조각 구경을 못 했다.

이듬해 태항산에 들어가 팔로군 부대에 합류를 한 뒤에야 비로소 우리는 신사군의 생활수준이 부러우리만큼 높았다는 것을 깨달았다. 태항산 지구에는 쌀이란 아예 한 톨도 없고 맨 좁쌀, 옥수수뿐인데 더구나 숙주나물 같은 사치성 고급 반찬은 먹고 죽재도 없었다.

여해암 과장이 대홍산에서 전사할 무렵에 우리 당지부 서기 호철명도 태항산에서 파상풍으로 죽었다. 손에 그닥잖은 상처를 입었는데 야전병원에 이를 치료할 약이 없었던 것이다.

얼마나 훌륭한 독립군의 골간들이었는가, 나의 전우들!

5

1940년 늦가을께부터 각 전선에 널려 있던 조선의용대 각 지대, 분대 들이 육속 낙양으로 집결을 하기 시작했다. 태항산 항일 근거지로 들어가 팔로군에 합류를 하기 위해서였다.

그러나 국민당 정부가 낌새를 채면 안 되니까 겉으로는 '화북 지역에 산재하는 조선 동포들을 쟁취하기 위한 행동'이라는 것을 내세워야 했다.

낙양에서 대오를 개편할 때 우리(내가 책임진) 분대의 지도원이 갈렸다. 홍순관이 가고 그 후임으로 정염(별명 목사)이 왔다. 이 정염은 설교를 하기 좋아해 그 별명이 '목사'였는데 순 서울내기로서 그 아내는 아들 하나를 데리고 시집에서 생과부 노릇을 하고 있었다.

해방 후 정염은 주루마니아 대사 등을 역임했고 또 미인계를 써서 리강국을 모해하는 음모에 가담하기도 했으나 결국은 그 자신도 숙청을 당하고 말았다. 구팽이 된 것이다.

낙양에 머무는 동안 서안 한국광복군 제2지대로 방문단 하나를 파견하는데 나도 그 구성원의 하나였다. 통일전선 결성의 가능성을 타진하기 위한 것이었다.

광복군의 영사에 십여 일간 머물면서 우리는 아침마다 국기 게양식에 참렬을 해야 했다. 올리는 기는 물론 태극기다.

한데 나는 좌익화를 하면서부터 심리적으로 자연 이 태극기와 거리가 멀어졌다. 낙후한 봉건적 상징으로 생각이 들어서였다. 내가 바라는 것은 참신한 기 ― 붉은 기였다.

중국 사람들이 일장기를 '고약기'라고 하고 또 우리 태극기를 '팔괘기'라고 할 적마다 나는 기분이 상했다. 책을 잡힐 만하다는 생각이 들어서였다. 그러나 막상 게양되는 태극기를 향해 숙연히 거수경례를 할 때 내 마음은 저도 모르게 설레었다. 그것은 틀림없는 민족 독립의 상징이었기 때문이다.

광복군의 국기 게양대 밑에서 이와 같이 모순된 감정에 사로잡힌 것은 나 하나만이 아니었을 것이다.

이러저러한 곡절을 거친 끝에 조선의용대도 마침내 태극기를 정식으로 군의 기치로 삼고, 그리고 찍어 내는 인쇄물 같은 데다도 꼭꼭 태극기를 쌍으로 모시게 됐다.

훗날 내가 총을 맞고 포로가 돼 들것째로 며칠 동안 형태 어느 병원 독실에 갇혀 있을 때의 일이다.

밤저녁에 일본군의 장교복 차림을 한 젊은 조선인 통역관 하나가 들어오더니 내 부상한 다리를 애처로이 어루만지며 눈물을 흘리는 것이었다.

"일본 사람들이 선생님을 제게다 맡겨만 준다면 이 상처를 꼭 치료해 드릴 수 있겠는데……. 정말 속이 탑니다. 제 형이 외과의사거든요."

나는 일변 의외롭기도 하고 일변 감동이 되기도 했다.

'민족의 핏줄은 이렇게 이어져 있구나.'

통역관이 자신의 장화목에서 반절로 접은 삐라 두 장을 꺼내 가지고 내게다 펼쳐 보이는데 그것은 분명히 우리가 살포한 것이었다.

"태항산 속에 우리 독립군이 있다는 건 알고 있지만 다들 쉬쉬하거든요, 일본 사람이 무서워서. 전 이 삐라에서 태극기를 보는 순간 눈물이 왈칵 쏟아져서 혼이 났습니다, 일본 사람들이 눈치챌까 봐. 전투 중에 주웠거든요."

그 젊은 통역관의 진정 어린 목소리가 아직도 내 귀에 쟁쟁하다.

"저도 앞으로 꼭 독립군을 찾아갈 겁니다. 저하고 뜻을 같이하는 친구들이 여럿입니다."

이런 민족이 어떻게 망할 것인가.

다시 서안.

우리 일행은 통일전선의 결성이 하루이틀 사이에 이루어지기는 어렵다는 인상을 받고 서안을 떠나 귀로에 올랐다.

황하 북안의 풍릉도를 점거한 적군이 기차가 얼씬만 하면 곧 강 건너로 포격을 가해 오는 까닭에 동관은 걸어서 넘어야 했다(군수물자를 수송하는 열차는 밤중에 불을 끄고 전속으로 통과한다).

'천하제일관'이라는 현판이 걸려 있는 역사적 유물인 관문이 웅장하기는 해도 주변에 흙먼지가 어찌나 많이 쌓였던지 우리는 이번에도 올 때와 마찬가지로 무릎까지 푹푹 빠지며 걸어야 했다.

걷기가 어찌나 말째던지 누군가가 불만스레 우스갯소리를 했다.

"이건 모래 '사' 자 사막이 아니라, 티끌 '진' 자 진막이라니까. 빌어먹을!"

낙양에를 돌아온즉 '하루속히 태항산으로 들어가자'는 열기가 영사안에 팽배한 느낌이었다.

불과 며칠 후에 우선 선견대가 떠나는데, 지대장이 선견대 성원을 일일이 호명한 뒤 "한 시간 이내에 신변사들을 정리하고 9시 정각에 출발하라."는 명령을 내렸다.

선견대는 정치위원 김학무가 영솔하는데 대원들로는 윤공흠(일명 리철), 조명숙(일명 조영), 김승곤(일명 황민), 림평, 김학철 등 모두 15명 가량이었다.

윤공흠은 일본 비행학교 출신으로서 해방 후에는 상업상(장관) 등을 역임하다가 당중앙전원회의에서 '당내에 존재하는 개인숭배와 그 엄중한 후과'에 대해 비판을 한 탓으로 쫓기는 몸이 돼 동료 중앙위원 서휘 등과 함께 중국으로 탈출을 했으나 애석하게도 몇 해 후에 페니실린 쇼크로 산서에서 객사를 했다. 죽어도 그는 눈이 감기지를 않았을 것이다.

윤공흠의 아내 조명숙은 해방 후 양강도 당위원회 책임비서로 일하다가 국외 탈출을 했으나 국제관례를 깨고 비인도적으로 신병이 인도가 되는 바람에 꼼짝없이 체포돼 숙청을 당했는데 들리는 말에 의하면 아예 총살을 당했다고 한다.

림평은 태항산에 들어가 이태 만엔가 무슨 열병에 걸렸는데 야전병원에 강심제가 없어서 어이없게 목숨을 잃었다.

역시 선견대 성원이었던 김승곤은 1995년 현재 한국광복회 회장으로서 팔순이 넘었건만 그 모습이 확삭하다.[6]

이 김승곤이 선견대가 출발하기 직전에 돌연 실종이 돼(실은 탈영) 우리를 한바탕 떨게 했다. 그가 만약 우리를 배반하고 국민당 정부의 헌병대(도보로 20분 거리)로 뛰어들어 가 밀고를 한다면 그 후과는 생각만 해도 아찔했다. 하지만 그는 독립군의 의리를 지켰다. 김승곤은 공산군에 합류하기를 꺼려 결사적으로 탈영을 해 서안 광복군으로 도피를 했지만 전쟁이 끝날 때까지 그는 우리의 비밀을 아무에게도 누설하지는 않았던 것이다.

하긴 그의 사촌형 김일곤(일명 문명철)이 우리와 함께 행동했으므로 더욱 그리했을지도 모를 일이다. 김일곤은 몇 해 후 태항산에서 전사했는데 지금 한국 정부가 그의 유해를 봉환하는 사업을 추진 중인 것

으로 알고 있다.[7]

우리 선견대는 황하를 건너기 전에 미리 방병훈 집단군의 한 대대장이 직접 영솔하는 보병 중대와 동행하기로 약속을 했다. 중도에 황협군(즉 괴뢰군)이 길목을 지키는 봉쇄선을 넘어야 했기 때문이다.

이틀 동안 행군하고 사흘 만에 봉쇄선 가까이까지 와 가지고 설영을 한 뒤 황협군의 끄나풀 노릇 하는 녀석과 미리 '길세(통행세)'를 흥정하는데 3천 원 부르는 것을 달래고 으르고 해 2천 원으로 깎아 내렸더니 일이 틀어졌다. 길을 막 건너려는 고비판에 황협군 녀석들이 손바닥을 뒤집듯이 딴소리를 한 것이다. 골고루 나눠 먹이자면 아무래도 3천 원이 필요하니 천 원을 더 얹으라는 것이었다.

화가 치민 대대장 호 소좌가 분연히 "챵즈단(장탄)!", "샹츠다오(착검)!" 거푸 구령을 내리니 어둠 속에서 한 개 중대가 순식간에 살기등등 ― 전투태세를 갖추었다. 홧김에 아예 밀어붙일 작정을 했던 것이다.

피차간에 되도록이면 희생자를 내지 말자는 흥정이었는데 못된 녀석들이 막다른 골에서 등을 쳐먹으려 드니 일이 어찌 꼬이지 않을 것인가.

나는 이날 《삼국연의》와 《수호전》으로 도야된 황제 자손들의 얼렁뚱땅 넘기는 재주에 새삼스레 탄복을 아니 할 수가 없게 됐다.

괴뢰군의 중대장쯤 돼 보이는 녀석이 크게 선심이라도 쓰듯이 하는 수작이 "다 같은 중국 사람끼리 집안싸움 하겠소. 자, 자. 어서 그냥들 건너가시오." 무른 땅으로 알고 박으려던 말뚝이 너럭바위에 부닥친 것을 깨달았던 것이다.

우리 부대가 다 건너온 뒤에 황협군은 어두운 밤하늘에다 대고 헛총질을 한바탕 해 댔다. 우리 부대를 격퇴했다고 상전(일본군)에게 보고

할 거리를 장만하자는 수작이었다.

태항산에 인접한 행정구역 임현의 한 마을에서, 다른 길로 돌아온 제1지대와 합쳐 가지고 탈출할 기회를 노리며 우리는 달포 좋이 묵새겼다.

한데 이놈의 마을이란 게 어떻게 생겨 먹었는가 하면 2백 호도 훨씬 넘는 대촌이건만 우물 명색이 하나도 없을 뿐 아니라 마을 앞의 시내라는 것도 하상이 바싹 마른 조약돌투성이의 모랫바닥이어서 생전 물 구경을 할 수 없는 천혜의 복지였다.

주민들은 부득불 오류 마장이나 떨어진 이웃 마을에 가서 나귀 바리로 물을 실어 날라야 하는데 그 우물의 깊이가 또 놀랄 만큼 깊어서 '이거 혹시 지옥까지 맞뚫리지나 않았나' 의심이 들 지경이었다. 그래 놓으니 답답하게 드레로 퍼올리는 물이 귀하기가 곧 술 맞잡이, 기름 맞잡이였다.

촌가의 지붕들이 모두 평지붕인 것은 비가 오면 수채로 빗물을 받아 쓰기 위한 것인데 독에다 받아 놓은 빗물을 다라울 지경으로 아껴 쓰는 모습은 그야말로 자린고비의 전형들이란 소리를 들을 만했다.

따라서 우리도 식수의 배급을 받아야 했는데 그 분량이 얼마인고 하니 하루 한 사람 군용컵(5백 밀리리터들이) 하나. 노상 목이 컬컬해 코에서 단내가 날 지경이었다.

이런 판에 어느 날 희한하게 비가 한바탕 쏟아져서 근사한 구경거리가 생겼다.

오랫동안 목욕을 못 해 죽을 지경으로 몸이 가렵던 마덕산과 주동욱이 절호의 찬스를 놓칠세라 후닥닥 벌거벗고 알몸으로 뛰어나가 마당에 서서 빗물로 샤워욕을 시작했던 것이다.

한데 그들이 머리 꼭대기에서 발뒤꿈치까지 비누칠을 잔뜩 했을 즈음에 갑자기 비가 그치고 구름이 걷히더니 이내 해가 나 버렸다. 그러니 두 욕객은 삽시간에 비누조림이 돼 버렸을밖에.

그들이 매시근해서 머리에 허옇게 말라붙은 비누 거품을 마른 손으로 비벼 떨구는 게 하도 우스워서 내가 좀 경망스레 웃음보를 터뜨렸더니 마덕산이 맞갖잖이 눈을 흘기며 두덜거리는 것이었다.

"남은 속이 상한다는데 저 좋아하는 꼴 좀 봐라. 저열한 인간!"

이 마덕산이 이태 후에 북평 일본 헌병대에서 총살당한 사연은 이미 서술을 했다. 그리고 또 한 친구 주동욱이 해방 후 연대장 시절, 내각 수상에게 유명짜한 대답을 올린 데 대해서도 이미 앞의 장에서 서술을 한 바 있다.

태항산

1

방병훈 사령부가 우리를 우군 부대라고 날마다 꼭꼭 연락병을 띄워서 당일 밤의 군호(통행 암호)를 전해 주므로 어슬녘에 행동을 개시한 우리는 야음을 타서 방어선들을 모두 무사히 통과, 샐녘에는 벌써 해방구 공산 정권 관할 지역에 들어섰다.

어둠 속에서 복초들이 날카롭게 따지듯이 군호를 물을 적마다 나는 가슴이 달랑거렸다. 도망군이 발이 저린 것이다. 그러나 선두에 선 백정이 침착하게 딱딱 군호를 대는 덕에 우리 대오는 번번이 무난하게 통과를 할 수가 있었다. 방병훈 부대의 복초들은 우리를 특별 임무를 띠고 야간 행동을 하는 우군 부대로 알밖에 없었다.

백정이 서슴없이 척척 대는 군호야말로 관문의 철비를 열 수 있는 합법적이면서도 또 비법적인 무형의 열쇠였다. 백정은 우리보다 일 년 먼저 태항산에 들어갔던 까닭에 이번에 파견돼 와 우리를 인도하게 된 것이었다.

분계선까지 영접을 나온 1개 중대 초록색 군복의 팔로군과 열렬히 악수를 나누고 포옹들을 한 뒤 우리는 다같이 흥분된 기분으로 여단 사령부를 향해 행군을 했다.

129사단(사단장 류백승, 정치위원 등소평), 385여단(여단장 진석련, 정치위원 사부치) 사령부에서 우리는 축제와 같은 분위기 속에 하룻밤을 지내며 다들 프롤레타리아국제주의의 다함없는 우정에 푹 잠기도록 도취를 했다. 여단장 진석련 장군이 환영사에서 우리를 국제 전우라고 좀 너무 추켜올리는 바람에 등덜미가 약간 간지럽기는 했지만.

우리를 환영한다고 노천 무대에서 연극을 상연하는데 여주인공이 한복 치마저고리를 곱게 차려입고 등장을 하는지라 우리는 일변 놀랍고 일변 즐거웠다. 나중에 알고 보니 그것은 여단 정치부의 유일한 조선 친구 채국번이 우리를 위해 마련한 깜짝쇼였다.

채국번은 해방 후 한때 주북경 대사관에 문화아타셰(문화참사관)로 와 있기도 했는데 그리고 숙청을 아니 당할 이유는 없었으므로 그리 오래지 않아 역시 정치 무대에서 소리 소문 없이 사라져 버려야 했다.

밤새움을 한 까닭에 코가 비뚤어지도록 실컷 자고 일어나니 박무가 "미역이나 감으러 가자."고 끌기에 따라나섰다가 우리는 망신을 해도 톡톡히 했다.

깎아지른 듯한 석벽 밑에 반천연 반인공으로 된 욕지 하나를 발견했는데 그 물의 맑기가 곧 샴페인사이다인지라 우리는 제잠담하고 옷들을 벗어 팽개치고 뛰어들었다.

5분이 채 못 돼서 그 맑던 샴페인사이다가 뜨물 빛깔의 부연 비누사이다로 변했다.

"야, 이거 기분이 정말 좋구나. 우리 진득이 들어앉아 노독을 좀 풀자구."

"두말하면 군말이지. 난 이런 물에 빠져 죽어도 한이 없다니까."

그러나 호시절은 그리 길지가 못했다. 마을 사람 하나가 빈 물통이 디룽거리는 멜대를 메고 물을 길으러 왔기 때문이다.

그 사람이 놀라서 눈이 휘둥그레지는 것을 보는 순간 우리는 번개같이 깨달았다.

'아뿔싸!'

우리가 '빠져 죽어도 한이 없을 거라'며 비누사이다를 만들어 놓은 그 물인즉 마을 사람들이 거의 성역시하는 샘터였다.

두 젊은 군인 녀석이 물이 줄줄 흐르는 몸에다 허둥지둥 옷들을 걸치고 쩔쩔매며 사죄하는 꼴이 보기가 좋았을 리 만무하잖은가.

당시 팔로군(18집단군)의 총사령부는 태항산중의 장거리 동욕에 있었는데 사면팔방이 다 일본군에게 포위된 상태였으므로 흔히들 '적후 사령부'라고 불렀다.

동욕 거리 광장에서 '조선 동지 환영 대회'가 열린 것은 우리가 동욕에서 네댓 마장 떨어진 상무촌에다 여장들을 풀고 안돈을 한 다음다음 날이었다.

말로만 들어 온 팽덕회, 좌권, 라서경 같은 이들을 우리는 이날 처음 봤는데 당시 주덕 장군은 연안에 있었으므로 팽덕회 장군이 사실상의 총사령관인 셈이었다. 좌권은 참모장, 라서경은 정치부 주임. 대회에는 또 일본인, 월남인, 몽고인, 필리핀인들도 참가를 했던 까닭에 국제 색이 자못 짙었다.

"중중첩첩한 장애를 넘어서 태항산으로 들어오신 여러분을 나는 18집 단군 70만 장병을 대표해 열렬히 환영합니다."

"우리 무기고의 문은 여러분 앞에 활짝 열릴 것입니다. 맘대로 고르고 맘대로 가져가십시오······."

펑덕회 장군의 환영사는 수식이라는 게 하나도 없는, 심장과 심장이 직접 맞닿는 혁명적 우정, 혁명적 의리 바로 그것이었다.

환영 대회가 끝이 나자 우리는 곧장 후방부의 무기고로 가 신입 대원들에게 나눠 줄 총들을 골랐다.

그 무기고 바로 옆은 문틀만 있고 문짝이 없는 군량 창고인데 안에는 통옥수수가 산더미처럼 쌓여 있었다. 한데 놀라운 것은 그 황금색 산더미를 널빤지를 건너질러 칸막이를 해 놓고 한쪽에다는 '군량', 또 한쪽에다는 '마료'라고 패찰을 버젓이 붙여 놓은 것이었다.

'그러니까 말하고 사람하고 다 같은 걸 먹는단 얘기가 되는 게 아냐?'

우리들 ─ 해방구의 신입생들 ─ 은 제각기 두세 자루씩의 총을 엇메고 그 앞에 서서 서로 돌아보며 어이없는 웃음을 웃었다.

오후에 펑덕회 장군이 우리를 환영하는 연회 명색을 베풀었는데 이 또한 걸작이었다. 네 사람 앞에 돼지고기 반찬 한 양푼씩, 그리고 밥은 강조밥이고 술은 물론 없었다.

그러나 우리를 정말 놀라게 한 것은 그 연회인지 회식인지에서 사용하는 그릇붙이를 ─ 그러니까 밥공기와 젓가락을 ─ 다 각자가 지참을 해야 하는 것이었다, 상하급을 막론하고.

저녁 무렵에 우리 서넛이서 시냇가를 거닐며 바람을 쏘이다가 로신예술학교의 몇몇 여학생과 마주치게 됐다. 로신예술학교는 우리 영사에서 백여 미터 떨어진 곳에 자리 잡고 있었다.

우리는 짓궂이 당시 널리 불리던 선성해의 가곡 중 한 대목을 골라서 짐짓 먼 산을 바라보며 불렀다.

"아내는 낭군을 전선으로 떠나보내네······."

그런데 어찌 알았으리, 그 무쇠 심장의 여학생들이 고물만큼도 수줍어하는 티가 없을 줄을. 더구나 어찌 알았으리, 그 여학생들이 서로 눈짓을 하더니만 아주 당당하게 같은 노래의 다른 대목을 마주 불러 댈 줄을.

"어머니는 아들더러 일본군을 물리치라시네……."

우리의 태항산에서의 생활은 이렇게 시작이 됐다.

2

조선의용대 1·2·3지대를 통합해 화북 지대(조선의용군의 전신)로 개편할 때, 나는 새로 무어진 정치단체 화북 조선청년연합회(조선독립동맹의 전신) 선전부에 간사(부원)로 전보가 됐으나 그렇다고 전투원의 대열을 떠난 것은 아니었다. 무릇 젊은 남성 대원은 다 유사시에 총을 들고 싸워야 했으므로.

만주에서 한때 유격 활동을 벌였던 어떤 유격대는 여대원들도 전투에 참가해 일본군을 번개같이 쏴 눕혔다고들 하는데 우리 부대의 경우 여대원들은 한 번도 전투에 참가해 본 적이 없었다. 여대원은 여대원대로 할 일이 얼마든지 있었으므로 구태여 그런 되지도 않을 짓은 할 필요가 없었기 때문이다.

여대원이 양손에 권총을 꼬나들고 일본군을 허깨비처럼 쏴 눕혔다는 따위는 아무래도 서부활극에서 활약하는 카우보이들의 형상을 고대로 따다가 군복으로 갈아입혀 가지고 조작해 낸 20세기의 신화인 성싶다. 소학교 오륙 학년 생도들이나 듣고 손뼉을 치며 좋아할 만화

영화적 무용담이 아닌가 싶다.

팔로군에서는 여성들에게 그 직위의 고하를 불문하고 매달 50전씩을 남성보다 더 지급을 하는데 이는 여성들의 생리적인 불이익을 감안한 조처였다. 우리도 여대원들에게는 그와 똑같은 대우를 했다.

다행하게도 우리 부대에는 여대원들을 전투마당까지 끌고 나가자는 따위 미친 소리를 하는 놈은 하나도 없었다. 그렇게 우리는 카우보이식 여대원상을 조작해 가지고 세인을 우롱할 필요 또한 느끼지를 않았다.

우리 선전부에는 특권 하나가 있었다. 석유램프를 무제한으로 켤 수 있는 것이다. 밤일을 하기가 일쑤였기 때문이다. 다른 단위, 기관들에서는 일률적으로 취침 전 반 시간 동안 평지(유채) 기름불을 켜야만 했다. 그것이 당시 팔로군 전군에서 시행된 내무규정이었다.

최창익, 한빈, 윤세주 같은 지도자들이 밤에 책이나 필기장을 들고 우리 선전부로 불빛을 빌리러 온다는 진풍경 — '형설 현상'도 이제 와 생각하면 우리 독립운동사에 마땅히 기록이 돼야 할 일화 한 토막이 아닐까 싶다.

당시 태항산의 상황을 알기 쉽게 하기 위해 서술의 선후차를 잠시 뒤바꾼다.

조선 작가 김사량(본명 김시창)이 일본군의 봉쇄선을 뚫고 태항산에 들어와 제일 처음 만난 조선의용군이 곧 털보 김철원이었다. 김철원은 당시 전초 지역에 설치된 연락처에서 비밀 루트를 통해 들어오는 사람들을 감시, 감별하고 있었다.

"아하, 당신이 김사량이오?"

안내원의 소개를 받고 김철원은, 륙색(배낭)을 짊어지고 어줍은 자세로 서 있는 김사량을 아래위로 한번 훑어보더니 이와 같이 시큰둥한 소리를 하더라는 것이다.

연락처에서 하룻밤을 드새는데 그 무섭게 생긴 털보에게 좀 잘 보이려고 김사량이 소중히 간직해 온 위스키 한 병을 코아래 진상했더니 그놈의 털보가 대번에 180도 전환을 하더라는 것이다. 태항산은 원래 술, 담배라는 게 아예 없는 세상이라 여러 해포 만에 한잔 얻어 하니 얼근한 게 기분이 어지간히 좋았던 모양이다.

"우리 의용군에도 원래 작가가 둘이 있었소. 김학철이란 친구하고 나하고, 이렇게 둘이 있었지. 하지만 그 친군 지금 일본에 끌려가 징역을 살고 있거든. 그러고 나니 작가라곤 현재 나 혼자뿐이지 뭐요. 그런 판에 마침가락으로 당신이 들어왔으니……. 어허허, 일이 참 잘됐단 말이야. 우리 한번 손잡고 본때 있게 해 봅시다."

김철원이 호기롭게 장담을 하는 바람에 김사량은 정말 그런 줄 알고 진심으로 그 호걸풍의 털보를 우러러보며 그의 가르침을 받게 된 것을 천만다행으로 여겼다는 것이다.

"그런데 나중에 알고 보니까 그 친구, 순전한 허풍이었지 뭐야."

해방 후 평양에서, 김사량이 나를 보고 어이없는 듯 이렇게 말하기에 나는 웃음을 터뜨렸다. 김사량도 엉터리박사에게 속은 게 새삼스레 우습던지 허리를 잡았다.

털보 김철원은 원래 상해에서 나랑 같이 테러 활동을 하던 친구로서 문학하고는 거리가 멀기를 남극하고 북극만큼이나 먼 친구였다.

김사량이 태항산에서 《노마만리》를 쓰는데 원고지는 고사하고 그냥 종이도 없어서 시계를 팔아 꺼칠꺼칠한 토산 종이를 사 썼다는 이야기는 태항산의 경제 사정이 얼마나 심각했는가를 실감나게 설명해 준다.

이 김사량 이외에 진짜 작가라고 할 만한 사람이 태항산에는 없었다. 몇몇 있었다는 건 다 김학철 같은 '대용품' 작가들이었다. 아, 왜 '이가 없으면 잇몸으로 산다'잖는가. '꿩 대신에 닭도 쓴다'잖는가. 그와 같은 의미에서 '잇몸' 같고 '닭' 같은 작가 명색이 몇몇 있기는 분명히 있었다.

적군이 쳐들어오면 붓이고 종이고 다 집어던지고 총을 들고 달려나가야 하는 이른바 작가들이 오죽했으랴.

우리는 지난날을 너무 낭만적으로 미화하거나 신화같이 과장하지는 말아야겠다. 그렇다고 굳이 평가절하를 하잔 말은 아니지만.

양계와 고생우 두 청년이 류색에다 문세영 편찬으로 된 우리나라 최초의 《조선어사전》을 짊어지고 태항산으로 들어왔을 때, 우리는 깊은 감명을 받았다.

'우리의 한글은 불사조다. 영원히 살아 있을 것이다!'

양계는 해방 후 내각 사무국장으로 있다가 숙청을 당했고 또 고생우는 해방 전쟁(중국 내전) 때 연대장 재임 중 사평에서, 포로가 된 국민당군 장교에게, 은닉했던 권총으로 돌연 저격을 당해 당장에서 절명했다. 백주대낮에 거리바닥에서 일어난 돌발 사건이었다. 최후 발악의 본보기 같은 사건이었다.

저명한 국문학자 김태준 선생과 그 부인 박진홍 여사가 태항산에 들어왔을 때(나는 이미 일본으로 끌려가 감옥에 갇혀 있었다) 얼토당토않은 간첩 혐의로 부당하고도 또 가혹한 심사를 받아 내외분이 몹시 시달렸단다. 이것도 극좌적 노선이 빚어낸 해악의 한 전형으로 우리 독립운동사에 기록이 돼야 할 것 같다.

뒤바뀌었던 서술이 다시 제자리로 돌아온다.

우리 선전부의 동료 류신(본명 김용섭)의 별명이 '깽깽이'인 것은 바이올린이 항상 그와 더불어 있었기 때문이다.

이 류신과 나는 상급의 지시로 합작을 해야 하는 커플로서 그 합작의 내용인즉 별게 아니고 '김학철 사, 류신 곡'을 창작해 내는 것이었다. 우리에게는 영감이니 뭐니 하는 따위는 다 필요가 없었다. 그저 상급의 지시에 절대적으로 따르는 복종심만 있으면 그만이었다.

류신이나 나나 다 프롤레타리아트 출신이 아니었으므로 사실 말이지 옥수수밥이란 건 난생처음으로 태항산에 들어와서야 먹어 봤다. 끼니마다 옥수수 다짐을 하는 데는 둘이 다 손을 바짝 들었다. 옥수수밥이 곧 원수 같았으나 다른 선택이란 있을 수가 없는 환경이었으므로 우리는 '울며 겨자 먹기'로 허구한 날 그놈의 '원수'에 목숨을 걸었다.

어느 날 불시에 '묵은 추도가는 새 환경에 적합지가 못하니 새 추도가 하나를 곧 지어내라'는 지시가 떨어져서 나는 절대복종하는 정신으로 득돌같이 가사 한 수를 지어서 류신에게 넘겨주었다.

> 사나운 비바람이 치는 길가에
> 다 못 가고 쓰러지는 너의 뜻을
> 이어서 이룰 것을 맹세하노니
> 진리의 그늘 밑에 길이길이 잠들어라
> 불멸의 영령.

류신은 그의 유일한 악기인 하모니카로 구차스레 작업을 해야 했다. 잦은 반'토벌' 작전 바람에 바이올린이고 뭐고 다 풍비박산이 돼 버렸기 때문이다.

우리 영사에서 한 서너 마장 떨어진 곳에 그리 크지 않은 성문 하나가 헐리지 않고 그대로 남아 있었는데 우리는 그 문루에 올라가 사방을 둘러보며 운치 있게 한번 해 볼 작정을 했다.

한데 막상 올라가 보니 전후좌우 사방에 바라보이는 거라곤 몽땅 옥수수밭뿐이잖은가. 류신과 나는 그놈의 옥수수밭이 꼴도 딱 보기가 싫었다.

'저 숱한 옥수수가 다 우리 입으로 들어올 거구나.'

생각하니 지긋지긋했던 것이다.

우리는 쌓인 스트레스를 속시원히 한번 날려 버리기로 했다. 속이 후련하도록 농지거리라도 한번 하자는 것이다.

"이담에 우리가 정권을 쥐게 되면 까짓것 포고령 제1호를 내리자."

"뭐라고 내려."

"포고령 제1호. 무릇 옥수수를 심는 자는 다 엄벌에 처함."

"그냥 엄벌에만 처해 가지곤 어떡해."

"그럼?"

"포고령 제1호. 무릇 옥수수를 심는 자는 깡그리 사형에 처함."

"됐어, 됐어. 와하하!"

그때 손뼉을 치며 너털웃음을 치던 류신 역시 조선 전쟁 때 전사를 했다. 하지만 그가 작곡한 노래들은 아직도 남아 있다. '예술은 길고 인생은 짧다'는 말은 이를 두고 하는 것일까.

이 밖에 내가 선전부에서 하는 일은 '조선 동포들에게 고함'과 '일본군 병사들에게 고함(일본어)' 따위를 기초하는 것이었다. 물론 이러한 일들은 다 정치위원 김학무의 직접적인 지도하에 이루어졌다. 김학무와 나는 중앙군교 동기였지만 정치적으로는 그가 나보다 단수가 까맣게 높았다.

소독 전쟁이 터지자 내가 할 일은 갑자기 더 많아져 만부하 상태가 돼 버렸다. 일본제국주의가 북진을 해 소련의 배후를 위협하지 못하도록 이를 견제하는 활동을 우리는 벌여야 했기 때문이다. 그렇게 해야 할 국제주의적 의무가 우리에게는 있었으므로.

'일본군 병사들에게 고함'을 기초할 때 나는 의식적으로 독일군 사상자의 수를 20퍼센트가량 불려 놓았다. 소독 양군 사이의 공방전의 격렬함과 우리의 낙후한 석판인쇄의 완만함을 감안해서 한 노릇이었다. 그런데…….

"공보의 숫자대로 하지."

생각 밖에 김학무가 퇴짜를 놓는 게 아닌가.

"우리 속도를 몰라? 이 삐라가 적의 손에 쥐어질 땐 이미 구문으로 돼 버릴 거란 걸, 몰라서 그러나?"

내가 반박을 하니 김학무는 싱글싱글 웃으면서 "왜, 우리도 괴벨스가 되잔 말인가? 이건 어떡하구?" 하고 그는 초고 끝의 연월일 — 1941년 8월 30일을 가리켜 보이는 것이었다.

해방 후 우리 당내에 나타났던 그 간부복 입은 황색 피부의 괴벨스(거짓말 전문가)들을 생각하면 50여 년이란 세월이 흐르긴 했어도 김학무의 그 질박한 모습이 더욱더 뚜렷이 눈앞에 떠오르는 것 같다.

우리 선전부의 미술가 장진광(강도죄로 7년 동안 징역을 살고 나온)은 전문적으로 '양민증' 따위를 위조하는 일을 맡아 했다. '양민증'이란 일본군이 자기네들의 점령지에 거주하는 중국 주민들에게 발급하는 것으로서 우리 공작원들이 적의 점령 구역으로 잠입할 때는 없어서 아니 되는 표증이었다.

이러한 장진광이 해방 후, 북반부의 국장(국회)을 창제하고 윤필료 5천원(쌀 한 가마니에 3천 원 하던 세월)을 받았다는 것도 자못 흥미로운 일이다. 또 한 간사(부원) 박무도 별명이 '도장쟁이'인 만큼 꼼꼼하고 차근차근하게 무슨 증권 따위를 곧잘(거의 천재적으로) 위조했다. 그러니까 장진광과 박무는 말하자면 혁명적 계명구도인 셈이었다.

3

우리가 태항산에서 접촉한 팔로군 장령(장성)들에 대해 몇 줄 적어 보는 것도 전혀 무의미하지는 않을 것 같다.

우리를 맨 처음 맞아 준 385여단의 정치위원이었던 사부치는 건국 후 공안부장이라는 요직에까지 올랐으나 문화대혁명 때 강청 일파와 짝짜꿍이를 놀았던 까닭에 죽은 뒤에 출당을 당하고 또 그의 추도식에서 낭독했던 추도사(찬양하는 내용)까지 취소를 당한다는 수모를 (당연하게) 해야 했다. 그리고 그가 공안부장 재임 중에 정체불명의 인물에게 저격을 당해 중상을 입었던 사건도 끝내 흐지부지 해명이 되지 않고 말았다.

팔로군의 정치부주임이었던 라서경은 건국 후 인민해방군의 총참모장까지 지냈으나, 문화대혁명 시기 타도 대상으로 지목이 됐던 까닭에 곡경을 치르다가 나중에는 2층에서 뛰어내려 다리 한 짝이 부러졌는데 타계를 할 때까지도 그 다리는 회복을 못 하고 말았다.

팔로군의 사실상의 총사령관이었던 팽덕회는 건국 후 국방부장이 됐으나 재임 중에 모택동의 극좌적 노선(전국을 기아의 생지옥으로 만들어

놓은)을 비판한 죄 아닌 죄로 참혹한 박해를 받다가 끝내는 햇빛을 보지 못하게 두꺼운 커튼을 드리운 방에서 운명을 해야 했다.

그리고 아직까지 생존해 있는 이는 385여단의 여단장이었던 진석련과 129사단의 정치위원이었던 등소평 이 두 사람뿐이다.[8]

히틀러의 전격전으로 소련군의 방어선들이 하나하나 무너져 우리들의 사기에도 은연중 영향이 미칠 무렵 팽덕회 장군이 우리 영사에 와 정세 강연을 하게 됐다.

한데 놀라운 것은 그 행차의 너무나 단출함이었다. 기마한 팽 장군의 뒤에 딸린 것은 단 한 명의 호위병뿐. 우리는 적어도 기병 1개 소대쯤은 거느리고 나타날 줄 알고 있던 터라 모두들 일종의 허탈감 같은 것을 느꼈다. 우리가 처해 있는 곳은 사면팔방을 일본군에게 둘러싸인 말하자면 준전장이었기 때문이다.

팽 장군은 말에서 내리는 길로 호위병에게 고삐를 맡기고 예사롭게 혼자서 영문 안으로 걸어 들어오는데 그 외양이 푸수하기가 갈 데 없는 농민―군복을 얻어 입은 농민이었다.

이 팽 장군에 비하면 미꾸라지급, 송사리급밖에 안 되는 관원들이 마치 무슨 왕공대인의 나들이 모양 행차를 굉장하게 꾸며 가지고 '전호후옹(前呼後擁)' 하며 거들먹거리는 현하의 부패상을 팽 장군이 만약 살아서 보았더라면 아마 비위짱이 갈라지거나 터지거나 무슨 야단이 나도 단단히 났을 것이다.

우리는 팽 장군을 우스갯소리란 걸 통 할 줄 모르는 엄격한 장군으로만 알고 있었다. 한데 뜻밖에도 그는 첫 시작부터 웃음이 만면해 가지고 장난기 어린 어투로 말문을 여는 것이었다.

"이제 막 오다가 길에서 우리 전사 둘을 만났는데 내가 누구인 줄을 뻔히 알면서도 경례를 안 하고 그저 히죽 웃기들만 하는 거예요. 호크도 채우지 않아서 헤벌쭉한 데다가 걸음새도 전연 씩씩하지가 못하잖고 뭡니까. 지금 우리 팔로군은 규율이 너무 물러서 야단입니다. 적군에 비하면 퍽 못하지요. 적군의 규율은 엄격하기가 뭐 여간만 아닌데……."

나는 슬그머니 자신의 호크를 더듬어 보았다.

'제대로 채워졌나?'

"그렇긴 하지만 우린 적을 이겨 낼 신심을 갖고 있습니다. 적군의 규율은 강박으로 세워진 거기에 장병들 사이에는 근본적인 이해 충돌이 있습니다. 그러나 우리는 상하가 일치합니다. 우리의 전사들은 자신의 해방을 위해 싸우고 있습니다. 이게 바로 우리가 기필코 이길 힘의 원천인 것입니다."

팽 장군에 비해 라서경 주임은 우리들 사이에 인기가 그리 없었다. 더구나 취사병들은 그가 온다면 골머리를 앓았다. 무슨 가루붙이든 가루붙이를 마련해야 했기 때문이다.

라 주임은 입안에 관통 총창을 입을 때 뚫린 구멍이 아물어 붙지 않고 그대로 남아 있어서 조밥을 먹으면 푸슬푸슬한 밥알이 그 구멍으로 날아들어가 사레가 들리기 때문에 굶는 한이 있더라도 조밥만은 못 먹었다.

팔로군이 프롤레타리아국제주의 정신으로 사심 없이 우리에게 무기, 탄약, 군량, 의약품 따위를 공급해 준 것은 대단히 감사하나 덤으로 한 무더기의 '종군위안부'까지 갖다가 떠맡기는 것은 정말 곤란했다.

팔로군의 한 부대가 얼마 전에 일본군의 거점 하나를 둘러 빼고 다량의 무기, 탄약 및 군용품들을 노획하고 또 몇 명의 포로도 잡아 오는데 인근 건물에 숨어서 바들바들 떨고 있는 여자들까지 싹 다 잡아 왔다.

화복들을 입었으니까 으레 일본 여자려니만 여기고 잡아 왔는데 막상 신문을 해 보니 정작 일본 여자는 하나도 없고 엉뚱한 조선 여자들뿐이라 처치하기가 곤란해 골칫덩이 취급을 하고 있던 판에 마침가락으로 우리가 태항산에를 들어와 주니 '에라, 잘됐다'고 싹 다 갖다 우리에게 떠맡겨 버렸던 것이다.

그리하여 우리는 꼼짝없이 덤터기를 쓰게 됐는데 그 무슨 '순' 무슨 '옥' 하는 여자들이 개개 다 인물이 못생기기가 곧 '추녀 코리아'의 진선미들일 뿐 아니라 야전병원엘 데리고 가 신체검사를 해 봤더니 거개가 성병까지 걸려 있잖은가.

하지만 혁명 대오에서 여성을(더구나 동포 여성을) 홀대한다는 법은 없었으므로 우선 쑥바구니 같은 그 머리들을 모두 단발을 시키고 또 군복으로 갈아입혀 가지고 한 조를 묶어 준 다음 그녀들을 교양개조 하는 사업은 우리 여대원들이 각자의 기능에 따라 나누어 맡았다.

한데 몇 달 후, 그녀들의 교양개조 사업을 맡았던 우리 여대원들의 술회가 자못 놀라웠다.

"아주 불쌍한 여자들이에요. 두메산골 생장이라 소학교들도 별로 못 다녀 봤다지 뭐예요. 가난에 쪼들리다 못해 끌려 나왔는데, 다행히도 전방이라 인물이 못생겼어도 싫다 좋다 할 나위가 없으니까 괜찮다는 거예요. 그저 여자이기만 하면 된다거든요. 모두들 여자에 기갈이 들어 놔서."

"그 무지스러운 병정 녀석들을 하루에 이삼십 명씩 치르고 나면 허리를 통 쓸 수가 없다는 거예요. 밥 먹을 겨를도 없어서 주먹밥으로 끼니를 때우기가 일쑤라지 뭐예요. 이게 그래 인간 생지옥이 아니고 또 뭐겠어요.”

“지내 보니까 어쩌나들 순박한지 깊은 산속에서 자란 도라지, 더덕이나 마찬가지예요. 그렇게들 꾸밈없고 직실하고 천연스럽단 말이에요.”

“그리고 일들을 어쩌나 잘하는지……. 산에 나무를 가면 어느 상머슴꾼이 따라오겠어요. 우리 따윈 애당초에 두름으로 엮어도 안 된다니까요.”

“나도 절대로 그 여자들 편이에요. 모두들 성병이 있어서 사흘 걸러 나흘 걸러로 병원엘 다녀야 하니, 오죽이나 가엾어요. 우리 여성들을 저렇게 만들어 놓고. 정말 왜놈이라면 이가 갈려요.”

우리는 인간 수업에서 한 과를 더 배운 것 같아서 숙연해졌다.

이러한 여자들의 문제가 장장 반세기가 지난 이 시점에도 아직 현안으로 남아 있다니 일본 정부가 과연 문명국들의 일원이라고 자처를 할 수가 있을까. 만약 독일 정부를 보기가 하나도 부끄러울 게 없다고 배짱놀음을 한다면 그것은 의심할 바 없이 스스로를 인류 사회에서 제명 처분하는 게 돼 버릴 것이다. 일본 정부가 원튼 원찮든.

4

몇몇 친구가 더우니까 미역을 감으러 간다고 떠났다가 마을에서 초간히 떨어진 한 소에서 놀라운 발견을 했다.

그 소는 냇물이 흐르다가 일변 괴며 일변 흐르는 말하자면 천연의 수영장 모양인데 그 물속에서 숱한 메기들이 우글우글……. 큰 놈은 몸 길이가 2미터씩이나 되는 거물급 — 이른바 여메기들이잖은가.

그들은 미역이고 나발이고 다 걷어치우고 곧 물속에 뛰어들어 한바탕 분탕질을 친 끝에 가까스로 여메기 한 놈을 붙잡는 데 성공을 했다. 그놈으로 즉석요리를 할 판이나 술은 더 말할 것 없고 소금 한 톨도 없는지라 그냥 맨걸로 모닥불에다 구워 먹었다. 식인종들처럼 알몸으로 냇가에 둘러앉아서.

적군의 봉쇄로 태항산에는 소금이 귀하기가 금싸라기 맞잡이여서 거무튀튀한 돌소금 한 근(16냥쭝)에 4원(돼지고기 두 근 값)씩 했으므로 우리 같은 대위급 장교의 한 달 급료(3원 50전)쯤은 전액을 투입한대도 돌소금 한 근을 온통으로 살 수는 없는 형편이었다.

그래도 모닥불에 구워 먹는 여메기 맛은 일품이었던 모양이나 호사다마로 근처에 사는 한 농민이 이 광경을 목격하고 소스라쳐 놀라는 바람에 일이 꼬이기 시작했다. 웬 식인종 같은 녀석이 냇가에 둘러앉아 무언가를 구워 먹는 모양이라 그 농민이 궁금히 여기고 가까이 가 봤더니 아, 이런! 그 급살을 맞을 녀석들이 언감생심 '용왕님'을 구워 먹고 있잖은가.

춘추전국시대부터 산서(즉 진나라)의 농민들은 메기를 '용왕님'으로 존숭을 해 왔다. 그러니까 하늘의 '수리부 부장' 또는 '수도국 국장'으로 여기고 떠받들어 왔다는 얘기가 되는 것이다.

그러므로 메기를 조금 건드리기만 해도 큰일이 나는 줄(가물이 들거나 장마가 지는 줄) 알고 벌벌 떨었는데 하물며 청천백일하에 이런 천인공노할 죄악을 이놈들이 저질러 놨으니, 우리네 죄 없는 백성들이 장차 그 버력을 어떻게 입어 낸단 말이.

당일 저녁때 동네 존위들이 촌장을 앞세우고 등장을 와서 우리의 박

지대장은 곡경을 치러야 했다.

박 지대장은 "모르고들 한 노릇이니 이번 한 번만 용서를 해 달라." 며 "이런 일이 다시는 없을 테니 너그러이 참아 달라."고 대고 비는 것으로 겨우 일을 마물렀다.

한데 공교롭게도 이해 여름 태항산 일대에는 왕가물이 들어서 농민들이 야단법석을 하게 됐다. 정말 '까마귀 날자 배 떨어진다'였다.

"용왕님께서 노염이 나서 버력을 내리셨다."며 서둘러 기우제를 지내는 농민들의 원심과 흥분을 가라앉히기 위해서라도 우리 그 용왕육으로 불고기 추렴을 한 몇몇 만고의 죄인들은 기우제에 동참을 해 경건한 몸가짐으로 속죄를 하는 체 아니 할 수가 없게 됐다.

"온종일 향로를 들고 따라다니며 절을 했다니까, 방아깨비 모양."

"나 원 참, 그 잘난 메기고기 한 점 얻어먹고 이게 무슨 놈의 봉변이람."

"내 이제 다시 메기고기를 입에다 대면 성이 최가가 아니다."

"유물론자가 기우제를 지내다니. 망신도 톡톡한 망신……. 아주 개코망신이다."

그 친구들이 다저녁때 돌아와 투덜투덜 푸념들 하는 것을 듣고 마춘식(별명 말코)이가 한마디 우스갯소리를 해 사람들을 웃겼다.

"아, 그 존귀하신 용왕님을 잡아먹었는데 그래, 고만 벌들도 안 받겠나?"

이 마춘식이 해방 후 해주에서 결혼을 했는데 황해도 색시인 그 아내는 "코스모스 필 적에 맺은 인연은 코스모스 시들으니 그만이더라." 라는 노래를 잘 불렀다.

마춘식은 여단장 재임 중에 숙청을 당했는데 그의 생김생김은 신통스레 한국 시인 고은 씨를 닮았다. 5년 전에 서울에서 처음 고은 씨를 만났을 때 나는 속으로 은근히 놀라기를 '이거 혹시 마춘식이 동생 아냐?' 마춘식은 으레 가명일 게고 또 그 역시 경상도내기였으므로.

우리 부대에 권혁이라는 여대원 하나가 있었다. 본명은 데라모토 아사코, 우리 대오 유일의 일본인이었다. 그 남편이 조선 사람이었던 관계로 조선말을 썩 잘하는데 이러저러한 사정으로 남편과 갈라진 뒤 그녀는 혼자서 조선 독립운동에 헌신을 하게 됐다. 나중에 우리 친구 리달과 재혼을 해 가지고 종전 후에는 북조선에 나와 살았으나 리달이 폐결핵으로 죽은 까닭에 그녀는 또다시 홀로돼 버렸다. 슬하에 일점혈육이 없었던 까닭에 평양 시절 우리 집에를 오기만 하면 걸음발을 막 타기 시작한 우리 아들을 둘쳐업고 추썩추썩 추썩거려 주기를 좋아했다.

우리의 독립운동에 헌신을 한 외국 여성이 기아의 생지옥에 홀로 남아서 극히 어렵게 만년을 보내고 있을 일을 생각하면 가슴이 아프다. 외국 여성이라고 특별구역에 격리 수용까지는 되지 않았을 것이 그래도 다행스럽다.

이 권혁(데라모토)과 극히 대조적인 여성(그도 우리 동포 여성) 하나를 떠올리지 않을 수 없다.

류신과 허금산(일명 김연)이 려정조 부대에 배속이 돼 평원구에서 활동을 할 때의 일이다. '평원구'는 화북 평원의 일부분으로서 태항산과 다른 점은 밀가루와 소금을 먹을 수 있는 반면에 부대가 한군데 붙박여 있지를 못하고 밤낮 이동을 해야 하는 것이었다.

어느 날 창주와 석가장을 연결하는 간선도로상에서 주행 중인 검정색 승용차 한 대를 요격하는 데 성공, 운전사를 포함한 남자 셋과 젊은 여자 하나를 끌어 내린 뒤 자동차는 세운 자리에서 즉각 불을 달아 태워 버렸다.

'3남'과 '1녀'를 끌고 와서 신문을 해 본즉 석가장 어느 일본 건설 회사의 사장이 수하의 토목기사와 여비서를 대동하고 출장을 갔다 오는 길이란다.

류신과 허금산이 딴채에 가둬 놓은 여비서를 신문하러 들어가니 여자는 새삼스레 소스라치며 무릎을 쪼그리고 앉아 오돌오돌 떠는 것이었다. 그녀의 눈에는 류신과 허금산이 악귀 같은 두 공비(공산 비적)로 비쳤을 테니 무리도 아니었다.

류신이 '캉(중국식 온돌)' 끝에 걸터앉아 부드러운 일본말로 말을 묻는데 여자는 너무 긴장해서 그 말을 알아듣지 못했다.

"네?"

"못 알아들으신 모양이군. 이름이 뭐냐고 물어봤는데…….."

"아, 네. 저…… 야나가와, 야나가와 아키코라고 합니다."

"고향은요?"

"제 고향 말씀인가요. 네. 제 고향은…… 인천, 인천입니다."

"인천이라니. 조선의 인천?"

"네, 그렇습니다."

"그럼 학교는 어디를?"

"학교는 경기여고. 경기여고를 나왔습니다."

'경기여고'는 조선 여학생들이 다니는 공립학교다.

순간, 류신의 입에서 저도 모르게 조선말이 튀어나왔다.

"그럼, 조선분이 아닙니까?"

여자는 잠시 얼떨떨한 눈으로 류신을 쳐다보다가 갑자기 울음을 터뜨리며 무릎걸음으로 다가들었다.

"조선분들이십니까?"

보아하니 지옥에서 부처를 만난 것으로 여기는 모양이었다.

며칠 후, 주체스럽기만 한 순 민간인들이라 일본 남자 셋은 그냥 돌려보냈다(간선도로까지 도로 데려다주는 방법으로). 그러나 여자는 조선 사람이므로 포섭할 대상이 되는 까닭에 딸려 보내지 않고 그대로 붙들어두었다.

이때부터 류명자(본명) 씨는 부단히 이동하는(이라느니보다는 일본군을 상대로 숨바꼭질을 하는) 항일 부대를 따라 내키지 않는 유격 행각을 해야했다.

류신이가 책임지고 혁명교양을 하는데 여자는 매번 다 고개를 다소곳하고 듣고 있다가 류신의 말이 끝이 나면 으레 판에 박은 것 같은 말로 비대발괄을 하는 것이었다.

"말씀은 잘 알았어요. 그렇지만 이번만은 그냥 돌려보내 주세요. 부모님을 만나 뵙고…… 말씀을 여쭙고…… 다시 오겠어요. 꼭 다시 온다니까요. 네, 선생님."

아무리 타일러도 막무가내였다. 소 귀에 경 읽기였다. 땅 팔 노릇이었다. 귀신은 경문에 막히고 사람은 인정에 막힌다지만 우리의 류명자 씨만은 아무것에도 막히는 게 없었다. 약석이 무효였다. 자갈을 솥에 안치고 삶고 또 삶고 하는 거나 마찬가지였다. 절대로 익지 않았다. 그상이 장상으로 "말씀만은 잘 알았어요. 그렇지만 이번만은…… 네, 선생님."을 되풀이하는 것이었다. 똑같은 말을 끈질기게 곱씹고 또 곱씹고 하는 것이었다.

지리감스러운 지구전에 지쳐서 넌더리가 난 류신이 허금산과 초벌 의논을 하고 나서 연대장을 찾아가 상황을 알린즉 연대장은 한참 생각해 보다가 고개를 들고 류신의 의향을 묻는 것이었다.

"제 생각에 까짓것 돌려보내는 게 좋을 것 같습니다. 괜히 끌고 다니며 귀찮기만 합니다."

연대장이 한번 웃고 고개를 끄덕였다.

"아무려나 좋도록 하시구려, 억지로는 할 수 없는 노릇이니까."

류신이 그길로 여자에게 가 "내일 돌려보내 줄 테니 그리 알라."고 미리 알려 주었더니 여자는 좋아서 어쩔 줄을 모르는 것이었다.

"선생님, 고맙습니다. 고마워요. 정말 고맙습니다. 선생님의 이 재생지은은 영원히 잊잖겠습니다."

백배사례하는 여자를 내려다보는 류신의 마음은 적이 착잡했다. 일변으로는 밉상스러우면서도 다른 한편으로는 허전하기도 했기 때문이다.

야음을 타서 일본군이 점령한 현성(즉 읍내)의 일본군이 지키는 성문 가까이까지 여자를 데려다주고 나서 며칠 동안 류신의 마음은 가을 뒤의 목화밭처럼 쓸쓸하고 어수선산란하기만 했다.

"거기 비하면 우리 저 권혁(데라모토)인 정말 고상한 여자야. 그치?"

류신은 이와 같이 나를 보고 술회를 하고 고개를 절레절레 젓는 것이었다.

5

초목이 무성한 계절에는 일본군이 감히 쳐들어올 엄두를 내지 못하는 까닭에 태항산은 상대적으로 평온했다. 월남전쟁에서 미군이 사용한 고엽제 같은 게 아직 인류의 전쟁 무대에 등장을 하지 않았거나 못했기 때문이다.

그러나 일단 초목황락(草木黃落)의 계절이 되기만 하면 일본군은 종횡으로 교차된 태항산의 깊은 골짜기들을 마치 빗질이라도 하듯이 샅샅이 훑으며 기어드는 게 거의 연례행사나 다름이 없었다.

그러므로 농민들이 가을을 할 때는 군인들이 거의 총동원이 되다시피 해 가지고 가을일을 도와야 했다. 후닥닥 해치워서 타작한 곡물들을 깊은 산속의 동굴 같은 데다 감춰 놓지 않으면 일본군이 들어와 싹 다 빼앗아 가기 때문이다.

어느 산등성이에나 다 널려 있다시피 하는 양몰이꾼들이 일본군의 동정을 낱낱이 급보를 해 주는 까닭에 우리 군대는 그야말로 천리안, 천리이나 다를 바가 없었다. 이는 우리가 백성들의 이익을 철저히 옹호 보위해 주는 데 대한 말하자면 반대급부와 같은 것이었다.

예컨대 우리가 가을일을 도와줄 때, 농민들이 태항산에 흔해 빠진 감, 호두 따위를 광주리에 담아다 주며 먹으라고 하는데 이것에 손을 대는 사람은 하나도 없었다. 군규를 어기는 게 되기 때문이다. 글자 그대로 우리 군대는 백성들의 바늘 하나도 다치는 법이 없었다.

팔로군의 한 연대장이 동네 색시(남편 있는)와 눈이 맞아 탈선행위를 좀 했다고 대번에 취사병으로 강등, 하루아침에 물지게를 지는 신세가 돼 버리는 것을 목격하고 우리는 숙연해지지 않을래야 않을 수가 없었다.

약탈, 수탈을 일삼는 건 일본군만이 아니었다. 중국군(공산군이 아닌)에도 백성들을 으레 먹을 감으로 여기는 경향들이 없지 않았다.

1937년에 팔로군이 태항산 지구에 주군을 하고 본즉 대군벌 성장

염석산이 백성들에게서 갖가지 명목의 세금을 긁어 가기를 어떻게 긁어 갔는가 하면 꼭 십 년 치를 앞당겨 그러니까 1947년분까지를 이미 다 긁어 갔다.

그러므로 백성들은 팔로군을 친근스레 '자제병'이라고 부르며 이를 성심성의껏 옹호를 했다.

한번은 우리 몇몇이 마을에 있는 무슨 씨(氏) 사당이라나 하는 번듯한 건물의 섬돌(승강석)에 늘어앉아 총들을 닦고 있는데 마침 한 개 연대 가량의 군대가 행군을 하다가 우리 마을에서 중화참을 하는 모양으로 삽시간에 골목골목이 낯선 군인들로 수선스레 붐볐다.

우리가 큰 소리로 우스갯말하는 것을 들은 모양으로 웬 간부급 군인 하나가 반가움이 넘쳐흐르는 듯한 얼굴로 쫓아왔다. 당시 공산군에는 견장이라는 게 없었으므로 호주머니가 겉에 달린 상의를 입었으면 다 소대장급 이상의 장교였다.

"조선 동무들이 아닙네까?"

그가 흥분을 누르지 못하며 평안도 사투리로 이렇게 묻는지라 우리도 반가운 악수로 그를 맞아 주었다.

"그 연대에 우리 동무들이 얼마나 있는가요?"

"나 하나밖에 없시오."

"거 외로워서 어떻게 사시겠소. 우리하고 같이합시다. 우리 여긴 몽땅 조선 동무들이오."

우리는 그 친구가 좋아서 입이 함박만 해질 줄 알았다. 그런데 천만의 말씀이었다.

"아니 아니, 난 민족혁명은 안 해요. 그런 건 안 한다구요."

우리 몇몇 비참한 '민족혁명파'들은 하도 어이가 없어서 멀뚱멀뚱 서로 얼굴만 바라보았다.

"지난번에 우리 부대가 적군의 거점 하나를 둘러 빼잖았갔소. 한데 그때 내래 죽어 자빠진 적병 녀석의 잡낭(즈크로 만든 멜가방) 속에서 이런 책 한 권을 뒤져냈지 뭐요. 아, 근데 그게 우리글로 된 거라요, 글쎄."

그 '민족혁명 기피자' 양반이 살뜰한 동포애로 우리에게 기증한 그 책이란 앞뒤 뚜껑이 다 떨어져 나간 수진본으로서 무슨 단편소설집 같은 것이었다.

그 우스꽝스러울 정도로 철저한 '국제혁명 전문가'가 혈혈단신으로 다시 소속 부대와 함께 행군길에 오르는 것을 점도록 바라보며 우리는 '잘 가라'고 자꾸자꾸 손을 흔들어 주었다.

나중에 나는 그 단편집 중에서 〈발가락이 닮았다〉라는 매우 기발한 제목의 단편 하나를 읽어 보고 일변으로는 우스우면서도 다른 한편으로는 어지간히 한심스러웠다.

성병으로 생식기능을 상실한 한 남자가 행실이 부정한 그 아내의 낳아 놓은 아이를 제 아이로 믿으려고 애를 쓰는데, 닮은 데가 하나도 없어서 무진 고민을 한 끝에 마침내 아이의 발가락이 자신을 닮았다고 '내 아들이 틀림없다'고 좋아하는 내용이었기 때문이다.

'망국의 비운도 아랑곳없이 이따위 너절한 소설들을 쓰고 있다니!'

아마도 그 개죽음을 당한 적병(수진본 임자)은 조선적의 무슨 지원병 따위였기가 쉽다.

해방 후 서울에서 사귄 리태준, 김남천 두 분과 한담을 하다가 이 이야기를 하고 "그게 대체 어느 양반의 걸작이냐."고 물어봤더니 두 분은 박장대소를 하며 그 작자의 이름을 대 주는 것이었다.

다시 태항산. 가을일이 얼추 끝나자 우리도 적의 침습에 대비해 대오를 재편성하는데 김세광이 영솔하는 제1대에 우리 선전부에서는 둘이―류신과 내가 편입이 됐다. 이 1대는 모두 해서 30여 명. 김강, 김흥 같은 치들도 들어 있었다.

김세광이 해방 후 내무성 부상 등을 역임하다가 숙청을 당한 건 전문(앞글)에서 이미 언급이 됐고 또 김흥이 사단장으로 있다가 숙청을 당한 것도 이미 다 서술이 됐다. 그리고 류신이 사단참모장 재임중에 전사를 한 것까지 다 거듭 언급이 됐다. 그러나 김강에 대해서는 어떡하다 언뜻 스치고 지나가기만 했으므로 다시 몇 마디 보충적으로 적을 필요가 있을 것 같다.

김강(당시 문화선전성 차관)과 함께 중국으로 탈출을 한 윤공흠, 서휘 등은 이미 타계(객사)를 했고 아직 생존해 있는 것은 김강 하나뿐인데 그는 현재 태원에서 현지처와 조용히 살면서 정정의 추이만을 예의 주시하고 있다.[9]

이쯤에서 일본군이 항일 근거지에다 시행한 '삼광정책'이라는 것에 대해서도 좀 설명해 둘 필요가 있을 것 같다.

'광'은 중국말로 반들반들하다는 뜻 또는 싹 쓸어 버린다는 뜻이다. 그러므로 '소광'은 닥치는 대로 싹 불살라 버림. '살광'은 눈에 띄는 족족 싹 죽여 버림. 그리고 '창광'은 있는 대로 싹 강탈해 버림. 이게 바로 '삼광정책'이라는 것이다. 그러니까 항일 근거지를 아예 무인지경을 만들어 버리자는 수작이다.

일본군이 항일 근거지로 쳐들어올 때는 으레 피점령 지구의 '양민'들을 주렁주렁 뒤딸리게 마련이다. 말, 노새, 나귀 따위를 끌거니 타거니, 청처짐하게 뒤따라온 양민들은 무어나 눈에 띄는 것은 다 마음대로 차지해도 된다. 근거지 주민들의 재물을 공짜로 한 바리씩 싣고 돌아와 횡재를 한 양민들이 어찌 '황군'께 감사를 드리지 않을 것인가. 어찌 그 은덕을 감지덕지하지 않을 것인가. 이야말로 '한 팔매에 새 두 마리'적 정책이 아닐쏘냐.

일본 침략군은 이런 악랄한 책략으로 중국 인민의 순후한 민족정신마저 부식을 시키는 것이었다.

늦가을의 된서리가 내리기 시작할 무렵 우리 1대 외에 리익성, 왕자인 들이 영솔하는 각 대들도 다 같은 날 떠나서 제각각 하산을 하는데 우리 대는 제1군 분구로 향했다.

석양, 원씨, 찬황 세 현에 걸쳐 있는 제1군 분구는 한겨울 동안 우리의 활동 무대로 돼 줄 말하자면 살얼음판이었다. 왜냐하면 우리는 거기서 밤낮없이 홍사익 휘하의 일본군과 위험천만한 숨바꼭질 ― 서로 죽일 내기를 해야 할 판이었으니까.

이른바 반도 출신의 홍사익은 당시 일본군의 한 여단장으로서 그 사령부를 형태에 두고 석가장과 한단(감군) 사이의 철도를 경비하는 한편 부단히 태항산을 침범하는 군사작전을 펴고 있었다. 그는 나중에 중장으로 승진을 했으나 일본이 패전한 직후 전쟁범죄자로 기소가 돼서 미군에 의해 교수형에 처해졌다.

우리가 왜 하필이면 이런 망할 자식하고 맞붙어야 했는지 참으로 기괴한 인연이 아닐 수 없다. 파견군 사령부가 의도적으로 그렇게 병력 배치를 한 것인지 아니면 우연히 그렇게 된 것인지는, 백전백승의 강철의 영장이 아니신 우리로서는 도저히 알 길이 없다.

우리는 항일 전쟁 전 기간을 통해 단독으로 군사행동을 해 본 적이 거의 없다. 총 몇십 자루, 몇백 자루쯤 가지고 수백만의 대군이 어우러져 맞겨루는 판국에 무엇을 할 수가 있단 말인가. 우리는 토비의 무리를 토벌하러 다니는 게 아니고 강대한 일본군을 상대로 무장 활동을 벌이고 있는 것이다.

'새발의 피'란 말이 있는가 하면 '달걀로 돌 치기'란 말도 있다. 그러한 '피' 같고 '달걀' 같은 우를 범하지 않기 위해 우리는 언제나 우리의 우군 팔로군과 긴밀한 협동작전을 폈다. 그러게 우리 대 30여 명이 출동을 하면 한 개 대대의 팔로군 부대도 동시에 출동을 해 우리를 꼭 엄호해 주게 마련이었다.

이 보장이 없다면 우리는 일본군에 접근도 못 해 보고 말로만 '항일'을 외치다가 종전을 맞이했을지도 모를 일이다. 시베리아에 쫓겨 가 집단생활을 하면서 아들딸 낳아 기르는 재미도 보면서 일본이 저절로 망해 주기만 바라던 그 어떤 양반들처럼.

그러게 나는 단독의 힘으로 한꺼번에 수백 명씩 일본군을 무찔렀다느니 동에 번쩍 서에 번쩍 넘나들며 백전백승을 했다느니 하는 따위의 신화―20세기의 신화―는 애당초에 곧이듣지를 않는다.

우리는 거의 밤마다 같이 출동을 해 일본군의 점령 구역을 돌아다니며 양민들을 상대로 선전선동 사업을 벌였다. 애국주의 사상을 고취하고 또 일본 강점자에 대한 적개심을 불러일으켰다.

'보라, 우리는 외국 사람이지만 이렇게 중국 인민의 항전 대열에 들어서잖았는가!'

'양민증'을 앞가슴에 달고 나온 주민들은 우리의 사자후에 설령 공감을 느꼈다손 치더라도 박수를 친다거나 '옳소'를 외친다거나 하는 따위의 경솔한 행동은 극력 삼가했다. 날이 밝으면 또다시 일본군 점령지의 주민 ─ '양민'으로 되돌아가야 했기 때문이다.

박수 한번 치거나 '옳소' 한번 외치면 그 대가로 반드시 일본도(왜검) 밑에다 목을 들이밀어야 한다는 것을 그들은 너무나 잘 알고 있었기 때문이다.

군중집회가 열리는 동안 일부 대원들은 귀얄과 옥수수가루 풀이 담긴 통을 들고 돌아다니며 반전사상을 고취하는 내용의 삐라(일본글)들을 더덕더덕 붙여 놓았다. 곽말약의 표현대로 '정신의 보루'를 만들어 놓는 것이다.

이 삐라들은 날이 밝으면 일본군 병사들이 일부러 눈을 감지 않는 한 꼭 보일 테니까 장교들에게는 골칫덩이가 아닐 수 없을 것이다. 하건만 일본군은 우리가 별짓을 다 해도 보루 속에 쥐 죽은 듯 들엎드려 코빼기도 내밀지를 않았다. 낮은 자기네 세상이지만 밤은 우리네 세상이란 걸 잘들 알고 있었기 때문이다.

우리가 활동을 하는 동안 팔로군의 한 개 대대는 길마다 기관총을 걸어 놓고 삼엄하고 완벽하게 경비를 해 주었다. 보루 속의 일본군은 이런 상황을 너무나 잘 알고 있었기에 함부로 덤빌 엄은 못 하고 "이게 낮이라면 조놈들을 모짝 다 잡아치우련만, <u>으으 으으</u> 분해라." 모주 먹은 돼지 벼르듯 잔뜩 벼르기만 하는 것이었다.

1941년 12월 10일 밤, 우리는 일본군의 거점인 남좌진에 들어가 대대적인 활동을 벌였다. 이 경우 '진'은 우리의 '장거리'에 해당하는데 이 남좌진은 평한선(북평~한구선) 북단에 위치한 원씨역에서 북서쪽으로 약 8킬로미터가량 떨어진 지점에 위치하고 있었다.

우리의 이 '내정돌입'이나 진배없는 방자무기한 행동이 보루 속에 가만히 들엎드려 있는 일본군의 비위를 크게 거슬려 놓았던 게 분명한 것은 이튿날 그들의 결연한 반응만 보아도 알 수가 있었다.

'이놈들, 자는 범의 콧등을 밟는 거냐? 어디 좀 견뎌들 봐라!'

아닌 게 아니라 우리는 이튿날 어지간히 '좀 견뎌들 봐야' 했다. 그리고 또 그다음 날은 아주 철저히 뼈에 사무치도록 '견뎌들 봐야' 했다.

믿는 구석(우군의 엄호)이 있는지라 기탄없이 밤늦게까지 분탕질을 쳐 놓고 15리가량 떨어진 선옹채로 우리가 돌아온 것은 원근 마을의 닭들이 제가끔 목청을 뽐내는 닭울녘이었다.

이 선옹채의 지형지물을 간략히 소개한다면 대개 아래와 같다.

태항산맥의 한 지맥이 동남동쪽으로 줄기차게 뻗어내려오다가 갑자기 툭 끊기며 마침표인 양 쑥 솟은 누에머리를 이루어 놓았다. 그 바로 기슭에 이백 호 남짓한 마을 — 선옹채가 자리 잡고 있는데 앞은 탁 트인 벌판으로서 여름에는 조와 피와 옥수수가 수풀을 이루어 도깨비들이 모이기에 알맞춤했다.

그러나 우리가 선옹채 근방을 맴돌며 유격 활동을 할 무렵은 겨울철이라 수풀도 도깨비도 다 없어지고 그저 허허벌판만이 드넓게 펼쳐져 있었다.

선옹채에 돌아와 촌공소가 제공한 맹탕(소금이 한 알도 들지 않은) 밀수제비와 감, 고욤으로 아침식사를 하는 중에 별안간 누에머리에서 총성이 울렸다.

보초가 적습을 알린 것이다. 이와 거의 동시에 한 발의 박격포탄이 날아와 터지면서 근처의 농가 한 채를 박살까지는 내지 못했어도 한 절반쯤 허물어 놨다.

우리는 튕겨지듯이 뛰어 일어나 총들을 거머잡자 죽어라 하고 누에 머리를 향해 치달았다.

능선에 엎드려서 바라보니 박격포로 먼장질을 하며 쳐들어오는 적군의 산병선이 마치 공중촬영을 한 영화의 한 장면과도 같았다.

적의 병력은 눈어림으로 일본군 1개 중대와 황협군 1개 대대쯤. 이에 맞서는 것은 우리들 30여 명의 조선 독립군과 1개 대대의 중국 공산군.

지형지물이 일방에게(적군에게) 절대적으로 불리한 상황하에 맞붙은 화력 교전이라서 시간을 그리 오래 끌지는 못했다.

적군은 한 시간 남짓이 겨루어 보다가 암만해도 가망이 없음을 깨달았던지 네댓 구의 시체와 약간 명의 부상병들을 거두어 가지고 상당히 질서 있게 서서히 퇴각을 했다.

이를 보자 우리는 마치 행주대첩을 재현하기라도 한 것 같은 기분들이 돼 버렸다. 개개 다 상투가 국수버섯 솟듯 해 가지고 '만부부당 항일 영웅 내 아니시냐'쯤 돼 버렸다.

우리 대장 김세광과 팔로군의 대대장이 누에머리 현장에 마주 서서 타합한 결과 우리는 곧바로 떠나고 그들은 떨어져서 전장을 청소한 뒤 내일 아침 호가장에서 다시 합치기로 했다(합치기는 예정대로 합쳤어도 극히 비참하게 합쳤다).

호가장은 선옹채에서 서남서쪽으로 7킬로미터가량 떨어져 있는 대부락인데 거기서는 내일(12월 12일) 서안사변(즉 쌍십이사변) 5주년 기념대회가 열릴 예정이었다. 우리는 팔로군 대대와 함께 그 대회에 참가를 하기로 이미 약정이 돼 있었다.

전장을 청소한다는 것은 물론 부상병을 후송하고 시체를 그러묻고 하는 게 주요한 일이겠으나 항일 부대들에 있어서 그만 못지않게 중요한 것은 무기, 탄약 등 흩어져 있는 군용품들을 거두어들이는 일이었다.

팔로군의 한 개 대대가 분열행진 때 총이나 칼은 물론이려니와 군복, 군모, 군화, 배낭, 빨병까지 몽땅 일본군에게서 노획한 것들을 착용하고(뽐내기 위해) 보무당당하게 행진하는 것을 보고 우리는 혀를 내두른 적이 있었다.

이날 호가장에서 저녁식사를 끝내자 우리는 곧 화톳불을 피워 놓고 춤과 노래로 즐겁게 어우러져 한바탕 전승 축하 놀이를 벌였다. 우리는 기분들이 한껏 들뜨는 바람에 '이겨도 투구의 끈은 졸라매라'는 만고불후의 교훈을 깜박 잊었다.

그리하여 반세기가 더 지난 지금까지도 나는 그 '깜박 잊은' 대가를 톡톡히 치르고 있는 형편이다.

밤늦게 평지붕 위에 보초를 세워 놓고 소등. 다들 고단하니까 세상 모르고 자는 중에 별안간 총성이 대작. 깜짝 놀라 눈들을 떠 보니 희붐히 밝은 창밖의 회벽에 총탄이 우박 치며 흙가루, 횟가루가 보얗게 날리잖는가. 적군이 우리에게 불효 공격을 들이대고 있는 것이다.

미처 각반들도 칠 겨를이 없어서 벌떡 뛰어 일어나는 길로 총들을 거머잡고 밖으로 뛰쳐나와 응전을 하는데 짙은 새벽안개 때문에 가시거리가 너무 짧아 예상 밖의 어려움들을 겪어야 했다.

총열들이 달아서 손을 델 지경으로 필사적으로 응사를 하다가 도저히 당해 낼 재간이 없음을 깨닫자 김세광 대장은 우리 몇몇에게 엄호할 것을 명한 뒤 자신은 나머지 대원들을 이끌고 급히 전이를 했다.

우리들 엄호대는 손일봉, 박철동, 한청도, 왕현순 및 김학철.

일찍이 중앙군에서 반전차포 중대의 중대장 대리를 역임한 바 있는 손일봉이 제일 고참이었으므로 우리를 지휘하는데, 워낙 송곳으로 도끼를 막는 거나 다를 바 없는 형세라서 그라고 무슨 뾰족한 수가 있을 리는 만무했다.

다들 엄체로 돼 줄 만한 지형지물을 최대한으로 이용하며 일변 사격 일변 후퇴. 그러던 중 돌연 왼쪽 다리에 배트로 한 대 후려갈기는 것 같은 충격을 받고 휘뚝 나가떨어지면서 나는 바위 같은 데다 머리를 부딪쳤던지 그만 의식을 잃고 말았다.

나가사키형무소

1

의식을 회복하고 보니 나는 들것에 실려서 일본군과 함께 황망히 퇴각을 하는 중이었다.

우리 편이 내리쏘는 탄알들이 전후좌우에 누리(메뚜기) 떼 튀듯 하는 가운데 나는 난생처음으로 일말의 공포감도 없이 태연할 수가 있었다.

'제발 한 방 맞아만다오.'

'우리 탄알에 맞아 죽는다면 얼마나 고마우랴.'

죽는 것이 하나도 두려울 게 없다는 경지에, 전 생애를 통해 내가 딱 한 번 이르렀던 순간이다.

퇴각은 하면서도 노략질한 소들은 다 끌고 도망을 치는데 탄알이 하도 우박 치듯 하니까 신병인 듯싶은 녀석 하나가 다급한 모양으로 허둥지둥 바위틈에다 대가리를 틀어박았다, 타조 모양 몸뚱이는 다 드러내 놓고. 그 꼴을 보자 화가 난 하사관 녀석이 달려와 발길로 꽁무니를 냅다 걷어찼다.

"이 멍청아, 대가리만 감추면 다냐? 냉큼 빠져나오지 못할까!"

이때로부터 4년이란 시련의 세월이 어렵사리 흐른 뒤에야(해방된 서울에서 옛 전우들과 다시 만나서야) 비로소 나는 이날 일의 전모를 알게 됐는데…….

그 첫째는, 우리가 팔로군 부대와 갈라져 단독으로 숙영한 것을 보고 '절호의 기회'라고 생각한 호가장의 한 한간이 밤도와 일본군 거점으로 잠행, 이 정보를 제공한 뒤 다시 긴급출동하는 적군의 길라잡이가 돼 가지고 날이 채 밝기 전에 호가장에 득달, 적군으로 하여금 멋진 급습 작전을 벌이도록 했다는 것. 적의 병력은 안날과 마찬가지로 1개 중대의 일본군과 1개 대대의 괴뢰군.

그 둘째는, 평지붕 위에서 보초를 서던 우리의 신입 대원 김승은이(19세) 경험이 부족했던 탓으로(졸았을 가능성도 없지는 아니함) 짙은 안개를 이용해 기척 없이 기어드는 적을 미처 발견 못 해 낙제점을 벌었다는 것.

그리고 셋째는, 우리가 전멸을 당할 위기에 처했을 즈음 때마침 선옹채에서 새벽같이 길 떠나 호가장으로 오던(우리와 합치려고) 팔로군의 대대가 중도에서 콩 볶듯 하는 총소리를 듣고 사태가 긴박한 것을 짐작, 급행군으로 들이닥치는 즉시 적군의 배후를 맹습해 준 덕에 우리는 전멸을 면했다는 것. 그러나 후위대는 나 하나 살고 전원이 전사. 이 밖에 중상 하나, 경상 둘. 팔로군 대대에도 상당한 사상자가 났다는 것.

나 자신은 왼쪽 대퇴골(넓적다리뼈)이 4분의 1쯤 깎여 나가는 관통상을 입었다.

호가장에서 6킬로미터 떨어진 흑수하까지 퇴각이라느니보다는 철수를 해 들것째로 군용트럭에 실릴 때 나는 비로소 일본군 측에도 오륙 명의 전사자와 약간 명의 부상자가 난 것을 알았다.

나는 원씨성내(읍내) 일본 헌병 분견소에 들것째로 맡겨져 밤을 지내는데 젊은 헌병 오장(즉 하사)이 주기(술기운)를 띠고 들어오더니 나를 보고 하는 소리가 "너희네 그 선전문들 우리 다 읽어 봤다. 하지만 그게 무슨 소용 있는 거야? 우리 병사들도 다 읽어 보고 코웃음들 치는데. 괜한 헛수고지. 당랑지부 알아? 당랑지부. 넌 괜히 깜냥 없이 들덤비다 신세만 조진 거야. 신세만." 오장 녀석이 담뱃갑을 꺼내더니 나더러 "피우겠느냐." 묻고 내가 고개를 가로흔드니까 저 혼자 한 대 붙여 물고 다시 씨벌거리기를 "우리 여단장 각하가 아마 널 한번 만나실 모양이다. 낼 형태를 가 보면 알 테지만……. 아무튼 넌 운이 좋은 편이다. 각하도 반도 출신이시거든."

나는 다리의 상처가 욱신거리고 신열이 나는 데다가 목까지 탈 것같이 말라서(출혈한다고 물을 주지 않아) 정말 죽을 지경이었다.

이튿날 들것째로 남행열차의 우편 전용 칸에 실려 형태까지 와 가지고 들것에 누워서 성안으로 들어오는데 거무튀튀한 거리와는 대조적으로 산뜻하게 한복 치마저고리를 차려입은 젊은 여자들이 눈에 띄어 나는 부상한 포로병답지 않게 무언가 서글프면서도 다정한 향수 같은 것을 느꼈다.

그 여자들이 보통 여염집 규수들이 아님은 한눈에 알아볼 수 있었다. 역시 침략전쟁의 부산물이었다.

나는 어느 개인 병원 빈 병실에 맡겨져 대령을 하게 됐는데 개업의인 원장(조선 동포)이 일본 헌병 입회하에 내 다리의 응급처치 한 붕대를 끌러 보고 고개를 한번 젓더니 입회한 헌병에게 보고를 하기를 "화농했습니다. 서둘러 수술을 하잖으면…… 돌이킬 수 없는 후과를 초래하게 되겠습니다." 그러나 결과는 간단한 응급처치 정도로 처리가 됐다. 우리가 일본군 부상병들에게 베푼 인도주의적 배려와는 너무나 차이가 나는 처우였다.

이때 나는 자신이 장장 3년 2개월 동안을 줄곧 고름을 흘리며 옥살이를 하게 될 줄은 미처 몰랐다.

전전 장에서 서술한 바 있는 그 조선인 통역관을 나는 바로 이 병실에서 만났다.

삼사일을 무위하게 기다린 끝에 면접을 한다던 원래의 계획이 무산이 된 모양으로 나는 석가장 일본 헌병대로 곧장 압송이 됐다. 압송은 됐으나 운신을 통 못 하니까 유치장에다 가둘 형편이 못 됐으므로 헌병대 공동 숙사 맨 끝의 방에다 집어넣고 문도 잠그지 않았다.

하루 세끼는 중국인 사환이 구내식당에서 헌병들과 똑같은 것을 1인분씩 날라다 주는데 간고한 생활을 감내해 온 항일 군인 출신인 내게는 너무 과람해 '이거 내가 먹을 복이 터지잖았나' 싶었다. 팔로군의 급식과는 그야말로 천양지차였다.

그 외딴 방에서 내가 당면한 가장 큰 고통은 하루 걸러로 와 처치를 해 준다는 위생병 녀석의 적의에 찬 행패였다.

'내가 왜 이따위 공비 녀석의 더러운 피고름을 닦아 줘야 하는가!'

그 잔뜩 찡그린 상통에는 이런 불만이 역연히 그려져 있었다. 하긴 무리도 아니었다.

"딴 놈들은 다 파상풍에 걸려서 뒈지는데 네놈은 왜 그 흔한 파상풍도 좀 안 걸리냐. 총살해 줄 땔 기다리느냐. 더러운 빠루(팔로군) 같으니라구."

그 망할 자식은 개 벼룩 씹듯이 아래턱을 실룩거리며 이따위 악다구니까지 퍼붓는 것이었다.

나를 담당한 야마모토 조장이 어느 날 느닷없이 말쑥한 양복쟁이 하나를 데리고 나타나는데 보니 '아니, 이게 누구야!' 류빈이가 아닌가. 류빈은 지난해 여름 한국광복군에서 넘어온 신참으로서 문정일 일행이 태항산으로 들어올 때 따라왔다.

"우리 특무기관의 고원 신용순 군이다. 이번에 귀중한 첩보를 대량으로 수집해 왔기에 표창을 받았다. 그리고 거액의 상금도 탔다. 너희는 왜 이렇게들 좀 못 하느냐."

야마모토가 자랑스럽게 소개를 하는데 나는 하도 어이가 없어서 꿀 먹은 벙어리가 돼 버렸다.

류빈(신용순)이 녀석은 자곡지심 때문인지 나를 감히 똑바로 보지 못하고 슬며시 눈길을 피했다.

2

석 달 후, 상처에서 고름이 계속 흐를 뿐 아니라 그쪽 무릎 관절이 굳어서 뻗정다리까지 되기는 했으나 그래도 막대기를 짚고 걸을 수는 있게 되자 나는 헌병대 유치장에 수감이 됐는데 깎지 않은 머리가 더 부룩한 데다가 얼굴까지 할쑥하니까 접수하는 상등병이 나를 여군 포로로 잘못 봤던지 "이거 여자 아냐?" 하고 내 젖가슴을 한번 만져 보더니 "멀쩡한 사낼세." 하고 곧 일등병에게 "우선 1호 감방에 집어넣으라."고 분부를 했다.

신문을 받으며 나는 시종일관 공산당원이라는 신분을 드러내지 않았다. 당의 비밀을 굳게 지키기 위해서다. 그러게 내 신문조서나 판결서에는 공산당의 '공' 자도 들어 있지를 않다.

하건만 그 당은 고맙게도 훗날 나에게 '반당, 반사회주의'라는 죄명에다 '반혁명 현행범'이라는 죄명까지 뒤집어씌웠다. 겹철릭을 입힌 것이다. 그리고 은혜롭게도 장장 24년에 걸친(10년 징역살이 포함) 강제노동을 안겨 주었다.

한창 더울 때 나는 석가장 일본 총영사관 경찰서로 넘겨져 이듬해 4월까지 유치장살이를 하는데 여기서 나는 구라시게라는 도쿄의 한 택시 운전사와 사귀게 된다. '북지에 오면 돈벌이가 좋다'는 소문에 귀가 솔깃해 떠나왔다가 싱겁게 무슨 사건에 연루가 돼 서너 달 동안 유치장밥을 먹고 훈계방면으로 풀려난 30대 후반의 약하게 생긴 남자였는데 그는 허리병을 앓아 굼닐기를 몹시 어려워했다.

감방 안에서 나는 공산군 장교 출신이라고 위신이 대단했으므로 구라시게에게는 변기 청소 따위 잡역 일체를 면제해 주었다. 그리고 우리 누이동생에게서 오는 편지도 일본글이었으므로 그와 함께 나누어 보았다.

구라시게가 방면이 된 바로 이튿날 내게 무슨 "차입물이 있다."며 사법계 순사가 불러내기에 따라 나가 봤더니 의외롭게도 구라시게가 생과자 한 상자를 차입해 준 게 아닌가.

문화대혁명 시기에 나는 사회주의 나라 유치장에서 4년 7개월 동안 (내가 갇혀 있다는 사실을 가족에게 알려 주지 않아서) 비누 하나, 치약 하나도 받아 보지를 못했다.

이 얼마나 대조적인가!

그런데 어찌 알았으리, 이 구라시게 씨가 귀국 도중 일부러 경성(서울)역에서 하차를 해 지선으로 갈아타고 경기도 지평까지 우리 누이동생을 찾아갈 줄을(누이동생은 당시 지평국민학교의 교사였다).

이 구라시게가 자세한 소식을 알리기 전까지 우리 집에서는 줄곧 나를 ― 경찰이 알려 준 대로 ― 마약 사범인 줄만 알고 있었다는 것이다.

물론 이것은 다 해방 후에 귀국을 해 가지고 알게 된 일이지만 아무튼 그때 우리 어머니와 누이동생은 생면부지의 일본 남자인 구라시게를 일본 경찰의 끄나풀인 줄 알고(중정을 떠보러 온 줄 알고) 짐짓 "우리 아들은 나쁜 사람입니다.", "우리 오빠는 옳지 못해요." 하고 모녀가 입을 모아 자꾸 곱씹었더니 구라시게가 나중에는 "듣기 싫다."며 성을 벌컥 내더라는 것이다.

"아, 아드님은 훌륭한 사람이라고 그렇게 말씀을 드렸는데도 왜들 이러시는 거죠?"

나의 참된 벗 구라시게가 아직까지 살아 있다면 이젠 구순의 마루터기에 올라섰을 테니 어찌 살아서 다시 만나 회포를 풀게 돼 주기를 바랄 것인가.

구라시게 씨와는 전연 다른 타입의 인간도 나는 그 유치장에서 접촉을 해 봤다.

그 인간은 마약을 밀매한 죄로 두 번째 들어온 내 또래의 조선인이었는데 '초범은 구류 3주일', '재범은 징역 6개월'이 당시의 '싸구려판 공정가격'이었으므로 그는 석 달가량의 구류 기간을 뺀 나머지 석 달가량을 일본 나가사키형무소에 가 마저 치러야 했다.

구류 기간이 이렇게 긴 것은 북평에서 예심판사가 일 년에 2번 ― 봄과 가을에만 내려와 일을 처리하기 때문이었다. 일 년 이하의 형은 그가 직접 판결을 했다.

"이보시오. 아, 나라가 망해 버린 판국에 우리가 그런 따위 장사나 하며 청춘 시절을 보내서야 어디 쓰겠소. 다 같이 일떠나서 나라부터 되찾고 봐야지."

나의 이러한 권유를 그는 완곡하게 받아넘기기를,

"우리 같은 게야 뭘 압네까. 그저 굿이나 보고 떡이나 먹습지요."

그가 나가사키로 압송이 되기 직전에 그 젊은 아내가 면회를 왔다. 둘이 맞부둥켜안고 눈물을 뿌리는 광경을 물끄러미 바라보며 나는 속으로 웃었다.

'조런 졸때기 같으니라구. 고작 두어 달 푼히 갈라지는 게 뭐가 그리 대단하다고, 저 지경이람!'

순간 나는 자신이 원양항해를 하는 탐사선의 전설적인 선장쯤 된 느낌이었다. 그 녀석은 거룻배나 겨우 저어 먹을 사공 나부랭이고.

4월 초에 북평에서 예심판사가 내려와 내 죄명이 '치안유지법 위반'으로 확정이 되고 보니 내게 남은 일은 일본으로 압송이 돼 나가사키 지방재판소에서 재판을 받는 것뿐이었다.

예심을 끝내고 자리를 뜨기 전에 예심판사가 당지에서 발간되는 일본어 신문 한 장을 건네주기에 무심히 받아 가지고 유치장에 돌아와 펼쳐 본즉 "최승희 무용단 황군 위문공연." 특호활자로 찍은 표제가 눈 속으로 뛰어들었다.

나는 격할 대신 도리어 웃음이 나왔다.

'이놈은 그놈의 아편 장수보다 더한 놈이구나. 아예 굿판을 벌이러 다니니.'

가네다, 호데이야 두 순사가 나를 압송하는데 우리는 농담을 주고받으며 북평~부산 간의 직행열차와 관부연락선으로 3박 4일의 긴 여행을 했다. 두 순사가 암묵리에 나를 자신들보다 단수가 높은 인물로 쳐주는 것을 잘 알고 있었기에 나는 스스럼없이 그들을 대할 수가 있었다.

사회주의 나라에서는 정치범이라면 으레 야차 취급을 하게 마련이다. 한데 자본주의 나라에서는 보다 인격적으로 양심범 취급을 해 주니 이를 어떻게 풀이해야 좋을지 모르겠다.

천진역에서 가네다 순사가 뛰어내려가 우리 누이동생에게 전보를 쳐 주었다. 열차가 경성역을 통과하는 시각을 알려 준 것이다.

나는 약용 알코올 한 병과 탈지면 한 봉지를 가지고 여행을 하고 있었다. 상처에서 흐르는 고름을 닦아야 했기 때문이다. 더울 때는 하루만 닦아 내지 않아도 파리들이 꾀었다.

경찰서 유치장에 갇혀 있는 동안 경찰의인가 공의인가가 "수술비 600원을 자담하면 수술을 받을 수 있다."고 했지만 600원은 고사하고 단돈 60원도 마련할 주제가 못 됐으므로 그런 의논은 하나마나였다.

7년 전에 북으로 건넜던 압록강 철교를 한밤중에 남으로 건너니 곧 고국 땅이다.

샐녘에 눈을 떠 보니 차창 밖 실안개 속에 연푹한 수채화처럼 잇닿아 펼쳐지는 연선의 농촌 풍경이 꿈속인 양 아련했다.

한낮 때가 거의 돼서야 열차는 대망의 남대문정거장으로 서서히 미끄러져 들어갔다.

플랫폼에 서서 기다리고 있는 어머니는 몹시도 초라하게 여위었고 또 단발머리 소학생이던 누이동생은 트레머리에 뾰족구두를 신은 어엿한 여교사로 자랐다.

모녀가 차에 오르자 의당 입회를 해야 할 가네다, 호데이야 양 씨는 얼른 일어나 자리를 내주고 아예 딴 칸으로 가 버렸다. 가네다 씨는 후쿠오카 사람이고 또 호데이야 씨는 후쿠시마 사람이었다.

하지만 뒤에 남은 우리 세 식구도 별로 할 말이 없었다. 내가 대체 무엇 때문에 이런 기막힌 고생을 사서 하는지 어머니와 동생은 이해가 잘 가지를 않을 게 뻔했다.

어머니가 수심에 잠긴 얼굴로 "몸이 어떠냐."고 물으시고 또 "다리의 상처가 좀 어떠냐."고 물으시는데도 나는 그저 "괜찮아요, 염려 마세요.", "괜찮다니까요, 이젠 거의 다 아물었는걸요." 하고 판에 박은 것 같은 말로 응수를 했을 뿐이다. 그렇게도 간절히 하고 싶던 말들이 다 어디로 사라졌는지 도무지 떠올라 주지를 않아서였다.

철길 위를 달리며 하는 면회가 한 시간쯤 걸렸을까, 어머니와 누이동생은 수원역에서 하차를 했다. 나는 대전까지쯤은 같이 갈 줄 알았던 터라 좀 의외로웠다.

몇 해 후 해방된 서울에서 다시 만나 가지고 "그때 왜 좀 더 같이 가지 않았느냐."고 물어봤더니 누이동생의 대답이 기가 막혔다.

"차비가 모자라서요."

수원역에 내린 모녀가 플랫폼에 서서 차창 안의 나를 실심한 얼굴로 바라보는데 이때 처음 누이동생이 눈물을 흘렸다.

어머니는 망연자실한 듯 그저 멍하니 서 있기만 하셨다. 이 세상에 단 하나밖에 없는 외아들이 총을 맞고 적국의 감옥으로 끌려가는 것을 바라보는 어머니의 그 가슴속에서는 무엇이 오갔을까. 한이 오갔을까 분이 오갔을까.

열차가 계속 줄기차게 달려서 대구 가까이까지 오니 차창으로 바라보이는 낙동강 흐르는 물 위에 저녁노을이 아련히 비쳤다. 그제서야 왠지 나는 가슴속이 얼얼해 났다.

7년 만에 이루어진 세 식구의 덧없는 만남과 헤어짐. '번개같이 만나서 우뢰같이 헤어진다' 함은 바로 이를 두고 이르는 말인가.

3

나가사키현에 형무소가 모두 둘이 있는데 그 하나는 나가사키 시내에 있고, 또 하나는 약 20킬로미터 가량 떨어진 이사하야시에 있었다. 나가사키 시내에 있는 게 미결감을 겸한 지소이고 이사하야시에 있는 게 본소였다.

내가 이 지소에 수감이 된 것은 1943년 4월 29일 — 이른바 천장절이었다. 하지만 그때는 아무도 이 음삼한 건물이 불과 2년 4개월 후에 수많은 생령들(간수들과 죄수들) 암질러 일순간에 잿더미로 화해 버릴 줄은 몰랐다.

미결감의 간수가 '나를 변호해 줄 관선변호사를 선임했다(나는 무일푼이었으므로)'고 알려 주고 또 달포가량 지나서 공판 날짜를 미리 알려 주어서 나는 마음속으로 출정할 준비를 갖추었다.

하지만 솔직히 말해 나는 형기가 길지 짧을지에 대해서는 별로 신경을 쓰지 않았다. 왜냐하면 아무 때고 일본이 패전을 하는 날에 놓여나게 될 테니까. 요는 고름을 계속 흘리면서 그날까지 버텨 낼 수 있겠는가였다.

당시 나는 일본이 패전을 하리라는 것은 추호도 의심을 하지 않았다. 아침에 뜬 해가 저녁에 지는 것과 마찬가지의 필연적인 귀결로 생각을 했다. 한 공산당원으로서 '일본은 반드시 패한다'는 교육을 철저히 받았던 까닭에 내 머릿속에는 '일본필패'가 아예 뿌리를 내려 확고부동한 신념으로 돼 버렸던 것이다.

이때 벌써 일본은 '기름 한 방울은 피 한 방울'이라는 캐치프레이즈를 외쳐 대고 있었으므로 호송차 한 대도 굴릴 형편이 못 돼 나는 공판

정까지 용수를 쓰고 전차를 타고 가야 했다.

하지만 그 전차 역시 앞으로 2년 2개월 동안만 더 달리면 박살이 나야 할 운명을 지니고 있었다.

내가 부상한 것을 알고 있는 터라 재판장이 정정을 시켜 걸상을 갖다주어 나는 앉아서 재판을 받았다.

방청자가 가물에 콩 나듯 몇이 안 됐으나 그나마 중도에 일단 퇴정을 했다가 다시 입정을 해야 했다. 내가 "우리는 일본군 포로들을 인도적으로 대우했다."고 진술을 하는 바람에 '황군은 포로가 없다'는 신화에 빵꾸가 날까 봐 재판장이 서둘러 퇴정을 명했기 때문이다, 의사봉으로 급히 탁자를 두드리면서.

삵의 상을 한 검사 녀석이 구형을 하는데 엉뚱하게 무슨 '항적'이라는 것을 들먹이며 "오직 극형만이 있을 뿐."이라고 독살스럽게 혓바닥을 놀리는 바람에 나는 고 녀석이 딱 미워 죽을 지경이었다. 딱 미워 죽을 지경인 한편으로는 또 가슴이 덜컥 내려앉기도 했다.

나는 일찍이 적의 감옥에서 7년씩 8년씩 징역을 살고 나온 선배들에게서 얻어들은 이야기가 있었다.

"치안유지법 위반의 최고형은 무기징역이다."

떨떠름해 가지고 구치감으로 돌아오니 간수가 내 허리띠부터 거두어 갔다.

'내가 목을 매 죽을까 봐? 미친놈들!'

그러나 머릿속은 다잡을 수 없이 어수선산란했다.

'극형?'

'으름장?'

이 두 상반되는 해석이 머릿속에서 드잡이를 놓는 바람에 나는 10등

(최하등) 보리밥 한 덩이를 어떻게 먹었는지도 잘 모를 지경이었다.

취침 시간이 돼 자리에 누워 가지고 마지막 결정을 지었다.

'만약 죽게 된다면 그저 죽잖고 스탈린 만세를 목청껏 외쳐서 놈들의 간담을 한번 서늘하게 만들어 줄 테다!'

내 마음눈 속의 스탈린은 곧 공산주의의 화신이었다. 그리고 전 인류를 구원해 줄 유일한 구세주였다.

내가 그때 정말 교수대에서 이 독재자의 만세를 외치고 죽었더라면 어찌될 뻔했는가. 훗날 또 한 독재자(황색 피부의 독재자)를 반대하다가 깔축없는 십 년 동안 감옥살이까지 해야 했던 내가 말이다.

나는 염병에 까마귀 울음만큼이나 듣기 싫은 기상나팔 소리가 울려 퍼질 때까지 단숨에 내리 잤다, 꿈 하나 꾸지 않고. 너무 골똘히 생각을 해 머리가 극도로 피로했던 모양이다.

두어 주일 후에 나는 '징역 십 년, 미결 가산 200일'의 언도를 받았는데 내 사건을 다룬 예심판사는 와키야 도시오이고 재판장은 와타나베 요시베에였다. 그 급살 맞을 검사 녀석의 이름은 모른다.

그날 공판정에서 징역형의 선고를 받고 감옥으로 돌아오니 약이 오르기도 하고 또 우습기도 한 일이 나를 기다리고 있었다.

하늘색의 미결수복을 벽돌빛의 기결수복으로 갈아입고 있는데 간수 녀석이 한 손에 들고 온 소포 꾸러미를 내들어 보이며 하는 수작이 "아까 오전에 네게 이런 소포가 왔다. 하지만 넌 이젠 기결수니까 이걸 받지 못한다." 그 녀석이 내 눈앞에서 소포 꾸러미를 끌러 가지고 펼쳐 보이는데 그 내용물인즉 먹음직스러운 미숫가루. 극심한 식량난 속에서 어머니가 정성으로 만들어 보내 주신 것이었다.

"이건 법에 의해 파기 처리한다."

그러니까 저네들이 내 대신 다 먹어 치우겠다는 수작인 것이다.

4

이사하야 본소로 이감이 돼 가지고 5사 아래층 독감방에서 그물 뜨는 작업을 하는데 '엄정독거'라서 하루에 20분씩 하는 옥외운동도 간수부장 압령하에 단독으로 해야 하고 또 한 주일에 두 번씩 하는 목욕도 독탕에서 해야 하는데 나는 상처 때문에 탕 안에 들어갈 수가 없어서 그저 머리나 감고 발이나 씻는 것으로 때웠으므로 사실상 4년 동안 목욕이라는 것을 못 해 본 셈이다.

내게 있어서 가장 절박한 문제가 수술을 받는 것이었으므로 의무과장에게 청을 했더니 소위 왈 의사라는 녀석이 코웃음을 치며 내뱉는 소리가 고작 "너 같은 비국민에게 수술이 다 뭐냐. 정 그렇게 수술이 받고 싶거들랑 사법대신의 인가를 맡아 오너라." 이 '비국민'은 '반역자'란 뜻이다.

보기 좋게 콧방을 맞고 다시 교회사에게 청을 했더니 이 까까중이 놈의 대답 좀 보아라.

"제가 저지른 죄과에 대해 참회부터 하는 게 순서가 아닐까?"

요 교회사 까까중이가 바로 내 편지(엽서)를 검열하다가 '치안유지법위반'이란 죄명 일곱 글자를 먹으로 지워 버리고 '징역 십 년'이란 다섯 글자만 남겨 놓았던 장본인이다. 누이동생이 몹시 궁금해 그 엽서를 햇빛에 비추어 보니 덮인 일곱 글자가 분명히 드러나더라는 것이다.

지금도 내가 중이라면 질색을 하는 까닭이 바로 여기에 있는 것이다. 서산대사와 그 휘하의 승병들은 존경하지만.

이런 판국에 어머니에게서 편지가 왔다. 전에 한번 서술한 바 있는 바로 그 편지다.

"수리수리 마하수리…… 옴 도로도로 지미사바하……."

이런 무슨 경문인지 주문인지를 '날마다 정성껏 외면 다리의 상처가 다 아물 거라'는 간곡한 모성애가 넘쳐흐르는 바로 그 편지다. 이 '수리수리 마하수리' 역시 그 중들이 어리석은 중생을 속여 먹기 위해 지어낸 것이다. 안 그런가?

미군의 항공기들이 일본 본토의 상공을 무시로 넘나들기 시작하면서부터 감옥 당국은 방공연습에 열을 올렸다. 하지만 나는 혼자 속으로 코웃음을 쳤다.

'어느 미친놈이 감옥을 폭격할 거라구? 어리석은 작자들!'

이러던 어느 날 예고 없이 갑자기 본래도 형편없던 급식의 질이 또 뚝 떨어졌다. 보리밥이 옥수수밥으로 바뀐 것이다.

이때부터 죄수들은 전쟁이 끝날 때까지 부득불 이 옥수수밥으로 연명들을 해야 했는데, 이 상당히 충격적인 변화도 내게는 그리 대수로울 게 못 됐다. 왜냐하면 태항산 시절의 '옛 친구'와 해후상봉을 한 폭밖에 더 안 됐으므로. 비록 그때 '옥수수를 심으면 포고령 제1호로 깡그리 사형에 처하겠다'고 벼르기는 했지만도.

주야로 고름이 흐르는 뻗정다리가 내게는 치명적인 부담으로 돼 버렸다. 나중에는, 적에게 쫓기다 꼬리를 잡히면 끊어 버리고 내빼는 도마뱀까지 떠올렸다.

'이놈의 다리도 그렇게 끊어 버릴 수가 있다면 오죽 좋으랴.'

이런 미친 생각까지 들 지경에 이르렀다.

'일본이 먼저 망하느냐 내가 먼저 죽느냐.'

나는 아물지 않는 상처를 통해 촛농처럼 흘러 나가는 목숨을 가지고 전쟁의 진행 속도와 경주를 하고 있었다.

1945년 2월에 의무과장이 갈렸다. 종전을 여섯 달 푼히 앞둔 시점이었다.

새로 온 의무과장은, 간수부장이 나를 '엄정독거'라고 귀띔하니까 으레 흉악한 살인강도 따위려니만 여기고 1454번(내 수인 번호) 카르테를 뽑아서 사무적으로 펼쳐 보더니 적이 놀라는 눈치였다. '치안유지법 위반'이라는 죄명이 눈 속으로 뛰어들었기 때문이다.

이 기회를 놓칠세라 나는 열렬한 어조로 호소를 했다.

"의술은 인술이라잖습니까. 그런데 어떻게 사상 문제하고 연관을 시켜 가지고 3년이 지나도록 이 지경으로 내버려 둔단 말입니까. 더도 바라지 않습니다. 그저 절단만 해 주십시오."

신임 의무과장 히로다 요쓰구마 선생은 히포크라테스의 충실한 아류답게 내 청을 선뜻 받아들여 그 설비가 형편없는 의무실에서 어렵사리 내 다리를 잘라 주었다.

그러니까 나는 자신의 생명을 시시각각 좀먹어 들어오는 원수의 다리를 속 시원히 떼 팽개쳤던 것이다. 형상적으로 표현한다면 도마뱀의 꿈을 이룬 셈이었다.

'이젠 살았다!'

나는 마음속으로 환성을 올렸다. 앓던 이가 빠진 것 같아서 몸과 기분이 다 개운했다. 하지만 이때 나는 이미 영양부족으로 폐결핵과 신장결핵에 걸려 있었다.

독병실(엄정독거였으므로)에 석 달 남짓이 입원해 있는 동안에 나는 한 '죄수 간호원'과 자별하게 사귀었다. 그 '죄수 간호원'은 원래 당당한 제국 해군의 소위였는데 툭하면 트집을 잡는 상관(중위)을 울컥한 김에 패검으로 꽉 찔러 부상을 시킨 죄로 군법회의에서 7년의 징역형을 선고받고 이사하야에 와 복역을 하고 있었다.

제국 군인의 프라이드 때문에 그는 파렴치범들이 우글우글하는 환경에 도저히 적응을 하기가 어려워 고민을 하고 있던 터에 적군의 장교 출신인 정치범을 만나게 되니 곧 지기지우를 만난 것 같은 기분이더라는 것이다(사귄 뒤에 그가 내게 털어놓은 말).

에다지마(해군병학교 소재지) 출신의 제국 해군 사관과 황포 출신의 조선 독립군 사관이 전시하의 일본 감옥에서 친교를 맺는다는 것은 기괴한 인연이 아닐 수 없다. 그러게 '사실은 소설보다도 기이하다'고 바이런도 말하잖았는가.

입원 환자(죄수)들에게는 그 병상에 따라 하루에 우유 한 컵 또는 두유(콩국) 한 컵씩이 급여되는데 나는 해군 소위 덕에 두 가지를 다 받아먹었다(독병실이라 다른 녀석들이 보지 못하므로 가능했다).

이 밖에 그는 또 환제 어간유도 넣어 주고 심지어 찐고구마까지 넣어 주었다. 그리고 내가 "허구한 날 읽을거리가 하나도 없어서 죽을 지경."이라니까 그는 "그럼 진작 말할 게지, 잠깐 기다려." 하고 달려가더니 이윽고 거미줄이 군데군데 달라붙은 잡동사니 책을 한 아름 안아다 와르르 넣어 주는 것이었다, 푸짐하게 흐뭇하게.

"다 읽으면 또 갖다줄게, 창고 속에 얼마든지 쌓였으니까."

그 덕에 나는 정신적 기갈을 어지간히 면할 수가 있었다.

우연한 일로 그의 누이동생도 국민학교의 교사였던 까닭에 우리는 각자의 누이동생에게서 오는, 다정한 사연이 가득 담긴 편지들을 서로 바꾸어 보는 것을 낙으로 삼았다. 오락이라는 게 아무것도 없는 감옥이라서 더구나 그러했다.

일본의 패색이 각각으로 짙어 갈 무렵의 일이다. 어느 날 우유를 따라 주고 나서 그는 전에 없이 심각한 얼굴로 무서운 일 물어보듯이 한마디를 넌지시 물어보는 것이었다.

"이거 지는 거 아냐?"

내가 긍정적으로 고개를 한번 끄떡했더니 그는 기연가미연가하던 추측이 불행하게도 적중이 된 게 새삼스레 놀라운 듯 당황한 기색을 감추지 못했다. 이윽고 실망스레 한마디 "역시 그랬구나." 신음하듯 중얼거리고 그는 실심한 사람 모양 맥 빠진 걸음걸이로 자리를 뜨는 것이었다.

나는 그를 통해 많은 소식을 얻어들을 수가 있었으므로 그는 말하자면 내 정보참모쯤 되는 셈이었다.

퇴원을 하기 한 사나흘 전의 일이다. 이 친구가 부지런히 쫓아와 하는 소리가, "임자 그 다리 묻어 놓은 거 있잖아. 그걸 동네 개들이 들어와 가지고 어떻게 파냈는지 파냈다니까. 그리곤 서로 물어 가겠다고 쌈질을 하는 거야. 그래 내 그깟 놈들 마당비로 후두들겨 싹 다 쫓아 버렸지. 어쩔라나, 도로 묻기 전에 한번 보겠나?" 새끼로 매들고 온 내 다리는 완전히 백골화를 하기는 했으나 무릎 마디며 발가락뼈며가 다 온전한데 군데군데 거뭇거뭇한 것은 아마 묻을 때 너무 얕게 묻어서 빗물이 새어 들었던 모양이다.

50년 전에 동네 개들이 들어와 쟁탈전을 벌였던 내 그 다리뼈는 지금도 이사하야형무소 무연묘지에 그대로 묻혀 있을 것이다.

5

베를린이 함락됐다는 소식을 듣자 나는 일본도 망할 날이 멀지 않았음을 짐작하고 누이동생에게 미리 편지를 썼다(한 달에 한 통씩 봉함엽서에다 쓸 수 있었다).

"내가 머잖아 귀가를 하게 될 터인즉 그때까지만 시집을 가지 말고 어머니를 모셔다오."

스물네 살 먹은 누이동생이 시집을 가게 되면 어머니가 의지할 데가 없어질 게 걱정이 돼서였다. 지금과 달라서 그때는 처녀가 스물네 살이면 '떡무거리' 소리를 듣는 판이었다.

해방 후 귀가를 해 가지고 비로소 알게 된 일이지만, 그때 이 편지를 학교에서 받은 누이동생은 너무도 기가 막혀 울면서 집으로 돌아왔다는 것이다.

"감옥살이가 너무 괴로워서 오빠가 아무래도 정신이상이 걸렸나 봐요. 그러잖고서야 어떻게 이런 편지를 쓰죠? 머잖아 귀가를 한다니……. 이게 그래, 성한 사람이 할 소린가요."

"아마 그런가 보다. 아이고 이를 어쩌노!"

외짝다리 병신이 옥중에서 정신이상까지 걸렸으니 어찌 절통하지들 않았으랴. 모녀는 서로 부둥켜안고 울음을 터뜨렸다는 것이다.

대일본제국이 망한다는 것은 그들로서는 상상조차 할 수 없는 일이었으니 무리도 아니었다.

이 무렵부터 하루 걸러쯤씩 밤번을 서는 간수 하나가 넌지시 내게다 귀띔을 해 주는데 그 내용인즉 흔들리는 정국과 옥쇄(즉 전멸)투성이의 전황에 관한 것들이었다. 복도에는 불을 켜지 않는 까닭에 그는 말하자면 '얼굴 없는 사나이'인 셈이었다.

성명도 얼굴도 다 모르긴 하지만 아무튼 그가 흔치 않은 진보적 사상의 소유자임에는 틀림이 없는 것 같았다.

퇴원을 하고 5사로 돌아와 다시 그물 뜨는 작업을 하는데 이때는 벌써 젊은 간수들이 많이 입영을 했던 까닭에 손포가 모자라 감옥 안의 규율과 질서가 상당히 해이해져 있었다. 나는 그 틈을 타 역시 5사에서 복역 중인 조선인 정치범들 — 김중민, 송지영과 가끔가다 짧은 정담을 나눌 수가 있었다.

김중민은 본래 서울 종로경찰서의 고등계 형사였는데 어느 독립운동가를 연행하다가 되려 그에게 설복을 당하는 바람에 양심이 발로가 돼 도중에서 그를 풀어 주고 빈손 털고 돌아와서는 "부주의로 놓쳤다."고 허위 보고를 한 죄로 파면을 당한 사람이었다.

그는 분김에 중국으로 건너와 중경까지 임시정부를 찾아가는 데 성공, 거기서 임무를 맡아 가지고 다시 일본군 점령하의 남경으로 내려와 지하활동을 벌이다가 불행하게도 검거가 돼 징역 7년의 형을 선고받고 이사하야에 와 복역을 하는 중이었다.

그리고 송지영은 당시 남경 중앙대학에 유학 중이었는데 김중민에게 포섭이 됐던 까닭에 징역 2년의 형을 선고받았다.

김중민은 해방 후 그 뜻을 펴 보지 못하고 조서를 하고 또 송지영은 한국 문화예술진흥원장 등 직을 역임하다가 1989년에 타계를 했다. 향년 74세.

내가 여러 달 만에 백지장같이 창백한 얼굴로 목발(협장)을 짚고 나타나니 마음 여린 송지영은 대번에 두 눈이 붉어졌다.

"이봐요, 송 형. 내가 우산귀신이 됐으니 이제부터 비 맞을 걱정은 안 해도 돼."(우산귀신은 외다리로 통통 뛰어다닌단다.)

나는 되려 이런 우스갯소리로 그를 안위해야만 했다.

그러나 막상 누이동생에게 사실을 그대로 알리자니 좀 난감했다. 하지만 결국은 알리지 않을 수 없어서 편지를 쓰는데 짐짓 호기롭게 이렇게 썼다.

"사람의 정의는 '인력거를 끄는 동물'이 아니다. 다리 한 짝쯤 없어도 문제없다. 걱정 마라."

빠뜨리고 싶지 않은 이야기 두어 토막을 선후차 없이 끼워 넣는다.

간수부장이 나를 의무실에 데리고 가면 으레 다른 환자(죄수)들과 접촉을 못 하게 따로 벽을 마주 대하고 서 있다가 맨 나중에 진찰을 받도록 했다. 하지만 그렇다고 등 뒤에서 다른 녀석들이 저희끼리 가만가만 속닥거리는 소리까지 차단을 하지는 못했다.

한번은 이런 재미있는 대화가 내 귓속으로 흘러 들어왔다.

"너 얼마 먹었니?"(고참인 듯한 죄수의 목소리.)

"7년."(신참인 듯한 죄수의 목소리.)

"무얼루?"

"강간."

"예끼, 이 멍청이. 도둑질을 했더라면 기껏해야 한 이태밖에 더 안 먹었을 게 아냐. 아, 그 돈으로 색주가에 가면 얼마든지 재미를 볼 수가 있을 텐데……. 강간. 무슨 재미야, 우격다짐으로. 7년씩이나 먹어 가면서, 쯧."

그런데 흥미로운 것은 20여 년 후에 사회주의 나라 중국의 감옥에서 나는 또 한 번 이와 똑같은 내용의 대화를 듣게 된다는 사실이다(이번에는 일본말이 아닌 중국말로).

그러니까 '온 세상의 까마귀는 다 똑같이 검다'는 얘기가 되잖나 모르겠다.

또 한번은 벚꽃이 한창 필 무렵의 일이다.

우리 5사 아래층 36개 감방(징벌방 포함)은 몽땅 '엄정독거'였는데 감방 문에 드문드문 '가위(작업용) 빌려주지 말 것(간수를 습격할 위험이 있으므로)' 따위 표찰이 붙어 있기도 한 말하자면 소내 굴지의 명승 코너였다.

무릇 이 5사에 갇혀 있는 놈들은 다 한두 달에 한 번쯤 구내 포교당에서 상영하는 영화 따위도 관람을 못 하고 또 일 년에 한두 번쯤 개최하는 재소자 운동회 같은 데도 다 참가를 못 했다. 그러니까 악인 중의 또 악인 — 죽일 놈들인 것이다.

한데 어느 날 한 간수가 손에다 벚꽃 한 가지를 들고 우리 5사의 감방들을 하나하나 돌아다니며 감시창에다 꽃가지를 한참씩 갖다 대 주며 부드러운 목소리로 위로하듯 말하는 것이었다.

"자, 구경들이나 좀 해라. 밖에는 지금, 벚꽃이 한창이다."

그 거동이 상당히 낭만적인 것 같아서 나는 덜 밉잖은 인상을 받았다.

'이 인간 지옥에도 저런 녀석이 있었구나.'

20여 년 후, '작가의 밤' 모임에서 나는 이 이야기를 하고 "적의 감옥에도 사람 같은 게 더러 있더라."고 술회를 했다.

한데 어찌 알았으리 이 한마디의 술회가 훗날 '반우파투쟁' 때 '혁명적 의지를 상실한 투항 분자'라는 죄명이 돼 가지고 내 머리에 들씌워질 줄을.

그런 얼토당토않은 죄명을 들씌워서 나를 강제노동에 내몰았던 '프롤레타리아 용사'들은 지우금 아무러한 처벌도 받지를 않았다. 극좌적 노선의 집행자에게는 당의 정책에 따라 면책특권이 주어져 있기 때문이다. '혁명을 위해 좀 지나친 행동을 했을 뿐'이라고 비호를 해 주고 또 발탁, 중용까지를 해 주기 때문이다.

서술이 다시 제자리에 들어선다.

8월 상순인가 중순의 어느 날 간수부장이 불시에 나타나더니 심상찮은 얼굴로 나를 들여다보며 묻지도 않는 말을 자꾸 씨벌거렸다.

"나가사키에 원자폭탄이 떨어졌다. 일순간에 온 시내가 다 잿더미로 돼 버렸다. 우리 지소도 전멸을 했다. 사상자가 부지기수다. 우리 여기 채마밭의 호박잎까지 그 폭풍의 영향으로 시들어 버렸다. 세상에 이런 법이 어디 있느냐. 미국 놈들은 정말 사람이 아니다. 단단히 응징을 해야 한다⋯⋯."

내가 '원자폭탄'이란 말이 귀에 설어서(듣느니 처음이었으므로) "그 원자폭탄이란 게 도대체 뭐냐."고 물어봤더니 그도 똑똑히는 모르는 모양으로, "아무튼 위력이 엄청난 신형 폭탄이다. 미국 놈들이 발명한 거다. 건물이고 사람이고 다 일순간에 박살이 난다. 새까맣게 타 버린다. 철근이 다 녹아서 엿가락처럼 뒤틀린다. 비(B)29로 투하한다."

나는 마음속으로 가늠을 잡기를,

'이젠 연합군의 본토 상륙도 시간문제구나.'

'이놈의 감옥하고도 이젠 바이바이구나.'

8월 15일 날 정오에 천황(히로히토)의 특별 성명인가 뭔가가 있다고 해서 귀를 잔뜩 도사리고 들었으나 도무지 요령부득 ─ '헤브루어로 씨벌이는 게 아닌가' 의심이 들 지경이었다.

그런데 한 시간쯤 지나서다. 언제나 쥐 죽은 듯 조용한 복도에서 누군가가 갑자기 외치는 소리가 들렸다.

"1등밥 하나도 없음. 방공호 파기 그만."

'엄정독거'들 들으라고 일부러 외치는 게 분명했다. '1등밥'은 중노동하는 죄수들이 먹는 밥으로서 방공호 파는 녀석들도 그에 해당했다. 그러니까 소리를 친 것은 취사장에서 하루 세끼 밥을 날라 오는 죄수 녀석이 틀림없었다.

'오, 그렇구나. 항복이구나!'

나는 비로소 깨도가 돼 천장까지 펄쩍 뛰어오를 뻔했다.

이튿날부터 간수들의 태도가 일변했다. 내가 본 바 그들은 남을 복종도 잘 시키지만 자신도 그만 못지않이 복종을 잘하는 민족이었다.

간수들이 심심찮게 와 소식을 알려 주어서 나는 8월 15일 당일에 벌써 서대문형무소에서는 수감자들이 활짝 열린 철문으로 싹 다 쏟아져 나왔다는 것을 알았다.

하지만 우리는 10월 9일 맥아더 사령부의 명령으로 전국(본토)의 정치범들이 일제히 풀려날 때까지 무려 55일간을 더 기다려야 했다.

나는 수술한 자리가 그저 아물지 않아(결핵균의 감염으로) 의무실에서 알코올과 탈지면을 얻어 가지고 출소를 해야 했다.

나는 의사와 간수가 의아스레 지켜보는 가운데 '죄수 간호원' 해군 소위와 굳은 악수로 석별의 정을 나누었다.

"임자도 곧 풀려날 게야. 몸 조심해."

내가 어깨를 두드리며 격려를 해 주니 그치는 눈물을 참느라고 애를 쓰는 것이었다.

히로다 요쓰구마 선생은 달포 전에 이미 복막염으로 타계를 하셨던 까닭에 감사하다는 인사 한마디도 드릴 길이 없었다.

간수부장이 내 대신 알코올병과 탈지면 봉지를 들고 함께 걸으며 자꾸 뇌었다.

"이건 나가사키형무소 개설 이래의 대사건입니다. 형기를 3분의 1도 치르지 않고 나가다니……. 정말 선례가 없는 일입니다."

나가사키 신문의 기자들이 지켜보는 가운데 소장(감옥장)이 조심스레(전쟁범죄자로 고발을 당하면 큰일이므로) "재감 중에 혹시 학대받은 일이 없느냐." 따위 공식적인 말 몇 마디를 하는 것으로 간소한 석방의 절차가 끝이 나는데 정치범이라야 모두 해서 넷 ─ 조선인 셋에 일본인 하나뿐이었다.

문화대혁명 시기 내가 갇혀 있던 연변의 추리구 감옥과는 그 차이가 너무나 현격했다. 추리구 감옥에는 당시 재소자가 모두 해서 천 명이 있었는데 이른바 정치범이란 것은 100명이 넘었다.

해방된 서울

1

곰팡내 나는 예치품 보따리를 돌려받아 사복으로 갈아입는데 신발이 두 짝이라 무용지물로 돼 버린 한 짝은 집어던지고 한 짝만 신고 철문을 나섰다.

석방되는 정치범 넷 중에 상여금(강제노동에 대한 보수)을 제일 적게 탄 게 나였는데 그 액수가 얼마인고 하니 앙증하게도 단돈 2원 10전인지라 우리 넷은 장소도 가리지 않고 한바탕 파안대소를 했다.

철문에서 백 미터도 안 되는 길거리에서 희한하게도 조선엿(쌀엿)을 팔러 다니는 엿장수와 마주쳐 우선 엿부터 사 먹는데 그 값이 한 가락에 50전이었으므로 나는 네 가락을 사면 10전이 남는 폭이라 말하자면 2년 반 동안 그물을 뜨고 엿 네 가락 값을 번 셈이었다.

길가에 둘러서서 엿을 먹으면서도 우리는 또 한바탕 유쾌스레 이른바 승리자의 웃음을 터뜨렸다. 기분들이 거뜬했던 것이다.

시모노세키행 열차는 이튿날에야 있으므로 우리 넷은 다 이날 밤을 형무소 무슨 과장의 집에다 꾸며 놓은 무슨 '갱생지가'라는 데서 드새야 했다.

과장 부부가 20대 전후의 귀엽게 생긴 딸과 함께 우리를 관대하면서 듣기 좋은 말을 많이 했다.

"여러분을 내놓는 건 말하자면 범을 들에 내놓는 거나 마찬가집니다. 앞으로 나라를 위해 큰일들을 하실 텐데……. 이렇게나마 면식을 갖게 돼 영광스럽습니다."

이튿날 정거장에서 나가사키 신문을 사 보니 우리 세 불령선인은 하룻밤 사이에 '조선 독립의 투사들'로 둔갑을 했다.

연합군이 이미 진주를 한 상황이었으므로 언론들도 발 빠른 변신을 아니 할 수가 없는 모양이었다.

일본 친구와는 역에서 갈라지고 우리 셋이서만 거뜬한 기분으로 상당히 즐거운 기차 여행을 하게 됐다. 수갑을 차고 압송을 당하는 여행이 아니었기 때문이다.

매사람 반 달 치씩 양권을 타 갖고 나왔기에 역에서 파는 도시락을 사 먹는데 맏형 격인 김중민이 3인분만 딱 사 들고 왔길래 내가 "어째 요것만 사 왔어? 한 열 개 꽉 사 오지 못하구!" 타박을 했더니 송지영이 옆에 앉았다가 "이런 식충이 좀 봤나." 하고 깔깔거리는데 김중민도 따라 웃으면서 "아, 모자라면 매 정거장마다 하나씩 사 먹어도 되잖아? 그놈의 욕심 참!" 하고 나를 면박을 주는 것이었다.

나의 이 환난을 함께한 자랑스러운 친구들이 지금 하나라도 살아 있어 줬다면 이 글을 쓰고 있는 내 마음이 이토록이야 무거우랴.

더구나 송지영은 박정희 군사정권하에서 8년여 동안이나 또 옥살이를 했잖았나. '사형'이다 '무기'다 해 가면서. 아마도 그와 나는 감옥살이 복을 타고났던 모양이다.

'이런 놈의 세상이라구야!'

시모노세키역에 내리니 역전 광장이 한둔을 하는 사람들로 꽉 메워져 있는데 그게 다 귀국을 하려고 배편을 기다리고 있는 우리 동포들이란다. 철도역이자 동시에 선착장이었으므로 "벌써 달포째 이런 혼잡을 빚고 있다."는 게 역원의 설명이었다.

우리는 조선건국준비위원회(건준) 시모노세키지회의 알선으로 어느 괜찮게 사는 교포의 집에서 배편을 기다리며 한 열흘 푼히 묵새기게됐다. 미군이 투하한 자기기뢰들이 떠돌아다니므로 항해의 안전을 위해 목선을 타야 하는 까닭에 여러 날을 기다려야 했던 것이다.

이 시모노세키 체류 중에 나는 비로소 김중민, 송지영 두 친구의 한문학 실력이 대단함을 알게 됐다.

'우리 따위는 애당초에 명함도 못 들이겠는걸!'

나는 속으로 혀를 내둘렀다.

애국지사들이란 소문을 듣고 문이 메게 찾아오는 교포들의 요청에 따라 그들은 서슴없이 붓을 휘둘러 애국애족적인 한시들을 척척 써주는데 써도 이만저만 잘 쓰는 게 아니라서 나는 아예 주눅이 들어 버렸다. 워낙 붓글씨가 손방인 데다가 써 달라는 놈까지 하나도 없는지라 나는 할 일이 없어서 천주학쟁이 기도드리는 꼴을 하고 한쪽 구석에 가만히 앉아 있기만 했다.

마침내 건준에서 통지가 와 승선을 하는데 정원을 갑절도 더 초과한 사람투성이의 배나마 발판(트랩 대용)을 건널 재간이 없어서 나 자신은 김중민에게 업히고 또 협장은 송지영이 총대 모양 둘러메고 '3인 4각'으로 겨우 올랐다.

항해 도중 선실에서 누는 오줌은 대야로 받아 낼밖에 없었다. 사람이 꽉 들어차서 오수부동이었으므로, 릴레이식으로.

이튿날 무사히 부산항에 입항해 고국 땅을 밟으니 후유, 숨들이 나왔다.

고국에서 중국으로, 중국에서 일본으로, 일본에서 다시 고국으로, 그러니까 우리 세 사람은 야구 경기 모양으로 베이스라인을 한 바퀴 돌아서 본루로 세이프인을 한 셈이었다.

송지영이 서울로 직행을 하지 말고 풍기 자신의 고향집에 함께 들렀다 가자고 해 우리 세 사람은 한 구간씩밖에 운행을 안 하는 기차를 타고 경주에서 일박하고 또 안동에서 일박하고, 징검다리식 토막 여행을 해야 했다.

송지영의 부친은 인삼 고장 풍기의 소문난 한의사였고 또 그 맏아들은 세간을 나서 삼장을 경영하고 있었다.

예쁜 색시가 시부모 모시고 눈이 까매지도록 기다리고 있었건만 괘씸하게도 송지영이 안에 들지 않고 사랑방에서 우리하고 같이 자려고 해 김중민과 내가 들이몰다 못해 나중에는 발로 차기까지 했으나 그는 종시 우리 발치에서 새우처럼 몸을 꼬부리고 발칫잠을 자는 것이었다.

2

종로 네거리까지 와 가지고 택시를 내려 북악산을 쳐다보니 꼭대기의 나무가 다 없어지고 대머리가 돼 있는지라 가까이에 서 있는 젊은 순경더러 물어봤더니 "일본군이 고사포 진지를 만드느라고 저렇게 홀랑 깎아 버렸지 뭡니까."

일본 북구주 지방의 공업 도시들인 야하다, 고구라 등이 미군의 폭격으로 완전히 파괴가 돼 글자 그대로 와륵의 황야로 변해 버린 데 비하면 우리의 부산이나 서울은 그래도 거의 완연한 상태로 남아 있으니 그나마 다행한 일이었다.

우리가 전동 여관에 투숙을 한 바로 이튿날 신문기자가 서넛 찾아오더니 그게 보도기사로 돼 나갔던지(우리는 그 신문들을 구경도 못 했는데) 아무튼 사람들이 찾아오기 시작했다.

송지영을 찾아온 것은 옛날 신문사(동아일보였든지 조선일보였든지 의사무사하다)의 동료들이고 김중민을 찾아온 것은 옛날 종로경찰서의 동료들(대부분이 친일적 경향)이고 또 나를 찾아온 것은 심성운과 김창규(일명 왕극강)였다.

심성운은 천진에 잠입해 지하공작을 하다가 윤해섭의 밀고로 체포돼 서대문형무소에서 해방을 맞았고 또 김창규는 연안에서 강행군을 해 귀국, 평양에서 다시 서울로 파견이 돼 왔다. 이때 심은 조선독립동맹 서울위원회 조직부장, 김은 연락부장이었다. 심은 서울 사람, 김은 강릉 사람인데 둘이 다 장가처 소생의 딸 하나씩을 두었다. 김의 딸은 다 큰 처녀였다.

나는 자동적으로 맹적을 회복하고 또 얼마 되지 아니하여 서울시위원으로 선출이 됐다.

그런데 재미있는 것은 입경 사흘 만엔가 나흘 만에 미군정청 민정장관 안재홍 씨가 만찬에 초대를 하는데 김중민과 송지영만 청해 가고 나는 쏙 빼놓는 것이었다.

그런데 더욱 재미있는 것은 이튿날 조선공산당 부위원장 홍남표 씨가 직접 찾아와 나를 만찬에 초대하는데 따라가 보니 박헌영, 리주하 (우리 고향 사람) 등 몇 분이 기다리고 있었다.

박헌영 씨는 훗날 미제의 고용간첩이라는 죄명을 들쓰고 이북에서 사형을 당하고 또 리주하 씨는 '빨갱이'였으므로 이남에서 사형에 처해졌다. 그리고 홍남표 씨는 평양에서 최고인민회의 상임위원회 부위원장으로 있다가 피비린 숙청이 시작되기 전에 세상을 떴으므로 천만다행이었다.

이 일을 통해 나는 해방된 조국이 좌와 우로 확연히 갈라져 있음을 피부로 느꼈다.

하지만 우리 셋의 환난 속에서 맺어진 우정은 조금도 변함이 없었다. 김중민은 우리보다 네댓 살이 많이였으므로 형님 대접을 당연하게 받았으나 송과 나는 그렇지가 못했다. 둘이 다 1916년생이지만 생일은 그가 12월이고 내가 11월이니까 내가 한 달이 많이였다. 하건만 우리 둘은, "형님 대접으로 절이나 한번 하지.", "아, 한 달 차인데 절은 다 뭐야." 서로 '해라', '못 하겠다' 승강이질만 하다가 끝내 미결제로 남아버렸다.

나는 수술한 자리가 아물지 않는 데다가 혈뇨까지 보게 돼 대학 병원 소아과에 입원을 했다. 소아과 과장 리병남 씨가 우리 액내 사람이었으므로 편의를 봐주어서였는데 나는 병실 하나를 차지하고 누이동생을 불러다가 자취를 했다. 그때는 병원에서 급식을 아니 하는 까닭에 입원 환자들은 다 그리했다.

우리 동맹의 서울위원회 위원장 백남운 씨가 문병을 와 액수가 적잖은 위문금을 주었고 또 생활비가 조직에서 따로 지급이 되는 까닭에 나는 서울에 있는 동안 그리 궁한 생활은 하지 않았다.

훗날 리병남 씨와 백남운 씨는 선후해 월북을 해 가지고 리 씨는 보건상에 백 씨는 교육상에 각각 취임을 했다.

어머니가 오셔서 외다리가 돼 버린 이 아들 양반의 몰골을 보고 눈물을 뿌리셨으나 내가 워낙 새끼손가락 하나 다친 것만큼도 대수로워하지를 않으니까 더 울 며리가 없던지 차차 눈물을 거두셨다.

어디서 소문을 들었는지 옛날 동창 녀석들도 두서넛 왔다 갔는데 그 중 한 녀석의 우정이 갸륵하고도 또 우스웠다.

그 녀석으로 말하면 본래 배오개(종로 4가) 설렁탕집 둘째 아들이었는데 이때는 무슨 조그마한 회사를 경영하고 있는 모양이었다.

"이젠 다리도 그렇게 되고 했는데 뭘 해서라도 먹고 살아얄 것 아냐. 그러니 어디다 구멍가게라도 하나 차려 놓고 살 방도를 찾아야잖겠나. 자네가 그럴 맘만 있다면 염려 마, 내 도와줄게. 고만한 근력은 내게도 있으니까."

"고마워. 하지만 지금은 입원 중이니까 우선 퇴원부터 해 놓고 나서 다시 의논해 보세."

그치의 진정 어린 권유에 나는 적이 감동이 됐다. 그치는 청년 시절부터 위인이 워낙 진국이었다.

내가 입원해 있는 동안 박달도 줄곧 문외과에 입원을 하고 있었다. 그는 갑산파의 중요한 멤버로서 무기형을 선고받고 박금철이랑 함께 서대문형무소에서 복역을 하다가 8·15에 출옥은 했으나 척추카리에스로 운신을 못 해 들것에 실려 다녔다.

가을에 월북을 할 때 박달은 나보다 이틀 먼저 들것에 실려 38선을 넘었고 또 나는 해로로 옹진을 거쳐 해주로 들어갔다. 평양에 와서도 특별 병원 아래위층에 갈리어 입원을 하는 등 그와 나는 시종 의좋은 친구였다.

나는 대학 병원 소아과에 입원해 있으면서 소설(명색이 소설이지 선전물이나 다름이 없었다)을 쓰기 시작해 이른바 처녀작이라는 것을 반월간지 〈건설〉에다 발표했다(1945년 12월). 그것은 단편소설로써 제목이 〈지네〉였는데 그 줄거리인즉 사자와 같은 용맹으로 전투마당마다에서 위훈을 떨치는 한 용사가 지네를 보기만 하면 질겁을 해 오금을 못 쓴다는 내용이었다.

이것을 계기로 나는 〈건설〉의 주간인 조벽암 씨와 무던하게 사귀었다. 조 씨도 나중에 월북을 해 가지고 찬밥 신세가 됐다.

그나저나 이로써 나는 문학인으로서의 첫걸음마를 떼기는 한 셈이었다.

3

공산당이 한 빌딩을 온채로 차지하고 간판까지 버젓이 내건 것을 보고 나는 '어, 이젠 우리 세상이 다 됐구나' 착각을 하고 들뜬 행동을 적잖이 했다. 불과 일 년 뒤에 좌익을 탄압하는 광풍이 휘몰아칠 줄은 꿈에도 생각을 못 하고.

우리 서울시위원회는 소공동 중국 거리 수산회관에다 본부를 설치하고 활발히 조직, 선전 활동을 전개하는데 '사복을 입은 조선의용군이 청사 일대를 철통같이 경비하고 있다'는 헛소문이 나돌아서 그 거리를 지나다니는 사람들은 다 '조선의용군이 아닌가' 의심을 받는다는 해프닝까지 빚어냈다.

나는 자연(이른바 '개선 용사'였으므로) 많은 집회에 참가해 나름대로의 정견(물론 좌익적인)을 발표하고 또 때로는 열변을 토하기까지 했으나 과연 어느 정도의 보람이 있었는지는 잘 모르겠다.

하긴 만호장안에 일본군으로 출정했던 상이군인은 있어도 항일 부대에서 부상한 사람은 나 하나뿐이었으므로 일부 젊은 층의 열광적인 환영을 더러 받기는 했다.

청년 당원들을 위해 강연을 해 달라는 요청을 받고 공산당 본부에를 갔다가 나는 기분을 잡쳤다. 도처에 써 붙인 표어들이 자못 놀라워서였다. 전당 '박헌영 선생은 암야의 등대'니 뭐니 하는 따위의 찬사투성이 — 징그러울 정도의 아첨 조 일색이었기 때문이다.

나는 크게 실망했다. 귀국 직후의 만찬석상에서 처음 뵐 때 자연스레 우러나왔던 대선배 박헌영 동지에 대한 경애심이 된서리를 맞은 것처럼 대번에 한풀 꺾이는 느낌이었다.

나는 하늘같이 우러르는 스탈린에 대해서도 불과 반년 뒤에 이와 비슷한 실망을 하게 됐다. 평양의 큰길 거리마다 걸려 있는 횡단막, 현수막 들에 씌어 있는 구호, 그 구호에 정이 떨어졌던 것이다.

"해방의 은인이신 스탈린 대원수 만세!"

프롤레타리아국제주의자로서의 공산주의자가 당연히 해야 할 일을 해놓고 '은인'으로 자처를 하다니! 그리고 '대원수'라는, 어쩐지 고압적인 것 같은 호칭부터가 벌써 거부감을 촉발했다.

다시 서울.

종로 와이엠시에이에서 진보적 정당, 사회단체들의 집회가 있어서 경찰이 대거 출동을 하는 등 긴장한 분위기 속에 조선공산당을 대표해 박헌영 씨가 정치 보고를 하는데 이분이 "위대한 소련 군대와 미군에 의해 우리나라가 해방이 됐다.”는 것을 재삼 강조하면서 우리 민족 자체의 해방 투쟁에 대해서는 일언반구도 언급을 않는지라 나는 참을 줄이 끊어졌다. 그래서 한창 보고를 하는 중에 전후불계하고 벌떡 일어서서 냅다 고함을 질렀다.

“우리 조선의용군은 일본이 무조건 항복을 하는 그날까지 계속 무장투쟁을 견지했습니다. 이 나라의 해방을 위해 숱한 사람이 피를 흘리고 또 목숨을 바쳤습니다. 우리는 누구처럼 손끝 맺고 앉아서 남이 해방을 시켜 줄 때만 기다리지 않았습니다. 굿이나 보고 떡이나 먹지는 않았단 말씀입니다.”

단상의 박헌영 씨가 동이 잘리는 바람에 어줍은 몸가짐으로 서 있고 또 장내가 크게 술렁거리는 가운데 나는 목발을 짚고 뚜걱뚜걱 회장을 빠져나와 버렸다. 이른바 ‘불수이거(拂袖而去)’다.

나중에 조직부장 심성운과 선전부장 고찬보가 끝까지 남아 산회하는 것까지 다 보고 돌아와서,

“에, 거 잘했어. 오늘 속 시원히……. 그런 놈의 사대주의라구야.”

“사대주의는 다 뭐야. ‘미외(媚外)주의’지. 살랑살랑 꼬리를 치는 거지. 치사스레.”

이런 불평의 말로 나의 당돌한 행동을 긍정해 주었다.

그들도 다 어려운 여건하에서 무장투쟁을 견지했던 까닭에 나와 똑같은 불쾌감을 느꼈던 것이다.

선전부장 고찬보는 작가 김사량의 중학 동창으로서 역시 일본 유학생이었는데 중일 전쟁 말기에 김사량과 선후해 조선의용군에 투신을 했다. 이북에서 일찍이 조선중앙방송국 국장을 지냈고 또 남북 전쟁이 끝난 뒤에는 ‘이색분자’로 몰려 숙청을 당한 전재경과도 역시 중학 동

창으로서 김사량과는 다들 단짝패였다.

고찬보는 남북 전쟁 중에 평양에서 폭격으로 죽었다. 하지만 그는 훗날 졸저《격정시대》에 '오셀로'라는 별명으로 등장을 하게 된다. 그가 일제 때 평양에서, 변심한 애인의 얼굴을 동강 낸 맥주병으로 콱 찔러 종생 가시지 않을 끔찍한 흉터를 남겨 주고 그길로 압록강을 건너 중국으로 도망을 쳤기 때문이다.

해방 후 평양에 '단게사젠'이라는 별명으로 불리는 여류 활동가가 있었다. 이 여성이 바로 고찬보의 그 변심한 옛 애인(살아 있는 데스데모나)으로서 그 별명의 유래인즉 일본 영화에 나오는 유명한 사무라이 '단게사젠'도 얼굴에 끔찍스런 칼자국이 비긴 게 트레이드마크였기 때문이다.

그리고 전재경은 남북 전쟁 중에 포로가 돼 가지고 거제도 포로수용소에 억류돼 있으면서 미군의 통역을 맡던 게(그는 대학에서 영문학을 전공했다) 평양에 귀환한 뒤 문제가 돼 '이색분자'라는 희한한 죄명으로 숙청을 당했다.

이로써 김사량네 평양 출신 '3인방'은 다 잘못됐다. 죄악적인 동족상잔의 전쟁 때문에.

4

진보적 문학인들의 단체인 조선문학가동맹의 기관지 〈문학〉 창간호에 〈담배국〉을, 〈신문학〉에 〈균열〉을, 그리고 〈서울문학〉에 〈어간유정〉 등을 각각 발표하는 것으로 나는 의욕적인 창작 활동을 시작했다.

일 년 동안에 꼭 열 편을 발표했다.

이 발표한 것들을 묶어서 《조선의용군》이라는 단행본을 내게 돼 주식회사 '한성도서'가 출판 예고까지 간행물들에 게재했으나 내가 불시에 월북을 하게 되는 바람에 그 기획은 무산이 되고 말았다.

그때 소설가 박영준 씨가 나를 부러워하기를, "선생님은 정말 행운 아십니다. 전 벌써 여러 해째 소설을 쓰고 있지만 아직 작품집 하나를 못 내고 있습니다." 하지만 솔직히 말해 나의 그 소설들은 한국의 문학평론가(연세대학교) 김희민 씨가 《해방 3년의 소설문학》(도서출판 세계, 1987년 간)에서 개탄을 했듯이 "소설화되지 못하고 이야기로 그친 점은 다소 아쉽게 느껴진다." 그러니까 바꾸어 말하면 '정치적인 선전물'에 불과했다는 얘기가 되는 것이다.

그렇긴 하지만 다행한 것은 이를 계기로 내가 우리 문단의 많은 선배들과 접촉을 하게 되는 것이다. 리태준, 김남천, 안회남, 박계주, 윤세중, 현덕, 리근영, 송영, 리원조 그리고 임화 부인 지하련 씨까지.

한데 슬프게도 이분들의 대부분은 훗날 월북을 해 가지고 인간으로서 받기 어려운 학대 속에 하나하나 소멸(쓸어서 없애 버림)을 당해야 했다. 그것은 우리 민족 문단이 겪어야 했던 대비극—20세기의 '성 바돌로매 날의 학살'이었다.

창경원의 벚꽃이 탐스럽게 피어 흐드러질 무렵 문학가동맹에서는 "독립군 출신의 신인이 하나 늘어 경사."라면서 명동의 한 다방을 빌려 나를 위해 조촐한 환영회를 베풀어 주었다. 리태준, 김남천 씨 등이 주축이 돼 가지고 한 일이었다.

한 20명 모여서 환담을 했는데 그때 찍은 기념사진에 우스운 후일담이 무슨 꼬리 모양 하나 달려 있다.

나는 서둘러 월북을 하기 전에 막내 외삼촌을 보고 "우리가 몇 해 안으로 꼭 다시 돌아오게 될 테니 그런 줄 알라."고 장담을 하고 또 "그때까지 이것들을 좀 맡아 두라."면서 책, 원고, 편지, 사진 따위를 고리짝 하나 가득 실어다 보관을 시켰다.

나는 그때 넉넉잡아 네댓 해 안짝에는 남조선 반동들을 싹 다 쓸어버리고 사회주의 정권을 세울 수 있을 것으로 확신을 했다.

한데 그 '넉넉잡아 네댓 해 안짝'이 무려 열 갑절로 늘어난 40여 년 만에야 비로소 나는 서울 땅을 다시 밟게 됐다. 그도 동유럽의 사회주의 나라들이 도미노 골패처럼 차례로 넘어지고 있다는 기막힌 사회정치적 현실을 배경으로 하고.

이것을 비극으로 해석을 해야 옳은가 아니면 '희극적인 것'으로 해석을 해야 옳은가.

내가 월북을 하고 햇수로 4년 만에 6·25전쟁이 터지니 우리 막내 외삼촌은 목숨을 살겠다고 피란을 다니느라 볼일을 못 볼 판인데 어느 하가에 그 잘난 고리짝 따위를 다 간수를 하겠는가.

사정이 이러했던 까닭에 막내 외삼촌은 40여 년 만에 다 늙어서 돌아온 나를 보자 어지간히 면구스러운 듯(오리발을 내놓는 것 같아서) "어떡하다 이런 게 한 장 남아 있었구면." 하고 다 낡은 사진 한 장을 건네주는 것이었다.

그나마 들여다보니 누기가 졌던 모양으로 가장자리는 다 본바닥이 드러나도록 침식을 당한 상태였다. 한데 그게 바로 명동 다방에서 찍은 그 기념사진이 아니겠는가. 남아 있는 것은 반쪽 얼굴까지 모두 해서 열네 명뿐. 나머지 오륙 명은 누기와 더불어 영원히 사라져 버렸다.

이 희귀한 사진은 곧 월간 〈문학사상〉(1989년 12월 호) 등에 게재가 돼

40여 년 만에 거의 기적적으로 빛을 보았다.

명동 다방 그 환영회 석상에서 환담을 하다가 리태준 씨가 나를 보고 "〈균열〉의 그 여주인공은 나중에 어떻게 됐습니까?"하고 묻는데 내가 우물쭈물하며 선뜻 대답을 못 하니까 리태준 씨가 "여주인공이 행방불명이 된 소설은 난생처음 읽었다."며 웃음을 터뜨려서 장내는 금시에 웃음바다가 돼 버렸다.

나는 〈균열〉에서 여주인공을 '일회용 반창고'처럼 한 번만 써먹고 다시는 돌보지를 않았던 것이다.

5

서울 굴지의 중화요리점 아서원 연회장(3백 명 너끈히 동석할 규모)에서 열렸던 민주주의민족전선(민전) 회의에 참석했다가 나는 햇수로 7년 만에 우리의 옛 대장 김원봉 선생과 거의 극적인 상봉을 했다. 공석을 빌려 내가 그이께 멋진 귀환 보고를 했기 때문이다.

나의 이 행동은 각 정당의 대표들이 지켜보는 가운데 김원봉 선생의 정치적 위상을 크게 돋우어 세웠다. 옛 부하(더구나 부상병)의 귀환 보고를 받을 자격이 있는 이는 만장중에 그이밖에 없었으니까.

공산당에서는 홍남표 씨가, 인민당에서는 김오성 씨가 각각 당을 대표해 출석을 했는데 이때부터 나는 김오성 씨와 교분이 생기게 됐다. 월북을 할 때도 나는 이 김오성 씨의 부탁을 받고 편지 심부름을 했다. 김두봉 선생께 보내는 려운형(인민당 당수) 선생의 편지를 갖고 갔던 것이다.

김오성 씨는 나중에 월북을 해 문화선전성 부상을 지냈으나 얼마 오래지 않아 역시 숙청을 당했다.

서울위원회는 평양에서 상경을 한 한빈 선생이 부위원장의 명의로 모든 일을 주재하는데 그이는 특히 지식층에 인기가 대단했다. 폭발적인 인기라고 표현을 해도 과하지 않을 정도였다(이 점은 평양에 있을 때도 역시 마찬가지였다).

최창익 선생과 한빈 선생은 일제 치하 엠엘파 시절에는 파가 다른 박헌영 씨와 사이가 그리 좋지가 않았다. 하지만 해방된 서울에서 내가 본 바로는 그 해묵은 앙금이 그저 가라앉아 있는 것 같지는 않았다. 왜냐하면 한빈, 박헌영 두 분이 경상적으로 긴밀한 연계를 가지고 피차 협력을 잘했으니까.

서울위원회 청사(수산회관)에 려운형 선생이 회의 참석차 오셨던 일을 빼놓을 수 없다.

회의가 시작되기 전에 잠시 한담들을 할 때 내가 려 선생님께,

"전에 가회동에 사실 때 봉구 씨를 따라 댁에 한번 놀러 갔었습니다."

"제 누이동생 성자가 란구 씨와 가까운 사이입니다."

"선생님께서 조선중앙일보 사장으로 계실 때 골프 바지에다 캡을 쓰시고 걸어서 출근을 하시잖았습니까. 박흥식 씨랑은 다 자가용들을 타고 다니는데."

이런 말씀을 올렸더니 려 선생님은,

"아, 그랬던가요."

"오, 그렇구먼."

"맞아요, 맞아."

하고 맞장구를 쳐 주며 환하게 웃으셨다. 이것이 그분과의 마지막 만

평양

1

조직에서는 내 신체 조건을 감안해 경호원 하나와 간호사 하나를 딸려 보내는데 그 간호사 김혜원(본명 김순복, 인천 사람)은 후일 나와 결혼을 해 현재에 이르렀다.

나와 함께 월북을 한 경호원 안승옥 씨는 훗날 평양에서 특수 훈련을 받고 간첩으로 남파가 됐다. 여기까지는 나도 간접적으로 알고 있으나 그 후 소식은 전혀 모른다.

일행은 누이동생까지 모두 해서 남녀 넷. 여성이 섞여 있으면 당국의 주목을 덜 받을 거라는 타산이 깔려 있는 짜 맞춤이었다.

서울 마포에서 배(발동기선)를 타고 한강을 내려와 옹진반도를 거쳐 해주까지 가야 하는데 중간에 남조선 해병대의 검문소들을 거쳐야 하므로 두 동행은 내 조카들이라고 하고 또 나 자신은 중국 무한에서 동전 수매업을 경영하다가 폭격에 부상을 당하고 고향 옹진(38선 이남)으로 돌아오는 길이라고 그럴싸하게 꾸며 댔다.

중일 전쟁 시기, 물자 부족으로 허덕이던 일본 군부는 중국의 동전

(구리돈)들을 대량으로 긁어모아다가 조병창(병기창)에 공급을 했는데 그 수매업에 종사한 사람들의 대부분이 영광스럽게도 또는 창피스럽게도 우리 동포들이었다.

검문소들은 아슬아슬하게나마 무사히 통과를 했으나 정작 해주에 들이닿아 가지고 사달이 났다. 캄캄한 밤중에 배를 내린 직후 우리는 전혀 예상 못 한 사태에 부닥쳐 한바탕 난리를 겪어야 했던 것이다.

나중에 날이 밝아서야 알았지만 밀항선의 사공이 우리를 내려놓은 곳은 뭍이 아니고 개펄이었다. 조수의 간만이 심한 서해에서는 썰물 때 개펄이 수백 미터 폭으로 드러나는데 그 개펄 끝에다(그러니까 바다 바닥에다) 우리를 내놓고 배는 부랴부랴(북조선의 경비정이 무서워서) 삼십 육계를 불렀던 것이다.

이불 짐이고 뭐고 짐들을 미처 챙길 겨를도 없이 밀물이 들이닥치 며 삽시간에 무릎까지 물속에 잠기는 바람에 우리는 목숨을 살기 위 해 짐이고 뭐고 다 내팽개치고 뭍을 향해 컴컴한 개펄을 천방지축 달 아야 했다.

남녀 넷 일행이 다 비 맞은 수탉이 돼 가지고 찾아들어간 곳은 바닷 물로 소금을 고아 만드는 염막. 호젓한 바닷가에 불빛이 빤한 곳이라 곧 거기밖에 없었던 것이다.

우리는 주인에게 사정을 이야기하고 젖은 옷들을 대충 말려 입었으 나 날이 새려면 아직도 멀었다.

나는 곧 아궁이 불빛에 글쪽지 하나를 적어서 안승옥에게 건네주며 지체 없이 황해도 보안부(내무부)를 찾아가라고 말을 일렀다. 당시의 황해도 보안부장(도경찰국장)은 리춘암으로서 역시 나의 팔로군 시절의 전우였다.

날이 밝은 뒤에 밖에를 나와 보니 눈앞에 펼쳐진 것은 무연한 개펄이 아니고 흐린 물이 치런치런한 바다였다.

우리가 새삼스레 어이없어 하고 있을 즈음에 갑자기 엔진 소리를 울리며 사이드카 두 대가 들이닥치고 또 잇달아서 승용차 한 대가 들이닥쳤다. 안 씨가 리춘암 부장을 인도해 온 것이었다.

리춘암과 나는 방축 위에 서서 "알거지는 됐지만 그래도 목숨들을 부지했으니까 천만다행이잖아." 하고 마주 보며 웃었다.

그러나 누이동생과 김혜원 두 처녀에게는 타격이 아닐 수 없었다. 앞으로 어차피 시집들은 가야겠는데 남은 거라곤 몸에 걸친 단벌옷이 한 벌씩. 내색은 안 했지만 속들은 그리 편치가 못했을 것이다.

저녁에 나를 환영한다고 어느 양식집에서 모꼬지를 하는데 모인 것은 다 옛 전우들로서 도인민위원회 서기장 리유민, 도당 선전부장 정율성 및 그 중국인 아내 정설송 등 일여덟.

이날 자리를 같이했던 리유민은 훗날 함경남도 인민위원장(도지사)으로 있다가 숙청을 당해 행방불명이 돼 버렸다. 그러나 군 관계가 아니었으므로 총살은 면했을 것이다. 그리고 정율성은 '중국인민해방군 군가'의 작곡자로서 1976년(내가 아직 징역을 살고 있을 때) 북경에서 뇌출혈로 급서를 했다.

정율성의 아내 정설송은 주네덜란드 중국 대사(중화인민공화국 여대사 제1호) 등을 역임하다가 현재는 북경 자택에서 회고록인가 무언가를 집필 중이다.[12]

정설송은 워낙 사내 볼 쥐어지르게 똑똑한 여자였으므로 그 남편은 물론이고 친구지간인 나까지 잘못 걸려들어 한번 진땀을 뺀 적이 있다. 그에 대해서는 다음 기회에 상술하기로 하고 여기서는 일단 넘어

간다.

만찬석상에서 리춘암이 친근스레 내 옆에 딱 붙어 앉아 가지고 나이프로 비프스테이크를 토막토막 잘라 주며 어서 먹으라고 권하기에 내가 괴이히 여겨 "이건 왜 이래, 난 손이 없나?" 하고 항의를 했더니 리춘암은 잠시 멍청하다가 비로소 깨도가 된 듯 "오, 참 그렇지!" 하고 제 딴에 우습다고 배를 그러안는 것이었다.

알고 보니, 호가장 전투에서 팔 한 짝을 잃은 김세광과 양식을 같이 할 때 옆에 붙어 앉아 대신 잘라 주던 버릇을 그는 깜박 잊고 내게다도 그대로 적용을 한 것이었다.

"손하고 발도 구별을 못 하는 게 보안부장 노릇을 제대로 했을라구!"

나의 이 핀잔에 좌중이 금시에 웃음바탕이 돼 버렸다.

그 김세광도 이 리춘암도 다 예외 없이 숙청을 당해 그 가족들과 함께 비참한 일생을 마쳐야 했다.

김세광, 리춘암 다 얼마나 쩍말없이 훌륭한 애국자들이었나. 그런데 도대체 무슨 까닭에?

2

평양에서는 김세광이 나를 기다리고 있었다.

김세광은 당시 북조선임시인민위원회 보안국 부국장(내무성 차관)으로서 대동강변의 번듯한 저택에 살고 있었는데 그 건물인 즉 남조선으로 도망친 반동분자의 소유물을 정부가 몰수한 것이었다.

다리 한 짝이 없는 나는 팔 한 짝이 없는 김세광의 동거인으로 됐다.

김세광에게는 갓 결혼한 아내가 있었다. 그리고 아래층에는 그의 경호원 육칠 명과 운전사 부부가 기거를 하고 있었다.

며칠 후의 일이다. 중앙당 간부부장 허정숙이 "어디다 배치를 해 달라느냐."고 묻기에 내가 "신문기자가 되고 싶다."고 했더니 전화 한 통으로 당장에 결정이 나 버려 나는 당일로 로동신문사의 기자가 됐다.

허정숙은 이때 이미 최창익 선생(부인에게 가끔가다 주먹을 휘두르는 버릇이 있다)과 이혼을 한 상태였으나 옛 전우의 정으로 내게다 "예쁜 색시 하나 소개해 주겠다."고 자청을 하는 것을, 나는 "급하지 않은 일이니 차차 보자."고 완곡하게 사절을 했다. 중국에 있을 때 우리네 총각들은 다 그녀를 '누님'으로 대접을 했다.

"어디 봐 둔 게 있어?"

"봐 두는 건 다 뭐요. 우선 자리나 잡고 나서 다시 보자는 거지…….
그때 가서 내 다시 누님을 찾을게."

어찌된 일인지 이 간부부장이라는 중요한 포스트는 죽 무정, 허정숙, 리상조, 진반수……. 이른바 '연안파'들로 대물림이 됐다. 전화 한 통이면 내각 성원들도 꿀꺽 소리를 못하는 핵심적 부서였는데도 말이다.

나중에 허정숙이 문화선전상으로, 진반수가 대외무역상으로 각각 입각을 한 것은 다 허울좋은 좌천 — 핵심에서 밀려난 것이었다. 사회주의 체제란 곧 당 지상의 체제였으니까.

내가 본 바 이때의 평양은 온 시적(市的)으로 일종의 기이한 열병을 앓고 있었다. 굳이 이름한다면 '김일성이 영웅 만들기 병'이라고나 할까.

아무튼 평양 시민들이 살고 있는 주위 환경에는 마치 무슨 밀도 높은 공기 모양 가지가지 형태의 김일성이가 숨이 막힐 지경으로 꽉 들어차 있는 느낌이었다.

한효라는 평론가분을 서울에서 나도 한번 만나 본 적이 있는데 이분이 평양에 와 가지고 책 한 권을 써냈다. 《조선의 통일은 누가 파괴하는가》라는 굉장히 긴 제호의 논문집이었는데 그 내용인즉 미제와 남조선 반동들의 이른바 분열 책동을 폭로, 규탄하는 것이었다.

출판사에서는 규정에 따라 그 책의 안표지에다도 내용과 관계없이 의례건으로 민족의 태양이신 김일성 장군의 사진을 정중히 모셨다. 한데 그놈의 책을 막상 발행을 해 놓고 보니, 이런 젠장할!

'조선의 통일은 누가 파괴하는가'라는 제호가 뚜렷이 찍혀 있는 책뚜껑을 척 뒤지면 '내다!' 하고 맨 먼저 달려 나오는 게 김일성이가 아닌가.

문화 분야에서는 나는 새도 떨군다는 중앙당 선전부장 김창만이 뒤늦게 이것을 알고 펄쩍 뛰니 출판사, 서점 들에 비상이 걸렸다.

"당장 회수하라!"

"이미 팔려 나간 것까지 싹 다 추적해 거둬들이라!"

위대한 분의 초상을 억지 춘향으로 정중히 모시는 데는 곧잘 이런 울지도 웃지도 못할 불호광경이 따르곤 했다.

문화대혁명 시기 중국(연길)에서는 원예 농장의 농민들이 극도로 존경한 나머지 똥파리 떼가 윙윙거리는 분지(분뇨 구덩이) 앞에다까지 게시판을 세우고 붉디붉은 태양 모택동 주석의 초상을 정중히 모셨는데 이에 대해 아무도 감히 이러쿵저러쿵하지를 못했다.

로동신문사에는 당시 이색적이라면 이색적인 인물 둘이 있었다. 그 하나는 시인 박팔양이고 또 하나는 소문난 만담가 신불출이었다.

박 씨는 주로 문예면을 맡았고 또 신 씨는 시사만화 잡지 〈화살〉의 편집위원이었는데 나는 점잖으면서도 좀 허례적인 박 씨보다는 바람기가 다분히 있는 신 씨와 더 잘 어울렸다. 그의 성품이 워낙 소탈했기 때문이다.

신불출 씨는 '동무 따라 강남 가기'로 괜히 38선을 넘어왔다가 그 생동하고 재치 있던 '만담'은 냉혹한 이념에 지지눌려 질식사를 해 버리고 또 한 사람은 그 사람대로 감시와 천대 속에 말라비틀어졌다.

나의 기자 생활은 그리 길지가 못했다. 불과 반년 뒤에 '의원면직'이 됐기 때문이다. 〈누가 건설을 파괴하는가〉라는 글을 〈로동신문〉에 발표한 것이 운수불길하게 '역린'을 거슬렀던 것이다.

김창만이가 급작스레 "어이, 오래간만에 우리 저녁이나 한때 같이 하자."며 잡아끌기에 멋모르고 따라갔더니 이 자식이 상머리에서 한다는 수작이 고작 "네가 쓴 그 글 있잖아. 그 글 일성 동무(김일성)가 읽어 보고 아주 덜 좋아한다. 그래 난 지금 안팎곱사등이 노릇을 하느라고 죽을 지경이다. 그러니 날 살려 주는 셈 잡고 너 사표 한 장 써 주겠니?" 김창만이와 나는 비록 사관학교의 동기생이자 또 오랜 전우이기도 했지만 지금 그는 중앙당 선전부장이라는 뜨르르한 요직에 있고 나는 한낱 신문기자에 불과한데 그가 나 때문에 난처해졌다면 내가 택할 길은 하나밖에 없잖은가.

"염려 마, 내 그럭할 테니. 나 땜에 영향을 받아서야 쓰겠나."

김창만이는 좋아서 "우리 포도주나 한잔씩 하자. 응?" 하고 너스레를 떨며 곧 '맹원'을 불렀다.

"이봐, 여기 포도주 좀 가져와."

'맹원'이란 직업동맹원 즉 '노조원'이란 뜻으로써 기생이나 접대부의 사회주의식 호칭이었다.

기실 김창만이도 나와 마찬가지로 술, 담배라는 건 입에다 대지도 않는 '청교도적 인생'이었다.

김창만이는 이 무렵부터 몇 해 후 양강도 산판으로 추방을 당해서 아차 실수로 소달구지에 치여 죽는 그날까지 무슨 염불처럼 밤낮으로 '일성 동무'만을 외우다가 저세상으로 갔다. 미련을 버리지 못한 채 하릴없이.

'일성 동무'는 그가 일생 동안에 섬긴 다섯 번째 주인이었다.

1930년대에 김창만이는 중국 남경에서 맨 처음에는 '주인 제1호'로 김구 선생을 떠받들다가 하루아침에 본때 있게 차던지고 김원봉 선생에게 와 달라붙어서는 '약산 동무'를 염불 외듯 외우다가 또 무한에서는 세 번째 주인 최창익 선생의 그늘 밑으로 옮겨 앉아 충성의 맹세를 다졌다.

그러다가 1940년대에 접어들면서 그는 태항산에서 최창익 선생을 헌신짝 동댕이치듯 메어꽂고 세력이 대단한 무정에게 딱 달라붙었다. 그래 가지고는 자나 깨나 '무정 동무'만을 외워 대며 무슨 '무정실'이라는 선전실까지 차려놓고 야단법석을 쳤다.

한데 급기야 귀국을 하고 보니 그러니까 개선을 하고 보니 야, 이것 봐라. 막강한 소련군 사령부가 극력 내세우는 '바야흐로 떠오르는 샛별'이 있잖은가.

그는 재빠르게 정세를 판단하고 또 결심을 채택하자 지체 없이 네 번째 주인 무정을 '한심한 군벌주의자'로 몰아붙이는 것으로 '목욕재계'를 하고 아주 철저히 새사람으로 거듭났다. 그러고는 재치 있게 그 '바야흐로 떠오르는 샛별'의 한없이 너그러워 보이는 품 안으로 뛰어들었다.

3

내가 '의원면직'이 된 게 어지간히 맞갖잖은 모양으로 리상조는 '당분간 금강산에 가 바람이나 쐬라'면서 나를 외금강휴양소의 소장으로 배치를 했다.

그동안에 허정숙이 문화선전상으로 전직이 되고 그 후임으로 리상조가 간부부장직을 인수인계했다.

리상조는 김창만이가 김일성에게 과잉 충성을 하느라고 옛 전우인 나를 알던 정 모르던 정 없이 희생시킨 것을 못마땅스레 여겼다. 리상조와 나의 장장 60년에 걸친 훈훈한 우정은 지금도 변함이 없다.

면직을 당하기 한 반달 전에 나는 현재의 아내 김혜원과 극히 간소하게 화촉을 밝혔다. 따라서 아내 김혜원의 고난에 찬 역정도 그때부터 시작이 됐다.

결혼식에 참례한 것은 거개가 옛 전우들로서 개중에는 한빈, 장지민(일명 석성재) 같은 이들도 있었다.

한빈 선생은 이때 평양으로 돌아와 김일성대학의 부총장직을 맡고 있었다. 총장은 김두봉 선생이지만 명예직에 불과했으므로 사실상의 총장은 한빈 선생이었다.

한빈 선생은 이즈음 맨머릿바람으로 왔다가도 돌아갈 때는 꼭 그 집 모자걸이에서 모자 하나를 벗겨 쓰고 가는 버릇이 생겼던 까닭에 누구나 모자가 없어지면 다 한빈 선생 댁으로 찾아왔다. 찾아와서는 갖가지 모자들이 주렁주렁 열려 있는 모자걸이에서 제각기 제 것을 찾아가곤 했다.

"왜 하필이면 '김일성대학'입니까? '모택동대학'도 없고 '리승만대학'도 없고, 다 없는데."

내가 한번 이렇게 여쭈어봤더니 한빈 선생은 쓴웃음을 웃으며 머리를 설레설레 저으시는 것이었다.

"아, 글쎄 학교 이름 짓는 회의를 하는데 회의를 막 시작하자마자 아첨꾼 하나가 얼른 나서 가지고 '김일성대학이라고 하는 게 좋겠습니다' 하니 어떡해. 일단 말을 낸 이상은 아무도 안 된다구 반대를 하기는 어려운 노릇이거든. 그래 그대로 돼 버린 거지."

장지민은 평안북도 보안부장 재임 중에 신의주에서 소련 군대와 맞부딪쳐 분규를 빚어냈던 까닭에 중앙당 총무부장으로 갓 전직이 돼 왔다.

장지민은, 국민당 군대와의 내전에서 전세가 불리해 쫓기는 중공군을 압록강 철교를 통해 싹 다 받아들였다, 초록은 동색이었으므로. 그리고 그들이 철도편으로 평양을 경유해 동만(즉 간도)으로 우회를 하는데도 최대한으로 협조를 해 주었다.

중공군의 부대장이 떠나기 전에 "도와주어 고맙다."며 역시 같은 팔로군 출신인 장지민에게 군수품을 만재한 유개화차 네댓 량을 떼 내어 증여를 했다. 프롤레타리아국제주의의 발로였던 것이다. 한데 엉뚱하게도 이 일과는 전혀 무관한 소련 군대가 중뿔나게 나서서 그 화차들을 거저먹겠다고 덤벼때리는 게 아닌가.

'멀쩡한 도둑놈들 같으니라구!'

화가 난 장지민은 재빨리 무장대원들을 파견해 아무도 화차를 건드리지 못하게 하는 한편 기관차를 긴급 동원해 보안대가 영사로 쓰고 있는 제재소 구내로 그 화차들을 아예 견인을 시켜 버렸다, 사선을 통해서.

닭 쫓던 개 꼴이 돼 버린 소련군 지휘관은 분풀이로 장지민을 '반소 분자'라고 물어먹었다. 그들이 쩍하면 써먹는 상투 수단이었다.

장지민은 6·25전쟁 때 중국 심양에 파견돼 와 동북인민정부주석 고 강의 조선 문제 담당 비서로 일했으나 정전 후 평양에 소환돼서 숙청을 당한 뒤에는 소식이 묘연하다, 그 가족 암질러.

외금강휴양소란 철도역에서 3킬로미터가량 떨어진 온천장을 중심으로 둘러 있는 철도 호텔과 대여섯 개의 일본 여관을 개조해 만든 것으로서 수용 능력 350명, 종업원 80명. 당시로서는 북조선 최대 규모였다.

어머니는 평양 군용비행장에 있는 딸네 집과 천하명승 금강산에 있는 아들네 집을 왔다 갔다 하시며 잠시나마 행복하신 것 같았다.

어느 날 불시에 김일성 수상이 가족과 경호원과 수행원들을 딸리고 들이닥치는 바람에 휴양소는 갑자기 잔칫집처럼 분주살스러워졌다. 부인 김정숙과 아들 유라(김정일의 아명)가 다 오니까 그 집안과 가까운 사이인 여성동맹위원장 박정애도 따라왔다(그녀는 일생 동안 김일성의 정치 시녀 노릇을 했다).

중앙당 기요과장(비서실장) 고봉기가 나서서 진두지휘를 하는데 그와 내가 일을 의논하면서 너나들이를 하니까 김일성이 그제야 깨도가 간 모양으로 "아하, 라오펑유(옛 친구)!" 하고 하하 웃었다. 고봉기와 내가 옛 전우인 것을 미처 몰랐던 것이다.

만찬 석상에서 김일성이 혁명적 동지애를 보여 주려는 듯 호쾌하게 건배를 제의했다.

"학철 동무의 피 흘린 공로를 기려서 우리 다 같이 이 잔을 말립시다."

이런 사람이 아첨 분자들의 포위 속에서 머리가 뜨거워져 자신을

'민족의 태양'으로 또 '세계혁명의 지도자 내지 총수'로 착각을 하기에 이르다니.

네댓 살배기 유라(현재의 친애하는 지도자 또는 당중앙)가 제 손으로 밥을 퍼먹는데 숟가락질이 서툴러서 그 유난히 동그란 얼굴에다 온통 밥풀칠을 했기에 내가 구경스레 그 광경을 바라보았더니 김일성이 옆에서 설명 조로 말해 주기를 "아이들은 어렸을 때부터 뭐나 다 제 손으로 하게시리 내버려 둬야 하디요."[13]

술이 거나해지자 김일성은(그는 실력 있는 술꾼이었다) 무용담을 늘어놓기 시작했다. 나중에는 열중한 나머지 손가락으로 술을 찍어 가지고 식탁에다 지형까지 그려 보이며 설명을 하는데(야박스레 표현한다면 허풍을 치는데) 실전의 경험이 있는 고봉기와 나는 그저 건성으로 감복한 체할밖에 없었다.

'이 사람 제 자랑이 너무 좀 지나치잖나.'

"모스크바가 왜 함락이 되잖았는지 압네까? 그건 스탈린 영감이 눌러앉아 있었기 때문이라우요, 스탈린 영감이."

김일성 수상의 이 논조에는 나도 전적으로 동감이었다. 스탈린이 없었더라면 소련은 벌써 망한 지도 오랬을 거라고 나 역시 생각을 하고 있었기 때문이다.

이튿날 차를 마시며 한담들을 하다가 내가 "저 아래에 교회당 하나가 있는데 무슨 목사인지 장로인지 하는 작자가 일요일마다 신자들을 모아다 놓고는 반동사상을 퍼뜨리잖고 뭡니까. 법에는 걸리잖을 만큼 교묘하게시리. 그러니 어디 손을 댈 수나 있어야지요. 정말 골머리가 아픕니다." 하고 하소연을 했더니 김일성 수상은 언하에 수월스레 조언을 해 주시기를 또는 교시를 하시기를 "그게 뭐 어려울 것 하나도 없이요. 믿을 만한 민청원 몇을 조직해 가지고 뒤를 밟다가 컴컴한 골목에서 한번 즉살하게 패 주라우요. 버릇이 뚝 떨어지게시리." 나는 속으로는 어이가 없었으나 건성으로라도 "그럭하겠다."고 대답을 아니 할 수가 없었다.

하지만 나는 자존심 있는 공산주의자였으므로 미운 놈을 컴컴한 골목에서 패 주는 따위 너절한 짓은 절대로 안 했다. 할 리가 만무하잖은가.

이 비열하기 짝이 없는 전법 ― 컴컴한 골목에서 패 주는 전법을 김일성이가 훗날 제 동지들에게도 가차 없이 써먹을 줄이야.

내가 외금강휴양소에 있는 동안에 만나 본 수많은 사람들 중 김책과 허가이에 대해서만 몇 줄 간단히 적기로 한다. 당시 김책은 내각의 부수상이고 또 허가이는 중앙당의 조직부장이었다.

김책은 바짓가랑이를 걷어 올리고 자신의 정강이에 비낀 총알 자국까지 보여 주면서 다정스레 나를 격려해 주었다.

그리고 허가이는 평양에 돌아가서 리상조를 보고 말하더라는 것이다. "내 이번에 숱한 데를 돌아봤지만 아첨을 하잖는 건 외금강의 김학철이 하나뿐이더라구요."

하지만 이 두 거물은 다 제명을 살지 못했다.

김책은 무슨 가스 중독인가로 변사를 했다는 것이고 또 허가이는 자살을 했는데 무슨 까닭인지 손쉬운 권총을 두어두고 굳이 드다루기 어려운 장총으로 자살을 했다는 것이다. 상식을 벗어난 신화 같은 이야기다.

아무래도 우리 민족사에 남을밖에 없는 기이한 미스터리들이다.

외금강에는 김사량의 장인(기업가)의 별장이 있었으므로 김사량은 곧잘 거기 내려와(잔솔밭 속의 별장에서) 글을 쓰곤 했다. 그는 글 쓰는 것을 무슨 까닭인지 '공부한다'고 했다.

그의 아들(소학생)의 이름은 '낭림'이고 또 딸(유치원생)의 이름은 '나비'인데 이 낭림이 녀석의 행실 좀 보아라.

아버지 : 너 가 담배 한 갑 사 오나.

낭림이 : 흥미 없어. 남은 바빠 죽겠다는데.

놀기가 바빠서 담배 심부름을 못 하겠다던 낭림이 녀석도 이젠 50의 고개를 넘은 지가 한참 됐을 것이다.

김사량이 동족상잔의 죄악적인 전쟁에서 목숨을 잃은 데 대해서는 나도 일정한 책임이 있다. 그 이야기는 다음 장으로 미룬다.

4

금강산의 맑은 공기 속에서 인생을 즐기는 것도 불과 반년, 나는 다시 평양으로 돌아와야 했다. 중앙당에서 리상조가 소환을 한 것이다.

"민족군대 있잖아, 거기 신문사 주필로 가라구. 내 김일 동무한테 추천해 줄게."

리상조가 즉석에서 김일 부장에게 전화를 하니 저쪽에서는 무조건 수락, 나는 '아닌 밤중에 찰시루떡'으로 당일 오후에 군대 신문의 주필로 발령이 됐다.

'민족군대'란 인민군의 전신으로서 정식 명칭은 '보안간부훈련소' 그러니까 내가 맡게 된 그 신문은 '인민군신문'의 전신이었던 것이다.

당시 민족군대의 총사령관(후에는 민족보위상)은 최용건이고 또 제2인자인 문화부장(후에는 민족보위성부상)은 김일이었으니까 나는 말하자면 그 제2인자의 직속 부하가 된 셈이었다.

최용건은 백전노장이었으므로 유혈 장면을 많이 겪어 봤던 까닭에 나를 특히 애호해 주고 또 격려해 주었다. 그리고 내가 지내본 바 김일은 김일성의 심복들 중 가장 후덕하고 또 동지적 의리를 지킬 줄 아는 사람이었다. 오진우 같은 악인과는 유가 전혀 다른 인간이었다.

이것은 결코 오진우가 공군 참모장으로 있으면서 제 직속상관인 공군 사령관 왕련을 '군사 정변을 획책한다'고 무고를 해 총살을 당하게 한 사실 하나만을 놓고 하는 평가가 아니다.

이때 정율성도 민족군대에 협주단 단장으로 배치를 받았던 까닭에 그와 나는 또다시 동료가 됐다. 정율성도 나와 마찬가지로 김일에 대한 인상이 아주 좋았다.

하지만 리상조가 제 독단으로 나를 중앙급 신문의 주필로 등용한 것을 김일성이가 좋아했을 리는 만무하다. 김일성이와 리상조의 수십 년에 걸친 불화와 반목의 씨앗이 이때 벌써 뿌려졌는지도 모를 일이다.

나는 취임 후 얼마 아니 하여 지병인 요혈이 더욱 심해져 부득불 특별 병원에 입원을 해야 했다. 진단의 결과는 신장결핵(나가사키형무소에서 받아 온 선물). 수술로 신장 한쪽을 적출하는밖에 다른 도리가 없단다.

집도는 북조선의 '박사 제1호' 장기려 선생. 입원을 하기 전에 한빈 선생이 직접 장기려 박사를 모시고 우리 집에 와 내 병을 보아주셨던 까닭에 내가 입원을 하고 또 수술을 받은 것은 다 그분의 권유에 따른 것이었다.

양심적인 외과의 장기려 박사는 6·25전쟁 때 아들 하나만을 겨우 데리고 총총히 월남을 해 현재 부산에서 녹십자병원을 운영하고 계신데 내가 아는 바 독실한 크리스천인 그분은 글자 그대로의 성자였다.[14]

이 '박사 제1호'분이 북조선 정부로부터 얼마나 우후한 대우를 받고 있었던지 한번은 나를 보고 하소연하기를 "쓰고 사는 집이란 게 지붕이 새서 비가 올 적마다 한바탕씩 난리를 겪지요."

당시 지상낙원 평양의 일반 공무원들은 일본 사람들이 버리고 간 평사원 사택 한 채를 삼등분해 나누어 드는 게 보통이었는데 변소와 목욕탕 쪽이 차례진 사람은 더구나 죽을 지경이었다. 살림방으로 뜯어고쳐도 고상하지 못한 냄새 — 해묵은 냄새가 끈히 가시지를 않았기 때문이다(비가 오는 날은 더욱 자옥이 풍겼다).

그리고 토박이 시민(원주민)들도 좀 잘사는 집은 다 의무적, 무조건적으로 방들을 비워서 낯모르는 공무원들에게 무상으로 제공을 해야 했다.

정말로 통일이 이루어져 가지고 이북의 당 간부족과 공무원족이 '와' 쏟아져 내려와 이남의 집주인들을 모두 한쪽 귀퉁이에다 몰아 놓고 버젓이 방들을 차지한다면 — 굴러온 돌이 박힌 돌을 뺀다면 — 아마 비명을 올릴 양반들이 적잖을걸.

평양의 특별 병원이란 어떤 곳인가 하면 물론 고급 간부들(가족도 포함)만을 위한 의료 시설로서 그 공급되는 영양식 암질러 몽땅 무료인 데다가 환자가 받는 서비스도 가위 최상 — 일반 병원과는 천양지간으로 동떨어진 무릉도원이다.

아래층에 입원해 있는 박달은 꼼짝달싹을 못하고 누워 지내는데(그는 화재를 염려해 반드시 맨 아래층에 입원하는 습관이 있었다) 그 부인이 애가 나서 점쟁이를 찾아다니며 문복을 하잖나 무당을 찾아다니며 굿을 하잖나…… . 노상 끌탕을 했다.

"그러니 어떡하우, '어서 자꾸 더 해 보라'고 부추기는 판이지. 그럭해서라도 다소나마 안위가 된다면 좀 좋아."

"유물론자가 미신을 권장하다니……. 내 팔자도 참 어지간하지. 안 그렇소 학철 동무?"

이렇게 푸념을 하며 박달은 허구픈 웃음을 웃는 것이었다.

박달도 맞춤한 시기에 죽었기에 망정이지 조금만 늦었더라면 같은 갑산파인 박금철들이 숙청될 때 함께 녹아났을 것이다.

박달은 농민 폭동의 영수 같은 풍모를 지닌 사나이였다. 우리네 같은 도시인풍은 그림자도 찾아볼 수가 없는 사나이였다.

재미스러운 현상 하나가 있다. 안재홍(우파) 씨와 홍남표(좌파) 씨의 경우와는 좀 다르지만 아무튼 재미스럽기는 마찬가지다.

김일성(좌파)이 박달에게 문병을 올 때는 물론 나 같은 건 염두에도 없었을 것이다. 한데 김두봉(같은 좌파) 선생님도 내게 문병을 오실 때는 역시 아래층에 있는 박달에게는 들를 염도 안 하시는 것이었다. 이때 김두봉 선생님은 최고인민회의 상임위원회 위원장 즉 국회의장이었다.

나는 반년 이상 입원을 하고 퇴원을 한 뒤에도 이런 병 저런 병으로 건강이 계속 좋지 않아 유감스럽게도 장기 휴양을 할밖에 없었다.

휴양을 하는 동안에 나는 리태준, 김사량 두 문학 선배와 상종이 잦았다. 하지만 우스운 것은 정치적으로는 내가 단연 그분들의 선배였다는 점이다.

작가동맹의 위원장인 한설야 씨가 인간 김일성이니 무슨 김일성이니 하는 것들을 써 가지고 김일성에게 갖은 아첨을 다하는 한편 라이벌인 부위원장 리태준 씨는 백방으로 견제를 했으나 세론은 역시 공정했다.

'한설야는 김일성이네 집 부엌문으로 드나든다.'

'여편네를 구워삶아서 베갯머리송사를 시킨다.'

한설야가 하도 곰살궂게 구니까 성정이 워낙 어질고 순박한 김정숙이 잠자리에서 남편에게 "한설야가 어떻게 좋고 또 어떻게 믿을 만하다."는 말을 뇌었을 것쯤은 누구나 상상을 할 수가 있는 노릇이었다.

'열 번 찍어 안 넘어가는 나무가 어디 있을 건가.'

한번은 대동문 안 리태준 씨 댁에 가 한담을 하고 있는데 마침 작곡가 김순남 씨가 찾아와서 자리를 같이하게 됐다. 한데 그 자리에서 이 김순남이라는 양반이 정율성의 험담을 늘어놓는 게 아닌가. 내가 정율성이와 어떤 사이라는 걸 잘 몰라서 그러는 모양인데 중간에서 바늘방석에 앉은 것은—그것을 너무나 잘 알고 있는—리태준 씨였다. 말을 못 하게 밀막자니 그렇고 또 그대로 듣고 있자니 더욱 그렇고.

김순남 씨의 비신사적인 언행은 내 기분을 몹시 잡쳐 놓았다.

추도가 '산에 나는 까마귀야'는 김순남하고 아무런 관련도 없다. 그 추도가는 조선민족혁명당과 조선의용대에서 1930년대에 부르던 것으로서 원래는 소련에서 레닌을 추모하는 노래였다. 따라서 그 작사자도 림화가 아님은 더 말할 것도 없다. 더러 와전이 된 것 같아서 간단히 밝혀 둔다.

한번은 동평양에서 소련군의 윌리스(소련제 지프차) 한 대가 초속으로 달리다가 행인을 치어 놓고(즉사시키고) 그대로 뺑소니를 쳤다. 교통정리원이 서라고 해도 서지를 않으니까 잽싸게 따발총으로 그 한쪽 타이어를 쏘아 갈겼다. 윌리스는 급작스레 비꾸러지며 길가의 전주를 들이받고 덜컥 멎어섰다.

분격한 시민들이 '와' 몰려들어 그 사고 친 장교를 끌어내려 가지고 뭇매질로 당장에 물고를 내 버렸다. 소련군의 행패에 대한 평소의 분만이 일시에 폭발을 했던 것이다. 죽은 것은 공군 장교로서 소독 전쟁에서 수훈을 세운 바 있는 '소련 영웅'이었다.

이에 대해 소련군 사령부는 추궁을 하지 않았다. 도리어 소문이 퍼질까 봐 쉬쉬하며 덮어 버리기에 급급했다.

김사량과 나는 이 이야기를 직접 당국자인 김세광에게서 듣고 너무도 통쾌해 손뼉을 치며 쾌재를 불렀다.

민족의 핏줄이란 아마도 그런 것인 모양이었다. 김사량도 나도 다 국제주의자가 틀림이 없었건만.

5

휴양을 하는 기회에 나는 애국투사후원회의 주선으로 난생처음 의족이라는 것을 맞추어 끼우고 날마다 걷는 연습을 했다.

어느 정도 익숙해진 뒤에 '깜짝이야'도 한번 시켜 줄 겸 내무성으로 박일우를 찾아갔다.

박일우 동지는 조선의용군의 정치위원 겸 부사령원을 지냈던 대선배로서 사령원인 무정보다도 우리들 사이에는 더 인기가 있었다. 그는 겸손하고 소박하고 또 자상한 진짜 볼셰비키였다. 이때 그는 내무상의 요직에 있었다.

여비서가 집무실에를 들어갔다 나오더니 "들어오시랍니다." 하기에 내가 짐짓 시치미를 떼고 점잖게 도어 안에를 들어섰더니 박일우는 무슨 문서를 들여다보고 있다가 고개를 들고 나를 한눈 보자 깜짝 놀라 벌떡 일어나는 것이었다.

으레 목발을 짚고 뚜걱뚜걱 걸어 들어오려니만 여겼던 사람이 갑자기 표표한 신사로 둔갑을 해 가지고 아주 멋스레 단장을 짚고 척 나타났으니 어찌 아니 놀라랴.

그는 곧 전화기가 네댓 개나 놓여 있는 책상을 부지런히 에돌아 쫓아와서는 허리를 쭈그리고 내 두 종아리를 만져 보더니만 곧 얼굴을 젖혀 들고 물어보는 것이었다.

"어느 게 진짜야?"

내가 가끔가다 이 양반을 찾아오는 데는 그럴 만한 사정이 있었다. 까놓고 이야기하면 용돈을 얻어 쓰기 위해서다. 내무상에게는 지출 내용을 명시하지 않아도 되는 기밀비라는 게 있었던 것이다.

이 박일우가 훗날 숙청을 당했는데 그 전말인즉 ― 김일성이가 그 정적들인 박헌영, 리강국 등을 '미제고용 간첩'으로 몰아서 죽여 없애는 데 법적 절차상 의당 서명을 해야 할 내무상이 '증거 불충분'을 이유로 서명을 거절했다. 천둥같이 성이 난 김일성이는 입에다 게거품을 물고 펄펄 뛰며 그 단골 욕인 '개새끼'를 연발로 터뜨렸다.

최용건도 이 '개새끼'를 노상 입에 달고 있기는 했으나 터뜨릴 때뿐 뒤가 없었기에 다들 애교로 여기고 받아들였다. 그러나 김일성이는 그 '개새끼' 뒤에 반드시 치명적인 후유증이 따르게 마련이었다.

박일우는 진짜 우리 민족의 양심이었다.

하릴없이 김일성이는 당장 잡아 뜯어먹고 싶은 박일우를 우선 체신상으로 밀어내고 그 자리에 제 심복을 들여앉혔다.

그 심복(새 내무상)이 유유낙낙 공손히 서명을 해 박헌영, 리강국 등 애국자들을 '합법적'으로 죽여 버리는 데 김일성이는 일단 성공을 했다.

희대의 살인마가 그 독재의 기반을 다지는 과정이었다.

박일우 동지는 훗날 체신상 재임 중에 다시 숙청을 당해 '반당종파분자'라는 터무니없는 죄명을 들쓰고 산간오지의 특별구역으로 추방이 돼 가지고 수십 년 동안 비인간적인 삶을 살아야 했다.

내가 박일우 동지를 마지막으로 만난 것은 1954년 봄, 그가 아직 체신상으로 있을 때였다.

나의 존경하는 선배들인 박일우, 방호산 두 동지는 행인지 불행인지 아무튼 총살만은 면했다.

이때의 북조선은 남쪽 끝 38선에서 북쪽 끝 압록강, 두만강까지 온통 다 '소련의 한 가맹공화국쯤 돼 버리잖았나' 싶을 정도로 소련화되어 있었다.

유선방송에서 밤낮으로 흘러나오는 건 다 귀에 설은 러시아 노래이고 또 밤중에 골목에다 세워 둔 자동차를 발랑 뒤집어 놓고 네 바퀴만 몽땅 떼다가 술 몇 병과 맞바꾸어 먹는 것도 역시 소련 군인들이었다.

소련에서 중학교 교사쯤이나 하던 고려인(소볫스키)도 소련군 주류하의 북조선에를 나오면 이중국적의 소유자로서 부상 한자리쯤은 떼놓은 당상이었다.

한번은 이중국적의 고려인 부상 하나가 전화번호를 알려 주는데 메모지에다 한글로 '저나버노' 해 놓고 그 밑에다 아라비아 숫자를 적어 주는 것이었다.

'저나버노' 즉 '전화번호'다.

모국어에 이처럼 능통한 양반들이 중요한 포스트들을 죽 차지하고 앉았으니 그 나라가 어찌 가맹공화국 꼴이 돼 버리지 않을 건가.

능률이 워낙 형편없는 탓으로 언제나 고장 난 차들이 부지하세월로 대기를 하고 있는 관영의 자동차 수리소에서도,

"이거 우리 부상 동지 찬데 좀 빨리 해 주실 수 없을까요?"

"그분이 소벳스킨가요?"

이럴 경우 대답이 긍정적이면 여느 차들을 제치고 우선적으로 해 주지만 그렇지가 못하면 맨 꽁무늬에 가 서서 부지하세월로 차례를 기다려야 했다.

같은 부상이라도 '소벳스키'들은 등등한 실세였다. 소련이라는 거창한 세력을 등에 업고 있었으므로.

인민군협주단 단장 정율성이가 한때 바람이 나서 청상과부 소프라노 한정금이와 이러쿵저러쿵한다는 소문이 자자했다. 나도 하도 민망해 한번 넌지시 주의를 주었다.

"어이, 정신 좀 차려. 띵쉐쑹(정설송)이 알면 어쩔라구? 괜히 불집 건드리지 마."

"괜찮아, 말이 통하잖는데……."

정율성은 아내가 우리말을 모르니까 소문이 그 귀에까지는 들어가지 않을 걸로 태평 믿고 있는 모양이었다. 과부 바람에 예지가 흐려진 게 분명했다.

어느 날 느닷없이 정설송이 나를 찾아왔는데 그 기색이 매우 좋지 않은지라 나는 지은 죄도 없이 괜히 켕겨서 "앉아요, 어서." 하고 짐짓 태연한 체했다.

그러나 정설송은 앉지 않고 꼿꼿이 선 채 나를 똑바로 쳐다보며 야무진 목소리로 따지는 것이었다.

"나 다 알아요. 왜들 속이는 거죠?"

"무슨 소리여, 밑도 끝도 없이?"

나는 어벌쩡할밖에 다른 도리가 없었다.

"난 자존심이 허락잖아 율성이하곤 말도 안 했어요. 치사스레 무슨 시샘이나 하는 줄 알까 봐. 하지만 당신은 그하고 절친한 사이가 아니던가요. 왜 좀 말리지 못하셨죠? 동지지간에…….."

'아이구 요놈의 자존심덩어리야.'

나는 애매하게 핀둥이를 쏘이며 속으로 정율성이 놈을 모주 먹은 돼지 벼르듯 잔뜩 별렀다.

'네놈 때문에 내가 왜 진땀을 빼야 하냐? 망할 자식 같으니라구, 어디 두고 보자.'

"외국에까지 끌고 와 가지고 날 이렇게…….."

정설송이 말끝을 맺지 못하고 눈에 눈물이 핑 도는 것을 보고 나는 더더욱 안절부절을 못했다.

평양에 와 있는 신화사 기자들 가운데 우리말을 기가 딱 막히게 잘하는 녀석 하나가 있었다. 바로 고 녀석이 화교위원회 위원장인 정설송과 상종이 썩 잦았다. 정율성이 천려일실로 요 루트를 미처 요량을 못 했던 것이다.

정설송은 나를 한바탕 해 대고 돌아가는 길로 곧 주은래 부인 등영초에게 편지를 썼다.

정설송은 연안 시절부터 벌써 자식이 없는 주은래 부부의 양딸이었다.

정설송 부부는 불과 달포 후에 북경으로 소환이 됐다.

육이오

1

전쟁을 발동한 편이 되려 사흘 만에 수도를 공략당한다는 전쟁사상의 신화. 이런 희한한 신화를 꾸며 내 가지고 눈을 가리고 아옹을 하며 북군이 파죽지세로 밀고 내려갈 때 나는 단순하게도 우리가 꼭 이길 줄 알았고 또 이기기를 바랐다.

'민족의 태양' 치하에서 4년 동안을 살아 보고 이른바 사회주의적 현실이라는 것에 크게 실망은 했지만서도 사회주의 자체에 대한 신념은 변함이 없었으므로 나는 이남도 사회주의화하기를 진심으로 바랐다.

그러니까 김일성이의 꼴은 보기가 싫어도 사회주의는 좋다는 얘기였던 것이다.

그러게 나와 똑같은 견해를 갖고 있는 김사량이 "종군기자로 한번 나가 보고 싶은데 간부부장한테 추천을 좀 해 달라."고 청할 때 나는 선뜻 이에 응했다.

이때는 리상조의 후임으로 진반수가 중앙당 간부부장이 돼 있었다. 이 진반수도 훗날 대외무역상 재임 중에 숙청을 당해 온데간데없어졌다.

몸이 워낙 가냘퍼 늘 건강에 유의를 해야 하는 진반수 부장이 김사량의 건강을 염려했다.

"심장이 과히 안 좋단 소릴 내 들었는데?"

"문제없습니다. 자신 있습니다."

김사량이 하도 자신만만해하니까 진반수는 의견을 묻는 눈치로 내 얼굴을 쳐다보았다. 나는 김사량을 거들어 주러 온 사람이라 긍정적으로 고개를 한 번 끄덕했다.

진반수는 그리 내키지는 않는 모양이나 다시 더 말이 없이 그냥 정치총국장에게 전화를 걸었다. 물론 저쪽에서는 무조건 수락 — 마다할 리가 없었다.

우리 민족의 재화 있는 작가 김사량이 종군기자로 나갔다가 서른여섯 살 젊은 나이에 허무하게 비명에 간 것은 다 나 같은 소견머리 없는 친구를 두었기 때문이다.

동평양 비행장이 거듭되는 공습으로 사택 마을 암질러 잿더미 쑥대밭이 돼 버린 까닭에 우리 누이동생은 부득불 창전리 우리 집으로 피란을 와야 했다. 마침 우리 집은 교회당하고 담 하나를 사이에 두었기에 비교적 안전한 셈이었다. 일반적으로 교회당은 미 공군기들의 공격 목표로는 되지 않을 걸로 여겨졌기 때문이다.

어느 날 공군 사령관 왕련이 "급히 출국을 해야겠으니 얼른 행장을 좀 챙겨 달라."고 제 처를 찾아왔기에 내가 맞갖잖이 "그래, 비행기 여남은 대 가지고 전쟁을 시작했느냐."고 퉤진 소리를 했더니 왕련은 "그러게 지금 북경으로 가는 게 아니냐."며 "팽덕회 동지를 만나는 거니까 빈손으로 돌아오는 일은 없을 거라."는 것이었다.

팽덕회 장군(중화인민공화국 인민혁명군사위원회 부주석. 나중에는 국방부장을 겸했다)과 왕련은 전부터 잘 아는 사이였다. 항일 전쟁 시기 연안에다 처음 비행장을 닦을 때 총지휘를 했던 게 바로 이 소련서 갓 나온 왕련이었기 때문이다.

'말 태우고 버선 깁는 격이로군. 전쟁부터 붙여 놓고 비행기 동냥을 다니니.'

남군의 선두 부대가 벌써 사리원까지 밀고 올라왔는데도 평양 시내의 유선방송들은 계속 전라도에서 토지개혁을 하는데 농민들이 너무 좋아 '김일성 장군 만세'를 외친다, 이런 식의 잠꼬대만 늘어놓고 있었다.

공군 사령부의 군수참모와 부관이 장령들의 가족을 강계 방향으로 호송을 한다기에 누이동생에게 어머니와 세 살배기 아들을 맡겨서 먼저 떠나보내고 덩그렇게 빈집에는 우리 부부만이 남았다(누이동생은 아이가 없었다).

이틀 뒤, 바람결에 먼 포성이 은은히 들려올 때, 우리는 리상조(인민군 부총참모장)의 가족이랑 함께 소형 트럭으로 평양을 빠져나오는데 차는 작고 사람은 많아서 짐이라고는 가방 하나와 배낭 하나를 겨우 가지고 올랐다. 그러니까 가재도구를 고스란히 놔두고 몸만 겨우 빠져나온 셈이다.

밝은 낮에는 미군의 쌕쌕이(분사식 추격기)들이 설쳐 대는 바람에 모든 차량들이 다 꼼짝을 못하고 숨어 있다가 어두운 밤에만 운행들을 하는데 그나마 헤드라이트를 켜지 못하는 까닭에 모두들 거북이 걸음을 해야 했다.

국도 양옆에는 새까맣게 타 버린 자동차들이 뒹굴려져 있는데 전봇대 하나 사이에 보통 네댓 대씩. 그런 볼썽사나운 잔해들이 가도 가도 끝이 없이 잇달려 있었다.

'그놈의 쌕쌕이들이 얼마나 극성을 부렸으면 이 꼴 이 모양까지 돼 버렸을까.'

이따금 야간 비행을 하는 미 공군기들이 조명탄을 투하하면 대낮같이 밝아지곤 하는데 오가는 차량들의 흐름은 그래도 밤새껏 끊이지를 않았다.

어렵사리 청천강 다리목에를 다다르니 군대에서 검문소를 설치하고 내왕하는 차량들을 일일이 검문하는데 그 총지휘자가 다름아닌 림천규. 나는 그 림천규의 건의를 받아들여서 동행들과 갈라져 가지고 따로 림천규가 내주는 윌리스로 계속 후퇴를 하는데 림의 부인과 젖먹이 아들을 맡아서 뒷좌석에다 태웠다.

어둠의 장막이 내린 무인지경에서 괴한의 습격을 받고 권총으로 격퇴를 하는 등 별의별 일을 다 겪으며 목적하는 강계에 득달을 한즉 먼저 와 있던 누이동생네 일행은 "정황이 위급해졌다."며 다시 압록강가의 만포까지 후퇴할 채비들을 차리고 있었다.

2

사회질서가 뒤죽박죽이 돼 버린 가운데 다시 만포까지 와 가지고 "공군 사령부 장령 가족들은 신의주로 모이라."는 새 지시에 따라 누이동생네 일행이 서남으로 차머리들을 돌리는데 할머니 품에 안겨 있는 우리 아들 녀석은 오직 할머니만이 '제일강산'인지라 뒤에 떨어지는 아비 어미에게는 그저 예사롭게 "바이바이!" 하고 손 한번을 흔드는 게 고작이었다.

우리는 만포에 그대로 눌어붙을 요량으로 상당한 기간 몸담아 있을 집부터 하나 구했다. 한데 여장들을 막 풀었을 즈음 압록강에 임시로 가설한 배다리(주교)로 중국 지원군 부대들이 홍수처럼 밀려드는 게 아닌가.

한데 의외롭기도 하고 또 반갑기도 한 것은 문정일(별명 '전쟁할 때')이 그 부대의 후방부 대표로 만포에 나타난 것이었다. 그러니까 동란 중의 국경선상에서 옛 전우들이 해후상봉을 한 것이다.

"폭탄이 자꾸 떨어지는 판에 절름발이가 여기서 뭘 할 테냐. 더구나 안식구들 데리고, 젖먹이까지 데리고. 당장 월강을 해, 내 우리 후방부에다 소개장을 써 줄 테니까. 그럭해. 여기선 못 배겨 낸다구."

우리는 당일 밤으로 끝이 없이 줄을 이은 자동차들 틈에 끼여서 압록강의 혼잡한 배다리를 북으로 건넜다. 차를 모는 하사관 암질러 우리 모두에게 만주는 생소한 땅—낯선 고장이었다.

후방부의 정치위원도 나와 같은 팔로군 출신이었으므로 옛 전우 대접으로 대우를 잘해 줘 우리 일행은 집안(集安) 초대소에서 며칠 동안 편안히 드러누워 노독을 풀었다.

며칠 후, 전쟁에 지는 통에 패잔병 꼴이 다 돼 버린 림천규가 따발총을 엇멘 호위병 둘을 데리고 불쑥 나타났다.

"말도 말아, 다들 혼쭐이 났다니까."

"그래도 목숨들은 건졌으니까 천만다행이야."

나는 림천규의 부인과 아들을 깔축없이 돌려줌으로써 소임을 다하고 집사람과 단둘이 홀가분한 몸이 되었다.

집안에 머무는 동안 나는 조선의용군 출신의 인민군 장령(장성)들을 여럿 만났다. 거개가 패전 장군이었다. 다들 군대는 어디다 쒜깔렸는지 아니면 풍비박산이 됐는지 아무튼 사단 지휘부 전원이라는 게 사단장 본인까지 합쳐서 모두 네 명씩. 그 구성 요소를 볼작시면 — '왕별 짜리' 하나, 부관(중위 또는 소위) 하나, 운전사(대개는 하사관) 하나, 그리고 젊고 예쁜 여자 하사관 하나. 매개 지휘부가 다 무슨 공식처럼 꼭꼭 이렇게 짜여져 있었다.

전쟁판에 다들 한바탕 놀아난 게 아닌가 싶었다.

정치총국장 대리로 통화 사령부에 와 있던 서휘를 만난 것이 나의 그 후의 운명을 결정했다. 그는 부관 하나와 예쁜 여비서 하나를 뒷좌석에 태우고 고산진 사령부(김일성이 거기 있었다)로 가는 길이었다(서휘는 당시 아직 독신이었으므로 예쁜 여비서를 달고 다녀도 도덕적으로 별문제는 없었다).

"어떡할 작정이야?"

"주덕해가 연변에 있다고 그리 가라고 문정일이가 권하던데……."

주덕해도 조선의용군 출신으로서 이때 그는 연변의 제일인자였다.

"그런 촌구석엔 가 뭘 해. 북경으로 가라. 띵링(정령)이 지금 중앙문학연구소 소장이다. 거기 가 공부나 해, 전쟁이 끝날 때까지. 절름발이가 이런 데서 얼쩡거리는 건 보기에 안 좋다. 내 후쵸무(호교목)한테 소개장을 써 주마. 그러고 난 사흘 후에나 돌아올 테니 먼저 통화에 가 있어. 왕자인(부총참모장)이가 거기 있으니까 초대소에 들게 해 달라고 그래."

'후쵸무' 즉 호교목은 본래 모택동의 비서였으나 이때는 당중앙선전부 부부장이었다. 서휘는 항일 전쟁 시기 같은 부서에서 일을 했던 관계로 호요방, 호교목과 아주 가까운 사이였다. 그리고 '띵링' 즉 정령도 서휘와는 절친한 사이였다.

저녁차로 통화역에 내리긴 내렸으나 우리 부부는 추워서 곧 죽을 지경이었다.

왕자인의 부관이 마중을 나왔기에 그 차를 타고 사령부에를 갔더니 맞아 나온 왕자인이 그 가는 눈을 더 가늘게 뜨며, 히죽거렸다.

"왜들 그 모양이야?"

"말도 말아, 얼어 죽잖고 예까지 온 것도 다 하느님 덕분이다."

"아하, 동북은 처음 와 보지?"

"처음이니 뭐니, 이렇게 추운 델 줄이야. 정말 난생처음이라니까."

우리 부부는 우선 솜군복부터 한 벌씩 얻어 입었다. 그리고 초대소에 와 더운 저녁을 얻어먹으니 소생한 기분들이 돼 새삼스레 얼굴을 마주 보며,

"여보, 낭자군."

"여보, 부상병."

서로 부르고 한바탕 웃어 댔다.

사흘 후에 서휘가 돌아와 알려 주기를,

"각 사령부 장령들의 가족은 전부 이통 초대소에 안치가 됐다."

"공군 사령관은 학교(공군사관학교)를 옮겨 오는 문제로 현재 연길에 체류 중이다."

우리는 먼저 연길에 가 왕련을 만나고 다시 이통에 가 어머니와 누이동생을 만났다.

우리 부부가 처음 이통 초대소에를 찾아 들어갔을 때 우리 아들 녀석은 마침 무슨 자막대기 같은 것을 들고 혼자 놀고 있었다. 한데 이 녀석이 우리를 한눈 보더니만 쑥스레 한번 킥 웃고는 모르는 체하고 제 놀 것만 노는 게 아닌가. 참으로 별난 녀석이었다. 순전히 동양적인 감정의 표현 방식이었다.

그리고 또 한 가지.

이 녀석이 아침에 일어나 밖으로 나오다가 마당에 첫눈이 하얗게 깔린 것을 보더니만 손뼉을 딱 치며 탄성을 올리기를 "아이야, 소금 많이이!" 우리 부부는 이런 아들 녀석을 데리고 북경행 열차에 몸을 실었다.

3

북경은 등화관제가 없어서 살 것 같았으나 반드시 그런 것만은 아니었다.

중앙문학연구소 소장 '띵링' 즉 정령이 내게다 주의를 주는데 그 요지인즉―될수록 밤에는 나다니지 말라, 반혁명진압운동이 시작됐으니까 계급의 적들이 보복 활동을 하기가 쉽다.

당시는 잘 몰랐지만 나중에 자신이 당하고 보니 모택동의 장장 26년에 걸친 광란적인 숙청 바람은 이때 벌써 불기 시작했던 것이다.

정령도 이로부터 7년 후에 '우파분자'로 몰려 22년 동안의 강제노동과 옥살이를 해야 했다.

복권이 된 뒤에(1981년) 그 남편하고 같이 연길 우리 집에 와 가지고 정령은 쓴웃음을 웃으며 술회를 하는 것이었다.

"우리가 깨닫는 게 너무 좀 늦었어. 하지만 이제라도 늦지는 않아."

정령의 남편 진명은 나의 오랜 친구로서 생일이 나보다 두 달이 늦다. 시나리오작가인 그도 같은 축에 들어 22년 동안 강제노동의 멍에를 메야만 했다.

1951년 당시는 아직 중국작가협회가 성립이 되지 않았던 까닭에 그

전신인 중화전국문학공작자협회(약칭 전국문협)가 내 생활비를 대 주고 또 서태후의 여름궁전 이화원 안에다 집을 잡아 주는데 그 집이란 만수산 기슭에 자리 잡은 소와전이라는 자그마한 전각이었다. 이 전각은 전국문협 소속 별장의 하나로써 우리 세 식구는 근 2년 동안을 그 방 세 칸짜리 별장에서 살았다.

당시 전국문협의 주석은 곽말약이었으나 실제의 사무는 당서기 겸 상무부 주석인 정령이 주관을 했으므로 나의 대우 문제도 그렇고 또 연구소에 연구원으로 받아들이는 문제도 그렇고 다 정령이 결정을 했다.

연구원이라야 한 주일에 한 번쯤 나가 명사들의 강의를 듣고 또 연구 재료, 참고 문헌 따위를 뒤져 보는 것이었으므로 힘들 게 하나도 없었다.

한데 우스운 것은 강청(모택동 부인)의 강의(영화 연극)도 열심히 듣고 또 부지런히 필기를 한 것이다(만고의 진리인 줄 알고). 그때는 그녀를 굉장히 우러러보았기 때문인데 이제 와 생각하면 삶은 소가 웃다가, 꾸레미를 터칠 노릇이다.

모순(문화부장관)의 강의(소설)와 풍설봉(인민문학출판사 사장)의 강의(문예평론)가 가장 인상이 깊었는데 이 풍설봉은 그로부터 7년 후에 '정령, 풍설봉 우파 반당 집단'이라는 어마어마한 죄명으로 숙청을 당했다. 그리하여 그는 죽을 때까지(20년 동안) 인간 대접을 못 받다가 죽고 나서 3년 뒤에 비로소 복권이 돼 정치 명예를 회복했다. 그는 '2만 5천 리 장정' 즉 '서천'에 참가한 오랜 공산당원이었다.

그리고 나의 가장 존경하는 벗 애사기. 중국 철학계의 태두라느니보다는 넘버원이었던 이 애사기는 엠엘학원(중앙당학교)에서 유물변증법을 강의하다가 '우연과 필연' 대목에서 "우리 중국이 사회주의의 길로 나가는 것은 필연의 범주에 속한다. 그러나 모택동이 공산당의 주석으로 된 것은 우연의 범주에 속한다." 이와 같은 마땅하고도 적절한 예를 들어 설명을 한 것이 죽을죄로 돼 가지고 그도 억울한 비판을 받아야 했다. 모택동은 전생연분으로 중국공산당의 주석이 된 거니까 '필연의 범주에 속한다'고 했더라면 아무 일도 없었을 걸 깜박 잊고 참말을 했던 것이다.

연구원으로 있는 동안에 나는 중편소설 《범람》과 단편집 《군공메달》을 인민문학출판사에서 냈는데(물론 정령, 풍설봉 두 분의 덕분으로) 당시는 머리가 뜨거워나서(어떡하다 발행 부수가 10만을 돌파하는 바람에) 제법 괜찮다고 생각을 했다.

'내가 이거 일류반(一流半) 작가쯤은 된 게 아닌가.'

나중에 머리가 식은 뒤에 다시 생각을 해 보니 그것들은 순 교조주의자의 잠꼬대 — 낯이 뜨뜻한 문학 쓰레기들이었다.

1951년과 1952년에 각각 한 번씩 리태준 씨가 대표단 또는 방문단을 인솔하고 북경에를 왔는데 나는 두 번 다 북경반점(호텔)에서 그를 만났다.

먼첫번 만났을 때 리태준 씨는 시종 웃음을 머금으며 소련작가대회에 참석했던 이야기를 들려주는 것이었다.

"아, 휴게실에서 어떡하다 보니 코르네이추크(소련의 극작가) 바로 옆에 가 앉았지 뭡니까. 한데 이분이 궁금하던지 나를 보고 물어보는 거예요. '당신네 그 조선에 문학평론가가 얼마나 있지요?' 선뜻 떠올라 주지 않아서 내가 '한 일여덟 될 거라'고 얼버무렸더니 이분이 대번에 손뼉을 딱 치며 외치는 거예요. '아이고, 그럼 나도 당신네 나라에 좀 가 살아야겠구먼!' 내가 괴이히 여겨 그 까닭을 물은즉 이분의 대답이 걸작이더라구요. '아, 우리 소련에 그놈의 문학평론가란 게 수백 명이나 있어 가지고 무슨 작품이 하나 나오기만 하면 와 달려들어 한입씩 물어떼는데, 사람이 배겨 낸단 재간이 있어야 말이지요. 금세 만신창이가 돼 버리는 판이니.' 그래서 평론가가 몇이 안 된다는 우리 조선에 나와 살고 싶다는 거예요."

리태준 씨는 이런 우스운 이야기로 운을 떼더니 차차 심각한 문제로 나를 끌어들이는 것이었다.

"글쎄 우리들 모두가 지금 평양 시내에서 한 10리씩 20리씩 떨어진 농촌에서 피란살이들을 하고 있는데 아, 그놈의 쥐들이 어찌나 극성을 떠는지. 사람도 먹을 게 없는 판이니까 쥐들이야 더 말할 게 없겠지요. 그래 놓으니 이놈들이 미친 것처럼 뭐나 닥치는 대로 마구 쏠아 대는데 정말 사람이 죽을 지경이 아니고 뭡니까. 그래서 이런 출국용 단벌 나들이옷은 다 보자기에 싸서 보꾹에다 동그마니 매달아 놔야 하는 거예요. 그랬다가 아무 때고 '나와라' 하면 얼른 그놈을 떼내려서 차려입고 이렇게 나서는 거지요, 다들."

이와 같이 어려운 형편부터 이야기를 하고 나서 리태준 씨는 비로소 속사정을 털어놓는 것이었다.

"10리 길 20리 길을 터덜터덜 걸어서 시내에 드나들자니 다들 죽을 지경이지 뭡니까. 길이나 좋은가, 비만 좀 와도 곤죽이 돼 버리는데. 하지만 탈 거라곤 아무것도 없거든요. 그러니 학철 선생, 정령 여사께 말씀 좀 해 주실 수 없겠습니까?"

나는 마음이 몹시 언짢아져 즉석에서 정령 동지에게 전화를 걸었다. 옆에 앉은 리태준 씨는, 알아듣지 못하는 말이었지만 귀를 도사리고 숨을 죽이고 끝까지 엿들었다.

귀국할 때 리태준 씨는 중화전국문학공작자협회가 조선작가동맹에 기증하는 윌리스 두 대를 몹시 만족스레 기뻐하며 가지고 돌아갔다.

4

서태후의 여름궁전 이화원은 해군 경비를 전용해 영조, 수복한 것으로서 세계적인 명승고적. 현재는 시민들의 놀이터로 개방이 돼 있다 (유료다).

이 이화원에 근 이태를 살다 보니 네 살배기 아들 녀석이 순수한 북경 사투리를 쓰게 돼 훗날 연변에 있을 때 주덕해(자치주 당서기 겸 주장)가 "아, 이거 어디서 북경 놈이 하나 왔구나." 하고 웃었을 정도다.

여름에 정령 부부가 휴양을 나와 한 달 동안 이웃하고 지내며 우리는 많은 이야기를 나누었다. 그들 내외가 들어 있는 운송소는 다섯 칸짜리 전각(별장)으로서 우리가 들어 있는 소와전과는 20미터가량의 '장랑'으로 이어져 있었다.

어느 날 우리 소와전 마당에 네댓 명의 사람이 들어와 서성거리기에 나는 유람객들인 줄 알고 그저 심상히 여겼더니 '웬걸!' 나중에 알고 보니 그게 다 모택동의 경호원들이었다. 모택동이 식구들을 데리고 곤명호에 뱃놀이를 나왔다가 나온 걸음에 운송소에 있는 정령을 찾아본 것이었다.

이러한 사이였건만 이 '붉디붉은 태양(홍태양)'께서는 정령을 일단 우파분자로 낙인을 찍은 뒤에는 꼬박 19년 동안 (자신이 죽을 때까지) 사면해 줄 염도 하지를 않으셨다.

그리하여 정령을 포함한 50여만 명의 이른바 우파분자들은 다 '붉디붉은 태양'께서 운명을 하시고도 또 3년이 지나서야 겨우 복권들이 됐는데 그동안에 죽은 사람이 부지기수인 것은 말 말고 목숨을 부지한 사람도 거개가 백발이 성성한 노인들이었다.

독재자가 죽은 뒤에도 또 3년이란 시일이 더 걸린 것은 수십 년 동안을 떨쳐 온 그 맹위의 여독이 좀체 잘 가셔 주지를 않아서였다.

22년 만에 복권이 됐을 때 정령은 75세. 24년 만에 복권이 됐을 때 나는 65세. 여느 사람들도 다 이와 어슷비슷했다. 피해자를 50만 명으로 줄잡더라도 그 복역 기간을 모두 합치면 천문학적 숫자 — 1천만 년이 훨씬 넘었다.

정령은 원래부터 우리 조선 사람을 좋아해 그 딸 조혜를 평양 최승희무용연구소에다 연수를 보냈을 정도다. 아들의 이름은 조린. 두 남매가 각성바지였으므로 성들은 다 엄마의 성을 따라서 장. 정령의 본성명이 장위였기 때문이다. 그리고 진명은 세 번째 남편 즉 마지막 남편으로서 열두 살 연하의 미남자였다.

내가 연구소에서 문학 공부를 하고 있을 즈음에 최승희 모녀가 북경에 와 대대적인 공연 활동을 벌였는데 그중의 한 레퍼토리에서는 정령의 딸 조혜도 양산을 쓰고 여럿이 함께 어우러져 군무를 추었다.

정령 부부가 당연스레 청년궁으로 딸의 춤추는 모습을 보러 가는데 정령이 빙글거리면서 나를 끌었다.

"어때요, 큰맘 먹고 한번 가 보는 게?"

정령은 내가 최승희를 '황군 위문공연을 다닌 너절한 춤꾼'이라고 아예 질색하는 것을 잘 알고 있는 터였다.

모처럼 조혜가 출연을 한다는데 인정상 싫다고 뿌리치기가 차마 어려워 나는 울며 겨자 먹기로 따라나섰다.

서술이 좀 거슬러 올라간다.

서휘가 평양시당위원장으로 있을 때의 일이다.

인민대표(국회의원)를 선거하는데 지명도를 감안해 후보자 명단에다 최승희를 집어넣어 발표를 했다. 선거라야 꼭두각시놀음이니까 당에서 내세운 후보자는 으레 당선을 하게 마련이었다.

한데 뜻밖의 사달이 야기됐다. 평양 기생들이 들고일어난 것이다.

"아니, 그래 친일파를 인민대표로 뽑으란 말씀인가요?"

"우린 비록 기생 노릇은 했을망정 황군 위문을 다닌 적은 없거든요."

서휘는 기생들을 설득해 투표를 시키느라고(찬성표를 던지게 만드느라고) 진땀을 뺐다. 그러니까 결국은 당권으로 마구 내리먹여야 했던 것이다.

투표율 100퍼센트에 찬성표도 100퍼센트라는 '20세기의 기적' 따위도 다 이렇게 만들어지는 것이었다.

이러한 궂은 과거가 있었기에 최승희는 우리 독립동맹과 가까워지려고 애를 많이 썼다. 금괴 따위로 아낌없이 정치헌금을 한 것도 다 그 때문이었다.

내가 산자수명한 만수산 자락에서 눈앞에 펼쳐진 곤명호의 수려한 풍광을 바라보며 유유자적하던 시기에 특히 친하게 사귄 친구가 하기방이었다.

시인 겸 문예평론가로 뜨르르하던 하기방은 이때 엠엘학원의 국문학과 주임교수였다. 한데 이 하기방이 바로 훗날 중국 문단에다 기이한 바람을 일으켜 놓은 '하기방 현상'의 주인공이었던 것이다. 하기방이 마르크스레닌주의 이론에 통달을 하면 할수록 그의 현란하던 시는 차차로 그 빛을 잃어 갔던 것이다. 이러한 반비례 현상은 중국 문단에 나타난 보편적인 현상으로서 그 가장 뚜렷한 예가, 그러니까 그 가장 대표적인 인물이 곧 하기방이었던 것이다.

나 자신은 애당초에 그런 무슨 '현상' 운운하는 축에 끼일 형편도 못 됐다. 하지만 나름대로 그런 '현상'에 깊숙이 빠져들었던 것만은 사실이다.

하기방에게는 이것 말고 또 하나의 '현상'이 있었다. 일요일날 쇼핑을 나갈 때는 반드시 부부가 함께 나가는 것이다. 어느 쪽이고 혼자서는 절대로 안 나가는 것이다. 구입한 물품에 대해 어느 쪽도 군소리를 못 하게 하기 위한 예방책인 성싶었다. 하긴 내외간의 금슬이 좋은 표현이었는지도 모를 일이다.

5

유서 깊은 북간도 땅 연변이 우리 민족의 자치주가 됐다는 소식은 나를 크게 고무했다.

우리 민족이 극히 드물게 살고 있는 북경에서 살자니 사람이 마치 분재가 돼 버린 것 같아서(뿌리가 땅속에 내리지를 못한 것 같아서) 마음 한구석이 늘 비어 있던 터라 나는 그 자치주로 가기로 결정을 했다.

주덕해를 비롯한 몇몇 옛 전우들이 거기 있어서 반연이 좋은 것도 물론 한 이유였다.

연길역에 내릴 때 나는 개척자와도 같은 포부로 가슴이 부풀었다. 장장 24년에 걸친 재난 ─ 강제노동과 징역살이가 똬리를 틀고 기다리고 있는 줄도 모르고.

연길에는 신문사도 있고 출판사도 있고 또 방송국도 있었다. 그리고 갤갤하며 겨우 견디어 나가는 문예잡지까지 하나 있었다.

나는 자치주의 최고 책임자인 주덕해의 분별로 연변 문학예술계연합회의 주임직을 맡았다. 그러나 적성이 아님을 깨닫고 반년 뒤에 사표를 냈다. 그리고 전업 작가로 변신을 해 가지고 오늘에 이르렀다. 이 '전업 작가'란, 봉급은 봉급대로 다 받으면서도 출근은 안 하고 제 쓰고 싶은 글만 쓰면 되는 국가공무원. 누구나 다 부러워하는 그늘의 개 팔자 같은 직종이었다. 중국식 사회주의 제도가 낳은 일종의 '기형아'라고나 할까.

게다가 원고료도 소득세라는 귀찮은 것을 납부함이 없이 전액을 깔축없이 챙기므로, 이른바 '쌍봉족'이란 족속이었다. 하긴 개혁, 개방이 시작된 뒤부터는 800원 이상은 그 초과한 부분만 소득세(16퍼센트)를 원천징수하게끔 돼 있다.

아무튼 이 불합리의 표본 같은 제도는 무위도식하는 무리 — 건달패를 양산하는 결과를 가져왔다. 숱한 녀석들이 '작가'라는 간판을 버젓이 내걸어 놓고 빈둥빈둥 놀고먹었으니까 말이다. 연변자치주에는 '전업 작가'라는 게 나 하나밖에 없었다.

이 무렵 나는 공산당의 지시라면 뭐나 다 천지신명의 계시로 알고 무조건적으로 받들어 모시는 데 습관이 됐던 까닭에 '당에서 시키는 대로만 하면 틀림이 없다' 이 구호가 몸에 푹 배 버려 독립적으로 사고하는 것을 아예 그만둔 상태였다. 고골의 말마따나 '제 머릿속에서 남이 경마를 하게' 내버려 두었던 것이다.

그리고 모택동을 숫제 동방 공산주의의 화신으로 여겼던 까닭에 그 어른은 나에게 있어서 거의 '유일신적'인 존재였다.

몇 해 후에 바로 이 유일신적인 어른을 '천안문 위에 서 있는 벌거벗은 황제'라고 내리깎고 십 년 동안 감옥살이를 한 일을 생각하면 참으로 격세의 감이 없지 않다.

판문점에서 옥신각신하며 질질 끌던 정전 담판이 끝내 협정을 맺게 되니 연길에서도 등화관제가 해제돼 살기가 한결 나아졌다.

하지만 나의 거취 문제는 조선노동당이 결정을 할 것이므로 정전이 이루어진 이상은 어차피 평양을 나가야겠기에 나는 주덕해와 사전에 의논을 하고 나서 단신 귀국길에 올랐다.

심양에서 항공편(승무원들은 몽땅 소련 사람)으로 압록강을 날아 넘어 들어가는데 공중에서 내려다본 평양 시내는 한 절반 잿더미로 화해 버려 만목황량, 보는 사람의 마음이 아파날 지경이었다.

'이 정도까지 돼 버리다니!'

시설이 보잘것없는 비행장에 내려 가지고 내가 맨 처음 찾아간 사람은 평양시당위원장 고봉기였다.

"뭣 하러 나왔어?"

고봉기의 첫마디가 이러한지라 내가 적이 의아스레 "뭣 하러 나오다니……. 그럼 안 나오고 어떡해?" 하고 되물었더니 고봉기는 대번에 손을 홰홰 내젓는 것이었다.

"도로 들어가. 도로 들어가. 넌 여기서 못 배겨 낸다구. 지금 형세가 어떤지 알아?"

이렇게 말하고 고봉기는 목소리를 푹 낮춰 가지고 귓속말로 소곤거리기를 "전쟁이 끝나니까 우릴 잡아먹자고 일성이가 지금 칼을 품고 날뛰는 판이다. 구팽이야 구팽. 너 아니? 사냥개가 이젠 필요가 없는 거야. 이런 판국에 네 따윈 애당초에 견뎌 배기질 못한다. 알겠니. 견뎌 배기질 못한다구. 당적을 내 옮기게 해 줄 테니까, 도로 들어가라." 이렇게 나를 중국으로 미리 피신을 시켜 준 고봉기. 그 고봉기 자신은 김일성이의 마수에 걸려서 끝내 비참한 죽음을 당하고야 말았다.

체신상으로 밀려난 박일우 동지를 만나서 그간의 사연을 직접 들으니 사람이 곧 분통이 터질 노릇이었다.

"돼 가는 형편을 보니 난 이 자리에도 그리 오래 있을 것 같지가 않아. 고봉기 말이 옳아. 동문 도로 들어가라구. 여기선 배겨 내기가 어려울 거야. 거긴 주덕해 동무가 있으니까 아무 문제없잖아."

김두봉 선생님도 내가 평양에 나오는 것은 부질없는 일이라고 말씀해 주셨다.

"성한 몸도 아닌데 뭐 하러 나온다는 겁니까. 어서 도로 들어가십시오."

이 어른은 제자들에게도 언제나 깍듯한 존경어를 쓰셨다. 김원봉 선생과 마찬가지로.

한빈 선생은 중앙도서관 관장(차관급 대우)으로 내려앉아 가지고도 대수로워하지 않으셨다. 그저 소련 국적을 보유하고 계셨으니까 '수틀리면 아무 때고 나 한 몸 툭툭 털고 들어가면 고만 아니냐' 이런 배짱이 있어서였을지도 모를 일이다.

아닌 게 아니라 결국은 그렇게 돼 버리고 말았다. 불과 일 년 후, 성대한 환송에 허울 좋은 개살구로 추방을 당했으니까. 김일성이는 전용 찻간을 제공한다는 예우까지 베풀어 가며 이 잔뜩 미운 오리를 배송을 냈던 것이다.

"들어가 들어가, 도로 들어가. 어떤 살얼음판이라고 나온다는 거야. 아들 잘 있어? 이젠 컸겠구먼. 유치원 다니나?"

한빈 선생은 슬하에 자녀가 없었던 까닭에 우리 아들 녀석을 몹시 귀여워하셨다.

이것이 그분들과의 마지막 만남이 돼 버릴 줄이야. 이 가슴속에 맺힌 한이 응어리가 져 암만해도 풀려 주지를 않는다.

가엾은 여자 안효상의 억울한 사연도 빼놓을 수 없다.

안효상은 1945년 가을 중국 하얼빈에서 조선의용군에 입대를 했다. 후에 조선에 나와 김두봉 선생님의 비서가 됐는데 정전 담판 때는 판문점에 나가 통역장교로 활약을 했다. 그러다가 수석대표 리상조와 가까워져 가지고 임신을 하게 되니까 할 수 없이 심양 본가에 들어가 해산을 하고 갓난아이는 친정어머니에게 맡겼다. 그리고 다시 평양에 나와 외무성에서 일을 하는데 오래간만에 나를 만나더니만 몹시 반가워하며 자신도 "제네바(스위스)에 갔다가 돌아온 지 이제 며칠 안 된다." 며 밝게 웃었다.

훗날 김두봉 선생님을 '반당 종파'로 모는 데 그 비서였던 안효상더러도 적발을 하라니까(죄상을 날조해 들씌우라니까) 없는 죄를 얽는단 재간이 없는 안효상은 인간 백정들의 공갈과 협박을 견디다 못해 결국은 스스로 목숨을 끊고야 말았다.

1989년, 가을 이 이야기를 해 주었더니 백발이 성성한 리상조는 얼굴에 처연한 빛을 띠며 자책을 하는 것이었다.

"다 내 탓이야. 내가 죽일 놈이야."

외할머니 손에서 부모 없이 자란 그 아이도 이젠 나이가 마흔이 넘었을 것이다.

자치주

1

연변자치주에 일단 정착을 한 뒤 약 4년 동안에 나는 이른바 '연변의 장편소설 제1호'라는 《해란강아 말하라》를 비롯해 네댓 권의 책을 펴냈는데 물론 그것들은 다 당의 정책에 따른 것이었다. 바꾸어 말하면 마르크스레닌주의와 모택동 사상을 지침으로 한 프롤레타리아트적 이념의 산물이었다.

그 덕에 나는 연변 문단에, 정확히는 중국 조선족 문단에 '떠오르는 별'이 될 수가 있었다. 하긴 중일 전쟁 이전에 벌써 독립운동에 투신했다는 범상찮은 경력도 하나의 도움이 됐던 것만은 사실이다.

훗날 '반혁명 현행범'이 돼 가지고 감옥에를 가니까 중대장(교도관)이 알아보고 눈을 크게 뜨며 탄성을 올리기를 "아니, 이게 웬일이시우? 이름이 세상에 뜨르르한 양반이!"

이 정도로 뜨르르했던 내가 갑자기 곤두박질을 쳐서 '18층 지옥'으로 내리꽂힌 것은 1957년 ─ '웽그리아(헝가리) 사건'의 여파가 시차가 일곱 시간이나 되는 중국에도 걷잡을 수 없이 밀려들었을 때의 일이다.

'붉디붉은 태양'께서는 자신이 원치 않는 소요가 중국에서도 일어날 것을 우려한 나머지 속임수를 써서 인사출동을 하기로 마음을 먹으셨다. '인사출동'이란 뱀을 꾀어 굴 밖으로 끌어낸다는 일종의 술책이다.

이 술책에 따라 모택동이 공산당의 명의로 백화제방, 백가쟁명이라는 기만적인 '방침'을 내놓고 전국의 지식층, 특히는 문학예술계 인사들더러 뒷걱정 말고 자유로이 좌담들 하라고 유도를 하니 그것이 모략이리라고는 꿈에도 생각을 못 하는 지식인들이 평소에 품어 온 소견을 다들 솔직히 피력을 했다.

이 피력한 소견들을 꼬투리 잡아서 '반당, 반사회주의의 독초'라는 죄명을 들씌워 가지고 강제노동에 내몬 것이 곧 20세기의 '갱유' — '반우파투쟁'이라는 것이었다.

이에 반해 무릇 모택동의 독재정치를 미화, 찬양한 언사나 작품들은 다 '향화'라고 해서 특별한 우대를 받았다.

이 과정에서 생겨난 것이 '프롤레타리아 용사'라는 특이한 종족이다. 이 종족은 몽땅 '모택동교'의 광신도들로서 아무나 눈에 거슬리는 놈은 다 우파분자로 몰아서 때려잡는 게 유일한 장기인데 이것을 극성스레 하면 할수록 벼슬이 오르는 까닭에 다들 피눈(혈안)이 됐다.

연변문학예술연구소 기관지 〈문학과 예술〉(1995년 5·6월 호)에 〈중국 조선족 당대 문학평론 개관〉이라는 글이 실렸는데 그중의 한 단락을 베끼면,

1957년 〈아리랑〉(작가협회 기관지) 10월 호에는 '반우파투쟁에 총궐기하여 연변 문학의 장성 발전을 담보하자'라는 사설이 실렸다. 이와 전후하여 1958년 말까지 〈연변일보〉와 〈아리랑〉은 상술한 작가들의 작

품과 이른바 '반동 언론'을 비판하는 글들로 꽉 차 있었다. 필자가 통계해 본 데 의하면 이 시기에 발표된 평론 157편 중 '우파'와 '반동분자'를 성토하고 비판한 글이 124편으로서 거의 80퍼센트를 접했다.

김학철의 작품은《해란강아 말하라》〈괴상한 휴가〉〈질투〉〈승리의 기록〉〈군공 메달〉〈서리〉〈소나기〉(미발표)〈뿌리박은 터〉〈고민〉〈구두의 역사〉〈현장에서 온 편지〉〈내선 견습공〉〈싸움 끝에 드는 정〉〈맞지 않은 기쁨〉〈탈곡장에서〉등등 거의 전부가 비판대에 올랐다. …… 한마디로 말하여 (그 비판들은) 정상적인 '문예비평'인 게 아니라 사람잡이의 정치 몽둥이질이었다.

한데 어이없게도 그 '반당, 반사회주의의 독초'라고 두들겨 맞은 나의 작품들은 다 당 선전부의 검열과 삭제, 개작을 거쳐서 발표를 한 것들이었다.

그 한 예를 든다면 "칠순이 넘으신 할아버지가 손자를 앞세우고 공원을 찾는 모습은 보기에도 흐뭇하다." 나의 소설의 이 구절을 읽어 본 선전부장이 대번에 눈살을 찌푸렸다.

"이거 안 좋아요. 칠순이 넘었다고 놀러 다니기나 하면 어떡해요. 일은 안 하고."

"칠순이 넘으신 할아버지가 날마다 논밭에 나가 일을 하는 모습은 보기에도 흐뭇하다. 이렇게 고쳐야 해요."

나의 그 '반당, 반사회주의의 독초'들은 다 이런 식으로 봉명 개작을 해 가지고 발표를 한 것들이었다.

이로써도 알 수 있듯이 '프롤레타리아 용사'란 곧 공산당원의 탈을 쓴 불한당인 것이다.

이 '프롤레타리아 용사'들의 전성기는 이로부터 8년 뒤에 터진 문화대혁명 시기였다. 하지만 문화대혁명의 몰락과 함께 쇠망을 한 뒤에도 그들은 독일이나 영국 또는 미국의 네오나치즘처럼 간간이 발작 증상을 보이곤 하는 게 실정이다.

2

북경에서 시작이 돼 가지고 전국으로 확산이 된 마녀사냥 즉 '사람잡이 운동'은 약 일 년 동안에 무려 55만여 명의 '우파분자'라는 것을 만들어 내서 때려잡음으로써 전승을 거두었는 바 이는 모택동 사상의 정확성을 또 한 번 실증한 것으로 됐다. 그리하여 6억 5천만의 인구를 가진 거대한 중국 대륙은 또다시 혁명적인 열광으로 온통 끓어번졌다.

"위대한 영수 모 주석 만세!"

"모택동 사상 만세!"

입입이 외쳐 대는 만세 소리는 하늘과 땅을 뒤흔드는 듯싶었다. 전국의 매스미디어들이 당의 지시를 받들어 연일연야 이 '만세'를 외쳐 대는 바람에 다들 감염이 됐던 것이다.

"각 기관, 사회단체 성원의 5퍼센트는 '인민의 적'이니라. 이를 철저히 깡그리 잡아치울지어다."

위대하신 모택동 주석께서 제시하신 이 지표가 깔축없이 달성이 됐을 뿐 아니라 초과 완수까지를 했기 때문이다.

그전까지 사람들은 이렇게 많은 '인민의 적'들이 제 바로 곁에 숨어 있을 줄은 꿈에도 몰랐다. 그러게 중국과학원 원장 곽말약 같은 대단한 어른도 깜짝 놀라 그 유명한 경탄성을 발했지.

"여태껏 호랑이하고 한 침대에서 잤구나!"

곽말약 원장이, 꼬리가 한 발이나 되는 호랑이하고 한 침대에서 자다가 깜짝 놀라 벌떡 일어나는 만화가 공산당 기관지 〈인민일보〉에 게재가 되니 전국 55만여 명의 우파분자들은 꼼짝없이 교활하고 흉악한 '호랑이'들로 돼 버릴밖에 없었다.

정신 빠진 곽말약이 '한 침대에서 잔 호랑이' 하고 성토를 한 시인 겸 문예평론가 호풍은 꼬박 25년 동안 옥살이를 하고 77세에 출옥, 78세에 비로소 복권이 됐다.

프롤레타리아독재의 선봉대인 연변작가협회는 지표를 까맣게 초과 완수해 모범 단위가 됐다. 전원 20여 명 중에서 꼭 10명을 때려잡아 지표의 무려 아홉 갑절 ─ 45퍼센트라는 휘황한 전과를 거두었기 때문이다.

북경작가협회에서는 5층 회의실에 200여 명 사람(대부분이 '프롤레타리아 용사')이 모여들어 '후보 우파(저명한 작가)' 하나를 내세워 놓고 하루 종일 투쟁을 했다.

살벌한 분위기 속에 '개새끼', '소새끼'……. 사람이 차마 입에 못 담을 끔찍한 욕들을 마구 퍼부어 대며 토죄를 하는데 이런 판국에서는 아무도 감히 입을 다물고 가만있지는 못하게 마련이었다. 일단 동정자로 지목을 받는 날이면 아예 신세를 조지게 되기 때문이다.

그러므로 가깝게 지내던 사람일수록 더 극성스레 물어먹어야 했다. 우선 저부터 살고 봐야겠으니까. 그렇게 하는 것을 일컬어 '계급의 계선을 가른다'고 한다.

문화대혁명 때는 투쟁을 하다가 마구 때려죽이기도 예사였지만 반우파투쟁 때는 그래도 좀 문명적이라서 두들겨 패기까지는 않았다.

하지만 그 뭇매질식 투쟁의 예봉은 살을 저미고 뼈를 깎는 거나 마찬가지였다. 없는 죄를 스스로 만들어 뒤집어쓰지 않으면 투쟁은 점점 더 에스컬레이션을 하니까 결국은 기진맥진해서 다들 고패를 빼게 마련이었다. 그러니까 없는 죄를 뒤집어써야만 끝이 난다는 얘기가 되는 것이다.

다시 북경작가협회 5층 회의실.

토죄할 차례를 거를 수도 없고 또 아주 빠져 버릴 수도 없게 된 젊은 작가 하나가 서서히 일어났다. 그는 한 손을 들어, '중시지적(衆矢之的)'이 돼 가지고도 그저 담담히 서 있기만 하는 '후보 우파'를 가리키며 침착하게 한마디 지적을 했다.

"제가 아는 바 저분은 공산당을 비방한 적도 없고 또 사회주의를 반대한 적도 없습니다. 저분은 가장 양심적인 작가이십니다. 마땅히 존경을 받아야 할 분입니다. 이상!"

만좌가 아연실색하는 가운데 그 젊은 작가는 창가로 다가가더니 열려 있는 창문으로 번개같이 몸을 날렸다.

콘크리트 바닥에 떨어져 즉사를 한ㅡ목숨으로써 인간의 양심을 지킨ㅡ이 젊은 작가는 죽은 뒤에도 '극우분자'로 판정을 받았다가 22년 뒤 '백골이 진토되어 넋이야 있건 없건' 해서야 겨우 그 죄명을 벗어던질 수가 있었다.

상업국의 당서기 겸 국장이 양심적인 인물이었던지 5퍼센트의 지표를 채워 낼 재간이 없어서 밤낮으로 고민을 하다가(생사람을 때려잡아야 하겠기에) 궁여지책으로 한 꾀를 떠올렸다. 수하의 계장인 조카를 불러서 의논을 해 보기로 한 것이다.

"당의 정책이 '비판은 엄하게 처리는 너그럽게'라니까…… 네가 좀 나서 주겠냐. 이 바람이 가면 얼마나 가랴. 고작 서너 달이면 또 흐지부지할 테지."

"그럭하죠 뭐. 지표를 달성 못 했다간 또 괜히……."

이것이 단 하나밖에 없는 친조카의 일생을 망쳐 줄 줄을 우리의 국장님이 어찌 알았으랴.

22년 후에 그 조카가 강제노동에서 풀려나 주름살투성이의 얼굴을 해 가지고 돌아왔을 때, 우리의 국장님은 이미 저세상 사람이었다. 도저히 풀 길 없는 회한이 선량한 그의 목숨을 일찍이 앗아 갔던 것이다.

공원 거리에 홀어미와 외동딸 단 두 식구가 살고 있었는데 그 딸이 시집을 가게 됐다.

잔칫날 일가친척이 다 모여서 신랑이 오기를 기다리는데 이놈의 신랑이 생전 어디 와 줘야 말이지. 하도 답답해 사람 하나를 급히 띄웠더니 이윽고 그 사람이 파김치가 돼 가지고 돌아오는데 암만 봐도 풍년거지 쪽박 깨뜨린 형상이라 "왜, 무슨 일이 생겼수?" 다그쳐 물은즉 그 사람이 한참 만에 겨우 입이 떨어져서 죽어 들어가는 소리로 대답을 하기를 "신부의 외오촌 아저씨가 우파분자란 걸 뒤늦게 알았다나 봐요. 그래서 그만둔다는 거예요. 가정성분이 나쁘다구." 모녀가 맞부둥켜안고 통곡을 하는 모습은 사람이 차마 눈을 뜨고 볼 수가 없었다.

'외오촌이면 어머니의 사촌 오라비가 아닌가!'

소학교 2학년에 다니는 나의 외아들 해양이가 '반동분자의 자식'이라고 학교에서 소년선봉대원의 생명과도 같은 붉은 넥타이를 회수당했다. 여덟 살 먹은 아이가 눈물 닦은 자국이 얼럭덜럭해 가지고 돌아왔을 때, 내 가슴속에서는 그 무엇이 마치 구들장이라도 꺼지듯이 꺼져 내려앉았다.

'이게 그래, 계급투쟁이란 말인가?'

'이게 바로 프롤레타리아독재라는 건가?!'

나의 이 무성의 부르짖음은 마침내 분출구를 게 된다. 그 분출구가
곧 장편소설 《20세기의 신화》인 것이다.

3

여느 '우파분자'들은 생활비 명목으로 한 달에 25원씩을 주어서 강
제노동에 내모는데 나는 이른바 '노팔로(고참 팔로군)'였으므로 그 갑절
인 50원씩을 주었다.

하지만 잇달아 들이닥친 '대약진'으로 말미암아 한 알에 7전씩 하던
달걀이 불과 몇 달 사이에 60전으로 껑충 뛰어오른 상황하에 고만한
돈쯤은 그야말로 새발의 피였다.

한 포기에 이삼십 전 하던 양배추가 한 자릿수 갑자기 뛰어올라 2원
각수로 돼 버린 까닭에 할 수 없이 두 집에서 한 포기를 공동구입해다
가 절반씩 나누는 세월이 돼 버렸으니 "돈이 헤프기가 가랑잎이라니
까요. 어떻게 살죠?" 이런 비명을 올리지 않을 수가 없게들 됐다.

'붉디붉은 태양'께서 전국의 '반당, 반사회주의'적 악당들(55만 2천
877명)을 여지없이 깡그리 때려 엎어 강제노동에 내몬 뒤, 미워서 딱 죽
을 지경인 소련의 흐루쇼프 놈을 멋지게 제끼고 제1착으로 공산주의
에 골인해 전세계를 깜짝 놀래 줄 심산으로 '3년 동안 악전고투해 공
산주의로 진입하자!' 이와 같이 거창하면서도 매혹적이고 또 고무적

인 목표를 제시하셨다.

한데 그 목표를 달성하는 비방(특효의 약방문)이란 '하나는 전체를 위하여, 전체는 하나를 위하여!' 이러한 단 한마디의, 돈이 한 푼도 아니 드는, 인류 역사상 가장 고상한 ─ 공산주의 도덕적 구호였다.

그분께서는 이 단 한마디의 구호를 동력으로 삼으신 다음에 손을 번쩍 쳐들며 "꼿꼿이 공산주의 천국으로오옷!" 하고 호령을 하셨던 것이다. 마치 우주로켓에다 고체연료를 장입할 대신에 커다란 메가폰 하나를 쑤셔 넣고 "네엣, 세엣, 두울, 하나아, 제로오 발사앗!" 하고 호령을 하듯이.

그리고 또 그분께서는 '인민공사'라는 전대미문의 정치경제 통합체를 중국 대륙 방방곡곡에 2만 3천 397개(약 1억 2천만 가호 망라)나 만들어 내 가지고 아예 일찌감치 공산주의 체제를 도입해 버리셨다. 그 결과,

돈 안 내고 밥 먹으니
인민공사 좋을시고
공산주의 지상낙원
인민공사 좋을시고.

전 중국 1억 이상의 아동들이 목이 터지라고 불러 대는 이 노랫소리가 높이높이 하늘에 울림 하고 또 낮추 낮추 땅에 메아리쳤다.

하지만 얼마 아니 가서 밥을 거저 먹이는 인민공사는 식충이 양성소가 돼 버리고 또 노력 공수를 헤아리지 않는 인민공사는 글자 그대로의 게으름뱅이 집합소로 변해 버렸다.

일을 하든 안 하든 밥은 다 거저 먹이는 판에 보수 없는 공일을 어느

미친놈이 할 것인가. 더구나 그 지저분한 똥수레를 어느 시러베아들놈이 끌려고 할 것인가.

이때 연길 시내의 변소들은 99퍼센트가 재래식이었으므로 농촌에서 아무도 푸러 오지를 않으니까 2주일이 채 아니 가서 분지들이 차고 넘쳐 악취를 풍기는 배설물들이 마치 황색의 용암류 모양 길거리로 흘러나와 오가는 행인들이 발을 옮겨 디딜 자리가 없게 돼 버렸다.

이렇듯 사회가 혼란한 가운데 나는 날마다 시내에서 십여 리 떨어진 구일본군 비행장으로 광석(철광석)을 깨러 다녔다. 하루 종일 메질을 하고 어슬녘에야 집으로 돌아왔다.

물론 목발을 짚고 뚜거덕뚜거덕 걸어서 다녀야 했는데 중도에서 오면가면 만나는 남녀 학생들이 나를 '반동 집단의 우두머리'라고 욕을 퍼부으며 돌을 던지는 데는 사람이 딱 죽을 지경이었다.

《조선어독본》에 실렸던 내 글들이 전부 파기 처분을 당한 데다가 연변극단의 알량한 '프롤레타리아 용사'들이 내가 반동 집단을 지휘하는 내용의 연극을 문화구락부에서 상연을 했던 까닭에 나는 특히 학생들 사이에 극악한 반동 문인으로 소문이 났다.

이때 시내에는 전기 공급을 아예 중단하고 전력을 몽땅 제련에다 돌린 까닭에 시민들의 생활은 흡사 원시시대로 되돌아가는 것 같았다. 석유램프 시대가 재래했기 때문이다. 그리고 잇달아서 성냥이라는 게 모든 상점의 매대들에서 자취를 감추어 버려 모두들 부시를 쳐서 불씨를 얻어야 했다.

'강철 고지 점령 작전'으로 그 넓디넓은 비행장이 불과 서너 주일 사이에 크고 작은 용광로들로 꽉 들어찬 제련 기지로 변했는데 당간부, 국가공무원들이 만든 용광로는 그래도 높이가 대여섯 미터쯤씩은 됐으나 중, 소학생들이 만든 것은 풍로식 꼬마 용광로로써 키가 1미터도 채 못 됐다.

하지만 그 수를 헤아릴 수 없이 많은 풍로식 용광로들이 크넓은 들판에 까마득하게 쫙 깔려 있는 광경은 참으로 경이로웠다.

학생들은 학업을 전폐하고 전문적으로 달라붙어 이 노릇을 했는데 그 풍로식들에서는 끝내 단 한 숟가락의 쇳물도 녹여 내지를 못하고 말았다. 하긴 성인들이 뽑아낸 쇳물도 거의 다 쓸모없는 폐강이었다.

철광석이 턱없이 모자라니까 쇠붙이란 쇠붙이는 다 긁어다 녹이는데 각 학교 운동장의 애매한 철봉들도 액난을 면치는 못했다.

우리 집은 반동의 집이라고 범강장달이 같은 녀석들이 무단히 들어와서 인사말 한마디 없이 멋대로 욕조를 뜯어가 버렸다.

《중국공산당역사대사전》에 따르면 이 시기 전문적으로 제련에 달라붙었던 사람의 총수(학생 제외)는 9천만 명이었단다.

완전히 발광이었다.

한 독재자가 미쳐 나면 6억 5천만 명 사람이 덩달아 미쳐 나야 하는 게 프롤레타리아독재라는 것이었다.

4

자신이 창시한 '대약진'과 '인민공사'로 온 대륙이 후끈 달아오르자 머리가 과열해 광적인 상태가 돼 버린 '붉디붉은 태양'께서는 그 천재적인 두뇌를 만가동해 참신한 고안들을 끊임없이 떠올려 가지고 잇달아 내리먹이셨다.

'국민개병'도 그중의 하나다.

　죽여라 죽여라 죽여라!
　비호같이 날쌔게
　죽여라 죽여라 죽여라!

　유치원 어린이들이 앙증한 목총 한 자루씩을 엇메고 길거리를 행진하며 새된 목소리로 이 노래를 불러 대는 모습.
　놀란 눈으로 그 모습을 바라보며 나는 전대미문의 '극좌병'에 걸려 버린 공산당에 환멸을 느꼈다. 나의 가슴속에서는 비애와 허탈감이 섞갈렸다. 분노가 용틀임을 쳤다. 그것은 어김없는 동양판의 나치즘이었다.
　잇달아 또 교시가 떨어져 내려왔다.
　"담장, 울타리……. 이런 것들은 다 사유재산제의 유물이니라. 그러므로 공산주의로 진입을 하려면 우선 이것들부터 싹 다 소탕을 해치워야 할지어다."
　10여 만의 연길 시민이 총궐기해 담장과 울타리들을 마구 허물어 버리고 뜯어 버리고 하는 소동은 그야말로 경천동지 바로 그것이었다.
　그 두꺼운 재래식 회색 벽돌담을 며칠씩 달라붙어 이악스레 메질을 해 까부수는 끈기야말로 현대판 우공이산이었다.
　담들을 말끔히 소탕을 해치우니 건물들이 모두 아랫도리를 벗은 것 같아서 보기가 여간만 흉하지가 않았다. 억지로 신조어 하나를 만들어 낸다면 '누드 건물'이라고나 할까. 길거리에서 살림집 안방까지 환히 다 들여다보이게 되니 최저한의 프라이버시도 지켜 낼 여지가 없었다.
　하지만 공산화의 목적만은 초보적으로나마 달성을 했으니까 그나마 괜찮은 셈이었다.

'네 것 내 것이 왜 있으랴, 네 것이자 내 것이고 내 것이자 내 것이지.'

밤중에 담을 넘어 들어가는 수고를 덜어 준 까닭에 도둑놈들이 살판을 만난 것이다.

'위대하신 태양'의 기발한 교시는 새록새록 떨어져 내려온다.

"참새는 해조이니라. 곡식을 해치느니라. 그러므로 공산주의로 진입을 하려면은 우선 이놈들부터 반반히 멸종을 시켜야 할지어다."

10여 만의 연길 시민이 남녀노소 총궐기해 아침부터 밤까지 대야, 냄비, 깡통, 꽹과리 따위를 요란스레 두드리며 '훠이 훠이' 외쳐 대는 소동은 역사적인 희비극 또는 중공 당사에 아로새겨질 희비극이랄밖에 없었다.

하지만 누가 감히 이 광란적인 광대놀이에 휩쓸리기를 거부할 것인가. 반동으로 몰리고 싶어 몸살이 난다면 또 모를까.

참새 같은 미물들에도 지능지수란 게 있는 모양으로 약은 놈들은 다 시외의 숲속으로 피신을 하는데 그렇지가 못한 놈들은 하루 종일 시내의 상공을 날아 헤매다가 나중에는 기진맥진해 과로사인지 추락사인지를 하는 것이었다.

그 지능지수가 낮아서 떨어져 죽은 참새들은 또 한 번 '붉디붉은 태양'의 현명하심을 입증하는 호재로 됐다.

'다들 보라. 그분의 호령 한마디면 나는 새도 아니 떨어지지는 못하잖는가.'

그분은 마르크스레닌주의를 중국의 실정에 맞게 창조적으로 적용을 한 위대하신 천재였다.

그 '위대하신 천재'의 중국 실정에 꼭 들어맞는 교시는 계속 떨어져 내려온다.

"대약진의 시대에 시가가 없을 수 없느니라. 마땅히 대중적인 시가
창작 운동을 벌여야 할지어다."

이 교시를 높이 받들고 전국에서 쏟아져 나온 민중 시인의 정확한
통계자료는 없지만서도 아마 한 5천만 명쯤은 됐을 것이다. 아무튼 이
르는 곳마다에 갓 용솟음쳐 나왔다는 시인투성이였으니까.

이때 절찬리에 최우수작으로 뽑혀서 전국에 뜨르르했던 시를 볼작
시면,

벼 난가리에 올라가서
해에다 대고
담뱃불을 붙이리라…….

'대약진'과 '인민공사' 덕에 중국 역사상 미증유의 대풍년을 이룩해 곡
식무지가 태양에 근접을 했다는 것이다. 그러니까 해발 8,840미터의
에베레스트 봉보다 까맣게 더 높이 솟았다는 얘기일 것이다.

이를 안받침 하듯이 놀라운 보도기사가 터져나왔다.

"모모 인민공사의 벼 포기들은 어찌나 실하게 잘 자랐는지 아이들
이 올라가 마구 뒹굴어도 끄떡없단다."

대약진의 휘황찬란한 전과들은 잇달아 쏟아져 나온다.

"풍력으로 달리는 자전거 개발!"(바람개비 달린 자전거의 사진도 곁들여 게
재 ―〈인민일보〉)

"교잡으로 풀을 먹고 사는 신품종 돼지를 육성해 내는 데 성공!"(생
김새가 송아지의 사촌 같은, 다리가 껑충한 돼지의 사진도 곁들여 게재 ―〈인민일보〉)

일일이 매거를 하기가 어려울 정도다.

그러나 얼마 아니 가서 허열이 내리기 시작하니 그 허풍치기 전과들은 마치 높은 공중에서 가스가 빠져 버린 기구 모양 볼품없이 쭈글쭈글해져 가지고 땅바닥에 떨어졌다.

중국 대륙에 비천연적인 빙하시대가 도래했다.

시장에서 공공연히 피나무 껍질―가장 손쉬운 대용 식품―을 팔기 시작했다.

파천황 제1착으로 콩볶은이를 한 알에 1전씩 낱개로 팔아서 재미를 보는 뜨내기 장사도 나타났다.

작가협회에서는 집무 시간에 다들 마대를 들고 교외로 나가 쌓인 눈을 헤집고 낙엽을 주워 모았다. 식량 배급이 턱없이 줄어든 까닭에 이런 구차스러운 짓들을 해야 하는 것이다.

다 같은 낙엽이라도 염소는 바삭바삭한 것을 그대로 먹지만 사람은 가루를 내 가지고 익혀서 먹으니까 현저한 차이가 있기는 있었다. 최저한 만물의 영장의 체면을 세울 수는 있었다.

이 지경이 돼 가지고도 학습 담화 때는 다들 이구동성으로 "지금 우리 나라의 형세는 아주 좋아졌다."고 입에 발린 소리를 해야 했다.

우리 집 세 식구도 허구한 날 풀때기로 연명을 하는데 그나마 점심은 아들만 먹이는 까닭에 우리 내외는 아침저녁 두 끼뿐. 나는 혁대에 구멍을 덧뚫느라고 볼일을 못 볼 지경이고 또 집사람은 허리가 점점 더 가늘어져서 아예 초나라 세요궁의 궁녀 꼴이 돼 버렸다.

고양이를 싹 다 잡아먹어서 묘족이 씨가 질 위기에 직면했다. 까마귀를 보는 족족 잡아먹어서 오족이 씨가 질 위기에 직면했다.

시래기도 처마 밑에다 내걸어서 말리지를 못하고 자물쇠 잠근 창고

속에서 말려야 하는 세월이 돼 버렸다.

아들(소학교 4학년생)이 선생님 인솔하에 농촌 지원을 나갔다가 하도 배들이 고프니까 콩밭에서 날콩들을 훔쳐 먹는데 비린내가 너무 나서 다들 두 손가락으로 콧방울을 꼭 집고 먹었단다. 이것이 바로 모 주석께서 천명하신 '사회주의 제도의 우월성'이라는 것이었다.

기름을 짜고 난 콩깻묵으로 만든 거무스름한 두부 명색도 양권(양식표)이 모자라서 못 사 먹고 또 면직물 구매권이 턱도 없이 모자라서 타월(세수수건)이 반두 삼아 미꾸라지를 떴으면 꼭 좋을 만큼 해어졌어도 갈음할 엄두를 내지 못하는 게 바로 공산주의 초입 단계 — '대약진' 시대라는 것이었다.

지방정권 기관인 '인민공사'가 권력을 행사해서 십여 리 폭원에 거주하는 수백 가호의 어린아이들을 몽땅 중심 구역에 설치한 임시 탁아소와 바라크 유치원에다 집중 수용을 한 까닭에 내 아들 보고 싶고 내 딸 걱정하는 엄마들이 어두운 밤저녁에 5리씩 10리씩 논틀밭틀로 걸어서 내 아들 내 딸을 보러 갔다.

어린것들이 통조림 정어리 모양 꼭꼭 끼여 자는 모습을 문틈으로 엿보다가 '한인물입'이라는 패찰이 나붙은 문설주에 기대서서 땅이 꺼지라고 한숨을 쉬는 엄마가 있는가 하면 또 걷잡을 수 없이 흘러내리는 어리석은 눈물을 이리 씻고 저리 닦고 하는 엄마들도 있었다.

낙후한 엄마들이 모택동 사상을 참답게 학습하지 않은 탓으로 '대약진' 시대의 '사회주의 꽃봉오리'들은 강보에 싸여서부터 병영생활을 해야 한다는 참신한 현실을 선뜻 받아들이지를 못했던 것이다.

경로원(양로원)에서는 급격한 인플레(800퍼센트)로 그러잖아도 빠듯하던 경비가 태부족해 급식의 질과 양이 다 일락천장으로 떨어져 마런이 없게 되니 노인들이 영양부족으로 맥없이 픽픽 쓰러져 눈들을 감았다. 꼬리를 물다시피 죽어 나간 것이다.

이러한 상황하에 경비 부족으로 구덩이 팔 인부마저 구하기가 어렵게 된 경로원 원장님이 주야로 골몰을 하던 끝에 피뜩 묘안 하나를 떠올렸다. 묘안치고는 알량한 묘안이었다.

'옳지, 그렇지. 노인들더러 좀 수고를 하시라지. 할 만한 일은 하는 게 건강에도 좋을 거니까.'

갤갤하는 노인들이 허리띠를 졸라매고 비실비실하며 장차 당신들이 들어가 묻힐 구덩이를 파고 있는 광경. '붉디붉은 태양'의 '대약진'이 아니었던들 이런 희한한 광경은 아무도 목격을 못 하고 말았을 것이다. 외국의 인권단체들이 몰랐기에 망정이지 알았더라면 또 한바탕 난리가 났을 것이다.

'대약진'과 '인민공사'가 국민경제를 파국으로 몰아넣어 전국 도처에서 아사자가 속출하자(줄잡아서 1천 6백만 명) 다급해난 '태양'께서는 얼마 전에 장담하고 발급했던 6억 5천만 장의 공산주의 천국행 급행권들을 부랴사랴 도로 다 거두어들이고 그 대신에 '영광스러운 내핍'이라고 찍은 삐라 한 장씩을 고루 돌라주셨다.

그리고 도처에 전시회(계급교양관)를 열어 놓고 '14년을 입었다'는 노닥노닥 기운 솜동복(솜옷)과 '18년을 덮었다'는 넝마 직전의 홑이불과 '6천 리를 답파했다'는 기적적인 헝겊신, 그리고 '조부손 3대가 대대로 물려 가며 썼다'는 밀짚모자 따위를 전시했다.

전시회는 무료입장으로써 관람료를 받지 않았다. 그 대신에 누구나 다 한 번씩은 관람을 할 의무가 있었다. 관람을 안 하고 배겨 낼 인물이 중국 땅에는 없었다. 감옥행을 각오하면 별문제.

그 결과 거지같이 입고 거지같이 먹고 또 거지같이 살면서 누가 더 거지 같은지를 겨루는 게 이 나라의 영광스러운 기풍으로 돼 버렸다.

잘사는 놈은 기생충이고 못사는 양반은 자랑스러운 프롤레타리아트였다.

5

여느 '우파분자'들은 다 세린하강제노동수용소로 끌려갔으나 나는 신체적인 결함 때문에 작가협회에 떨어져서 도서실을 맡아보게 됐다. 물론 잡역부도 겸했다.

세린하수용소에 수용된 한족들은 거개가 홀아비였다. 정치적인 언걸을 입지 않으려는 배우자들에게 이혼을 당했기 때문이다. 하긴 그래야 자녀들도 '반동의 씨알머리' 취급을 받지 않을 테니까 무리들도 아니었다.

조선족은 극소수만이 이혼을 당했다. 배우자들의 대부분이 이혼을 안 하고 그 어마어마한 정치적 압력을 20여 년씩 견뎌 냈던 것이다.

우리 집사람도 꼬박 24년 동안 '반동 가족' 노릇을 하며 개돼지만도 못한 취급을 항상 감사만만하게 받았다. 그렇게 안 하면 더 못살게 구니까.

세린하수용소도 글자 그대로 기아의 생지옥이 돼 버렸던 까닭에 재소자들은 허구한 날을 기아선상에서 허덕여야만 했다.

연변대학교 부총장이었던 배극 씨는 주림을 참다 참다 못해 옥수수밥 누룽지 한 움큼을 훔쳐 먹다 들켜서 혼뜨검이 나고 또 연변출판사 편집차장이었던 서헌 씨는 허기진 배를 채울 길이 없어서 쇠여물에 섞인 콩깻묵 부스러기를 몇 조각 집어 먹다 들켜서 호된 투쟁을 맞았다.

참으로 부림짐승(역축)만도 못한 인생들이었다.

'투쟁'이란 수십 명 내지 수백 명 사람이 당의 뜻을 받고 행하는 정신적 뭇매질, 뭇발길질이었다.

자치주 문화국장이었던 정명석 씨는 느개비 오는 날 땔나무를 한 짐잔뜩 해서 지고 내려오다가, 늘어져 드리운 고압선에 걸려서 감전사를 했다. 그는 목포 태생의 헌헌장부였는데 슬하에 자녀가 없었던 까닭에 아주 대가 끊어져 버렸다.

서헌 씨도 몇 해 후 문화대혁명 때 '반혁명'으로 몰려서 고문치사를 했고 또 배극 씨도 1979년에 일단 복권은 했으나 계속 갤갤하다가 일 년도 채 못 살고 저세상 사람이 됐다.

지식인들의 값어치가 거지발싸개만도 못하고 또 목숨이 실낱같기가 파리 목숨만도 못한 세월이었다.

'인민공사'가 단숨에 공산주의로 도약을 할 요량으로 공동축사를 지어 놓고 관할구역 내의 부림짐승들을 깡그리 그러모아다 집중 사육을 하는데 관리가 원청강 부실한 데다가 사료까지 절핍해 아주 마련이 없게 되니 불쌍한 소, 말, 노새, 당나귀 들이 꼬리를 물다시피 죽어 나갔다.

그 결과 도처에서 짐승 대신에 '만물의 영장'들이 쟁기(보습)를 끈다는 진풍경이 출현을 해 아름다운 사회주의의 새 풍속도를 현란하게 그려 냈다.

이와 같은 시기에 도시에서는 '위대하신 태양'의 새 교시를 높이 받들고 사회주의 제도와는 절대로 양립할 수 없는 파리족을 철저히 박멸하는 거국적 운동이 벌어져서 시민들은 남녀노소 누구나 다 파리채 하나씩을 들고 다녀야 했다. 파리채를 들지 않은 연놈은 어떠한 공공 건물에도 드나들 수가 없게 된 것이다. 병원, 백화점, 우체국, 미용원, 식당 같은 데도 다 마찬가지. 학교도 소학교에서 대학교까지 다 마찬가지. 파출소는 더구나 마찬가지. 공안국(경찰서)은 더더구나 마찬가지.

물자 부족으로 파리채가 동이 나 돈을 주고도 살 수가 없으니까 자연히 남의 것을 슬쩍 후무린다는 희한하고 고상한 풍습까지 생겨났다. 비속하게 표현을 한다면 파리채 도둑놈들이 생겨난 것이다.

'파리채가 없다고 학교를 결석할 수야 없잖은가.'

'파리채가 없다고 급한 환자가 구급실을 찾지 않을 수야 없잖은가.'

그러니 슬쩍 후무릴밖에. 충분히 이해가 가는 부득이한 경범죄들이었다.

나중에 들으니까 한국의 어느 진보적인 학자분이 "중국에는 파리가 한 마리도 없다." 이런 선의의 허풍을 떨었다가 망신을 당했다는데 아마도 그분께서는 전국민이 의무적으로 손에 손에 파리채 하나씩을 들고 다니기만 하면 그놈의 파리들이 꼼짝없이 씨가 져 버리는 줄로 아셨던 모양이다.

'대약진'의 그 충천했던 위세가 푹 꺾여 파탄의 구렁텅이에 빠져 버리니 선전부에서는 괴벨스(히틀러의 선전부장)적 기량을 발휘해 재빨리 적시적으로 청량음료 맞잡이의 해독제를, 어리석게 들떠났던 백성들에게 한 사발씩 풀어먹였다.

"당중앙의 지시는 옳았는데 아랫놈들이 집행을 잘못한 탓이다."

국방부장 팽덕회 장군이, 나라를 송두리째 말아먹는 모택동의 초극좌적 미친증을 진정시키기 위해 장장 5만 자에 달하는 '상서'를 올리면서 극히 완곡하게 또 극히 조심스레 일침을 놓았다.

"소부르주아적 열광이 이런 엄청난 재난을 가져왔습니다. 삼사하소서."

하지만 세기적인 독재자 모택동은 '충간'을 받아들이는 대신에 진정한 민의의 대변자인 팽덕회 동지를 죽을고에 몰아넣었다.

내가 훗날 공판정에서 '팽덕회 만세'를 외칠 결심을 했던 것은 바로이 때문이다.

아들 해양이가 학교에서 4년여 동안 '반동의 씨알머리'라고 어찌나 몰려 댔는지 "학교를 가는 게 마치 고문을 받으러 가는 것 같다."기에 마음먹고 중학교는 한족 학교에다 붙였더니 아이가 며칠 다녀 보고 나서는 "구박하는 아이들이 없어서 살 것 같다."며 얼굴빛이 제법 밝아지는 것이었다.

한족들은 워낙 대륙성이라서 일반적으로 잔가시를 그리 캐지 않았다. 조선족처럼 잘달지가 않았다.

그러나 한족 학교에서도 정치 시간에 '소련 수정주의'란 새말을 배워 오기는 마찬가지였다.

'사랑하는 아들을 반소분자로 키울 수는 없잖은가.'

레닌의 당―소련공산당에 대한 모파(모택동 파)들의 야비한 비방에 나는 치를 떠는 터였다.

'철없는 아이들에게까지 반소 교양을 하다니!'

길림성은 전국에서 첫손가락 꼽히는 콩 고장이었다. 그러나 모택동이 이 나라를 통치하는 20여 년 동안에 시민들은 콩나물 구경을 못 했다. 우리 아들도 모택동이 죽은 뒤에야―나이 30이 넘어서야―콩나물이란 것을 먹어 봤다.

중국에서는 그전부터 '아무리 두메산골이라도 땅콩, 배갈, 갈보―

이 세 가지는 꼭 있게 마련'이라고 했다. 한데 그 흔했던 땅콩도 우리 아들은 모택동이 죽기 전에는 먹어 보지를 못했다.

지금은 흔해 빠진 게 땅콩, 콩나물이지만 '모택동 시대'에는 신통히도 싹 다 자취를 감추었다. 빡빡 긁어다가 몽땅 외국제 무기로 바꾸어 왔기 때문이다.

'땅콩 구경, 콩나물 구경도 못 하고 자란 아들을 또 반소분자까지 만들어?'

나는 북경 소련대사관을 찾아가 망명을 신청하기로 마음을 굳혔다.

이때까지도 우리 가족은 조선 국적을 그대로 보유하고 있었으므로 법적으로는 아무런 하자도 없어 완전히 가능한 일이었다.

하지만 나는 유감스럽게도 북경 소련대사관 정문 앞에서 중국 경찰에게 물리적으로 저지를 당했다. 저지를 당하고 분개해 1대 2로 용감하게 몸싸움을 벌였으나 필경은 중과부적으로 꼼짝없이 피랍이 돼 연길로 압송을 당했다. 소리를 못 지르게 입을 틀어막았던 까닭에 아무리 악을 써도 소용이 없었다. 일장의 보기 드문 활극이었다.

1각(다리)이 4각을 이겨 낸다는 재간이 없었던 것이다.

나는 드디어 우상숭배의 미몽에서 깨어나기 시작했다. 개인숭배와 결별을 하게 된 것이다.

모택동 1인 독재의 해악을 낱낱이 폭로해 만천하에 경종을 울리기로 마음을 먹었다. 마음은 먹었어도 깜냥 없는 속이 자꾸 후들후들 떨리기만 하니 이를 어쩌랴.

'언감생심 모 주석을 반대하다니. 내가 이거 미치잖았나?'

총살당하는 광경이 눈에 선했다.

이때 모택동은 6억 5천만 중국 인민에게 있어서 신이자 태양이었다. 거룩하고 자애로운 '구원의 별'이었다.

　나는 몇 번인가 결심을 반복했으나 끝내는 붓을 들어 버렸다. 양심이 공포심을 이겨 낸 것이다.

《20세기의 신화》

1

'반동 집단의 우두머리'라는 죄명만 해도 죽을 지경이었는데 거기다가 '친소분자'라는 천인공노할 죄명까지를 덧쓰게 되니 나는 '18층 지옥'에서 다시 '28층 지옥'으로 떨어져 내려와 아예 신세를 조지고 말았다. 당시 '친소'는 곧 '반국가적 행위'였기 때문이다.

세 식구가 사는 집에 먹을거리라곤 생쥐 볼가심할 것도 없으니까 굶어 죽지 않겠다고 집사람은 무어나 닥치는 대로 들고 나가 먹거리를 바꾸어 들였다. 한 일 년 그렇게 하다 보니 글자 그대로 우리는 알거지가 돼 버려 세 발 막대 휘둘러야 가로거칠 거라곤 없었다.

가중된 정치적 압박과 극단적인 궁핍이 나의 반발심을 더욱 불러일으켰다.

나는 밤 시간을 최대한으로 이용해 미친 듯이 볼펜을 달렸다. 꼭 일 년 걸려 《20세기의 신화》 27만 자를 탈고했다. 그리고 다시 일어로 번역을 하다가 벼락바람으로 납치를 당해 십 년 동안 징역을 살았다.

"철조망으로 둘리지 않은 강제노동수용소에 또 봄이 왔다."

이렇게 시작을 해 가지고,

"철조망으로 둘리지 않은 세계 최대의 강제노동수용소에 또다시 겨울이 닥쳐왔다."

이렇게 끝을 맺은 그 소설은 30년하고 또 석 달이 지난 이 시점에도 아직 발표를 못 하고 있다.[15]

세린하수용소에서 콩깻묵을 집어 먹다 투쟁을 맞은 바 있는 서헌 씨는 어이없게도 이 《20세기의 신화》 때문에 목숨을 바쳤다. 그는 무슨 영문인지도 모르면서 고문치사를 당했는데 이는 전적으로 내 불찰의 소치였다. 그에게 알리지 않고 내가 제멋대로 '콩깻묵 집어 먹다 졸경 친' 사연을 《20세기의 신화》에다 재현을 한 것이 화를 불렀던 것이다.

'프롤레타리아 용사'들이 그 천지간에 용납 못 할 소설을 치를 떨어 가며 읽어 보고 대번에 서헌을 나의 합작자로 지목하고 고문을 들이대는데 정말 아무것도 모르는 서헌이 자백을 한다는 재간이 없어서 "도대체 뭡니까 그 《20세기의 신화》란 게?" 하고 되물었더니 "야, 이 새끼 좀 봐라. 생청을 쓰잖나?" 하고 '프롤레타리아 용사'들은 더욱 기가 나서 뭇매질, 뭇발길질을 해 당장에 서헌을 물고를 내 버렸던 것이다.

1957년 '반우파투쟁' 때 서헌을 물어먹어 강제노동에 내몬 장본인은 놀랍게도 서헌이 용정고등학교의 교사로 있을 때 친히 가르친 제자였다. 한데 더욱 놀라운 것은 십 년 후 '문화대혁명' 때 또다시 일떠나 기를 쓰고 물어먹어 서헌의 목숨까지를 앗아 버린 장본인 역시도 그 동일한 제자였다는 사실이다.

우리 민족의 재화 있는 시인 서헌이 고문치사를 할 때 그 나이 39세.

서른네 살 젊은 나이에 허망하게 남편을 잃은 그 부인은 '반동 가족'이었으므로 당연한 일로 철부지 남매를 데리고 귀양살이를 떠나야 했

다. 그녀는 60의 고개를 넘어선 지금도 역시 홀몸으로 텅 빈 집을 지키고 있다.[16]

한데 어이가 없는 것은 근간에 그 악랄하기 그지없는 장본인 — '프롤레타리아 용사'의 무언가를 기린다는 시비 명색이 용정고등학교 교정에 세워진 것이다. 마땅히 수해자 서헌의 시비가 서야 할 바로 그 자리에 말이다. 그리고 더더욱 어이가 없는 것은 우리의 자랑스러운 민족시인 윤동주의 시비 바로 맞은바라기에 그 '치욕의 기둥'이 세워진 것이다.

안중근 의사의 동상 맞은편에다 매국적 리완용의 동상을 세운 것과 다를 바가 무언가. 윤동주에 대해 이보다 더한 모독이 또 어디 있으며 서헌에 대해서도 이보다 더한 모독이 또 어디 있을 것인가.

내가 앞글에서 '프롤레타리아 용사'들이 지금도 간간이 네오나치즘처럼 발작 증상을 보인다고 한 것은 바로 이와 같은 괴현상이 가끔가다 나타나기 때문인 것이다.

《20세기의 신화》에다 나는, 6억 5천만 인민이 하늘같이 우러르는 '태양'을 '천안문 위에 올라선 벌거벗은 황제'라고 규정지었다. 그리고,

"밤낮없이 다들 '위대하다' '위대하다' 외쳐 대는데 도대체 어디가 그렇게 위대한가?"

"안데르센의 동화에 나오는 그 알몸뚱이 국왕하고 다를 게 뭔가? 그 놈이 그놈이지!"

이와 같이 '태양'을 제값을 쳐 주고 또는 공정한 금새를 매겨 주고 잇달아서 또,

"중국은 지금 대가리는 하나뿐인데 발이 수십억 개나 달린 무슨 거대한 그리마(절족동물) 같은 괴물로 변해 버렸다."

"사고는 내가 혼자 도맡아 할 테니 너희들은 그저 부지런히 손발만
놀리면 되느니라."
이와 같이 비아냥하는 것으로써 '태양'의 절대 권위에 나는 도전을 했다.

문화대혁명의 흉흉한 광란 속에서 이런 '만 번 죽어도 모자랄' 원고
가 들춰났으니 이내 몸이 어찌 성할 수가 있었을 것인가.

권력에 대한 편집광적인 탐욕으로 눈이 아예 어두워 버린 '태양'은
신변의 동지들이 다 자신의 권좌를 호시탐탐 넘겨다보는 것만 같은
피해망상에 걸려 가상의 적을 수없이 만들어 냈다.

그 '적'들을 때려눕히는 데 우리의 의뭉하고 능갈친 '태양'께서는 정
치의 초년생들인 공무원, 근로자 따위 어중이떠중이와 철부지 학생 아
이들을 이용하기로 마음먹으셨다. 그리하여 초혁명적인 구호로 선동
을 하는 한편 근로자들을 '나라의 주인'이라고 치살리고 또 학생 아이
들을 '오전 여덟 시 떠오르는 태양'이니 뭐니 하며 잔뜩 추켜올리고 부
추기고 하셨다.

이러한 수법으로 의뭉하시고 능갈치신 '태양'께서는 수억 명의 눈먼
추종자들을 식은 죽 먹기로 일떠세웠다.

공무원, 근로자는 '조반파' 대학생과 중·고교생은 '홍위병' 그리고
코흘리개 소학생들은 '홍소병'이라고 해 암행어사의 마패와 거의 동
등한 권력의 상징물인 '붉은 완장' 하나씩을 두르게 한 뒤 '아무 사람
이나 붙들어다가 두들겨 패며 신문을 할 수 있는 권한'과 '아무 집에나
뛰어들어가 수색하고 압수할 수 있는 권한'과 '비무산 계급적이라고
인정되는 모든 도서 따위를 몰수 또는 불살라 버릴 권한'을 부여하고
또 '기차, 기선 따위의 교통수단을 무임 승차, 승선할 권한'까지를 부여
해 놓으니 이놈의 나라가 어찌 펄펄 끓어 넘는 국 가마로 변해 버리지

를 않을 것인가.

생사람을 반동으로 몰아서 때려잡는 '대자보'들이 온 시내의 담벼락마다에 더덕더덕 붙다 못해 나중에는 길바닥에까지 쫙 깔리는 판에 '반혁명 분자'라고 쓴 고깔모자를 들쓰고 뭇주먹에 얻어터지며 끌려다녔던 사람들. 이런 사람들은 다 '위대하신 태양'께서 꺼지신 뒤에야 분분히 명예를 회복하고 복권이 됐다. 하지만 그간에 맞아서 병신이 된 사람과 아예 맞아 죽은 사람 또한 부지기수였다.

'반우파투쟁' 때의 피해자는 55만에 그쳤지만 이 '문화대혁명'의 피해자는 줄잡아도 그 백 갑절 — 5천 5백만은 더 될 것이다.

연변대학교의 림민호 총장과 리민창 교수도 그 제자 — '홍위병'들에게 얻어터지며 끌려다니다가 결국은 목숨들을 잃었는데 여기 특기할 사연 하나가 있다.

소련에서 스탈린의 숙청 바람을 피해 중국으로 망명, 간신히 목숨을 건졌던 리민창 교수가 '계급투쟁'에 눈이 뒤집힌 '용사'들에게 뭇매를 맞다가 덜컥 죽어 버리니 단 내외간에서 살던 그 부인이 절망한 나머지 스스로 목숨을 끊었다. 남편의 뒤를 따라간 것이다.

한데 놀라운 것은 리민창 교수를 때려죽인 그 홍위병들이 "그 여편네 참 잘 뒈졌다."고 손뼉을 치며 축하 파티를 벌인 것이다.

야만 미개한 식인종들의 인육불고기 파티를 떠올리게 하는, 모골이 송연한 광경이 아닐 수 없다.

십여 명이 이리 떼처럼 '와' 달려들어 뭇매질을 해 나를 피투성이로 만들었던 것도 역시 연변대학교의 그 미쳐 난 홍위병 용사들이었다.

연변에서도 다른 데와 마찬가지로 '문혁' 기간에 숱한 사람(천 명 이상)이 학살을 당했다. 하지만 광서성처럼 반동 가족이라고 한집안 식구를 몽땅 죽여서 인육 추렴을 하는 따위의 잔학 행위는 없었다. 그리고 북경 근교서처럼 네댓 살짜리 어린아이로부터 80여 세의 노인에 이르기까지 한집안 식구를 몰살하는 따위의 잔학 행위도 없었다. 연변은 그래도 상당히 문명적인 셈이었다.

중국의 학생운동은 애국, 애족의 빛나는 전통을 이어받아 역대로 진보적이었다.

그러나 일단 독재자의 손아귀에서 놓여나자 학생들은 '홍위병'이라는 이 나라 역사상 가장 수치스러운 '불악당'들로 전락을 했다. 프롤레타리아 혁명의 이름으로 약탈, 납치, 고문, 살인 등 갖은 만행을 서슴없이 감행하는 폭도들로 전락을 한 것이다.

예컨대 연변자치주 주장 주덕해네 집을 털 때는 심지어 칼도마까지도 다 도둑질해 갔다. 그리고 우리 집에서는 아들(중학생)의 공기총, 아령까지도 다 도둑질해 갔다. 갈 데 없는 떼도둑이었다.

'홍위병'도 그렇고 또 무슨 '주사파'라나 하는 것도 그렇고 다 독재자의 손아귀에서(원격조종으로) 놀아난 가련한 꼭두각시들임에는 틀림이 없다. '홍위병'이든 '3대 혁명 소조원'이든 '주사파'든 간에 그 국적을 빼놓으면 똑같은 세쌍둥이 — 다를 거라곤 아무것도 없다.

이른바 '주체사상'이란 '사린 가스 사건'으로 악명이 높은 '옴진리교'와 같은 것으로서 그 규모가 크고 작고만 다를 뿐이다. '주체사상'이란 '슈퍼 옴진리교'이고 또 '옴진리교'란 '미니 주체사상'일 뿐인 것이다.

아닌 밤중에 뛰어든 한 무리의 '프롤레타리아 용사' — '홍위병'들이 나를 침대에서 끌어 내려 주먹다짐으로 납치를 하고 또 집 안을 온통 들뒤지다가 《20세기의 신화》의 원고를 우연히 발현해 압수를 한 데서 형세가 급전직하, 나의 운명은 더 한층 점입가경을 하게 되는데……

2

연전에 심양의 〈료녕신문〉에다 '제2차 공판'이라는 글 한 편을 발표했는데 후에 하얼빈의 문학지 〈송화강〉이 이를 전재했다.

그 글을 그대로 베끼는 게 품을 덜어 줄 것 같아서 그렇게 한다.

인권의 황무지

나는 일생 동안에 모두 세 번 공판이라는 것을 받아 봤다. 아직까지는 그렇단 말이다. 장차 또 무슨 일이 생기겠는지는 예측을 하기가 어려우니까 말이다. 세 번 다 정치범이라는 신분으로 일본 또는 중국 법정의 피고석에 섰다.

그중 방청자가 제일 많았던 것은 — 성황을 이루었던 것은 — 1975년 5월에 열렸던 제2차 공판이다.

무려 천삼백 명. 그러니까 공판정으로 임시 사용된 문화궁전 아래위층의 좌석이 하나의 공석도 없이 꽉 들어찼다는 얘기가 되는 것이다. 그러고도 또 모자라 밖에서는 입장 못 한 방청 희망자들이 장날 장터의 장군들처럼 복닥거렸다.

죄명은 '반혁명 현행범' 장장 7년 4개월이라는 세계기록적인 예심을 거친 끝에 비로소 조명 휘황한 무대 위에 나는 섰다. 당국에서는 최대한의 공판 효과를 노린 모양으로 피고석을 무대 위에다 안배했다. 피고인의 흉악한 몰골이 잘 보이라고 의도적으로 한 짓이 분명했다. 그래 놓고는 계획적으로 신문사, 출판사, 방송국, 대학교, 연구소, 극단, 가무단 및 문화관 등을 포함한 각계각층의 대표적 인물들을 골고루 방청자로 초청을 했다. 그러니까 밖에서 들어오지 못하고 복닥거리는 축들은 방청권이 없이 공짜 구경을 하려고 몰려든 '비대표적' 인물들이었다. 말하자면 구경 속 좋은 어중이떠중이였다.

구류소(미결감이란 게 없으므로) 철창으로 바라보이는 높은 벽돌담 너머의 비술나무가 봄에 잎 피고 가을에 잎 지기를 일곱 차례 되풀이하는 동안에 나는 어느덧 예순 살. 뼈만 앙상한 산송장 꼴이 됐다. 야수적인 고문의 자국들도 화장터까지 동행할 것만 빼놓고는 얼추 다 아물었다.

이러한 어느 날 불시에 왈가닥달가닥 삐이걱 감방문이 열리더니 '모다구'라는 별명의 간수가 호출을 하는 것이었다.

"나와!"

문초실(취조실)에서 나를 기다리고 있는 것은 자치주 법원의 법관. 쓸데없는 군더더기라고 '검찰소'들을 싹 다 없애 치웠던 까닭에 '검사'라는 게 이때는 없었다.

"오늘 당신 공판이 있으니까 갑시다."

실로 어두운 데 주먹 내밀기였다.

"지금 당장?"

"밖에서 차가 기다리고 있소."

1943년 6월에 일본 나가사키 재판소가 나를 공판할 때, 사법당국은 열흘 전에 미리 공판 날짜를 피고인에게 알려 주었다. 뿐만 아니라 변호사까지 하나 선임해 주었다. 내가 무일푼인 것을 잘 알고 있는 터였으므로 관선(국선)변호사를 얻어 준 것이었다. '관선변호사'란 사법 당국의 위촉을 받고 변호사협에서 사회봉사로 나와 무보수로 변호를 해 주는 변호사다.

그런데 이번 공판은 근근 십 분 전에 그도 이미 차까지 대기를 시켜 놓은 상태에서 알리는 것이다. 그러니 변호사니 뭐니 하는 따위는 애당초에 거론될 나위조차 없었다.

"그렇다면 난 공판정에서 자기변호를 할 테니까 그런 줄 아시오."

이러한 나의 단호한 태도에 법관은 잠시 멍청한 얼굴을 했다. 그로서는 난생처음 당하는 경계였을지도 모른다. 이윽고 그는 마지못해 "그렇게 합시다." 대답을 하기는 하는데 도무지 석연치가 못한 말투였다.

아니나 다르랴 그는 반 시간이 채 못 돼서 '떳떳하게' 식언을 했다. 일단 뱉었던 말을 도로 집어삼킨 것이다.

구류소(유치장)에서 문화궁전까지는 자동차로 한 십 분밖에 더 안 걸린다. 그 짧은 십 분 동안에 나는 컴퓨터 같은 속도로 자기변호 할 말을 머릿속에 다 정리해 넣었다. 시쳇말로 하면 '입력'을 한 것이다. 그리고 마지막으로 외칠 구호까지 결정했다.

'마르크스 만세!'

'엥겔스 만세!'

'레닌 만세!'

'팽덕회 만세!'

최후의 각오를 한 것이다. 최후의 각오를 했기에 독재자들은 다 빼 버린 것이다.

공판놀음

문화궁전 정문 안에서 밀려드는 인파를 헤가르느라고 차가 한동안 지체를 했다. 극악한 반혁명 우두머리의 흉악한 몰골을 한번 보기가 평생소원이기라도 한 듯 사람들이 마구 들이덤벼서였다. 그러다 보니 나는 전무후무한 인기의 절정에 오른 셈이었다.

'나중에 별놈의 팔자도 다 많지!'

카우보이식 탄띠를 두르고 권총을 찬, 맵짜게 생긴 경관의 압령하에 나는 협장을 짚고 무대 한복판의 방청석을 향하고 섰다. 제 생각에도 결코 보기 좋은 형상은 아니었다. 예순 살 먹은 외다리 피고인이 장승처럼 떡 뻗지르고 서 있는 게 보기 좋을 게 무언가!

32년 전에 일본제국주의 법정에 설 때는 총 맞은 다리에다 붕대는 감고 있었지만서도 아직 다리를 자르지는 않았던 까닭에 협장은 짚지 않았다. 그래도 재판장은 정리(법정에서 잡무를 맡아보는 직원)를 시켜 걸상 하나를 갖다가 앉게 해 주었다. 나라고 뭐 특별히 우대를 한 게 아니라 그저 정해진 규례대로 한 것이었다. 이른바 인도주의적 대우인 것이다.

다시 문화궁전, 나는 아래위층 천삼백 개 좌석에 잘 여문 옥수수알 박히듯 한 방청자들을 위층 한번 둘러보고 아래층 한번 둘러본 다음 고개를 돌이켜서 뒤를 보았다. 무대 왼손 편 안침 특별석에 대단한 분들이 줄느런히 앉아 계시는데 그중에는 아는 얼굴도 한둘 있었다. 내가 망하는 것을 깨고소해할 양반들이었다.

내 거동이 피고인답잖아 뇌꼴스러웠던지 뒤에 물러서 있던 카우보이식 경관이 뚜벅뚜벅 걸어와 도둑놈 개 꾸짖듯 나를 꾸짖었다.

"고개 숙엿! 허리 굽혓!"

나는 고개를 숙이는 대신에 얼른 뒤로 젖혔다. 그리고 허리를 쭉 펴고 주먹 쥔 손으로 등허리를 쾅쾅 쳤다. 한껏 펴자는 뜻이다.

문화대혁명이 터진 이래 7, 8년 동안에 무릇 '계급의식'으로 지목이 된 사람들은 다 — 하나의 예외도 없이 — 명령에 따라 고개를 푹 숙이고 허리를 깊숙이 굽혀야 했다. '죽을 죄를 지었으니 용서해 달라'는 표시였다.

그런데 놀랍게도 이 인간의 존엄성을 모독하는 모욕적인 자세는 아예 의식화해 버려 사회생활 속에 이미 정착을 했다. 항다반이 돼 버려 아무도 희귀스레 여기지를 않았다.

나는 이에 도전할 결심을 했기에 맞아 죽는 한이 있더라도 숙이고 굽히고는 안 할 작정이었다. '프롤레타리아 용사'들이 벽돌 넉 장을 가는 쇠줄로 얽어매 가지고 '계급의 적'이라는 교장 선생님의 허리 굽힌 목덜미에 몇 시간씩 걸어 놓는 것쯤은 예사로운 세월이었다.

화가 치민 경관이 달려들어 우악스러운 손으로 내 뒤통수를 내리눌렀다. 물리적 방법으로 숙이게 하려는 것이다. 천삼백 쌍의 눈이 지켜보는 가운데 무대 위에서 진짜 활극이 벌어졌다. 관람료를 받지 못하는 게 원통할 지경이었다.

내가 끝끝내 버티니까 친애하는 '카우보이식'은 하릴없이 벗겨 들었던 레닌모를 도로 내 머리에 꽉 씌워 주었다. 차양이 뒤로 가게 아무렇게나 씌워 준 것을 나는 벗어 들고 헝클어진 머리를 뒤로 쓱쓱 쓰다듬은 다음 다시 방정히 썼다.

고인이 가라사대 '군자는 죽어도 관을 벗지 않는다'잖았는가.

나는 일거수일투족을 다 의식적으로 했다. 본때를 보여 주기 위해서다. 저희들 마음대로 안 되는 일도 있다는 것을 알려 주기 위해서다.

여기까지는 무대동작같이 상당히 멋이 있었으나 그다음부터가 뒤죽박죽 — 아주 난장판이 돼 버렸다.

난데없이 범강장달이 같은 도시 민병 둘이 달려들더니 그중 하나가 등 뒤에서 밧줄로 내 목을 옭아 가지고 왈칵 잡아당겼다. 그 바람에 나는 협장 따로 사람 따로 그만 엉덩방아를 찧어 버렸다. 그러자 역시 등 뒤에서 법관 나리의 급하게 지시하는 소리가 들렸다.

"아갈잡이, 아갈잡이!"

언하에 쇠막대기와 걸레짝을 양손에 갈라 쥔 또 하나의 범강장달이가 대들었다. 그자는 목을 조이는 통에 벌어진 내 입속에다 쇠막대기로 그 더러운 걸레를 깊숙이 쑤셔 넣었다. 완벽한 아갈잡이!

이런 상태로 공판놀음이 진행되는 동안 천삼백 명 방청자들이 일사불란하게 조직적으로 외쳐 대는 구호 소리는 우레와 같이 장내를 뒤흔들었다.

"반혁명 분자를 타도하라!"

"김학철을 타도하라!"

징역 십 년의 판결로 장관의 공판놀음이 끝이 나는데, 시의에 맞지 않게 나는 허기증이 났다. 아침에 먹은 강낭떡 한 개와 시래깃국 한 사발이 어느새 다 꺼져 버렸던 것이다. 구류소에서는 가만히 앉아 있기만 해도 배가 고픈 법인데 무대 위에서 한바탕 용을 썼으니 배가 어찌 아니 고프랴.

디미트로프가 조작된 국회의사당 방화 사건으로 체포돼 나치 독일의 기세등등한 법정에 섰을 때, 그는 논리정연한 자기변호로써 재판장 괴링(원수)의 기염을 누르고 마침내 무죄방면을 쟁취하는 데 성공을 했다. 이것은 세상이 다 아는 사실이다. 그러니까 그 야만적인 나치 독일의 법정도 피고인의 자기변호를 가로막지는 않았다는 얘기가 되는 것이다. 자기변호를 못 하게 목을 졸라 쓰러뜨리고 아갈잡이를 하지는 않았다는 얘기가 되는 것이다.

문명한 감옥

공판이 끝난 뒤 나는 곧 감옥으로 압송이 됐다. 세면실도 없고 목욕탕도 없고 또 도서실도 없는 — 아무것도 없는 감옥으로 압송이 됐다.

서너 달 후 이 문명한 감옥 안에서 나는 그 유명짜한 문화궁전 공판 사건의 반향을 들었다. 갓 투옥된 신참 죄수들이 전하는 말을 들은 것이다.

"그런 놈은 무기징역을 꽉 안겨야 한다."는 폄사와 "그야말로 우리 민족의 별이다."란 찬사가 엇갈렸다는 것이었다.

그나저나 나는 발표도 하지 않은 한 편의 소설 때문에 단 하루의 깔축도 없는 만 십 년 동안을 그 지긋지긋한 철창 속에서 허구한 날 배를 곯으며 죄수살이를 해야 했다. 하지만 못내 통쾌한 것은 사법당국이 그토록 치밀하게 용의주도하게 획책했던 공판놀음을 보기 좋게 뒤엎어 박살을 내 준 것이었다.

당시 그 수치스러운 공판놀음을 방청한 분들의 거개가 아직도 이 자치주와 연길시에 생존해 있다. 물론 그중의 대부분은 울며 겨자 먹기로 마지못해 '김학철 타도'를 외쳤던 분들이다. 그중의 한 시인은 그 비인도적인 공판놀음에 분격한 나머지 "이럴 땐 우리가 다 손을 맞잡고 저 무대로 올라가야 한다."며 방청석에서 발을 굴렀다는 것이다.

하긴 내가 옥사귀(獄死鬼)가 되지 않고 살아 나온 것을 유감스럽게 여기는 부류도 없지는 않다. 그들의 눈에는 아직도 내가 대역죄인으로만 보이는 것이다.

그 공판이 있은 지도 어언 열여섯 해. 내 나이도 일흔여섯 살. 죽기 전에 역사적 교훈을 후세들에게 남겨 주어야 할 의무가 있다고 생각

돼 이와 같이 이왕지사를 한번 되새겨 보는 것인데 또 무슨 구설수가 터지지나 않겠는지 모르겠다. 제4차 공판을 벌어다 주지나 않겠는지……

1572년 8월 24일 성바르톨로뮤의 날, 프랑스 국왕 샤를 9세는 신교도들을 학살하라는 칙명을 내렸다. 그리하여 하룻밤 사이에 무고한 신교도들이 근 5만 명이나 학살을 당했다. 그 샤를 9세가 이번에 그러니까 죄를 지은 지 무려 419년 만에 파리시 형사법원에서 재판을 받게 됐단다. 일단 지은 죄는 아무 때고 상응한 처벌을 받아야 한다는 단적인 예라 하겠다.

나의 반혁명 죄행의 증거물로 됐던 것은 1965년 3월에 탈고한 졸작 《20세기의 신화》 27만 자—분노에 찬 정치소설이었다. 발표도 하기 전에 폭도들의 범죄적인 가택수색으로 들춰난 것을 극좌의 늪 속에 턱밑까지 빠져들어 갔던 사법당국은 오히려 천하의 진보(진귀한 보배)라도 얻은 듯이 흔희작약 반동 문인들의 괴수를 철저히 응징할 절호의 기회가 왔다고 판단. 그리하여 사법당국은 머리가 급상승으로 뜨거워서 한때 아예 이성을 잃었던 것이다.

만기 출옥은 했건만

제3차 공판의 전말을 생략하면 꽁지 빠진 수탉 모양이 돼 버릴 것 같아서 간략히 덧붙여 기술한다.

1977년 12월에 만기 출옥을 한 뒤 옹근 3년 동안을 나는 반혁명 전과자라는 극히 고귀한 신분으로 완전 실업자들의 대열에 끼였다. 아내가 공장에 다니며 벌어다 주는 것을 얻어먹으며 근근히 살아가는 신세가 돼 버린 것이다.

그동안에 자치주 법원과 고등법원에다 여러 차례 불복상고를 했으나 번번히 다 '원판결 유지'로 기각을 당했다. 참다 못해 3년 만에 최고법원에다 직소를 해서야 비로소 일이 낙착이 됐는데 그 마무리 과정 또한 순탄치가 못했다.

작가협회에서는 나의 복권을 일대 경사라고 대회장을 마련하고 숱한 손님을 청했는데 불시에 핵심 부문(주당위원회)에서 까닭 모를 금령이 떨어졌다. 그 바람에 대회장은 온통 난장판이 돼 버렸다. 그 금령의 요지인즉 "그렇게 요란스레 하지 말고 작가협회 내부에서 조용히 치르라." 그러니까 작가협회 임직원 20여 명이 좁은 칸에 모여 앉아 구메혼인하듯 소리 소문 없이 해치우라는 뜻이다.

참을 줄이 끊어진 나는 한때 풀어 놓았던 투구끈을 다시 졸라맸다. 그리고 비양조로 맞불을 놓았다.

"문화궁전에다 지난번 공판 때와 똑같은 규모로 천삼백 명을 모아 놓고 개정할 것을 요구한다. 불연이면 불참. 결석재판을 할 테면 하라."

그 결과 타협이 이루어져 당 학교 강당에다 외부 인사 백 명가량을 청해다 놓고 담당 판사가 장중히 판결문을 낭독하기에 이르렀다.

"원판결을 파기하고 무죄를 선고한다."

1980년 12월도 이미 하반월에 접어들어 '삭풍은 나무 끝에 불고'라고 읊은 어느 분의 시조가 떠오르는 계절의 일이었다.

가시지 않은 여운

'국가배상법'이나 '형사보상법' 따위의 개념은 아직까지 형성도 되지 않은 상황이므로 그놈의 십 년 징역은 말하자면 외상으로 살아 준 셈이다. 그리고 문젯거리의 《20세기의 신화》는 제3차 공판이 끝난 뒤에도 계속 법원 캐비닛 속에 갇혀 있다가 7년 후인 1987년 8월에야 비로소 '발표 불허'라는 조건부로 임자에게 돌려졌다. 이 세상에 태어난 지 스물여섯 해가 되는 《20세기의 신화》는 현재 서랍 속에서 볕을 보게 될 날만을 기다리고 있는 처지 — 답답한 처지다.

친애하는 문화궁전은 지금도 백산호텔 동쪽 백 미터 지점에 건재하시다.

3

이때 '붉디붉은 태양'에 대한 개인숭배가 어느 정도에 이르렀는가 하면, 의사도 없고 약도 없는 산골에 사는 사람들은 병이 나면 '태양'의 초상 앞에다 향불을 피워 놓고 '병이 낫게 해 줍시사'며 싹싹 비는 게 보통이었다. 사회주의식 서낭당이었다.

신흥 산업으로 '영수 초상 배지' 제조업이 급장성을 해 전국 각지에서 형형색색의 '모택동 초상 배지'들이 쏟아져 나오는데 앞가슴에다 이것을 많이 달고 다니면 다닐수록 충성도가 높은 것으로 돼버려 우스꽝스러운 경쟁이 벌어지는 한편 희한한 컬렉션 붐까지 일어났다.

우리 가족은 장장 4년 7개월 동안을 호주인 내가 어디서 어떻게 됐는지를 모르고 살았을 뿐 아니라 공판을 할 때도 가족에게는 알리지 않아 방청을 못 하고 나중에 온 시내에 파다한 소문을 듣고서야 비로소 어찌된 영문인지를 알았다.

내가 철창 속에서 피골이 상접해 가지고 버티는 동안에 밖에서는 주당, 문교서기 김문보 씨가 모진 핍박을 견디다 못해 옥상에서 뛰어내려 자살을 하고 또 가무단 단장 김태희 씨가 스스로 목을 매 자살을 했다. 그리고 문화국장 김덕순 씨는 악귀 같은 '프롤레타리아 용사'들에게 발광적으로 몽둥이찜질을 당해 온몸에 고기비늘처럼 피멍이 들어 가지고 내 눈앞에서 절명을 했다.

일부러 나를 끌어다 그 끔찍한 참살 장면을 '견학'을 시킨 용의는 아주 간단명료했다.

'이놈아, 올곧게 불지 않으면 너도 이 꼴이 될 테니까 정신 똑똑히 차려라!'

'프롤레타리아 용사'들은 모든 학살 만행을 다 '외죄자살(지은 죄가 두려워 자살)'이라고 발표를 했다. 하지만 그 대부분이 고문치사라는 것을 세상 사람들은 다 알고 있었다. '눈 가리고 아웅' 하는 수작에는 아무도 속지를 않았다.

심양에서는 문화대혁명을 반대한다고 여자 당원 장지신을 총살을 하는데 형장에서 중인소시에 '반혁명 구호'를 외칠까 봐 미리 외과의사를 시켜 소리를 못 지르게 수술을 해 가지고 '무성식'으로 형을 집행했다. 1975년 4월 4일이었으니까 내가 문화궁전에서 아갈잡이를 당하기 꼭 한 달 전의 일이었다.

문화대혁명 십 년 동안에 식량 배급은 줄곧 옥수수가루라는 정체 모를 물질(잡탕이 된 가루붙이)을 공급했는데 쌀(등외품)은 한 달에 1킬로그

램뿐이었으므로 애기 엄마들이 더 죽어났다. 허구한 날 온 가족이 옥수수떡, 옥수수국수로 연명을 하는데 철없는 어린것들이 '밥을 내라'고 투정질을 하기 때문이다.

엄마가 갓 쪄 낸 옥수수떡을 가장 맛나듯이 한입 베먹어 보이면서 "아이, 맛있다. 아이, 맛있다. 자 어서 먹어." 하고 얼레발을 칠라치면 아이들은 "엄마가 좋아하니까 밤낮 그것만 해 준단 말이야." 하고 시큰둥한 소리를 하며 더욱더 졸라 대는 것이었다.

우리의 죄 많은 여성들은 '대약진' 때 4, 5년 동안을, 그리고 이 문화대혁명 때 다시 십여 년 동안을 다들 이렇게 애타고 억울하게 살아야 했다. 배를 곯으며 속을 썩이며 살아야 했다.

요즘(1995년 6월) 지상낙원 북조선에서 연이어 들려오는 소식은 안타깝게도 사람들이 굶어서 계속 죽어 나가고 있다는 비보뿐이다. 거기서는 지금도 나름대로의 대약진, 문화대혁명을 아울러 치르고 있는 것이다.

나는 7년 4개월 동안 운동(옥외운동)이라는 것을 절대로 시키는 법이 없는 유치장에서 앉은뱅이가 돼 가지고도 밤낮으로 나라의 간성이라는 인민해방군에게 얻어맞으며 살았다. 그렇게 살다가 전기 철조망으로 둘린 진짜 감옥에를 오게 되니 사람이 곧 살 것만 같았다.

문화대혁명이 터지면서 프롤레타리아화가 미흡하다는 이유로 공안부대(무장 경찰대)가 해산이 되니 해방군이 대신(그러니까 군대가 직접) 구류소를 지키는데 '계급의 적'을 학대하면 할수록 '당성'이 강한 것으로 돼 버린 까닭에 무지막지한 병사들 사이에 죄수를 학대하는 경쟁이 붙어 가지고 그것이 점점 더 에스컬레이션을 하니까 구류소는 공포 분위기에 휩싸여 글자 그대로 아우슈비츠 수용소를 방불케 하는 인간 생지옥으로 변해 버렸다.

내가 복역을 하게 된 감옥의 정식 명칭은 '돈화 감옥'이지만 일반적으로는 '추리구 감옥'이라고 불렀다. '추리구'라는 깊은 골 안에 자리 잡고 있기 때문이다.

수형자가 모두 1천 명인데 정치범(반혁명 분자)이 백 명이 넘는, 가끔 가다 뻐꾸기 우는 소리도 들리는 선경 같은 이 감옥에서 나는 나머지 형기 2년 8개월을 마저 치러야 했다.

고된 노동을 해도 상여금은 없고(문화대혁명 이전에는 있었다) 그 대신에 달마다 용돈이란 게 지급이 되는데 파렴치범들에게는 1원 50전씩을, 정치범에게는 1원씩을, 그리고 과실범들에게는 2원씩을 각각 지급했다.

그래 놓으니 경제력이 사회적 지위를 결정하는 세상인지라 절도범, 강간범 들이 되려 정치범을 깔보고 천인 취급을 한다는 재미스러운 국면이 조성될밖에 없었다.

"야, 내가 강간죄로 들어왔기에 망정이지 반혁명으로나 들어왔더라면 어떡할 뻔했니. 생각만 해도 아찔하다, 야."

이와 같이 자위, 자축을 하는 놈까지 있을 지경이었다.

한마디로 정치범들은 한센병 환자(문둥이) 취급을 받았다.

업무상 횡령죄로 4년을 먹고 입감이 된 오십 대의 인품이 꽤 무던한 죄수가 하늘을 쳐다보다가 무심코 혼잣말로 "어째 날씨가 그물그물한 게 시원찮은걸. 서풍이 불라는가?" 한마디를 지껄였다가 '동풍(사회주의)이 서풍(자본주의)을 압도한다'고 하신 모 주석의 교시를 의도적으로 반대했다고 '투쟁'을 맞는 것을 보고 나는 일변 우습기도 하고 또 한편으로는 슬그머니 겁도 났다. 언제 어디서 어떻게 걸려들어 횡액을 당할지를 도무지 예측을 할 수가 없기 때문이다.

새 수의를 한 벌씩 얻어 입고, 그리고 머리들을 빡빡 깎으면 외양으로도 진짜 기결수(전중이)들이 되는데 이 수의에 재미있는 사연이 적잖이 따랐다.

중국 감옥은 일본 감옥과 달리 침구를 제공하지 않으므로 죄수들이 스스로 갖추어야 하고 또 속옷가지도 거의 지급을 안 하다시피 하는 까닭에 각자가 스스로 마련을 해야 했다.

무릇 죄수가 몸에 걸치는 옷가지에다는(속옷이든 겉옷이든) 다 페인트로 '범(犯)' 자를 찍는데 내가 입은 수의에는,

범
김학철
반혁명 현행범
징역 십 년

이와 같이 눈에 잘 띄게 한문자로 찍혔다.

한 녀석이 팬티에다도 커다란 '범' 자를 찍으니까 말 같잖아서 "넨장, 맨팬티 바람으로 도망칠 놈이 어디 있을 거라구." 한마디를 투덜거렸다가 혼쭐이 났다.

만기 출옥을 앞둔 죄수들의 고민거리의 하나는 스웨터 따위에 더덕더덕 찍혀 있는 '범' 자를 '어떻게 지워 버릴 건가' 하는 것이었다. 창피해서 도저히 그대로는 입을 수가 없는 노릇이었다.

한 녀석(간통죄 2년짜리)이 머리를 쥐어짠 끝에 멋진 아이디어 하나를 떠올렸다.

'옳지, 그렇지. 시너가 있지!'

그 녀석은 며칠 후 작업장에서 시너를 훔쳐 내다가 스웨터에 발라서

그 원수의 '범' 자를 말끔히 지워 버리는 데 성공을 하고 너무 좋아 어깨 춤이 절로 나올 지경이었으나 유감스럽게도 그 기쁨은 그리 오래가지를 못했다. '범' 자가 지워진 만큼 스웨터도 함께 판이 나 버렸기 때문이다. 페인트를 녹이는 시너의 독기가 털실이라고 사양을 할 건가.

그 녀석이 넝마가 돼 버리다시피 한 스웨터를 펼쳐 들고 낙태한 고양이 상이 된 것을 보니 불현듯 속담 하나가 떠올랐다.

"초가삼간이 다 타도 빈대 죽은 것만은 시원하다."

나는 만기 출옥을 할 때 더없이 좋은 기념이라고 그놈의 '범' 자들을 고스란히 챙겨서 갖고 나왔다. 나와서도 그 친애하는 '범' 자들을 그대로 입었다. 하긴 새 것을 살 돈도 없었다.

집사람은 빨래를 해서도 내 '범' 자들만은 빨랫줄에 내다 널지를 못하고 따로 집 안에서 말렸다.

내가 만기 출옥으로 귀가를 했을 때 겨우 다섯 달이 잡혔던 손자 녀석이 차차 커 가며 말을 배우더니 하루는 동떨어진 소리를 하는 것이었다.

"할아버지 축구 선수야?"

"축구 선수? 아니. 갑자기 축구 선순 또 왜?"

"그럼 왜 이런 거 입었어?"

그 녀석은 고사리 같은 손으로 내 앞가슴의 '범' 자를 가리켜 보이는 것이었다.

알고 보니 그 녀석은 일자무식인지라 내 가슴과 등에 찍혀 있는 '범' 자를 축구 선수의 등번호로 오인을 한 것이었다.

온 집안이 한바탕 웃음판을 벌이는 것으로 우리는 쌓인 스트레스를 시원히 날려 보냈다.

우리가 입는 수의는 다 공주령 여자 감옥의 여수들이 만들어 보내는 것인데 징역살이를 하는 여자들이 조신할 리가 없는지라 심심풀이로 수의 속에다 실없는 글쪽지를 끼워 보내는 장난들을 곧잘 했다.

"오매불망 못 잊는 낭군이시여 어쩌고저쩌고……." 이런 쪽지가 차례진 젊은 죄수 녀석은 좋아서 괜히 싱글벙글 하지만 "사랑하는 내 아들아, 이 엄마는 네가 보고 싶어 어쩌고저쩌고……."
이런 쪽지를 받은 백발의 늙은 죄수는 대번에 내(연기) 마신 고양이 상이 돼 버리는 것이었다.

4

수감자들이 허구한 날 배를 곯으니까 밭일을 나가게 되면 아무 풀이나 닥치는 대로 마구 뜯어 먹어서 식중독 사고가 부절한 가운데 늙은 죄수들이 십 년씩 20년씩 틀지 않아 비구름같이 거무튀튀해진 이불솜을 뜯어내 가지고 송편에다 소를 박듯이 준득준득한 옥수수떡에다 박아서 먹는 것을 보고 나는 '이거 내가 아귀도에 떨어진 게 아닌가?' 의심이 들 지경이었다.

"이렇게 하면 소화가 잘 안 되니까 배가 덜 고프거든. 한번 시험해 봐요 어떤가, 내 말이 틀리는가."
나는 도리머리를 흔들었다. 그리고 그의 따뜻한 우정에서 우러나오는 권유를 완곡히 사절했다.
새벽에 일어나 소변을 보러 나오니까 워낙도 팔삭둥이 같은 늙은 죄수 하나가 외등(옥외등) 밑에 쭈그리고 앉아 땅바닥에 수없이 떨어져 죽은 부나비들을 정신없이 주워 먹고 있었다. 한데 이 바사기가 나를 보더니만 기겁을 하며 두 팔로 그러안듯 그 부나비들을 덮싸는 것이었다. 그러고는 주제에 경고까지 발하잖는가.

"오지 마, 오지 마, 가까이 오지 마. 이건 다 내 거야. 내가 차지한 거야."

나는 하도 같잖아서 "어서 혼자 실컷 처먹어라, 이 천치야." 한마디를 비웃어 주고 총총히 내 볼일을 보러 갔다.

이것이 곧 '붉디붉은 태양'의 사회주의적 인도주의로 충만된 중화인민공화국의 문명한 감옥이라는 것이었다.

늙은 죄수고 젊은 죄수고 뭐든지 눈에 띄는 거면 다 훔쳐 먹는 판국에 나라고 예외일 수는 없었다(도덕군자가 못 됐으므로).

취사장에서 쓸 채소들을 가리는데 닥치는 대로 훔쳐 먹으면서도 양파만은 다들 기피를 했다. 먹고 싶어 죽을 지경이지만 그놈의 냄새(숨길 수 없는 죄증) 때문에 감히 어쩌지를 못하는 것이다. 추리구 감옥이 생긴 이래 언감생심 이 양파에 도전을 해 본 녀석은 하나도 없었다는데 그 까닭은 물론 캄캄한 징벌방에 족쇄를 차고 들어가 '감식 10일' 따위의 징벌을 받는 게 겁이 나서였다.

하건만 나는 그 너무나도 강렬한 유혹을 뿌리칠 재간이 없어서 그예 하나 감칠맛 나게 까먹고야 말았다. 그 무서운 '금단의 열매'를 따먹기에 이르렀던 것이다.

동료 죄수들이 나의 박두한 '골고다행'을 기대에 찬 눈으로 지켜보는 가운데 중대장이 나타나 일터를 한 바퀴 돌아보다가 내 옆에까지 오더니 대번에 콧살을 찌푸렸다.

'아이고, 이제 난 죽었구나.'

내가 속으로 왼새끼를 꼬고 있는데 웬일인지 중대장은 콧살을 찌푸린 채 잠자코 나를 지나치더니 발걸음을 돌려 그대로 가 버리는 것이었다.

"중대장이 갑자기 콧벽쟁이가 돼 버린 게 아냐?"

"글쎄……. 아무튼 저놈의 외다리 운이 좋아. 아버지 무덤 위에 꽃이 피었나 봐."

동료 죄수들이 기대했던 구경거리가 불발로 끝나는 바람에 적잖이 실망들을 해 씩둑꺽둑 지껄여 대는데 나는 나대로 안도의 숨을 내쉬었다.

'양파 하나 거저 먹잖았나.'

그런데 웬걸, 반 시간이 채 못 돼 가지고 교도관실에서 호출이 오잖는가!

도살장으로 끌려가는 소걸음으로 교도관실에를 들어서니 중대장이 대뜸 "아, 그런 것쯤 다 알 만한 양반이 그게 무슨 짓이오. 내 입장도 난처하니, 앞으론 제발 좀 그러지 말아 주시우." 하고 사설을 한 다음 잇달아서 "이제 그만 돌아가 보시우." 하고 거뜬하게 훈계방면을 해 주는 것이었다.

'이럴 줄 알았더라면 한 두어 개 더 먹어 둘걸.'

중국 감옥 또는 사회주의 나라 감옥에서는 '상호 감독'이란 명목으로 수형자들끼리 서로 감시를 하게 했다.

그러게 중대장이 한번 나타나기만 하면 언제나 감형을 턱이 떨어지게 바라는 죄수들이 여공불급하게 갖다 바치는 쪽지(밀고장)가 줌벌도록 많았다.

물론 그 쪽지들은 방금 물에 담갔다 꺼낸 해면 모양 수분투성이, 98퍼센트 내지 99퍼센트의 무고투성이 — 생사람을 잡기 위한 허풍투성이였다.

중국 감옥은 이런 허풍투성이의 해면 위에 엄연히 자리 잡고 있었다. 하긴 바깥세상도 역시 마찬가지였다. 안이나 밖이나 다 그 꼴이 그 꼴이였다.

프롤레타리아독재의 이름으로 국민경제를 파탄의 구렁텅이에 몰아넣은 죄보다도 수억 명 사람의 인간성을 가장 추하게 가장 야비하게 망가뜨린 죄가 훨씬 더 컸다. 선량하던 사람들이 다 승냥이가 돼 버렸기에 말이다.

내가 《20세기의 신화》에서 '붉디붉은 태양'을 만고의 죄인으로 점찍은 까닭이, 그리고 '치욕의 기둥'에다 그를 못박아 놓고 사정없이 매질을 한 까닭이 바로 여기에 있는 것이다.

나는 추리구 감옥 철문 안에 들어설 때 속으로 다짐을 했다.

'침묵은 금이고 웅변은 은이다. 한마디의 진실도 받아들여지지 않는 사회에서 말은 해서 뭣 하랴. 더구나 감옥에서. 만기 출옥 때까지 귀머거리 3년 벙어리 3년으로 지낼 판이다.'

나이 60에 사회주의 제도하에서 30년을 살아 보고도 이런 유토피아적 오산을 했으니 내 아이큐도 확실히 문제가 있다고 봐야겠다. 백치까지는 아니더라도 저능임은 대개 틀림이 없을 것 같다.

모, 김 들의 치하에는 언론의 자유만 없는 게 아니라 침묵의 자유도 없었기 때문이다. 옥외에서도 그렇지만 옥내에서는 더구나 '침묵'은 곧 '반당, 반사회주의'였다.

일본제국주의의 감옥에서는 최저한 '침묵의 자유'만큼은 완전히 보장이 돼 있었다. 취침 전 두 시간 동안의 자습도 보장이 돼 있었다.

하지만 중국 감옥에는 '자습 시간'이라는 개념 자체가 없었다. 그 대신에 '학습 토론'이라는 게 있었다. 이 '학습 토론'에서는 반드시 '붉디붉은 태양'과 공산당의 정책, 그리고 인민 정부의 제반 시책을 극구 찬양해야만 했다. 극구 찬양을 안 했다간 징벌방행이 가려라 돼지고 싶어 몸살이 나지 않는 한 어느 미친놈이 자진해서 사잣밥을 걸머질 것인가.

그러므로 '학습 토론'은 일 년 열두 달 삼백예순날 언제나 어디서나 찬양 일색으로 진행이 되게 마련이었다. 그러게 죄수들더러 '학습 토론'하고 중노동하고 둘 중에 어느 것을 택하겠는가고 물어보면 예외 없이 다들 "중노동!" 하고 외쳤다.

이런 판국이었으므로 나는 '침묵'한다고 들볶이고 또 '쪽지' 써 바치지 않는다고 시달리고…… 글자 그대로 영일이 없었다. 우뚝 서 있는 나무에 바람 잘 날이 없었다.

죄수들이 중대별로 작업을 나가거나 돌아올 때는 반드시 큰 소리로 씩씩하게 군가 쉼직한 노래들을 불러야 하는데,

모 주석의 가르침 따라
우리 모두 힘차게 전진…….

이런 노래를 부르다 보니 어쩐지 좀 우스웠다. 해방군이나 공청단원들이 부르는 노래를 징역꾼들이 그대로 따라 부르는 데 문제가 있었다. 흡사 위대하신 모 주석이 징역꾼들의 괴수 같은 느낌을 주었기 때문이다. 그래서 결국 이 노래는 금창이 돼 버렸다.

'붉디붉은 태양'께서 대망의 왕생극락을 해 주셔서 감지덕지한 분위기 속에 추도식을 올리는데 예기치 않은 사태가 벌어졌다. 늙은 죄수

들이 정성껏 가꾸어 놓은 꽃들을 싹 다 소탕해 치우라는 벼락령이 떨어진 것이다. 삭막하고 침울한 감옥에 그나마 일말의 풍정을 보태 주는 국화, 코스모스 들을 깡그리 베 치우라는 것이다. 그 연유인즉 화사한 꽃이 비통한 기분을 잡친다는 것이었다.

'빠스쓰(팔십사)'라는 별명으로 불리는 여든네 살 먹은 죄수 장옥린이 마지못해 낫을 들고 제 손으로 애써 가꾼 국화, 코스모스 들을 한 그루 한 그루 베면서 눈물을 흘리는 것을 보고 나는 가슴이 뭉클했다. 개인 숭배에 아예 찌들어 버린, 사회주의의 간판을 내건 봉건적 통치 체제에 나는 다시 한번 저주를 던지지 않을 수가 없었다.

류사곤은 스물여덟 살 먹은 한족 농민으로서 워낙 정신박약자인 데다가 살림 형편까지 마련이 없어 마을 사람들에게 늘 반편이 취급을 받는 까닭에 남들처럼 장가를 든다는 것은 엄두도 못 낼 일이었다.

그러던 중 이웃에 사는 처녀 하나가 무슨 급병으로 갑자기 죽어서 마을 뒷산에 묻히니까 반편이가 "아까운 처녀 내나 데리고 살겠다."며 밤중에 올라가 무덤을 파헤치고 죽은 처녀를 업고 내려왔다. 이만하면 그놈이 어떤 놈인지쯤은 짐작이 가련만 우리의 준엄하신 인민법원은 가차 없이 그 반편이에게 징역 십 년을 언도해 감옥으로 보냈다.

이 반편이가 감옥에를 와서도 일을 하다가는 혼자 씨벌씨벌하잖나, 노래를 부르잖나 별의별 미친 짓을 다하는 까닭에 감옥 당국은 다른 사람에게 방해가 된다고 그에게는 아무 일도 시키지 않았다.

일을 안 하고 놀고 먹으면 편할 것 같았지만 감옥에는 그런 호박이 굴러다니지를 않았다. 일을 안 하는 녀석은 옥칙에 따라 굶어 죽지 않을 정도의 꼬마떡을 먹어야 했기 때문이다. 그래 놓으니 그의 뱃속에서는 줄창 귀뚜라미 우는 소리가 나고 또 눈은 눈대로 아예 하가마(기생들이 머리에 쓰던 것)가 돼 버렸다.

이 녀석이 꼬마떡 신세를 면해 볼 욕심에 일을 나가겠다고 하면 교도관들은 으레 이를 밀막게 마련이었으므로 그럴 때마다 자연 우스꽝스러운 공방전이 한바탕씩 벌어지곤 했다.

반편이가 '사흘 굶은 호랑이 원님을 안다더냐'로 마구 대드는 데는 교도관들도 속수무책이었다. 정신이 온전치 않다는 것을 다들 알고 있었으므로.

그 녀석 덕에 우리 중대(3중대, 120명)의 죄수들은 구경거리가 많아서 심심치가 않았다. 류사곤이는 전 감옥적으로 소문이 난 '명물'이었다.

추리구 감옥에는 이런 '명물'이 한둘이 아니었다.

'중화인민공화국 주석 류소기 만세'라는 입춘방을 제 집 대문짝에다 써 붙인 죄로 징역 15년의 판결을 받은 정신병자까지 있었는데 그는 정신병원에 두 번이나 입원을 한 병력을 갖고 있었다.

위봉헌은 50대의 한족으로서 혈혈단신의 홀아비(노총각?)였는데 '반혁명 현행범'으로 징역 20년의 선고를 받고 들어와 꼬박 2년 반 동안 족쇄를 차고 있다가 1977년 10월에 총살을 당했다.

그가 지은 이른바 죄란, 볼펜으로 기둥에다 낙서를 했다는데 뭐라고 했는가 하면 대역무도하게도 '타도 모택동'이라고 했다는 것이다. 당자는 '낙서 같은 거 한 적 없다'고 단연히 부인을 하지만 필적감정을 한 결과 틀림이 없다는 것이었다.

위봉헌은 입감 첫날부터 원죄를 부르짖으며 복죄를 아니 했던 까닭에 족쇄를 채웠는데 그는 죽을 때도 그 족쇄를 찬 채로 죽었다.

문화대혁명 기간이라면 낙서를 한 죄로 처단을 당하는 것쯤은 보통이었으니까 구태여 문제 삼을 것도 없다. 하지만 나의 동병상련하던 감옥 동료 위봉헌이 총살을 당한 것은 '붉디붉은 태양'의 1주기까지 이미 지난 시점이었다. 그리고 이른바 '4인방'이란 것도 이미 거꾸러 진 뒤였다.

낙서를 했다고 징역 20년은 무엇이며 복죄를 아니 한다고 총살은 또 무엇인가.

위봉헌은 연고자가 하나도 없으니까 사건을 들추려는 사람도 없는 까닭에 그의 억울하고도 허망한 죽음은 강물에 떠내려간 한 송이 물 거품마냥 이 지구상에 아무러한 자취도 남기지를 않았다.

독재자에 대한 개인숭배가 가져온 세기적 비극. 그 비극의 모래알 같이 미세한 희생자들의 군상을 나는 지금 깎아 세우고 있다.

5

한국의 정치범들은 출옥을 할 때 숱한 동지들이 철문 밖에서 기다리 고 있다가 개선장군 맞듯이 맞아 준단다. 너무너무 부러워서 사람이 까무러칠 지경이다.

1977년 12월 19일 오전 10시, 영하 25도의 포근한 날씨에 죽자 사 자 정이 든 추리구 감옥 철문 밖에를 나서니 새벽차를 타고 이백 리 길 을 달려온 아들이 딱 혼자서(그림자하고 둘이서) 개털모자를 쓰고 솜장갑 을 끼고 발을 구르며 기다리고 있었다.

길바닥은 완전히 얼어붙어 빙판이 돼 버렸는데 추리구 정거장까지 촌길 십 리를 걸어간다는 재간이 없었다. 감옥의 트럭과 지프는 잡아 올 때만 태우고 놓아줄 때는 태우지 않으니까 그까짓 것 있으나 마나.

다른 교통수단은 전무한 상태였다.

부자가 얼음판 위에서 발을 (얼리지 않으려고) 동동 구르고 있을 즈음에 하늘이 굽어살피신 모양으로 마침 원목(통나무)을 실은 '따처(대차)'—중국식 삼두마차 한 채가 나타났다. 나이 지긋한 마차부에게 사정을 이야기하고 통나무 위에 위태로이 올라타니 일단은 숨이 나왔다.

동지가 내일모레라 본래도 짧은 북국의 해가 짧을 대로 짧아져 캄캄한 밤중에야 집이란 데를 들어서니 집사람 이마에 잡힌 주름살이 맨 먼저 눈 속으로 뛰어들었다. 그 주름살들은 반혁명 가족의 장기간 겪은 인간 이하의 고생살이를 단적으로 토로하고 있었다.

원래 살던 집에서는 쫓겨나, 천장 위에서 쥐들이 우르르 몰려다니는 단칸방에서 사는데, 낡을 대로 낡아서 고고학적 가치가 충분한 반자에는 쥐오줌으로 얼룩덜룩 만국지도가 그려져 있었다.

뼈와 가죽만 남은 집사람이 그동안 꾸려 놓은 살림이 어찌나 넉넉했든지 손자를 업어도 두르고 나갈 처네가 없을 지경이었다.

꼭 3년 후에 가까스로 무죄판결을 받게 되니 나의 제3의 인생이 시작이 된 셈이었다. 그러니까 일본 감옥에서 석방이 되는 것으로 시작이 됐던 제2의 인생은 햇수로 36년 만에 아쉽게도 막을 내린 것이다.

제3의 인생이 시작된 이래 지금까지 15년 동안에 나는 장편소설 《격정시대》 등 예닐곱 권의 책을 써냈는데 그중의 몇 책이 서울에서 해적판으로 중간이 된 것을 계기로 나의 활동 영역은 갑자기 넓어졌다.

1989년 가을, 43년 만에 서울을 다시 찾았을 때, 시모노세키행 열차 칸에서 나를 '식충이'라고 놀려 주던 동갑내기 송지영은 이미 저세상 사람이 됐다.

내가 24년 동안 꺾어야 했던 붓을 다시 든 이후의 사연을 공백으로 남기려는 것은 '6 · 4(3차 천안문사건)' 같은 극히 민감한 문제들을 건드리고 싶지가 않아서다. 그러니까 또다시 감옥에를 들어가 '빠스이(팔십일)'니 '빠스쓰(팔십사)'니 하는 따위의 별명으로 불리게 될까 봐 겁이 나서인 것이다.

후기

나는 중학생 시절에 난생처음 공기총으로 참새 한 마리를 쏴 떨궜는데 그 할딱할딱하다 죽는 모습을 지켜보고는 양심의 가책을 받았다. 양심의 가책을 받은 나머지 소나무 밑에다 구덩이를 파고 내 손에 죽은 그 참새를 고이 묻어 준 다음 공기총으로 조총을 쏘고 '영원히 다시 이런 살생을 않겠다'고 굳게 다짐을 했다.

그리고 낚시질을 하다가도 이와 비슷한 일에 부닥쳤다. 처음으로 낚아 올린 빙어 새끼가 파드닥거리며 모질음을 쓰다가 죽어 가는 것을 보고 충격을 받아 다시는 낚싯대에 손을 대지 않은 것이다.

이러한 내가 자란 뒤에 산 사람을 겨냥하고 총을 쏘기에 이르렀으니―그도 기를 써 가며 쏘기에 이르렀으니―내 일생은 참으로 들쭉날쭉이랄밖에 없다.

그런데 나는 지금도 역시 누가 닭의 목을 비트는 것만 봐도 끔찍해서 얼른 고개를 외치고 도망질을 쳐 버린다.

그러니까 이 '자서전'은 독립군 출신인 한 지방 작가의 우글쭈글한 '자화상'쯤 되잖을까 싶다.

나의 소년 시절에는 우리 원산에 전기가 아직 들어오지 않아(내가 열두 살 되던 해에 처음 들어왔다) 어느 집에서나 다 석유램프를 썼다. 그러므로 삼노끈으로 목을 동여맨 빈 맥주병을 들고 구멍가게에 석유를 사러 가는 심부름은 대개 우리 또래 아이들의 소임이었다. 한데 심부름을 시킬 적마다 어머니는 내게다 당부를 하시는 것이었다.

"석교다리집엘랑 가지 마라. 그 집 석유는 물을 타서 못쓰겠다."

자연 나도 석교다리집을 괘씸히 여기게 된지라 꼭 50미터나 더 먼 꼽추네 집에 가 사 오곤 했다.

몇 해 후 물리니 화학이니 하는 것들을 배우면서 나는 비로소 제 잘못을 깨닫고 (어머니의 잘못도 대신 깨닫고) 뒤늦게나마 뉘우쳤다.

'이거 내가 석교다리집에 미안한 짓을 했구나.'

조선 반도의 비극적 분단이 반세기를 맞는 이 시점에도 남과 북의 위정자들은 계속 '통일'이라는 공염불로 우리 백성들을 기만, 우롱하고 있다.

석교다리집 석유는 물을 탄 거라고 굳게 믿으신 우리 어머니.

이북의 세습제 정권과 능히 통일을 이룩할 수 있을 걸로 믿어 마지 않는 이남의 백성들.

하지만 유감천만하게도 현재의 이 상태로는 남과 북의 화합은 이루어지지가 않는다. 석교다리집 석유나 마찬가지다. 석유는 언제나 석유이고 물은 언제나 물인 것이다. 장장 오십 년 동안을 내리 속고도 또 속을 작정인가. 한 오백 년 더 속아 봐야 정신들을 차리겠는가.

조선 반도의 통일은 이북 정권의 붕괴를 전제로 한다. 독재주의 체제의 붕괴를 전제로 한단 말이다. 그 밖에 다른 길은 있을 수 없다. 김씨 왕조의 붕괴 없이 통일을 바란다는 것은 어리석은 자들의 가련하고 처량한 백주몽이다.

우리(조선의용군)가 지난날 일본군에 대항해 싸울 때 조선 반도는 하나였다. 38선도 군사분계선도 다 없는 완정한 통일체였다. 그러므로 우리도 조선 반도의 정정(政情)에 대해서는 당당한 발언권을 갖고 있다. 남에 대해서도 북에 대해서도 다 그렇다.

여태까지의 어떠한 통일 방안도 내가 보기엔 다 신통치가 못하다. 다 실패작이다.

그러게 오직 김 부자를 차우셰스쿠 부부에게로 보내 버리는 것만이 유일 정확한 방안이라고 나 이 80세의 노독립군은 확신을 하고 있는 터이다.

1995년 7월 7일

중국 연길에서

김학철

주석

1. 최채는 2006년에 향년 92세로 중국 장춘에서 타계했다.

2. 이상조는 1996년에 향년 82세로 소련에서 타계했다.

3. 로민이 타계한 연도는 확인이 어렵다.

4. 문정일은 2003년에 향년 90세로 북경에서 타계했다.

5. 홍순관이 타계한 연도는 확인이 어렵다.

6. 김승곤은 2008년에 향년 93세로 서울에서 타계했다.

7. 김일곤의 유해 봉환은 1996년에 이루어졌다.

8. 진석련은 1999년에 타계했으며, 등소평은 1997년에 향년 94세로 타계했다.

9. 김강이 타계한 연도는 확인이 어렵다.

10. 그 뒤는 확인이 어렵다.

11. 그 뒤는 확인이 어렵다.

12. 정설송은 2011년에 향년 97세로 북경에서 타계했다.

13. 유라는 김정일의 아명으로 2011년 12월에 향년 69세로 타계했다.

14. 장기려 박사는 1995년 12월에 향년 85세로 타계했다.

15. 중국에서 발표하지 못한 《20세기의 신화》는 1996년 한국 창작과비평사에서
    첫 출판이 되었으며 보리출판사에서 〈김학철 문학 전집〉으로 다시 펴낸다.

16. 현재 생사조차 확인이 어렵다.

부록

김학철의 혁명 생애와 그가 만난 역사 인물들

　김학철은 그가 직접 만난 정치인 중 팽덕회를 가장 존경했다. 팽덕회가 태항산 동욕(桐峪)에 함께 주둔하고 있는 조선의용대를 찾을 때, 통신병 한 사람만 데리고 온다. 다른 장령들처럼 부하 장교들을 여럿 거느리고 위풍을 과시하지 않았다. 소탈한 담화와 연설은 고향을 천리 밖에 등지고 나라를 되찾기 위해, 부모 형제들의 해방을 위해, 장총 들고 전장터에 뛰어든 그들 나젊은 전사들에게 따뜻함과 용기를 심어 주었다.

　그러하기에 김학철은 30년 후, 당내에서 사심 없이 옳은 말을 감히 수령께 진언하고 반당 분자로 외롭게 따돌림을 당한 팽덕회를 위하여 정치소설 《20세기의 신화》를 쓰고 역시 그 대가로 문화대혁명의 옹근 십 년 동안 감옥살이를 하게 된다.

　김학철은 철웅(중국작가협회 주석)의 말대로 한 손에 필을, 한 손에 총을 든 작가로서 민족 감정과 용기 그리고 관건적 시각에 정의를 수호하려는 입장과 정감으로 현시대 많은 사람들을 감동시켰다. 김학철은 그의 조선, 중국, 일본, 한국을 거친 파란만장한 혁명 여정으로써 그 누구도 다시 모방할 수 없는 인생 드라마를 엮어 내려갔다.

　장개석과 그의 측근 실세들 하응흠, 장군 그리고 그 무시무시한 특무 두목 대립, 주은래와 곽말약, 팽덕회와 라서경, 김원봉과 김구, 류자명과 석정, 김두봉과 최창익, 박헌영과 려운형, 김일성과 최용건, 무정,

허가이 그리고 어린 시절의 김정일, 최승희, 문예봉, 모택동과 정령, 애청, 하기방, 애사기 이러한 슈퍼 역사 인물들을 김학철은 역사의 현장에서 만났고 교감했다. 그러나 평생을 후회하는 유감도 있다. 상해 로신의 집 앞까지 찾아갔다가 용기 부족으로 도저히 문을 두드리지 못하고 되돌아와 그해에 돌아가신 로신 선생을 영원히 만나 보지 못하였다.

1930년대 상해 지하활동으로 혁명의 첫발자국을 내디딘 김학철은 류자명, 석정의 무정부주의 반일 테러 사상으로 무장했다. 목적은 일본제국을 뒤엎고 왕정을 복구하는 것이었다. 류자명은 학자형으로 누구도 그가 파금과 함께 중국 무정부주의 우두머리라고 상상할 수 없을 정도로 자상하고 논리적이다. 수십 년이 지난 훗날 호남농학원에서 농업과학을 연구하는 류자명과 편지 거래를 할 때는 상해 시절이 안개처럼 몽롱하게 되돌아 보였다.

김학철이 로신을 처음으로 알게 된 것은 1934년 봄, 문예잡지 〈개조〉를 통해서였다. 그리고 몇 해 후 상해에서 낮에는 거리가 복잡한 틈을 타서 브라우닝권총으로 일본인과 반역자에 대한 테러 활동을 하고 저녁에는 점잖게 책 읽기를 하는데 그때 본격적으로 로신의 글을 읽기 시작했다. 1936년 여름, 로신의 문장에 매료되어 그의 집 앞까지 찾아갔지만 도저히 문을 두드릴 엄두가 나지 않아 한동안 머뭇거리다가 슬그머니 퇴각령을 놓았으며 로신이 자주 다니던 우치야마서점에서 로신을 기다려 보기도 했지만 그것 역시 헛수고였다. 그 어찌 알았으리오, 그토록 숭배하던 로신이 그해 시월의 어느 날 영원히 동지들과 숭배자(김학철을 포함)를 두고 떠날 줄이야. 이것이 김학철의 평생 한으로 남았다.

당시 남경 화로강은 반일 지하활동의 아지트였다. 문정일, 정율성, 최채 등이 그 시기 화로강 동지이다. 문정일은 김학철과 황포군관학교 동창생으로 중국공산당(중공)에 함께 입당하고 생의 마지막까지 함께 가는 인연이 있다. 김학철 등 조선의용대가 장개석을 등지고 황하를 넘어 팔로군 구역으로 올 때 문정일이 극적으로 나타나 도강증을 타 내 위기를 모면하고, 지프차를 타고 압록강을 건너 중국으로 돌아올 때도 신기하게 나타나 거처를 마련해 주고, '문화대혁명' 십 년 감옥살이를 마치고 나왔을 때도 문정일이 나서서 호요방과 논의해 복권되었다.

1937년 중앙육군군관학교(황포군관학교)로의 진학은 장개석과 그의 측근들을 만날 기회를 주었다. 학교의 교장이 바로 장개석이었다. 장개석은 황포군관학교 졸업생이 아니면 군정을 막론하고 승진할 기회를 주지 않았다. 장개석 국민당 정권의 기석이 바로 이 학교이다. 그러하기에 장개석은 황포군관학교 졸업생들에게 스승으로 친절했고 모든 혜택과 특권을 부여했다.

장개석은 학원(학생)들한테 연설할 때 몹시 말을 더듬었다. "쩌거, 쩌거(이것, 이것)." 하며 청중을 지루하게 만든다. 그러나 최측근들을 훈계할 때는 청산유수이다. 사이사이 토마냥 끼우는 '냥시피(제밀할)'란 욕설만 아니면 아주 잘 짜인 논설이었다. 땀을 뻘뻘 흘리는 측근들에게 실컷 욕설을 퍼붓고 돌려보낼 때는 벽돌 한 장씩 안겨 주었다. 그런데 문제는 그 벽돌이 금으로 만들어졌다는 것이다. 그의 통치 수단이다. 하응흠, 장군 그리고 특무 두목 대립도 그 시기 군관학교에서 만났다.

그런데 당시 군관학교 내에서 믿기 어려운 일이 일어났다. 즉 교관 김두봉과 한빈이 국민당 골간을 배출하는 핵심 기지에서 공공연히 마르크스주의를 강의한 것이다.

김두봉 선생은 보기에 옛 서당의 선생처럼 점잖고 인자하다. 하지만 강의에서는 누구보다도 예리하고 선진적이며 민족의 현실적 문제와 잘 결합하였다. 김두봉 선생은 러시아 10월혁명이 일어나는 해 서울 보성고에 시간강사로 다녔고 훗날 김학철과 조정래 등이 그 학교에 진학하였다. 평양에서도 김학철과 가까이 지냈고, 김학철 결혼식에 와서 선사한 은수저를 김학철 부부는 오랫동안 소중히 보관하였다. 그 후 북조선노동당 위원장, 최고인민회의 위원장 등 직을 역임했다.

한빈은 1920년대 초반에 벌써 중국 동북 지역에서 마르크스주의를 보급하기 위해 활약하고 용정에서 고려공산청년회 지부를 결성했다. 1930년대 조공 재건을 위해 활동하다 체포되어 6년간 감옥살이를 하였다. 황포군관학교 교관으로서, 철저한 마르크스주의자로 배양된 김학철 등 백여 명 졸업생들로 창건된 조선의용대와 함께 태항산 팔로군 항일 근거지로 갔으며 일생을 공산주의 운동에 이바지하였다.

1938년 10월 10일, 한구에서 황포군관학교 조선인 졸업생 백여 명으로 조선의용대가 창립되었다. 사실은 전체가 국민당 장교들이었다. 즉 군관단이다. 장개석에게는 조선이 독립하면 이들로서 조선 정권을 장악하려는 의도도 깔려 있었다. 창립 의식에는 당시 무한에 함께 체류 중인 주은래와 곽말약이 중공을 대표하여 참석했다. 주은래는 황포에서 특별한 인기가 있었다. 미남인 그의 연설은 활기차고 청중의 마음을 사로잡았다. 그는 현실적인 정치인이고 천재적인 외교가였다. 그는 조선인 항일 세력에 퍽 관심을 두고 지켜보았으며 그들이 이념과 파벌로 단합하지 못하는 데 대해 개탄하였다.

곽말약은 남경 국민당 정부 군사위원회 정치부 제3청을 책임지고 있었다. 곽말약의 박식과 문필에 김학철은 평생 오체투지 할 지경으로 탄복하지만 그의 말기 인격에 대해서는 맹렬하게 비판했다. 곽말약이 《홍파곡(洪波曲)》에서 묘사한 무한 함락 시 조선의용대에 관한 감격적인 묘사는 아직도 많은 사람들의 입에 오르내리고 있다.

조선의용대 대장 김원봉은 일찍 길림에서 항일 활동을 시작했다. 그가 1919년에 조직한 의열단은 중국과 조선에서 막강한 영향력을 가지고 있었다. 1920~1930년대에 중국, 조선, 일본에서 벌어진 충격적인 반일 테러 사건들의 배후에는 대부분 의열단이 있었다. 그는 1926년 제4기 황포군관학교 졸업생으로 1929년 북경에서 레닌주의정치학교를 개설했다. 김원봉의 예리한 눈빛, 멋진 연설은 그가 선천적인 혁명가요, 정치가적인 카리스마가 넘쳐흘렀다는 것을 충분히 설명해 준다. 김학철 등은 그에게 매료되었고 그가 추진하는 혁명 사업에 헌신해야 한다는 사명감이 고향과 가족을 멀리한 그 고된 전장마당에서 무한한 힘으로 되었다. 그가 1938년 무한에서 창건한 조선의용대는 우리 민족 첫 정규화된 항일 군대이다.

조선의용대에서 최창익의 사상이론적 지도력은 석정과 맞먹는다. 그는 일본 와세다대학 정치경제과 졸업생으로 일본에서 마르크스주의자가 되었고 마르크스주의에 조예가 깊었다. 1925년 중국 동북에서 김좌진과 함께 공산주의자동맹을 조직하고 모스크바 국제공산당대회에 대표로 참가하였다. 1928년 일본 경찰에 체포되어 8년간 감옥살이를 하였으며 1936년 김원봉의 조선민족혁명당에 동참하여 함께 활동하였고 훗날 조선의용대를 이끌고 중국공산당이 지배하는 영향력이 큰 태항산으로 북상해 김두봉, 무정 등과 합세하였다.

석정은 상해 지하활동 시기부터 김학철의 직접적인 지도자이다. 3·1운동 때부터 반일 운동의 선두에 서 있었고 길림에서 김원봉과 함께 의열단을 조직했다. 역시 반일 테러 활동으로 7년간 옥살이를 하고 줄곧 김원봉의 한쪽 팔이 되어 조선의용대를 이끌었다. 애석하게도 1942년 5월 태항산 전투에서 영용히 전사하였다.

김구는 김구대로 매력이 있었다. 깊은 학식에 어버이다운 자애로움, 혁명 모식은 달라도 항일의 목적은 같았다. 김학철은 김구한테 심부름을 갔다가 그의 격려와 소빗돈을 받았다. 그때 김학철에게는 격려의 말씀보다 소빗돈이 더 좋았다. 소빗돈이 적다고 구두쇠 영감이라 놀림들은 하였지만 인격적으로 그를 존경했다. 광복 후 고국에서 그가 받은 서러움과 비운은 김학철을 가슴 아프게 했다. 김구 선생은 영원히 존경받아야 한다고 김학철은 재삼 이야기하였다.

일본 감옥에서 풀려나온 김학철은 감옥 동창 송지영과 함께 서울로 돌아왔다. 해방된 서울에서 그는 공산당원으로 좌익 활동에 적극 참여했다. 서울 종로에 있는 와이엠시에이 청년회관(이 건물은 지금도 예전대로 보존되어 있다)에서 박헌영과 충돌했다. 박헌영은 당시 조선의 해방을 완전 외세에 의한 것이라고 대회에서 연설하였는데 김학철은 그에 반발하여 중국에서의 항일 투쟁을 지적했다. 쌍지팡이를 짚고 퇴장하는 그의 모습은 모든 사람들에게 강렬한 인상을 남겼다.

당시 김학철은 일본 감옥에서 지기이자 훗날 케이비에스 사장으로 활약한 송지영의 소개로 소설가 리무영을 알게 되었고 그이를 김학철은 문학 계몽 스승으로 모시게 되었다. 서울에서의 창작 활동은 좌익 작가들의 호응을 받았다. 우정을 나눈 중견작가들로는 리태준, 조벽암, 김남천, 리원조, 안희남 등이 있다. 김학철 작품 합평회에서 그들이 함께 찍은 사진은 볼품없이 네 귀가 부식되었지만 보귀한 역사 유물로 남았다.

평양에서 〈로동신문〉 논설기자로 사업할 때 김일성은 김학철을 만난 자리에서 그의 절단된 다리를 만져 보고 "학철 동지, 우리 다 중국에서 나오지 않았습니까! 함께 잘해 봅시다." 하고 친절을 베풀었다. 김학철이 외금강휴양소 소장으로 좌천되었을 때도 김일성은 대여섯 살 된 어린 김정일을 데리고 와서 함께 식사도 하였다.

정율성, 최승희, 문예봉, 황철 등과는 평양에서 절친한 사이였다. 정율성은 중국, 조선 두 나라 군가를 작곡한 유명한 작곡가로, 조선의용대 시기부터 전우로 북경에도 함께 체류했고 평양에서도 이웃으로 정율성 부부와는 한집안처럼 지냈다. 정율성의 부인 정설송은 답답한 일이 있으면 김학철을 찾아와 하소연하였고 중국에 돌아와서도 연락이 끊기지 않았다. 그는 중국에서 외국으로 파견한 첫 여대사가 되었다. 정율성과 김학철은 함께 대형 합창곡 '동해어부'를 창작하기도 했다.

최승희, 그이는 일본, 한국, 조선, 중국에서 모두 영향력이 있는 무용가이고 배우이다. 그가 주인공을 맡은 영화 〈반도의 무희〉는 도쿄에서 4년간이나 흥행했고 그의 제자들은 한국, 조선 심지어는 중국의 원로 무용가로 활약하였다. 참으로 중국, 조선, 한국 무용계의 원조인 셈이다. 최승희는 북경의 김학철 사저에도 여러 번 찾아와 김학철의 네댓 살 된 아들을 안고 정령의 집으로 놀러 가기도 했다.

문예봉, 황철은 북조선 영화 황제이고 연극 황제이다. 황철은 웅글진 목소리로 춘향전에서 변학도 역을 맡아 전체 조선 국민을 사로잡았다. 김학철이 고골의 《검찰관》을 각색하여 황철, 문예봉 연출로 준비가 다 되었는데 애석하게도 6·25전쟁이 터지는 바람에 중단되었다.

김학철은 지프차로 중국으로 올 때 외팔 가극 천재 황철을 데리고 왔다. 다리 하나 없는 사람이 팔 하나 없는 친구를 데리고 온 것이다.

더욱이 기구한 운명은 동구라파에서 유학한 황철의 딸이 수십 년 후인 1990년대 연길에 파견되어 피아노 학원 교수로 일하는데 김학철의 손녀가 그의 제자로 우연히 들어간 것이다. 이 일로 하여 김학철은 너무나 개탄하였다.

1950년대 초 김학철은 중국으로 돌아와 북경 중앙문학연구소에서 정령의 부하로 연구 활동을 했다. 정령, 애청, 하기방, 애사기 등 작가, 시인들은 이화원 정령의 집에서 정기적 모임을 가졌는데 그 모임을 통해서 김학철은 중국 현대문학의 정수를 알기에 충분했다. 그들 매 개인이 다 당시 중국 문단의 거물급 대표인물들이었으니 당연하지 않은가?

정령과 김학철은 당시 이화원에서 앞뒤 집으로 담장 하나를 사이 뒀다. 하루는 정령의 집을 군인들이 갑자기 포위하여 궁금했는데 군인들이 철수하자 정령은 뒷문으로 숨 가쁘게 달려와서 김학철 세 식구에게 빨리 곤명호로 내려가라 했다. 모택동이 정령의 집을 방문하고 그곳에 체류하고 있었다. 풍채가 좋고 학문이 깊은 모택동을 김학철은 숭배했다. 허리를 굽혀 작가의 집을 방문하는 대국의 영수가 보기 좋았다. 그러나 역사란 참 결말이 보이지 않는 게임과도 같다. 훗날 모택동은 정령과 김학철을 유배지로, 감옥으로 보내고 세상을 하직했다.

정령과의 인연은 이로써 그치지 않았다. 정령은 북대황 유배지에서, 진성 감옥에서 인생고초를 겪었고 김학철은 연길 구치소에서, 돈화 감옥에서 새로운 인생 수업을 하였는데 그 어려운 환경에서도 서로 '한시도 잊은 적이 없었다(정령이 김학철에게 보낸 편지)'. 정령과 그의 남편 진명은 '외다리 김학철이 견딜 수 있는데 우리가 못 견디겠는가!' 하면서 자아 격려했다고 훗날 서로 만나서 이야기를 나누었다. 그렇지만 그들이 다시 만난 것은 정령 부부가 김학철을 만나러 일부러 연변을 찾았던 1981년이다. 밤새우며 그들이 나눈 이야기는 격정적이고 심각하였다. 역사에 대한, 역사 인물들에 대한 평가는 대부분 일치했고 미래에 대한 전망은 다소 엇갈렸다. 김학철의 아들이 엎드려 정령의 신끈을 매 드릴 때 그의 눈가에는 눈물이 맺혔다. "네가 어릴 때는 내가 네 신끈을 매 주었는데." 정령이 영원히 우리 곁을 떠났을 때 김학철은 진명에게 편지했다. "사람들은 역사는 공정하다고 합니다. 그러나 그이에 대해서도 그러했습니까? 나는 로신처럼 누구의 동정도 필요 없고 또 누구도 용서하지 않을 것입니다. 정의를 위하여, 로신의 전우들을 위하여, 비극이 또다시 되풀이되지 않기 위하여 우리 모두 손잡고 끝까지 싸웁시다."

윤한윤(중국작가협회 민족문학처 처장)이 남긴 말이다.

"김학철 선생은 독립적인 사고방식과 명석한 두뇌를 가진 위대한 작가이다. 김학철 선생처럼 사회의 독립 계층으로 명석한 두뇌를 갖고 사회발전과 사회현상에서 나타나는 문제점을 독립적인 사고방식으로 투시하는 작가들은 너무 적다. 자기의 결함을 알고 자기절로 비평할 수 있는 민족만이 강한 민족이다. 조선족이 김학철 선생과 같은 작가를 갖고 있다는 자체가 민족의 강대함을 표시한다. 한 개 민족으로 놓고 말할 때 사회의 주류가 될 수 있는 문장을 써내는 작가가 없다면 그 민족은 비극이다. 실제적인 차원에서 김학철 선생의 정신을 계승, 발양해야 한다."

김해양

김학철과 함께 떠나는 독서 여정

김학철은 한 손에 총을, 한 손에 붓을 든 작가이다. 그는 말보다 행동을 더 중시하였다. 하기에 일본군의 강점에 우선 몸으로 맞섰다. 그 결과는 왕왕 육체적 고통으로 보상받았다. 일본 나가사키 감옥에서 4년여 독방살이, '문화대혁명' 중에 연길 구치소와 추리구 감옥에서의 장장 십 년 추위와 굶주림과 이와의 전쟁이 그 대가이다.

추리구 감옥으로 면회를 갔을 때 감옥 관리의 말이 인상적이다.

"다른 영감들은 그 나이에 펙펙 죽어 나가는데 자네 아버지만 외다리로 끄떡없이 살아 있다. 웬지 아느냐? 추운 겨울 날씨에도 냉수마찰을 하루도 빼놓지 않는다. 쯧쯧. 웬 놈의 의지력이 그리도 강할까!"

그 의지력이, 그 막강한 일본제국을 상대로 단신 장총 들고 불바다에 뛰어드는, 전 국민이 하늘처럼 떠받들고 자신도 숭배했던 분을 목숨 걸고 당내 동등한 동지 자격으로 비판하는 용기는 어디서 온 것일까?

앞서 윤한윤 선생이 제기했던 독립적인 사고방식, 다시 말하면 독립적인 세계관은 한 사람의 의지와 행동을 결정한다. 그러면 김학철의 세계관, 피압박 인민과 약자 계층에 대한 무한한 사랑과 침략자, 무모한 전제주의에 대한 뼈 맺힌 증오는 어떻게 형성되었는가? 자세히 되돌아보면 그의 일평생 열광에 가까운 독서와 무관하지 않을 것이다.

김학철의 독서 인생은 여러 단계로 나뉘어진다. 청소년 시절 계몽기, 상해와 남경 등지에서의 반일 지하활동기, 황포군관학교와 조선의용대 시절, 일본 감옥 수감 시기, 광복 직후 서울과 평양에서의 좌익 활동과 창작 시기, 정령이 이끄는 중앙문학연구소 시절, '반우파 투쟁' 시기와 '문화대혁명' 전야, 연길 및 추리구 감옥 수감 시기, 만기 출감으로 맞이한 창작 황금기 등일 것이다.

그러면 김학철 독서 인생에 흥취 있으신 분들은 이제부터 함께 독서 여정을 떠나기 바란다.

김학철은 소학교 때 학습 성적이 늘 오리(2점) 점수여서 어머니께 항상 야단맞던 시절이다. 하지만 어릴 때부터 특별한 습관이 있으니 저녁에 자기 방으로 들 때는 항상 책 한 권을 겨드랑이에 끼고 들어간다. 학교 숙제 대신 밤새 책 한 권으로 때우면 산수가 오리로 되기는 당연한 일일 것이다.

고급학년에 진학하면서 독서량이 많아지고 시간은 딸리어 하루 한 권으로는 허기가 차지 않는다. 그 당시 김학철의 세계관 형성에 가장 많이 영향을 준 책들로는 조선고전문학과 일어로 된 세계문학전집이다. 특히 이상화의 〈빼앗긴 들에도 봄은 오는가〉와 입센의 《민중의 적》은 그로 하여금 혈혈단신 어머니와 누이동생들을 고국에 남기고 중국 항일 전쟁에 투신하게 하였다.

상해, 남경에서의 지하 반일 테러 활동 시기, 정치에 민감하고 혁명 이론에 열중하기 시작하였다. 그 목적은 왕정복고. 낮에는 권총 차고 거리가 복잡한 틈을 타서 일본인과 반역자를 처단하느라 분주하고 밤에는 점잖게 조계지 지하활동에 필수인 영어를 배우랴 서투른 중국어를 숙달하랴 눈코 뜰 새 없었다. 로신의 비수 같은 글들을 읽고 흥분하여 그의 집까지 찾아갔지만 용기 부족으로 들어가지 못하고 문밖에서 기우뚱거리다 되돌아왔다. 로신이 죽은 뒤 그 일을 평생 두고두고 후

회막심이었다. 석정, 류자명의 영향으로 무정부주의자 바쿠닌과 파금의 저서들을 열독했다. 다행히도 이는 혁명 행진곡에서의 에피소드, 결정적인 독서로의 전환기였다.

김학철 생애를 결정짓는 독서 여정의 관건적 정거장은 중앙육군군관학교(황포군관학교)이다. 장개석이 교장직을 맡고 있는 국민당 핵심 인물들을 배출하는 근거지에서 공공연히 마르크스주의를 가르쳤다는 것이 신화와도 같은 이야기다. 하지만 김두봉, 최창익 등 조선인 교관들은 우리말로 마르크스의 저서를 가르쳤고 마르크스주의로 미래 조선의용대 대원들을 무장했다. 《반뒤링론》, 《프랑스 내전》 등 마르크스의 햇빛처럼 강렬한 이론이 김학철의 세계관과 혁명 이론을 확 바꾸어 버렸고 그의 남은 혁명 여정을 확고히 결정지었다. 아마 그 훗날의 치열한, 참혹한, 고독한 환경의 시련 속에서도 살아남을 수 있었고 '혁명적 낙관주의'를 영원히 잃지 않는 의지와 신념이 이때 확립되었을 것이다. 두만강 거센 강물을 따라 영원한 프롤레타리아국제주의 전사가 먼 동해바다로 최후의 여정을 떠날 때도 우편 박스에 어울린 멋진 미소를 우리에게 선사할 수 있었다.

일본 감옥에서는 독방살이였다. 하기에 책 읽기에는 들어났다. 먹을 것은 전쟁할 때라 굶어 죽지 않으면 행운이라 생각들 하는데 감옥 도서관의 책들은 그대로 있어 다행이었다. 간수들도 기꺼이 책 심부름을 해 주어서 대량 독서가 가능했다. 또다시 일어로 된 세계명작과 수준 높은 일본 월간지들이 배고픔을 덜어 주었다. 전향서를 쓰지 않는다고 총상 입은 다리를 치료해 주지 않아 젓가락으로 상처에 생긴 구데기를 집어내면서도 그 아픔을 잊기 위해 독서를 다그쳤다. 일본 감옥행이 일본 유학으로 일변한 셈이다. 훗날 와세다대학에서 일본 교수들한테 노련한 일어로 강연하여 그들을 놀라게 한 일본어 수준이 일본에서의 4년여 감옥살이와 무관하지 않으리라.

광복 초기 서울에서의 좌익 정치 활동과 활발한 문학 창작 그리고 평양에서의 기자 생활과 평론 집필 시기, 문학 창작에 유조한 독서가 주류를 차지했다. 그중 영향을 많이 받은 작품은 숄로호프의 《고요한 돈강》, 고골의 《검찰관》, 홍명희의 《림꺽정》 등일 것이다. 그중 일본어로 된 《고요한 돈강》은 서울에서 좌익 탄압이 심해지면서 부득이 38선을 건너 월북할 때 딴 짐을 다 버려도 유일하게 휴대한 물품이요, 평양에서 전쟁 초기 지프차를 타고 압록강을 건너 중국으로 올 때 역시 휴대한 유일한 책이다. 참, 책에 대한 애착이 생명에 대한 애착과 맞먹는 셈이다. 북경에 와서 그 책을 특별 주문하여 뚜껑을 양장본으로 단장하고 김학철이란 석 자도 새겨 넣었다. 책 주인은 벌써 떠나간 지 여러 해지만 책은 고스란히 남아 주인의 책장을 지켜 주고 있다.

사랑과 증오는 동전의 앞뒷면. 사랑이 강렬할수록 증오도 치열했다. '눈물 젖은 두만강'과 '강원도아리랑'을 듣고 눈물 흘리는 피 끓는 사나이들이 총칼을 들고 일본군 진지로 돌진할 수 있었을 것이고 톨스토이의 《전쟁과 평화》와 숄로호프의 《고요한 돈강》을 사랑하는 사나이들이 지식인들을 말살하려는 진시황과 맞서 분신쇄골할 수 있었으리라.

정령의 중앙문학연구소에서 연구원으로 일하면서 중국 문학을 깊이 연구하였다. 정령, 애청, 하기방, 애사기 등 작가, 시인들과 이화원 정령 집에서의 정기적 모임은 중국 현대문학의 정수를 알기에 충분했다. 그들 매 개인이 다 당시 중국 문단의 거물급 대표 인물들이었다. 그들의 저서를 읽고 그들의 열변을 직접 듣는 행운을 그 소그룹 외에서는 상상하기도 어렵다. 정령을 통해 로신을 새로이 알게 되었고 《홍루몽》을 다시 읽게 되었다. 정령은 김학철에게 "소설은 인물 중심의 이야기다. 산 인물이 산 소설을 만든다."고 몇 번이고 일깨워 주었다. 이화원 곤명호가에서 정령과 함께한 꿈같은 독서 여정은 짧지만 일생의 가장 행복한 정거장이었으리라.

연변문련을 창립하기 위하여 주덕해의 초청으로 북경에서 연변으로 이주하고 또 정착한 것이 1950년대 중반이다. 그로부터 얼마 지나지 않아 '반우파 투쟁'과 '문화대혁명'이라는 중국 지식분자의 수난기가 시작되었다. 그 시기 정통한 책이 〈로신 전집〉 10권이다. 김학철은 중국에서 제일 처음 조선문으로 장편소설을 쓴 작가이며 풍부한 문학 실천으로 중국 조선족문학 잡문의 새로운 영역을 창조했고 로신 문학의 전통을 조선족문학의 영혼과 육체에 융합시켰다. 또 김학철은 최초로 로신 작품《아큐정전》과 정령의《태양은 상건하를 비춘다》를 조선말로 번역한 작가이다.

그 시기 김학철은 또한《유림외사》,《동주열국지》,《사기》등 중국 고전들을 몇 번이고 다시 읽고 식탁에서, 서재에서 가족에게 흥미진진하게 이야기하였다. 중국에서 처음 개인숭배와 대약진을 비판한 소설《20세기의 신화》가 이 시기에 씌어졌다. 중국 문학의 정수가 이 정치 소설에 생명력을 불어넣은 것이다.

'문화대혁명'의 10년 감옥살이. 먹을 것도 읽을 것도 다 기근 상태였다. 연길 구치소의 7년 미결 상태에서의 독방살이는 독서도 불허다. 길이 2.5미터, 너비 1.8미터, 변기통 포함, 완벽한 다용도 독방이다. 밖에서 들어온 사람은 어두컴컴한 감방을 휘둘러보려면 한참 적응해야 겨우 볼 수 있다. 북향 벽 높은 곳에 뙤창문 하나가 봄, 여름, 가을, 겨울의 바뀜을 일곱 번 알려 주었다.

읽을 책도 없고 읽을 빛도 없다. 일생 처음 독서 공백이 생긴다. 소들은 여물을 재빠르게 먹고 편한 곳에 앉아 위 속의 먹이를 꺼내어 되새긴다. 맹수들의 공격을 피하기 위한 수단이다. 김학철은 소도 아니면서 7년 동안 지난날 읽은 책들을 기억으로 되살리어 마음속으로 읽으면서 되새기었다. 그것도 군인 간수의 매를 안 맞는 시간을 타서. 독서 여정에서 가장 암담한 시기였다.

그래도 연변노동자문화궁 공판장에서 10년 형이 확정되어 추리구 감옥으로 갔을 때는 지옥에서 천당으로 가는 느낌이었다. 공판장이 사실 7년 동안 기다려 온 악몽에서의 '해방'에 가까웠다. 감옥살이 가는데 천당 가는 느낌이라면 정신이 좀 잘못됐다고 생각할 것이다. 그러나 그 느낌은 공안국 임시 수감소에서 미결로 7년간 지내 온 김학철만이 알 것이다.

추리구 감옥에서는 독서가 재개되었다. 그때 집에서 〈마르크스 전집〉의 일부분과 〈레닌 선집〉 그리고 〈로신 전집〉 일부를 소포로 보내드렸다. 지금 집에 소장하고 있는 〈로신 전집〉과 마르크스의 저서 일부는 참으로 죄송하지만 김학철과 함께 추리구에서 감옥살이를 하고 석방되어 되돌아온 책들이다.

10년 만기 출감 후 창작과 독서가 다시 병행되었다. 출감 후 글쓰기가 서툴러졌다고 본인이 개탄했다. 너무 오래 붓을 잡지 못해 손에 익숙지가 않았다. 하여 틈틈이 《림꺽정》을 다시 정독하기 시작했다. 그 당시 읽은 《림꺽정》은 1954년 조선국립출판사에서 출판한 6권짜리 내리글씨 책이다. 그중 제5권은 너무 손에 닳아 책의 등을 병원용 '반창고'로 붙여 재포장했다. 지금 흔히 쓰는 투명테이프는 그때만 해도 아직 구경할 수 없었다. 여섯 권을 다 외우고 나니 본격적인 글쓰기가 다 준비된 셈이다.

우리말 《림꺽정》, 중문 〈로신 전집〉과 《당시(唐詩) 300수》 그리고 중문판 《전쟁과 평화》, 일어로 번역된 《고요한 돈강》을 자주 쓰는 조 · 중 · 일 세 가지 문자의 '창작용어 사전'으로 사용했다. 문자용어 사전으로는 6권으로 된 조선의 《조선말사전》과 《새 옥편》(1963년 조선과학원) 그리고 《조선속담집》(1954년 국립출판사), 한국의 《새 우리말 큰사전》, 중국의 《사해》와 《사원》 및 《신화자전》, 일본의 《광사림》과 《대사림》, 영어는 《영한사전》. 그 외에도 조선 앞바다의 어류분포도감, 식물도감, 훗날의 중문으로 된 《대영백과사전》 등 전문 사전들이다.

1970~1980년대만 해도 출판되는 사전류가 많지 않아 김학철은 가족에게 서점에서 새로 나온 사전은 무조건 사 오라고, 어느 때든 쓸 일이 생긴다고 명하였다. 그 외에도 준사전급 책들로는 조선에서 번역출판한 고골의 《미르고로드》, 중문 번역본 《하이네 시선집》과 《하이네 산문집》 등이다.

아차, '그물에서 새어 나간 우파 분자'가 둘 있다. 나는 무식해서 지금도 중국의 《사기》에 취미를 못 느끼는데 당시 김학철은 무슨 재미로 책상머리 손 닿기 좋은 곳에 놓고 짬짬이 열독을 하는지 지금도 전혀 이해가 가지 않는다. 그리고 마지막 권으로 이야기할라면 청 말기 비판소설의 대표작, 리백원의 《관장현형기》(관리사회 정체 벗기기)이다. 김학철이 혼자 읽고 혼자 낄낄 웃을 때는 아마 이 책을 보고 있을 무렵일 것이다. 《20세기의 신화》가 어쩌면 현대판 《관장현형기》일 수도 있다.

끝으로 김학철의 독서 습관도 좀 곁들여 보려 한다. 우선 독서에서는 실용주의자이다. 남이 평판이 좋다고 읽는 것이 아니고 자신이 필요한 책만을 읽는다. 우선 내가 서점에서 골라 온 책을 뒤적뒤적 징검다리 점검을 한다. 시대와 출판의 흐름을 느끼는 것이다. 그리고 선택된 책은 초고속으로, 지루한 단락은 뛰어넘으며 단숨에 읽어 내린다. 그러나 고전은 천천히 반복적으로 메모와 기록과 기억으로 자신의 피와 살로 만든다.

문학에 열중하는 분들한테 도움이 되기 바란다.

김해양

마지막 스무하루의 낮과 밤

이천일년 구월 이십칠일 밤

달도 유난히 밝았다. 달빛 아래 두만강은 은빛으로 빛났다. 유유히 흐르는 두만강 물결은 지칠 줄 모르는 한 영혼을 싣고 저 멀리 동해바다로 떠나간다. 말없이, 끊임없이. 두만강가에서 조선의용군 최후의 분대장을 보내면서 눈물 섞인 소리로 조용히 말하였다.

아버지, 지금 이렇게 두만강까지 왔습니다. 아버지가 바라시던 대로 이제 곧 두만강 강물에 실려 저 멀리 넓은 바다 — 아버지의 고향인 원산 앞바다로 보내드리겠습니다. 조선의용군 최후의 분대장으로서 오늘 이 길을 떠나가십니다.

아버지가 여기 오시기까지는 너무나 긴 파란만장하고 격정적인 세월이 흘렀습니다. 상해와 남경 반일 테러 활동을 하실 때엔 류자명 선생의 부하로서, 무한 조선의용대 시기엔 김원봉 선생의 부하로서, 태항산 조선의용군에서는 김두봉 선생의 부하로서 총을 들고 싸우셨습니다. 그 후 일본군에 의해 한 다리를 잃으시고 부득이 총을 붓으로 바꾸시었습니다. 그리고는 줄곧 오늘까지 그 붓을 놓지 않으셨습니다. 오늘 그 붓을 함께 보내드립니다.

떠나실 때 아버지는 정말 행복하다고 하셨습니다. 아버지는 일생을 마르크스와 엥겔스 사상의 그늘 밑에서, 로신의 불굴의 의지로써 살아왔습니다.

전우들을 전쟁터에서 잃으시고 또 먼저 보내시고 붓으로 그들을 이 세상 사람들께 알려 주셨습니다. 그로써 행복하다고 하셨습니다.

또한 성실하고 용감한 우리 조선 민족의 문인들과 함께 일하셨습니다. 그분들을 대표하여 오늘 이 자리에 십여 명 문단의 전우들이 모였습니다. 그로써 행복하다고 하셨습니다.

마지막으로 아들과 손자가 성실하게 자라서 행복하다고 하셨습니다.

이 자리엔 어머니와 손자와 손녀가 오지 못하였습니다. 하지만 그들이 아버지와 함께 찍은 사진이 아버지가 마지막으로 떠나시는 모습을 끝까지 끝까지 지켜볼 것입니다. 일생을 고생하신 어머니가 아버지를 향해 손을 흔들고 계십니다. 손자 시월이 그놈이 아버지를 향해 손을 흔들고 있습니다.

아버지, 이젠 그 고독한 고달픈 인생을 잊으시고 편히 다녀가십시오. 저 멀리 할머니가 계시는 고향으로 가십시오.

아들 해양

이천일년 구월 이십칠일

마지막 스무하루의 낮과 밤

9월 5일 수요일

미음조차 속에서 받지 않는다. 석 달 동안 지속된 주사도 지긋지긋하시단다. 서울 적십자병원에서 보내주기로 약속된 병지(病誌)도 종시 오지 않는다. 입원 치료의 기회를 놓치신 듯하다. 하루도 한시도 일을 못하시면 안달하시는 성격에 석 달이란 참으로 지옥 같은 참지 못할 생활이라고 하셨다. 친필로 유서를 작성하셨다.

　남기는 말
　사회의 부담을 덜기 위해
　가족의 고통을 줄이기 위해
　더는 연연하지 않고
　깨끗이 떠나간다.
　김학철
　병원, 주사 절대 거부
　조용히 떠나게 해달(라)

9월 6일 목요일

하필이면 고통스럽게 물까지 마시지 않으시렵니까? 애타는 권유에 보리차를 드시고 기분이 무척 좋으셨다.

서울에서 이번에 출판한 산문집《우렁이 속 같은 세상》십여 권에 사인을 하셨다. 증정하실 책들이다. 받으실 분들로는 〈은하수〉김성우 선생/ 연변대학 연구소 김동훈 선생/ 연변대학 조문계 김호웅 선생/ 작가협회 김학천 선생/ 연변일보 문화부 리임원 선생/ 연변인민출판사 리성권 선생/〈연변문학〉장지민 선생/ 사회과학원 김종국 선생/〈장백산〉남영전 선생/〈도라지〉고신일 선생/ 료녕민족출판사 정준기 선생이시다.

9월 7일 금요일

작가협회 김학천 선생, 손문혁 선생 두 분을 집으로 부르시었다. 조직과의 마지막 담화이시다. 이십여 분 동안 진지한 이야기를 나누시었다. 김학천 선생의 인격과 조직 능력, 작가협회 여러분들이 몇 해 동안 꾸준히 추진해 온 사업들을 충심으로 평가하시었다. 우리 민족 문단의 새 세대에 희망과 신심을 갖고 계셨다. 문학의 불씨를, 굳센 붓을 넘겨주고 싶으셨다.

〈연변문학〉을 언급하시면서는 작가협회 기관지로써 없어서는 안 될 〈연변문학〉은 장지민 선생의 정력적인 활동으로써 유지될 수 있다고 하셨다. 그리고 잡지사 조성희 선생은 아버지 조득현 선생과 친분이 깊으실 뿐만 아니라 어릴 때부터 성장을 지켜보셨고 사랑해 주셨다.

〈연변문학〉(천지)과는 참으로 오랜 세월 생사고락을 함께 하시었다.

9월 8일 토요일

하루 종일 물도 못 드시었다. 물을 마시면 한참이나 호흡하기 힘드시다. 고통스러웠다. 식사를 전혀 못하신 지도 나흘째.

오늘 많은 이야기를 나누시었다. 나는 일생을 허위와 신격화를 반대해 싸웠다. 모택동의 개인숭배도 포함해서. 사회주의는 종국적으로 실현될 것이다. 마르크스와 엥겔스의 사상은 존경을 받아야 한다. 그러할 힘도 권위도 있다. 하지만 20세기에서 서둘러 최종 완성하려 했던 것이 문제로 됐다. 사회의 발전은 인위적인 요소가 아니라 법칙에 의해 진행되는 것이다. 일당독재도 문제가 있다. 서로 견제하고 감독할 세력이 있어야 한다.

오후 한국 염인호 교수의 부탁으로 조선의용대 창설 기념사진에서 전우들의 이름을 확인하는 작업을 하셨다. 침대에서 책상 앞 걸상으로 안아 옮겨 드렸다. 확대경을 힘겨웁게 드시고 콩알 크기의 얼굴에서 옛 전우들의 모습을 찾기는 쉬운 일이 아니었다. 63년 전의 사진이다. 하지만 인간의 기억력이란 참으로 놀라운 것이다. 구십여 명의 대원 중 얼굴이 많이 가려진 두 명 외에 이름을 전부 확인하셨다. 그것도 별명까지. 이름을 받아쓰면서 몇 번 나누어 작업하자고 권유했지만 언제 기력을 잃을지 모른다 하시며 끝까지 견지하셨다. 절단된 다리로 균형을 잃어 몸이 자꾸 한쪽으로 쏠렸다. 아픈 눈을 비비시고 또다시 확대경에 달려드셨다. 옆에서 지켜보느니 흐르는 눈물을 속으로 삼키었다. 이 일을 내가 안 하면 영원히 역사의 퀴즈(수수께끼)가 될 것이야.

침대에 옮겨 누우신 후 오랫동안 말씀을 못하셨다.

9월 9일 일요일

마르크스와 엥겔스의 사후에 대해 이야기하셨다. 마르크스는 영국 하이게이트 공동묘지에 검소한 무덤 하나뿐이다. 엥겔스는 그나마 묘지조차 없다. 친우들에 의해 골회함은 영국 남쪽 도버해협에 해장(海葬)됐다. 나도 엥겔스처럼 아무 흔적도 남기지 않고 가게 해 달라.

9월 10일 월요일

남영전 선생이 장춘에서 찾아오셨다. 장춘병원으로 모시고 가려 한 것이다. 단연 거절하셨다. 〈장백산〉과 인연이 깊다. 자연히 남영전 선생과도 그렇고. 〈장백산〉에 많은 희망을 걸고 있다. 우리 문단이 그 누구에게도 못하지 않은 대오가 되기 바란다. 그 진두에 〈장백산〉이 힘차게 서 달라. 이번 병환으로 쓰러지시기 전까지도 〈장백산〉에 보내실 원고를 쓰셨다. 끝까지 붓을 놓지 않으셨던 것이다.

남영전 선생을 보내시면서 아껴 쓰시던 손목시계를 벗어 주셨다. 남영전 선생이 그 뜻을 알겠노라고 눈물을 흘렸다. 많은 풍파를 같이 겪었던 〈장백산〉.

유서를 타자하게 하시고 열다섯 장에 일일이 서명을 하셨다. 유서에는 두 마디가 첨부되었다.

편안하게 살려거든 불의에 외면을 하라
그러나 사람답게 살려거든 그에 도전을 하라

9월 11일 화요일

오늘 커피 스푼으로 한 술 한 술 조심스레 입에 물을 떠 넣어 드렸다. 호흡과 충돌이 생기면 등을 두드려 드렸다. 하루에 물 세 컵, 성적이 좋았다.

작가협회 손문혁 선생과 단둘이 다방에서 만나 후사에 관한 아버지의 뜻을 전하였다.

부고를 내지 않는다.
추도식을 하지 않는다.
일체 부조금을 받지 않는다.
화장한 후 두만강에 뿌려 달라.
골회함 대신 우체국의 종이 우편 박스를 사서 담아라. 일부 남은 것을 그대로 담아 두만강에 띄워 보내라. 우편함엔 다음과 같이 써 주기 바란다:

> 원산 앞바다 行
> 김학철(홍성걸)의 고향
>   가족 친우 보내드림

마지막 가는 길에서는 조선의용군 추도가와 황포군관학교 교가를
불러 달라.

두만강까지 가실 분들로는 작가협회 김학천, 김호근, 손문혁/ 출판
사 리성권/ 신문사 장정일/ 잡지사 조성희/ 과학원 김종국/ 대학 김호
웅/ 외지 남영전/ 친우 장일민, 조룡남, 박찬구 선생 등 열두 분.

아버님이 전쟁터에서 쓰신 시 한 구절이 생각난다.

"밤 소나기 퍼붓는 영마루에서
내일 솟을 태양을 우리는 본다"

9월 12일 수요일

미국에서 일어난 인류 역사상 최대의 테러 비극을 뉴스 화면으로 목
격하셨다. 오랫동안 흥분을 가라앉히지 못하시었다. 가기 전에 이러한
비극을 보고 떠나야 하다니. 탈레반과 빈 라덴은 철저한 응징을 받아
야 한다.

연변인민출판사 리성권 선생을 만나시었다. 리성권 선생이 〈아리
랑〉에 계실 때부터 아끼시었다. 출판사가 힘든 사정에서 〈문집〉(김학
철문집)을 내는 것은 무리가 아닌가 걱정하셨다. 리성권 선생은 〈문집〉
제5권이 곧 출판될 것이니 꼭 보셔야 한다고, 침대에 엎드려 손을 잡
고 울었다. 성권이 차로 두만강까지 데려다 달라고 후사를 부탁하셨

다. 리성권 선생을 보내시면서 쓰시던 파카 볼펜을 주셨다. 방문을 닫고 한참이나 유리 너머로 최후의 작별인사를 하는 리성권 선생, 두 눈에서는 눈물이 흘러내렸다.

올해 대학을 졸업하고 북경의 한 회사에 취직한 손자 우정(友情)이가 돌아왔다. 갓 취직한 회사 일에 지장이 된다고 절대 불러오지 못하게 하셔서 손자는 부득불 길림지사로 출장 오는 길에 들렀다고 했다. 꾸중은 면했지만 가슴은 아프다. 할아버지에게는 더없는 위안이 되셨다. 속으로는 얼마나 보고 싶어 하셨던 손자이던가.

9월 13일 목요일

장정일 선생과의 약속을 되새기셨다. 내년에는 추리구 감옥에 한번 가보기로 했는데. 당시 간수의 말이 생각났다. 다른 늙은이들 퍽퍽 쓰러져 나가는데 당신 아버지는 일 년 내내 냉수마찰로 살아남았다. 장정일 선생은 해마다 봄, 가을 동생 분의 차로 모시고 산으로, 들로 소풍을 가셨던 것이다. 그렇게도 시간을 아끼셨는데 장정일 선생이 가시자면 꼭 따라나서시는 것이 참 이상한 일이었다.

사회과학원 김종국 선생께 책을 보내드렸다. 선생은 외지에 나가시고 부인께서 받으시었다.

리상각 선생의 전화를 받았다. 몹시 근심 어린 목소리시다. 전에도 늘 전화하시고 찾아오시어 건강을 관심해 주셨다.

읽기와 쓰기에 게으르다고 큰 꾸지람을 들었다.

학문이란 곧 노력이다. 나나 고리끼나 다 자습밖에 더 있었느냐? 홍명희의《림꺽정》을 외우다싶이 했다. 어느 구절이 어디 있는지 지금도 기억에 생생하다.《홍루몽》과〈로신 전집〉은 또 몇 번이고 읽었더냐.

오직 노력뿐이 사는 길이다. 내 일본어 실력을 너에게 넘겨주고 가지 못하는 것이 참 유감이구나.

9월 14일 금요일

일본 와세다대학 오무라 교수 내외 분께서 오시겠다고 전화가 왔다. 참으로 오랜 기간 집 사이에 우의를 지켜오신 분들이다. 일본을 방문하셨을 때도 늘 동반을 하시었다.

미리 집 밖 마당에서 맞이하고 정황을 말씀드렸다. 교수님은 말없이 땅만 내려다보시고 부인께서는 소리 내어 우셨다. 참 하늘이 두 분을 때마침 보내 주신 모양이다. 오무라 선생께서는 방에 들어서서는 웃음을 지으셨다. 서로 여유 있는 농담을 나누시었다. 참 넓은 마음들을 가지고 계시지 않는가.

나 정판룡 선생과 죽음 시합을 하는 모양이요. 그 사람 인물이지. 도량이 넓고.

오무라 선생이 "이 시합에서는 지는 것이 이기는 것입니다"라고 농담을 받으시고는 잡은 손을 쓰다듬으시며 "이 손으로 얼마나 많은 글을 쓰셨습니까!"라고 한탄하셨다.

오무라 선생 내외 분과 함께 찍은 사진이 일생 마지막으로 남긴 사진이 되었다.

9월 15일 토요일

손자 우정이가 큰절을 드리고 떠나갔다. 대견해하시면서, 섭섭해하시면서 애써 표정을 감추시었다. 모든 것이 마지막이라는 꼬리표가 붙는다는 것을 의식하시는 듯싶다.

한국에서부터 밀착 촬영을 한 조천현 기자가 마지막 방문 촬영을 하였다. 한국 기자들의 끈질긴 사업 정신은 정말 놀랄 만하다.

9월 16일 일요일

물 세 컵 드셨다.

조선의용군 추도가와 황포군관학교 교가를 들으시었다. 추도가는 전쟁터에서 가사를 쓰시고 가장 친한 전우 류신 동지가 작곡하여 전우들이 희생됐을 때 불렀던 노래다. 한데 호가장 전투 후 김학철 등 네 명의 "전사자"들을 위한 추도식에서도 이 추도가를 불렀다. 총을 맞아 일본군에게 끌려가셨는데 당시 전우들은 전사한 줄로만 알고 있었다. 훗날 그 류신이가 먼저 전사하셨다.

작가협회 손문혁 선생과 장춘 남영전 선생의 전화가 날마다 들이닥친다. 손문혁 선생 전화는 지어 하루에 두 번이다. 김학천 선생의 부탁이었다. 어려운 나날에 힘이 되었다. 가슴속 깊이 뜨거운 정을 느꼈다.

식구들을 부르기 힘드시다고 손으로 흔드는 종을 얻어 오라 하셨다. 며느리가 학교 악대에서 쓰는 작은 손종을 빌려왔다. 며느리가 효도하누나 칭찬하셨다.

9월 17일 월요일

오늘부터 또 물을 못 드신다. 못 드시는지 안 드시는지 판단이 안 간다.

침대에서 할 일 없이 누워 있다는 것이 얼마나 고통스러운 것인지 아무도 모를 것이야. 주사 따위를 맞으면 몇 달은 더 살겠지. 하지만 글도 못 쓰고 그게 무슨 의미가 있느냐. 다른 사람들에게 부담만 주고.

고통스러운 나날을 단축해야 한다. 채택룡 선생은 일생 고생은 하셨지만 가실 때는 복스럽게 가셨다.

어머니와 나를 불러놓으시고 다시 한번 확인하시었다.

혼미 상태에 들어간 후 절대로 의사를 부르거나 주사를 놓지 말라. 고통을 인위적으로 연장하지 말라. 억지로 생명을 연장하는 것은 내 고통으로 천여 원 월급을 더 타 먹으려는 비열한 짓이다. 내 아들답게 용감하게 성실하게 처사하라.

9월 18일 화요일

나는 참 행복하다. 그 치열한 전쟁터에서 살아남아 하고 싶은 일들을 마음껏 했다. 아들, 손자 다 성실히 잘 자랐고. 집에서 침대에서 죽을 수 있다는 것이 행복하다. 조용히 가게 해 달라.

9월 19일 수요일

한밤중에 갑자기 나를 불러다 놓고 하시는 말씀.

오직 손자에게 미안하다. 손자의 가슴을 아프게 한 것이 한이 된다.

9월 20일 목요일

박찬구 선생을 소개하는 나의 결론을 구술.

박찬구 선생에 대해 이야기하시었다. 반우파운동으로 도서관지기를 하실 때 일이다. 식량이 부족해 다들 배를 곯는 시기다. 외다리를 해가지고 양식 구하러 다닐 수도 없는 형편에서 소학교 삼사 학년에 다니는 외아들을 좀 더 먹이려고 날마다 점심을 굶으시었다. 당시 문화처 과장으로 일하시던 박찬구 선생이 몇 번 책 가지러 오셨다가 우연히 발견하시고 도시락을 둘씩 싸 가지고 오셔서 나누어 드셨다. 그 당시 우파분자를 동정해 점심을 나누어 먹는 일을 남이 알면 철직은 둘째고 당사자도 우파분자로 투쟁 맞을 형편이다. 훗날 이 일을 평생 잊지 않으셨다.

장일민 선생께서 전화가 왔다. 벌써 다섯 번째이다. 만나지 않겠다면 안 만나마. 그러나 왜 입원을 안 시키는 거냐! 분노의 목소리였다. 평일 아버지와 전화 연락이 제일 많은 친구 분이시다.

9월 21일 금요일

머리를 아주 빡빡 깎으시겠다고 하신다. 농담조로 최후의 분대장 머리 깎고 조선의용대에 복귀한다고 하셨다. 전우들이 다 가있는 곳으로 말이다. 깎으신 머리에 처음 보이는 칼자국이 나타났다. 문화대혁명 시기 홍위병들이 쇠몽둥이로 쳐서 머리가 터진 자국이라 하셨다. 그때 온몸이 피투성인데 약 하나 발라 주는 사람 없었다. 피가 말라붙기를 기다릴 수밖에 없었다. 그것도 외다리로 절름거리며.

일본 감옥에서의 이야기도 나왔다. 전향서를 쓰지 않는다 해서 부상 당한 다리를 치료해 주지 않았다. 3년 또 6개월 동안 피고름을 흘리면서 독방에서 지내야 했다. 상처에 생기는 구데기를 젓갈로 골라내노라니 참 고된 인생이었지. 결국은 감옥장이 바뀌면서 해방 전야 다리를 절단하였다. 그로써 60년 동안 외다리 인생이 되었다.

잘린 다리는 일본 감옥에 묻혀 있다. 그러니 나는 무덤이 이미 하나 있는 신세구나. 하하하.

집에서 깨끗이 목욕을 시켜드렸다. 여윈 몸은 아프리카 난민을 연상시킨다. 내가 가슴 아파하자 강 건너에서 굶어 죽는 사람 많지 않으냐!

천하에 부모를 보내는 마음 다 같다고 격노하시었다.

그렇게도 사랑하던 손녀를 가까이 오지 못하게 하신다. 평소의 인자한 모습을 손녀의 기억 속에 남기고 싶으신 듯하다.

박찬구 선생께서 문전까지 오셨다가 만나지 못하시고 돌아가셨다. 옛 친우들에게 지금의 모습 보이고 싶지 않아 하셨다. 보내시고 가슴 아파하셨다. 박찬구 선생께서는 나를 끌어안으시고 눈물을 흘리시었다. 어릴 적 선생께 심부름 갔던 일이 어렴풋이 생각난다.

9월 22일 토요일

아버지를 귀국하시자마자 입원시키지 않은 것이 두고두고 후회될 것입니다.

너는 용졸한 인간이다. 내 뜻을 끝까지 이해하지 못하는구나.

한명을 아는 것이 영웅이다.

제일 힘드신 것이 목이 마르는 것이다. 물을 조금씩 입에 물었다가 조심조심 뱉어내시었다. 그리고는 어 시원해, 어 시원해 한탄을 하시는 것이다.

하룡(贺龙)이 창살 밖의 빗물을 받아 마시다 목말라 세상을 하직했는데 내가 그 신세 아닌가.

색깔이 변해가시는 외다리를 보시며 "내 손과 발이 먼저 죽어가는구나"라고 태연자약하게 말씀하셨다.

9월 23일 일요일

류자명 선생에 대하여 말씀하셨다. 류자명 선생과는 남경 화로강 시기 같이 있었는데 김원봉 선생과 두 분이 나의 선생이자 무정부주의

의열단의 원로이시다. 해방 후 류자명 선생은 북조선도 한국도 갈 수 없는 딱한 처지가 되셨다. 호남성 농학원에서 식물학 연구를 하시다가 돌아가셨는데 13년 전까지 편지 왕래가 있었다.

이번 김원봉, 석정 선생의 고향인 한국 밀양시를 가셨던 일을 자랑스럽게 생각하신다. 밀양의 열정적이고 성실하고 친절한 친구 분들께, 특히는 석정 선생의 후손들에게 돌아와 편지를 쓰려고 했는데 이젠 네가 감사의 뜻을 대신 전해야겠구나. 이번 한국행에 너무나 많은 고마운 분들을 만났다. 내가 죽으면 서영훈 선생께 꼭 전화하거라.

우리 집에 은인이 또 한 분 계신다. 일본에 계시는 강재언(姜在彦) 선생께서 제1회 KBS해외동포상을 수상하시고 제2회에 나를 추천하셨다. 늘 나를 아끼시었다. 잊지 말아라.

9월 24일 월요일

그렇게도 강한 의지가 사라지기 시작했다. 예리하고 비웃는 듯한 눈빛이 흐려지기 시작했다.

참고 참던 눈물이 솟아 나왔다. 내 눈물을 사이 두고 두 눈빛이 부딪쳤을 때 아버지는 눈을 감아버렸다. 그것으로 눈길을 피하신 것이다. 사나이는 눈물을 아껴야 하는데.

9월 25일 화요일

음식을 못 드신 지 스무하루, 물을 못 드신 지 아흐레.

말씀하시기 힘드시어 손으로 의사를 표시하신다. 어머니와 나를 한시도 옆에서 떠나지 못하게 하신다. 시야에서 안 보이면 자꾸 둘러보신다. 그리고 찬 수건으로 머리를 식혀 달라 하신다. 날씨는 추운데 자꾸 덥다고 하시니.

어젯밤부터 배가 아프다고 하셔서 진통제를 놓아 드렸다. 새벽 두 시 아픔을 견디지 못하신다. 구급차를 불렀다. 연변병원에 입원하셨다.

아버지는 명치끝에 침만 한 대 놔 달라고 호소하셨다. 아픔을 참기 힘드신 것이다. 그러나 병원에서는 아무도 소원을 들어주지 않았다.

오후 2시

오래오래 저의 얼굴을 지켜보시었다.

아버지, 저 아버지를 사랑합니다. 비록 오늘 처음 말씀드리지만.

눈가에서 마지막 밝은 눈빛이 빛났다. 가시는 끝까지 의식은 한 치도 흐리지 않으셨다.

젖은 수건으로 아버지의 얼굴과 머리를 깨끗이 닦아 드렸다. 평생을 털고 닦고 깨끗하기를 그렇게도 좋아하셨는데.

오후 3시 39분

심장의 고동소리가 다시는 들리지 않는다.

사나운 비바람이 치는 길가에
다 못 가고 쓰러진 너의 뜻을
이어서 이룰 것을 맹세하노니
진리의 그늘 밑에 길이길이 잠들어라
불멸의 영령

김해양

김학철 연보

1916년

11월 4일, 함경남도 원산에서 누룩 제조업자의 아들로 태어남, 당시 이름은 홍성걸. (식민지 조선 함경남도 덕원군 현면 용동리, 현재 원산시 용동.)

1917년 (1세)

11월, 러시아사회주의 10월혁명 일어남.

1919년 (3세)

3월, 조선 3·1운동. 5월, 중국 5·4운동.
11월, 김원봉 길림성에서 의열단 조직.

1922년 (6세)

아버님 홍두표의 타계로 홀어머니 김상련(28세) 슬하에서 삼 남매가 자람. 여동생 성선, 성자.

1924년 (8세)

4월, 원산제2공립보통학교 입학.

1929년 (13세)

1월, 원산총파업. 3월, 원산제2공립보통학교 졸업. 서울 외갓집(관훈동 69번지) 도움으로 서울 보성고등학교 입학.

11월 3일, 광주학생운동.

1931년 (15세)

9월, 중국 9·18사변. 일본, 중국 동북3성 점령.

1932년 (16세)

4월, 윤봉길 상해 홍구공원 의거에 큰 충격을 받음.

1934년 (18세)

서울 보성고등학교 졸업. 이상화의 〈빼앗긴 들에도 봄은 오는가〉와 입센의 《민중의 적》 영향으로 빼앗긴 땅을 총으로 찾으려 결심. 문학지 〈조선문단〉에 소설 한 편 써냈다가 퇴짜 맞음. 다시는 소설을 안 쓰기로 결심함.

1935년 (19세)

상해 임시정부를 찾아 중국 상해로 망명. 상해에서 심운(일명 심성운)에 포섭되어 의열단에 가입. 석정(본명 윤세주)의 영도 아래 반일 지하 테러 활동 종사. 상해에서 리경산(일명 리소민)과 친해짐.

7월, 조선민족혁명당 성립.

1936년 (20세)

조선민족혁명당 입당. 당시 조선민족혁명당 중앙 본부 소재지는 남경 화로강(花

露崗). 행동대 대장은 로철룡(일명 최성장), 대원으로는 서각, 라중민, 왕극강, 안창손, 김학철 등. 행동대는 상해에서 반일 테러 활동 전개. 조선민족혁명당 김원봉의 편지를 가지고 김구 선생을 만남. 화로강의 동료로는 반일 애국자 최성장, 반해량(리춘암), 로철룡, 문정일, 정율성, 로민, 김파, 서휘, 홍순관, 한청, 조서경, 리화림, 안창손, 라중민 등. 루쉰 선생을 몹시 숭배하여 리수산과 함께 여반로(呂班路) 루쉰 선생 저택 문앞까지 갔다가 용기 부족으로 돌아옴.

1937년 (21세)

7월, 중국 호북 강릉 중앙육군군관학교(황포군관학교, 교장 장개석) 입학. 당시의 교관으로는 김두봉(호 백연), 한빈(일명 왕지연), 석정, 왕웅(본명 김홍일), 리익성, 주세민. 김두봉, 한빈, 석정의 진보적 사상 영향으로 마르크스주의자가 됨. 동창생으로는 문정일, 리대성, 한청, 조서경, 홍순관, 리홍빈, 황재연, 요천택, 리상조 등.

7월 7일, 노구교사건 중일전쟁 발발.

1938년 (22세)

7월, 중앙육군군관학교 졸업하고 소위 참모로 국민당 군대에 배속.

10월, 무한에서 조선의용대(조선의용군의 전신, 총대장 김원봉) 창립, 창립 대원으로 제1지대 소속. 조선의용대 창립 대회에는 무한 팔로군 판사처 책임자 주은래와 국민혁명군사위원회 정치부 제3청 청장 곽말약 참석.

화북 항일 전장에서 분대장으로서 활약, 전우로는 김학무, 문명철, 문정일 등.

1939년 (23세)

상반년, 호남성 북부 일대에서 항일 무장 선전 활동 전개.

하반년, 호북성 제2지대로 옮겨 중국 국민당 제5전구와 서안 일대에서 교전.

1940년 (24세)

8월 29일, 중국공산당에 가입.

1941년 (25세)

연초, 조선의용대 제1지대원으로서 낙양 일대에서 참전.

여름, 화북 팔로군 지역으로 들어가 조선의용군 화북 지대 제2분대 분대장으로 참전.

12월 12일, 하북성 원씨현 호가장 전투에서 일본군과 교전 중 부상, 포로가 됨.

태항산 시기 항전 일선에서 가사, 극본 등 창작. 김학철 작사, 류신 작곡 〈조선의용군 추도가〉, 김학철 극본, 최채 연출 〈등대〉 등.

1942년 (26세)

1월부터 4월까지 석가장 일본 총영사관에서 심문받음. 당시 '일본 국민'으로 10년 수감 판결, 죄명은 치안유지법 위반.

5월, 북경에서 열차로 부산까지, 부산에서 다시 배를 갈아타고 일본으로 연행. 일본 나가사키형무소에 수감. 단지 전향서를 쓰지 않는다는 이유로 총상당한 다리를 치료받지 못함. 옥중에서 같이 수감된 송지영(KBS 전임 이사장)과 알게 됨.

1943년~1944년 (27세~28세)

일본 나가사키감옥 수감.

1945년 (29세)

수감 3년 6개월 만에 왼쪽 다리 절단.

8월 15일, 일본 항복.

10월 9일, 맥아더사령부의 정치범 석방 명령으로 송지영 등과 함께 출옥. 송지영과 함께 서울로 감. 송지영의 소개로 소설가 리무영을 알게 됨. 리무영은 김학철의 문학 '계몽 스승'이 됨.

11월 1일, 조선독립동맹 서울시위원회 위원으로 좌익 정치 활동을 하면서 소설 창작 활동. 문학가동맹에서 조벽암, 리태준, 김남천, 리원조, 안희남 등을 알게 됨.

12월 1일, 처녀작 단편소설 〈지네〉를 서울 〈건설주보〉에 발표.

1946년 (30세)

서울서 창작 활동. 〈균렬〉(《신문학》 창간호), 〈남강도구〉(〈조선주보〉), 〈아아 호가장〉(《신천지》), 〈야맹증〉(《문학비평》), 〈밤에 잡은 부로〉(《신천지》), 〈담배국〉(《문학》 창간호), 〈상흔〉(《상아탑》), 그 밖에 〈달걀(닭알)〉, 〈구멍 뚫린 맹원증〉 등 십여 편 단편소설을 서울에서 발표.

11월, 좌익 탄압으로 부득이 월북.

1947년 (31세)

로동신문사 기자, 인민군 신문 주필로서 창작 활동.

경기도 인천시 부평 사람 김혜원(본명 김순복) 여사와 결혼.

단편소설 〈정치범 919〉, 〈선거 만세〉, 〈적구〉, 〈똘똘이〉, 〈꼼뮨의 아들〉 등을 신문, 잡지에 발표. 중편소설 〈범람(氾濫)〉 조선문학예술총동맹기관지 〈문학예술〉에 발표.

1948년 (32세)

2월, 외아들 김해양 출생, 인천 부평.

외금강휴양소 소장 맡음. 이때 김일성이 어린 김정일을 데리고 수차 찾아옴.

고골의《검찰관》번역 출판, 시나리오로 개편. 황철, 문예봉 등 연출 준비 완료, 전쟁으로 중단. 정율성과 합작하여 〈동해어부〉, 〈유격대전가〉 등 창작.

1950년 (34세)

6·25 한국전쟁 발발.

10월, 압록강을 건너 중국행, 국경에서 문정일의 도움을 받음.

1951년 (35세)

1월부터 중국 북경 중앙문학연구소(소장 정령)에서 연구원으로 창작 활동.

1952년 (36세)

10월, 주덕해, 최채의 초청으로 연변에 정착.

연변문학예술계연합회 주비위원회 주임으로 활동.

중편소설《범람》(중문), 단편소설집《군공메달》(중문) 인민문학출판사 출판. 루쉰 단편소설집《풍파》번역, 연변교육출판사 출판.

1953년 (37세)

6월, 연변문학예술계연합회 주임직 사퇴하고 전직 작가로 창작 활동.

단편소설집《새집 드는 날》연변교육출판사 출판. 정령 장편소설《태양은 상건하를 비춘다》번역. 루쉰 중편소설집《아큐정전》번역, 연변교육출판사 출판.

1954년 (38세)

장편소설《해란강아 말하라》(상, 중, 하) 연변교육출판사 출판.

1955년 (39세)

루쉰 중편소설집 《축복》 번역, 연변교육출판사 출판.

1957년 (41세)

반동분자로 숙청당해 24년 동안 강제노동에 종사.

단편소설집 《고민》 북경민족출판사 출판. 중편소설 《번영》 연변교육출판사 출판.

1961년 (45세)

북경 소련대사관 진입 시도 사건.

1962년 (46세)

주립파 장편소설 《산촌의 변혁》(상) 번역, 연변인민출판사 출판.

1964년 (48세)

주립파 장편소설 《산촌의 변혁》(하) 번역, 연변인민출판사 출판.

1966년 (50세)

중국 문화대혁명 시작.

7월, 홍위병의 가택수색으로 개인숭배, 대약진을 비판한 장편소설 《20세기의 신화》 원고 발각, 몰수.

1967년 (51세)

12월부터 《20세기의 신화》를 쓴 죄로 징역살이 10년.

연길 구치소(미결), 장춘 감옥, 추리구 감옥 감금, 복역.

1977년 (61세)

12월, 만기 출옥. 향후 3년간 반혁명 전과자로 실업.

1980년 (64세)

12월, 복권. 24년 만에 64세의 나이로 창작 활동 재개.

1983년 (67세)

전기문학 《항전별곡》 흑룡강조선민족출판사 출판.

1985년 (69세)

11월, 중국작가협회 연변 분회 부주석으로 당선.

《김학철단편소설집》 료녕민족출판사 출판.

1986년 (70세)

중국작가협회 가입.

장편소설 《격정시대》(상, 하) 료녕민족출판사 출간.

전기문학 《항전별곡》 한국 거름사 재판.

1987년 (71세)

《김학철작품집》 연변인민출판사 출판.

1988년 (72세)

장편소설 《격정시대》(상, 중, 하), 《해란강아 말하라》(상, 하) 한국 풀빛사 재판.

1989년 (73세)

1월 29일, 중국공산당 당적 회복.

9월 22일~12월 18일, 월북 후 첫 서울 나들이. 12월, 부부 동반 일본 방문.

보고문학 《김일성의 비서실장 고봉기의 유서》 한국 천마사 출판. 단편소설집 《무명소졸》 한국 풀빛사 출판. 산문집 《태항산록》 한국 대륙연구소 출판.

1991년 (75세)

6월 21일~7월 3일, 서안 옛 전우 서휘, 강진세 등을 방문.

1993년 (77세)

5월~7월, 부부 동반 일본 방문.

1994년 (78세)

3월, KBS해외동포상(특별상) 수상. 2월~4월, 부부 동반 한국 방문.

산문집 《누구와 함께 지난날의 꿈을 이야기하랴》 한국 실천문학사 출판.

1995년 (79세)

자서전 《최후의 분대장》 한국 문학과지성사 출판.

1996년 (80세)

산문집 《나의 길》 북경민족출판사 출판. 장편소설 《20세기의 신화》 한국 창작과비평사 출판.

12월, 창작과비평사 초청으로 한국 방문 출판기념회 참석.

1998년 (82세)

4월, 장춘 〈장백산〉 잡지사 방문.

6월, 우리민족 서로돕기 운동본부 초청으로 서울 방문.

10월, 서울 보성고교 초청으로 한국 방문. '자랑스러운 보성인' 수상.

《무명소졸》 료녕민족출판사 재판. 〈김학철 문집〉 제1권 《태항산록》, 제2권 《격정시대》 연변인민출판사 출판.

1999년 (83세)

10월, 우리민족 서로돕기 운동본부 초청으로 서울 방문.

〈김학철 문집〉 제3권 《격정시대》, 제4권 《나의 길》 연변인민출판사 출판.

2000년 (84세)

5월, NHK 서울지사 초청으로 서울 방문.

2001년 (85세)

한국 밀양시 초청으로 한국 방문. 석정(윤세주 열사) 탄신 100주년 기념 국제학술회 참석. 서울 적십자병원 입원.

2001년 9월 25일 오후 3시 39분, 연길시에서 타계. 유체는 화장하여 두만강에 뿌려짐. 일부는 우편함에 담아 동해바다로 보냄. 우편함에는 '원산 앞바다 行 김학철(홍성걸)의 고향 가족, 친우 보내 드림'이라고 씀.

산문집 《우렁이 속 같은 세상》 한국 창작과비평사 출판.

2005년

8월 5일, '김학철·김사량 항일문학비' 중국 하북성 호가장 옛 전투장에 세움.

2006년

11월 4일, 중국 연변 도문시 장안촌 용가미원에 '김학철문학비' 건립.

장편소설 《격정시대》(1·2·3) 한국 실천문학사 출판.

2007년

《김학철 평전》(김호웅, 김해양) 한국 실천문학사 출판.

2009년

중국 내몽골사범대학 내 중국소수민족문학관에 '김학철 동상' 건립.

2014년

중문 〈김학철 문집〉 제1집 출판.

2020년

일문 〈김학철 선집〉 제1집 출판.

2022년

《격정시대》(상, 하), 《최후의 분대장》(〈김학철 문학 전집〉 1~3권) 한국 보리출판사 출판. 이후 〈김학철 문학 전집〉 4권~12권(보리출판사) 순차로 출판 예정.

김학철 문학 전집 제 3권
최후의 분대장

2022년 8월 20일 1판 1쇄 펴냄

글쓴이 김학철
편집 김로미, 박은아, 이경희, 임헌 | **디자인** 서채홍, 이종희
제작 심준엽 | **영업** 나길훈, 안명선, 양병희, 원숙영, 조현정 | **독자 사업(잡지)** 김빛나래, 정영지
새사업팀 조서연 | **경영 지원** 신종호, 임혜정, 한선희
인쇄와 제본 (주)상지사P&B

펴낸이 유문숙 | **펴낸 곳** (주)도서출판 보리 | **출판등록** 1991년 8월 6일 제9-279호
주소 (10881)경기도 파주시 직지길 492
전화 031-955-3535 | **전송** 031-950-9501
누리집 www.boribook.com | **전자우편** bori@boribook.com

ⓒ김해양, 2022

보리는 나무 한 그루를 베어 낼 가치가 있는지 생각하며 책을 만듭니다.

ISBN 979-11-6314-247-8 04810
       979-11-6314-244-7 04810(세트)